LES QUATRE

ELLIE KEEL

Traduit de l'anglais
par Lisa Boron

City
Thriller

Publié pour la première fois en Grande-Bretagne sous le titre
The Four par HQ, une marque de HarperCollinsPublishers Ltd.
Couverture : 12 Orchards Ltd et Shutterstock

ISBN : 978-2-8246-2772-4
Code Hachette : 30 6525 3
Collection dirigée par Christian English & Frédéric Thibaud
Catalogues et manuscrits : city-editions.com

Dépôt légal : Novembre 2024

Pour mes Quatre : M, M, P et H.

Ellie Keel

Ellie Keel est une militante et productrice primée. Elle est notamment la fondatrice du *Women's Prize for Playwriting* qui est à la fois un prix littéraire et une campagne de sensibilisation en faveur de l'égalité des sexes entre les dramaturges au Royaume-Uni et en Irlande. En janvier 2024, elle est devenue la plus jeune productrice à remporter le prix de producteur de l'année lors des Stage Awards. Elle vit à Londres. *Les Quatre* est son premier roman.

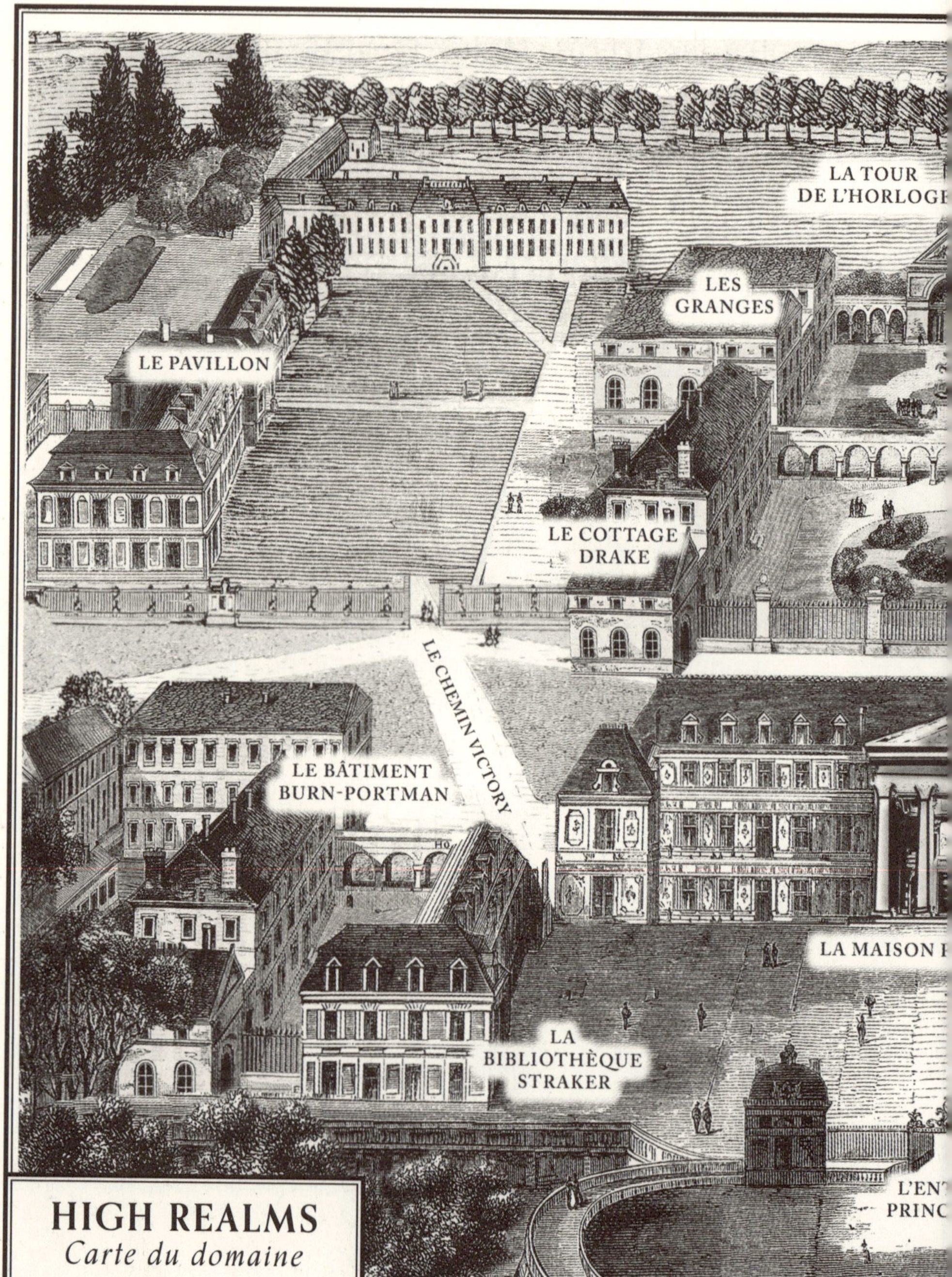

HIGH REALMS
Carte du domaine

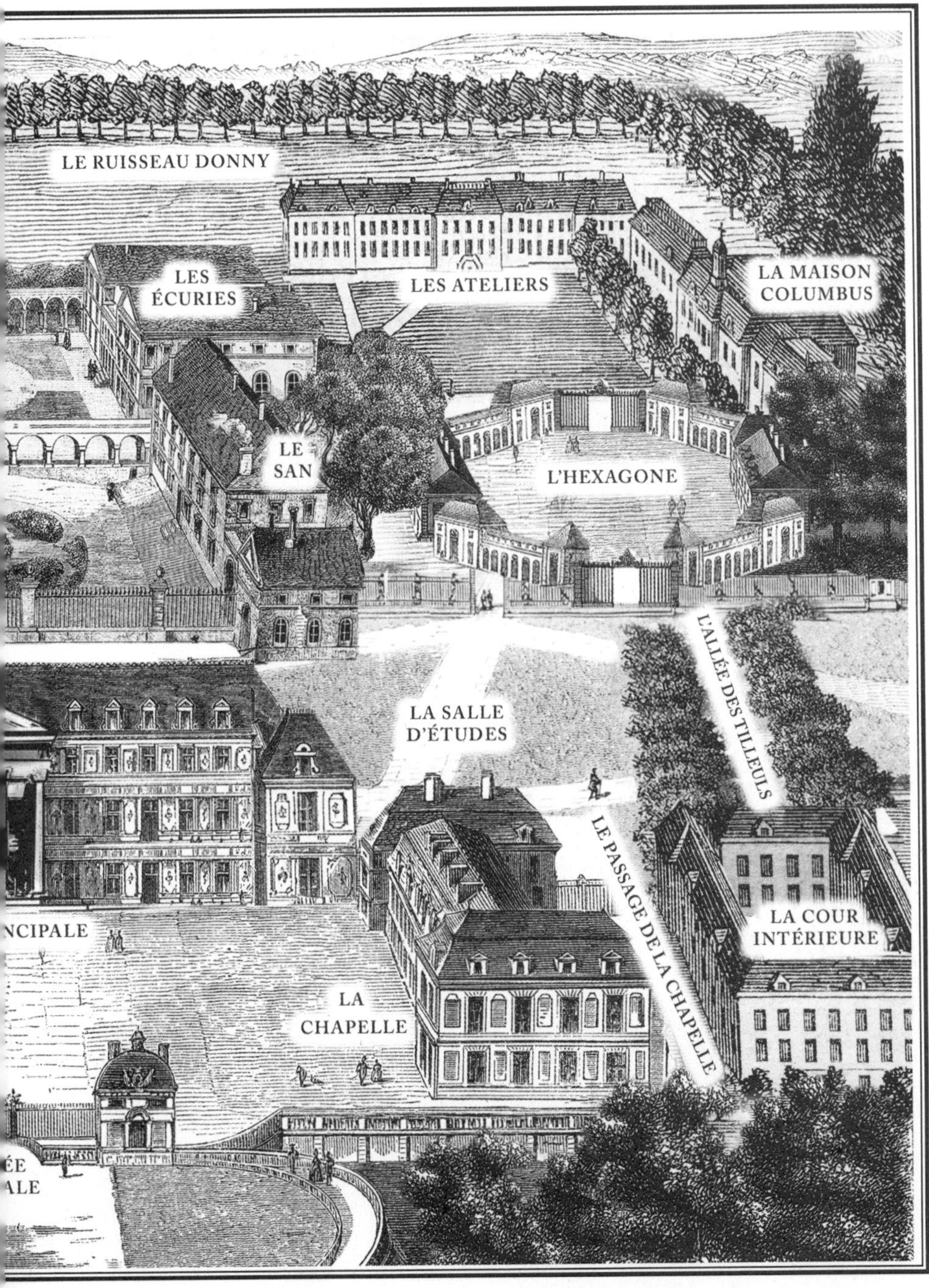
LE RUISSEAU DONNY
LES ÉCURIES
LES ATELIERS
LA MAISON COLUMBUS
LE SAN
L'HEXAGONE
L'ALLÉE DES TILLEULS
LA SALLE D'ÉTUDES
LE PASSAGE DE LA CHAPELLE
NCIPALE
LA COUR INTÉRIEURE
LA CHAPELLE
ÉE
ALE

PARTIE I

1

Nos vies auraient été bien plus simples si Marta avait tout simplement poussé Genevieve par la fenêtre de notre chambre lors de notre troisième jour à High Realms. Certes, cet événement aurait été tragique. La maison principale comptait six étages et notre chambre se trouvait au dernier. Genevieve aurait fait une chute d'une trentaine de mètres dans le ciel dégagé du comté de Devon avant d'atterrir sur la belle pelouse qui s'étendait jusqu'au mur de grès de l'aile est. Elle serait morte sur le coup.

Mais Marta ne l'avait pas poussée ce jour-là ni – si vous décidez de me croire – les jours suivants. À la fin, les choses se sont gâtées pour Lloyd, Sami, Marta et moi. Dès le troisième jour de notre arrivée, je savais que, pour nous, rien ne se passerait comme prévu dans cette école. Mon scepticisme était en grande partie dû à l'incapacité de Marta à suivre des règles, même les plus basiques, ce qui nous attirait des ennuis à tous les quatre. Marta et moi avions déjà deux sanctions non officielles et un retrait de privilège alors que les cours n'avaient pas encore commencé. Ce premier mardi, jour de gloire du début du mois de septembre 1999, nous avions été prévenus que l'Inspection de la Patrouille des aînés aurait lieu entre les Jeux et le Dîner officiel. J'avais demandé à Marta de ranger ses affaires, mais lorsque j'étais retournée la voir après mon premier entraînement de hockey avec l'équipe Hillary

Premier XI, j'avais poussé la porte de la chambre 1A et avais trouvé la pièce sens dessus dessous.

Marta était debout sur son lit et rangeait des livres sur les étagères accrochées au mur.

— Salut ! me lança-t-elle, un grand sourire aux lèvres.

— Mais qu'est-ce que…

Je fixai la scène du regard. Lorsque j'avais quitté notre chambre pour me rendre à l'entraînement, mon lit et la partie du long bureau qui m'était réservée étaient relativement propres. Mais, désormais, les affaires de Marta recouvraient tout l'espace. Des pièces d'uniformes, dont certaines étaient sales, étaient éparpillées partout, y compris sur le sol. Je me dirigeai vers mon lit et, du bout des doigts, j'attrapai un pantalon appartenant à Marta qui se trouvait sur mon oreiller.

— Il faut qu'on range, déclarai-je.

— C'est ce que je suis en train de faire, rétorqua-t-elle, en équilibre sur son lit, ses cheveux bruns ébouriffés, avant de montrer les étagères du doigt. Je range ces livres par ordre alphabétique. Je m'occupe des tiens aussi.

— OK, mais… commençai-je en déglutissant, les yeux rivés sur le bazar qui nous entourait. On a vingt minutes avant que Genevieve arrive. Il faut au moins qu'on débarrasse le sol…

Avant même que je n'aie le temps de finir ma phrase, on frappa à la porte d'un coup sec.

— *Mince.*

Marta bondit hors de son lit et traversa la pièce en sautillant avant d'ouvrir la porte avec un enthousiasme inapproprié.

— Bonjour !

— Inspection de la Patrouille des aînés.

Exactement comme je l'avais redouté, je reconnus la voix de Genevieve Lock. Elle occupait la chambre voisine, la 1B, et était membre de la Patrouille des aînés – les élèves chargés de la discipline à High Realms – pour la maison Hillary. Elle faisait également partie de l'équipe de hockey Premier XI. Lors de nos premières interactions, elle s'était adressée à Marta et moi d'un air à la fois moqueur et hautain. Mais j'avais marqué deux buts devant elle cet après-midi-là et, alors qu'elle franchissait le seuil de notre chambre, je pouvais désormais voir la colère qui imprégnait les traits de son visage aux pommettes hautes.

— Oh, mon Dieu ! entonna-t-elle. Je suis en avance ?

Nous observâmes Genevieve s'avancer entre les deux lits identiques. Elle se fraya un chemin sur le sol en désordre pour se rendre aux deux fenêtres à guillotine. Elle avait troqué sa tenue de hockey pour une toge, qu'elle portait par-dessus une robe en tartan et des talons aiguilles. Les toges étaient fabriquées en crêpe noir. Les manches et les ourlets étaient si amples qu'ils frôlaient le sol, ce qui rendait les membres de la Patrouille des aînés relativement intimidants. La première fois que j'avais vu les douze membres réunis, leur apparence m'avait semblé ridicule, mais j'avais rapidement changé d'avis lorsque j'avais pris conscience de leur pouvoir. Le matin même, j'avais surpris Genevieve et Jolyon Astor, le capitaine général de l'école, en train de terroriser un groupe de sixièmes qui, par erreur, s'étaient servis en premier au petit déjeuner. *Il y a plus de mille élèves ici, et vous pensez être les premiers servis ?*

D'un geste, Genevieve fit tomber sur le sol tous les objets qui se trouvaient de mon côté du bureau. Puis elle s'assit dessus et remonta la moitié de la fenêtre jusqu'à hauteur de sa tête. Elle s'adossa au mur, croisa ses jambes fines l'une par-dessus l'autre et alluma une cigarette à l'aide d'un briquet en argent.

— Alors comme ça… commença-t-elle en expirant la fumée du coin des lèvres. On ne s'était pas trompés.

— Comment ça ? demanda Marta en fronçant les sourcils.

— Nous avions plus ou moins tous supposé que vous seriez des petits crapauds négligents. Mais j'avais dit à Sylvia et à Bella d'attendre la première IPA pour en avoir le cœur net. Et nous y voilà. Vous êtes démasquées, ajouta-t-elle en plissant les yeux, comme pour mieux constater la crasse de la chambre 1A. Vous pouvez toutes les deux oublier le Dîner officiel ce soir, vous avez tout ce bazar à ranger à la place. Bande de profiteuses, ajouta-t-elle calmement.

S'ensuivit un long silence durant lequel je m'assis sur le bord de mon lit tandis que Marta regardait fixement Genevieve qui fumait à la fenêtre, perdue dans ses pensées. En plus de l'humiliation causée par cette nouvelle punition, j'étais inquiète à l'idée que l'odeur âcre de la cigarette imprègne toute la pièce, malgré la fenêtre ouverte. Cela ne ferait que nous créer de nouveaux problèmes avec le major Gregory, notre maître d'internat. Il nous avait déjà convoquées toutes les deux dans son bureau le matin même et avait déclaré que jamais, en douze années de carrière à High Realms, il n'avait vu quelqu'un commencer l'année d'une manière si catastrophique et que l'on pouvait se considérer sous surveillance. Il ne semblait pas tenir compte du fait que toutes « nos » infractions aient été causées par Marta : en tant que camarade de chambre, j'étais destinée à être mise dans le même panier qu'elle. C'est pourquoi je fus soulagée lorsque Genevieve tendit le bras à travers la fenêtre pour écraser sa cigarette contre l'encadrement. J'espérais qu'elle s'en irait, mais elle ne fit que s'installer plus confortablement sur le bureau avant de dévisager Marta d'un air songeur.

— C'est pour votre bien, fit-elle remarquer.

— Comment ça ? interrogea Marta en lui lançant un regard noir, les poings serrés sur ses genoux.

— Je vous rappelle que les internats sont des lieux *communautaires*. Avoir un semblant de considération pour vos camarades serait la moindre des courtoisies.

Les yeux de Genevieve passèrent de Marta à moi. Je savais que sa colère n'avait rien à voir avec l'état de mon espace personnel, mais plutôt avec les buts que j'avais marqués une heure plus tôt.

— Mais il est probable que vous sachiez déjà tout ça. Vous avez peut-être déjà vécu en internat avant, non ? ajouta-t-elle en plongeant son regard dans celui de Marta.

— Je ne suis jamais allée à *l'école* de ma vie, rétorqua-t-elle, ce qui fit écarquiller les yeux de Genevieve.

Cette dernière se tourna vers moi, comme si elle voulait vérifier que j'étais aussi surprise qu'elle. Mais je le savais déjà. Marta avait été scolarisée à la maison : ç'avait été une des premières choses qu'elle nous avait confiée à Sami, Lloyd et moi. *Je ne sais pas comment agir en public*, avait-elle dit joyeusement. Nous avions très rapidement pris conscience de la véracité de ses propos et que cela en était à un stade dont même Marta ne semblait pas prendre la mesure.

— Ça explique beaucoup de choses, répondit Genevieve en plissant les yeux. Tu es une vraie petite sauvage, n'est-ce pas ? Complètement *incivilis*... Mais qu'est-ce que tu fabriques ?

Marta, le corps crispé par la colère, avait bondi en direction de Genevieve.

— Assieds-toi, bon sang ! ordonna cette dernière.

— Marta, intervins-je, impuissante, mais elle avait déjà reculé.

Elle s'assit lentement sur le bord de son lit défait, le visage marqué par la tension. Ma camarade de chambre était plus petite que Genevieve et moi. Elle était si maigre qu'elle avait quasiment la peau sur les os. Sa jupe d'écolière plissée recouvrait ses genoux qui étaient collés l'un contre l'autre et les manches de sa chemise étaient si amples qu'elles cachaient ses poings, qui, j'en étais sûre, étaient toujours serrés.

— Et toi, Rose Lawson ? demanda Genevieve en prononçant mon nom comme s'il avait un goût amer avant de sortir une nouvelle cigarette de sous sa toge. Tu ne dis pas grand-chose. Toi aussi, t'as suivi les cours à la maison ?

— Non, répondis-je, soulagée qu'elle reporte son attention sur moi.

Comme une imbécile, je me mis à lui parler en bégayant de mon collège exigeant et pragmatique de Hackney, m'efforçant de faire durer mon récit afin de lui faire oublier Marta qui commençait à ramasser lentement les affaires sur le sol autour de son lit. Mais le regard froid de Genevieve revenait régulièrement vers elle. Je me rendis alors compte – comme ce serait le cas tant de fois lors de notre séjour à High Realms – que nous ne nous en tirerions pas si facilement et que de nouveaux ennuis approchaient à grands pas. Genevieve se fichait éperdument de mon ancienne école. Elle était concentrée sur sa cible. Elle fit cliqueter son briquet argenté.

— Ton nom, m'interrompit-elle soudainement d'une voix forte, s'adressant à Marta qui était agenouillée par terre en train de ramasser des chaussettes pour les mettre dans le tiroir sous son lit. C'est un nom étranger.

Genevieve pointa du doigt un cahier d'exercices qui était posé sur le bureau, à côté de son pied. Sur la couverture, Marta avait écrit son nom : *Marta De Luca.*

— Oui, répondit-elle en se tournant lentement pour lui faire face.

— Il vient d'où ?

— D'Italie.

— Tes parents sont italiens, alors ?

— La famille de ma mère, affirma Marta avant de se lever, le regard rivé vers la fenêtre d'où l'on pouvait apercevoir les collines de bruyères verdoyantes.

— Ta mère ? Mais alors… réfléchit Genevieve en fronçant le nez.

— Mon père a pris le nom de ma mère lorsqu'ils se sont mariés, expliqua Marta en s'approchant très légèrement de Genevieve.

Cette dernière hocha la tête. Je décelai une lueur d'approbation dans ses yeux froids.

— Ta mère est donc féministe, fit-elle remarquer.

— Elle l'était. Elle est morte.

Désormais, c'était à moi de la fixer du regard. Marta ne me l'avait jamais dit, même lors de notre deuxième jour ici, lorsque, pendant le dîner, j'avais mentionné le fait que ma propre mère était décédée d'une leucémie, trois ans auparavant. Mais avant même que j'aie le temps de prononcer un mot, Genevieve ajouta de manière maussade :

— C'est pour ça que tu es si bizarre. Mon Dieu, ton père doit être étrange. Regarde ce qu'il a fait de toi. Un petit Gremlin complètement perturbé et sauvage qui n'a pas de mère.

Et le voilà : le premier tournant de notre histoire à la fois difficile et périlleuse. Il est si facile pour moi de l'identifier comme tel, car si Marta avait agi sous le coup de la colère, si elle avait poussé Genevieve du bureau sur lequel elle s'était assise sans notre permission pour la faire basculer à travers la fenêtre ouverte, sa cigarette allumée à la main, la précipitant ainsi vers une mort certaine sur la pelouse en contrebas, alors tout ce que nous avons vécu ne serait pas arrivé, n'*aurait* pas pu arriver. Et peut-être aurions-nous pu connaître le bonheur, même en tant qu'élèves boursiers dans l'une des écoles les plus prestigieuses du pays. Ou tout du moins, vivre une existence tranquille et supportable. Nous n'aurions pas vraiment connu Marta, bien entendu. À ce moment-là, je ne pense pas que j'aurais menti à l'école ou à la police en essayant de les convaincre que Genevieve était tombée. Je n'aurais eu aucun intérêt à agir ainsi : pas plus d'affinité avec Marta que quelques nuits partagées dans une chambre. Et je doutais que nous devenions réellement amies un jour.

Marta fit deux pas rapides vers Genevieve. Cette dernière eut un mouvement de recul. Elle écarquilla les yeux, le dédain ayant cédé sa place à la panique. Elle tendit le bras vers l'encadrement de la fenêtre, comme si elle espérait s'y agripper. Je vis les bras de Marta se balancer vers l'avant. Je me levai d'un bond, sans savoir réellement quoi faire. Mais, à ce moment-là, on frappa à la porte et trois personnes firent irruption dans la chambre 1A en riant bruyamment. Max, le petit copain de Genevieve, était accompagné de Lloyd et de Sami, nos amis Boursiers du millénaire. Ils portaient des vestes de soirée qui étaient trop grandes pour eux. Lloyd avait son appareil photo attaché autour du cou. Leurs joues étaient toutes rouges. J'en déduisis que c'était dû à la bouteille de vin au trois quarts vide que Max tenait à la main.

L'ambiance changea aussitôt. Max traversa la pièce à grands pas, plaça ses bras autour de Genevieve et l'embrassa – *Tu m'as manqué !* – puis il se mit à nous raconter, à Marta et moi, qu'il avait emmené Lloyd et Sami faire le tour du domaine (ici, on ne parlait jamais de campus). Il expliqua qu'ils avaient suivi le ruisseau Donny sur plusieurs kilomètres avant de se retrouver hors de vue de la maison principale. Lloyd avait réussi à prendre en photo une biche qui était passée devant eux. Ils s'étaient assis sur la berge et avaient bu le vin de messe que Max avait volé à la chapelle. Ils avaient bu plus que de raison et voilà comment ils s'étaient retrouvés ici, prêts pour le Dîner officiel. Mais pourquoi Marta et moi ne nous étions-nous pas encore changées ? Ce fut Sami, le gars rondouillet aux cheveux clairs, qui remarqua que quelque chose clochait, qui se rendit compte de l'étrange atmosphère qui régnait dans la pièce et sentit qu'un événement avait *failli* se passer. Il me chercha du regard, me lançant ce coup d'œil inquiet que j'allais apprendre à si bien connaître. Sans prononcer un mot, il posa sa main sur l'épaule de Marta qui, les yeux toujours rivés vers la fenêtre, se tenait debout silencieusement au milieu du vacarme qui avait envahi la chambre.

Nous ne parlâmes jamais de cette entrevue, Marta et moi. Ni entre nous ni aux garçons. Nous ne reconnûmes jamais son existence de quelque manière que ce soit. Mais pour moi, avec le recul, il est désormais évident que cet événement fut celui qui suscita la haine de Genevieve. Avant que Marta ne s'approche d'elle, les bras tendus vers l'avant, Genevieve nous avait détestées par principe, pour la simple et bonne raison que nous étions ici grâce à notre bourse. Mais cet après-midi-là, sa rancœur s'était métamorphosée en autre chose. À l'époque, je n'aurais su mettre des mots dessus, mais aujourd'hui je sais ce que c'était : la peur.

— Sylvia est en train de faire les vérifications des uniformes des sixièmes à l'atrium, dit Max. On n'a qu'à descendre maintenant pour voir combien d'entre eux vont pleurer.

Genevieve se mit soudainement à rire, entrelaçant ses doigts avec ceux de Max. Ce qui restait de l'atmosphère de tension qui régnait dans la chambre 1A s'évanouit alors. Lloyd, Sami, Genevieve et Max descendirent pour le Dîner officiel. C'était ça, High Realms : ils détestaient que quelqu'un se retrouve sans occupation, c'est pourquoi il y avait toujours une nouvelle activité à laquelle participer, un autre match à jouer, une énième réunion à laquelle assister ou des devoirs à finir. Peu importait ce qui se passait, vous deviez toujours suivre la cadence, sinon vous étiez considérés comme faibles. Marta et moi restâmes dans notre chambre pour la nettoyer, pliant en silence le nombre infini de pièces d'uniforme de High Realms avant de les ranger dans des tiroirs, empilant des manuels sur notre bureau, poussant nos malles sous nos lits. Marta ne reprit pas son classement des livres par ordre alphabétique. Pendant une demi-heure environ, la chambre 1A fut baignée dans la lumière radieuse du soir. Puis, le soleil se dissimula derrière les collines et le crépuscule enveloppa la maison principale. Pour toutes les autres personnes à High Realms, ce n'était qu'un jour de plus, mais pour nous, les Boursiers du millénaire, c'était le début d'un voyage qui définirait le reste de nos vies.

2

Le lendemain était un mercredi, c'était notre dernière journée libre avant le début des cours. Marta et moi étions les seules élèves de première à ne pas avoir la gueule de bois. Sur le chemin pour aller prendre notre petit déjeuner, un Sami vaseux nous raconta qu'une très grande quantité d'alcool avait été consommée pendant et après le Dîner officiel – des bouteilles et des canettes avaient été cachées sous des tables et dans des poches de vestes de soirée – et que, loin d'interdire cela, les membres de la Patrouille des aînés avaient joué le rôle de meneurs de l'opération.

Le sexe était très présent à High Realms. Le jour de notre arrivée, toutes les conversations hurlées dans les couloirs concernaient les soirées qui s'étaient déroulées durant l'été. On se demandait qui avait couché avec qui, quels couples avaient survécu aux vacances, qui avait trompé qui (et avec qui), et si oui ou non ils allaient se remettre ensemble. Les enjeux semblaient beaucoup plus importants que dans mon ancien collège où les gens ne racontaient que quelques ragots avant de vite passer à autre chose. À High Realms, j'avais l'impression que la personne avec laquelle on sortait détermineait bien plus sûrement notre statut social que la quantité d'argent que l'on avait ou le métier que nos parents exerçaient. Max Masters et Genevieve Lock formaient le couple vedette de notre année. Ils sortaient ensemble depuis la troisième et étaient à la fois charmants et inséparables. D'un côté, on avait Genevieve : membre de la

Patrouille des aînés et fille du chef de l'Opposition. De l'autre, Max : le beau et talentueux lauréat de la bourse d'orgue Burn, qui, apparemment, ne le couvrait pas d'ignominie comme c'était le cas pour la nôtre. Ensuite, il y avait la camarade de chambre de Genevieve, Shana Hussain, la fille d'un cheikh, qui, d'après Max, ne travaillait pas beaucoup, mais n'était jamais punie pour autant. Son petit copain, Jolyon Astor, était chef de la Patrouille des aînés et capitaine général de l'école. Mais Genevieve n'était pas si proche de Shana. Elle l'était bien plus de Sylvia Maudsley, qui était vice-capitaine générale et membre de la Patrouille des aînés pour la maison Raleigh. Nous ne l'avions encore jamais croisée.

À dix heures, je sentis une fébrilité dans l'air tandis que nous dévalions l'escalier pour nous rendre à la réunion des premières. La salle commune d'Hillary était un espace aéré et lambrissé de bois. Le plafond était suffisamment haut pour qu'une galerie s'y étende des quatre côtés. Cette dernière était accessible *via* un escalier en colimaçon. La pièce n'était pas vraiment assez grande pour accueillir les quatre maisons et, ce matin-là, de nombreux élèves déshydratés se chamaillaient alors que nous essayions de trouver un endroit pour nous asseoir. Lloyd, Marta, Sami et moi finîmes par nous installer sur un petit canapé au fond de la salle bondée. Coincée entre Sami et Marta, j'observai autour de moi mes bruyants camarades vêtus de leurs uniformes immaculés et affichant leurs dents parfaites. *C'est ton chez-toi désormais,* pensai-je. *C'est toi qui l'as voulu. Il faut que tu y arrives.* À côté de moi, Marta avait sorti un recueil de poèmes de la poche de son blazer et le lisait attentivement.

— Silence.

Notre maître d'internat s'adressa à la foule depuis une estrade qui se trouvait en face de la cheminée. Le major

Gregory était petit, chauve et avait la cinquantaine bien avancée. Il avait lui-même été élève à High Realms. Il était revenu à l'école en tant que maître en droit et chef fondateur de la maison Hillary après ce que le prospectus décrivait comme une *brillante carrière dans l'armée à laquelle une blessure avait mis fin.* Tatillon et coléreux, le major Gregory ne me semblait pas moins intimidant ce matin-là que lorsqu'il était venu nous chercher tous les quatre à l'atrium trois jours plus tôt. Il avait tout de suite pris Marta en grippe, lui reprochant d'avoir commandé son uniforme dans la mauvaise taille et d'être arrivée à High Realms sans accompagnateur. Il avait ignoré mon père, qui se tenait à l'écart, les clés de son taxi entre les doigts, mais il avait serré la main des parents de Sami en les appelant tous les deux docteur Lynch.

Le bruit se dissipa.

— Avant que l'on commence par la liste des avertissements, je tenais à vous dire que je suis profondément déçu de certains événements qui ont eu lieu hier soir, après le Dîner officiel, annonça le major Gregory d'un ton sec. Les personnes impliquées – je sais qu'elles se reconnaîtront – devront directement se présenter à mon bureau après cette réunion.

Les élèves intrigués et amusés emplirent la salle commune d'un léger brouhaha. Le major Gregory réclama le silence, mais j'avais déjà entendu les noms de Genevieve et de Max parmi les chuchotements. Ils étaient tous les deux assis sur un canapé, près de la cheminée. Genevieve avait placé ses jambes sur les genoux de Max et examinait ses ongles en souriant.

— Ils ont été surpris en train de coucher ensemble dans la tribune d'orgue à deux heures du matin, me chuchota Sami dans l'oreille. Max l'a raconté à Lloyd tout à l'heure.

Je me tournai vers Sami avec difficulté tant nous étions serrés sur le canapé quand une nouvelle voix s'éleva au-dessus du brouhaha.

— Bonjour, tout le monde.

Il s'agissait d'une femme d'une quarantaine d'années : grande et mince, au visage malicieux et érudit et aux cheveux bruns ondulés. Même si elle portait un jean et un pull et non une toge, je supposais qu'il s'agissait d'une mag. « Mag » était le nom donné aux professeurs à High Realms, et, comme Marta l'avait deviné, correspondait au diminutif du mot latin *magisterium.*

— Pour ceux qui ne me connaissent pas, je m'appelle Isobel Reza et je suis le docteur de l'école. Pour ceux qui me connaissent déjà, je vous souhaite une bonne rentrée. Je suis ravie de vous retrouver.

Il y eut quelques applaudissements dans la salle. D'après ce que j'avais pu constater jusque-là, cette réaction était assez atypique à High Realms où l'attitude envers le personnel semblait généralement osciller entre l'indifférence et le mépris pur et simple.

Le docteur Reza continua calmement d'une voix à la fois assurée et chaleureuse :

— Je vous connais très bien pour la plupart. Ce fut, jusqu'à présent, un grand privilège pour moi de m'occuper de vous durant votre séjour à High Realms. Vous avez désormais au moins tous seize ans. Vous êtes toujours les bienvenus au San à n'importe quel moment, où vous serez accueillis aussi vite que possible, par moi ou par une de nos infirmières. Vous avez peut-être de nouvelles… préoccupations médicale, c'est pourquoi j'aimerais vous rappeler que vous pouvez venir nous parler en toute confiance.

La foule se mit à ricaner. À côté de moi, le corps de Marta était totalement figé par la tension. Elle tenait le recueil de poèmes ouvert sur ses genoux, mais elle avait arrêté de le lire. Elle avait les yeux rivés sur le docteur Reza qui ignorait les regards noirs d'un major Gregory rouge écarlate.

Ce dernier ouvrit la bouche pour prendre la parole, mais une voix froide retentit du haut de la galerie.

— Je pense que l'on peut tous affirmer que Gerald Foster n'aura absolument *rien* à vous dire, docteur Reza.

Toutes les têtes se levèrent vers la fille aux cheveux bruns qui avait parlé. Je l'avais vue échanger des sourires avec Genevieve un peu plus tôt. Elle portait une toge de la Patrouille des aînés dont le col et les manches étaient ornés de galons argentés. Elle était aussi grande et mince que Genevieve et encore plus impressionnante avec sa peau pâle et brillante et ses traits fins. À sa façon de nous observer depuis la galerie, elle ressemblait au capitaine d'un bateau.

— Bonjour, Sylvia, la salua le docteur Reza en élevant la voix pour se faire entendre par-dessus les chuchotements. Est-ce que l'on ne devrait pas essayer de commencer l'année sur une note positive ?

— Oh, pitié. Je voulais seulement faire remarquer que Gerald Foster est un petit sournois pathétique et frustré d'être vierge… de ces nouvelles préoccupations médicales.

Sylvia Maudsley ne regardait pas en direction du docteur Reza, mais vers l'un des coins de la salle commune, où, assis par terre, se trouvait un garçon roux aux larges épaules dont les joues étaient couvertes de marques d'acné. Seul dans son coin, il ne portait pas son uniforme, mais un pantalon d'équitation et une veste cirée crasseuse. Son visage devint rouge écarlate tandis que la pièce était secouée de rires moqueurs.

— Ça suffit, Sylvia.

Une nouvelle voix retentit. Il s'agissait de la cheffe de la maison Raleigh, une femme austère dont j'ignorais le nom. Sylvia haussa les épaules et s'éloigna, disparaissant dans l'ombre au fond de la galerie. J'étais à la fois inquiète et troublée par la façon dont elle avait traité Gerald Foster, mais aussi par la joie avec laquelle sa méchanceté avait été accueillie. Qui plus est, j'avais entendu dire que Sylvia faisait partie de l'équipe de hockey U18 de l'école, pour laquelle je devais passer des épreuves de sélection d'ici deux jours. Avec une crosse à la main, nul doute qu'elle serait meurtrière.

Finalement, nous fûmes congédiés pour la pause du matin. Nous nous levâmes de notre canapé, mais à peine avions-nous eu le temps de rejoindre la foule d'élèves qui se dirigeait vers la porte que nous entendîmes le major Gregory nous appeler. Nous avançâmes vers la cheminée. À quelques mètres de là, le docteur Reza était en pleine conversation avec la femme qui avait fait taire Sylvia.

— J'ai deux mots à vous dire, dit le major Gregory. Les cours commencent demain matin. En tant que Boursiers du millénaire, vous vous devez d'être les meilleurs dans chaque matière.

Nous acquiesçâmes d'un signe de tête : cela avait été très clairement indiqué dans les lettres que nous avions reçues pour nous attribuer une bourse complète.

— En temps normal, je serais réticent à faire entrer quatre élèves boursiers à Hillary en même temps, mais au vu de vos résultats à l'examen… Mademoiselle De Luca, les vôtres étaient particulièrement impressionnants, ajouta-t-il en la scrutant de haut en bas. On ne peut pas en dire autant de votre uniforme.

— Je vais grandir, répondit Marta, la mâchoire crispée.

La bourse ne couvrait pas les frais de notre uniforme et de notre matériel. J'imaginais que, comme moi, elle avait décidé d'acheter un ensemble qui lui tiendrait les deux années. À ce moment-là, le docteur Reza se retourna.

— Bonjour, nous salua-t-elle, le sourire aux lèvres. C'est un plaisir de tous vous rencontrer.

Nous lui serrâmes la main tandis que le major Gregory

nous regardait froidement. Le docteur Reza lui jeta un coup d'œil.

— Tu disais qu'il y avait un problème avec l'uniforme de Marta ?

— Oui, comme tu peux le constater.

— Ce n'est pas un souci : il y a beaucoup d'objets perdus au San. On te trouvera une tenue de rechange quand tu viendras pour ta visite de contrôle de début de trimestre, Marta.

— Je ne veux pas... objecta-t-elle, l'air paniquée, mais elle n'eut pas l'occasion de finir sa phrase : le major Gregory avait écarté le docteur Reza du groupe pour lui faire des remontrances.

— Allez venez, nous suggéra Lloyd en lançant un coup d'œil à Marta qui affichait toujours une expression indignée. Allons profiter de notre pause.

En passant devant le bureau du major Gregory, j'aperçus Genevieve et Max qui attendaient dehors. Ils étaient en train de discuter avec Sylvia et Bella Ford, la capitaine des Jeux, que je connaissais un peu grâce au hockey. Le bras musclé de Bella était cramponné aux épaules de Sylvia, son pouce passant d'un côté à l'autre de sa clavicule. Ils interrompirent leur conversation tandis que l'on s'approchait d'eux.

— Vous êtes les Boursiers du millénaire ? nous interpella Sylvia en nous détaillant de haut en bas.

Nous hochâmes la tête. Elle retroussa les lèvres.

— Bon sang, jura-t-elle en nous regardant un par un avant de s'arrêter sur moi. Où est-ce qu'ils t'ont trouvée, toi ?

Max, Genevieve et Bella se mirent à rire, mais Sylvia continua de m'observer de ses yeux inquisiteurs.

— Tu ne tiendras pas cinq minutes, lança-t-elle froidement avant de se retourner pour poursuivre sa conversation.

*

Je me souviens de ce mercredi : ce fut ce jour-là que je me rendis pleinement compte du nombre de marches qu'il y avait à High Realms. À la pause du matin, nous nous rendîmes à l'atrium. Nous descendîmes donc les six étages en empruntant l'escalier principal, surnommé l'Eiger, dont les deux cents marches étaient presque deux fois plus hautes que des marches normales et si bien polies que je vis plusieurs élèves de sixième glisser dessus. Puis, nous retournâmes à Hillary pour une courte cérémonie connue sous le nom de « répartition des corvées ». Marta et moi avions été priées de nous rendre aux écuries à quatorze heures trente cet après-midi-là puis à sept heures moins le quart chaque matin. À l'heure du déjeuner, nous redescendîmes au rez-de-chaussée pour nous rendre dans l'immense réfectoire puis, après le repas, nous retournâmes dans nos chambres pour enfiler nos combinaisons et nos bottes de travail. Ces tenues avaient été exigées sur la liste des uniformes dédiés aux corvées extérieures. Je dus m'y prendre à plusieurs reprises avant de réussir à convaincre Marta de retirer son uniforme et de m'accompagner aux écuries. Je le faisais dans mon propre intérêt autant que dans le sien : je n'avais aucunement envie de me rendre seule à l'initiation.

Est-ce que nous nous demandions alors, Lloyd, Sami et moi, pourquoi le comportement de Marta était si étrange ? Ou est-ce que nous nous étions rendu compte qu'elle était plus perturbée que rebelle ? La réponse est simple : non. Ces premiers jours à l'internat furent si chargés et si épuisants que nous fûmes trop occupés à gérer nos propres problèmes, qui étaient en partie liés à notre volonté de nous intégrer. Et il s'avérait que Marta était un des éléments qui nous en empêchait. Pour différentes raisons, mais avec un dénominateur commun, nous voulions tous désespérément venir à High Realms. Nous avions été séduits par la renommée de l'établissement (*tout le monde* en avait entendu parler), par les prospectus au papier brillant qu'ils avaient soudainement envoyés à des écoles publiques dont les taux de réussite étaient élevés, et, dans mon cas en particulier, par l'enquête sur les récents diplômés et la liste des anciens élèves au dos de la brochure. Ces pages indiquaient clairement que les anciens élèves de High Realms dirigeaient le monde. Ils faisaient leurs études à Oxford, Cambridge et dans d'autres universités prestigieuses. Par conséquent, ils obtenaient avec une rapidité impressionnante des postes haut placés au sein du gouvernement, de l'armée et de différentes entreprises. Mais désormais, le bruit courait que les résultats aux examens de High Realms étaient en baisse et que son statut d'association caritative était menacé : ils avaient besoin de nouveaux talents pauvres. C'était la raison pour laquelle Lloyd, Sami, Marta et moi avions passé l'examen extrêmement difficile qui donnait accès à la bourse. Plus d'un millier d'autres candidats avaient fait de même, mais c'était nous qui avions obtenu les places. Nous avions réussi.

J'espérais que mon séjour à High Realms serait amusant. Pour moi, les internats avaient un côté féerique. Cette image était en grande partie due aux livres que j'avais lus dans mon enfance. Après avoir reçu ma lettre d'admission, je m'étais replongée dans ces institutions fictives, de Malory Towers à Trebizon en passant par The Chalet School[1]. Je m'étais rassurée en relisant ces histoires familières dans lesquelles les marginaux devenaient des leaders, les personnes discriminées étaient progressivement acceptées et aucun événement réellement dramatique n'avait lieu. Dans mon école à Hackney, je m'étais tellement concentrée sur mon travail scolaire que je ne m'étais

1. Séries de romans anglo-saxons dans lesquels l'histoire se déroule dans un internat (NdT).

pas fait beaucoup d'amis. L'idée d'une camaraderie inhérente – même forcée – dans les internats m'attirait donc grandement. Quelques mois plus tard, alors que mon père et moi arrivions à High Realms pour la première fois à bord de son taxi et que nous empruntions la grande allée délimitée par des platanes majestueux, j'avais eu le sentiment de voir mon imagination devenir réalité, à un degré d'éclat et de grandeur qui surpassait toutes mes attentes. J'étais aux anges. Mais dès que nous avions mis un pied dans l'atrium bondé avec ses dizaines de portraits et son escalier en colimaçon, toute euphorie avait disparu. J'avais levé les yeux et regardé tout autour de moi. J'avais vu les centaines d'élèves qui irradiaient d'une confiance en eux et d'une beauté encore plus imposantes que leur richesse. Je m'étais sentie minuscule, comme si je ne connaissais rien à la vie, que je n'avais rien vécu et qu'il ne m'*arriverait* jamais rien, car j'étais une personne insignifiante qui n'avait aucun mérite. J'avais espéré me métamorphoser en franchissant la porte, mais comparé à ces groupes de créatures élégantes, toutes en Technicolor, j'avais l'impression d'être monochrome, inexpérimentée et mal habillée.

C'était désormais notre quatrième jour ici. Lloyd, Sami, Marta et moi étions alors liés d'une amitié à la fois fragile et nécessaire. Disposant d'un temps limité pour discuter, nous ne connaissions que peu d'informations concernant les vies de chacun. Même les rares éléments que nous avions échangés étaient vagues et confus sur certains points. Le premier jour, à l'atrium, Lloyd nous avait présenté ses parents d'adoption qui l'avaient tendrement enlacé au moment de le quitter. Mais depuis, Lloyd nous avait confié qu'il espérait ne jamais les revoir. « Ce n'est pas possible », m'avait dit Sami juste après. Mais en réalité, nous n'avions aucune idée de la manière dont ces choses fonctionnaient. Sami avait été déposé par ses parents qui avaient un accent du Yorkshire encore plus prononcé que le sien. Ils avaient aidé Marta à décharger ses affaires du taxi dans lequel elle était arrivée puis ils avaient chaleureusement salué mon père tandis que Sami disait au revoir à ses trois sœurs. La plus jeune s'était cramponnée à lui jusqu'à ce qu'il la prenne dans ses bras. Elle s'était agrippée à son cou en pleurant. Je me souviens d'avoir jeté un coup d'œil à Lloyd et à Marta pour voir leur réaction, me doutant que, comme moi, ils n'avaient ni frère ni sœur. Lloyd les avait observés en affichant une expression quelque peu sceptique. Mais Marta avait basculé sa tête en arrière, fixant du regard le plafond voûté de l'atrium, un léger sourire aux lèvres sur son visage pâle.

Si nous ne savions que peu de choses sur nous quatre, c'était encore pire pour les autres élèves étant donné que la majorité d'entre eux ne nous avaient pas adressé la parole une seule fois. Lloyd s'était rapproché de Max, uniquement parce que ce dernier donnait des cours d'orgue en tant que bénéficiaire de la bourse Burn. Et Lloyd, qui s'était révélé être un pianiste talentueux, avait décidé d'essayer ce nouvel instrument. En dehors de cela, notre expérience était déjà solitaire au sein de cette atmosphère sectaire qui régnait à High Realms. Ici, comme nous allions vite le comprendre, les élèves s'adonnaient à une polka complexe qui balançait entre loyauté, honneur et revanche : toute une série de pas que nous n'avions pas encore appris.

Peut-être aurait-il été mieux de rester sur la ligne de touche. Nous n'avions aucunement besoin de nous retrouver impliqués dans l'événement qui eut lieu cet après-midi-là – contrairement à ceux qui suivraient, celui-ci n'était pas notre combat. Je me rappelle descendre l'Eiger en courant aux côtés de Marta, manquant de trébucher à chaque pas dans nos bottes aux épaisses semelles. Quelques rayons du soleil transperçaient la pièce vide de l'atrium. Nous franchîmes la porte d'entrée et arrivâmes sur la grande allée, également déserte. Nous nous arrêtâmes au pied des marches en pierre en clignant des yeux, aveuglées par la lumière étincelante du soleil. Nous tournâmes la tête vers la droite, en direction des pelouses tondues qui s'étendaient jusqu'au bâtiment Klein-Portman et jusqu'à la bibliothèque Straker. À notre gauche, l'immense façade de la chapelle brillait à la lumière du soleil tandis que sa cloche sonnait placidement quinze heures.

— La tour de l'horloge, dit soudainement Marta.

— Comment ?

— On la voit depuis notre fenêtre. Elle se trouve à côté des écuries. Je m'en souviens, je l'avais vue dans le prospectus, expliqua Marta avant de pointer du doigt un passage entre la maison principale et la chapelle. C'est par là.

Je la suivis à travers un dédale de bâtiments en brique rouge regroupés autour de pelouses carrées, à l'intérieur desquels se trouvaient des salles de classe et des chambres. Puis, soudainement, nous aperçûmes un grand porche voûté qui donnait sur une cour hexagonale avec une fontaine au centre. Marta s'arrêta pour observer le panneau qui se trouvait à côté de l'arche sous laquelle nous venions de passer. Alors que nous parcourions du regard la liste des différents lieux, nous entendîmes des voix s'élever au loin, semblables à une sorte de chant.

— Qu'est-ce que c'est ? demandai-je, mal à l'aise face à l'intensité du bruit.

Marta haussa les épaules et arrêta finalement son doigt sur le mot *écuries*.

— Ça vient de par ici, déclara-t-elle.

Nous fîmes le tour de la pelouse pour rejoindre un deuxième porche voûté. Tandis que nous passions en dessous, les chants se firent de plus en plus forts, gagnant en agressivité à chaque seconde.

Nous aperçûmes les écuries : un ensemble de bâtiments, hauts d'un étage, qui formaient un carré et étaient plus décrépits que le reste du domaine. De l'autre côté se trouvait la tour de l'horloge que Marta avait vue depuis notre chambre. Nous passâmes sous un autre porche et vîmes la cour des écuries qui était remplie d'élèves vêtus de leurs combinaisons de travail. Ils avaient arrêté de chanter et étaient désormais complètement silencieux. Ils étaient dos à nous, ce qui nous empêchait de voir ce qu'ils observaient.

Cachées sous le porche, à quelques mètres de la foule, Marta et moi échangeâmes un regard. Il était évident que quelque chose de mal était en train de se passer, certainement un autre étrange rituel de High Realms. *Tu n'as pas besoin de voir ça*, murmura une voix au fond de mon esprit. *Retourne à l'Hexagone et attends que ça se termine.* Je tendis le bras vers Marta pour l'éloigner, mais nous entendîmes des bruits de sabots sur le gravier. Un imposant cheval noir apparut et s'approcha du groupe d'élèves. Le cavalier s'avança, séparant la foule en deux, ce qui nous permit de voir ce qu'ils observaient.

Le garçon aux cheveux roux qui, quelques heures plus tôt, était assis sous une des fenêtres de la salle commune d'Hillary était désormais torse nu, attaché à une statue au milieu de la cour. Tandis que son cou penchait désespérément d'un côté, son corps suivait la forme de la statue. Cette dernière représentait un cheval cabré qui avait la tête rejetée en arrière et les pattes de devant en l'air. Gerald Foster était attaché au niveau du cou et du flanc de l'animal en pierre à l'aide de cordes en cuir qui entouraient son torse, ses bras et ses cuisses. Ses pieds pendaient au-dessus d'un abreuvoir rond, d'où les pattes arrière du cheval émergeaient. Il donna un violent coup de pied. De l'eau gicla et la foule recula.

— Arrête de te débattre.

C'était la voix de Genevieve, qui montait le cheval noir. De l'autre côté de la cour, je vis Sylvia sur un autre cheval en train de patrouiller autour de la foule.

— Ça ne te servira à rien. Et puis, les chevaux, c'est ta passion, non ?

— Libère-moi, salope ! hurla Gerald en tirant sur les cordes, les bras serrés le long du corps.

Il était particulièrement grand et, malgré son incapacité à faire quoi que ce soit, une grande puissance émanait de lui.

— Tu vas le payer !

— Non, objecta froidement Genevieve en élevant la voix. C'est *toi* qui vas le payer, Gerald. Tu vas payer parce que tu es un traître et un pauvre puceau jaloux.

Gerald émit un grognement, mais elle arrêta son cheval devant lui et se mit à parler plus fort.

— Ce n'est pas comme si tu n'étais pas habitué à la manière dont les choses se passent à High Realms. Tu es là depuis aussi longtemps que nous, déclara-t-elle, son visage devenant encore plus sévère alors qu'elle l'observait. Tu connais les règles.

— Tu les as enfreintes ! s'écria Gerald, luttant contre les liens qui le retenaient, ce qui me fit prendre conscience qu'il ne s'agissait pas de cordes, mais de rênes. On n'a pas le droit de traîner dehors la nuit ! Tu penses que tu peux faire ce qui te chante, mais maintenant je fais partie de la Patrouille des aî…

Il s'interrompit : l'une des rênes avait soudainement glissé et son corps était descendu de quelques centimètres, se rapprochant dangereusement du bassin.

— Comme tu le sais bien, je ne parle pas des règles de *l'école*, renchérit Genevieve qui tenait une cravache dans sa main droite. Ta nomination à la Patrouille des aînés, bien que peu judicieuse, n'y change rien, Gerald. Tu ne cafteras plus jamais.

Elle leva sa cravache en l'air. Je sentis une vague de peur m'envahir. Mais elle la pointa vers le groupe d'élèves qui se mit à chanter. « *Puceau cafteur. Puceau cafteur. Puceau cafteur.* »

Alors que la foule chantait, je tournai les yeux vers Sylvia. Elle était assise à califourchon sur son cheval, vêtue d'une veste bleue de la maison Raleigh. Elle fronçait les sourcils, son regard passant de Gerald à Genevieve avant de s'arrêter sur cette dernière. Son cheval remua la tête de manière agitée. Sylvia se pencha pour le caresser entre les oreilles sans lâcher son amie du regard. Bien que Genevieve semble être aux commandes, j'avais l'impression que c'était Sylvia la véritable arbitre, s'assurant que tout se déroulait comme il se devait pour son amie.

Avec une facilité déconcertante, Genevieve fit avancer son cheval en contournant la foule pour se placer à côté de Sylvia. Ensemble, elles observèrent Gerald lutter désespérément contre les rênes, faisant gicler de l'eau partout autour de lui tandis qu'il essayait de défaire le nœud à la force de ses coups de pied. Horrifiée, je voyais son corps glisser de plus en plus bas tandis que les rênes commençaient à céder sous son poids. La plus haute corde formait une boucle autour du cou de la statue et était attachée autour de son torse et de ses bras. Sans le maintien de la rêne la plus basse, je savais que la plus haute glisserait jusqu'à son cou. Sylvia plissait les yeux.

— Surprendre des gens en train de faire ce qu'on rêve soi-même d'expérimenter n'est pas une raison pour cafter, répliqua Genevieve à l'intention de Gerald, d'une voix proche d'un sifflement.

Le visage de Gerald vira au rouge tandis qu'il continuait de se débattre frénétiquement pour se libérer. Il semblait être en proie à une crise de panique, en plus de souffrir d'une douleur physique intense. Je regardais la scène, horrifiée, lorsqu'il fut pris de haut-le-cœur et qu'il se mit à vomir tout son repas sur son torse nu. Des éclats de rire s'échappèrent de la foule.

J'entendis des bruits de sabots tout près de nous. Le cheval gris de Sylvia se plaça devant le porche, nous bloquant la vue. Marta et moi reculâmes dans l'ombre tandis que Sylvia se pencha sur sa selle. Du bout de son fouet, elle tapota l'épaule d'un jeune élève qui se trouvait au dernier rang. Il sursauta et afficha un air effrayé tandis qu'elle lui murmurait quelque chose à l'oreille. Il cligna des yeux, étonné, avant de hocher la tête en signe d'approbation. Puis, Sylvia effleura les flancs de son cheval à l'aide de ses talons pour retourner aux côtés de Genevieve qui avait le dos tourné.

Plusieurs événements se déroulèrent presque en même temps. Une voix tremblante en provenance du fond de la foule se mit à hurler :

— Mag ! Mag !

Le groupe d'élèves se dispersa aussitôt. Ils se précipitèrent vers les écuries alentour en attrapant des râteaux, des seaux et des brouettes sur leur passage. Genevieve et Sylvia firent avancer leurs chevaux vers le coin de la cour. Elles s'arrêtèrent comme si elle venait tout juste de monter dessus. De plus en plus désespéré, Gerald continuait de se débattre. Il libéra ses jambes et d'un seul coup, son corps fit un mouvement brusque vers le sol. La rêne la plus haute glissa sur son torse et s'arrêta sur son cou. Il commença à s'étouffer.

— *Non !*

Marta courut vers la statue. Elle sauta sur le rebord de l'abreuvoir pour attraper les rênes qui retenaient Gerald. Son visage se tordait de douleur. Il continuait de donner des coups de pied dans l'eau, éclaboussant tout autour de lui. Pris de panique, il empêchait Marta de venir à son secours : elle ne pouvait s'approcher assez près pour défaire les nœuds autour de la tête du cheval. Soudain, elle se mit à genoux sur le rebord du bassin et passa ses bras autour des jambes de Gerald, les tenant fermement afin de l'empêcher de bouger.

— Rose ! cria-t-elle.

Je sortis alors de ma transe. Je courus vers la statue et grimpai sur le rebord, exactement comme Marta l'avait fait. Ignorant les nœuds, je m'affairai à une boucle, tentant de détendre le cuir pour le séparer du bout de métal. Pile au moment où je réussis à défaire la sangle, Gerald donna un dernier puissant coup de pied. Marta fut projetée au sol avec lui. Ils roulèrent dans la poussière.

— Mince.

Je sautai de l'abreuvoir pour aller m'accroupir à côté de Marta qui était allongée par terre, une joue contre le gravier. Je mis ma main sur son épaule alors qu'elle essayait de s'asseoir.

— Ça va ? m'inquiétai-je.

— Je crois.

Du sang coulait du coin de sa bouche et sa combinaison était couverte de poussière et du vomi de Gerald. Elle se tourna vers lui.

— Et toi, ça va ? demanda-t-elle.

Il était par terre à quatre pattes en train de tousser, les joues rouges de honte.

— Va te faire foutre, réussit-il à dire.

Il se remit debout et traversa la cour en boitant pour se diriger vers l'autre porche voûté, son dos pâle couvert de sang.

Marta et moi nous retrouvâmes seules au milieu de la cour. Nous nous dévisageâmes, trop abasourdies pour prononcer un mot. Autour de nous, les écuries bourdonnaient d'activité. Le soleil se reflétait sur les aiguilles de l'horloge. Il n'y avait aucun professeur dans les parages.

— Des *losers* qui aident un *loser.* Comme c'est mignon.

Nous nous retournâmes. Désormais à pied, Genevieve et Sylvia s'avançaient dans notre direction. Elles étaient toutes les deux plus grandes que nous, et une certaine robustesse se dégageait de leurs corps élancés.

— Laquelle d'entre vous a mis fin à notre petite fête ? demanda Genevieve.

— On n'a pas… commença Marta, mais Sylvia plissa les yeux et je compris alors ce qu'elle avait demandé à l'autre élève.

J'interrompis Marta, sans réellement savoir pourquoi.

— C'était moi, affirmai-je en déglutissant tandis que Genevieve et Sylvia se tournaient dans ma direction. Vous n'avez pas le droit de traiter les gens de cette façon.

Genevieve affichait un air de mépris implacable.

— Je ne te crois pas, dit-elle avant de scruter Marta. C'est *toi* qui as crié, espèce d'épouvantable petit Gremlin. Tu as beaucoup à apprendre si tu ne veux pas finir comme lui.

Elle tourna la tête vers une étable, dans laquelle se trouvait Gerald. Il avait posé son front contre le cou d'un cheval, des sanglots faisant soulever ses larges épaules.

— Va-t'en, ordonna soudainement Genevieve en pointant Marta puis la maison principale du doigt. Allez, dégage de là. On ne te fait plus confiance, Gremlin.

L'espace d'un instant, Marta hésita. Je craignis qu'elle n'obéisse pas à Genevieve. Mais elle finit par soupirer et se diriger vers la maison principale en traînant les pieds, sans jeter un regard en arrière. Genevieve émit un bruit pour manifester son mépris et s'éloigna vers une écurie non loin de là, me laissant seule avec Sylvia.

Cette dernière me dévisagea. Sous ses traits froids, je décelai un sentiment proche de la curiosité.

— Je ne t'ai pas vue dans la foule, dit-elle.

Je haussai les épaules. Mon mensonge semblait désormais inutile, stupide même. Mais, d'une certaine façon, je savais que toute tentative de faire marche arrière ne ferait qu'empirer les choses. Sylvia s'apprêta à parler, mais au même moment, Genevieve cria son nom. Ses yeux croisèrent brièvement les miens, puis elle tourna les talons.

Je savais qu'il fallait que j'aille retrouver Marta, mais un profond dégoût s'empara de moi. Je m'assis sur le bord du bassin duquel s'élevait l'immense cheval. J'étais horrifiée par la cruauté dont j'avais été témoin, mais ce n'était pas tout. Malgré l'acte de miséricorde de Sylvia – pour lequel Marta était désormais accusée –, j'étais abasourdie par l'assurance avec laquelle Genevieve et elle s'étaient comportées. Elles s'étaient proclamées arbitres de la morale dans un monde sans morale, au sein d'un système dans lequel régnait la loi du plus fort. Nous savions déjà que nous n'étions pas les plus forts, mais la peur m'envahit à la pensée que ce domaine était désormais ma maison pour deux années entières : un monde qui, aussi terrifiante que soit cette idée, reposait entièrement sur une conception très particulière du bien et du mal.

3

— Elle n'est pas venue du *tout* ?

Je fis non de la tête. Lloyd et Sami me dévisagèrent, l'air incrédules. Nous étions en train de prendre notre petit déjeuner dans le réfectoire. La veille, Marta et moi avions été témoins de l'agression dont Gerald avait été victime. Les cours devaient commencer d'ici une demi-heure, mais aucun d'entre nous n'avait vu Marta ce matin-là. J'avais trouvé son lit vide lorsque je m'étais réveillée à six heures et quart pour les corvées matinales et elle n'était pas venue aux écuries non plus. Un Gerald maussade m'avait confié le nettoyage du bloc C, mais je n'avais pas eu le temps de finir de balayer, d'arroser au jet et d'effectuer les autres corvées avant la sonnerie de la cloche annonçant le petit déjeuner.

— Est-ce qu'elle se lève tôt en temps normal ? me demandait désormais Sami.

— Oui, répondis-je.

Mais au même moment, je me rendis compte que je n'avais jamais réellement vu Marta se lever ou se coucher. Et ce, alors que nous partagions la même chambre. Comme pour défier les règles, chaque soir, elle restait à son bureau, penchée sur ses livres, après que la cloche signalant l'extinction des feux avait retenti. Et, jusqu'à aujourd'hui, je l'avais toujours trouvée au même endroit à mon réveil.

— Salut, les jeunes, nous salua Max, qui, à ma grande surprise, jeta son plateau à côté du mien, renversant du lait de son bol de céréales sur la table. C'est votre premier jour ! Comment vous vous sentez ?

— Plutôt bien, répondit immédiatement Lloyd, ce qui fit sourire Max.

— Même si vous êtes dans la classe la plus exigeante, ce sera un jeu d'enfant pour vous, les gars, ajouta-t-il en plongeant sa cuillère dans ses corn-flakes. J'ai demandé à Keps de changer de classe en anglais... On sait jamais, si je peux me faciliter la vie... Mais elle a insisté pour qu'on se joigne à vous, Sylvia et moi.

Il nous fit un grand sourire. Je le trouvais si séduisant avec ses cheveux bruns ondulés et sa peau au teint olive.

— Eh, mais où est Marta ?

— On ne sait pas, dit Sami, l'air perturbé. Rose ne l'a pas vue ce matin.

— Peut-être qu'elle s'est enfuie, répondit Max d'un air enjoué.

— *Quoi ?* s'exclama Sami, horrifié, ce qui fit rire Max.

— Je rigole ! le rassura-t-il, la bouche pleine de corn-flakes. Mais sérieusement, elle n'a pas vraiment l'air d'apprécier sa vie ici, non ?

— Comment ça ?

— Eh bien, on dirait qu'elle n'a même pas envie de faire d'effort. Avec son immense uniforme... commenta Max en prenant une gorgée de café. Et tous les retraits de privilège et les sanctions qu'elle a déjà reçus. Je *sais* que c'est Gin qui lui a donné la plupart d'entre eux, ajouta-t-il en voyant mon expression. Mais elle veut seulement s'assurer que Marta comprenne comment les choses fonctionnent ici, pour *son* bien. Gin m'a raconté ce qui s'était passé avec Gerald. Marta ne va pas se faciliter la vie si elle défend des gens comme lui.

Lloyd, Sami et moi nous dévisageâmes, mal à l'aise.

— Max, intervint soudainement Lloyd. Ce n'est pas juste. Sylvia et Genevieve auraient vraiment pu faire du mal à Gerald. Je pense que Marta a bien agi.

— Tu ne comprends pas, rétorqua Max en lui lançant un regard à la fois amusé et plein de compassion. Gerald peut se débrouiller tout seul. Il est capable de bien pire que de nous balancer, Gin et moi, au major G. Il nous a dans le viseur depuis des années.

— Pourquoi ? l'interrogea Lloyd en le regardant attentivement.

— Quand on était plus jeunes, il a demandé plusieurs fois à Sylvia si elle voulait sortir avec lui. Elle a refusé.

Nous attendîmes, mais Max n'ajouta rien. Il tartinait son pain avec du beurre en jetant des coups d'œil dans le réfectoire, l'air imperturbable.

— Si seulement Gin venait prendre son petit déjeuner parfois… finit-il par dire, mais Sami l'interrompit.

— C'est *tout* ? Sylvia lui a mis un râteau… il y a de ça des années ?

Un court instant, je crus déceler une pointe d'agacement sur le visage de Max. Puis il finit par répondre d'une voix neutre :

— Les gens sont rancuniers. On passe trop de temps ensemble pour oublier certaines choses. On a un… passé commun, j'imagine. (Il touilla son café, perdu dans ses pensées, avant de nous sourire à pleines dents.) Ce qui me fait penser : vous commencez à tout savoir sur *nous,* mais nous, on ne sait rien de vous deux, ajouta-t-il en nous fixant du regard, Sami et moi. Je connais la situation de Lloyd, mais vous, vous venez d'où ? Ils font quoi, vos parents ?

Je baissai les yeux vers mon bol de céréales à moitié vide. Max me paraissait bien trop décontracté. Ses manières semblaient trop étudiées pour être réellement désinvoltes, comme un détective qui recueille des preuves auprès d'un suspect involontaire.

— J'habite à Hackney. Mon père est chauffeur de taxi, expliquai-je, pensant qu'il serait impoli de ne pas répondre.

— Et ta mère ?

— Elle est morte, dis-je, en essayant de ne pas paraître trop sèche.

Max écarquilla les yeux. Puis, il posa sa main sur la mienne et la serra légèrement. C'était le premier contact physique que j'avais depuis mon arrivée à High Realms. L'espace d'un instant, je ressentis le besoin de rester cramponnée à sa main toute la journée.

— Je suis vraiment désolé. Ça doit être *horrible* pour toi, me confia Max en serrant à nouveau ma main avant de se tourner vers Sami. Et toi, mon gars ? demanda-t-il en faisant une imitation grossière de l'accent du Yorkshire.

— Je viens de Leeds et mes parents sont médecins, affirma joyeusement Sami. Mon père est psychiatre et ma mère est gynécologue.

— Et tu espères suivre les traces de tes parents ?

— Comment as-tu devi… commença Sami, mais Max avait déjà repris la parole.

— La boîte avec laquelle tu es arrivée… Le coffre en bois. Qu'est-ce que tu caches là-dedans ? Des trucs sympas ?

— Sympa, c'est-à-dire ?

— Bouteilles d'alcool, cigarettes ? Quelque chose qui pourrait nous intéresser ?

— Oh, fit Sami en riant presque. Non, j'ai bien peur que non. C'est ma boîte de friandises. (En voyant les sourcils de Max se lever, il continua.) Mes parents m'ont dit que les gens amenaient des boîtes de friandises en internat. C'est principalement du chocolat. Et quelques biscuits et des bonbons…

— OK ! gloussa Max. C'est dommage, mais peu importe. À ta place, j'éviterais d'en parler aux autres par contre… On n'a plus de boîte de friandises depuis la quatrième.

Il nous adressa à nouveau un clin d'œil. Au même moment, la cloche retentit de manière stridente. Max avala son café d'une traite.

— On ferait mieux d'y aller. Keps ne va pas être contente si on arrive en retard.

— Rose !

Nous étions en train de monter l'Eiger quand nous aperçûmes Marta, quelques marches plus bas, en train de pousser les gens pour nous rattraper. Elle n'avait pas de sac de cours mais les bras chargés de livres.

— Où étais-tu passée ? demandai-je, essayant de cacher à quel point j'étais soulagée de la voir.

— À la bibliothèque ! s'exclama-t-elle en nous montrant l'un des livres qu'elle portait, à savoir notre anthologie de poèmes pour la préparation du bac. Je n'avais pas fini de lire tous les poèmes, du coup, je me suis levée tôt.

Elle était essoufflée et tenait sa jupe au niveau de la ceinture pour éviter qu'elle ne tombe. Une grosse croûte s'était formée dans le coin de sa bouche.

— Mais…

Je la dévisageai, incapable de savoir quelle objection émettre en premier. Tu étais censée m'aider aux écuries ? J'ai dû te couvrir pendant l'appel ? Notre chambre ressemble de nouveau à un dépotoir ?

— On n'a pas besoin de tous les lire avant le cours, lui expliqua Lloyd. Ce n'est pas comme ça que les cours fonctionnent, Marta.

— J'*aime* lire…

— OK, mais tu as laissé tomber Rose, la coupa Lloyd qui essayait de garder son calme. Elle a dû faire les corvées du matin toute seule.

— Je suis désolée, s'excusa Marta en m'adressant un sourire si sincère et contrit que je sentis ma rancœur se dissiper. J'étais juste trop impatiente. C'est mon premier véritable jour de cours.

Elle avait l'air si heureuse que je ne pus me résoudre à la réprimander.

Le département d'anglais se trouvait au quatrième étage de la maison principale. Max nous guida le long d'un couloir avant de s'arrêter devant une porte entrouverte.

— C'est la salle de Keps, dit-il par-dessus son épaule en poussant la porte.

À l'intérieur, la pièce était lambrissée de bois et imprégnée de la lumière du soleil. En regardant à travers les hautes fenêtres, je me rendis compte que nous étions presque juste en dessous de la chambre 1A. La pièce étant orientée vers l'est, on pouvait apercevoir le toit verdâtre de la chapelle, l'Hexagone et les écuries, facilement identifiables grâce à la tour de l'horloge.

— Bonjour.

La femme au visage sévère qui avait réprimandé Sylvia la veille, lors de la réunion, entra, comme Marta, les bras chargés de livres. Elle portait un costume noir sous sa toge et avait les cheveux attachés.

— Asseyez-vous.

Elle nous regarda nous asseoir les yeux plissés. Je sentis soudain un nouvel élan de détermination me gagner, prenant le pas sur ma peur. Depuis l'école primaire, j'avais toujours eu d'excellents résultats scolaires ainsi qu'une capacité naturelle à travailler pendant des heures, ce qui m'avait valu l'admiration de mes professeurs, voire de mes camarades. Même si la vie à High Realms s'avérait difficile à d'autres égards, j'étais quasiment certaine que les cours seraient le moment pour moi de briller.

— Présentations, intervint brusquement la professeure. Je m'appelle mademoiselle Kepple. Je suis cheffe de la maison Raleigh et mag supérieure d'anglais.

Nous fîmes un tour de table, nous présentant les uns après les autres. Marta venait de dire son nom lorsque la porte de la classe s'ouvrit brutalement. Sylvia fit irruption dans la pièce, sa toge de la Patrouille des aînés fouettant l'air, telle une cape. Elle s'assit sur une chaise vide près de Mlle Kepple, qui lui adressa un sourire crispé.

— Bonjour, Sylvia.

— Bonjour.

Sylvia posa son menton sur sa main et, d'un air dédaigneux, elle parcourut du regard les bureaux disposés en forme de fer à cheval. *Wah, le pouvoir qu'elle a*, pensai-je.

— Bien, reprit Mlle Kepple au bout d'un moment. Nous consacrerons le premier trimestre à étudier la poésie. Est-ce que vous avez tous l'anthologie avec vous ?

Un bruissement retentit dans la pièce tandis que nous sortions le livre de nos sacs, mais Mlle Kepple leva la main.

— Pour commencer, je voudrais que vous jetiez un coup d'œil à ceci.

Elle fit passer des feuilles. Je lus la mienne.

puisque sentir est premier
qui prête la moindre attention
à la syntaxe des choses
ne t'embrassera jamais entière ;

tout entier être un idiot
quand le printemps est de ce monde

mon sang approuve,
et les baisers sont un meilleur sort
que la sagesse

ma dame je le jure sur toutes les fleurs. Ne pleure pas
– le plus beau geste de mon cerveau ne vaut
ce battement de tes paupières qui dit

nous sommes l'un à l'autre : alors
ris donc, à la renverse dans mes bras,
car la vie n'est pas un paragraphe

Et la mort je pense n'est pas une parenthèse[1]

Je relevai la tête et croisai le regard de Marta de l'autre côté de la salle. Venant, elle aussi, de finir de lire, elle m'adressa un sourire. À deux tables de moi, Lloyd était en train de souligner quelque chose sur sa feuille. À côté de lui, Sami étudiait le poème en fronçant légèrement les sourcils. De l'autre côté de Sami, Max regardait par la fenêtre, perdu dans ses pensées.

— Voyons voir ce dont vous êtes capables, d'accord ? déclara Mlle Kepple avant de tourner son regard vers moi. Mademoiselle Lawson, pouvez-vous nous dire ce que vous pensez du poème ?

Je m'étais attendue à une question plus spécifique et, l'espace d'un instant, je me retrouvai incapable de savoir quoi répondre. Je baissai les yeux vers le poème en déglutissant.

— Je pense qu'il parle de spontanéité, finis-je par dire. Et de vérité.

Il y eut un silence, durant lequel la professeure me dévisagea froidement. En face de moi, Sylvia souriait d'un air suffisant.

— Je vois, dit Mlle Kepple. Pouvez-vous développer ?

Je sentis le rouge me monter aux joues. Je serrai fort mon stylo, les yeux rivés sur les mots écrits sur la page. Du coin

1. E. E. Cummings, *Since Feeling is First* (1926), trad. Jacques Demarcq, *Puisque sentir est premier*, Font 5, 2011.

de l'œil, je vis Marta ouvrir la bouche, mais ce fut Lloyd qui prit la parole en premier.

— Je pense que le poète essaye de nous dire que l'amour peut être illogique, suggéra-t-il. Que c'est un sentiment instinctif et non quelque chose que l'on décide de manière rationnelle.

Mlle Kepple lui jeta un regard froid, sans prononcer un mot. Marta tapota son stylo sur son bureau de manière enjouée. Puis, Max s'adressa à l'ensemble de la salle :

— Je suis d'accord. L'amour n'a *rien* de logique.

— On étudie de la poésie, monsieur Masters, pas vos avis non sollicités.

— Bah il dit pourtant que les baisers sont meilleurs que la sagesse, donc je pensais…

— Un meilleur *sort* que la sagesse, le corrigea Mlle Kepple. Soyez précis. Monsieur Lynch, qu'avez-vous à dire ?

— Je ne pense pas qu'il dise que l'amour soit *irrationnel*, répondit Sami en se passant les doigts dans les cheveux. Ou tout du moins, pas totalement.

Mlle Kepple grimaça en entendant son accent. Sami hésita, balayant la feuille du regard.

À sa droite, Sylvia se mit à rire d'un rire grave et dédaigneux.

— *Pas totalement*, répéta-t-elle. Tu peux nous en dire plus ?

Sami lui rendit son regard, la tête penchée d'un côté.

— Je réfléchissais au terme « syntaxe », poursuivit-il prudemment en posant la pointe de son stylo sur le mot. Je pense que le poète veut montrer que le bon sens, ou les règles, ou ce qu'il entend par le mot « syntaxe » peuvent vouloir dire que l'on ressent les choses *différemment* et qu'on les exprime différemment. Moins intensément, peut-être.

— Oui, renchérit immédiatement Lloyd. Et en écrivant « tout entier être un idiot », il discrédite le rôle de la raison dans les émotions. Il met en avant le fait que les émotions sont plus pures lorsqu'elles sont libérées des structures conventionnelles ou de toutes les autres choses. C'est pour ça que les retours à la ligne sont si étranges…

— Il dit que les émotions ne peuvent pas être *dictées* par la raison…

— Vous partez du principe que le poète est un homme, l'interrompit Mlle Kepple.

— Mais c'est un homme, intervint Marta qui s'exprimait pour la première fois. C'est un poème de Cummings, non ?

Mlle Kepple lui jeta un regard noir.

— Monsieur Masters. Qu'avez-vous à dire ?

Max regarda distraitement sa feuille. Avant que Mlle Kepple ait le temps de lui poser une nouvelle question, Sylvia prit la parole d'une voix distincte :

— Le poète dévalorise les prouesses intellectuelles au profit de vérités simples, physiques, naturelles, affirma-t-elle. C'est pour cela que la grammaire utilisée n'est pas correcte.

Il y eut un bref silence durant lequel toute la classe baissa à nouveau les yeux vers le poème. Je sentis une certaine nervosité. C'étaient nous, les Boursiers du millénaire, qui étions censés être les leaders de la classe, mais nous avions été surpassés par les élèves originaires de High Realms. Et ce, dès les dix premières minutes de cours.

— Merci, Sylvia, dit Mlle Kepple après un court instant. Je pense que l'on tient quelque chose. Le poète suggère que la syntaxe, qui devient ici une métaphore de la structure, des règles ou bien des restrictions, peut obscurcir et même diminuer la véritable profondeur des sentiments.

Sylvia affichait un air triomphant. Je réfléchis à ce que Mlle Kepple venait d'expliquer. Il y avait quelque chose dans son résumé du poème qui ne collait pas, mais je n'arrivais pas à mettre le doigt dessus.

— Je ne suis pas entièrement d'accord, intervint Marta d'une voix forte et distincte.

Nous la fixâmes tous du regard, y compris Mlle Kepple.

— Je vous demande pardon ? demanda-t-elle après un court instant.

— Je ne pense pas que Cummings discrédite réellement la valeur de l'intellect, expliqua Marta. Je pense que le poème exprime une contradiction.

Notre professeure baissa les yeux vers la feuille. Je vis ses sourcils se froncer légèrement. Je n'aurais su dire si elle était impressionnée ou bien agacée par cet affront.

— Expliquez, ordonna-t-elle en relevant la tête vers Marta.

— Il y a une tension au cœur du poème, répondit doucement cette dernière en tapotant son stylo sur la feuille de papier. Le poète est ostensiblement sceptique face à la syntaxe. Je pense que tu as raison. (Elle hocha la tête en direction de Sylvia qui la fixait du regard.) Il semble vouloir dire qu'une préoccupation pour les détails ou une intellectualisation excessive des choses détourne, d'une certaine façon, du véritable sentiment… Je suis aussi d'accord avec ça.

— Et donc, où tu veux en venir ? répliqua sèchement Sylvia.

— Vous avez dit qu'il fallait être précis, continua Marta en s'adressant désormais à Mlle Kepple. Eh bien, ce poème est *vraiment* précis. Comme Lloyd l'a expliqué… chaque saut à la ligne est volontaire, il n'y en a aucun qui soit dû au hasard. Ce point-virgule à la fin de la première strophe le montre très clairement. Ce qui s'est passé, c'est que, bien que ce soit le genre de détail que le poète semble trouver non pertinent par rapport aux véritables sentiments, il *n'avait pas le choix* d'avoir recours à la syntaxe pour exprimer ses propres sentiments sous la forme d'un poème. Donc je pense qu'il essaye de démontrer que, dans la vraie vie, dans des situations *en direct*, on peut mettre de côté les détails, car la véritable beauté se trouve dans le réel et la spontanéité… mais lorsqu'il s'agit d'art, de capturer et d'immortaliser les émotions, la structure d'une certaine *façon*, même non conventionnelle, est essentielle à la beauté.

Il y eut un silence gêné. Je jetai un coup d'œil à Sylvia qui affichait une expression de profonde rancœur. Puis, très calmement, Mlle Kepple demanda :

— Dans ce cas, comment expliquez-vous le dernier vers ?

— La mort est permanente, répondit Marta en haussant les épaules. Ce n'est ni une parenthèse ni un interlude. Ce qu'il restera de nous, ce seront nos mots, qui, à ses yeux, sont ses *plus beaux gestes*. (Elle marqua une hésitation.) Mais je ne suis pas certaine de ce passage.

Nous avions tous le regard fixé sur Marta. Le soleil dans son dos créait une ombre sur son visage, mais je ne décelai aucune lueur de fierté dans son expression. Il n'émanait d'elle qu'une énergie restreinte et pleine d'espoir, une sorte d'excitation palpable, comme si la seule chose qu'elle attendait était qu'on lui pose une nouvelle question. Pour la première fois depuis notre rencontre, quatre jours auparavant, elle avait l'air satisfaite, comme si elle se sentait enfin chez elle. Elle semblait aussi confiante que tous les autres élèves de High Realms que j'avais croisés jusqu'alors.

Puis Max brisa le silence en tapotant des doigts sur sa table pour imiter un joyeux roulement de tambour.

— Wow, dit-il. *Quelle* performance, quel triomp…

— Ça suffit, Max, l'interrompit Mlle Kepple d'une voix sévère.

Affichant un air tout aussi bouleversé que Sylvia, elle jeta un coup d'œil à Marta.

— Mademoiselle De Luca, je vérifierai votre analyse du poème. Vous avez peut-être raison. (Marta haussa les épaules et attrapa son stylo.) Maintenant, nous allons vraiment commencer le programme. Sortez vos anthologies.

*

La pause du matin eut lieu juste après ce premier cours. Marta, Lloyd, Sami et moi descendîmes à l'atrium. Nous suivîmes Max qui était en pleine conversation avec Sylvia. Marta nous parlait, mais les garçons et moi ne prononçâmes quasiment pas un mot.

Dans l'atrium bondé, des tasses de thé et des gâteaux avaient été disposés sur des tables à tréteau sous l'Eiger. Nous nous servîmes avant d'aller nous réfugier dans un coin tandis que Marta continuait de s'extasier, insistant sur le fait qu'elle avait hâte de découvrir les prochaines matières. Elle avait choisi les mêmes que Lloyd, à savoir la littérature anglaise, le latin, l'histoire et la philosophie. Mais elle avait également réussi à convaincre l'administration de High Realms de la laisser étudier une cinquième matière : la physique.

— Alors comme ça, tu es douée dans toutes les matières, fit remarquer Sami avec admiration. J'aimerais être comme toi. Je suis nul en anglais. J'ai choisi cette matière uniquement parce que mes parents disent qu'il faut avoir de bonnes aptitudes à communiquer pour devenir médecin. (Il marqua une pause, l'air inquiet.) Ils m'ont beaucoup aidé pour préparer l'examen d'obtention de la bourse. Je suis assez bon en sciences et en chimie, mais ça va être *dur* en maths…

— Je me débrouille bien en maths, l'interrompit Marta avant de fourrer un gâteau dans sa bouche. Je t'aiderai. Et Rose a pris les maths, donc à nous deux, ça devrait le faire. (Elle me sourit, la bouche pleine de miettes.) C'est tellement étrange de se retrouver dans une *classe*…

— Boursiers du millénaire ?

La personne qui nous interrompit n'était autre que Bella Ford. Cette dernière semblait encore plus dure à cuire que dans mes souvenirs. Ses cheveux blonds étaient coiffés dans une tresse africaine. Elle était entourée de Sylvia et de Genevieve.

— Je voudrais vous parler de vos engagements sportifs, dit-elle sans préambule. Toi (elle me pointa du doigt) tu feras du hockey. Vous deux (elle fit un geste vers Lloyd et Sami) vous pouvez aller parler à Rory F.-S. dès maintenant pour le rugby.

Elle fit un geste vers un homme musclé vêtu d'une toge de la Patrouille des aînés qui se tenait sur les marches de l'Eiger et jetait un ballon de rugby par-dessus la balustrade à Max et Jolyon Astor. Bella regarda Marta de haut en bas.

— Je ne sais pas quoi faire de toi. Tu es trop petite, tu n'es d'aucune utilité.

— Ça me va, répondit immédiatement Marta. Je déteste le sport. Je m'en passerais.

— Oh non, tu ne vas pas t'en tirer comme ça, rétorqua Bella en lui jetant un regard noir.

Sami s'apprêta à parler pour trouver un terrain d'entente, mais Bella le coupa :

— Dégagez de là tous les deux et allez parler à Rory avant la sonnerie.

À contrecœur, Sami et Lloyd lui obéirent. Bella prit Marta par le bras et la tira quelques mètres plus loin pour l'éloigner de moi, la harcelant à propos des Jeux. Sylvia les suivit, les bras croisés. Je me retrouvai seule avec Genevieve qui me dévisageait d'un air sévère.

— Tu couches avec lequel des deux ? demanda-t-elle.

— Quoi ?

— Patapouf ou l'orphelin ? insista-t-elle en désignant Lloyd et Sami d'un geste du menton.

Ils se tenaient au pied de l'Eiger et parlaient à Rory Fitz-Straker qui tenait le ballon de rugby entre ses mains charnues. Lloyd était presque aussi grand que Rory, mais Sami faisait une tête de moins qu'eux deux et gigotait avec appréhension. Alors que nous les regardions, nous vîmes Rory lancer la balle à Sami. Celle-ci atterrit dans son estomac.

— Alors, lequel ? répéta Genevieve.

— Aucun des deux, répondis-je, perplexe.

Je me demandai alors si Genevieve pensait que nous venions tous les quatre de la même école et ne savait pas que nous ne nous connaissions que depuis cinq jours.

— Mmh. Alors, tu te tapes le Gremlin ? poursuivit Genevieve en pointant Marta du doigt qui se disputait désormais de manière acharnée avec Bella.

Je secouai la tête.

— Alors, tu as déjà quelqu'un de là d'où tu viens, ricana-t-elle en sortant une cigarette de la poche intérieure de sa toge.

— Non, objectai-je, soudainement agacée. Je n'ai jamais été en couple de ma vie, OK ?

— Comme c'est mignon, commenta-t-elle en haussant les sourcils.

Je regrettai immédiatement de lui avoir dit la vérité. Mon instinct m'avait poussée à révéler cette information pour me protéger, pensant que ça l'empêcherait de venir à la pêche aux ragots ou d'envoyer Max le faire à sa place. Mais je sentis que je m'étais trompée.

— Tu penses que c'est quoi qui ne tourne pas rond chez elle ? demanda Genevieve en désignant à nouveau Marta.

— Qu'est-ce que tu entends par là ?

Il était difficile de lire l'expression de son visage.

— Il y a quelque chose de bizarre chez elle, dit-elle avant que Sylvia et Bella ne reviennent nonchalamment vers nous.

Je ne vis Marta nulle part.

— Je lui ai dit qu'elle jouerait à la crosse[1], annonça Bella à Genevieve, ignorant ma présence. Elle fera peut-être l'affaire sur l'aile. Tu as raison, c'est un vrai petit crapaud insolent.

— Max m'a dit qu'elle posait problème en classe aussi, prévint Genevieve en jetant un coup d'œil à Sylvia. Qu'elle se la joue Mme Je-sais-tout et qu'elle se la pète.

— Ça fait débat, répondit Sylvia en haussant les épaules. Keps ne devrait pas mettre au programme des œuvres qu'elle ne comprend pas elle-même.

Je la regardai, étonnée. Genevieve affichait un air renfrogné.

— Il va falloir qu'elle se secoue un peu, sinon on va devoir le faire pour elle, affirma-t-elle d'un ton sec. Je ne vais pas…

— Où est partie Marta ? la coupai-je.

— Ne nous interromps pas, répliqua froidement Sylvia.

Elle prit le bras de Bella et elles s'éloignèrent toutes les trois en direction de la porte principale. Genevieve s'alluma une cigarette en chemin.

Complètement chamboulée, je parcourais l'atrium du regard. La pièce se vidait au fur et à mesure que les élèves se dirigeaient vers les salles de classe. Je repérai Marta, à moitié cachée dans l'ombre de l'Eiger. Sur le mur du fond de l'atrium, on trouvait près de mille casiers : un pour chaque élève de l'école. Pour atteindre ceux qui se trouvaient tout en haut, on devait utiliser des échelles en bois. Marta se tenait au pied de l'une d'entre elles. Elle avait une main posée dessus et de l'autre, elle tenait un bout de papier qu'elle lisait attentivement. La partie de son visage

1. La crosse est un sport collectif d'Amérique du Nord où les joueurs se servent d'une crosse munie d'un filet pour mettre une balle dans le but adverse (NdT).

qui n'était pas cachée par ses cheveux emmêlés était d'une pâleur mortelle.

Je pensai d'abord que Bella et Sylvia l'avaient agacée. Elle semblait si joyeuse seulement quelques minutes plus tôt. Je commençais à me diriger vers elle quand j'entendis quelqu'un appeler mon nom. C'était le docteur Reza.

— Comment s'est passé votre premier cours ? demanda-t-elle en souriant, ce qui me déstabilisa.

— Très bien, merci…

Je regardai par-dessus son épaule pour essayer d'avoir un œil sur Marta, mais un grand groupe d'élèves traversa l'atrium en direction de l'Eiger, ce qui me bloqua la vue.

— J'ai déniché un uniforme plus petit pour Marta, ajouta le docteur Reza qui avait une housse de vêtements à la main. Est-ce que tu sais où je peux la trouver ?

— Elle est là-bas, dis-je en pointant du doigt le fond de l'atrium, mais Marta avait de nouveau disparu.

Le docteur Reza afficha un air perplexe. Mon expression avait dû me trahir, car elle me demanda si tout allait bien. Puis, elle ajouta :

— Tiens, tu n'auras qu'à le lui apporter.

Elle me tendit le sac et désigna la galerie inférieure. J'aperçus la petite silhouette de Marta qui était à peine visible. Elle essayait de se frayer un chemin parmi la foule d'élèves qui se dirigeaient vers les salles de classe.

— Merci, dis-je en lui arrachant le sac des mains avant de courir vers l'Eiger pour rattraper Marta, que je ne voyais déjà plus.

Elle se déplaçait rapidement, mais je savais où elle se rendait. Il n'y avait que très peu d'intimité à High Realms et, même si la porte n'avait pas de verrou, notre chambre était le seul espace que nous pouvions considérer comme le nôtre.

Je m'arrêtai devant la chambre 1A, hésitant à toquer. Je mc décidai finalement à frapper puis à ouvrir la porte. Je trouvai Marta assise à son bureau en face de la fenêtre, éclairée par les rayons du soleil qui brillaient autour d'elle. Sa jupe était relevée d'un côté, laissant sa cuisse apparente. Elle tenait une allumette en train de brûler dans la main.

Au moment où je franchis la porte, elle se retourna d'un geste brusque et remit sa jupe en place. Nous nous observâmes un long moment en silence, assimilant les nouvelles vérités auxquelles nous faisions face. Puis, aussi inattendu que cela puisse paraître, Marta se mit à sourire.

— J'imagine que c'était inévitable, déclara-t-elle. Je préfère que tu l'apprennes maintenant que plus tard. Ça facilite les choses.

Je traversai la pièce et m'assis lentement sur mon lit.

— Pourquoi ? lui demandai-je.

— Pourquoi est-ce que c'est plus facile ou pourquoi je fais ça ? répondit calmement Marta.

— Les deux.

— C'est une solution, réfléchit-elle, les yeux rivés sur moi. En quelque sorte. Ou tout du moins, c'en est une parfois. D'autres fois, c'est juste une… atténuation.

Je la fixai du regard, impressionnée par son éloquence qui contrastait avec la violence de son acte.

— Marta, commençai-je, mais je ne savais pas quoi dire.

— Quant au fait que tu sois au courant… poursuivit-elle d'une voix forte, ignorant ma remarque. Ça évitera la gêne qu'aurait causée le fait que tu ne saches pas, ce qui honnêtement aurait été un cauchemar d'un point de vue logistique. (Elle frotta l'allumette brûlée sur un bout de papier et la jeta dans la poubelle derrière elle.) Mais s'il te plaît, n'en parle à personne. (Son ton changea lorsqu'elle vit mon expression.) *Promets*-le-moi.

— OK, je ne dirai rien.

Au bout du compte, c'étaient ses affaires, pensai-je. Marta soupira et observa par la fenêtre. Puis, elle désigna la housse de vêtements.

— C'est de la part du docteur Reza ?

— Oui.

Elle soupira et marmonna quelque chose à propos d'un interrogatoire. Elle prit le sac et l'amena sur son lit. Puis elle commença à retirer son uniforme et à le remplacer par le nouveau qui était plus petit. En silence, je la regardai ôter son gilet et sa chemise en les faisant passer par-dessus sa tête, sans prendre la peine de les déboutonner tant ils étaient trop grands pour son petit corps : je vis alors ses bras squelettiques et décharnés, ses omoplates et ses vertèbres qui ressortaient sous sa peau comme une carte en relief. Et juste en dessous, j'aperçus ses hanches si minces qu'elles faisaient de la peine à voir ainsi que ses cuisses couvertes de cicatrices et fraîchement marquées qu'elle n'essayait désormais plus de cacher.

Je savais que je devais la laisser tranquille, mais je ne pus m'en empêcher. Surprendre quelqu'un s'infliger une douleur si atroce allait à l'encontre de mon sens de la logique. À mes yeux, la souffrance était quelque chose à éviter ou à minimiser à tout prix. J'avais connu la douleur, à la fois physique et émotionnelle. Je l'avais ressentie intensément pour la première fois après le décès de ma mère. Et, par la suite, lorsque je m'étais servie du hockey comme exutoire. C'était l'*absence* de douleur qui m'apportait du soulagement. Mais entre le moment où j'avais ouvert la porte et celui où elle avait retiré l'allumette, il s'était écoulé une fraction de seconde durant laquelle Marta avait semblé quasiment aussi ravie que dans le cours de Mlle Kepple.

— Qu'est-ce qui s'est passé à la pause ce matin ? lui demandai-je.

— Rien d'important.

— C'était à cause de Bella ?

Marta fit oui de la tête, mais au même moment, je remarquai un bout de papier posé près d'elle sur son bureau. Une écriture dense et inclinée remplissait toute la feuille.

— Qu'est-ce que c'est ?

— Une lettre, soupira-t-elle.

— De qui ?

Je voyais bien qu'elle n'avait pas envie d'en parler, mais il y avait quelque chose dans son expression qui me poussait à continuer de poser des questions : une sorte de honte terrifiée et réprimée.

— Rose…

— Qui est-ce qui te l'a envoyée ? insistai-je en m'approchant pour essayer de lire la signature, mais Marta la prit et l'écrasa dans sa paume.

— Ce n'est rien, Rose. Laisse-moi tranquille.

Parfois, aujourd'hui, lorsque je suis d'humeur lâche et égoïste, je regrette de ne pas lui avoir obéi. Mais quelque chose en moi avait changé lorsque j'avais vu Marta aider Gerald, puis quand elle avait monté l'Eiger derrière nous le matin même, rayonnante tant elle était impatiente. Je m'étais rendu compte qu'elle était bien plus qu'une simple rebelle. Je me sentais plus proche d'elle et je voulais l'aider.

— Si ce n'était rien, tu ne te ferais pas du mal, répliquai-je plus brusquement que je ne l'aurais voulu, mais cela eut l'effet escompté : je l'avais mise au défi.

— La lettre a été écrite par mon père, déclara-t-elle sèchement. Il veut que je quitte High Realms.

— Pourquoi ?

— C'est compliqué, tressaillit Marta. Il est seul.

— Mon père aussi est tout seul maintenant. Mais…

— C'est différent. Mon père peut être vraiment difficile. Et il n'est pas en bonne santé, soupira-t-elle à nouveau, le visage crispé par la tension. Si ma mère était encore là, les choses seraient différentes.

— Quand est-ce qu'elle est…

— En février, me coupa Marta de manière autoritaire.

Sa réponse me choqua : je ne m'attendais pas à ce que ce soit aussi récent. Je sentis ma gorge se serrer. Ma mère aussi était décédée et depuis que j'étais arrivée à High Realms, il avait été facile d'oublier ce fait et d'imaginer, même inconsciemment, qu'elle était à la maison et qu'elle serait là quand je rentrerais à Londres pour Noël. Me rappeler le caractère définitif de son absence était difficile à supporter. Je relevai la tête vers Marta et vis que ses yeux verts étaient remplis de larmes.

— J'ai jusqu'à Noël, annonça-t-elle.

On frappa à la porte. Supposant qu'il s'agissait du major Gregory, j'eus envie de lui hurler dessus pour lui dire de s'en aller. Je sentais que Marta et moi étions sur le point de nous comprendre. Cette empathie était en partie due au fait que nous avions vécu la même chose. Je me rappelais à quel point j'étais encore meurtrie et dévastée six mois après le décès de ma mère. J'aurais été incapable d'aller en cours, mais Marta se trouvait là, essayant de tirer le meilleur de la situation. Je me sentais déterminée à l'aider, mais je savais également qu'éviter le major Gregory serait une erreur fatale. Je l'invitai à entrer, mais ce fut le docteur Reza qui fit irruption dans la pièce.

— Je suis navrée de me présenter sans prévenir, s'excusa-t-elle.

Marta et moi la fixions du regard, abasourdies par sa courtoisie.

— Je viens de parler avec Bella Ford.

— Je suis désolée d'avoir été impolie avec elle, s'excusa immédiatement Marta. Je ferai de la crosse.

— J'ai dit à Bella que je t'avais dispensée des Jeux pour le moment, poursuivit le docteur Reza, ignorant la remarque de Marta.

— Pourquoi ? demanda-t-elle finalement, sur ses gardes.

— On pourra en reparler quand tu viendras me voir lors de ton prochain rendez-vous, répondit le docteur Reza.

Je compris alors où Marta s'était réellement rendue à l'aube ce matin-là.

— On était convenues de lundi après-midi, c'est bien ça ? ajouta le docteur Reza, le sourire aux lèvres.

Marta hocha lentement la tête, partagée entre révolte et résignation.

— Parfait, affirma le docteur Reza. Tu peux me laisser un instant avec Rose, s'il te plaît ? (Nous la regardâmes, surprises.) Ce ne sera pas long.

Marta sortit de la chambre en me jetant des coups d'œil dont la signification ne faisait aucun doute. Puis, je me retrouvai seule avec le docteur Reza. Nous étions debout toutes les deux, chacune d'un côté de la chambre 1A.

— Je voulais savoir comment tes premiers jours ici se passaient, Rose, finit-elle par dire d'une voix douce.

Je me hérissai instinctivement. Est-ce que j'avais montré des signes d'intimidation, d'accablement ? Je m'étais donné tant de mal pour afficher un air désinvolte et détaché, me concentrer sur l'activité suivante, comme tout le monde le faisait à High Realms.

— Je vais bien, répondis-je sans ménagement avant de baisser les yeux vers mes pieds qui étaient enveloppés dans le cuir rigide de mes nouvelles chaussures.

— As-tu déjà vécu loin de chez toi auparavant ?

— Non.

— Ça peut être parfois difficile de s'habituer à High Realms, affirma-t-elle.

Je me rendis compte que son ton avait changé lorsqu'elle avait prononcé la fin de sa phrase. Je relevai la tête et vis qu'elle avait les yeux rivés sur notre bureau. Là, éclairées par la lumière qui traversait la fenêtre, se trouvaient une demi-douzaine d'allumettes brûlées ainsi que la lettre froissée du père de Marta.

Je n'ai jamais réellement compris pourquoi le docteur Reza était venue dans la chambre 1A cet après-midi-là précisément. Avec le recul, je pense qu'elle avait deviné que Marta n'allait vraiment pas bien. Et ses questions à propos de mon état d'esprit n'étaient en fait qu'une manière de m'interroger sur ma camarade de chambre. Ce que je peux affirmer avec certitude, c'est que je ne fus pas à la hauteur de Marta – ni même de Lloyd, de Sami et de moi-même – lorsque je répondis aux questions que le docteur Reza continuait de me poser. Il y eut d'autres tournants, d'autres graves erreurs, mais lorsque le docteur Reza me demanda, très discrètement, si j'avais remarqué quoi que ce soit d'inhabituel ou d'inquiétant dans le comportement de Marta, je n'aurais pas dû mentir ni répondre brusquement – ou de n'importe quelle autre manière – que oui, elle allait bien, qu'elle était seulement retournée à notre chambre pour venir chercher un livre qu'elle avait oublié. Je n'aurais pas dû obéir à Marta ni me soucier des regards qu'elle m'avait lancés pour me mettre en garde en quittant la pièce. Par-dessus tout, je n'aurais pas dû promettre à Marta que je ne révélerais à personne ce qu'elle se faisait subir, ou ce que son père lui avait demandé. Je regrette ma propre naïveté qui m'avait fait penser que j'agissais raisonnablement. Quand j'y repense, je me dis que je ne faisais déjà que suivre les règles de High Realms selon lesquelles demander de l'aider n'était tout simplement pas la chose à faire.

4

Je passai le reste du mois de septembre partagée entre la peur et l'euphorie. Mes souvenirs de cette époque ont largement été effacés par les événements qui ont suivi. Mais je me souviens bien que Marta, Lloyd, Sami et moi essayions de trouver des moyens pour affronter l'hostilité à laquelle nous faisions face à High Realms, et ce, avec plus ou moins de succès. Genevieve, Sylvia et les dix autres membres de la Patrouille des aînés semblaient avoir à cœur de rendre nos vies insoutenables, mais ils n'avaient pas pris en compte ce qui nous avait amenés ici en premier lieu : notre détermination à réussir. Malgré tout, nous nous sentions toujours chanceux d'être à High Realms et ne souhaitions en aucun cas abandonner, même sous une telle pression.

L'amitié grandissante entre Lloyd et Max contribua de manière significative à nous faire accepter par nos pairs. Max était très populaire : un véritable mâle alpha malgré son statut de boursier. Même s'il était évident que Genevieve désapprouvait cette relation, cela ne le dissuadait pas de traîner parfois avec Lloyd et le reste de notre groupe. Plusieurs fois par semaine, il donnait des cours d'orgue à Lloyd, desquels ce dernier revenait parfois complètement ivre. L'alcool entrait à High Realms par l'intermédiaire de deux gardiens de stade qui avaient été soudoyés grâce aux ressources mises en commun par la Patrouille des aînés. Max était chargé de cacher les bouteilles dans la tribune d'orgue jusqu'aux prochaines soirées. Il était plus difficile de se procurer des drogues. Apparemment, elles étaient conservées par un groupe restreint des plus riches élèves de High Realms qui avaient une fâcheuse tendance à garder leur réserve pour eux et leurs amis.

Sami et moi avions, nous aussi, trouvé une planque. En intégrant l'équipe de hockey Premier XI, j'avais gagné le respect de mes coéquipières, à l'exception de Sylvia et Genevieve. Il s'avérait que le sport était une bonne planque, car la loyauté dont les joueurs faisaient preuve envers leur équipe l'emportait sur leur antipathie à mon égard. Pendant une heure chaque matin et trois heures chaque samedi après-midi, j'étais autorisée à parler à des gens qui m'ignoraient complètement le reste du temps. Sami avait rejoint la Société médicale, dirigée par le docteur Reza, et était vite devenu la star du groupe. C'était un soulagement car Lloyd et lui avaient été admis dans l'équipe D au rugby, étant donné qu'aucun des deux n'avait joué auparavant. Au fil des semaines, je m'étais habituée à les voir tous les deux, en particulier Sami, marqués de nombreuses blessures mineures à cause des entraînements et des matchs.

Marta ne voulait participer à aucune activité. Lorsque Bella et les autres apprirent qu'elle avait été dispensée des Jeux, ils se mirent à la harceler sans relâche. Ils la prenaient souvent pour cible dans la salle de bains, qui se trouvait au bout du couloir des filles, car le major Gregory ne s'en approchait jamais. Parmi les horreurs qu'ils firent subir à Marta, il y eut ce qu'ils surnommèrent *le sauna.* Un samedi après-midi, ils fermèrent toutes les fenêtres, laissèrent l'eau de six douches couler à la température la plus élevée et attachèrent Marta à un radiateur en lui fourrant une paire de collants dans la bouche. Ils la laissèrent là pendant deux heures, en montant la garde à l'extérieur. Dès que j'appris ce qui était en train de se passer, je courus rejoindre Lloyd et Sami et, ensemble, nous suppliâmes Bella et Genevieve de la laisser sortir tandis que Marta émettait des gémissements étouffés depuis la salle de bains. Elles refusèrent, mais finirent par la libérer juste avant le dernier appel. Je n'oublierai jamais cette image de Marta sortant des nuages de vapeur denses, en train de tousser et de trembler de la tête aux pieds, ses cheveux collés à son crâne et son uniforme trempé de sueur. Nous l'aidâmes à retourner à la chambre 1A et restâmes assis à ses côtés pendant plusieurs heures à parler de nos cours et à faire des mots croisés pour essayer de lui faire oublier ce qu'elle venait de subir.

Nous essayions d'encourager Marta à faire profil bas, mais cela semblait au-dessus de ses forces. N'étant jamais allée à l'école de sa vie, elle n'avait pas la moindre aptitude sociale. Généralement, cela se manifestait par un mépris flagrant qu'elle adressait aux figures d'autorité de High Realms. Les conséquences nous impactaient tous les quatre. Cela arrivait malheureusement bien trop souvent, mais certains incidents sont restés gravés dans mon esprit. Un à deux soirs par semaine, Max se faufilait discrètement dans la maison Hillary. Je me souviens d'une nuit au milieu du mois de septembre durant laquelle je n'arrivais pas à dormir, car je l'entendais glousser avec Genevieve dans la chambre 1B. Marta était en train de lire sur son lit, recroquevillée sous ses couvertures. Puis Genevieve s'était mise à gémir doucement. J'étais restée allongée quelques minutes, honteuse de ressentir des picotements d'excitation malgré ma gêne. Les gémissements de Genevieve étaient devenus de plus en plus forts. Je m'étais tournée, prête à regarder Marta en levant les yeux au ciel, mais elle fixait le plafond, immobile. Tout à coup, Genevieve avait émis un cri de plaisir étouffé et, sans prévenir, Marta avait sauté du lit, s'était précipitée vers le mur mitoyen et avait tapé dessus avec ses poings pendant plus d'une minute.

En guise de représailles, Genevieve avait ordonné à la Patrouille des aînés de nous interdire l'accès au réfectoire pendant trois jours. Nous savions que cela ne valait pas la peine de se plaindre ni au major Gregory ni à n'importe qui d'autre. Nous avions donc réussi à survivre grâce au contenu de la boîte de friandises de Sami et à quelques dons furtifs de Max.

Tant de nuits, je vis Marta se brûler la peau. Elle n'essaya jamais de s'en cacher. Comme elle s'en était rendu compte lors des premiers jours de cours, il aurait été quasiment impossible qu'elle le fasse sans que je la voie. Nous passions presque chaque heure de la journée ensemble, et ce, tous les jours de la semaine. En plus de partager une chambre, nous avions pratiquement toutes les matières en commun – hormis les maths que j'avais choisies, là où Marta avait préféré la philosophie ainsi que sa matière optionnelle, la physique – et nous étions assignées aux mêmes corvées du matin et du soir aux écuries. Par la force des choses, cette proximité nous avait amenées à mieux nous connaître. La timidité dont nous avions fait preuve lors des premiers jours et des premières nuits passés dans la chambre 1A avait rapidement disparu. Le corps de Marta m'était devenu quasiment aussi familier que le mien. Je m'étais habituée à ses cicatrices et à sa fragilité qui contrastait nettement avec ses capacités mentales et avec ma propre forme physique qui se développait de jour en jour. De temps à autre, je mentionnais le décès de ma mère dans l'espoir qu'elle me parle de ses propres émotions, mais elle ne le faisait jamais. À la place, elle se mettait en retrait d'une façon qui me laissait penser qu'il valait mieux se contenter de parler des devoirs.

Je n'essayais jamais d'empêcher Marta de se faire du mal, considérant qu'il s'agissait d'un mécanisme de défense pour atténuer son chagrin et que je n'avais pas à me mêler de ses affaires. Tous les matins, lorsque, à l'aube, j'avais entendu le craquement d'une allumette, suivi du sifflement au contact de la chair molle, j'allais voler des poches de glace dans le congélateur du pavillon après mon entraînement de hockey. Puis, je regardais Marta les presser contre l'intérieur de ses cuisses en gardant un visage impassible, évitant de croiser mon regard. Je commençais à me demander si elle ne m'en voulait pas de savoir à quel point elle se faisait du mal. Puis, une nuit, mes règles arrivèrent plus tôt que prévu, sans prévenir, et mes draps furent sérieusement tachés alors qu'il nous restait presque une semaine avant le jour de lessive. Le matin, Marta descendit au bureau du major Gregory et exigea un drap propre, refusant de quitter la pièce tant qu'il ne lui en donnerait pas un. Elle m'aida à faire mon lit et haussa simplement les épaules lorsque je la remerciai.

— Tu m'aides tout le temps, dit-elle en m'adressant un léger sourire, signe de toute sa reconnaissance.

Les lettres arrivaient plusieurs fois par semaine et, là non plus, Marta n'essayait pas de me les cacher. Elle les lisait très attentivement, assise droite comme un piquet sur le rebord de la fenêtre, en froissant le papier tant elle le serrait fort entre ses doigts. Parfois, je tentais de lui demander ce que la lettre disait. J'étais certaine que le père de Marta changerait bientôt d'avis sur le fait de la retirer de l'école, s'habituant finalement à la vie sans sa fille. Mais à chaque fois, Marta secouait la tête, son visage laissant transparaître sa déception. Elle s'asseyait à notre bureau et rédigeait une lettre pour répondre à son père : trois ou quatre pages écrites avec son stylo rouge de marque, sans jamais me dire un mot.

En dehors de ce qu'il nous avait avoué les premiers jours, Lloyd ne partageait quasiment rien de sa vie privée. Il avait fini par nous révéler qu'il avait vécu en foyer jusqu'à ses onze ans avant d'être placé dans différentes familles d'accueil.

— Le dernier couple était OK, nous avait-il dit, affalé sur le lit de Marta, vêtu de sa tenue de rugby. Ils étaient musiciens. Ils m'ont appris le chant et le piano et c'était cool. Mais je ne me fais pas d'illusions, c'est leur métier d'accueillir des enfants. *J'étais* leur métier. (Il avait jeté un coup d'œil à Sami qui, ce matin-là, nous avait montré une longue lettre et plusieurs photos de son chez-lui.) Il faut travailler dur ici, mais c'est un moyen de parvenir à une fin.

Effectivement, il *fallait* travailler dur, mais les cours et la tonne de devoirs ne me dérangeaient pas : c'était le fait que seuls Lloyd, Sami, Marta et Max me parlaient qui me faisait parfois me sentir seule. Lorsque je vivais à Londres, mon père ne conduisait son taxi que durant mes heures de cours. Je pouvais compter sur sa présence le reste du temps : soit dans la pièce d'à côté quand je faisais mes devoirs, soit à table à l'heure du dîner (toujours à dix-sept heures trente, contrairement au « souper » à High Realms qui avait lieu à vingt heures, horaire auquel je ne me suis jamais habituée), soit sur la ligne de touche, emmitouflé dans sa polaire, lorsque je jouais au hockey. Il avait soutenu ma candidature à High Realms en grande partie parce qu'il considérait que le décès de ma mère était arrivé à un moment crucial de mon adolescence et que j'avais été privée d'une des périodes les plus importantes de ma vie pour me faire des amis. À ses yeux, un nouveau départ dans un environnement différent, avec ce que le prospectus appelait *une vie sociale toute faite*, correspondait exactement à ce dont j'avais besoin. De mon côté, c'était la partie consacrée aux anciens diplômés qui m'avait réellement intéressée. Malgré tout, durant ces premières semaines à High Realms, je me sentais parfois coupable de ne pas me faire plus d'amis. Au sein de ce régime sévère, la compagnie d'autres personnes était une puissante monnaie d'échange, une protection qu'aucune force personnelle ne pouvait égaler. Plusieurs fois, je me retrouvais à manger seule au réfectoire lorsque les autres étaient occupés et je ressentais alors une honte étrange qui me coupait l'appétit.

Les week-ends pouvaient être particulièrement difficiles. Je me souviens parfaitement d'un samedi au début du mois d'octobre : ce fut ce jour-là que tout changea à nouveau. Après les cours, je pris mon déjeuner toute seule, car Marta était à la bibliothèque pour vérifier ce que le major Gregory avait dit en cours d'histoire et Sami et Lloyd avaient un match de rugby. Je mangeais à une table dans un coin, au milieu du joyeux boucan fait par les élèves de High Realms qui célébraient le début du week-end. J'essayais de me consoler en pensant au match de hockey que je devais jouer cet après-midi-là.

J'étais en train de ranger mon plateau lorsque je sentis une tape sur l'épaule. Je me retournais : Max se trouvait là, ses cheveux ondulés retenus par un bandeau.

— Félicitations !

— Pour quoi ?

— Viens avec moi, s'exclama-t-il en me prenant par le bras avant de se diriger vers l'atrium. Tu es troisième du classement.

Il bouscula quelques jeunes élèves pour que je puisse lire le panneau. Les élèves de première avaient été classés par ordre de réussite. Ils avaient fait une moyenne de nos notes dans chaque matière pour déterminer nos positions.

- *Mention très bien*
- M. De Luca : 99
- *Mention bien*
- L. Williams : 95
- R. Lawson : 93
- S. Maudsley : 93
- *Mention assez bien*
- S. Lynch : 87

Quelques noms plus loin, je vis celui de Max. Je sentis une vague de soulagement, mélangée à une certaine inquiétude pour Sami. J'étais certaine qu'il serait préoccupé par son résultat et par le fait que Sylvia était devant lui. Presque tous les jours, le major Gregory nous rappelait qu'il souhaitait voir nos noms en première place du classement en contrepartie de notre bourse, insistant sur le fait qu'elle pouvait nous être retirée à tout moment. Bien que la situation soit stressante, être les meilleurs semblait tout à fait réalisable pour le moment : la plupart de nos camarades de classe étaient, dans le meilleur des cas, médiocres intellectuellement et ne prenaient pas la peine de travailler avec acharnement.

— Ça, c'est la *première* bonne nouvelle, annonça Max.

Me tenant toujours par le bras, il me conduisit vers la porte principale qui donnait sur la grande allée à l'extérieur. C'était une journée quelque peu brumeuse, on pouvait ressentir le froid automnal qui s'installait. J'étais ravie de sentir la chaleur du corps de Max alors que nous commencions à traverser la pelouse.

— On va où ?

— Ben, trouver Marta, déclara-t-il en me regardant, l'air étonnée. Je pensais que tu voudrais lui annoncer qu'elle a la mention très bien. En temps normal, c'est toujours Sylvia qui l'obtient.

— OK.

En mon for intérieur, je doutais que cela intéresse Marta. Elle était dévouée à ses études, mais plus par simple plaisir que par volonté d'obtenir la première place. Contrairement à Lloyd, Sami et moi, elle semblait indifférente à ses résultats, bien qu'elle ait compris le système de notation inutilement compliqué de High Realms avant moi. Je ne dis rien de tout cela à Max et le laissai m'escorter vers la bibliothèque Straker.

— Le classement est si important que ça ? demandai-je.

— Yep. Si tu es dans les derniers, tu te fais chier dessus par les mags, répondit-il brièvement. Dans le pire des cas, tu es assigné à résidence, c'est-à-dire que tu n'as pas le droit de quitter ta chambre tant que tu ne remontes pas dans le classement.

— Quoi ?

— Oui, fit Max en hochant la tête. C'est assez rare, mais ça m'est arrivé une fois. C'était *horrible.* T'as l'impression de devenir fou. En plus, ils te rajoutent deux fois plus de devoirs.

— Mais si tu ne peux pas aller en cours, comment tu es censé…

— Eh bien, c'est aussi ce que pense le docteur Reza. Elle est contre l'assignation à résidence, rit Max sans conviction. Elle essaye de libérer les gens plus tôt, mais ça ne marche jamais : ça ne fait que contrarier la personne qui les a mis là. Autre conseil pour toi, ajouta-t-il en me serrant le bras. Ne jamais rien raconter à Reza, en dehors de ce qu'elle a besoin de savoir. Peu importe le sujet. Par expérience, quand elle commence à se mêler de ce qui ne la regarde pas, elle ne fait qu'empirer les choses.

J'assimilai l'information, repensant à quel point Marta semblait se méfier du docteur Reza.

— Elle a l'air gentille, finis-je par dire.

— Eh, je suis là depuis plus longtemps, non ? Oui, elle est *gentille,* mais honnêtement, on a eu plusieurs ennuis à cause d'elle par le passé. Il vaut mieux garder ses distances, si tu veux mon avis.

Max me fit un large sourire, mais je sentis une étrange raideur dans son bras, qui était toujours passé sous le mien.

— Tiens, dit-il en se libérant. Voilà Marta.

Je suivis son regard. Marta était en train de descendre les marches de la bibliothèque à toute vitesse, les bras chargés de livres. Au même moment, Jolyon Astor monta l'escalier et la bouscula sur son passage. Elle trébucha et ses livres s'éparpillèrent sur le sol.

— Hé ! m'écriai-je, incapable de m'en empêcher.

Jolyon se tourna vers moi.

— Je peux t'aider ?

— Tu l'as fait exprès, l'accusai-je.

Je me sentis soudainement stupide face à son air hautain. Marta était en train de ramasser les livres en essuyant délicatement les couvertures. Max s'adressa à Jolyon d'une voix douce :

— On trébuche si facilement avec ça, dit-il en désignant sa toge à galons dorés de capitaine général ainsi que la sienne, qui était quelque peu moins ornée. Tu ne voulais pas faire de mal, mon pote.

— J'imagine que non, répondit Jolyon dont les yeux brillaient d'une lueur désagréable. Mais toi, tu devrais veiller à ce qu'il ne t'arrive rien non plus, mon pote.

Il disparut dans la bibliothèque.

Je m'approchai de Marta pour l'aider à ramasser ses livres. Il y en avait au moins une dizaine, la plupart traitant de sujets qui n'avaient aucun lien avec nos cours.

— Merci, dit-elle. Salut, Max.

— Hey, rétorqua ce dernier en se penchant pour ramasser le dernier livre.

Comme à son habitude, il lui sourit chaleureusement. Pourtant, je décelai une lueur de tension dans son regard.

— Tu es première du classement ! s'exclama-t-il.

L'espace d'un instant, Marta afficha un air perplexe.

— Oh, fit-elle tandis que Max l'observait, attendant une réaction de sa part, mais elle se tourna vers moi et ajouta seulement : Je m'en doutais, le major Gregory n'est pas impartial sur le conflit nord-irlandais. Ce livre dit...

— Marta, la coupai-je en voyant l'expression de Max. Tu n'es pas contente ?

Je la fixai du regard, espérant qu'elle se rende compte qu'elle avait manqué de tact, mais elle avait seulement l'air déroutée. Finalement, après un moment gênant, elle se tourna vers Max.

— Merci d'être venu me l'annoncer, déclara-t-elle froidement.

— Je pensais simplement que tu serais heureuse de... tu vois... d'*avoir* quelque chose, expliqua-t-il en haussant les épaules, ce qui eut l'air de rendre Marta encore plus confuse. Obtenir quatre-vingt-dix-neuf au classement, c'est assez exceptionnel. Toute l'école va connaître ton nom. Tu auras un Privilège, peut-être même un Bonus. *Du temps libre*, clarifia-t-il d'un air exaspéré.

— Oh, répéta Marta avant de baisser les yeux vers les livres qu'elle tenait dans ses bras : je savais alors qu'elle ne souhaitait rien d'autre que les transporter jusqu'à notre chambre et commencer à les lire. Désolée, tout ça est assez nouveau pour moi.

— J'imagine, dit Max. Bon, je ferais mieux d'y aller. Je donne un cours à Lloyd dans quelques minutes.

Il me fit une petite tape sur l'épaule et partit précipitamment, mais je me rendis soudain compte de quelque chose.

— Max !

Il se tourna vers moi en souriant.

— Lloyd a match de rugby en ce moment. Il ne te l'a pas dit ?

— Oh, fit Max en se passant la main dans les cheveux. J'avais oublié.

— Et tu m'as dit qu'il y avait une autre bonne nouvelle.

— Oui c'est vrai… hésita Max en repassant sa main dans ses boucles. Je ne sais pas si je devrais…

— Allez, dis-nous, insistai-je.

Même Marta semblait intriguée. Max se pinça les lèvres, comme s'il était en train de peser le pour et le contre. Puis il sourit à pleines dents et revint vers nous. Il passa un bras autour de nos épaules et commença à nous escorter vers la sortie de la bibliothèque.

— Il y a une fête ce soir, annonça-t-il à voix basse. Vers le ruisseau Donny, là où on ne peut pas nous voir depuis la maison principale. On y va depuis la troisième. On va chercher du bois dans la grange et on construit un pont au-dessus de l'eau pour qu'on puisse accéder à la forêt. Pour… vous voyez… avoir un peu d'*intimité*. (Il nous adressa un clin d'œil, puis nous adressa un regard qui se voulait impressionnant, attendant une réaction de notre part.) La Nuit du pont est un événement important. C'est seulement sur invitation. Je vous y invite, avec Lloyd et Sami, bien entendu.

— *Vraiment ?* m'exclamai-je, laissant le mot s'échapper de mes lèvres sans réfléchir.

— Yep, sourit Max, mais Marta se mit soudainement à jurer. Qu'est-ce qu'il y a ?

— J'ai un autre RP cet après-midi. De la part de Genevieve, dit-elle, les joues rouges de frustration. J'avais complètement oublié. Je vais être en retard.

Elle baissa le regard vers les livres qu'elle tenait dans ses bras.

— Ne t'inquiète pas, la rassura Max, malgré son air agacé. Je dirai à Gin que tu étais avec moi.

— Tu pourrais peut-être également lui dire d'arrêter d'être si méchante avec nous, répliqua Marta d'une voix sévère.

Il y eut un bref silence durant lequel Max la dévisagea avec étonnement.

— On se calme, dit-il finalement après un court instant. Gin fait partie de la Patrouille des aînés.

— Elle m'a donné plus de RP que tous les autres membres réunis, rétorqua Marta avant de me lancer un coup d'œil, cherchant apparemment un soutien, mais je restai silencieuse. Elle est apparemment incapable de gérer sa colère. Je ne sais pas comment tu fais pour la supporter, Max.

Marta était allée trop loin. Le beau visage de Max changea instantanément d'expression. J'essayai de trouver une parole apaisante, mais il me devança.

— Gin ne se résume pas à ça, la défendit-il sur un ton d'avertissement. Elle a traversé des épreuves difficiles.

— Oui, d'accord, répondit Marta en se retournant pour partir, mais Max l'attrapa par le bras et la ramena face à lui, sans trop de ménagement.

— Je ne mens pas, Gin a vraiment traversé des épreuves difficiles, insista-t-il en nous regardant attentivement toutes les deux. Sa petite sœur est décédée il y a deux ans, ici, à l'école. Elle est peut-être en colère, mais elle a des raisons de l'être.

Nous nous dévisageâmes, Marta et moi. Notre réaction sembla l'apaiser, car il continua sur un ton plus calme :

— Elle n'en parle pas et ne veut pas que les autres le fassent non plus. Persie était la meilleure amie de Gin. Elle était aussi absolument géniale. (Il se mordit la lèvre.) Ce n'est pas parce qu'elle n'en parle pas que Gin ne souffre pas. Je pense que c'est une bonne chose que je vous le dise.

Vu que personne ne vous parle, à part moi, vous ne l'auriez jamais su.

Nous l'observâmes en silence. Je sentis des picotements de gêne m'envahir. À en croire les joues rouges de Marta, elle se sentait également penaude. Max se radoucit à nouveau.

— Vous ne pouviez pas le savoir. Vous êtes toujours invitées ce soir, d'accord ? Et ne t'inquiète pas si tu es en retard à ton RP. Gin a rendez-vous avec le docteur Reza en ce moment même.

Il nous fit un clin d'œil et partit en traversant la pelouse à grands pas, sa toge se déployant derrière lui.

*

Le RP que Genevieve avait donné à Marta consistait à nettoyer le fumier dans la cour des écuries. Je la vis commencer à contrecœur alors que je courais pour aller à mon match de hockey. Genevieve et Sylvia étaient absentes, ce qui n'était jamais arrivé auparavant.

Cet après-midi-là, nous perdîmes contre l'équipe de Roedean et, même si je craignais les réactions de Genevieve et Sylvia lorsqu'elles l'apprendraient, j'attendais la soirée avec impatience. La Nuit du pont semblait être l'occasion parfaite pour rencontrer de nouvelles personnes dans un cadre plus détendu que ce qui était généralement autorisé à High Realms. Parfois, il arrivait, par exemple, que Lloyd et Sami viennent traîner dans notre chambre après le dîner, mais dès que Genevieve nous entendait, elle débarquait dans la pièce pour les renvoyer en affirmant que les garçons n'étaient pas autorisés dans les chambres des filles, règle que personne ne respectait – et encore moins Genevieve. Après le départ des garçons, je lisais généralement en silence ou je me couchais tôt tandis que Marta travaillait. Étant seule et inoccupée, il était facile de replonger dans le chagrin que j'avais passé les dernières années de ma vie à faire disparaître et de ressentir le typique mal du pays qui s'installait au fil du temps, tandis que notre vie à High Realms restait toujours aussi difficile. Je décidai d'aller aider Marta avec son retrait de privilège afin d'être sûre qu'elle finisse à temps pour la soirée.

En traversant l'Hexagone pour me rendre aux écuries, je repensai à ce que Max nous avait raconté à propos de Genevieve. Le fait que sa sœur soit décédée, ici même, à High Realms, me terrifiait, mais plus j'y pensais, moins cela me surprenait. La colère de Genevieve semblait souvent disproportionnée, même irrationnelle. Durant les années qui avaient suivi le décès de ma mère, j'avais également eu des accès de rage irrépressibles et destructeurs : une rage qui menaçait de me dévorer si je ne trouvais pas un défouloir. Ce que je ne comprenais pas, c'était la raison pour laquelle Marta était si souvent la cible de sa colère. Elle pouvait manquer de tact, se montrer entêtée et on pouvait facilement envier sa réussite scolaire, mais rien de tout cela ne semblait justifier le dégoût que Genevieve éprouvait à son égard.

Traînant les pieds sur le gravier, Marta se dirigeait vers le porche de la tour de l'horloge en poussant une brouette remplie de fumier. Je l'appelai. Elle me sourit d'un air grave en repoussant les mèches de cheveux qui lui tombaient sur le visage. Elle n'avait pas trouvé de combinaison de travail dans les nouveaux vêtements que le docteur Reza lui avait donnés, c'est pourquoi elle nageait totalement dans la sienne.

— Je vais te donner un coup de main.

— Ne t'en fais pas, j'ai presque fini.

Quand il s'agissait de ses punitions, Marta se montrait fermement indépendante, voire quelque peu masochiste.

— Je ne veux pas qu'on loupe la soirée, dis-je en prenant une pelle. Pourquoi t'as eu ce RP déjà ?

— Mauvaises manières à table. Elle a dit que si je mangeais comme un animal, je pouvais aussi nettoyer après eux. La garce, rétorqua Marta en souriant avant de croiser mon regard. Oui, oui, pauvre Genevieve en deuil, c'est ça… Je ne suis même pas sûre que ce soit vrai, tu sais.

— Max ne mentirait pas.

— Arrête… Il n'a rien d'un saint, répliqua-t-elle avant de me lancer un regard sournois. Tu as un crush, Rose ?

— Un crush ? m'exclamai-je en tournant les yeux vers elle, déconcertée qu'elle ait pu déceler mes sentiments envers Max, dont je ne comprenais pas la nature moi-même. Ce n'est pas ça… Je veux dire, je l'aime bien, mais en tant qu'ami. Je ne pense pas qu'il mente, ajoutai-je pour essayer de changer de sujet.

— On peut vérifier ça tout de suite, dit-elle en regardant par-dessus mon épaule. Hé ! Sylvia !

Je me retournai. Sylvia était en train de sortir son cheval des écuries de la Patrouille des aînés. Il s'agissait d'un immense pur-sang du nom de Cléopâtre. Elle nous dévisagea d'un regard froid et interrogateur.

— Salut ! s'exclama Marta en s'approchant d'elle tandis que je la suivais en traînant les pieds, embarrassée.

La plupart des gens trouvaient Sylvia intimidante et ne l'approcheraient jamais s'ils n'y avaient pas été invités.

— On peut te demander quelque chose ?

Cléopâtre renifla et Sylvia passa sa main sur ses naseaux. Ignorant Marta, elle me regarda droit dans les yeux :

— C'était quoi le score ?

— Quatre-trois, répondis-je en déglutissant.

— Pour nous ?

— Non, pour eux.

— Je m'absente de l'école durant *un* après-midi… commença-t-elle en se pinçant les lèvres.

— Tu es sortie ?

L'étonnement de Marta était compréhensible. Il était très inhabituel d'être autorisé à quitter le domaine pour la journée et il était encore plus rare de passer une nuit hors de l'école, à tel point que l'on appelait cela un Congé exceptionnel.

— Oui.

J'avais l'impression que Sylvia était bien trop ébranlée pour que la défaite de Roedean en soit la seule raison. Elle jeta un coup d'œil à Marta.

— Qu'est-ce que tu voulais me dire ?

— C'est à propos de la sœur de Genevieve, commença Marta.

Le visage de Sylvia pâlit et ses sourcils se levèrent, plus de surprise que de dédain. Mais au même moment, Gerald arriva au petit galop sur son cheval, Siffleur. Il fit le tour de la statue, son corps se levant et s'abaissant au rythme du cheval, avant de s'arrêter abruptement à côté de nous.

— Tu n'as pas le droit de la sortir maintenant, dit-il à Sylvia sans préambule en montrant sa jument du doigt. Il est trop tard.

Elle leva les yeux vers lui, le visage de plus en plus froid.

— Mais depuis quand tu me dis ce que j'ai ou n'ai pas le droit de faire ?

Gerald sauta de sa selle.

— J'ai été promu, annonça-t-il en approchant de Sylvia son visage marqué par les cicatrices dues à l'acné. Briggs m'a donné un rôle spécifique. Wardlaw a signé le contrat ce matin : je suis chef des Chevaux.

Elle fit un pas en arrière en ricanant.

— Il va te falloir plus qu'un nouvel intitulé de poste pour commencer à me donner des ordres. Quel dommage que

Briggs ne puisse pas te promouvoir pour que tu te fasses des amis. On pensera à toi ce soir, Gerald…

— Espèce de *garce*, la coupa tout à coup ce dernier. Sale maudite garce.

— Non, l'interrompit Sylvia en lui jetant un regard noir. Je sais ce que je veux. Et ce n'est certainement pas d'un sale palefrenier poil de carotte, comme je pense l'avoir clairement fait comprendre. (Elle enfonça son pied dans l'étrier et monta sur le cheval avant de baisser les yeux vers Marta et moi.) Et vous deux, mêlez-vous de vos affaires, ajouta-t-elle sèchement avant d'assener un coup de talon à son cheval. Reste loin du ruisseau ce soir, Gerald, cria-t-elle par-dessus son épaule en s'éloignant.

Un bref instant, la confusion crispa les traits du visage de Gerald. Puis il émit un grognement mortifié, remonta en selle et traversa la cour au galop pour rattraper Sylvia. Marta et moi nous dévisageâmes.

— C'est donc vrai, murmura Marta. L'expression sur son visage… On aurait dit que ça s'était passé devant elle.

— Peut-être que c'était le cas, affirmai-je, me rappelant le moment où on avait vu le masque de Sylvia tomber. Elle devait certainement la connaître.

— Oui, répondit Marta, mais je vis qu'elle n'était déjà plus intéressée. Je ferai mieux de m'y remettre. Ne t'inquiète pas pour moi, Ro. Tu peux retourner à Hillary.

Je fis non de la tête. Derrière le porche de la tour de l'horloge, je pouvais encore entendre les voix de Sylvia et de Gerald. Je ne voulais pas laisser Marta vouée à elle-même et à proximité de leur agressivité. Je ne voulais pas non plus retourner à notre chambre toute seule.

— Je vais rester pour t'aider, déclarai-je.

*

Il nous fallut une heure pour finir de nettoyer tout le fumier. Nous étions en train de ramener la brouette au bloc A lorsque nous entendîmes derrière nous des bruits de pas sur le gravier. Il s'agissait de Gerald, qui était cette fois à pied et avait perdu de sa prestance.

— La fête de ce soir, dit-il en s'adressant à Marta.

— Oui ? demanda-t-elle, l'air étonnée.

— Tu as été invitée ?

— Oui, acquiesça-t-elle en haussant les épaules.

Gerald se racla la gorge en prenant une attitude soudainement étrange.

— Tu veux y aller avec moi ?

Sa demande n'aurait pas pu être plus surprenante. Je remis immédiatement en question sa motivation. Gerald n'avait jamais accordé à Marta autre chose que du mépris. D'autant plus que les piques que Sylvia lui avait envoyées n'étaient on ne peut plus claires : il n'était pas le bienvenu à la Nuit du pont.

— Merci, finit par dire Marta en jouant avec la manche de sa combinaison. Mais je ne peux pas.

— Pourquoi donc ?

— Parce que… hésita-t-elle en baissant les yeux vers ses bottes en caoutchouc. Parce que je n'y vais pas.

— Oh, fit Gerald qui sembla soulagé un court instant avant de froncer les sourcils. Tu dis ça simplement pour te débarrasser de moi.

— Non, le coupa Marta. Je n'y vais vraiment pas. (Elle regarda Gerald droit dans les yeux.) Je suis désolée.

— Va te faire foutre, espèce de Gremlin, cracha-t-il en lui lançant un regard noir avant de partir en trombe.

Du bout de sa botte, Marta jouait avec le gravier, le visage crispé. Son comportement me frustrait. J'étais certaine que son refus d'y assister offenserait Max et la personne qui avait approuvé notre invitation à la Nuit du pont. Je fis un pas vers elle.

— Pourquoi ? lui demandai-je.

— Rose, dit-elle en relevant la tête, le regard empreint de désespoir. Regarde-moi. Tu penses vraiment que j'ai une tête à aller à un *date* ?

Ma question concernait sa décision de ne pas venir à la soirée, mais aujourd'hui, je suis contente que Marta l'ait interprétée différemment. Je suis convaincue que si ça n'avait pas été le cas, mon agacement aurait été tel que je n'aurais sûrement pas été sympa avec elle ce soir-là. Désormais, je sais que je n'ai pas fait assez pour l'aider. J'aurais dû lui répondre en lui portant plus de considération, lui demander ce qu'elle entendait par là ou simplement la rassurer. Mais malheureusement, je ne l'ai pas fait. J'étais assez égocentrique pour être agacée à l'idée que Marta – la Marta bizarre, débraillée et victime de harcèlement – avait été invitée à un rendez-vous galant, alors que moi, qui me sentais extrêmement seule et étais beaucoup plus préoccupée par le fait de m'intégrer, je n'avais jamais été invitée à sortir avec quiconque.

5

Lorsque Lloyd et Sami arrivèrent dans la chambre 1A, j'étais en train de me préparer pour la Nuit du pont. Sortant tout juste de la douche, je m'essuyais les cheveux avec une serviette tandis que Marta était allongée à plat ventre sur son lit et récitait ses devoirs de physique à voix basse. Quand les garçons apprirent qu'elle ne voulait pas venir à la soirée, leur déception fut encore plus grande que la mienne.

— Allez, Marta, insista Lloyd. Tu ne peux pas passer ton temps à étudier. (Elle l'ignora et, avec soin, écrivit une réponse dans son cahier. Il éleva la voix.) *Marta.*

— Quoi ? s'étonna-t-elle.

— Tu devrais venir avec nous ce soir, répéta Lloyd en se plaçant devant elle. Il faut qu'on s'intègre. On va s'amuser un peu.

Marta posa son stylo, se tourna sur le dos et leva vers lui un regard plein de sincérité.

— Je m'amuse là.

— Mar, dit-il en soupirant avant de s'asseoir sur le lit à côté d'elle. Je me suis battu pour obtenir cette invitation.

Assis sur le rebord de la fenêtre, Sami leva les sourcils vers moi.

— Est-ce que tu t'inquiètes à cause des autres ? lui demanda-t-il.

J'imaginai qu'il faisait référence à Genevieve, Sylvia et tout le reste de la clique qui harcelait Marta.

— Pas plus que d'habitude.

— Je pense que Genevieve ne t'embêtera pas ce soir, la rassura Lloyd. Elle a ses propres problèmes à gérer.

— Comme quoi ? demandai-je, repensant à ce que Max nous avait dit.

Sami jeta un regard en signe d'avertissement à Lloyd, mais ce dernier continua :

— Elle est enceinte.

Marta et moi le fixâmes du regard.

— Max a dit qu'elle s'en était occupée cet après-midi, ajouta Lloyd nonchalamment.

Je ne pus m'empêcher de penser que c'était indiscret de la part de Max de raconter à Lloyd que sa copine allait se faire avorter. Mais avant que je ne puisse dire quoi que ce soit, nous entendîmes des cris hostiles retentir dans le couloir. On tambourina des poings contre la porte. Sami bondit pour aller l'ouvrir, se plaçant entre nous et les visiteurs.

— Où se trouve le beau petit couple ?

C'était la voix de Sylvia. Elle tendit le cou pour regarder à l'intérieur de la chambre 1A par-dessus l'épaule de Sami.

— Tu parles de qui ?

— Gerald et le Gremlin.

Sylvia le bouscula pour entrer dans notre chambre, suivie de Genevieve qui affichait un air sombre. Sylvia s'arrêta à côté du lit de Marta et la fixa du regard.

— Qu'est-ce que tu fais là ? Tu devrais aller retrouver ton petit copain.

Marta repoussa ses livres. Elle semblait en avoir eu assez de se faire malmener et je ne pouvais pas lui en vouloir.

— Mais de quoi tu parles ?

— De ton rencard avec le nouveau *chef des Chevaux.*

— *Quoi ?* s'exclama Sami, l'air scandalisé.

Au même moment, Marta répliqua sèchement à Sylvia :

— J'ai refusé sa demande. Et ça ne te regarde pas.

L'espace d'un instant, Sylvia sembla sous le choc. Elle se tourna vers Genevieve qui était en train de fumer à notre fenêtre en silence, une bouteille de sherry à ses pieds. Elle ne se préoccupait pas du tout de ce qui se passait. Lentement, Sylvia se retourna vers Marta.

— Bien sûr que si, ça nous regarde, affirma-t-elle d'un air malicieux. C'est nous les entremetteurs ici. Ou devrais-je dire, c'est ce qu'on aurait dû être.

— Les entremetteurs ?

Sylvia bondit du siège sur lequel elle s'était assise sans qu'on l'y invite pour se rendre au pied du lit de Marta.

— J'ai dit à Gerald qu'il pouvait venir à la Nuit du pont si tu l'accompagnais. On vient de lui parler à l'instant, mais il nous a dit que tu avais accepté. Quel menteur ! Allez, viens, Gin, ordonna-t-elle. Il faut qu'on s'occupe de lui.

Mais on aurait dit que Genevieve ne l'entendait pas.

— *Gin*, insista-t-elle.

Cette dernière hocha brièvement la tête et se leva en éteignant sa cigarette.

— Attendez une seconde, intervint Lloyd, l'air perplexe, alors qu'elles franchissaient la porte. Pourquoi est-ce que vous avez fait ça ?

Ce fut Genevieve qui se retourna, les yeux brillants d'une lueur malveillante.

— Vous auriez pu vous entraider avec Gerald, expliqua-t-elle en s'adressant à Marta. Deux personnes vierges et seules ensemble. Ce n'est pas comme si quelqu'un d'autre aura envie de te toucher un jour.

Sur ces mots, elles sortirent de la pièce en claquant la porte derrière elles.

— Ignore-la, dit immédiatement Sami à l'intention de Marta.

Cette dernière était assise sur son lit, jambes croisées, et fixait le mur du regard. Sami l'observa un moment avant de se tourner vers nous, énervé.

— C'est quoi leur obsession avec le fait d'être vierge ?

— Pour certains, qui dit sexe dit pouvoir, répondit Lloyd en regardant Sami, la tête penchée sur le côté.

Je me sentis rougir. Je détournai le regard et me mis à fouiller bruyamment dans ma trousse de toilette.

— Pas compliqué de deviner qui t'a foutu cette stupide idée dans la tête, répliqua Sami.

— Ce n'est pas stupide, c'est vrai.

— Juste parce qu'*il* a gravi les échelons avec Genevieve, et maintenant, tu…

— Ta gueule, le coupa sèchement Lloyd. Tu ne sais pas de quoi tu parles, Sami. Genevieve *avait besoin* de Max. Il s'est occupé d'elle après le décès de sa sœur. Sans lui, Gin se serait effondrée.

Donc Lloyd était déjà au courant pour Persie, pensai-je, *mais il n'avait partagé l'information ni avec Marta ni avec moi.*

— Si c'est ce qu'il t'a dit, libre à toi de le croire. Mais je pense que ton idée tordue selon laquelle *qui dit sexe dit pouvoir*, c'est des conneries.

Je jetai un coup d'œil autour de moi et aperçus Sami en train de tirer sur son col de chemise, les joues rouges de colère.

— Tu sais, le provoqua Lloyd, toujours affalé au pied du lit de Marta. N'importe qui penserait que j'ai touché un point sensible.

Les joues de Sami rougirent encore plus, mais il n'abandonna pas.

— Qui dit sexe dit *amour*, déclara-t-il, incapable d'empêcher les tremblements de sa voix. Et qui dit *amour* dit pouvoir.

— C'est ce que ta maman t'a dit ? répliqua Lloyd.

Au même moment, Marta intervint. Sa voix était si basse comparée à celle de Lloyd qu'elle en était presque inaudible, mais nous l'entendîmes tous.

— Seule ta deuxième remarque est vraie.

Lentement, je me tournai face à eux. Marta avait les yeux rivés sur son cahier de physique, le doigt sur la page comme si elle la lisait, mais ses yeux flamboyaient et elle était totalement immobile.

— Mar, l'appela Sami, son ton laissant penser que toute combativité l'avait quittée. Qu'est-ce qu'il y a ?

— Rien, riposta-t-elle en relevant la tête. Je peux t'emprunter une tenue, Rose ?

— Une tenue ?

— Pour la soirée. Je n'ai aucun vêtement chic. Je peux t'en emprunter ?

— Oui, répondis-je, abasourdie. Mais je croyais que…

— J'ai changé d'avis, m'interrompit-elle en se levant précipitamment de son lit, ce qui fit tomber son cahier par terre. Il faut qu'on se serre les coudes tous les quatre. Mais vous deux (elle pointa Lloyd et Sami du doigt) vous devez nous laisser nous préparer, Rose et moi. Vous êtes toujours en train de traîner dans notre chambre.

— Arrête ! Tu adores ça ! la taquina Lloyd qui était affalé sur ma chaise de bureau, les bras derrière la tête, le sourire aux lèvres.

— Tu peux te changer pendant qu'on est là, Marta, tenta Sami, son regard passant anxieusement de Lloyd à elle. On ne regardera pas…

— Non, objecta-t-elle, obstinée. Allez-vous-en. On se voit à l'appel.

Sami se mit debout et Lloyd le suivit à contrecœur. Marta les poussa vers la porte de la 1A, ignorant les protestations de Lloyd.

— À tout' ! s'exclama-t-elle en refermant la porte avant de se tourner vers moi et de sourire, malgré son air un peu las. Ça te fait plaisir que je vienne, Rose ?

— Oui, rétorquai-je, constatant à quel point cela était vrai. Ça me fait très plaisir.

Sans réfléchir, je tendis les bras vers Marta et lui fis un câlin maladroit. Elle laissa son front posé sur mon épaule un moment. Je sentis ses cheveux emmêlés effleurer ma mâchoire, mais son corps resta contracté.

— Ça va être drôle, lui dis-je.

— J'espère, répondit brusquement Marta avant de reculer d'un pas. Bon, je m'habille comment ?

Je fus déconcertée par la manière dont la Nuit du pont commença. Après l'appel, tout le monde se rendit au réfectoire, comme à l'accoutumée. La plupart des élèves de première s'étaient mis sur leur trente-et-un. Je me demandai ce que les mags allaient en penser, mais Max nous rassura.

— C'est le premier samedi du mois, ça veut dire que le docteur Reza va quasiment tous les emmener au pub de Lynmouth, expliqua-t-il en remplissant son assiette de lasagnes. Ils ne seront pas de retour avant minuit.

Nous prîmes donc notre dîner : les repas étant la seule occasion de nous nourrir, c'étaient des moments très importants à High Realms et il était rare de les rater. Puis Lloyd, Sami, Marta et moi flânâmes dans l'atrium froid, incertains de la façon dont nous devions agir par la suite. Marta était stressée. Elle tirait sur la robe que je lui avais prêtée et qui ne lui allait pas très bien. Je commençai à me préparer à l'idée que notre invitation puisse être une blague, exactement comme Sylvia et Genevieve l'avaient fait avec Gerald.

À côté de moi, Lloyd tapait du pied en jetant des coups d'œil dans l'atrium vide.

— Qu'est-ce qu'il y a ? lui demandai-je.

— Max nous a dit qu'il nous montrerait le chemin.

— Rose, intervint soudainement Marta. Tu crois que j'aurais dû me laver les cheveux ?

Nous la dévisageâmes. Ses cheveux formaient des touffes emmêlées autour de son visage pâle et une tache d'encre ornait sa joue.

— Les brosser aurait été un bon début, répondit Lloyd sans merci.

— Je devrais peut-être monter pour le faire, déclara Marta en le regardant, l'air étonnée.

Sami observa Lloyd tandis qu'elle se dirigeait vers l'Eiger. Mais Marta fut stoppée dans son élan par le major Gregory qui descendait l'escalier, vêtu d'un manteau kaki et d'une écharpe de la maison Hillary. Il regarda Marta de haut en bas en affichant un air légèrement moins méprisant que d'habitude.

— Il paraît que des félicitations s'imposent.

Marta cligna des yeux, sur ses gardes. Il désigna le panneau qui affichait le classement.

— *Mention très bien*, mademoiselle De Luca. Je vois que vous cherchez à compenser les nombreux domaines dans lesquels vous avez des lacunes. Vos notes étaient plutôt bonnes, aussi, ajouta-t-il en faisant un signe de la tête vers Lloyd et moi tandis que Sami, gêné, remuait les pieds. La maison Hillary peut être fière de vous.

— Vous êtes fier de nous, monsieur ? demanda Marta.

Lloyd lui fit un clin d'œil. Elle lui sourit.

Le major Gregory semblait désemparé.

— Je suis satisfait, finit-il par déclarer avant de se racler la gorge et de regarder les costumes de Lloyd et Sami. Je n'étais pas au courant qu'il y avait un événement ce soir.

— Monsieur ! hurla Max en descendant les marches de l'Eiger trois par trois. Monsieur, j'ai oublié de vous dire.

On organise un concert commémoratif dans la chapelle. Pour Persie.

L'expression du major Gregory changea instantanément. On aurait dit qu'il venait de se prendre une claque.

— Ah, fit-il après un moment avant de regarder derrière nous en direction de la porte principale. Je vois. Je vois.

— On va jouer *Nimrod*, monsieur. Elle adorait cette œuvre.

— Je sais bien, répliqua le major Gregory. Le dernier appel aura lieu à dix heures, comme d'habitude.

— Bien sûr, monsieur, affirma Max en lui adressant un sourire mielleux. J'imagine que vous avez envie de rejoindre le minibus.

Le major Gregory hocha la tête et s'éloigna en traversant l'atrium d'un pas raide.

— Pfiou, fit Max en nous souriant. Je savais que vous n'auriez pas su quoi dire à ce vieux bougre. Il suffit de prononcer le nom de Persie pour lui fermer le clapet.

Il nous invita à monter l'Eiger avec lui et fit signe à d'autres de le suivre.

— Pourquoi ? demandai-je en accélérant le pas pour le rattraper.

— Il l'aimait beaucoup. Il disait qu'elle faisait honneur à la maison Hillary. Puis, elle est décédée sous sa surveillance, ajouta-t-il de but en blanc. Vous savez comment il est… Hillary avant tout, etc. (Il défila au pas de l'oie le long de la galerie inférieure avant de s'arrêter en voyant l'expression de Sami.) Oh, détends-toi ! Il s'est battu pour vous avoir tous les quatre. Même si c'était seulement pour remonter les scores de la maison Hillary…

— Qu'est-ce qui s'est pass… commençai-je, mais Sami me coupa.

— J'espère qu'il ne suspecte rien, s'inquiéta-t-il. Je ne peux pas me permettre d'avoir des ennu…

— Ne t'inquiète pas. Il n'est pas très intelligent. Et il sera tellement bourré à son retour, après avoir passé la soirée à se branler sur les légions romaines avec Briggs, qu'il ne viendra pas vérifier la maison, rit Max en jetant un coup d'œil à Lloyd par-dessus son épaule.

— Et pour le dernier appel ?

— Oh, il faut suivre le programme, Sami. C'est la Patrouille des aînés qui s'occupe du dernier appel le samedi.

Nous suivîmes Max à travers l'école dans des endroits que je n'avais jamais vus auparavant. Toutes les lumières étaient éteintes et les portes des salles de classe, fermées pour le week-end. À l'entrée de la maison Raleigh, Sylvia et Bella, qui étaient toutes les deux vêtues de noir, nous rejoignirent. Puis, Max ouvrit la porte sur ce qui s'apparentait à un garde-manger. Il nous fit descendre un escalier étroit tout en parlant bruyamment avec Bella. Ils s'enthousiasmaient à propos de la dernière Nuit du pont, qui s'était apparemment déroulée jusqu'à l'aube. Je sentis une dose d'adrénaline m'envahir à l'idée d'être impliquée, un plaisir qui ne fit que s'intensifier lorsque nous franchîmes une porte au rez-de-chaussée et que nous nous retrouvâmes sous le ciel nocturne. Nous étions dans une petite cour pavée entourée de hauts murs de brique. En jetant un coup d'œil derrière moi, je vis que la porte par laquelle nous étions sortis était presque entièrement camouflée dans le mur par une épaisse couche de lierre.

L'espace contenait de nombreuses poubelles. Max et Bella grimpèrent sur l'une d'entre elles. Puis, avec une agilité qui laissait penser qu'ils l'avaient déjà fait à plusieurs reprises, ils nous aidèrent à monter puis à avancer sur le mur de brique. Accroupie dans la pénombre, je sentis la sueur perler de mes mains lorsque je vis la hauteur qui me séparait du sol.

Je m'arrêtai, écoutant le joyeux brouhaha qui retentissait. J'espérais pouvoir retarder le moment. Puis, j'entendis une voix à côté de moi.

— Ce n'est pas aussi haut que ça y paraît, me rassura Sylvia avant de sauter, son écharpe en soie volant derrière elle lorsqu'elle atterrit sur le chemin en gravier.

Nous courûmes sur les terrains de rugby, contournant l'Hexagone pour nous mettre à l'abri de l'allée des Tilleuls. Puis, nous traversâmes la pelouse de croquet derrière le cottage Drake qui donnait sur les écuries. Nous atteignîmes la rive haute et escarpée du ruisseau Donny. Et nous le longeâmes en rampant, sentant l'herbe haute et humide autour de nos chevilles. Nous nous retrouvâmes près de l'eau mouvementée, qui était éclairée par plusieurs lampes torches. Des dizaines d'élèves étaient réunis ici, chaque groupe ayant emprunté un chemin différent. Je regardai derrière moi, vers le haut de la berge, et je vis plein d'autres jeunes la descendre en courant, tous vêtus de costumes et de robes de soirée. La tour de l'horloge se découpait dans le ciel nocturne derrière eux. Tout autour de moi, je voyais les lueurs des cigarettes et entendais le tintement des bouteilles et le grincement des canettes qui s'ouvraient. Les premières et les terminales de High Realms levèrent leurs verres, éclairés par la lumière de la lune et trinquèrent ensemble.

Max, Bella, Rory et Alice Fitz-Straker coururent vers la grange avant de revenir quelques minutes plus tard, les bras chargés de longues planches. Ils les posèrent sur la rive sous la supervision de Sylvia, qui avait remonté sa robe jusqu'à la ceinture pour traverser courageusement les eaux profondes du ruisseau afin de sécuriser le pont depuis la berge boueuse opposée. L'espace d'un instant, sa silhouette disparut dans la pénombre. Puis elle sauta sur les planches et revint en dansant, ses jambes mouillées luisant à la lumière des lampes torches.

— Je déclare la Nuit du pont ouverte ! hurla-t-elle.

Pour une fois, son visage n'était pas empreint de condescendance ou d'hostilité, mais d'un bonheur pur.

Marta, Lloyd, Sami et moi nous séparâmes du reste du groupe et observâmes la Nuit du pont commencer dans un mélange d'excitation et d'appréhension. Se frayer un chemin jusqu'au ruisseau Donny avait été palpitant, mais maintenant que nous étions ici, la froideur de la nuit et l'abandon de nos camarades de classe rendaient l'aventure plus risquée que jamais. Aucun d'entre eux ne semblait préoccupé par le fait de se faire prendre. Ils installèrent un feu de camp sur la berge. Rapidement, des flammes s'élevèrent haut dans le ciel. Max se sépara de Genevieve pour venir nous voir, son nœud papillon défait autour de son cou.

— Les gars, dit-il en passant ses bras autour des épaules de Lloyd et de Marta. C'est le moment de boire un coup. Allez.

Il nous emmena vers des boîtes et des caisses qui avaient été posées dans l'herbe haute.

— Champagne ! s'écria-t-il en sortant une bouteille à l'étiquette dorée. Rory le choure dans la cave de ses parents. (Il tira sur le bouchon.) Ils ne s'en rendent jamais compte. Et son grand frère nous fait parvenir quelque chose d'encore plus utile par la poste. (Il nous adressa un clin d'œil en tapotant son nez.) Allez, la soirée sera encore plus *drôle*.

Lloyd, Sami et moi bûmes chacun notre tour. Je faillis avoir des haut-le-cœur à cause de l'acidité, mais je réussis à avaler. Une sensation de brûlure envahit ma poitrine, suivie immédiatement d'un pic d'excitation et d'un regain de confiance en moi. Je tendis la bouteille à Marta, mais elle secoua la tête.

— Ah, non, objecta Max en attrapant la bouteille. Il *faut* que tu goûtes au Taittinger. C'est de la qualité. Tu vois tout ce petit monde ? (Il pointa nos camarades du doigt.) Ils ont presque été allaités avec ça. Ouvre grand ! ordonna-t-il.

Marta fut si surprise qu'elle le laissa verser du champagne dans sa bouche. Elle toussa puis finit par sourire.

— Tu as raison, dit-elle à Max. Il est bon.

— Ça va t'aider à te détendre un peu, affirma-t-il en lui faisant un petit bisou sur la joue. Tu n'as pas à endurer High Realms comme si tu étais sur un champ de bataille, Marta. Prends ma part.

Il lui adressa à nouveau un clin d'œil et inclina rapidement la bouteille, l'obligeant à avaler une autre gorgée. Du liquide jaune dégoulina sur son menton.

— Ces choses-là sont assez sympas aussi, déclara-t-il en ouvrant sa paume dans laquelle se trouvaient des petites pilules blanches. Vous en voulez une ?

Tout comme moi, Sami et Marta firent non de la tête, mais Lloyd haussa les épaules puis avala l'une des pilules comme s'il s'agissait d'un antidouleur.

— T'es le meilleur, dit-il à Max.

— Qu'est-ce que tu ferais sans moi ? rit ce dernier en hochant la tête avant d'ajouter avec fermeté : Et maintenant, on va danser jusqu'au bout de la nuit. Allez, venez !

Nous bûmes le reste du champagne et dansâmes sous le croissant de lune, éclairés par la lumière vacillante du feu de camp. Quelqu'un avait ramené une enceinte de la grange. Je sentis mon inhibition s'effacer tandis que Max nous guidait dans une danse étrange, presque tribale sous le ciel nocturne, mi-danse de salon mi-danse improvisée. Nous nous déhanchions allègrement, en changeant régulièrement de partenaire. Il attrapa Lloyd et lui fit faire le tour complet du feu de camp sur un pas de valse. Leurs mouvements étaient synchronisés et exécutés avec force. Alors qu'il s'approchait de mon côté, il tendit ses deux mains vers moi. Je les lui pris et dansai avec lui, nos corps se heurtant de façon incontrôlable, son bras enlacé autour de ma taille. Le fait de me retrouver aussi proche de Max me rendait aussi ivre que le champagne. Il me fit tourner sur moi-même avant de me tirer vers lui. Tandis que mes bras s'agrippaient autour de son cou, je sentis une nouvelle chaleur monter en moi : un désir fort et ardent qui était différent de tout ce que j'avais ressenti auparavant. Je me penchai pour me rapprocher, sentant l'aigreur de son souffle alcoolisé contre ma joue. Je levai les yeux vers lui au moment où il baissa le regard vers moi. Ses yeux noirs clignèrent d'un air contemplatif et il pencha la tête vers la mienne. Je sentis ses lèvres effleurer ma joue à la recherche de ma bouche.

Puis quelqu'un attrapa ma main. Marta me tira vers elle et m'emmena de l'autre côté du feu de camp. Elle passa ses bras autour de mon cou, en se donnant l'air plus bourrée qu'elle ne l'était réellement et me dit dans l'oreille pour se faire entendre par-dessus la musique :

— Il n'en vaut pas la peine, Ro. Imagine si Genevieve vous avait vus, ajouta-t-elle en tournant la tête avant de m'embrasser rapidement sur la joue, juste à l'endroit où les lèvres de Max s'étaient posées. Ne sois pas gênée. Je ne le dirai à personne. Ce sera notre secret.

À ce moment-là, Lloyd et Sami vinrent nous rejoindre, une autre bouteille de champagne à la main. La danse devint de plus en plus sauvage. Marta exécutait une gigue toute seule, son petit corps débordant d'énergie. Elle passa devant moi, me saisit les poignets et me tira à nouveau vers elle. Nous dansâmes ensemble, à la fois maladroites, libres et emplies d'une joie soudaine. Marta se cogna contre

Genevieve, mais celle-ci ne grogna pas, car elle était trop occupée à embrasser Max qui l'enlaçait, une main posée dans le creux de son dos tandis qu'elle le tenait par le cou. Je détournai le regard et vis Sylvia et Bella assises dans l'herbe sur la rive. Alors que Bella embrassait le cou de Sylvia, cette dernière releva soudainement la tête. Nos regards se croisèrent.

Quelques instants plus tard, je regardai autour de moi. Je vis Marta et Lloyd, debout près du ruisseau, en train de se faire un câlin. La tête de Marta était appuyée contre le torse de Lloyd. Sami se tenait à côté d'eux, sa main posée sur l'épaule de Marta. Je me dirigeai vers eux. Marta était en train de pleurer. De chaudes larmes coulaient le long de ses joues. En voyant mon désarroi, elle me sourit :

— Je ne suis pas triste, me rassura-t-elle, son élocution plus difficile qu'à l'accoutumée. C'est l'inverse. Je suis tellement heureuse ici, avec vous trois. Je ne veux jamais que ça s'arrête. (Je tirai sur ma manche pour essuyer ses larmes.) Tu es ma meilleure amie.

Je sentis une vague d'affection pour elle qui n'était pas simplement due au champagne. *Tu es à moi*, avais-je envie de lui dire, mais les mots ne sortirent pas assez vite. Marta s'écarta de Lloyd et sembla se ressaisir.

— Allons danser encore un peu, proposa-t-elle.

Nous restâmes tous les quatre un bon moment, près du feu qui éloignait le froid de la nuit. Max vint nous voir et offrit une nouvelle bouteille de champagne à Lloyd. Nous bûmes tous dedans et ma tête se mit à tourner. C'était la première fois que je buvais de l'alcool en si grande quantité. J'avais besoin que quelqu'un me soutienne, comme Lloyd l'avait fait pour Marta. Mais lorsque je tournai la tête pour le chercher, je le vis à nouveau dans les bras de cette dernière. Mais cette fois, ils s'embrassaient. Je les observai : j'avais l'impression de regarder un couple d'étrangers.

J'avais du mal à comprendre comment les choses avaient si vite évolué. Marta fit glisser ses mains sous la veste de Lloyd. Je détournai le regard, espérant trouver Sami, mais je ne le vis nulle part.

De notre côté de la rive, le nombre de danseurs était en train de diminuer au fur et à mesure que les gens commençaient à former des couples. Ils commençaient à se diriger vers le pont, étape provisoire, avant de le traverser pour pénétrer dans la pénombre des bois. Après avoir franchi les planches en bois, ils passaient devant Sylvia et Bella qui étaient arrêtées sur la rive. Je vis Max et Genevieve embrasser Sylvia sur la joue avant de disparaître dans l'obscurité. Alors que je les regardais s'éloigner, je sentis une pointe de chagrin à l'idée que Max soit parti. Je voulais le suivre de l'autre côté, mais je n'avais personne pour m'accompagner. Je jetai un coup d'œil autour de moi pour chercher Sami. Je le trouvai en train d'enlacer une fille aux cheveux roux, non loin de l'endroit où Lloyd et Marta s'étaient embrassés. Eux aussi s'en allaient pour traverser le pont ensemble.

Je pris une autre gorgée de champagne, savourant son effet abrutissant. J'avais très froid et, mes amis étant partis, je n'avais aucune raison de rester plus longtemps à la Nuit du pont. *Je n'aurais jamais dû venir*, pensai-je. Quelle idée de croire que faire la fête avec les autres élèves de High Realms pouvait permettre à quelqu'un comme moi de se faire des amis… Je me mis en chemin et remontai la berge en chancelant vers la grange. À mi-chemin, je trébuchai et tombai à genoux sur le sol. Mon front effleura la pelouse mouillée.

— Rose ! s'écria Sami qui remontait la berge en courant derrière moi, son col lâche, voulant m'aider à me remettre debout. Tu vas où ?

— Me coucher.

— Où sont Marta et Lloyd ?

Sans dire un mot, je pointai du doigt le côté opposé du ruisseau. Le visage de Sami s'assombrit.

— Ensemble ?

— Ils s'embrassaient, répondis-je en haussant les épaules.

— Mon Dieu, murmura-t-il, l'air à moitié horrifié, à moitié attristé. Bon sang.

— Qu'est-ce qu'il y a ? *Toi aussi* tu roulais bien des pelles à…

— On s'amusait juste avec Ingrid. Lloyd et Marta… c'est différent.

— Pourquoi ?

Sami se mordit la langue, le regard braqué sur l'eau. De l'autre côté du ruisseau Donny, il y avait une autre rive escarpée, celle-ci densément boisée. Tous les bruits en provenance de cette direction étaient étrangement étouffés. Ma frustration face à son silence était en train d'atteindre son paroxysme lorsqu'il murmura :

— Max a donné des drogues à Lloyd.

— Qu'est-ce que ça change ?

À nouveau, Sami resta silencieux. Sa réticence à me parler m'agaçait. Non seulement je ne m'étais pas fait d'amis en venant à la Nuit du pont, mais j'étais désormais encore plus seule qu'avant. Je me sentais exclue et je craignais que tout le monde remarque mon manque de maturité et ma solitude. Je repensais aux bras chaleureux qui s'enlaçaient dans les bois, à cette proximité que je désirais plus que tout. Je m'éloignai alors de Sami, avec la ferme intention de retourner à la maison principale.

— Rose, attends. Je suis désolé. C'est juste que… je ne sais pas vraiment comment le dire…

— Mais dire *quoi* ?

— À force de vivre dans la même chambre que Lloyd… dit-il finalement, ses yeux ronds brillant dans la pénombre.

J'ai remarqué certains trucs… Je sais des choses sur lui. Des choses que tout le monde ne voit pas. Ça doit être pareil pour Marta et toi, non ?

— Comment ça ?

— Tu as dû comprendre des trucs. Il y a quelque chose… quelque chose qui ne va pas chez elle. Il faut qu'on prenne soin d'elle, Rose. Je ne pense pas que Lloyd comprenne ça. Je pense qu'il ne se rend pas compte de… sa vulnérabilité.

J'hésitai. J'avais froid, j'étais exténuée et ivre, mais je n'étais toujours pas prête à révéler à Sami ce que je savais sur Marta.

— Elle est en deuil, dis-je.

— Je ne pense pas, objecta-t-il fermement tout en secouant la tête. *Toi*, tu es en deuil, Rose. Je le vois bien. Mais Marta…

— Tais-toi, le coupai-je soudainement, furieuse contre lui. Tu n'en sais rien. Rien du tout. Tu ne sais *rien* de moi, Sami.

— Il n'y a aucune honte à avoir…

— Si, affirmai-je avant même de savoir ce que je faisais, avant même de savoir que je croyais à ce que je disais. Je pensais que venir à High Realms m'aiderait. Je pensais que ça me ferait du bien, mais ça n'a fait qu'empirer les choses.

Une vague de tristesse m'envahit. Je tournai le dos à Sami et appuyai le dos de ma main moite contre ma bouche.

Après un moment, je sentis la main de Sami sur mon épaule.

— Rose, dit-il doucement. Rose, je suis désolé. Je n'aurais pas dû dire ça. (Il marqua une pause.) Tu n'es pas toute seule. On a tous nos problèmes, mais ça ne veut pas dire qu'on ne peut pas s'aider, non ? Ce serait différent si l'un de nous s'éclatait ici, mais ce n'est pas le cas. (Il rit d'une voix tremblante.) Pas encore. Et certainement pas moi. Parfois, j'ai l'impression que je ne suis même pas assez intelligent pour être un Boursier du millénaire.

Je sentis un élan de sympathie à son égard. En même temps, j'étais honteusement soulagée à l'évocation d'une faiblesse qui n'était pas la mienne.

— Ce n'est pas ça le pire. J'ai demandé à Lloyd de n'en parler à personne, mais ils ont une dent contre moi.

— Qui ?

— Les gars du rugby. Rory, Jolyon et tous les autres, expliqua-t-il en prenant une grande inspiration. Ils disent que je suis nul au rugby parce que je suis trop gros. Ils ont sûrement raison, pour être honnête. J'ai promis que j'allais perdre du poids, mais ils ont décrété que j'avais besoin d'un peu d'encouragement. Ils ont ouvert ma boîte de friandises à l'aide d'un marteau. Puis, ils m'ont fait monter dans le coffre vide et ont essayé d'abaisser le couvercle, mais ça ne voulait… ça ne voulait pas fermer. Alors, ils ont pris une corde et ont attaché le couvercle avec. Ils m'ont laissé dedans plusieurs heures. Lloyd a essayé de me sortir de là, mais ils l'en ont empêché. (Sa voix se brisa.) Ils vont refaire ça toutes les semaines jusqu'à ce que le coffre ferme sans la corde.

— Mon Dieu, *Sami*, murmurai-je en tendant les bras vers lui, mais il secoua la tête.

— Ça va. *Je* vais bien. On gère le problème, Lloyd et moi. On va courir ensemble : six kilomètres tous les matins avant le petit déjeuner. Et j'ai arrêté de prendre des desserts…

— Sami, ce n'est pas normal. Il faut que tu en parles à quelqu'un… à tes parents.

— Rose, c'est ce que j'ai fait, répondit-il en esquissant un léger sourire. Ils m'ont dit qu'ils allaient venir me chercher, que je n'avais pas à rester ici un jour de plus. Mais je sais qu'ils avaient vraiment envie que je vienne à High Realms.

Ils ne faisaient que me rappeler à quel point j'allais passer une année géniale. Abandonner au bout d'un mois… c'est injuste pour eux, d'une certaine façon. Je veux qu'ils soient fiers de moi, des choses que j'entreprends. (Il marqua un temps d'arrêt.) Toi, moi, Lloyd et Marta, on forme une équipe, non ? Je ferais n'importe quoi pour vous, les gars.

Je ne savais pas quoi dire. J'étais partagée entre l'admiration pour le stoïcisme de Sami, la culpabilité de ne pas avoir su ce qu'il avait enduré et la surprise de constater à quel point sa loyauté envers nous était déjà absolue. Je me demandais si je pouvais, après tout, lui dire ce que je savais à propos de Marta lorsqu'un cri étouffé retentit en provenance des bois. Sami et moi nous dévisageâmes.

— Qu'est-ce que c'était ?

Sami se passa la main dans les cheveux, l'air inquiet. Nous étions seuls de ce côté de la rive. Le feu de camp se consumait gentiment. Des bouteilles vides scintillaient dans les herbes hautes.

— Je ne sais pas.

Le cri ressemblait plus à de la colère qu'à de la peur, mais je ne pouvais en être certaine.

— Je vais aller voir, déclara Sami en regardant vers les bois. Il y a peut-être quelqu'un de blessé…

— Je viens avec toi.

— Non, attends ici. Si je ne suis pas de retour dans quinze minutes, va chercher de l'aide.

Il retira sa veste et me la tendit avant de descendre la pente à pas lourds et de traverser le pont : sa silhouette trapue et déterminée se fit rapidement avaler par les ténèbres.

J'attendis à peu près dix minutes, durant lesquelles j'eus extrêmement froid et mon anxiété ne fit qu'augmenter. Finalement, j'entendis des bruits de pas sur la berge. Je me penchai en avant pour essayer de distinguer de qui il s'agissait.

— C'est moi, dit Marta en remontant la rive avec difficulté.

— Qu'est-ce qui se passe ? Tu as vu Sami ?

— Oui, acquiesça-t-elle en claquant des dents. Il va bien. Tout le monde va bien.

— Vraiment ? Lloyd aussi ?

— Oui, répondit-elle en baissant les yeux vers moi. J'ai envie d'aller me coucher.

Le tremblement dans sa voix ne semblait pas seulement dû au froid.

— OK, opinai-je après un moment avant de me relever. Mais Mar, tu es sûre que Sami et Lloyd vont…

— Certaine, affirma-t-elle. Je pense qu'on devrait y aller.

Nous remontâmes la berge d'un pas lourd, frissonnant toutes les deux. Je me sentais profondément mal à l'aise. J'avais envie de demander à Marta ce qui s'était passé avec Lloyd, et ce qu'il faisait désormais avec Sami. Mais j'avais peur que Marta me pose alors des questions sur Max, sujet que je n'étais pas prête à aborder. Marta marchait devant moi, se dirigeant vers l'allée des Tilleuls. Puis elle s'arrêta, le regard tourné vers les écuries.

— Il est quelle heure ?

— Une heure et demie.

— Bon sang, dit-elle. Je ne vais jamais réussir à me lever dans cinq heures pour nettoyer le fumier de ces foutus chevaux.

Hormis les cours en moins, qui étaient remplacés par la cérémonie à la chapelle et les heures d'étude, l'emploi du temps du dimanche à High Realms n'était pas différent des autres jours.

Les yeux de Marta brillaient obstinément dans la pénombre. J'étais agacée, mais trop fatiguée pour me disputer avec elle.

— Je le ferai, alors. Allons-nous coucher.

— On n'a qu'à le faire maintenant, proposa soudainement Marta. Ça ne nous prendra que trente minutes et comme ça, on pourra faire la grasse matinée. Gerald ne le saura jamais…

— OK, finis-je par céder.

L'idée de rester dans les écuries froides et humides à une heure si tardive ne m'enthousiasmait pas, encore moins le travail physique qui consistait à nettoyer le fumier. Mais au moins, de cette façon, je pourrais peut-être entendre Lloyd et Sami rentrer et m'assurer qu'ils allaient bien.

Nous fîmes demi-tour et nous dirigeâmes vers l'entrée des écuries. Nous traversâmes la cour jusqu'au bloc C. La tour de l'horloge nous dominait de toute sa hauteur. Nous déverrouillâmes la porte et entrâmes. Les trois chevaux se retournèrent dans leur box. Les boucles en métal de la sellerie qui était accrochée au mur brillaient à la lumière de la lune. Marta appuya sur l'interrupteur et nous clignâmes des yeux face à l'intensité de la lumière des lampes halogènes.

Nous commençâmes par retirer la paille souillée des box à l'aide d'un râteau puis nous l'empilâmes sur la brouette. Nous remplîmes ensuite l'abreuvoir d'eau et versâmes de la nourriture dans les seaux. En quelques minutes, nos mains et nos vêtements furent salis. À cause de l'alcool et de la fatigue, je tenais difficilement debout et ma bouche était sèche. J'avais l'impression d'être à bout de forces, mais nous avions encore le sol en béton à laver. Marta sortit le tuyau et l'accrocha au robinet lorsque nous entendîmes des cris en provenance de l'arrière des écuries. Nous nous figeâmes sur place.

— Qu'est-ce que c'était ? s'inquiéta Marta.

— Je ne sais pas.

Les cris se firent de plus en plus forts : un mélange de voix d'hommes et de femmes. Je m'efforçai de deviner de qui il s'agissait. Les chevaux commencèrent à s'ébrouer nerveusement, comme si ce nouveau tapage nocturne allait un peu trop loin. George commença à secouer la tête de frustration. Il poussa un hennissement. Les cris se firent encore plus forts lorsque le groupe passa derrière le bloc C, puis ils cessèrent progressivement au fur et à mesure que les voix s'éloignaient, prenant la direction de l'Hexagone. Je tournai la tête vers Marta. Elle se mordait la lèvre, l'air troublée.

George continuait de remuer dans son box, se cognant contre les murs et tapant du pied sur le sol. Son comportement commençait à perturber les deux autres chevaux qui se mirent à secouer la tête et à frapper l'air de leur queue. En réponse, nous entendîmes une chorale de hennissements en provenance des blocs adjacents. Inquiètes, nous nous fixâmes du regard, Marta et moi. Les écuries ne se trouvaient pas loin de l'Hexagone, là où plusieurs membres de la Patrouille des aînés dormaient, dont Gerald.

Marta s'approcha du box de George pour lui parler tout en gardant une distance de sécurité.

— Il ne faut plus faire de bruit maintenant, ordonna-t-elle d'une voix ferme. Rose et moi, on ne va pas te faire de mal.

George hennit à nouveau, ce à quoi Margot et Polly répondirent à leur manière. Il donna un coup contre la porte de son box. Sous l'effet de la surprise, Marta fit un bond en arrière.

— Bon sang, s'énerva-t-elle en élevant la voix. C'est à croire que les animaux ne valent pas mieux qu les gens, ici ! Ils sont tout aussi pourris gâtés, colériques et *arrogants*...

— Le sentiment est réciproque, répondit une voix douce et calme.

Marta et moi nous retournâmes d'un bond. Genevieve et Sylvia se tenaient à l'extérieur du bloc C, leurs visages illuminés par la lumière éblouissante des lampes halogènes. Le reste de leur corps était caché par la demi-porte.

— Mince, marmonna Marta.

Genevieve tira sur le verrou avant de s'avancer à la lumière, suivie de Sylvia. Elles étaient toutes les deux décoiffées, avaient des taches de boue sur leurs robes et des feuilles dans les cheveux. Genevieve était pâle comme la mort. Ses yeux étaient empreints de sa méchanceté habituelle, mais il y avait autre chose : une vulnérabilité nouvelle et acerbe. Sylvia, à l'inverse, était calme. Ses bras se balançaient doucement de part et d'autre de son corps.

— Vous savez, commença calmement Genevieve en nous dévisageant. On vous a laissé de nombreuses chances.

— *Tu mens !* s'emporta Marta. Vous nous détestez depuis le début. Ça se voit que vous ne voulez pas de nous ici. Mais qu'est-ce qu'on vous a fait…

— Oh, je ne poserais pas cette question maintenant si j'étais toi, la coupa Genevieve, le visage en proie à une fureur dévastatrice. Vraiment pas.

Elle lança des coups d'œil à Sylvia. Tandis que sa poitrine se soulevait et s'abaissait, je vis les larmes lui monter aux yeux. Puis elle tourna à nouveau la tête.

— J'ai laissé Max vous inviter ce soir, déclara-t-elle en retenant un sanglot.

— Sylvia, intervins-je en m'adressant directement à elle. Il est vraiment tard. On a fini avec Marta. On sait qu'on ne devrait pas être là.

J'étais tellement désespérée que je la suppliais presque dans l'espoir qu'elle use de son influence sur Genevieve.

— Tu peux t'en aller si tu veux, répondit-elle en haussant les épaules avant de tourner la tête vers Marta. Mais laisse le Gremlin.

— Non, je…

J'étais étonnée qu'elle me laisse tranquille, mais je ne pouvais envisager d'abandonner Marta.

— On devrait tous aller se coucher, insistai-je en regardant Sylvia puis Genevieve.

Un court instant, les épaules de Genevieve s'affaissèrent légèrement et je pensai que l'envie de se battre l'avait quittée. Mais son corps se rigidifia à nouveau.

— Non, objecta-t-elle lentement. Non, je ne pense pas. Je pense que vous n'avez pas tout à fait fini.

— Comment ça ?

— Vous êtes bien en train de retirer le fumier, non ? Vous nettoyez la saleté.

— Oui, mais…

— Eh bien, vous en avez oublié une partie répliqua Genevieve en regardant Marta droit dans les yeux, ce qui me fit ressentir une vague de peur. En fait, vous avez oublié la chose la plus sale qui se trouve dans cette pièce.

Marta se tenait adossée contre le mur du fond, sa silhouette semblait minuscule dans la robe que je lui avais prêtée. Ses bras et ses genoux nus étaient couverts de boue.

— Tu as besoin d'un petit nettoyage, Marta, renchérit Genevieve.

Elle marqua une pause, comme si elle réfléchissait. Son regard passa du tuyau à Marta avant de s'arrêter sur Sylvia. Cette dernière écarquilla les yeux pendant une fraction de seconde. Genevieve se précipita vers le robinet et l'ouvrit à fond.

De l'eau sortit à toute vitesse du tuyau qui reposait sur le sol et jaillit contre le mur opposé, ce qui pulvérisa de fines gouttelettes partout dans l'écurie. Genevieve s'empara du tuyau et le tordit, augmentant tellement la pression qu'elle avait du mal à le retenir. Elle lutta pour contrôler le jet d'eau avant de le pointer directement sur Marta.

Bien qu'il n'y ait pas une trace de sang, la scène qui suivit fut digne d'un film d'horreur. Marta plaqua ses bras sur sa tête en poussant un cri de pure terreur qui me glaça le sang. Le jet la frappa d'abord à l'estomac avant de descendre au niveau de ses cuisses. Elle tomba à genoux et se replia sur elle-même à cause de la douleur. L'eau giclait désormais contre tout son corps, creusant la peau de ses bras avec une intensité extrême. Elle avait enfoui son visage dans ses genoux. Le jet atteignait le haut de son crâne, ses mains et toutes les parties de son corps qui étaient visibles. Je restai figée sur place tandis que des marques rouges commençaient à apparaître sur ses bras et ses jambes. L'eau ne cessait de jaillir. Marta roula sur le côté et ramena ses genoux contre sa poitrine. Genevieve se rapprocha, l'air impitoyable. Lorsque Marta émit un deuxième cri, je vis Sylvia courir vers le robinet. Genevieve fit un nouveau pas vers Marta. Elle tenait désormais le tuyau au-dessus de sa silhouette courbée et le dirigeait vers son cou. Je savais qu'il atteindrait bientôt son visage. Je ne pouvais la laisser faire. Je me jetai sur elle, ce qui la déséquilibra, juste au moment où Sylvia agrippait le robinet. Genevieve trébucha et lâcha le tuyau. Le jet d'eau fut repoussé loin de Marta et projeta de l'eau sur le mur du fond, éparpillant la sellerie sur le sol et déchirant les tapis qui y étaient accrochés. Le tout fut aspergé de la boue qui se trouvait par terre. Sylvia ferma le robinet et le jet arrêta de s'écouler.

Je me relevai de l'endroit où j'avais glissé après avoir forcé Genevieve à lâcher le tuyau. Je me dirigeai vers Marta et m'accroupis à côté d'elle. Elle était recroquevillée dans une flaque d'eau, en train de tousser, le visage enfoui entre ses genoux qui étaient toujours appuyés contre sa poitrine. Sa peau était rouge vif. Alors que je tendais la main pour toucher son poignet, elle hurla à nouveau. Le bruit était si terrible que j'eus un mouvement de recul.

Après un silence d'une durée indéterminée, j'entendis des bruits de pas sur le gravier. Je me tournai et vis le docteur Reza, accompagnée de Gerald, se ruer vers la lumière du bloc C. Sami se trouvait quelques mètres plus loin, derrière eux. Le docteur Reza portait un long manteau par-dessus son pyjama. Gerald était entièrement vêtu de sa combinaison et de ses bottes coquées, comme s'il était prêt pour sa journée de travail. Genevieve et Sylvia avaient disparu.

— Mais qu'est-ce qui se passe ici ? demanda le docteur Reza à voix basse alors que la stupeur se lisait sur son visage.

Elle se mit à genoux près de Marta et plaça sa main sur son épaule. Cette dernière poussa un cri perçant et se retourna, comme si elle avait été piquée à son contact.

Sans même jeter un regard vers elle, Gerald s'approcha des box et fit des bruits apaisants pour calmer les trois chevaux. Le docteur Reza le regarda.

— Va chercher des couvertures sèches, s'il te plaît, lui ordonna-t-elle, mais Gerald ne fit pas un geste. *Tout de suite.*

Ne pouvant ignorer l'urgence de son ton, il sortit dans la cour sombre.

Marta toussait encore et son corps tout entier tremblait désormais violemment. Le docteur Reza ôta son manteau pour la recouvrir.

— Rose, gémit Marta.

Je retournai vers elle et m'agenouillai dans la flaque d'eau glacée dans laquelle elle gisait. Je tendis le bras pour retirer de son visage quelques mèches de cheveux trempées. Un sentiment de honte imprégnait ses yeux verts.

— Tu les as arrêtées, constata-t-elle d'une voix qui était plus proche du sanglot.

— Oui.

Mais je n'avais pas agi assez rapidement, pensai-je en regardant la peau irritée de Marta. Je jetai un coup d'œil vers Sami, qui se tenait juste devant l'entrée de l'écurie, son visage à moitié caché dans la pénombre. Il semblait figé sur place. *Genevieve*, articulai-je sans prononcer un mot. *Genevieve et Sylvia.*

Le docteur Reza scrutait les marques sur les bras de Marta lorsque Gerald revint, les bras chargés de couvertures de chevaux. Il les jeta sur le sol à côté du docteur Reza puis retourna caresser les chevaux. Lorsqu'il passa à côté de Marta, il baissa les yeux vers son corps recroquevillé en affichant un air de dégoût.

Avec l'aide du docteur Reza, nous assîmes Marta et l'enveloppâmes dans les serviettes et deux des couvertures. Son tremblement s'était légèrement apaisé, mais ses épaules étaient toujours penchées vers l'avant, comme si elle souhaitait se protéger d'une future agression. Nous posâmes le manteau du docteur Reza sur ses épaules, par-dessus les couvertures. Marta regarda autour d'elle, comme si elle prenait conscience de l'endroit où elle se trouvait.

— Je vais t'emmener au San, lui dit le docteur Reza.

Marta fit non de la tête en essayant de s'écarter.

— Je ne t'examinerai pas si tu n'en as pas envie, ajouta le docteur Reza. Mais c'est plus proche qu'Hillary et tu pourras te réchauffer plus vite.

Marta cligna des yeux et tourna la tête vers moi.

— Tu m'accompagnes ?

— Rose et Sami doivent aller se coucher, répondit gentiment le docteur Reza. Ils pourront venir te voir dans la matinée.

Elle aida Marta à se mettre debout et la fit sortir de l'écurie, nous laissant, Sami et moi, seuls avec Gerald. Sami me regarda un long moment. Puis Gerald brisa le silence, d'un ton sévère.

— Vous pouvez dégager de là maintenant. Mais si vous ne revenez pas nettoyer ce bazar demain matin, je ferai en sorte que vous ayez encore plus d'ennuis que ceux que vous avez déjà.

Il désigna d'un geste l'eau qui recouvrait le sol, la sellerie qui avait été éparpillée partout et les tapis trempés.

Nous sortîmes du bloc C. La nuit était encore plus froide et une pluie légère tombait. Devant nous, je pouvais voir le docteur Reza qui soutenait Marta. Elles passèrent sous l'arche sud en direction de l'Hexagone. Lorsque nous atteignîmes la statue, Sami s'arrêta et m'attrapa le bras.

— Tu comprends maintenant ? Ce que je te disais à propos de Marta, à quel point elle est vulnérable ? Elle n'est pas en sécurité ici. La prochaine fois, Genevieve et Sylvia pourraient la blesser sérieusement.

Je croisai son regard, qui était profondément troublé.

— Sylvia m'a aidée à arrêter Genevieve, dis-je finalement. Je ne pense pas qu'elle laisserait la situation dégénérer.

— *Dégénérer ?* Rose, tu as *vu* les blessures de Marta ? Elle n'est pas en sécurité à High Realms, répéta-t-il. Ce monde est trop violent. Impitoyable. Peut-être qu'elle ferait mieux de rentrer chez elle…

— Elle se brûle la peau, le coupai-je.

Sami me fixa du regard. Au bout de quelques secondes, j'ajoutai en essayant de garder une voix stable :

— Tous les soirs, Marta se brûle la peau avec des allumettes. Son père lui écrit trois fois par semaine pour lui dire qu'elle doit quitter High Realms à Noël. Je… Je ne pense pas que rentrer chez elle soit la solution, Sami.

Ce dernier ferma les yeux un instant. Quand il les rouvrit, j'eus l'impression de lui avoir transmis toute la peur et la confusion que j'éprouvais vis-à-vis de Marta. À cela s'ajoutait le dégoût causé par ce que Genevieve et Sylvia lui avaient fait endurer. Je me souviendrais de ce moment toute ma vie : ce moment où j'avais trahi les secrets de Marta, ce moment où j'avais alimenté les craintes de Sami concernant ses souffrances, ce moment où j'avais pris la décision égoïste de me soulager d'un poids plutôt que de demander ce qui s'était passé dans les bois et qui avait pu provoquer l'agression dont Marta avait été victime. Je m'en souviendrais, car ce fut à partir de là que Sami commença à éprouver de la colère. Je m'en souviendrais, car il marqua le début de notre complicité silencieuse et inébranlable. Mais par-dessus tout, je m'en souviendrais, car il mit fin à cette période de déni et à notre innocence, que High Realms, avec son pouvoir d'attraction impitoyable, avait déjà commencé à briser.

6

Je me réveillai tôt le lendemain matin. L'espace d'un instant, je ne savais plus où je me trouvais. Je restai allongée dans mon lit. À la manière d'un film en accéléré, les événements de la nuit défilèrent dans mon esprit avec le même caractère inexorable que celui avec lequel ils s'étaient produits. Un mal de tête me martelait les tempes.

Les draps du lit de Marta étaient froissés à l'endroit où elle s'était affalée avec Lloyd avant la Nuit du pont. Je regardai en direction de notre bureau, espérant la voir penchée sur un devoir qu'elle se serait imposé, me faisant part de temps à autre d'une nouvelle notion qu'elle venait de découvrir. Mais bien entendu, elle n'était pas là. *Je ne peux n'en vouloir qu'à moi-même*, pensai-je d'un air morose. Je sortis du lit et enfilai mon uniforme. Mes doigts fatigués attachèrent les boutons avec difficulté.

Je trouvai Sami et Lloyd aux écuries en train de faire sécher et de suspendre la sellerie qui était tombée de l'étagère à cause du jet d'eau. Ils avaient ôté les tapis mouillés, couverts de boue, et les avaient empilés dans un coin, laissant ainsi apparaître le mur du fond en contreplaqué.

— Salut, dis-je.

— Salut, répondit Lloyd dont le visage était bouffi à cause de la fatigue.

Il portait le même costume que la veille, qui était désormais froissé et taché de boue. Il se mordit la lèvre.

— Ça va ?

— Oui, répondis-je avant de me rendre compte que je n'avais aucune raison de mentir. En fait non, ça ne va pas.

Je lui lançai un regard noir. C'était si bon d'être celle qui lançait le regard noir : quelle satisfaction, pour une fois, de jeter l'opprobre et non de le subir.

— Ro, intervint Lloyd avec appréhension. Sami m'a raconté ce qui s'était passé avec Marta. Je suis désolé de ne pas avoir été là, mais…

— C'est précisément *parce que* tu n'étais pas là que tout ça s'est passé, le coupai-je, énervée. Tout ça parce que tu t'es éclipsé dans les bois, que *tu* as emmené Marta Dieu sait où et que *tu* n'es pas revenu…

— OK. OK, m'interrompit Lloyd en levant les bras. Je suis désolé, sincèrement, Rose. Je peux t'expliquer.

— Économise ta salive, rétorquai-je, prise d'une terrible fatigue. Il faut que j'aille voir comment va Marta puis faire face aux conséquences de la nuit dernière le plus tôt possible. Le docteur Reza nous a trouvées dans les écuries, bourrées, à deux heures du matin. Ce ne serait pas étonnant que l'on soit expulsées.

Il y eut un bref silence durant lequel Lloyd et Sami me dévisagèrent.

— Comment ça ? s'étonna Lloyd. Ils ne vont pas nous expulser parce qu'on est allés à une soirée à laquelle il y avait quarante autres personnes.

— Ah non ? m'exclamai-je, sentant ma colère monter. J'imagine que tu penses que ce ne serait pas *juste* ?

— Rose, ne t'inquiète pas, intervint Sami, l'air perplexe. Je pense vraiment qu'on ne sera pas exclus.

— Alors, tu te trompes complètement !

La suffisance de Lloyd et la détermination de Sami à ne voir que le meilleur chez chacun de nous me rendaient furieuse. Je me mis alors à crier soudainement, comme cela ne m'était jamais arrivé auparavant.

— Tu penses vraiment que les gens en ont quelque chose à foutre de la justice ici ? Tu penses qu'on nous donne autant de chances qu'aux autres ? Si c'est le cas, Sami, tu as tort. Tu as *tellement, tellement tort*…

— Rose, me raisonna Lloyd, l'air étonné. Calme-toi, ça va aller…

— Ne me dis pas de me calmer !

Sa tentative d'atténuer ma colère ne fit que l'attiser. La seule manière de la soulager était de crier. J'avais l'impression que je retenais ces émotions depuis des années plutôt que des semaines.

— Qu'est-ce qui se passe ? demanda une voix derrière nous. Rose, pourquoi est-ce que tu cries ?

Je repris mon souffle et me tournai. Marta se trouvait debout, dans l'embrasure de la porte du bloc C. Elle portait toujours ma robe, qui était désormais froissée et tachée à cause de l'humidité. Sa peau était rouge vif et couverte de marques.

— Je t'entendais depuis l'Hexagone.

— Pardon, m'excusai-je après un moment. J'étais juste… énervée.

— Oh, fit-elle en hochant la tête avant de marquer un temps d'arrêt. Salut, Lloyd. Salut, Sami.

— Mar, la salua Lloyd en se précipitant vers elle pour la prendre dans ses bras.

Lorsque je le vis poser sa main derrière sa tête tandis que le corps de mon amie pendait mollement dans ses bras, j'en déduisis que Sami avait déjà raconté à Lloyd ce que je lui avais dit à propos de Marta.

— Je suis désolé pour hier soir, s'excusa Lloyd. Pour tout.

Désolé pour quoi ? pensai-je, mais il ne donna pas plus de détails.

Marta haussa les épaules et s'avança dans l'écurie. Ses yeux verts parcoururent la pièce, assimilant ce qu'elle voyait : le sol en béton serpillié, la sellerie fraîchement cirée, les tapis prêts à être lavés.

— Merci de faire tout ça, dit-elle. C'était un beau bazar, non ?

— Ouais, affirma Sami avant de marquer une pause. Comment tu te sens ?

— Oh, je vais bien, assura Marta.

Elle se tenait à côté du mur du fond et évitait notre regard en examinant le contreplaqué. Après un long moment, elle se tourna vers nous :

— C'est bientôt l'heure d'aller à la chapelle, ajouta-t-elle simplement.

Nous la fixâmes tous du regard. Ça ne m'avait même pas effleuré l'esprit que la routine du dimanche puisse se dérouler normalement après les événements de la veille. À en croire les expressions faciales de Sami et de Lloyd, ils n'y avaient pas pensé non plus.

— Marta, intervins-je. Il faut que tu ailles voir le major Gregory et que tu lui racontes ce que Genevieve t'a fait. On va venir avec toi…

— Non, me coupa Marta en secouant la tête. Je ne veux pas.

— Quoi ?

— Je ne veux raconter à personne ce qui s'est passé la nuit dernière, expliqua-t-elle en passant distraitement sa main sur le contreplaqué.

— Pourquoi ?

Je n'arrivais pas à contenir mon incrédulité. J'étais frustrée par son manque de combativité, encore plus à ce moment précis.

— Marta, elle t'a agressée. Si Sylvia et moi ne l'avions pas arrêtée, elle aurait pu te *tuer*. En plus, elle s'est enfuie.

Marta haussa les épaules avec une lenteur exaspérante. Je me retrouvai forcée de reprendre les mots qu'elle avait elle-même employés et de les utiliser contre elle.

— Elles nous détestent depuis le début. Pourquoi est-ce que tu les protèges ?

— Je ne les protège pas.

Elle leva les yeux vers moi. Il y avait quelque chose de définitif dans son ton qui me laissait penser qu'elle y avait réfléchi en amont. Elle n'avait probablement pas dormi de la nuit pour en arriver à cette conclusion.

— Je t'assure que je n'ai aucun intérêt à protéger Genevieve de ce qu'elle mérite. Mais ce n'est pas aussi simple que ça.

— Comment ça ?

Cette fois, ce fut Lloyd qui posa la question. Il affichait une expression déconcertante, comme s'il commençait à prendre conscience de quelque chose.

Marta nous regarda tous les trois.

— J'imagine que je voudrais pouvoir être certaine que, si je racontais au major Gregory ce qui s'était passé cette nuit, il me croirait. J'aimerais penser que Genevieve serait punie. Mais on sait tous que ça ne se passerait pas comme ça. Il est fort probable qu'il ne me croirait pas ou que Genevieve et Sylvia déformeraient la vérité pour me mettre en tort. Cela ne ferait que me causer de nouveaux ennuis. Et elles viendraient me harceler parce que je les aurais balancées. Vous savez comment ça se passe ici, poursuivit-elle d'une voix étrangement plate. Sylvia est vice-capitaine générale et Genevieve est membre de la Patrouille des aînés. Nous, on est les invités qui viennent sans payer. Je pense que c'est trop risqué.

Elle hésita un moment avant de regarder Lloyd et Sami dans les yeux.

— Mon père veut que je quitte High Realms à Noël, déclara-t-elle avant de marquer une pause, attendant des expressions de surprise qui ne vinrent pas. Je ne sais pas si je vais être capable de le faire changer d'avis. Donc je veux profiter au maximum du temps qu'il me reste ici. C'est plus important pour moi que la vengeance.

— Ce n'est pas une histoire de vengeance, répliquai-je immédiatement. Mais de justice.

Aussi incroyable que cela puisse paraître, Marta m'adressa un sourire.

— Je suis désolée, Rose. J'ai pris ma décision, affirma-t-elle, laissant ressortir son habituelle attitude de défi.

J'essayai de penser à une nouvelle approche, mais il était difficile d'en trouver une maintenant qu'elle venait de saper tout le laïus sur l'injustice que j'avais proféré devant Lloyd et Sami un peu plus tôt, les accusant de nier son existence.

— Et le docteur Reza ? demanda Sami. Elle ne t'a pas demandé ce qui s'était passé ? Elle t'aime bien, elle voudra t'aider…

— Je ne lui ai rien dit, objecta Marta en secouant la tête impatiemment. Je ne lui fais pas confiance, elle me harcèle depuis le début de l'année. Elle m'interroge sans cesse, me pose des questions… Je ne supporte pas ça. (Elle fit la grimace.) Oh, et non, elle ne *m'aime* pas. Elle ressent juste de la peine pour moi.

Nous restâmes tous silencieux. Marta baissa le regard vers le dos de ses mains qui étaient écarlates à cause de ce que Genevieve lui avait infligé. Puis elle releva la tête.

— Je veux que vous me promettiez de n'en parler à personne, dit-elle simplement avant de me regarder en silence, consciente de ma trahison. D'une part, parce que vous savez que j'ai raison et que la situation ne tournerait jamais en ma faveur. D'autre part, et c'est le plus important, parce que c'est à moi que c'est arrivé et que c'est à moi de décider si j'ai envie d'en parler ou non.

Il n'y avait plus aucun argument à lui opposer. Nous hochâmes tous la tête en silence pour confirmer que nous étions d'accord.

— Bon, allons à la chapelle. Et puis, cet après-midi, on pourrait aller se promener.

Nous suspendîmes le reste de la sellerie et apportâmes les tapis à l'atelier pour qu'ils soient lavés. Puis, nous franchîmes le porche pour nous rendre à l'Hexagone. Je laissai Lloyd et Sami prendre un peu d'avance avant d'attraper le bras de Marta pour qu'elle s'arrête près de moi.

— Pourquoi est-ce que Lloyd s'est excusé ? lui demandai-je de but en blanc.

Marta se mordit la lèvre, les yeux rivés vers sa robe froissée.

— Je… hésita-t-elle avant de finir par avouer. Il s'est passé quelque chose entre nous.

— Je vous ai vus vous embrasser.

— Oui, acquiesça-t-elle, l'air énervée. C'était après ça. Je préfère ne pas en parler, Rose. C'est… privé.

— Mais…

— Non, objecta-t-elle d'une voix ferme, presque sévère. C'est inutile, Rose. Je ne vais rien te dire. Est-ce que… est-ce que tu peux juste laisser tomber, s'il te plaît ? Parfois, il y a des choses qu'on ne veut pas que les autres sachent. (Son regard croisa le mien, complice et cruel.) Tu comprends certainement ce que je veux dire.

Je hochai la tête. Je me sentais humiliée, mais je comprenais son point de vue. Il y *avait* effectivement des choses que je ne voulais raconter à personne, et même si j'étais amie avec Marta depuis si peu de temps, j'étais certaine qu'elle ne révélerait jamais ces informations ou ne me harcèlerait jamais pour en savoir plus. Ce n'était pas son genre. Je devais admettre que même si nous partagions une chambre et avions toutes les deux un parent décédé, cela ne me donnait pas le droit de tout savoir sur elle et vice versa. Je ne me rabaisserais pas à ça, je ne prendrais pas le risque de faire souffrir Marta encore plus en lui reposant la question. J'entendis la cloche du cloître retentir avec insistance.

— Allons-y, s'exclama Marta, ce qui m'empêcha de répondre.

Nous nous mîmes à nouveau en route vers la chapelle.

*

Lloyd, Sami et moi tînmes la promesse que nous avions faite à Marta. Nous ne parlâmes à personne de ce qui s'était réellement passé aux écuries lors de la Nuit du pont. Cette décision marqua un tournant dans mon rapport avec la vérité. Avant High Realms, avant de faire la connaissance de Marta, je me considérais comme une personne honnête, ou tout du moins comme quelqu'un qui croyait à l'importance de la vérité, même si je n'arrivais pas toujours à communiquer. À partir d'octobre 1999, des récits cruciaux et mensongers s'imposèrent dans mon esprit *comme* étant la réalité. Ma vision de la moralité se mit à changer de telle sorte que dire la vérité n'était plus ni un impératif ni même une priorité.

Probablement en échange de notre silence, la Patrouille des aînés instaura un cessez-le-feu dans leur campagne d'agression envers nous. Ils ne nous firent ressentir aucun signe de bienveillance, mais les actes importants de violence stoppèrent. Nous ne savions pas si le docteur Reza avait raconté qu'elle nous avait trouvées dans les écuries, mais si c'était le cas, nous n'en subîmes aucune conséquence. Au contraire, je me souviens que l'hostilité du major Gregory envers nous diminua légèrement étant donné que nos notes restaient élevées et que Marta adoptait un comportement acceptable. Ainsi, tous les quatre, nous plongeâmes dans les joies de la vie à High Realms. Je me rappelle jouer mon quatrième match de hockey de la saison alors que les feuilles des platanes qui entouraient le gazon synthétique prenaient une teinte dorée. Tandis que je lançais la balle dans le fond du filet, marquant ainsi mon troisième but, j'entendis les cris de joie de Marta, de Lloyd et de Sami retentir depuis les marches du pavillon. Environ une semaine plus tard, je fêtais mes dix-sept ans.

— Faisons une fête, suggéra Marta.

Après le dîner, nous nous retrouvâmes donc à la chambre 1A, sachant que Genevieve nous laisserait désormais tranquilles. Nous partageâmes un gâteau que mon père avait envoyé avec l'une de ses lettres habituelles (« J'espère qu'il y en aura assez pour vous quatre », avait-il écrit en réponse aux anecdotes dans lesquelles je m'enthousiasmais à propos de mes nouveaux amis) ainsi que deux bouteilles de vin que Lloyd avait volées dans la cachette de Max dans la tribune de l'orgue.

— Il t'embrasse, me dit Lloyd.

Je hochai la tête, évitant le regard de Marta, et tendis mon verre. Entourée de mes amis, je me rendis compte qu'il m'importait peu que Max ne soit pas venu me souhaiter un bon anniversaire en personne.

Ce soir-là et durant d'autres soirées de cette période, j'étais consciente que mon sentiment d'être en sécurité, qui grandissait à mesure que le temps passait, était fondé sur des informations incomplètes. Quelque chose de mal s'était passé lors de la Nuit du pont. Quelque chose qui, je l'espérais, perdrait peu à peu de son importance et serait l'élément de notre histoire qui expliquerait comment nous avions trouvé notre place à High Realms et comment nous avions réussi. J'étais si heureuse que ce soit le cas que j'ignorais les signes qui me prouvaient le contraire : les échanges de regards occasionnels entre Marta et Lloyd, entre Sami et Lloyd, ou (ce qui était peut-être le plus troublant) la façon dont Sami regardait Marta d'un air triste, comme s'il craignait que les problèmes ne soient pas résolus et que la situation s'envenime. Mais il s'avérait également que, dans l'ensemble, l'état de Marta semblait s'améliorer. Le nombre d'allumettes dans la poubelle de la 1A diminuait. J'avais l'impression qu'elle recevait moins de lettres de son père, ou peut-être s'attardait-elle moins sur elles, comptant sur le fait qu'il finirait par changer d'avis quant à son départ de High Realms. Elle se repliait encore parfois sur elle-même et elle ne parlait jamais de sa mère, mais à part ça, nous nous rapprochions de plus en plus.

— Elle compte sur toi, me dit discrètement Sami un jour tandis que nous regardions Marta ramper dans la chambre à la recherche d'un cahier perdu en s'arrêtant régulièrement pour me poser une question sur nos devoirs d'anglais ou me raconter quelque chose qui s'était passé dans son cours de physique.

Sami avait raison, d'une certaine façon, mais je savais que l'inverse était également vrai : j'avais besoin de Marta. Ce furent sa discrétion concernant ce qui avait failli se passer avec Max et le fait qu'elle semblait être en train de trouver sa place qui me poussèrent à arrêter de poser des questions à Lloyd et Sami sur la Nuit du pont. Je ne voulais pas prendre le risque que Marta découvre que je les avais interrogés et ainsi mettre en péril notre amitié qui me procurait tant de joie.

Vers la mi-octobre, nous n'avions toujours connu aucune répercussion à la suite de la Nuit du pont. Je me risquais à croire que tout se passerait bien. Dans les histoires que j'avais lues et qui se déroulaient dans des internats, les marginaux s'épanouissaient après avoir vécu des débuts des plus difficiles. J'espérais que nous connaîtrions le même sort. Lorsque j'avais partagé ma théorie avec

Marta, elle avait ri en disant qu'elle avait lu les mêmes livres avec sa mère. Nous avions comparé les personnages des livres avec les gens de High Realms. Et nous avions trouvé des équivalents pour quasiment tout le monde. La seule personne que nous étions incapables de mettre dans une case était Sylvia. Nous commencions à comprendre qu'elle était différente des autres membres de la Patrouille des aînés. Tout le monde craignait son irascibilité, mais en réalité, elle était bien moins encline à la cruauté gratuite à laquelle tout le monde à High Realms adhérait sans se poser de questions. Elle usait de son pouvoir en tant que vice-capitaine générale pour pousser Genevieve et Bella à remettre Gerald à sa place. Mais le reste du temps, elle semblait, d'une certaine façon, au-dessus de tout cela. Elle était intelligente et faisait preuve d'une grande élévation morale. Sombrement glamour et insaisissable, on pouvait l'apercevoir descendre l'Eiger en tenant la main de Bella, chevaucher Cléopâtre au loin ou de l'autre côté du terrain de hockey, me passant la balle dans un bref instant de fraternité. Petit à petit, je me rendis compte que j'enviais Sylvia. Pas tant sa place au sommet de la chaîne alimentaire, mais ses amis proches et la loyauté inébranlable dont elle faisait preuve à leur égard. J'enviais sa dignité et sa confiance en elle, que rien ni personne ne semblait pouvoir ébranler.

*

Je me rappelle notre premier et unique Bonus, accordé à contrecœur par le major Gregory après que la maison Hillary avait gagné le premier classement annuel des maisons. Nous prîmes tous les quatre des briques de jus de fruits et des pâtisseries au buffet. Nous les fourrâmes dans nos sacs de cours et sortîmes de la chapelle. Les joyeux accords joués par Max se firent de moins en moins forts tandis que nous longions le ruisseau Donny. Souhaitant éviter l'endroit où la Nuit du pont s'était déroulée, nous nous dirigeâmes derrière le cottage Drake, après les granges, là où le cours d'eau devenait plus large et plus profond. Nous marchâmes longtemps jusqu'à nous retrouver hors de vue de la maison principale. Je me souviens de Lloyd qui marchait devant nous à grands pas, son blazer pendant sur son épaule tandis que Marta trottinait à côté de lui pour suivre la cadence. Sami et moi étions en retrait derrière eux. Nous ne pouvions pas entendre ce qu'ils disaient, mais nous voyions Marta faire de grands gestes et, grâce à la brise, nous captâmes le ton de la voix de Lloyd, à la fois cynique et profonde.

La frontière du domaine était marquée par une barrière en bois décrépite qui enjambait la rivière.

— Allez, nous encouragea Lloyd en sautant par-dessus. Le vrai monde m'avait manqué.

Cet après-midi-là, notre univers fut composé d'une végétation luxuriante : une herbe verte, tachetée par les premières feuilles qui tombaient et par les rochers lisses de la rivière. Nous nous installâmes sur la berge. Lloyd, Marta et moi somnolions en lisant des romans de fiction tandis que Sami faisait ses devoirs, assis par terre, avec ses livres tout autour de lui. Personne n'en parlait jamais, mais nous savions tous qu'il était le moins doué d'entre nous, qu'il devait travailler plus dur et plus longtemps pour obtenir de moins bons résultats – même si, parmi les autres élèves de High Realms, il faisait toujours partie des meilleurs. Cet après-midi-là, je me rappelle le regard de Marta qui passa de *Antoine et Cléopâtre* aux devoirs de Sami, posés à côté de lui tandis qu'il regardait quelque chose dans son cahier de maths. Je me souviens de ses yeux verts qui se plissèrent, en pleine réflexion. Puis, de la pause brève à la suite de laquelle elle fit une remarque pleine de tact.

— Tu utilises la mauvaise formule, dit-elle à Sami. Toutes tes réponses sont fausses.

À nouveau, quelque chose resta suspendu dans l'air. À ce moment précis, n'importe quelle autre personne aurait répondu sèchement à Marta : non pas parce qu'elle avait raison, mais à cause de la *façon* dont elle le disait. Elle avait si souvent la bonne réponse et elle ne s'en cachait jamais, même lorsque les questions concernaient des matières qu'elle n'étudiait pas. Mais Sami ne répondit pas sèchement à Marta. Aussi calmement qu'elle le lui avait dit, il ôta le capuchon de son stylo et dessina de longs traits en diagonale sur ses trois pages d'équations.

— Est-ce que tu peux m'aider ? lui demanda-t-il.

Elle acquiesça. Je regardai leurs deux têtes se pencher sur son cahier d'exercices : l'une aux cheveux bruns et l'une aux cheveux clairs. Ceux de Sami effleuraient son col : ils étaient quelques centimètres plus longs que ceux de la plupart des garçons à High Realms. Les boucles emmêlées de Marta étaient si grasses qu'elles brillaient sous le soleil d'automne.

Un peu plus tard, Marta se leva. Elle parcourut la courte distance qui nous séparait du bord de l'eau et descendit mettre les pieds dans le ruisseau, là où il n'était pas profond. Sans retirer ni ses chaussures ni ses chaussettes, elle s'enfonça jusqu'à ce que l'eau atteigne le haut de ses mollets. Lloyd, Sami et moi nous dévisageâmes, nous rendant une nouvelle fois compte de son attitude peu commune. Parfois, elle semblait quitter la réalité, comme si elle ne l'intéressait plus. Nous la regardâmes se pencher et prendre de l'eau dans ses mains jointes avant de la verser intentionnellement sur ses genoux saillants puis sur ses cuisses. La rivière s'écoulait tranquillement autour d'elle. Marta fit deux autres pas en avant. L'eau atteignait désormais l'ourlet de sa jupe. Elle se tourna vers nous en arborant un sourire avant de glisser. Elle émit un cri de surprise et tomba sur le côté. L'espace d'un instant, ses mains et les bouts brillants de ses chaussures ressortirent de l'eau. Puis, elle lutta pour essayer de se mettre debout. Sans une seconde d'hésitation, Sami et Lloyd se précipitèrent dans la rivière pour attraper les poignets de Marta et la tirer vers le haut avant de la soutenir entre eux deux.

Ce fut la troisième – et dernière fois – que je vis Marta trempée de la tête aux pieds, tout habillée. Pendant des mois, ce moment trouva sa place dans le tiroir de ma mémoire : un souvenir mémorable, car il s'était passé durant cet après-midi joyeux, que j'appréciais pour son côté théâtral, pittoresque et fugace – « Tu ressemblais à Ophélia sans les fleurs », avait dit Lloyd à Marta – mais dépourvu de toute signification particulière. Plus tard, je me souviendrais de la rapidité avec laquelle Marta avait lâché le bras de Sami. Je me souviendrais de la façon dont elle s'était volontairement penchée sur Lloyd tandis qu'ils s'approchaient de moi. Je me souviendrais de Sami qui s'était agenouillé à côté de Marta, l'encourageant à ôter son blazer mouillé et à enfiler, à la place, le sien qui était sec. Et ce, alors que Marta n'avait d'yeux que pour Lloyd. J'étais si proche d'elle que j'aurais dû me rendre compte des sentiments qu'elle éprouvait pour lui, mais ce ne fut pas le cas. Tout du moins, pas à ce moment-là, pas si tôt.

Le soleil était bas dans le ciel. Nous devions rentrer pour le dîner, mais nous étions tous ravis de le faire. Nous retournâmes à l'école en marchant tous les quatre le long du ruisseau Donny, soulagés que notre Bonus, ces précieuses heures de liberté, touche à sa fin et que nous puissions à nouveau suivre librement notre emploi du temps.

7

Un vendredi vers la fin du mois d'octobre, les premières gelées firent leur apparition sur le domaine. C'était notre huitième semaine à High Realms. Les feuilles sur le sol craquaient sous nos pieds tandis que Marta et moi nous précipitions vers la maison principale pour prendre notre petit déjeuner, après avoir nettoyé le fumier des écuries. Les vendredis matin étaient différents des autres jours. D'une part, parce que je n'avais pas d'entraînement de hockey. D'autre part, parce que nous avions droit à un petit déjeuner anglais, comme une sorte de pot-de-vin pour nous faire tenir un jour et demi de cours en plus.

Marta s'enthousiasmait à propos de *Jane Eyre*, un des ouvrages que nous étudiions.

— Ce que je me demande, Rose, dit-elle, à bout de souffle, tandis que nous montions les marches de l'atrium, c'est s'ils *connaissaient* vraiment des gens qui enfermaient leur femme dans un grenier. Est-ce que c'étaient vraiment des choses que les gens *faisaient* à l'époque ou…

— C'est de la fiction, Mar, la coupai-je.

Nous nous arrêtâmes sur le pas de la porte de l'école pour essuyer les restes de fumier collé aux semelles de nos bottes en caoutchouc. Marta avait beau être très intelligente, elle avait tendance à prendre les choses très littéralement.

— Mais maintenant que tu le dis…

Je m'interrompis en apercevant le docteur Reza descendre l'Eiger. Marta était agenouillée sur l'immense paillasson aux poils raides, en train de frapper l'une de ses bottes dessus pour retirer la terre qui s'y était bien incrustée. Elle ne la vit pas approcher.

— Bonjour, nous salua le docteur Reza.

Marta releva la tête, surprise, les joues rougies par l'effort.

— Comment vas-tu ?

— Je vais bien, répondit Marta en se levant rapidement. Regardez, mes mains vont beaucoup mieux ! La crème a fait son effet.

Elle tendit ses mains en écartant les doigts, les paumes tournées vers le sol.

— Je peux regarder ? demanda le docteur Reza en tendant le bras vers elle.

Marta fit oui de la tête. Le docteur Reza prit l'une de ses mains dans la sienne et l'examina attentivement.

— Très bien, dit-elle après un moment.

— Youpi, s'exclama Marta avant de se tourner vers moi. Prête pour aller manger notre bacon ?

— En fait, je voudrais te parler, ajouta le docteur Reza. Ce ne sera pas long.

Marta la fixa du regard, l'air perplexe.

— OK, finit-elle par répondre.

Elle enfila ses bottes et suivit le docteur Reza en direction de l'Eiger.

Je pris deux assiettes de nourriture sur le comptoir, une pour Marta et une pour moi. Puis, je les transportai jusqu'à une table vide. Je m'assis là et engloutis mon petit déjeuner. Contrairement aux premiers jours durant lesquels l'isolement m'avait ôté l'appétit, j'avais désormais l'impression d'être constamment affamée et de rêver des heures des repas comme tous les autres élèves de High Realms. Quelques minutes plus tard, Sami et Lloyd firent leur apparition, les visages rouges et trempés de sueur après leur footing matinal.

— Où est Marta ? demanda Sami en se servant du café.

— Elle est avec le docteur Reza, je pense qu'elle ne devrait pas tarder.

— OK. On est tombés sur le major G, lui aussi veut la voir.

— Pourquoi ?

— Elle a sûrement encore oublié le jour de lessive, supposa Lloyd. Ah ! Non, attends. Il a dit qu'il y avait eu un coup de téléphone pour elle. Je ne sais pas qui c'était, mais apparemment la personne va rappeler après le petit déjeuner.

— Qui pourrait l'appeler si tôt dans la matinée ? demandai-je, les yeux rivés sur lui, me sentant de plus en plus mal à l'aise.

— Aucune idée, répondit Lloyd en haussant les épaules avant de retourner à son petit déjeuner.

Marta arriva quelques minutes plus tard en marchant à grands pas.

— Je dois participer aux putains de Jeux maintenant, annonça-t-elle sans préambule avant de se jeter sur sa chaise, le regard noir. C'est un cauchemar. Je *savais* que je ne pouvais pas lui faire confiance…

— Oh, Marta, la coupa Lloyd avec impatience. Tu ne pensais quand même pas que tu serais dispensée jusqu'à la fin de l'année ?

— Elle m'a dupée, répliqua Marta qui serrait les dents en fixant son assiette, le visage rouge de colère. Le docteur Reza m'avait promis de me dispenser au minimum jusqu'à Noël.

— Alors, pourquoi… commença Sami avant de s'interrompre, les yeux rivés derrière mon dos.

Je me retournai. Jolyon Astor s'approchait de notre table, vêtu de sa toge de capitaine général. Il affichait une expression de dégoût.

— Je vois qu'on s'attaque à un nouveau repas gratuit, commenta-t-il avant de se tourner vers Sami. Non pas que M. Blobby[1] de Bradford ici présent en ait besoin.

— T'es vraiment *méchant*... s'emporta Marta.

Mais Sami croisa le regard de Jolyon, tenant fermement son couteau et sa fourchette d'une main. Je lui souris pour essayer de lui témoigner mon soutien, mais Jolyon reprit la parole.

— Le docteur Wardlaw veut te voir dans son bureau pendant la pause, dit-il à Marta.

— Qu'est-ce que j'ai fait ? s'inquiéta-t-elle, le visage blême.

— Eh bien, tu existes, fit Jolyon en affichant un air de dégoût. Mais il faut croire que tu as gagné le droit de rester. Tu as été recommandée pour recevoir le Prix commémoratif de Perséphone Lock.

— Qu'est-ce que c'est ?

— C'est un prix qui récompense les meilleurs élèves, expliqua Jolyon de façon désobligeante. Il est remis tous les ans par sir Jacob Lock, le père de Genevieve, à la date de l'anniversaire de Perséphone. Inutile de préciser que la décision de te choisir toi est… *controversée.*

— Et pourtant, quelqu'un l'a recommandée, riposta Lloyd en élevant la voix. Elle l'a gagné à la loyale.

— Elle a gagné parce que le mag de droit, qui n'est clairement pas impartial, a insisté pour que ce soit le cas, répliqua Jolyon nous fixant du regard les uns après les autres. J'imagine qu'il veut essayer de prouver que son pari en valait la peine.

Nous nous dévisageâmes tandis que Jolyon s'éloignait de notre table.

— Bien joué, Mar, la félicita chaleureusement Sami.

1. Personnage de la télévision britannique, silhouette rose légèrement enrobée, parsemée de points jaunes.

Mais cette dernière ne l'écoutait pas. Elle se tenait la tête entre les mains, les yeux braqués sur le bacon froid dans son assiette.

— Pourquoi est-ce qu'ils nous détestent tous toujours autant ? murmura-t-elle.

— Comment ça *toujours* ? demanda Lloyd en tendant le bras pour attraper la cafetière.

— Je pensais qu'ils étaient passés à autre chose depuis ! Ils ne voient pas qu'on n'est pas si différents d'eux ? Pourquoi est-ce qu'ils ont tous des idées si fermement ancrées dans leurs têtes ?

— Oh, voyons Marta, répondit calmement Lloyd tout en nous resservant du café. Je pense qu'on peut dire qu'à nous quatre, on représente tout ce que les gens de High Realms détestent. (Il sourit.) Déjà, on est intelligents.

— Sylvia est intelligente, pourtant ils ne…

— Oui, mais Sylvia a du *pouvoir,* non ? Donc elle est exemptée, affirma Lloyd, un grand sourire aux lèvres. Prenons Sami. Il a un accent, il était un peu grassouillet au début de l'année (il fit un clin d'œil à Sami) et il n'est pas très bon en sport, même s'il s'améliore. Ro : eh bien, ils savent que son père est chauffeur de taxi et ça, ce n'est pas acceptable pour eux. Elle est plus forte qu'eux au hockey. Et elle est discrète, ce qui leur fait penser qu'elle est froide et distante…

— Quoi ? m'exclamai-je, mais personne ne m'écoutait.

— Et moi, alors ? demanda Marta en fixant Lloyd du regard. Pourquoi est-ce qu'ils me détestent ?

— Pour toutes les raisons qui font que nous, on t'aime, répondit-il simplement. Tu es la plus intelligente de l'école, mais le classement ne t'intéresse pas. Tu t'en fiches de ton apparence. Tu détestes les chevaux. Tu détestes encore plus les Jeux – tu préfères aller à la bibliothèque – mais tu viens nous voir jouer à tous les matchs. Tu leur réponds, mais tu leur pardonnes quand ils te harcèlent… Ils auraient plus de respect pour toi si tu les détestais. Tu rigoles fort à la chapelle et tu ne chantes pas l'hymne national. Il est difficile de te mettre mal à l'aise. Tu ne fais tout simplement pas attention à la hiérarchie et, même quand elle est en face de toi, tu t'en moques. (Lloyd regarda Marta dans les yeux.) Ils savent que tu n'as pas besoin de leur argent, de leur statut. Ils savent que tu peux faire n'importe quoi, être n'importe qui… Ils savent que tu iras dans la meilleure université du pays et que ce ne sera que le début de toutes les choses que tu vas accomplir et de toutes celles auxquelles tu pourras avoir recours pour changer le monde.

Marta observa Lloyd, les bras croisés. Pour la première fois, on aurait dit qu'elle ne savait vraiment pas quoi dire. Elle finit par demander :

— Et toi ?

— Moi ?

— Je ne comprends pas pourquoi ils te détestent, expliqua-t-elle en continuant de le scruter, les joues légèrement roses. Il n'y a rien de détestable chez toi. À part… (elle hésita) le fait que tu ne connaisses pas tes parents. Ils n'aiment pas ça, pas vrai ? Ils veulent savoir d'où l'on vient et qui l'on est.

La chaleur de l'atmosphère s'était évaporée tandis que Lloyd et Marta se dévisageaient comme si c'était la première fois qu'ils se voyaient réellement. Sami se redressa sur sa chaise, mal à l'aise. Au bout d'un moment, Lloyd annonça à Marta de manière abrupte :

— Tu as reçu un coup de téléphone ce matin.

— Quoi ? s'exclama-t-elle, les yeux écarquillés.

— Oui, quand tu étais aux écuries, mais la personne va te rappeler après le petit déjeuner. Le major Gregory a dit que tu devais monter au centre d'appel.

Le centre d'appel était le nom donné à une pièce qui se trouvait au troisième étage et qui était remplie de petites cabines téléphoniques. Les appels étaient émis à partir d'un standard situé dans les bureaux de l'école.

— Merde, fit-elle doucement.

Toutes les couleurs de son visage s'étaient effacées. Elle baissa le regard vers son plateau en se mordant la lèvre avant de relever les yeux vers moi.

— Je dois y aller maintenant ?

— Après le petit déjeuner, répondit Sami.

Il me jeta un coup d'œil et je pus voir qu'il partageait ma crainte concernant l'identité de la personne qui avait appelé.

— Tu veux que je vienne avec toi, Mar ? lui proposai-je.

— Non, objecta-t-elle rapidement en secouant la tête, l'air abasourdie. Non, merci, ça ira.

Elle se leva. Elle n'avait toujours pas touché à son repas.

— Je vais y aller tout de suite, annonça-t-elle.

— Mais…

— Je ne veux pas rater le cours d'anglais, se justifia-t-elle avant de traverser le réfectoire d'un pas lourd, vêtue de sa combinaison, ses fines épaules affaissées.

— Qu'est-ce qu'on peut faire ? demanda Sami.

Lloyd affichait un air maussade, les yeux rivés sur sa tasse de café. Sami reprit la parole, son ton laissant transparaître une certaine urgence.

— Il faut qu'on aide Marta. Ce coup de téléphone pourrait être une mauvaise nouvelle.

— Elle va s'en sortir toute seule.

— *Lloyd.* Tu *sais* que quelque chose ne va pas chez…

— C'est ce que toi, tu dis, répliqua-t-il d'un ton sévère en vidant sa tasse de café. Vous avez été tellement couvés tous les deux. (Sami et moi échangeâmes des regards.) Vous avez eu une petite vie si douillette. J'ai vu des gens dans un état bien pire que celui de Marta, je peux vous l'assurer. J'ai connu des gens avec des *vrais* problèmes.

Il se leva et s'éloigna vers la porte du réfectoire. Sami se tourna vers moi, l'air implorant.

— Je ne pense pas qu'on puisse faire grand-chose, dis-je.

Comme je regrette de ne pas avoir réfléchi davantage à ce moment-là. J'aurais aimé que mon esprit soit suffisamment lucide et que je sois assez vigilante pour suggérer quelque chose, plutôt que d'être distraite par tant d'éléments sans importance liés à la journée à venir, aux devoirs, au match de hockey que j'allais jouer le lendemain contre une autre école réputée. Par-dessus tout, je regrette de ne pas m'être levée d'un bond pour suivre Marta jusqu'au centre d'appel. À la place, Sami et moi finîmes notre petit déjeuner. Puis nous rangeâmes nos plateaux et quittâmes le réfectoire pour monter l'Eiger et rejoindre la maison Hillary.

Une demi-heure plus tard, j'arrivai en cours d'anglais aux côtés de Sami. Nous avions cherché Marta à Hillary, mais ne l'avions trouvée nulle part. Il n'y avait aucun signe non plus du major Gregory, ce qui était inhabituel car il passait généralement l'heure précédant le début des cours à arpenter la maison en exprimant son mécontentement à l'égard des trois choses qu'il haïssait le plus : la négligence, le retard et le bruit.

Lloyd était déjà là. Sami prit place et sortit son anthologie, mais ne l'ouvrit pas. Mlle Kepple commençait toujours son cours avec un nouvel extrait de poésie ou de prose. Elle l'appelait notre « question à un million ». À présent, ce n'était pas toujours Marta qui avait le dernier mot sur l'interprétation du texte en question. Généralement, Sami, Lloyd et Sylvia le décortiquaient avec elle tandis que la frustration de Mlle Kepple grandissait peu à peu. J'avais fini par comprendre que cette dernière, comme de nombreux mags, avait été recrutée pour son éducation prestigieuse (High Realms en l'occurrence) plutôt que pour ses véritables compétences pédagogiques. Ou, comme Marta me l'avait fait remarquer dans un rare moment de causticité, pour sa capacité à apprécier la littérature quelle qu'elle soit.

Ce matin-là, Sylvia était assise à sa place habituelle en face de moi. Elle avait l'air sur ses gardes, mais était toujours aussi élégante avec ses manches retroussées sous sa toge. Il n'y avait aucun signe de Marta et je ne vis Max nulle part non plus. Je m'assis à ma place. Sami me lança un regard inquiet, mais avant que je ne puisse lui répondre, Mlle Kepple fit irruption dans la pièce.

— Installez-vous, ordonna-t-elle d'un ton sec avant de distribuer des feuilles.

Je baissai les yeux vers le poème.

Après une grande douleur, un sentiment formel arrive –
les Nerfs s'assoient cérémonieusement,
comme des Tombes –
Le Cœur raide demande « était-ce Lui, qui a supporté »,
Et « Hier, ou des Siècles avant » ?

Les Pieds, mécaniquement, tournent –
Sur un chemin de Bois,
Sur la Terre, dans l'Air, ou N'importe où –
Devenus indifférents,
Satisfaction de Quartz, comme une pierre –

C'est l'Heure de Plomb –
Dans le souvenir, si on survit,
Comme des personnes qui Gèlent,
se souviennent de la Neige –
D'abord – le Froid – puis la Stupeur –
puis le lâcher prise[1] *–*

1. Emily Dickinson, "After Great Pain", trad. Guy Lafaille, *Après une grande douleur,* 2016.

Un frisson me parcourut. Je n'aimais pas ce poème : je le détestais, en fait. Par réflexe, je me tournai vers la place de Marta, espérant la voir me faire un sourire en guise de soutien, mais elle n'était toujours pas là. J'étais désormais très inquiète. Je poussai la feuille vers le bord de mon bureau et relevai la tête. Sylvia m'observait.

— Donnez-moi vos impressions, s'il vous plaît, ordonna Mlle Kepple avant de parcourir la pièce du regard, mais personne ne prit la parole. Allez.

— Le poème aborde le sujet du deuil, dit Sylvia d'un ton las. La torpeur qui découle de ce sentiment.

Elle était adossée dans le fond de sa chaise. Ses bras fins reposaient sur son bureau et elle tenait son stylo-plume argenté entre ses doigts. À ce moment précis, je la détestais encore plus que le poème.

— Expliquez, exigea Mlle Kepple d'un ton qui laissait transparaître le même ennui – si ce n'est un ennui plus grand – que celui de Sylvia.

— Un blocage émotionnel, répondit-elle de manière laconique. Le fait de refuser d'accepter ce qui nous est arrivé. Ne rien ressentir, comme un bloc de pierre. La résistance.

— Pas tout à fait, fit remarquer Mlle Kepple, ce à quoi Sylvia réagit, sans grande surprise, en affichant un air agacé. Cependant, c'est intéressant de voir que, pour vous, « grande douleur » signifie « deuil ».

Sylvia sembla soudainement confuse. Elle hésita et je ressentis une triste satisfaction à la voir chercher ses mots.

— Eh bien, riposta-t-elle. J'imagine que c'est parce que c'est la plus grande douleur que j'aie vécue.

— Je vois, dit Mlle Kepple, sur ses gardes. Et qu'est-ce que vous compren…

— Pas moi, la coupa brusquement Sylvia. J'ai dit *vécue*, mais j'aurais dû dire *vue*. La plus grande douleur que j'aie connue, que j'aie vue de mes yeux était le deuil. Quand

Perséphone est décédée, Gin n'a pas parlé pendant plusieurs semaines, ajouta-t-elle d'une voix plus claire. Vous vous souvenez. Vous étiez notre professeure principale.

— Bien sûr que je m'en souviens, répliqua Mlle Kepple. Cependant, j'aimerais que l'on envisage le fait qu'une « grande douleur » puisse faire référence à un autre sentiment que celui du deuil. Il peut s'agir de *n'importe* quel type de douleur émotionnelle. Est-ce que quelqu'un peut me dire… Ah ! Vous voilà… (Elle regarda en direction de la porte qui se trouvait derrière nous, dans le fond de la salle.) Venez vous joindre à nous, mademoiselle De Luca. Avez-vous vu monsieur Masters ?

Marta fit non de la tête et se laissa glisser sur sa chaise. Elle avait l'air plus ou moins normale, hormis le fait que son uniforme était peut-être légèrement plus propre que d'habitude et son visage, un peu plus pâle. Elle nous ignora tous, malgré mes tentatives pour croiser son regard. Elle tira vers elle la feuille sur laquelle le poème était imprimé.

Kepple reprit la parole. Sa voix se rapprochait dangereusement du ton calme qu'elle employait lorsqu'elle sentait que son cours n'avançait pas comme prévu :

— J'étais justement en train de demander si ce poème abordait le thème de l'insensibilité ou de l'absence de sentiment, comme le pense mademoiselle Maudsley.

Marta soupira. Ce n'était un soupir ni de frustration ni de colère, mais bien de lassitude, comme si elle savait qu'elle allait devoir exprimer quelque chose de quasiment impossible à expliquer à quelqu'un qui, même avec la meilleure volonté du monde, ne pourrait jamais le comprendre.

— Non, objecta-t-elle, ce à quoi Sylvia réagit en tournant la tête dans sa direction. Vous voyez, la satisfaction est décrite comme étant du « quartz ».

— Oui et le quartz est *dur*…

— C'est vrai, approuva Marta. Mais il est aussi cassant. Il est plus fragile qu'il n'y paraît. Et si on regarde la deuxième partie du vers, il est écrit « comme une pierre ». Et non « une pierre ».

Nous baissâmes tous le regard vers nos feuilles. Marta reprit la parole.

— Ce n'est pas pour dire que la satisfaction n'existe pas. Elle existe. Mais quand je lis « la satisfaction du quartz », je pense à une satisfaction qui peut se briser facilement. Ça me fait penser à des mots comme « un quart », ou « quasi »... Elle dit que la satisfaction est *similaire* à une pierre insensible, même si elle est toujours différente de celle-ci.

— Tu as une vision trop négative, commenta Sylvia en fixant Marta du regard et je sentis une très légère pointe de flatterie dans sa voix. Il y a aussi de l'espoir. Il y a « le lâcher-prise » à la fin...

À nouveau, Marta secoua la tête. Je me rendis compte qu'elle avait à peine jeté un coup d'œil au poème.

— Non, ça ne veut pas dire ça.

— Oh, mais dis-nous ce que ça signifie, alors. Aide-nous, pauvres mortels, à comprendre, se moqua Sylvia en élevant la voix sous l'effet de la colère et de l'humiliation.

J'éprouvais un plaisir vicieux et fugace à voir Marta la remettre à sa place à l'aide de son cerveau surdéveloppé. Mais je me rendis alors compte que cette dernière ne prenait étrangement aucun plaisir à ce débat. Elle était assise sur sa chaise, son corps mou éclairé par la faible lumière du soleil tandis que son visage affichait une profonde tristesse.

— C'est peut-être une sorte de lâcher-prise de la douleur, si c'est ce que tu entends par là, dit-elle d'un ton las. Mais pas dans un sens réellement optimiste. Il y a une erreur lorsqu'elle dit « Comme des personnes qui Gèlent, se souviennent de la Neige ». Si tu es gelé, tu es mort et tu ne peux plus te souvenir de rien. Le « lâcher-prise » est une façon de capituler, d'accepter la mort, ce qui, j'imagine, permet de se libérer de la douleur, mais… (Elle s'arrêta, le regard perdu dans le vide avant de continuer sur un ton affreusement fataliste.) Après une grande douleur, il n'y a pas de guérison. Seulement une sorte de non-progression. On passe du bois au quartz et de la pierre au plomb, mais aucune de ces choses n'est réellement meilleure que la précédente… Elles constituent seulement les étapes du chemin de ce « sentiment formel ». Je n'avais jamais vraiment compris ce passage avant, ajouta-t-elle soudainement en relevant la tête vers moi, les yeux emplis de larmes. À une époque, j'aurais été d'accord avec toi, Sylvia… Je pensais que le passage sur les pieds qui continuent de bouger, de « survivre », indiquait une forme de convalescence. Qu'ils pouvaient émerger de l'autre côté, peut-être encore plus forts qu'avant. Mais c'est impossible. (Elle avait la gorge nouée.) Il n'y a que l'insensibilité gelée. L'anéantissement. La mort.

Un long silence s'installa dans la classe. L'absence de bruit emplit l'espace jusqu'à sembler former un hurlement dans mon propre esprit. Je me retrouvai confrontée à la futilité que Marta avait identifiée et à son terrible manque d'optimisme. J'avais envie de tendre le bras pardessus les bureaux disposés en forme de fer à cheval, de lui prendre la main et de lui dire que j'allais arranger les choses : que cette fois, je n'ignorerais pas ce qui lui arrivait, que je ne courrais pas pour jouer au hockey ou aller en cours ou que je ne serais pas béatement heureuse face à son chagrin. J'avais envie de lui dire que sa survie était primordiale. Les visages de Lloyd et de Sami étaient crispés sous l'effet de la tension.

J'osai jeter un regard à Sylvia. Tout signe de belligérance avait quitté son visage. Elle nous scruta, Marta et moi, ses yeux sombres emplis d'une curiosité qui se transforma rapidement en préoccupation. Je n'avais jamais vu Sylvia comme ça auparavant. Chaque fois que nous avions interagi, nous n'avions jamais réellement eu la possibilité de communiquer car son statut à High Realms la rendait inaccessible. Nous nous étions croisées du regard pour la première fois lors de la Nuit du pont et j'avais eu l'impression de lui donner accès à tous mes secrets, à chaque once de honte qui me picotait la peau, à chaque chagrin et joie que j'avais éprouvés en privé. À ce moment-là, son pouvoir ne me faisait pas peur. Pour moi, c'était une chance. Je pensais qu'elle pouvait m'aider et qu'elle pouvait aider Marta d'une façon dont elle seule serait capable. *Viens avec moi*, avais-je envie de dire. *Viens avec moi et je t'expliquerai tout.*

— C'est une explication intéressante, intervint Mlle Kepple, ce qui fit sursauter toute la classe. Ce n'est pas l'interprétation la plus optimiste, néanmoins elle est pertinente.

Elle jeta un coup d'œil vers Marta qui, la tête penchée sur son bureau, tenait fermement son stylo de ses doigts fins.

— Revenons à notre programme maintenant, poursuivit Mlle Kepple d'un ton inhabituellement inquiet. On va travailler sur *Jane Eyre.*

Elle se tourna à nouveau vers Marta, espérant, j'imagine, apercevoir une once de son enthousiasme habituel. Mais cette dernière ne releva même pas la tête.

La deuxième heure de cours me parut interminable. Je n'avais qu'une envie : qu'elle se termine pour que l'on puisse aller parler à Marta de l'appel qu'elle avait reçu. La cloche sonna enfin. Avant même que la plupart d'entre nous soient levés, Marta avait déjà fourré les livres dans son sac, jeté ce dernier sur son épaule et quitté la salle de classe. Lloyd tourna la tête vers la porte, puis nous jeta un regard profondément inquiet, à Sami et moi. Nous hochâmes la tête en signe d'approbation et il partit à toute vitesse, laissant ses livres sur son bureau.

Nous fourrâmes les affaires de Lloyd dans nos sacs respectifs avant de le suivre dans le couloir bondé d'élèves qui se précipitaient vers l'atrium. Nous essayâmes de nous frayer un chemin dans la foule, tendant le cou par-dessus les têtes dans l'espoir d'apercevoir Lloyd ou Marta, mais nous ne vîmes aucun des deux.

Nous arrivâmes à la galerie supérieure. C'était la plus vieille partie de la maison principale. Le palier lambrissé était si étroit qu'il y avait à peine assez de place pour que trois personnes puissent marcher côte à côte. Le goulot d'étranglement provoqua un ralentissement tandis que la foule bruyante d'élèves vêtus de leurs uniformes se dirigeait vers l'étage inférieur. Le brouhaha était assourdissant. Je jetai un coup d'œil par-dessus la balustrade en bois et vis les premiers élèves franchir la dernière marche de l'Eiger et se diriger vers l'atrium. Ils se dispersèrent rapidement vers les tables installées aux quatre coins de la pièce pour la pause du matin. Marta et Lloyd étaient introuvables. Je me retournai vers Sami, mais il était en train de se faufiler entre deux sixièmes qui se trouvaient devant nous.

Je m'apprêtais à le suivre lorsqu'un cri retentit. Il provenait du rez-de-chaussée. C'était un cri de panique si effroyable que je m'attendais à entendre une explosion, sentir une odeur de fumée ou apercevoir une silhouette cagoulée brandir un pistolet. La réalité était encore pire. Le corps d'une femme gisait sur les dalles au pied de l'Eiger, ses cheveux blonds en éventail autour de sa tête. Ses bras et ses jambes étaient pliés et formaient des angles presque comiques. Son cou penchait de façon grotesque sur le côté. Une mare de sang était en train de se former autour de son crâne. Même dans un tel état, aussi difforme et abîmé, on ne pouvait se tromper quant à l'identité de la personne à laquelle appartenaient ces membres élégants. Il s'agissait de Genevieve.

On aurait dit que le temps était suspendu, ou qu'il s'était peut-être complètement arrêté. J'avais la tête qui tournait. Si j'avais suivi mon instinct, j'aurais sauté par-dessus la balustrade et je me serais laissée tomber sur le sol de l'atrium comme un chat, en atterrissant à quatre pattes tout en douceur. Mais bien entendu, je ne pouvais pas faire ça. Ma seule option était celle que la réalité complexe et révoltante me laissait. Je me frayai un chemin à travers la foule présente au niveau de la galerie supérieure, poussant les gens sans relâche tandis que leurs cris de panique se mêlaient désormais à des cris d'indignation. Je savais qu'il fallait que je me rende au rez-de-chaussée, que je devais être l'une des premières personnes à atteindre la scène. Je jouai des coudes pour descendre la partie supérieure de l'Eiger, où la foule était désormais moins dense. À mi-chemin, je pus apercevoir l'atrium plus distinctement. Deux personnes étaient agenouillées à côté de Genevieve. Je continuai à avancer vers la galerie inférieure en poussant les gens, mais je me rendis alors compte que les cris ne m'étaient plus adressés.

— Elle est partie par *où* ? hurlait une voix.

Je franchis les dernières rangées de personnes qui me séparaient du haut des marches. Quelqu'un m'attrapa le poignet. C'était Sami, les yeux vitreux et marqués par la peur. Je suivis son regard en direction des dalles. Les deux personnes agenouillées à côté de Genevieve n'étaient autres que Sylvia et Lloyd. Je ne vis Marta nulle part.

Accroupi sur les dalles, Lloyd tourna la tête vers l'escalier. Ses mains étaient couvertes de sang. Le liquide rouge s'écoulait rapidement de la tête de Genevieve.

— Sami ! hurla-t-il. Viens ici, on a besoin de toi…

Sami resta figé sur place. Je secouai mon bras auquel son poignet était toujours accroché, ce qui sembla le réveiller. Son visage était marqué par l'horreur indescriptible de la situation. Il descendit les marches à toute vitesse, manquant de trébucher à chaque pas. Je le suivis en plaçant ma main sous son coude pour le stabiliser.

Nous atteignîmes les dernières marches de l'Eiger. Il n'y avait aucun mag dans les environs. Sami tomba à genoux à côté de Genevieve. Je pouvais désormais voir que son corps avait été projeté sur le côté à cause de la violence de sa chute. On ne voyait qu'une partie de son visage, l'autre étant appuyée contre les dalles. Elle avait les yeux fermés et affichait une expression étrangement paisible.

— Est-ce que quelqu'un a appelé une ambulance ? demanda Sami.

Lloyd acquiesça d'un signe de tête. Sylvia et lui étaient agenouillés de chaque côté de Genevieve tandis que sa jupe à elle et son pantalon à lui s'imprégnaient du sang qui s'écoulait de sous ses cheveux. Leurs mains reposaient, impuissantes, sur son corps.

— Ne la touchez pas, ordonna Sami d'une voix tremblante.

Il tendit la main pour prendre le bras mou de Genevieve. Il appuya son pouce sur son poignet et le tint un moment.

— Son pouls bat encore, annonça-t-il.

Il y eut un bruit sourd. Sylvia bascula sur ses talons et plaqua ses mains ensanglantées sur sa bouche. Je vis les larmes rouler sur son visage avant de couler sur le dos de ses mains, se mêlant au sang de Genevieve. Elle tendit le bras pour toucher la joue de sa meilleure amie, mais je lui attrapai le poignet et l'éloignai de la silhouette déformée de Genevieve.

— Sylvia, l'appelai-je alors qu'elle laissait échapper un autre sanglot convulsif.

Elle se libéra de mon emprise et se tourna pour me faire face.

— *Toi !* s'exclama-t-elle d'une voix à mi-chemin entre le grognement et le gémissement. Toi et ta putain d'amie complètement *tarée* ! C'est elle qui a fait ça, elle l'a poussée. C'est une putain de psychopathe, on le savait tous, il faut appeler la police !

— Elle ne l'a pas poussée ! s'écria Lloyd en se levant, du sang de Genevieve coulant de ses genoux. C'est pas vrai, tu mens !

Il s'interrompit en voyant le docteur Wardlaw et le major Gregory descendre l'Eiger à toute vitesse, le visage blême, visiblement sous le choc. Le docteur Wardlaw porta la main à sa bouche, ce qui ressemblait à une étrange parodie de la mimique de Sylvia, et émit un gémissement grave.

Tout autour de nous, l'atrium se remplissait désormais de figures d'autorité. Des dizaines de mags en toge affluèrent du premier étage et vinrent se placer autour de Genevieve. D'autres commencèrent à faire sortir les hordes d'élèves de l'atrium et des galeries, sous les ordres du major Gregory, dont les trois règles d'or étaient pour une fois suivies sans hésitation. Puis il s'approcha de nous, la mâchoire crispée. Je pensais qu'il allait nous dire de laisser Genevieve : que l'on n'avait pas besoin de nous et que l'on devait sortir de l'atrium comme le reste des élèves. Je me sentais presque soulagée à cette idée. Mais alors qu'il s'avançait vers Genevieve, son visage perdit ses dernières couleurs et j'y lus de la terreur. Il eut un mouvement de recul et attrapa la balustrade de l'Eiger.

— Il faut qu'on fasse quelque chose, murmurai-je à Sami.

Ce dernier acquiesça. Ses lèvres étaient blanches. Il retira son pull et le roula en boule pour le poser à côté de la tête de Genevieve, là où le sang s'écoulait le plus.

— Mais où est l'ambulance, bon sang ? marmonna-t-il en regardant en direction des portes ouvertes qui donnaient sur l'immense allée déserte éclairée par le soleil aveuglant du matin.

— Je ne sais pas, répondis-je en repensant aux routes de campagne sans fin que nous avions dû emprunter avec mon père pour nous rendre à High Realms.

Nous étions très loin du village le plus proche, et encore plus d'une grande ville avec un hôpital. Je jetai un coup d'œil vers le visage livide de Genevieve puis vers le pull de Sami qui était imbibé de sang. Je déchirai mon gilet et le lui tendis. Il échangea les vêtements aussi vite que possible.

— On a besoin du docteur Reza, déclara-t-il soudainement sans retirer son bras.

Le sang de Genevieve remontait désormais le long de la manche de sa chemise blanche.

— Est-ce que quelqu'un est allé la chercher ? Si elle est au San, elle n'a sûrement pas entendu…

— On l'a appelée, répondit une voix sèche.

Je me tournai et aperçus Jolyon Astor et Rory Fitz-Straker qui se tenaient debout, derrière le docteur Wardlaw.

— Elle n'a pas répondu, mais il y avait un message sur le répondeur. Elle avait les visites de contrôle des quatrièmes ce matin…

— Alors, allez la chercher ! Vite ! hurla Sami, le visage rouge de frustration.

Mais au même moment, le docteur Reza franchit la porte de l'atrium, sa silhouette se découpant dans la lumière aveuglante en provenance de l'extérieur. L'espace d'un court instant, je vis l'horreur sur son visage. Puis elle se retrouva à nos côtés, agenouillée près de la tête de Genevieve.

— Pouls ? demanda-t-elle.

Sami fit oui de la tête, mais elle plaça tout de même deux doigts sur le cou de Genevieve et les maintint en place.

— Ça fait combien de temps qu'elle est comme ça ? demanda-t-elle, ses lèvres blanches.

— Quinze minutes, répondit Sami du tac au tac.

Mais je secouai la tête, sachant que cela faisait beaucoup moins de temps. Je vis le docteur Reza observer Genevieve et me trouvai incapable de contenir la panique qui montait en moi depuis que j'avais entendu son cri. Je baissai les yeux vers son corps, vers la vie qui s'échappait inexorablement d'elle. Et je sus avec une affreuse certitude que ce serait la fin de notre scolarité à High Realms telle que nous l'avions connue. Que nous n'aurions aucun moyen de retrouver le peu de bonheur que nous avions réussi à nous procurer.

Quelqu'un jeta un kit de premiers secours sur les dalles à côté de Sami. Il en sortit de grandes compresses de gaze. Très délicatement, le docteur Reza déplaça une mèche de cheveux de Genevieve, faisant apparaître une blessure ouverte sur le côté de sa tête. Sami lui tendit les compresses et elle les plaça sur la coupure. Je vis leur blancheur se colorer instantanément de rouge. Le docteur Reza se pencha un peu plus sur Genevieve, le visage tendu. Puis, elle regarda derrière son épaule.

— Est-ce que quelqu'un peut me dire à quelle distance se trouve l'ambulance, s'il vous plaît ? demanda-t-elle d'une voix qui laissait transparaître l'urgence de la situation.

Lloyd bondit sur ses pieds et courut vers l'accueil qui se trouvait dans le coin de l'atrium. Il porta le téléphone à son oreille. S'ensuivit un long silence durant lequel nous restâmes tous figés sur place, ce qui donna lieu à un tableau absurde : le docteur Reza qui appuyait la compresse contre le crâne ensanglanté de Genevieve, Sami qui lui tendait d'autres bandages, Sylvia qui agrippait la main flasque de son amie, le visage inondé de larmes et de sang tandis que le docteur Wardlaw et les membres de la Patrouille des aînés se tenaient autour de nous, comme des sentinelles. Puis, au moment où Lloyd commença à parler dans le combiné, deux événements se déroulèrent en même temps : nous entendîmes une sirène retentir au loin tandis que Max franchissait la porte de l'atrium.

L'espace d'un instant, il resta calme, assimilant la scène qui se présentait sous ses yeux. On aurait presque dit un chef d'orchestre qui observait ses musiciens avant de lever sa baguette. Une grâce suprême se dégageait de son magnifique visage : cette passion et cette force d'esprit que je trouvais si attirantes. Puis son visage se métamorphosa, laissant place à la terreur. Il se précipita vers nous et baissa les yeux vers Genevieve.

— Mais qu'est-ce que…

Sa voix se brisa. Il tourna la tête en direction de Lloyd, qui parlait dans le combiné à toute vitesse. Ce dernier leva les yeux vers Max. Leurs regards se croisèrent, partageant la même peur extrême.

Max tomba à genoux à côté de Genevieve. La sirène était de plus en plus forte.

— Gin, dit Max en tendant le bras pour lui toucher les cheveux. Gin, Gin, Gin. Réveille-toi, s'il te plaît…

— Max, murmura le docteur Reza.

Il leva ses yeux emplis de larmes vers elle. Pour la première fois, je vis le bras du docteur Reza trembler légèrement tandis qu'elle maintenait la compresse en place. Elle le fixa droit dans les yeux jusqu'à ce qu'il détourne le regard et se penche sur le corps de Genevieve en pleurant.

— Je suis désolé, haleta-t-il de manière presque inaudible. Je suis tellement désolé.

Son visage se trouvait à quelques centimètres du sien et des larmes coulaient sur ses joues livides.

La sirène retentissait désormais à travers l'atrium. J'entendis un véhicule remonter la grande allée à toute vitesse. Sans savoir pourquoi, je repensai au premier jour d'école lorsque Marta était arrivée dans son uniforme trop grand pour elle. Mon esprit bascula alors dans une dimension parallèle dans laquelle nous étions en train de nous promener dans l'atrium, comme à notre habitude. Mais cette vie-là était finie pour nous et Marta était introuvable.

Trois secouristes se précipitèrent vers les dalles de pierre, vêtus de leur uniforme vert, des mallettes réfléchissantes à la main. Je vis la scène à travers leurs yeux : le hall avec ses portraits et ses tableaux d'honneur, la dizaine d'élèves vêtus de blazers en tweed, les mags impuissants, les membres désarmés de la Patrouille des aînés vêtus de leurs toges et le groupe couvert de sang encerclant Genevieve pour la soigner. Quelque part, loin dans un autre monde, la cloche sonnait pour annoncer la reprise des cours.

Le docteur Reza parlait avec le secouriste en chef, lui donnant le peu d'informations qu'elle avait. Elle affichait un air profondément inquiet. Il hocha la tête tandis que ses collègues sortaient de l'oxygène et d'autres équipements de leurs mallettes.

— Il va falloir s'écarter de la blessée, lui dit-il en faisant un geste vers Max et Sylvia qui étaient toujours accroupis à côté de Genevieve avant de jeter un regard incrédule au major Gregory. Si vous pouviez demander aux élèves de partir… Ce n'est sûrement pas très judicieux pour eux de…

— Aidez-la. S'il vous plaît, aidez-la, implora Sylvia dont la voix tremblait tellement que ses paroles étaient quasiment inintelligibles.

Elle lâcha la main de son amie et recula en manquant de trébucher. Mais Max resta à sa place, penché sur le corps de Genevieve comme s'il voulait la protéger. Ses épaules se soulevèrent tandis qu'il caressait les cheveux sur son front. L'un des secouristes lui prit le poignet et essaya de l'éloigner, mais il ne bougea pas d'un iota. Le docteur Reza s'approcha de lui, prit son bras et le tira pour l'écarter. Elle nous fit signe, à Lloyd, Sylvia, Sami et moi de la suivre vers le fond de l'atrium.

Les secouristes se mirent au travail. Sylvia tremblait désormais tellement qu'elle ne pouvait tenir debout. Elle agrippa le bord d'un bureau et se laissa glisser sur une chaise. Je baissai les yeux et observai son visage blême recouvert du sang de Genevieve. Sans réfléchir, je m'accroupis devant elle et plaçai mes mains sur ses genoux tremblants. Sa tête était penchée et une demi-douzaine de larmes vinrent s'écraser contre mes doigts avant que son tremblement ne diminue légèrement. Elle leva les yeux vers moi pour la deuxième fois ce jour-là. En quelques secondes, elle les plissa, se tortilla pour se libérer de mon étreinte et repoussa ma main.

Nous attendîmes dix minutes supplémentaires tandis que les secouristes s'occupaient de Genevieve. Avec des gestes experts, ils pompèrent de l'oxygène et différents liquides dans son corps tout en contenant le flot de sang qui s'écoulait de sa blessure à la tête. Ils parlaient entre eux à voix basse sur un ton qui laissait transparaître une certaine urgence. Nous étions silencieux, telles des sentinelles impuissantes, espacées dans l'immensité de l'atrium, comme si notre surveillance pouvait, d'une certaine façon, insuffler de la vie à Genevieve au même degré que les perfusions posées par les secouristes. Ma souffrance était étrangement causée par deux facteurs principaux. Je voulais sincèrement que Genevieve vive. L'aversion et l'amertume que je ressentais à son égard à cause de la façon dont elle nous avait traités n'étaient rien comparées à mon souhait de ne pas la voir mourir. Mais alors que je me tenais là, face au groupe de secouristes qui encerclait Genevieve, la peur qu'elle ne survive pas fut presque éclipsée par la terreur que m'inspiraient les mots criés par Sylvia. « *C'est elle qui a fait ça, elle l'a poussée.* » Je désirais par-dessus tout que cette allégation soit expliquée ou atténuée par un fait que Sylvia n'avait pas précisé ou bien qu'elle soit simplement fausse (que Marta ne soit pas responsable, qu'elle ne se trouvait pas là pendant les faits, qu'elle soit incapable d'une telle chose). Ce désir était aussi fort que ma crainte de voir Genevieve mourir. C'était une pensée terrifiante dont l'énormité même m'effrayait.

Finalement, les secouristes firent glisser sur un brancard le corps inerte de Genevieve avant de traverser l'atrium pour la faire monter dans l'ambulance. Nous les suivîmes dehors. Nous observâmes Genevieve tandis qu'ils descendaient les marches de pierre en manœuvrant la civière avec vigilance. Une des portes arrière de l'ambulance s'était refermée à cause du vent. Sami et moi courûmes pour la rouvrir afin que les secouristes puissent passer. Ils hochèrent la tête dans notre direction tandis qu'ils se préparaient à poser Genevieve à l'intérieur. Sous le masque à oxygène, j'aperçus son visage pâle qui affichait un air serein, son grand front et son nez fin, son cou mince émergeant de son col taché de sang. Même dans la mort, elle avait une allure sévère, digne d'une statue. Le brancard fut soulevé dans les airs pour être placé dans l'ambulance.

Nous reculâmes afin de laisser les secouristes fermer les portes, mais à ce moment-là, une silhouette vêtue d'un blazer passa devant nous en courant pour essayer de monter avec Genevieve. C'était Max. Il était en pleurs, son visage marqué par la détresse et la panique. Il s'agitait dans tous les sens tandis que le secouriste en chef essayait de le repousser. Je vis le docteur Reza se précipiter pour l'aider, mais ce furent Lloyd et Sylvia qui arrivèrent les premiers. Ensemble, ils saisirent les bras de Max et le retinrent tandis que les secouristes sautaient dans l'ambulance et fermaient les portes. Max continua de se débattre, tirant de toutes ses forces pour se libérer de l'étreinte de Sylvia et de Lloyd. Il donnait de violents coups de pied dans le gravier et se tortillait dans tous les sens malgré le bras de Lloyd autour de son torse.

Puis l'ambulance descendit la grande allée. Lorsqu'elle atteignit le portail, nous entendîmes sa sirène retentir avant de s'engager sur la route. Ce fut seulement à partir de ce moment-là que Max cessa de se débattre, abandonnant son corps amorphe dans les bras de Lloyd et de Sylvia. Nous restâmes tous figés sous le ciel bleu clair et les platanes aux couleurs flamboyantes. J'eus l'impression de m'élever dans le ciel. Je flottais dans l'air automnal, les yeux rivés sur les silhouettes sombres qui se tenaient dans l'allée. Je baissai la tête en direction de Lloyd, de Sami, de Sylvia, du docteur Reza et de Max. Ainsi, après les avoir vus une dernière fois, je m'éloignai d'eux en volant, par-delà les montagnes et les villages du comté de Devon. Je longeai la route côtière afin d'atteindre l'autoroute qui menait jusqu'à Londres, retournant à la vie que j'avais abandonnée pour celle-ci.

8

— Je veux voir tout le monde à l'intérieur. Tout de suite, ordonna le major Gregory qui se tenait tout en haut des marches.

Son visage était caché dans l'ombre, mais je décelai une détresse inhabituelle dans son comportement et sa main trembla lorsqu'il pointa la porte du doigt.

Nous lui obéîmes et remontâmes les marches pour rentrer dans l'atrium. Il y avait une mare de sang au pied de l'Eiger et le contenu du kit de premiers secours était éparpillé sur les dalles de pierre. Le docteur Wardlaw et quelques autres mags formaient un petit cercle et parlaient entre eux à voix basse. Les membres de la Patrouille des aînés erraient dans la pièce, nerveux et inquiets. À notre gauche, nous entendions la vaisselle qui s'entrechoquait depuis le réfectoire. Au-dessus de nous, dans les salles de classe, retentissaient les murmures caractéristiques des cours. Le monde ne s'était pas arrêté de tourner. La journée continuait de se dérouler à High Realms.

Le docteur Reza traversa l'atrium pour rejoindre les mags. Elle passa devant le major Gregory et s'adressa à ses collègues sur un ton à la fois calme et pressé. Tandis qu'elle parlait, le visage du docteur Wardlaw exprima d'abord de la tension puis du mécontentement. Elle porta un regard accusateur au major Gregory, qui la fixa en retour.

Lloyd, Sami, Max, Sylvia et moi attendions à côté de la porte, n'ayant aucune idée de ce que nous devions faire ou de l'endroit où nous devions nous rendre. Je baissai les yeux vers mes mains qui étaient collantes à cause du sang de Genevieve, puis je tournai la tête vers Sami et Lloyd. Leurs visages étaient blêmes et leurs cheveux, ébouriffés. Ils levèrent les yeux vers moi. Je savais que nous pensions tous les trois à la même chose. *Où était-elle ?*

Sylvia nous tournait le dos et pleurait, les épaules tremblantes. Elle se tenait juste en face des tableaux d'honneur sur lesquels son nom était écrit en lettres dorées. Max était assis par terre, les coudes posés sur ses genoux et la tête entre les mains. Il scrutait les dalles de pierre, son corps totalement immobile. Je vis Lloyd baisser les yeux vers lui en se mordant la lèvre. Puis, le major Gregory et le docteur Reza se séparèrent du groupe de mags pour venir vers nous. Le major Gregory avait l'air plus énervé que jamais, mais le docteur Reza était calme malgré son visage crispé.

— Je voudrais vous dire deux mots, dit le major Gregory de manière laconique.

Il attendit un moment. Sylvia se tourna, le visage inondé d'un terrifiant mélange de larmes et de sang. Le major Gregory baissa ostensiblement le regard vers Max avant de se racler la gorge. Lentement, ce dernier se leva.

— J'ai beaucoup de questions à vous poser concernant ce qu'il vient de se passer, annonça-t-il en nous fixant de ses yeux gris qui brillaient de manière menaçante. Le docteur Reza va suivre l'ambulance jusqu'à l'hôpital. En attendant, je voudrais que vous alliez tous vous nettoyer puis que vous cherchiez Mlle De Luca. Venez ensuite directement dans mon bureau. Votre cheffe de maison (il fit un signe de tête à Sylvia) nous retrouvera là-bas.

— Je veux venir à l'hôpital, implora Max à l'intention du docteur Reza, ses yeux emplis de larmes. S'il vous plaît, il faut que…

— Ce n'est pas possible, le coupa le major Gregory.

Max laissa échapper un petit sanglot étouffé.

— Elle va peut-être mourir… Elle va mourir, j'en suis sûr, *elle va mourir*, dit-il en appuyant sa main contre le mur pour se maintenir debout.

— Max, essaye de te calmer, intervint le docteur Reza en lui prenant l'autre main. Attends-moi au San. J'appellerai dès que j'aurai des nouvelles…

— S'il vous plaît, insista Max en la regardant d'un air implorant, comme un enfant qui supplie ses parents pour avoir une friandise. *S'il vous plaît*, il faut que je la voie, que je lui dise que je…

— Ça suffit, l'interrompit le major Gregory d'une voix encore plus sévère que d'habitude.

Il était effrayant de constater le manque de compassion qui ressortait de la fine ligne de sa bouche.

— Allez vous laver, sur-le-champ. Trouvez Mlle De Luca et venez à mon bureau. Je ne vous laisse pas plus de quinze minutes. (Aucun d'entre nous n'esquissa le moindre geste.) TOUT DE SUITE ! fulmina-t-il.

Je n'avais d'autre possibilité que lui obéir. Je me retournai et tout le monde en fit autant. Max retira sa main de l'étreinte du docteur Reza. Sylvia, Lloyd, Sami et moi montâmes l'Eiger jusqu'à la galerie inférieure, là où, sans dire un mot, Sylvia tourna à droite pour rejoindre la maison Raleigh. Nous continuâmes notre chemin jusqu'à Hillary, écoutant le bruit étouffé et curieusement familier qui provenait des salles de classe. Hébétés, nous montâmes marche après marche avant d'arriver enfin à notre internat, qui était désert. Des grains de poussière tourbillonnaient à la lumière du soleil qui éclairait le couloir des filles. Je poussai la porte de la chambre 1A et nous fixâmes l'intérieur du regard. Il n'y avait personne.

— Merde, marmonna Sami.

— Elle ne serait jamais venue ici, dit Lloyd en secouant la tête.

— Qu'est-ce qui s'est passé avec Genevieve ? Est-ce que Marta l'a poussée ? demanda Sami, soudainement énervé.

C'était la question que je n'avais pas eu le courage de poser. Lloyd nous dévisagea tous les deux, les sourcils froncés.

— Non, finit-il par répondre. Elle ne l'a pas poussée.

— Alors Genevieve est tombée, fit remarquer Sami, soulagé.

À nouveau, Lloyd fit non de la tête.

— Pas tout à fait, ajouta-t-il, la gorge serrée, comme si les mots étaient coincés dans le fond de sa bouche. Enfin, oui, elle est tombée, mais…

— Mais *quoi* ?

— Marta l'a giflée, expliqua-t-il d'un ton grave.

Il ne nous regardait pas. Il avait la tête baissée vers le sol. Je m'aperçus à quel point cela ne lui ressemblait pas de détourner le regard.

— Mar descendait l'escalier à toute vitesse et Genevieve a commencé à monter les marches dans sa direction. Je sortais de la galerie supérieure, mais je n'ai pas pu arriver à temps. Genevieve a dit quelque chose à Marta et Marta lui a répondu. Puis Genevieve a plaqué Mar contre le mur… C'est à ce moment-là que je suis arrivé. J'ai écarté Genevieve. (Il releva enfin ses yeux sombres vers nous. Son hésitation était à la fois inhabituelle et inquiétante.) Elle était tellement en colère. Elle m'a dit quelque chose et c'est là que Marta l'a giflée. Ce n'était pas une si grosse gifle… Vous connaissez Mar, elle n'est pas méchante, elle était juste énervée… Mais Genevieve avait déjà perdu l'équilibre et elle a dégringolé l'escalier sur le côté. Elle touchait à peine les marches. (La voix de Lloyd se brisa.) Je suis désolé.

— Ce n'est pas ta faute, le rassurai-je immédiatement. Tu essayais de protéger Marta, Genevieve l'a toujours eue dans le viseur…

— Non, objecta Lloyd d'un ton encore plus grave. Ce n'est pas aussi simple que ça.

— Explique-nous, alors !

L'espace d'un instant, Lloyd sembla désespéré.

— Vous savez… commença-t-il.

Mais nous entendîmes la porte du major Gregory claquer à l'étage du dessous. Sami et Lloyd me jetèrent un regard horrifié avant de se précipiter vers le couloir des garçons. Je franchis le seuil de la porte 1A.

Nos lits étaient défaits. Nous les avions laissés tels quels le matin même, à l'aube, avant de courir en direction des écuries. Celui de Marta était un fouillis de pyjamas froissés, de manuels scolaires écornés et de morceaux de papier recouverts d'équations gribouillées. Un stylo-bille fuyait sur le drap. Sur mon oreiller, je trouvai un bout de papier plié avec mon nom écrit dessus.

Ro, disait le mot. Je reconnus l'écriture méticuleuse de Marta tracée à la hâte. *J'écris ce mot au cas où je n'aurais pas la chance de te l'expliquer en personne. Il dit qu'il vient me chercher aujourd'hui – il est déjà en route. Il veut que je rentre à la maison et il n'attendra pas jusqu'à Noël. Il pense probablement que je m'enfuirai avant, mais jamais je ne m'enfuirai de High Realms. J'ai essayé de parler de lui au major G, de ce qu'il m'a fait. Il n'a pas voulu m'écouter et m'a renvoyée. À la pause, je vais aller voir le docteur Wardlaw pour tout lui raconter. Je ne vais pas partir avec mon père. Si elle me croit sur parole, elle ne le laissera pas m'emmener. Mais elle ne va peut-être pas me croire, et dans ce cas, je perds. C'était un plaisir de vous connaître, toi et les garçons.*

Je fixai la note du regard, mon corps se remplissant peu à peu d'une horreur abjecte. C'était pire que ce que je pensais. Pour que Marta aille s'adresser à une figure d'autorité, qui plus est au major Gregory, elle devait être plus que désespérée. La panique me souleva la poitrine. Je savais que je ne pouvais pas garder le contenu du message pour moi.

Je me dirigeai vers le lavabo dans le coin de la chambre et frottai le sang de Genevieve de mes mains tremblantes. Même si je manquais de temps, je n'osais pas me présenter au bureau du major Gregory sans avoir une apparence pour le moins irréprochable. Je trouvai des vêtements propres et, aussi vite que possible, j'enfilai une chemise, un gilet, une jupe, de longues chaussettes et une cravate. Les revers des manches de mon blazer étaient raides à cause du sang séché. Je fourrai le mot laissé par Marta dans ma poche et quittai la pièce.

La porte du bureau du major Gregory était fermée et personne ne se trouvait devant. J'entendis des chuchotements en provenance de l'intérieur de la pièce ainsi que la voix grave de Lloyd. J'étais effrayée, mais je me forçai à frapper.

— Entrez.

La petite pièce était bondée. Lloyd, Sami et Sylvia étaient assis sur une rangée de chaises inconfortables en face du bureau du major Gregory, derrière lequel ce dernier était assis, le corps droit, dos à la fenêtre. Mlle Kepple était installée sur une chaise à côté de lui, vêtue de son costume noir.

— Où est Mlle De Luca ? demanda le major Gregory en fronçant les sourcils.

Vous n'avez pas réussi à lui venir en aide, pensai-je. *Aucun d'entre nous n'a réussi.*

— Elle n'était pas dans notre chambre.

— Est-ce que vous l'avez cherchée ?

— Je n'ai pas eu le temps.

— Il n'y a plus qu'à espérer qu'elle se présente rapidement, dit-il en plissant la bouche, agacé. La situation est extrêmement grave. J'aimerais à tout prix que l'on puisse régler le problème en interne dans un premier temps.

S'ensuivit un court silence durant lequel nous entendîmes, par la fenêtre ouverte, le vent souffler dehors et des cris lointains en provenance des terrains de gazon synthétique. Le major Gregory adorait l'air frais.

— Maintenant, poursuivit-il calmement. Je voudrais que quelqu'un m'explique les événements qui ont conduit Mlle De Luca à pousser Genevieve Lock dans l'escalier.

Immédiatement, Lloyd, Sami et moi nous mîmes à protester. Entendre le major Gregory objectiver la cause incertaine de la chute de Genevieve, et ce, dès sa phrase d'introduction, était inacceptable à nos yeux, mais notre chef de maison leva la main.

— Mlle Maudsley m'a déjà raconté que Genevieve Lock avait chuté après avoir reçu une gifle de la part de Mlle De Luca. De nombreux autres témoins ont confirmé ces propos. Je veux savoir ce qui s'est passé *avant* que Mlle De Luca agresse Genevieve. Je veux connaître les raisons d'un tel acte.

— Monsieur, intervint Sylvia.

Je tournai la tête vers elle. Je vis qu'elle avait retrouvé un peu de son assurance : sa peau était propre et ses hautes et fines joues avaient repris des couleurs. Seuls la rougeur de ses yeux et le tremblement dans sa voix témoignaient du traumatisme qu'elle était en train de subir.

— Monsieur, je ne suis pas sûre que vous compreniez. Je n'ai pas vu ce qui s'est passé avant que Marta ne donne une gifle à Genevieve. Lloyd Williams était là, mais nous trois (elle fit un geste vers Sami et moi) étions loin derrière, en train de descendre la galerie supérieure. Je ne sais rien de plus.

C'est ça, Sylvia, pensai-je d'un air morose. *Prends tes distances vis-à-vis ce qui vient de se passer. Laisse-nous porter le chapeau.*

À ma grande surprise, le major Gregory fixa Sylvia du regard.

— Mademoiselle Maudsley, je ne vous demande pas d'expliquer ce qui s'est passé juste avant l'agression. Je vous demande à vous tous, puisque vous êtes ceux qui ont passé le plus de temps avec Mlle De Luca et Mlle Lock, de me donner le *contexte* de l'altercation ayant eu lieu dans l'escalier. (Nous restâmes silencieux.) Genevieve Lock est, dans le meilleur des cas, gravement blessée. Il y a de grandes chances qu'une enquête policière soit ouverte. Des incidents de la sorte n'*arrivent* pas par hasard. Il me manque des informations et tant que je ne les aurais pas eues, vous risquez de subir de sérieuses conséquences. Mademoiselle Maudsley, vous êtes l'amie la plus proche de Genevieve Lock et vice-capitaine générale de l'école. Si vous souhaitez garder ce rôle, je vous déconseille de faire preuve de discrétion quant aux récents événements. Et ce, *dès maintenant*.

Sa bouche se referma brusquement.

Sylvia examina ses mains qui reposaient sur ses genoux. L'un de ses maigres doigts était taché d'une longue coulée de sang qui avait pris une couleur rouille. Son expression était similaire à celle qu'elle affichait en cours d'anglais, lorsque l'on venait de lui poser une question difficile. Généralement, elle avait pour habitude de réfléchir plutôt que de formuler une réponse dont elle n'était pas certaine et ainsi risquer l'humiliation causée par le fait d'avoir tort, mais aussi la joie d'avoir raison.

— J'ai bien peur de ne pas connaître *toute* l'histoire, monsieur, finit-elle par répondre. Mais il y a une personne dans cette pièce qui est au courant de tout. (Elle leva des yeux interrogateurs vers Lloyd.) Tu peux aider le major Gregory, non ?

Lloyd leva la tête. Je vis les muscles de son cou se contracter tandis qu'il déglutissait.

— Je… je ne suis pas sûr de comprendre, dit-il.

Je jetai un coup d'œil vers Sami, me demandant s'il avait, lui aussi, remarqué le tremblement inhabituel dans la voix de Lloyd. Mais il fixait ses genoux du regard en affichant une expression étrangement amère. Je me rendis compte que tout ça était lié à la Nuit du pont. Et je regrettai profondément d'avoir respecté le souhait de Marta et de ne pas connaître la vérité.

— Eh bien ? interrogea le major Gregory. Exprimez-vous, monsieur Williams.

Il y eut un silence de mort. Lloyd avala à nouveau sa salive. Je crus reconnaître l'émotion exprimée par le clignement de ses yeux. C'était la honte : identique à celle que j'avais vue dans le regard de Marta cette nuit où Genevieve l'avait attaquée avec le jet d'eau. Puis Sylvia intervint.

— Je vais lui dire, Lloyd, si tu ne le fais pas, le menaça-t-elle d'un ton monotone.

Lloyd leva les yeux vers elle en affichant un air presque las.

— D'accord, d'accord, céda-t-il tandis que l'éclat moite de la sueur brillait sur sa joue. Il s'avère que Genevieve était très énervée ce matin. Elle venait de découvrir, enfin je veux dire, je pense qu'elle venait de découvrir… (il jeta un regard vers Sylvia qui hocha la tête froidement en signe d'approbation) que Max… son petit copain, vous savez… que Max avait des sentiments pour quelqu'un d'autre. Peut-être même qu'il… qu'il allait la quitter…

— Je vois, répondit le major Gregory après un moment.

Il semblait déconcerté, ne s'attendant pas à ce qu'il s'agisse d'une histoire de sentiments. J'étais tout aussi confuse : le fait que Max quitte Genevieve était inenvisageable pour moi. *Peut-être que Lloyd inventait tout*, pensai-je. *Peut-être qu'il essayait de faire oublier au major Gregory ce que Marta avait fait.*

— Et j'imagine que la personne pour qui il avait des sentiments était Marta ? demanda Mlle Kepple en se raclant la gorge.

À ces mots, Sylvia se mit à rire : de façon étrange et forcée. La voir ricaner et se moquer ainsi fit monter la colère en moi. Je ressentis un profond mépris envers Sylvia, dont la seule préoccupation semblait être de conserver sa propre réputation et sa place dans la hiérarchie. Personne n'était de notre côté, personne ne nous aiderait. Nous ne pouvions compter que sur nous-mêmes.

— Genevieve n'était pas la seule à être énervée ce matin, intervins-je, aussi distinctement que possible. Marta l'était aussi. Et vous savez pourquoi.

J'adressai ce dernier commentaire au major Gregory, qui me fixa du regard.

— Qu'est-ce que vous entendez par-là ? demanda-t-il, la gorge serrée.

Je me rendis immédiatement compte qu'il avait très peur, qu'il ne voulait pas que ça se sache : que cela lui convenait parfaitement si le problème était lié à une histoire entre Genevieve et Marta, plutôt qu'à Marta elle seule.

— Je parle de l'appel qu'elle a reçu de son père, dis-je. Vous étiez au courant, monsieur. C'est vous qui l'avez envoyée chercher.

— Et alors ? cracha-t-il.

Je haïssais sa lâcheté, le fait qu'il ne fasse pas preuve de courage et de responsabilité, et ce, alors qu'il était lui-même obsédé par ces valeurs.

— Alors, vous saviez qu'elle était en colère, répondis-je. Vous le saviez puisqu'elle a essayé de vous en parler. Et vous l'avez renvoyée.

— Je n'ai rien fait de la sorte.

Je ne m'attendais pas à ce qu'il mente si effrontément. Je bouillonnais de colère.

— Je sais qu'elle vous en a parlé, affirmai-je fermement.

Je vis les yeux du major Gregory s'écarquiller. J'ouvris la bouche pour continuer, mais avant que j'aie le temps de prononcer un mot, on frappa à la porte et Bella Ford fit irruption dans la pièce.

— Le professeur De Luca est arrivé, monsieur, annonça-t-elle. Le docteur Wardlaw voudrait que vous descendiez.

Sami, Lloyd et moi nous dévisageâmes, terrifiés. Avant même que quelqu'un n'ait le temps de réagir, Sylvia demanda :

— Est-ce qu'il y a des nouvelles de Genevieve ?

— Non, répondit Bella, dont le regard s'était adouci lorsqu'elle avait baissé les yeux vers Sylvia. Non, Sylv, je suis désolée...

— Merci, mademoiselle Ford, la coupa le major Gregory. Je suppose que personne n'a vu Mlle De Luca ?

— Non, monsieur.

— Alors, rassemblez quelques-uns de vos collègues et partez à sa recherche, lui ordonna sévèrement le major Gregory. Allez trouver les gardiens de stade pour qu'ils vous aident. Je veux que l'on fouille tout le domaine.

— Je veux aider, implora Sylvia. Moi aussi, je fais partie de la Patrouille des aînés, laissez-moi la chercher...

— Vous faites peut-être partie de la Patrouille des aînés, mademoiselle Maudsley, mais étant donné votre proximité vis-à-vis des récents événements, vous resterez ici. Vous, plus que toute autre personne, devriez avoir conscience de la gravité de la situation, répliqua le major Gregory, ce qui fit sursauter Sylvia, comme s'il venait de la frapper. Vous allez tous attendre ici avec Mlle Kepple le temps que je descende. Personne ne doit quitter cette pièce avant mon retour. (Il se leva.) Venez avec moi, mademoiselle Ford.

La porte se ferma derrière eux dans un claquement sec.

Les heures qui suivirent furent parmi des plus longues de ma vie. Nous restâmes assis sur nos chaises inconfortables dans le bureau du major Gregory, sous la surveillance de Mlle Kepple, qui avait demandé le silence absolu. Les garçons et moi ne pouvions pas communiquer : dans l'incapacité de discuter de ce que chacun de nous savait, suspectait ou craignait, nous ne pouvions pas nous réconforter les uns les autres ou élaborer un quelconque plan. Nous n'avions aucune idée de ce qui se passait en dehors du bureau. Nous pouvions seulement voir le ciel qui s'assombrissait au fur et à mesure que l'après-midi avançait et les gouttes de pluie qui commençaient à frapper la fenêtre à meneau. Par intermittence, nous entendions des éclats de voix en provenance de la salle commune. À plusieurs reprises, j'entendis le nom de Genevieve s'échapper sur un ton grave ou scandalisé. Je tenais le mot de Marta froissé dans ma paume. Je n'avais aucun moyen de le passer discrètement à Lloyd ou Sami, car Mlle Kepple nous observait attentivement, les yeux plissés, comme si elle pensait que nous allions essayer de nous enfuir. Sylvia était adossée contre la bibliothèque et regardait par la fenêtre. Une fois ou deux, je la vis jeter un coup d'œil en direction de Lloyd, mais son expression restait insondable.

Tandis que les aiguilles de la petite horloge posée sur le bureau du major Gregory s'approchaient interminablement de quatorze heures, quatorze heures trente puis quinze heures, je ne pouvais m'empêcher de penser à la veille, lorsque, à la même heure, nous étions en cours de latin avec M. Briggs. Marta était d'humeur espiègle et agitée – elle s'ennuyait, car le travail était trop facile pour elle, même si elle ne le disait pas. Nous étions assises à la même table, au milieu de la salle, devant Lloyd et Rory Fitz-Straker, que M. Briggs avait forcés à s'asseoir côte à côte. Briggs se livrait à un monologue sur les outils rhétoriques utilisés par Cicéron. Marta se balançait sur sa chaise, une main sur mon épaule pour se maintenir en équilibre et mâchait son stylo qui fuyait de plus en plus. Elle alternait entre regarder par la fenêtre et se pencher vers moi pour me chuchoter tout ce qui lui passait par la tête : ce qu'elle espérait manger au dîner, combien de minutes il restait avant la pause, le fait que Briggs aurait besoin de prendre des cours auprès de Cicéron pour apprendre à parler en public. De temps à autre, elle se tournait sur sa chaise, en équilibre sur un pied, et adressait un sourire machiavélique à Lloyd. La quatrième ou la cinquième fois, elle perdit soudainement l'équilibre et tomba à la renverse sur le bureau de Lloyd et Rory. Dans le brouhaha qui suivit – le grognement de Rory, les paroles répressives de Lloyd et les réprimandes sans fin de Briggs – Marta se leva tout en s'esclaffant. De l'encre avait coulé partout sur son menton et elle avait de la poussière dans les cheveux. Vingt-quatre heures plus tard, alors que j'étais assise dans le bureau froid et silencieux du major Gregory, le rire de Marta résonnait encore dans mon esprit, aussi distant que si je l'avais entendu plusieurs années auparavant. Je désirai ardemment sentir à nouveau la pression de sa main sur mon épaule, même l'espace d'une fraction de seconde.

Enfin, vers dix-huit heures, quelqu'un frappa délicatement à la porte. Nous nous retournâmes, nos corps raidis après être restés assis si longtemps. Le docteur Reza entra, les vêtements encore couverts du sang de Genevieve.

— Comment va-t-elle ? demanda immédiatement Sylvia, la voix enrouée.

Le docteur Reza parcourut la pièce de ses yeux noirs, observant Mlle Kepple derrière le bureau ainsi que nous quatre sur nos chaises en bois.

— Vous allez bien ? s'inquiéta-t-elle.

— On va bien, répliqua brusquement Sylvia. Et Gin ?

Le docteur Reza tira une chaise et s'assit à côté du bureau, au plus près de Sylvia. Elle ouvrit la bouche pour parler et une vague de terreur m'envahit à l'idée que Genevieve soit morte, mais Mlle Kepple se racla la gorge.

— Je pense qu'il vaudrait mieux attendre le retour du major Gregory avant d'annoncer quelque nouvelle que ce soit, dit-elle.

Le docteur Reza lui jeta un coup d'œil en gardant une expression impassible.

— Je viens de le croiser, répondit-elle. Il allait prendre son dîner avec les mags et demandait si tu voulais le rejoindre, Anna.

Ce n'était évidemment pas vrai, mais Mlle Kepple accepta la proposition sans poser de questions. Elle fit maladroitement le tour du bureau avant de s'échapper de la pièce le plus dignement possible. La porte se ferma derrière elle, et, l'espace d'un instant, nous n'entendîmes rien d'autre que le bruit du vent dehors.

— Dites-moi, *s'il vous plaît*, implora Sylvia, les yeux rivés sur le docteur Reza.

— Genevieve est vivante, la rassura-t-elle doucement. Elle a été opérée de la tête. Sa blessure était très grave, elle a perdu énormément de sang. C'est une chance que Sami et Rose aient agi aussi vite. (Le docteur Reza marqua une pause, les yeux toujours rivés sur Sylvia.) Genevieve a fait un arrêt cardiaque dans l'ambulance. Ils ont dû la réanimer à deux reprises. Elle a une cheville et un poignet cassés et de multiples côtes fracturées. Elle est en soins intensifs. Les prochaines vingt-quatre heures seront décisives.

Sylvia avait porté la main à sa bouche. Un bruit étouffé en sortit. Elle se pencha en avant, le bras appuyé sur le bureau en face d'elle.

— Oh mon Dieu, gémit-elle.

Elle se balançait d'avant en arrière, comme paniquée par l'intensité de sa propre émotion. Très délicatement, le docteur Reza lui prit la main. À ma grande surprise, Sylvia ne la repoussa pas.

— Bien, finit par dire le docteur Reza après une minute ou deux. Va prendre ton dîner, Sylvia. Ou si tu ne te sens pas d'y aller, tu peux retourner à Raleigh et je demanderai que l'on t'envoie un repas. Je vais te signer une dispense pour les corvées du soir…

— Non, objecta Sylvia, la gorge serrée. Je veux entendre… savoir ce qui se passe. Est-ce qu'ils ont trouvé Marta ?

— Non, répondit le docteur Reza, ce qui fit monter la peur en moi. Retourne à Raleigh, s'il te plaît, Sylvia. Je viendrai te voir dès que j'aurais appelé pour avoir des nouvelles de Genevieve. C'est promis.

Sylvia hocha la tête à contrecœur, acceptant le compromis, et sortit de la pièce.

Dehors, le crépuscule descendait. La seule source de lumière provenait de la petite lampe posée sur le bureau du major Gregory. Le docteur Reza nous scruta les uns après les autres. Ses yeux marron étaient empreints d'une profonde sollicitude. Au bout d'un moment, Lloyd se racla la gorge.

— Donc, ils n'ont pas retrouvé Marta ? demanda-t-il.

— Non, répondit doucement le docteur Reza.

Nous attendîmes, mais elle n'ajouta rien.

— Et… le père de Marta ?

— Il est avec le docteur Wardlaw. Il compte passer la nuit à High Realms.

Il y eut un autre silence. Je cherchai les bons mots pour obtenir plus d'informations du docteur Reza, mais avant que je puisse les trouver, elle reprit la parole.

— Depuis combien de temps êtes-vous ici ?

— Avant midi, répondit Sami.

Le docteur Reza fronça les sourcils, s'apprêtant à répondre, mais Sami continua d'une voix fatiguée.

— Docteur Reza, est-ce que vous savez ce qui va se passer pour Marta ?

— C'est une très bonne question, répondit-elle gravement en nous observant, l'air à la fois tendue et sur ses gardes. Je pense que la réponse va dépendre en partie de si on la retrouve ou si elle revient à l'école de son plein gré. Ça fait maintenant plusieurs heures qu'elle s'est enfuie et j'ai bien peur que… que le fait de disparaître comme ça ne donne pas une bonne image d'elle, peu importe qu'elle soit en tort ou non. (Elle fit une pause.) L'hôpital a appelé la police.

Les garçons et moi nous dévisageâmes, paniqués.

— Ils vont venir à High Realms dans la matinée. J'espère, bien sûr, que Marta sera revenue d'ici là. Je comprends qu'elle ait eu besoin de temps pour… se calmer, mais nous – certains plus que d'autres – avons besoin d'entendre sa version des faits. Est-ce que vous savez où elle pourrait se trouver ?

Nous secouâmes la tête. J'étais consciente du fait que, si la Patrouille des aînés n'avait pas réussi à mettre la main sur Marta, je n'avais absolument aucune idée de l'endroit où elle pouvait se cacher. Tous les lieux dans lesquels elle se rendait – la bibliothèque Straker, les salles d'étude, les écuries, les salles de classe, le réfectoire, la maison Hillary – étaient évidents et avaient sans aucun doute été déjà fouillés.

Le docteur Reza me regardait. J'eus un frisson : le bureau du major Gregory était empli de l'air froid de la nuit. Le docteur Reza fronça les sourcils, se leva et alla fermer la fenêtre.

— Qu'est-ce qu'il y a, Rose ?

J'hésitai, ressassant dans mon esprit tout ce qui avait été dit : l'état critique de Genevieve, le père de Marta passant la nuit à High Realms, la police et la probabilité que Marta soit temporairement ou définitivement renvoyée. Peu importait l'issue, elle serait amenée à quitter High Realms avec son père. C'était maintenant ou jamais. Je n'avais pas le temps d'attendre de parler au docteur Wardlaw ou de consulter Lloyd et Sami. Par-dessus tout, je n'avais pas le temps d'attendre de découvrir toute la vérité de la bouche de Marta ou d'obtenir son approbation avant de révéler ses problèmes les plus personnels. Il fallait que j'en parle maintenant à quelqu'un qui, j'en étais sûre, aurait au moins la décence de nous écouter. Elle irait peut-être même jusqu'à nous comprendre et nous aider pour que Marta puisse rester à High Realms avec nous, dans un environnement relativement sécurisé et à moindre risque.

— Docteur Reza, il faut que je vous dise quelque chose concernant Marta.

— D'accord, répondit-elle aussitôt.

J'ouvris ma main qui contenait le message de mon amie, me demandant s'il valait mieux expliquer en utilisant mes propres mots ou laisser le docteur Reza lire ce qu'elle avait écrit. Cette dernière jeta un coup d'œil vers le bout de papier, pensant que mon hésitation était due à une certaine réticence.

— Tu veux m'en parler en privé, Rose ?

— Non, objectai-je. Sami et Lloyd sont au courant de quasiment tout. Je crois…

— Rose, me coupa soudainement Lloyd. Attends. Laisse-moi lui dire.

Je le dévisageai. Lloyd était généralement franc et direct. Cela ne lui ressemblait pas et j'étais sûre qu'il n'était pas au courant de tous les détails que je m'apprêtais à communiquer. Il me jeta un regard en signe d'avertissement.

— OK, acquiesçai-je, perplexe.

Lloyd se pencha en avant sur sa chaise, la bouche ouverte, prêt à parler, quand quelqu'un frappa à la porte. Le major Gregory entra, le visage marqué par la colère.

— Peux-tu nous laisser quelques minutes de plus ? lui demanda le docteur Reza.

— Non, objecta le major Gregory en traversant la pièce à grands pas avant de jeter un regard noir au docteur Reza. Où se trouve Mlle Kepple ?

— Je crois qu'elle est partie manger, répondit-elle d'une voix neutre.

Malgré la situation, je vis Sami retenir un sourire.

— Et Sylvia Maudsley ?

— Je l'ai autorisée à aller dîner.

— Sans ma permission.

— Oui, affirma le docteur Reza dont les yeux étincelaient. J'ai cru comprendre que ces élèves avaient été retenus dans ton bureau tout l'après-midi, Nicholas. Était-ce nécessaire ?

— Bien sûr que ça l'était, répliqua le major Gregory. *Ces élèves* sont les plus proches amis d'une personne qui a commis un crime gravissime. Qui plus est, elle s'est maintenant enfuie de l'école et est introuvable. (Il nous dévisagea.) Est-ce que l'un d'entre vous sait où se trouve Marta De Luca ?

Nous secouâmes tous la tête. Sa poitrine se gonfla sous l'effet de la colère.

— Si Mlle De Luca ne se rend pas ce soir, les conséquences de ses actes seront encore plus graves que l'expulsion dont elle fait déjà l'objet. Elle va…

— Attendez une minute, le coupa Lloyd en élevant la voix. Vous ne savez toujours pas ce qui s'est réellement passé. Vous tirez des conclusions hâti…

— *Assez !* tempêta le major Gregory, ce qui nous fit tous sursauter.

Il frappa son bureau de la main.

— Mlle De Luca est attendue pour être interrogée par la police à la première heure, demain matin. La dernière fois qu'elle a été vue, c'était par un élève de cinquième, juste après l'incident. Elle courait le long du mur au sud de l'Hexagone en direction du ruisseau Donny. La Patrouille des aînés et les gardiens de stade ont ratissé tous les bois au-delà de la rivière faisant partie du domaine. Nous avons toutes les raisons de penser que Mlle De Luca s'est échappée. (Il fit une pause en se mordant férocement la lèvre inférieure.) Je veux que vous me disiez tout ce que vous savez, ou suspectez, concernant l'endroit où elle a pu se rendre.

— Nous n'en avons aucune idée, objecta catégoriquement Sami.

— Dans ce cas, poursuivit le major Gregory en lui jetant un regard furieux, vous pouvez partir dès maintenant pour aller effectuer vos corvées du soir. Je veux que vous les réalisiez *impeccablement.* Puis, vous reviendrez directement ici pour me dire tout ce qui vous revient à l'esprit concernant l'endroit où Marta De Luca pourrait se trouver. Je resterai assis là *toute la nuit* s'il le faut…

— Nicholas, le coupa le docteur Reza à voix basse. Ils t'ont déjà dit qu'ils ne savaient pas. Je vais les emmener dîner et ensuite…

— Non, tu n'en feras rien, objecta le major Gregory, buté. Cette affaire concerne la maison, docteur Reza. Et au-delà de ça, elle concerne l'école et je compte bien m'en charger personnellement en tant que maître en droit. Ça ne te regarde pas.

— Ça me regarde à partir du moment où je considère que leur santé ou leur bien-être est menacé, répondit calmement le docteur Reza qui ne semblait pas le moins du monde intimidée par l'entêtement du major Gregory. Si tu insistes pour qu'ils fassent leurs corvées du soir, d'accord. Mais après, ils iront dîner et se coucher sans que tu les interroges à nouveau. Un point, c'est tout.

Le major Gregory semblait chercher à émettre une objection. Je n'arrivais pas à savoir si son regard haineux était simplement dû au fait que son autorité était défiée ou bien s'il avait une aversion personnelle pour le docteur Reza. Ou si c'était un mélange des deux. Il finit par tourner la tête vers la porte.

— Vous pouvez y aller, nous dit-il. À votre place, je réfléchirais très sérieusement à la position que vous occupez au sein de cette école. Vous êtes ici uniquement parce que vous y avez été invités, grâce à une bourse particulièrement généreuse. Une bourse qui peut vous être retirée à tout moment. (Il nous lança un regard noir.) Allez accomplir vos corvées.

Alors que nous franchissions la porte, je jetai un regard en arrière. Le major Gregory était en train d'ouvrir la fenêtre derrière lui, les yeux rivés vers le crépuscule. Le docteur Reza était tournée vers nous. Ses yeux se dirigèrent vers le papier que je tenais à la main. Elle pencha légèrement sa tête vers la gauche, en direction de l'Hexagone, que l'on pouvait tout juste apercevoir depuis la fenêtre.

*

Nous descendîmes l'escalier de service pour nous rendre au rez-de-chaussée. Il était désormais presque dix-neuf heures et le ciel était d'un gris profond. La pluie cognait contre les fenêtres. Les couloirs étaient très calmes, bien que ce soit l'heure à laquelle les gens revenaient de leurs matchs ou allaient dîner. Les quelques élèves que nous croisâmes évitèrent notre regard en affichant un air grave, presque effrayé. Nous n'osâmes pas parler avant que la porte fût refermée derrière nous et que nous soyons en train de courir sur l'herbe humide. À notre gauche, les éclairages illuminaient le gazon synthétique. Je pouvais entendre les cris aigus et intermittents d'un match de hockey.

— Rose, intervint Lloyd avant que je n'aie le temps de prononcer un mot. Je suis désolé de ne pas t'avoir tout raconté avant, mais…

Je m'arrêtai et me retournai pour lui faire face.

— Pourquoi est-ce que tu ne m'as pas laissée parler du père de Marta au docteur Reza ?

— Je ne pense pas que cela aiderait Marta, expliqua-t-il en croisant mon regard dans la pénombre.

— Mais comment tu peux affirmer ça ?

— Réfléchis, dit-il d'un ton si calme que ça en était énervant. Si la rumeur se répand que Marta est mentalement instable ou quoi que ce soit d'autre, ça va changer la manière dont l'école ou la police interprétera ce qui s'est passé. Ils sont déjà convaincus que c'était la faute de Marta. À mon avis, le docteur Reza sait qu'il y a quelque chose qui cloche chez elle. Elle pense probablement bien faire, mais par expérience, avoir de bonnes intentions ne suffit pas… Si les gens apprenaient que Marta n'allait pas bien dans sa tête, ils pourraient s'en servir comme une arme et la retourner contre elle. Ils diront qu'elle a frappé Genevieve sans raison particulière, que c'est juste une pauvre folle…

— OK, le coupai-je, énervée à cause de ma réticence à croire que Lloyd avait raison. On sait que c'est pas vrai, non ? Je n'aurais jamais dit au docteur Reza que Marta *n'allait pas bien dans sa tête*. Marta est aussi saine d'esprit que chacun d'entre nous. Comme tu l'as dit ce matin, Lloyd, elle a frappé Genevieve à cause de ce que cette dernière t'a dit à *toi*, à propos de quelque chose que *tu* avais fait. Quelque chose que personne ne veut me raconter.

Nous restâmes debout dans le froid de la nuit, la pluie tombant autour de nous. Nous nous dévisageâmes dans la pénombre. Personne ne prononça un mot. J'entendis le ventre de Sami gargouiller et mon corps lui répondit par un bruit aigre provoqué par la faim.

— Bon sang ! m'exclamai-je, sans m'adresser à personne en particulier.

Lloyd secoua la tête.

— Je ne voulais pas que ça se passe comme ça. Je ne voulais pas que Genevieve accuse Marta pour ce que j'ai… à cause de ma relation avec Max, déglutit-il en me regardant d'un air suppliant.

— Ta relation avec *Max* ? m'exclamai-je en le dévisageant. Mais… mais tu…

— Rose, je peux tout t'expliquer. Ce n'est pas ce que tu crois.

— Dis-moi la vérité, alors !

— Je ne pense pas qu'elle se soit enfuie, nous interrompit Sami.

Nous nous tournâmes vers lui, l'air étonnés. Ses cheveux blonds étaient couverts de fines gouttelettes de pluie et son visage luisait à cause de l'humidité. Il nous regarda fixement.

— Je ne pense pas qu'elle se soit enfuie, répéta-t-il. Elle aime trop cet endroit.

Il y eut un bref silence durant lequel Lloyd et moi observâmes Sami.

— Ils l'ont vue courir en direction du ruisseau Donny, dit Lloyd.

Je repensai au message que Marta m'avait écrit. Je sortis le papier de ma poche et le lis. *Jamais je ne m'enfuirais de High Realms.* Lloyd et Sami se penchèrent en avant, leurs yeux se déplaçant de gauche à droite tandis qu'ils lisaient les mots de Marta. Le bout de papier froissé se tachetait de gouttes de pluie. Puis, les deux garçons relevèrent la tête vers moi.

— Elle est encore ici, affirma lentement Lloyd.

— Mais où ? demanda Sami, le front plissé par l'inquiétude.

Je réfléchis longuement, essayant de rassembler les pièces du puzzle. La dernière fois que Marta avait été vue, elle courait en direction du ruisseau Donny. La forêt de l'autre côté du cours d'eau avait été passée au peigne fin. Si ce que nous pensions était vrai, elle n'était pas allée au-delà. Ce qui signifiait qu'elle se trouvait quelque part entre nous et le ruisseau.

— Elle est aux écuries, affirmai-je.

— Comment c'est possible ? Ils les ont sûrement fouillées.

— Elle est dans la tour de l'horloge, dis-je, et dès que j'eus prononcé ces mots, je sus que c'était la vérité.

— Mais comment...

— Il faut qu'on aille la voir, le coupai-je avant de traverser le terrain en courant, me sentant étrangement légère.

Les garçons se mirent à courir derrière moi. Nous ne traversâmes pas l'Hexagone, mais à la place nous longeâmes la partie sud des bâtiments puis descendîmes l'allée des Tilleuls. J'étais certaine que Marta avait emprunté le même chemin huit heures plus tôt. À bout de souffle, nous fîmes le tour des écuries, passâmes devant la grange puis nous approchâmes du porche de la tour de l'horloge qui donnait sur la cour. Celle-ci était plongée dans la pénombre, mais quelques écuries étaient éclairées, là où un groupe de jeunes élèves étaient en train de nettoyer le fumier. Il n'y avait aucun signe de Gerald. J'en déduisis qu'il était dehors en train de fouiller le domaine avec le reste de la Patrouille des aînés.

— Ralentis, me murmura Lloyd alors que nous traversions le porche. Il ne faut pas que l'on donne l'impression d'être en mission.

Je lui jetai un coup d'œil, agacée qu'il me donne des instructions, et ouvris la porte du bloc C. Les trois chevaux hennirent, pleins d'espoir, lorsque nous entrâmes. Je me dirigeai à grands pas vers le mur du fond. Lloyd me suivit.

— Monte la garde, dis-je à Sami par-dessus mon épaule.

Il hocha la tête et tira la partie haute de la porte de l'écurie pour la refermer quasiment entièrement.

Lloyd et moi examinâmes le mur du fond. La sellerie, suspendue sur des crochets en métal, en recouvrait une partie. Le reste était occupé par des étagères chargées de divers équipements : seaux, ustensiles, sacs de nourriture, caisses de pommes ainsi que le redoutable jet d'eau. Le mur derrière la sellerie et les étagères était en contreplaqué. En regardant autour de moi, je remarquai pour la première fois que les autres étaient couverts de plâtre.

Sans dire un mot, Lloyd et moi commençâmes à retirer les tapis et la sellerie du mur, empilant tout à nos pieds. Nous découvrîmes alors une grande étendue de contreplaqué, mais aucune porte. Je le fixai du regard, profondément déçue. Mais Lloyd se mordit la lèvre et observa les box en penchant la tête sur le côté.

— C'est forcément derrière, dit-il.

— De quoi ?

— Le chemin pour monter à la tour.

Lloyd tendit le bras et frappa doucement sur le mur. Le bruit, qui était plus profond que ce à quoi je m'attendais, sonnait clairement creux. Je regardai d'un côté et vis que le contreplaqué s'étendait jusqu'au premier box.

Nous tirâmes la porte du box de George et nous longeâmes son long corps pour nous diriger vers le fond. Il s'agita nerveusement, mais ne protesta pas. Un ballot de paille était accroché au mur couvert de ciment. Juste à côté se trouvait le bord de l'immense planche de contreplaqué. Elle n'était pas collée au mur.

— Aide-moi, dit Lloyd.

Il enroula ses doigts sur le bord rugueux du contreplaqué et tira. La planche de bois se déplaça vers lui. Je fis de même de mon côté et nous tirâmes tous les deux. Elle bougea de quelques centimètres de plus.

Nous jetâmes un coup d'œil aux alentours. Il y avait désormais assez de place pour qu'un petit corps s'y faufile. Je vis la cavité derrière ainsi que l'étroite volée de marches en béton qui s'élevait au-dessus de nos têtes. Il y avait même une lumière : une simple ampoule qui illuminait l'escalier. J'entendis la porte de l'écurie se fermer complètement, puis des bruits de pas, ainsi qu'une protestation indignée de George. Enfin, Sami se retrouva derrière nous, remontant les marches deux par deux pour nous rattraper. Nous montâmes l'escalier en colimaçon à toute vitesse, nous sentant à la fois mal, effrayés et excités. En quelques instants, nous nous retrouvâmes en haut, derrière une porte en bois fermée. Lloyd frappa. Aucun son ne provint de l'intérieur. Il poussa la porte pour l'ouvrir et nous nous retrouvâmes dans la salle de la tour de l'horloge. Elle était plus grande que ce à quoi je m'attendais. Il faisait noir. Seul un halo parfait de lumière sur le sol, en provenance du cadran transparent de l'horloge, éclairait la pièce. L'espace était vide, à l'exception d'un matelas sur lequel reposait Marta. Cette dernière était trempée et avait placé ses bras au-dessus de sa tête, comme si elle s'apprêtait à se faire abattre.

Nous ne prononçâmes pas un mot, choqués malgré nous. Notre amie releva alors la tête et nous dévisagea. Son visage couvert de larmes était marqué par une peur profonde. Lorsqu'elle nous reconnut, ses yeux s'écarquillèrent. Presque immédiatement, elle dit d'une voix tremblante qui laissait transparaître à la fois son inquiétude et son espoir :

— S'il vous plaît. S'il vous plaît, ne leur dites pas que je suis là.

PARTIE II

9

L'un de mes souvenirs les plus marquants de la période précédant l'incident de l'Eiger est un cours d'anglais avec Mlle Kepple. Nous étudiions *Jane Eyre.* Mlle Kepple nous entraînait à repérer ce qu'elle appelait le *tournant* d'un roman. Elle tapotait son index sur son bureau tout en donnant différents exemples : Jane qui rencontre Rochester pour la première fois dans les bois, Jane qui apprend l'existence de Bertha, Jane qui décide de ne pas se marier avec St John Rivers. Mlle Kepple identifiait ces éléments comme des *points de non-retour.* Ces événements participaient à la création du personnage de Jane, faisant d'elle la personne qu'elle devenait à la fin du roman : la femme qui pouvait se marier avec Rochester sans faire de compromis.

Comme souvent, Marta n'était pas d'accord avec Mlle Kepple. Et comme souvent, elle expliqua très vite pourquoi. Mais si je me rappelle ce débat en particulier, c'est parce que Sylvia était du même avis que Marta. Les deux affirmaient que l'évolution du personnage de Jane ne dépendait pas uniquement de ces événements. Selon Marta, Jane se construisait essentiellement en fonction de son passé et des circonstances extérieures. Et ces événements, même s'ils étaient traumatisants, lui donnaient les outils dont elle avait besoin pour devenir forte et indépendante. Tout ce qui lui arrivait après – ses sentiments pour Rochester, la déception de ce dernier, sa relation avec St John Rivers – était moins important que ce qui lui était arrivé avant qu'elle ne rencontre Rochester. Je me souviens clairement du hochement de tête entre Marta et Sylvia, assez rare pour le notifier, montrant leur accord et expliquant leur point de vue à la classe. Selon elles, la véritable évolution du personnage de Jane se produisait pendant les périodes de flottement qui avaient lieu *entre* les ainsi nommés tournants : le travail émotionnel que Jane avait fait pour accepter les sévices qu'elle avait subis dans son enfance, la duplicité de Rochester, la connaissance de soi qu'elle avait acquise lors de son départ temporaire de Thornfield durant lequel elle avait travaillé, rencontré d'autres personnes et eu du temps pour réfléchir.

À l'époque, je me rappelle ne pas avoir été convaincue par les arguments avancés par Marta et Sylvia. Dans une certaine mesure, je ne le suis toujours pas. Quand je repense à ce qui nous est arrivé à High Realms, je peux identifier certains moments qui étaient clairement, pour reprendre les mots de Mlle Kepple, des points de non-retour. C'étaient des événements importants et ils étaient souvent extrêmement dramatiques et parfois douloureux. Mais il est également évident à mes yeux que, même s'ils semblaient revêtir une importance cruciale sur le moment, ce n'était pas réellement le cas. Des décisions qui semblaient irrévocables, mais ne l'étaient pas. Des plans qu'il nous semblait devoir mener à bien à tout prix, mais qui n'étaient peut-être pas aussi indispensables que prévu. Parfois, nous avions l'impression que c'était la fin du monde et certains matins, nous pensions que tout avait changé et qu'il n'y aurait pas de retour en arrière possible. Mais en réalité, les véritables changements que nous vécûmes ne se déroulaient pas dans ces moments-là. Pour reprendre les mots de Marta cette fois, ils se passaient pendant les périodes de flottement, c'est-à-dire entre les événements importants, lorsque nous devions faire toutes sortes d'efforts, de raccommodage et de couture.

Cette nuit-là, celle durant laquelle nous avions retrouvé Marta dans la tour de l'horloge, le visage livide, trempée de la tête aux pieds et avec une entorse à la cheville, faisait partie de ce genre d'événement. À l'époque, il nous sembla être un moment charnière, mais en fin de compte, ce furent les décisions qui en découlèrent qui étaient importantes. Nous ne pûmes pas passer beaucoup de temps avec Marta ce soir-là. Nous savions que quelqu'un pouvait venir dans les écuries à tout moment, que le dernier appel n'allait pas tarder à être effectué et que la Patrouille des aînés fouillait encore le domaine. Nous essayâmes de convaincre Marta de revenir à l'école avec nous, lui promettant que nous n'allions pas la laisser faire face aux conséquences toute seule, mais nos efforts furent vains. Dès qu'elle apprit que son père était à High Realms, elle refusa catégoriquement de revenir avec nous ce soir-là.

Nous retournâmes tous les trois à la maison principale en marchant d'un pas lourd. Nous étions mouillés à cause de la pluie et n'avions jamais eu aussi froid de notre vie, car nous avions laissé nos pulls à Marta pour essayer de la réchauffer durant la nuit qu'elle allait passer, sans chauffage, dans la tour de l'horloge. D'une voix qui ressemblait plus à un gémissement, elle nous avait expliqué qu'elle avait traversé le ruisseau Donny et s'était cachée dans les bois pendant plusieurs heures avant que la Patrouille des aînés ne commence à la chercher. La panique et la douleur, à la fois physique et mentale, qu'elle ressentait, étaient extrêmes. Nous ne lui avions pas caché la réalité concernant Genevieve. Nous lui avions expliqué qu'elle luttait contre la mort, ce qui n'avait fait qu'accentuer sa peur. Nous savions déjà qu'elle n'avait jamais eu l'intention de lui faire du mal et encore moins dans de telles proportions. Mais à ce moment précis, nous fûmes convaincus que jamais Marta ne voudrait nuire à quelqu'un.

Lorsque nous traversâmes l'Hexagone, je ne ressentis rien d'autre que de la peur. À mes yeux, en s'enfuyant, Marta avait scellé son destin. Elle avait perdu toute once de crédibilité qu'elle aurait pu avoir, toute occasion de fournir une explication raisonnable pour justifier la gifle qu'elle avait donnée à Genevieve et ainsi réduire la possibilité d'être expulsée. Je ressentais beaucoup de choses, mais, par-dessus tout, j'étais profondément triste de savoir que ma meilleure amie allait quitter High Realms. Je ne voyais aucune manière d'y remédier. Encore plus accablant que ma tristesse était le fait de penser que Marta ne retournerait pas à un environnement plus sécurisé – et qu'elle était, en fait, vouée à se mettre en danger.

Nous vîmes la maison principale s'élever au-dessus de nos têtes, ses nombreuses fenêtres encore éclairées. Je me tournai vers le porche voûté du San, là où plusieurs lumières étaient également allumées. Je savais que le docteur Reza voulait que je vienne après les corvées du soir pour finir de lui raconter ce que je savais à propos de Marta. Il y avait une part de moi qui en avait toujours envie : courir directement vers la chaleur et la tranquillité du San, l'endroit le plus sûr de High Realms pour tout raconter au docteur Reza. Lorsque j'imaginais ce moment, je la voyais m'écouter déverser tout ce que j'avais sur le cœur tandis qu'elle gardait une expression dénuée de tout jugement et de toute critique. Et ensemble, nous cherchions une solution. Mais une autre part de moi avait changé radicalement lorsque nous avions retrouvé Marta dans la tour et que j'avais croisé son regard terrifié, comme si elle avait été prise au piège. Cette même part de moi se souvenait de ce que Marta avait dit concernant le docteur Reza au petit déjeuner ce matin-là : « *Je savais que je ne pouvais pas lui faire confiance.* » Je me souvenais que Marta avait fait référence à plusieurs interrogatoires, qu'elle était toujours réticente à se rendre à des rendez-vous avec le docteur Reza, ce qui m'avait toujours étonnée, mais je n'avais pas pris le temps de chercher à comprendre pourquoi. « *Avoir de bonnes intentions n'est pas suffisant* », nous avait dit Lloyd. Cela supposait déjà que le docteur Reza avait de bonnes intentions, ce dont je n'avais aucune preuve, si ce n'est mon propre instinct faillible.

C'est pourquoi je n'allai pas voir le docteur Reza ce soir-là. Nous entrâmes dans l'école en passant par la porte principale qui menait à l'atrium, là où le sang de Genevieve avait été nettoyé. Nous nous dirigeâmes vers le réfectoire qui était quasiment vide. Nous commençâmes par dévorer la nourriture, mais je perdis rapidement l'appétit en repensant à Marta qui était seule et affamée dans la tour. Une boule se forma dans ma gorge et je reposai mon couteau et ma fourchette. Sami me regarda et je sus qu'il comprit. Sans un mot, il me passa une serviette, puis il déplia la sienne et fit glisser furtivement les restes de son repas dedans. Pendant ce temps, Lloyd continuait de manger, penché sur sa nourriture.

Quand nous retournâmes à la maison Hillary, nous fîmes face à bien pire que l'hyperactivité habituelle qui avait lieu avant la première sonnerie de la cloche signalant l'extinction des feux. Alors que je me faufilais dans le couloir des filles pour me rendre à la 1A, les portes s'ouvrirent les unes après les autres et les premières et terminales d'Hillary sortirent pour crier : « Ton amie est tarée. C'est une lâche. Une criminelle. » Je ne vis le major Gregory nulle part.

Je fermai la porte de notre chambre derrière moi et déplaçai la bibliothèque devant, comme j'avais appris à le faire avec Marta pour empêcher Genevieve de débarquer et d'aller fumer à notre fenêtre. Je me dirigeai directement vers mon lit et m'assis, enfouissant ma tête entre mes mains. Je sentis une humidité froide sous moi. Je passai la main sur mon lit et me rendis compte que tout était trempé.

Ils avaient ouvert la fenêtre et le vent soufflait à l'intérieur. Je ne la fermai pas immédiatement. À la place, je montai sur le bureau qui se trouvait en face, comme Genevieve l'avait fait de si nombreuses fois, une cigarette à la main. Je fixai la pénombre du regard, penchant ma tête sur le côté. Et pour la première fois, je pus distinguer la silhouette de la tour de l'horloge depuis notre chambre : grande et élégante, l'horloge brillait faiblement à la lumière de la lune. Je n'avais qu'une idée en tête : trouver comment faire sortir Marta de là avant que la police ne mette la main sur elle.

10

— Je ne peux pas. Je ne viendrai pas avec vous.

L'aube s'était levée. Lloyd, Sami et moi étions sortis en douce de la maison principale en empruntant la porte Ivy avant de nous précipiter, dans la pénombre, en direction des écuries. Nous étions désormais dans la tour. Marta se tenait près de l'horloge, penchée légèrement sur le côté, dans l'ombre de sa circonférence. Ses cheveux noirs formaient des touffes sur sa tête et son visage était aussi pâle que le cadran. Elle n'avait pas touché à la nourriture que nous lui avions apportée et qui gisait sur le matelas.

— Je ne peux pas, répéta-t-elle. Je ne peux pas partir d'ici, avec lui.

— Ça ne se passera peut-être pas comme ça, rétorqua Lloyd.

Elle secoua vigoureusement la tête, grimaçant lorsque l'onde du mouvement descendit le long de son corps jusqu'à sa cheville foulée.

— Si, affirma-t-elle. Vous avez dit que la police allait venir.

Nous restâmes silencieux. En marchant jusqu'aux écuries, nous nous étions rapidement mis d'accord pour dire à Marta qu'une enquête allait être menée par l'école et par la police. Nous espérions alors pouvoir la convaincre que, si elle sortait de sa cachette et coopérait, sa situation s'améliorerait et que cela jouerait en sa faveur. En réponse, elle s'était roulée en boule sur le matelas, les yeux vitreux, et n'avait pas prononcé un mot pendant dix longues minutes.

Elle était désormais debout, appuyée contre les briques nues du mur de la tour. Il faisait un froid glacial dans la pièce. Par-dessus ses propres vêtements, elle portait le pull de Lloyd ainsi que mon gilet et son blazer. Elle eut un frisson et tira sur sa veste.

— Est-ce que vous avez d'autres nouvelles de Genevieve ? demanda-t-elle, ce à quoi nous fîmes non de la tête. Et… est-ce que vous avez vu mon père ?

— Non, répondit Sami qui marqua une pause avant d'ajouter d'une voix douce : Marta. (Elle leva les yeux, le visage crispé par l'inquiétude.) On pense que tu devrais parler de lui à une personne de l'école.

— En quoi ça aiderait ? répliqua-t-elle. Ça ne change rien au fait que j'ai giflé Genevieve. Ça ne change rien au fait qu'elle est tombée.

— Non, c'est vrai, dit Sami. Mais ça changerait la façon dont ils te traitent. Ils ne pourront pas le laisser t'emmener.

— Non, je ne leur raconterai rien, objecta-t-elle, bornée, en secouant la tête, le regard dirigé vers le mur. J'ai essayé de parler au major Gregory hier, il n'en a pas du tout tenu compte. Ça ne fera aucune différence.

— Mais Mar, intervint Lloyd, une once d'impatience malvenue dans la voix. On a lu le mot que tu as laissé à Rose. Tu es allée voir le major Gregory… Tu allais même le dire au docteur Wardlaw hier. Qu'est-ce qui a changé depuis ? C'est l'occasion pour toi de…

— Lloyd, le coupa Marta d'un ton sec, les yeux emplis de chagrin. *Tout* a changé depuis hier.

Nous restâmes silencieux, faisant face à l'intensité de son désespoir. Elle déglutit.

— Tout a changé, répéta-t-elle. Mon père est là. Il a dû passer plusieurs heures avec le docteur Wardlaw maintenant. Avec le major Gregory aussi… Et tous les autres.

— Oui, mais en quoi…

— Tu ne connais pas mon père, l'interrompit-elle d'une voix sévère. Tu ne sais pas comment il est, comment il peut se comporter. Je ne pourrais pas l'expliquer.

— D'accord, céda Lloyd en me jetant un coup d'œil. Mais je pense quand même que tu devrais *essayer* de le leur dire. Est-ce que tu as le choix, Mar ? Tu ne peux pas rester ici. Il faut que tu te battes. Il faut que tu leur racontes ce qui t'est arrivé.

— Ah oui ? s'exclama Marta en élevant la voix, ce qui me fit m'apercevoir que c'était la première fois que je la voyais réellement énervée contre lui. Et qu'est-ce que c'est, Lloyd ? Qu'est-ce qui m'est *arrivé* ?

— Je n'en sais foutre rien, répliqua ce dernier, qui avait l'air perplexe et de plus en plus agacé. Je n'ai aucun moyen de le savoir, non ? Je ne te l'ai jamais demandé et tu ne nous l'as clairement jamais dit. Mais on voit bien que tu es…

— Que je suis quoi, Lloyd ?

— Eh bien, tu es… tu es *triste*, non ? cracha-t-il, la voix tremblante sous l'effet de l'émotion. Tu es énervée, tu es instable, ton comportement n'est pas nor…

— *Lloyd*, le coupai-je.

Mais c'était trop tard : le mal était fait. Les yeux de Marta débordaient de larmes. Elle mit sa main contre le mur pour se stabiliser. Tout son corps tremblait. L'espace d'un instant, je crus qu'elle allait tomber à genoux, que la lutte était finie, qu'elle entourerait ses bras autour de mon cou et me laisserait la porter jusqu'à l'école. Mais elle se tourna vers Lloyd.

— Tu oses me dire ça, dit-elle d'une voix étranglée. Tu oses me parler de mon comportement, de mes décisions, de *ma vie*, après tout ce que tu as fait, Lloyd, tous les problèmes que tu as causés, tous les gens que tu as blessés. Je ne t'ai jamais rien demandé, poursuivit-elle, incapable de contrôler les tremblements de sa voix. Après la Nuit du pont, je ne t'ai jamais posé de questions sur ce que j'avais vu. Et je n'en ai jamais parlé à personne. Même lorsque Genevieve s'en est prise à moi, j'ai laissé tout le monde penser que c'était simplement parce qu'elle *me* détestait. Je ne t'ai jamais demandé pourquoi tu avais fait ça, Lloyd. Et je ne le ferai jamais. (Elle le fixa du regard tandis que des larmes coulaient sur ses joues livides.) On doit se respecter les uns les autres. Respecter le fait que certaines choses ne sont pas… ne peuvent pas être racontées. Ces choses deviennent pires lorsqu'elles sont mentionnées à voix haute.

Lloyd et Marta se dévisagèrent pendant un long moment. Puis, les maigres épaules de Marta s'affaissèrent à cause de l'épuisement. Elle s'assit contre le mur, sous le cadran de l'horloge. Lloyd la regarda un moment, puis il tourna les talons et sortit de la pièce. Nous entendîmes ses légers bruits de pas sur les marches de béton. Après quelques instants, la porte de l'écurie claqua.

— Il est parti leur dire que j'étais ici ? demanda faiblement Marta en levant les yeux vers Sami et moi.

— Je… je ne sais pas, répondis-je.

Je ne savais plus quelle était la bonne chose à faire. Je jetai un coup d'œil vers Sami et vis sur son visage qu'il était en proie au même dilemme.

— Va rattraper Lloyd, lui ordonnai-je soudainement.

Il hocha rapidement la tête et sortit de la pièce.

Je me retrouvai seule dans la tour avec Marta, ce qui n'était pas arrivé depuis que nous nous étions réveillées dans notre chambre vingt-quatre heures plus tôt. J'observai mon amie recroquevillée contre le mur et ressentis une profonde empathie pour elle. Nous avions toutes les deux perdu nos mères, mais j'avais un père en qui j'avais une confiance absolue, un père qui m'avait aimée plus que tout au monde. Marta n'avait personne ou, plutôt, elle avait quelqu'un, mais c'était encore pire que n'avoir personne. Je ressentis un élan de compassion se déchaîner dans ma poitrine, mais j'étais trop fatiguée et effrayée pour réussir à la partager.

Finalement, je décidai de m'en tenir aux choses pratiques. Je fis un geste vers la nourriture qui se trouvait sur le lit.

— Tu veux manger quelque chose, Mar ?

À ma grande surprise, elle hocha sombrement la tête et se dirigea vers le matelas en clopinant. Nous nous y assîmes toutes les deux et prîmes notre petit déjeuner à base de pommes de terre en robe des champs, de saucisses et de brocolis froids. Je me rendis alors compte que j'étais affamée. Marta semblait également avoir de l'appétit. Sami avait glissé quelques sachets de ketchup que nous étalâmes sur la nourriture. Nous ne parlâmes pas avant d'en avoir fini chaque miette.

Je regardai ma montre et vis qu'il était sept heures moins vingt. Il y avait un millier de questions que je voulais poser à Marta, mais le temps nous manquait. Les écuries allaient bientôt commencer à se remplir d'élèves venus effectuer leurs corvées du matin.

— Il faut que j'y aille, annonçai-je.

— OK, répondit Marta en s'essuyant la bouche sur sa manche. Est-ce que je peux te demander un service, Rose ? (Je hochai la tête.) Est-ce que tu peux m'apporter mes allumettes ?

— Pourquoi ? demandai-je bêtement, sentant la nourriture me peser lourdement sur l'estomac.

— J'en ai besoin, affirma-t-elle, le visage blême et crispé par la détresse.

— Tu ne peux pas me demander ça.

J'étais tout à coup énervée contre elle. Je n'avais pas ressenti une telle colère depuis très longtemps, ce qui me fit répondre sans réfléchir.

— Ce n'est pas juste. Comment peux-tu me demander de t'aider à te faire du mal ?

Marta me tourna le dos et ramena ses jambes contre sa poitrine. Elle laissa son front tomber sur ses genoux et ferma les yeux. Ce fut seulement à cet instant, alors que quelque chose s'était brisé entre nous, que je remarquai à quel point nous nous étions rapprochées dernièrement. Mais je me mis soudainement à douter du fondement de notre amitié. J'avais gardé les secrets de Marta, je lui avais prouvé que j'étais une personne de confiance, mais elle avait quand même préféré ne pas se confier à moi au sujet de la Nuit du pont ou de quoi que ce soit d'autre. J'avais l'impression d'avoir été manipulée.

— J'y vais, lui dis-je, mais elle ne répondit pas. À bientôt.

J'ajoutai ces mots sans conviction. Je n'avais aucune idée du lieu, du moment et du contexte dans lesquels je la reverrais.

Les quelques heures de normalité qui suivirent furent plus désarmantes que rassurantes. J'allai prendre mon petit déjeuner, non pas par faim, mais pour retrouver Lloyd et Sami. À chaque minute qui passait, je m'attendais à entendre une voix pressée appeler mon nom ou bien sentir une main froide se poser sur mon épaule. Mais rien de tout cela ne se produisit.

Je m'attardai autant que possible, mais ne trouvai les garçons nulle part. Je commençai à craindre que Lloyd soit réellement allé voir le docteur Wardlaw pour lui révéler où se trouvait Marta. Une autre part de moi considérait que c'était peu probable. J'avais beau être énervée contre lui, je savais que Lloyd n'était pas une personne impulsive. Il avait tendance à réfléchir longuement, à peser le pour et le contre, à considérer les différentes preuves, options et avis avec son esprit critique. Il savait à quel point il était crucial pour l'avenir de Marta que le lieu où elle se trouvait soit divulgué ou découvert au bon moment et de la bonne manière.

La cloche annonçant la première heure de cours sonna. En sortant de l'atrium, je me retrouvai face à Max et Sylvia. On aurait dit que Max n'avait pas dormi de la nuit. Ses cheveux étaient ébouriffés, ses vêtements, froissés, et il avait des poches noires sous les yeux. Sylvia était plus soignée que jamais, mais sous son allure de star, elle avait l'air fatiguée.

— Salut, Rose, me salua Max.

— Salut, répondis-je avant de marquer une pause, ne sachant que dire. Ça va ?

— J'ai… j'ai été en meilleure forme. On vient d'avoir des nouvelles de Gin. Elle est encore en vie, ils pensent qu'elle va s'en sortir, mais elle… ils pensent… bégaya-t-il d'une voix brisée.

— Elle a peut-être des lésions cérébrales, expliqua Sylvia d'un air impassible.

— Comment ? m'exclamai-je en la fixant du regard.

— Tu as bien entendu, affirma Sylvia dont les yeux se mirent tout à coup à briller malicieusement. Alors, toujours aucun signe de ton amie lâche et sanguinaire ?

La rage bouillonnait en moi, comme de l'huile brûlante.

— Non, toujours pas, rétorquai-je. Et c'est un peu gonflé de ta part de parler de lâcheté, Sylvia, alors que tu as toi-même essayé de te défiler en rapportant des ragots concernant Lloyd et Max. Tu me dégoûtes.

Je vis le visage de Max s'assombrir, horrifié, et celui de Sylvia marqué par une furieuse humiliation. Je m'éloignai.

Je me rendis au cours de latin. Lloyd était absent. J'avais honte d'avoir accentué la souffrance de Max, mais le fait de révéler l'hypocrisie de Sylvia et de l'insulter avait, d'une certaine façon, apaisé la peur qui me torturait. M. Briggs nous fit faire la traduction d'un texte. Je m'immergeai immédiatement dans l'agréable rigidité de la langue qui me procura un instant de répit dans mes propres pensées. Je travaillais depuis environ quinze minutes lorsque j'entendis quelqu'un frapper à la porte.

— Entrez, dit M. Briggs.

Jolyon Astor fit irruption dans la pièce. Ses yeux sévères me trouvèrent presque instantanément.

— Je viens chercher Rose Lawson, déclara-t-il.

— Allez-y, Rose, alors, répondit M. Briggs en hochant sombrement la tête.

Je n'eus d'autre choix que de glisser les livres dans mon sac et de quitter la pièce.

Jolyon m'accompagna au rez-de-chaussée en gardant un visage impassible. Il ne m'adressa pas un mot et je ne lui parlai pas non plus. Je savais qu'il était inutile de chercher à savoir où nous allions ou ce que j'allais devoir affronter. Je sentis la tension monter en moi lorsque nous atteignîmes la galerie inférieure et que Jolyon s'arrêta soudain devant la porte de la vieille bibliothèque et frappa. Une voix répondit, nous invitant à entrer.

C'était la première fois que je me rendais à la vieille bibliothèque. En regardant autour de moi, je ressentis un pincement au cœur. Cette douleur, à la fois familière et amère, s'expliquait par un mélange de deux facteurs : la beauté et la peur. J'avais éprouvé cette sensation tant de fois à High Realms, entourée de ces vieux bâtiments et de ces terrains vallonnés qui s'étendaient à perte de vue. Cela m'arrivait à toutes sortes de moments : je marchais dans un couloir, je jouais au hockey ou j'étais assise à la chapelle quand une impression particulière se présentait – un rayon de lumière sur une pierre couleur miel, un accord d'orgue – et je me retrouvais transpercée par la beauté du lieu : son élégance austère, sa vétusté assumée, sa fière appartenance dans son environnement. J'étais frappée d'une puissante incrédulité à l'idée de pouvoir contempler cette beauté, non pas quelques minutes ou quelques jours, mais deux années entières. En même temps, cet émerveillement réveillait une profonde peur en moi. Face à une telle splendeur, je craignais, d'une certaine façon, qu'elle soit irréelle, comme une sorte de tour de passe-passe, qu'elle ne soit pas faite pour des gens comme nous – que l'on se moque de nous par le biais de l'esthétique pure. Je craignais qu'en nous bénissant de cette beauté, le monde ne doive nous prendre quelque chose en retour.

Ce fut exactement ce que je ressentis lorsque je franchis la porte de la vieille bibliothèque ce matin-là et que j'aperçus Lloyd et Sami assis à une grande table face au docteur Wardlaw, au major Gregory et à un troisième mag. Depuis les fenêtres à meneaux, on pouvait apercevoir les terrains de sport, les champs verdoyants et une partie du ruisseau Donny. Il y avait tant d'arbres, chacun teinté de différentes couleurs automnales : rouge, ocre, marron. Le ciel était dégagé, haut et lumineux. L'espace d'un instant, je sentis une lueur d'espoir m'envahir à l'idée que la situation puisse s'arranger. Nous serions raisonnables et aurions une approche stratégique. Nous trouverions un juste milieu pour défendre les intérêts de Marta tout en respectant sa vie privée. En même temps, j'étais terrorisée. La beauté de cette pièce était une menace. Elle me disait « *Fais attention. Regarde ce que tu peux perdre si ça se passe mal* ».

— Asseyez-vous, m'ordonna le docteur Wardlaw.

Je pris place sur la chaise vide entre Lloyd et Sami. Le docteur Wardlaw nous observa un moment.

— Merci de vous joindre à nous, dit-elle durement.

C'étaient les premiers mots qu'elle m'adressait depuis que j'étais ici.

Je hochai la tête, prenant conscience du fait que je ne savais pas depuis combien de temps Lloyd et Sami étaient dans cette pièce et ce qu'ils avaient pu déjà révéler. J'étais sur la défensive, un sentiment qui ne fit que s'intensifier lorsque le docteur Wardlaw fit un geste vers l'homme à sa droite.

— Voici le professeur De Luca, annonça-t-elle.

Je le dévisageai : je ne pouvais m'en empêcher. Je n'avais pas du tout imaginé le père de Marta comme ça. Il avait une soixantaine d'années, de fins cheveux gris et clairsemés ainsi qu'un visage émacié et profondément ridé. Un coin de sa bouche pendait désespérément d'un côté. Il portait une veste marron en velours côtelé par-dessus un pull ample tricoté et une chemise sans col.

— C'est toi, Rose ? demanda-t-il.

— Oui, affirmai-je, sentant la tension qui émanait de Lloyd et Sami.

— Tu partages une chambre avec Marta ?

— Oui, je suis sa meilleure amie.

Les mots me surprirent, mais je sus qu'ils étaient véridiques.

Le professeur De Luca hocha la tête, ses yeux gris s'attardant sur nous trois.

— Marta n'a jamais eu beaucoup d'amis auparavant, dit-il calmement avant de baisser le regard vers ses mains, ce qui me fit remarquer qu'il portait une alliance qui brillait. Je suis très inquiet pour ma fille.

Je le scrutai. Puis Lloyd se racla la gorge.

— On nous a dit que la police allait venir, intervint ce dernier, les yeux tournés vers le major Gregory qui évitait son regard.

— Ils sont en train de parler avec Sylvia Maudsley et le reste de la Patrouille des aînés, déclara froidement le docteur Wardlaw. Ils regroupent les faits concernant l'incident d'hier et établissent par où commencer les recherches pour retrouver Marta.

Il y eut un court silence. Je regardai par-dessus les têtes du docteur Wardlaw, du major Gregory et du professeur De Luca et vis des oiseaux planer dans le ciel au-dessus des collines. J'étais brusquement si effrayée que j'en avais la nausée.

—Nous espérons cependant qu'ils n'auront pas besoin de la chercher, ajouta soudainement le docteur Wardlaw d'une voix forte.

Nouveau silence.

— Qu'est-ce qui vous fait espérer cela ? demanda finalement Lloyd.

Le visage du docteur Wardlaw était crispé. Elle tenait un stylo-plume dans sa main. Je vis que les jointures de ses doigts étaient blanches.

— Nous espérons que vous serez en mesure de nous aider à découvrir l'endroit où se cache Marta. Si nous arrivons à la trouver et à l'amener à la police avant le début des recherches, elle sera peut-être traitée avec plus d'indulgence. Cela est valable également pour vous trois.

À nouveau, nous restâmes silencieux. Je baissai les yeux vers le tissu rêche et complètement froissé de ma jupe. Je me rendis compte que nous n'avions d'autre choix que de coopérer. Je m'apprêtais à parler lorsque le professeur De Luca prit la parole.

— S'il vous plaît, nous implora-t-il, la voix brisée par l'émotion, dites-moi ce que vous savez. Dites-moi où se trouve ma fille.

Je le regardai à nouveau, sous le choc. J'observai ses yeux pâles sous ses lunettes aux verres épais et je compris, sans pouvoir expliquer comment, qu'il savait : il savait que Marta se cachait pour l'éviter, que nous savions précisément où, et peut-être même pourquoi. Je vis son visage se décomposer et je ressentis un déroutant sentiment de compassion.

Puis Lloyd prit la parole. Ses mots tombèrent comme des pierres au milieu d'un étang trouble.

— Nous ne savons malheureusement pas où elle se trouve.

Je continuai de regarder mes genoux, déterminée à ne pas laisser transparaître ma surprise.

— Vous devez bien avoir une petite idée.

J'entendis le professeur De Luca parler, mais sa voix semblait lointaine, comme s'il se trouvait à des kilomètres de là.

— Non, objecta fermement Lloyd. On ne le sait pas. Comment pourrait-on le savoir ? Elle s'est enfuie en courant avant que l'on n'ait une chance de lui parler.

Le visage du professeur De Luca était déformé par la douleur et le chagrin.

— Vous êtes ses amis les plus proches, insista-t-il. Elle vous a forcément parlé. Ou raconté des choses.

— Non, objecta à nouveau Lloyd. Nous n'avons aucune idée de l'endroit où elle est allée.

Les épaules du professeur De Luca se mirent à trembler et des larmes coulèrent le long de ses joues. Il porta ses mains à son visage et haleta comme si le simple fait de respirer était douloureux.

— S'il vous plaît, nous implora-t-il. S'il vous plaît, *réfléchissez*. Il faut que je la retrouve, j'ai besoin d'elle…

Le docteur Wardlaw affichait une expression de dégoût. Elle ne fit aucun geste pour le réconforter : cet homme qui, à ses yeux, n'était sûrement rien d'autre qu'un père désespéré de retrouver sa fille unique portée disparue.

Elle ne savait rien – ne *voulait* rien savoir – de ce que je voyais dans ce comportement oppressant et intimidant qu'il avait à l'égard de Marta. Je me rendis alors compte que nous avions raison de ne pas révéler à ces gens l'endroit où elle se trouvait. Ils n'avaient aucune pitié. Ils ne se préoccupaient que de leur réputation. Hier, le docteur Wardlaw considérait Marta comme sa meilleure élève, mais aujourd'hui elle n'avait plus aucun intérêt à ce qu'elle soit traitée avec clémence par la police. Elle voulait qu'elle soit retrouvée pour ne pas avoir un élève porté disparu sur les bras, en plus d'un accident quasiment mortel. Elle savait que, dès que l'on mettrait la main sur Marta, l'enquête de la police se concentrerait sur cette dernière plutôt que sur High Realms.

— Vous pouvez partir, nous dit-elle en jetant un coup d'œil vers le père de Marta.

Nous nous levâmes et traversâmes la pièce, dont le parquet avait été soigneusement ciré, jusqu'à atteindre la porte. Mais lorsque Lloyd l'ouvrit, j'entendis une voix derrière nous, proche d'un gémissement.

— Rose.

Je me tournai. Le professeur De Luca se tenait debout. Il s'appuyait sur la table d'une main et tendait son autre bras vers moi. Pour la première fois, je vis qu'il était blessé ou invalide d'une certaine façon. Il ne pouvait tenir debout sans aide et son épaule gauche était étrangement affaissée.

— Vous y réfléchirez, Rose ? supplia-t-il d'une voix éraillée. Vous réfléchirez à l'endroit où elle peut se cacher ?

— Oui, acquiesçai-je.

D'une part, je ne savais que répondre d'autre et, d'autre part, aussi absurde que cela puisse paraître, je ne voulais pas amplifier son désarroi.

— Oui, je vais y réfléchir, je vous le promets…

— Elle représente tout ce que j'ai, ajouta le professeur De Luca. Tout ce qu'il me reste… Je savais qu'elle n'aurait jamais dû venir ici, je le savais.

À nouveau, sa voix se brisa et il sembla incapable de continuer à parler.

Je comptais retourner en cours mais Lloyd nous fit signe de le suivre vers Hillary. Nous nous dirigeâmes vers la chambre qu'il partageait avec Sami. Lloyd ferma la porte et poussa son bureau devant. Sami se dirigea directement vers la fenêtre.

— Ils ont commencé à la chercher, annonça-t-il doucement.

Je m'approchai de lui, le cœur battant la chamade. Sami pointa du doigt les terrains de gazon synthétique. Je vis trois policiers marcher à grands pas en direction du pavillon. Ils étaient accompagnés d'Alice Fitz-Straker et de son petit copain, tous deux membres de la Patrouille des aînés. *Elle n'irait jamais se cacher dans le pavillon, bande d'imbéciles*, pensai-je, mais ma satisfaction fut de courte durée. Je suivis le regard de Sami vers le cottage Drake, l'internat le plus proche des écuries. Une demi-douzaine de policiers étaient rassemblés devant. Horrifiée, je me retournai. Lloyd était en train de tirer un grand sac à dos de randonnée de sous son lit.

— J'ai quelques affaires dont on aura besoin, dit-il en sortant de son sac un duvet, un kit de premiers secours, un petit réchaud de camping et une bouteille de gaz propane.

— Où est-ce que tu as eu tout ça ? s'étonna Sami.

— Dans la réserve destinée au Prix international du duc d'Édimbourg[1], expliqua Lloyd. La pièce est remplie

1. Prix visant à encourager les jeunes à acquérir des compétences et des habitudes de vie positives.

d'affaires – ils ne remarqueront rien. Mais il faut qu'on lui prenne quelques vêtements…

— Lloyd, le coupai-je. Je croyais que tu voulais que Marta se rende.

Il hésita, tripotant les boutons du réchaud.

— C'est ce que je voulais, répondit-il sans me regarder. Mais j'ai changé d'avis.

— Pourquoi ?

— Pour deux raisons, déclara-t-il d'un air grave avant de finalement relever la tête du bord de son lit où il était assis. Tu as raison, Rose.

— À propos de quoi ?

— Du fait que tout ça est arrivé par ma faute, expliqua-t-il calmement, malgré la tension dans sa voix. Si je n'avais pas… vous savez… si Max et moi… (Il prit une grande inspiration.) Si on ne s'était pas rapprochés pendant la Nuit du pont, si je n'avais pas autant énervé et blessé Genevieve, on n'en serait pas là à l'heure actuelle. Genevieve ne s'en serait pas prise à Marta. Et Marta n'aurait pas essayé de prendre ma défense dans l'escalier. Elle n'aurait pas giflé Genevieve.

Je suivis sa réflexion et ne pouvais nier la véracité de ses propos. Je savais aussi qu'il était inutile de le traiter avec condescendance en le rassurant d'une quelconque manière.

— C'est quoi, la deuxième raison ? demanda Sami d'un ton froid.

Lloyd haussa les épaules.

— Ça va être difficile de l'expliquer sans rentrer dans des détails qui ne vous intéresseraient pas, mais… répondit-il avant d'expirer brièvement et de regarder autour de lui, l'air hésitant. On a pris des décisions concernant ma vie sur lesquelles je n'avais aucun contrôle. On m'a déplacé de foyer en foyer… À neuf ans, on m'avait déjà changé trois fois d'école. Ils m'ont fait redoubler une année, car j'étais si peu allé en cours qu'ils pensaient que j'étais stupide. Je n'ai jamais vraiment eu d'occasion de me faire des amis ou de me rapprocher de quiconque. Et quand c'était le cas, je devais me séparer d'eux aussitôt. Ce n'était pas juste. (Il déglutit et rentra ses mains dans les manches de son pull.) Je ne peux pas faire vivre ça à Marta. Comme tu l'as dit Sami, elle adore être ici. Elle ne veut pas partir. Je veux l'aider à y rester.

Nous restâmes tous les trois assis en silence. Je repensai à ce que Marta avait dit à Lloyd ce matin-là, à quel point Lloyd était énervé lorsqu'il était sorti de la salle de l'horloge. Je pensai à la police qui parcourait le domaine et à Marta, terrorisée.

— Et c'est quoi le plan du coup ? demandai-je finalement en regardant les affaires éparpillées sur le lit de Lloyd. Elle ne pourra pas rester cachée longtemps dans la tour. La police va finir par la trouver.

— Je n'en suis pas si sûr, objecta-t-il en haussant les épaules. La Patrouille des aînés et les gardes n'ont pas réussi. J'ai l'impression qu'il n'y a pas tant de gens au courant de l'existence de cette pièce. Avec un peu de chance, je pense qu'on peut protéger Marta quelques jours – peut-être même faire diversion en mettant la police sur une fausse piste… Comme ça, on gagne un peu de temps avec elle et on peut essayer de trouver une solution pour son père.

Il y eut un court silence.

— Il n'était pas comme j'imaginais, dit finalement Sami.

— Oui, acquiesça Lloyd avant de marquer une pause. Écoutez, je n'ai pas vraiment de plan à proprement parler. Mais je veux que Marta ait la possibilité de choisir. Je pense qu'elle le mérite.

Je regardai l'étagère au-dessus du lit de Lloyd. À l'inverse de celle de Sami qui était remplie de photos de ses parents et de ses sœurs, il n'y avait que des livres de musique et un document encadré dont l'en-tête était marqué du symbole de High Realms. Je reconnus la lettre qu'on nous avait envoyée pour nous attribuer la Bourse du millénaire. Le cadre brillait tant il avait été astiqué. Je baissai le regard vers la pile d'affaires que Lloyd s'était procurées. Il voulait s'intégrer à High Realms, encore plus que moi. Et pourtant, il était prêt à tout risquer pour Marta.

— Qu'est-ce que tu en penses, Rose ?

Lloyd jeta un coup d'œil par la fenêtre. Je sus que nous n'avions que très peu de temps.

— OK, déglutis-je. Faisons ça.

— Sûre ?

— Oui.

Ensemble, nous fîmes trois piles avec les affaires que Lloyd avait ramenées de la réserve. Nous en prîmes chacun une dans nos sacs respectifs. Puis Lloyd se tourna vers Sami.

— Je peux mettre ça dans ton sac ?

— Oui, affirma Sami d'une voix plus calme qu'à son habitude.

— Tu es d'accord avec notre plan ?

— Oui, répéta Sami. J'imagine. (Il se mordit la lèvre.) Du coup, Lloyd… Max et toi, vous êtes…

— On est quoi ?

— Ben, tu sais…

— Non, je ne sais pas. Arrête d'être si faussement pudique.

— Ben… vous êtes en *couple* ? Ou est-ce que vous vous fréquentez juste ?

— Oh, dit Lloyd en regardant Sami comme s'il s'attendait à une question complètement différente. Je ne sais pas trop… Les choses se sont un peu compliquées.

Je pensais que c'était un euphémisme évident, mais Sami hocha la tête. Lloyd me jeta un regard.

— Je tiens beaucoup à lui, ajouta-t-il doucement. Ça m'a pris par surprise.

— Je vois, répondit Sami en hochant à nouveau la tête.

— Bon, reprit Lloyd en mettant son sac rempli sur le dos. Est-ce que ça te va ? (Il fixa Sami de ses yeux marron foncé.) Parce que si ce n'est pas le cas, mon pote, il faut le dire maintenant.

— Ça me va, répliqua Sami au bout d'un moment avant de fourrer la pile d'affaires dans son sac. Allons-y.

Nous quittâmes la pièce.

11

Les vingt-quatre heures qui suivirent notre conversation dans la chambre de Lloyd et Sami se déroulèrent étrangement sans incident. Nous ne fûmes convoqués ni par la police ni par personne d'autre. Et nous ne vîmes ni le père de Marta, ni le major Gregory, ni le docteur Wardlaw. Les policiers passèrent le domaine au peigne fin jusqu'à la tombée de la nuit. Puis ils firent une pause dans leurs recherches. Juste après la fin de l'étude, un éclair éclata dans le ciel au-dessus de High Realms. Affrontant le vent et la grêle, Sami et moi courûmes jusqu'à la tour de l'horloge pour apporter les affaires à Marta. Nous avions conclu qu'il était trop risqué d'y aller à trois et, après la dispute qu'il avait eue avec elle ce matin-là, Lloyd avait accepté de ne pas venir. Nous ne savions pas dans quel état nous allions la retrouver.

Elle était mal en point. Nous ne pouvions pas rester longtemps, car nous savions que Gerald viendrait bientôt voir les chevaux. Notre amie était pâle et tremblait. Sa cheville était enflée et elle avait une affreuse coupure sur son tibia. Elle disait qu'elle avait trébuché et était tombée après avoir sauté les marches de l'école. Selon elle, c'était à ce moment-là qu'elle s'était coupé et foulé la cheville. Je regardai aux alentours pour voir s'il y avait un quelconque outil qu'elle aurait pu utiliser pour s'infliger elle-même cette blessure, mais Marta me vit faire et devina mon intention. Elle se mit rapidement en colère, élevant la voix jusqu'à représenter un danger. Nous dûmes partir avant que quelqu'un ne l'entende.

Nous passâmes ensuite le reste de la soirée normalement. En ce qui me concerne, je fis une nuit quasiment blanche. J'étais si fatiguée que je n'allai pas aux corvées du matin. Je réussis finalement à m'octroyer trois heures de sommeil entre six heures et neuf heures. Je fus réveillée par la sonnerie insistante de la cloche du cloître. J'enfilai mon uniforme à la hâte et me précipitai en direction de la chapelle. J'arrivai en retard, pile au moment où les accords du premier hymne retentirent. Je fus étonnée de voir Max et Lloyd dans la tribune d'orgue, comme à l'accoutumée. Le visage de Max, bien que pâle, avait retrouvé de son énergie habituelle tandis qu'il martelait les touches. Je peinai à rester éveillée durant toute la cérémonie. Des prières interminables furent prononcées à l'intention de Genevieve, mais nous n'eûmes aucune nouvelle concernant son état.

En sortant de la chapelle, j'errai vers la maison principale avec la ferme intention d'aller m'enfermer dans ma chambre à Hillary et d'essayer de gagner quelques heures de sommeil. Ensuite, je retournerais à la tour de l'horloge pour parler à Marta quand tout le monde prendrait le déjeuner du dimanche. Alors que je grimpais les marches qui menaient à l'atrium, j'entendis quelqu'un crier mon nom. Je me tournai et aperçus Bella qui se tenait debout dans la grande allée. Elle portait sa tenue de hockey sous sa toge de la Patrouille des aînés, sans doute pour respecter en partie le code vestimentaire exigé à la chapelle.

— Tu vas où comme ça ? cria-t-elle.

— À Hillary, répondis-je.

— Oh que non, rétorqua-t-elle en montant les marches à grands pas pour s'approcher de moi. On joue contre Shrewsbury dans quinze minutes. Va te changer.

Je grognai intérieurement. J'avais complètement oublié le match. Avant l'incident de l'Eiger, Bella m'avait répété pendant plusieurs jours qu'elle comptait sur moi pour marquer dès les premières minutes afin de nous donner l'avantage rapidement.

— Crois-moi, je préférerais ne pas te faire jouer si je le pouvais, renchérit-elle d'une voix sévère, son visage rouge presque collé au mien. Mais l'équipe a besoin de toi pour gagner, alors fais en sorte d'être à la hauteur. Notre petite *sauveuse de vie.*

Elle s'éloigna vers les gazons synthétiques en trottinant. Je la regardai partir, incapable de comprendre pourquoi elle était agacée par le fait que Sami et moi avions aidé Genevieve. Jusqu'à maintenant, Bella s'était montrée légèrement moins hostile envers moi que le reste de la Patrouille des aînés, une clémence qui semblait entièrement due à mes talents de hockeyeuse. De manière générale, elle avait l'air moins investie que les autres dans l'étrange système qui régissait High Realms, reposant sur la loyauté, la rancune et la vengeance. Cependant, elle était complètement obnubilée par les Jeux.

Je rejoignis l'équipe Premier XI sur le gazon synthétique après avoir enfilé ma tenue à la hâte dans les vestiaires vides. Je vis Sylvia à l'écart du reste du groupe, le visage cireux. Elle avait l'air épuisée. Bella nous fit le briefing d'avant-match tout en lui jetant plusieurs regards sévères tandis qu'elle me regardait avec une certaine colère.

L'équipe de Shrewsbury s'avança sur la pelouse. Les entraîneurs parcoururent les alentours du regard, cherchant des professeurs de notre école, mais il n'y en avait aucun : les Jeux extrascolaires à High Realms étaient présidés par Bella et les capitaines d'équipe. Aucun mag ne s'en occupait. J'observai l'équipe adverse s'échauffer : les joueuses semblaient fortes et antipathiques. Je jetai un coup d'œil vers le pavillon et vis Sami, vêtu de sa veste cirée et de son écharpe de l'école, s'installer sur un banc sous l'auvent. Il me fit un signe de la main.

Lorsque le match commença, je sus immédiatement que je n'avais pas sous-estimé la force de Shrewsbury. Les joueuses ne transgressaient pas les règles, mais à côté, nous avions l'air faibles – ce qui n'était pas rien étant donné que notre équipe était connue pour sa brutalité. Pire que tout, je m'aperçus à quel point je comptais sur l'agressivité pure et dure pour tacler et marquer. Leur coach, qui jouait le rôle d'arbitre, siffla faute sur faute et nous fit écoper de nombreuses pénalités. Elle contestait les cris de protestation de Bella en citant calmement le règlement.

J'étais exténuée et ne ressentis pas l'euphorie que me procurait généralement le hockey. Je ratai des interceptions et manquai des tirs faciles. À chaque coup de sifflet, je sentais sur moi le regard sévère de Bella. Je savais que j'allais être punie pour cet échec cuisant. Un terrible sentiment familier de peur commença à monter en moi.

Sylvia jouait mal également. Ce fut elle qui fut réprimandée le plus de fois par l'arbitre. Je jetai un coup d'œil vers Sami dont le visage rond affichait une expression maussade et anxieuse. Je sursautai lorsque je vis qu'il avait été rejoint par le professeur De Luca qui regardait également le match, sa canne posée contre l'accoudoir du banc.

Alors, ma colère n'eut plus de limites. Le fait de voir le père de Marta assis là, en toute impunité, après le mal qu'il avait causé, me rendait folle de rage. Je me lançai à la poursuite d'un milieu de terrain de Shrewsbury, j'interceptai la balle et courus de toutes mes forces jusqu'à la ligne de but. La fureur coulait dans mes veines. Lorsqu'une défenseuse se dressa devant moi, je ne ralentis pas et continuai de me précipiter dans sa direction. Elle était plus costaude que prévu. Elle me poussa sur le côté avec force. Je continuai à avancer, mais elle riposta en plantant sa crosse sous mon pied. Je trébuchai et tombai. Ma joue heurta le sol et le gazon râpa mon visage. Un coup de sifflet retentit.

J'essayai de m'asseoir, mais un tiraillement me transperça l'épaule, ce qui m'obligea à retomber au sol. Je sentis du sang chaud couler le long de mon visage. Une vive douleur me parcourut la peau. Allongée sur le côté, je vis deux jambes musclées et bronzées courir vers moi. Le visage de Sylvia apparut dans mon champ de vision. Je sentis sa main chaude sur mon bras qui n'était pas blessé.

— Ça va ? murmura-t-elle.

Je hochai la tête, abasourdie par la douleur. Sylvia fit signe à Bella de venir. Cette dernière était en train de courir vers nous depuis l'autre bout du terrain.

— Elle saigne, il faut la faire sortir, déclara Sylvia avant de se retourner vers moi, son corps me bloquant la vue, ce qui m'empêchait de voir les autres joueuses. Il faut que tu comprennes ce qui s'est passé durant la Nuit du pont, me chuchota-t-elle.

Puis Bella la poussa et s'accroupit pour regarder ma blessure.

— Bon sang, jura-t-elle.

Elle releva les yeux vers Sylvia. Je fis de même. Elle affichait un air si préoccupé que j'y décelai une certaine tendresse. Bella baissa à nouveau le regard vers moi.

— Ce match est fini, annonça-t-elle.

Elle se mit debout en enfonçant son genou dans mon estomac.

La douleur était accablante. Prise de haut-le-cœur, je me recroquevillai en boule sur le sol. L'arbitre arriva vers nous et me regarda, choquée.

— Mais qu'est-ce…

Bella s'éloignait déjà, traversant le terrain à grandes enjambées. Alors qu'elle ouvrait le portillon, elle se retrouva face à Sami qui courait vers moi.

— Allez, viens, murmura-t-il en m'aidant à me remettre sur pied.

Je regardai tour à tour mes coéquipières qui m'encerclaient, Sylvia qui affichait désormais un air impassible et l'arbitre, perplexe.

— Quel comportement déplorable, s'emporta cette dernière en secouant la tête.

C'était une belle femme, sportive, proche de la quarantaine. Elle portait un jogging du club de Shrewsbury.

— Je n'ai jamais vu ça. J'annule ce match. Shrewsbury, venez avec moi.

Sami plaça sa main sous mon bras et m'aida à marcher jusqu'au portillon. Alors que nous le franchissions, je vis le professeur De Luca m'observer depuis l'auvent. Je croisai son regard un instant avant de m'éloigner en boitant avec Sami.

Sami m'emmena au San. Je n'avais pas envie d'y aller, mais mon visage saignait abondamment et le seul kit de premiers secours que nous avions se trouvait à la tour de l'horloge. À un moment, je dus m'appuyer contre le mur arrière du bloc de sciences, prise de haut-le-cœur.

Je me tournai vers Sami qui me regardait. Il me tendit un mouchoir.

— Quand le docteur Reza te soignera, essaye de prendre quelques affaires et des lingettes antiseptiques en plus.

— Pourquoi ?

— Pour la coupure sur la jambe de Marta. J'ai peur que ça s'infecte. La tour de l'horloge est si sale.

Je l'observai alors qu'il reculait et vis à quel point il semblait troublé. *Il sait ce qui s'est passé*, pensai-je. Je m'apprêtai à le lui demander lorsqu'il ajouta :

— Le père de Marta m'a demandé comment ça se passait à l'école pour elle avant l'incident avec Genevieve. Je lui ai répondu qu'elle était plus intelligente que nous tous réunis.

Nous atteignîmes l'Hexagone. C'était l'heure du déjeuner et des dizaines d'élèves passaient sous le porche, vêtus de leurs plus belles tenues du dimanche : vestes de sport, cravates à motif cachemire, jupes et chaussures brillantes. Ils bavardaient sous le soleil automnal, nous décochant à peine un regard malgré le sang qui dégoulinait sur mon visage. Je ne pouvais me retenir plus longtemps.

— Dis-moi ce qui s'est passé lors de la Nuit du pont. Tu connais toute l'histoire, non ?

— Je voulais t'en parler avant, mais Marta m'avait demandé de ne pas le faire, répondit Sami en me scrutant de ses yeux marron.

— Dis-le-moi, Sami.

Il prit une grande inspiration.

— Je suis allé dans les bois parce que je m'inquiétais sincèrement pour Marta. Je l'ai trouvée plutôt rapidement. Elle était assise par terre, toute seule, expliqua-t-il avant de marquer une pause. Elle m'a dit qu'elle était avec Lloyd, mais qu'il avait entendu un bruit et était allé voir d'où ça venait. Et n'était pas revenu depuis. Je lui ai proposé de partir. Mais elle ne voulait pas.

— Pourquoi ?

— Elle voulait attendre Lloyd. Il lui avait dit de rester là où elle était. Donc je me suis assis pour attendre avec elle dans cette drôle de petite clairière. Mar tremblait comme une feuille. Tu sais, elle portait seulement une robe, celle que tu lui avais prêtée.

Je hochai la tête, me rappelant la voir remonter péniblement la berge avec moi.

— Lloyd ne revenant toujours pas, j'ai à nouveau essayé de la convaincre de venir avec moi. J'ai dit que je t'avais laissée seule et que tu allais t'inquiéter. Ça a marché et on s'est mis en route. Mais c'est à ce moment-là que j'ai aperçu Lloyd et Max derrière un arbre.

— Ils s'embrassaient, fis-je remarquer.

— Pas seulement, rétorqua Sami d'un ton amer. J'ai entendu Lloyd rigoler. J'ai essayé de faire changer Marta de direction, mais c'était trop tard. Elle les a vus. J'ai tiré sur son bras, mais elle n'a pas bougé d'un pouce. Puis j'ai regardé autour de moi, poursuivit-il d'une voix fatiguée. Et j'ai vu Genevieve. Elle se tenait légèrement en retrait et observait Lloyd et Max. (Il cligna des yeux, guettant ma réaction.) Je pensais qu'elle serait énervée, mais elle ne l'était pas. Elle ne semblait... même pas triste. Mais plutôt effrayée.

— Qu'est-ce qui s'est passé après ? demandai-je en déglutissant.

— Max nous a vus. Il est parti en courant et Genevieve l'a suivi. J'ai essayé de convaincre Marta de s'en aller aussi, mais ensuite Lloyd est sorti de derrière l'arbre. Il a commencé à dire un tas de choses à Mar, comme quoi il comptait revenir, qu'il l'aimait vraiment bien, que ça n'avait rien de *personnel*, retranscrit-il d'une voix désormais acerbe. Marta pleurait. Je voulais... la réconforter, mais elle... elle m'a repoussé. Elle m'a dit qu'elle allait bien, que la seule façon de l'aider était de ne le raconter à personne, même pas à toi. Elle a dit pareil à Lloyd, puis elle est partie en courant. Je suis resté avec Lloyd et je lui ai dit ce que je pensais de son comportement.

Je ne savais pas comment réagir. *Pourquoi n'avais-je pas posé la question plus tôt ?* me demandai-je. Mais Sami secoua la tête, comme s'il avait lu dans mes pensées.

— Je ne t'aurais rien dit, m'assura-t-il. C'était peut-être stupide de ma part, mais je ne voulais pas briser la confiance de Marta. Je sais ce que ça fait de vouloir garder des choses pour soi. Et je ne pensais pas que Max et Lloyd continueraient de se voir, pas tant que Genevieve était dans les environs. Mais parfois, quand je me réveille au milieu de la nuit, je vois que Lloyd n'est pas dans son lit…

Sa phrase resta en suspens.

Je ne savais pas quoi dire. Il y avait un élément de l'histoire qui me perturbait profondément. J'avais eu exactement la même interrogation la veille dans le bureau du major Gregory lorsque j'avais appris que Lloyd et Max se fréquentaient.

— Pourquoi est-ce que Genevieve accuse Marta ? Pourquoi pas Max ? C'est lui qui l'a trahie.

Sami soupira.

— Lloyd m'a raconté quelques trucs à propos de Genevieve et de Max. Max a raconté à Lloyd à quel point ses débuts à High Realms étaient difficiles pour lui… Apparemment, tout le monde considérait que sa bourse d'orgue était pathétique. Ils l'ont torturé, ajouta-t-il calmement. Lloyd dit que les choses ont commencé à changer après le décès de la sœur de Genevieve. Elle a fait une sorte de dépression. Elle ne parlait plus, ne mangeait plus. Ses parents ne voulaient pas qu'elle retourne chez elle. Sylvia est restée à ses côtés, mais les autres ont fini par se lasser au bout d'un moment… C'est là que Max a saisi l'occasion et s'est mis à traîner avec elle. Il a joué de l'orgue à l'enterrement de Persie. Genevieve a commencé à… lui faire confiance, j'imagine. Il l'enveloppait de toute cette gentillesse et ils sont tombés amoureux. Ou plutôt, *elle* est tombée amoureuse.

— Alors pourquoi elle n'en a pas voulu à Lloyd ?

— Elle lui en veut, Rose. Elle le déteste, déclara-t-il avant de marquer un temps d'arrêt, l'air sincèrement triste. Je ne suis pas certain à cent pour cent de ce qui s'est passé sur les marches de l'Eiger. Mais je pense que Max a essayé de rompre avec Genevieve et qu'elle était dévastée. Elle est sûrement partie chercher Lloyd et est tombée sur Marta en premier. Elle a dû dire quelque chose à propos de Lloyd et Marta l'a défendu. Elle s'est dit que Marta était une cible facile, mais cette dernière ne voulait pas que l'on dise du mal de Lloyd, malgré ce qu'il avait fait.

Les yeux de Sami étaient emplis de larmes.

— Rose ?

Je me retournai. Le docteur Reza était en train de marcher vers nous, fixant du regard mon visage ensanglanté.

— Qu'est-ce qu'il t'est arrivé ?

— J'ai… j'ai eu un accident de hockey, répondis-je, bouleversée par ce que je venais d'apprendre.

Mais le docteur Reza baissa le regard vers ma main qui était appuyée contre mon estomac douloureux.

— Viens avec moi, dit-elle. Sami, va prendre ton déjeuner.

Je la suivis à contrecœur à travers l'Hexagone, essayant de cacher la douleur qui me tiraillait. La tour de l'horloge s'élevait au-dessus des autres bâtiments, ses briques rouges contrastant avec le ciel bleu. J'avais envie de quitter le San le plus vite possible afin de passer voir Marta avant la fin du déjeuner. Ce que j'avais appris grâce à Sami n'avait que renforcé mon envie de la voir rapidement.

Le docteur Reza poussa la porte en verre du San. L'intérieur du bâtiment était plongé dans la chaleur et le calme. Les infirmières de l'école entraient et sortaient des petites salles. Le docteur Reza insistait pour que les élèves restent au San lorsqu'ils étaient malades, estimant – à juste titre – qu'ils ne seraient pas correctement soignés au sein des différents internats de l'école. Elle ferma la porte de son bureau derrière nous et me fit signe de m'asseoir sur la table d'examen.

— Laisse-moi y jeter un coup d'œil, dit-elle en tournant mon visage vers la lumière.

J'essayai de rester tranquille, mais la nausée contre laquelle je luttais depuis l'incident de l'Eiger se faisait de plus en plus ressentir. Elle avait été déclenchée par plusieurs révélations. Non seulement j'étais la seule personne de mon groupe d'amis à ne pas avoir été au courant pour Lloyd et Max, mais en plus je venais d'apprendre que Marta avait voulu rester dans les bois avec Lloyd et que Sami avait par-dessus tout souhaité retrouver Marta. Des liens forts s'étaient tissés entre eux et je n'étais au courant de rien. Je me sentis stupide de ne pas m'être méfiée : j'étais naïve et immature. Mon estomac se révulsa. Je plaquai ma main contre ma bouche, mais c'était trop tard. Je vomis tout sur le tapis.

Le docteur Reza plaça sa main sur mon dos, entre mes épaules. Lorsque j'eus fini de vomir, elle attrapa un verre d'eau et quelques mouchoirs.

— Viens par là, intima-t-elle en me conduisant vers le canapé qui se trouvait au niveau de la baie vitrée. Je vais nettoyer ces plaies. Ça va piquer un peu, attention. (Elle tapota le côté de mon visage blessé avec une lingette antiseptique.) Tu as fait la guerre, dis donc.

J'étais incapable de la regarder. J'étais complètement effrayée, non seulement pour Marta, mais aussi pour moi. J'avais peur des tortures que Bella serait capable de me faire subir. Et j'étais soudainement inquiète à l'idée de ne savoir que peu de choses au sujet de mes amis. Ce n'était pas la première fois que je pensais à la vie que j'aurais si je quittais High Realms : retourner à Londres, dans l'appartement chaleureux de Hackney, dans mon école normale et tout à fait correcte qui finissait à quinze heures trente tous les jours et était fermée le week-end.

Je ne sais pas ce que le docteur Reza lut dans mon regard cet après-midi-là, mais elle ne me posa aucune question. Elle ne me demanda ni comment je m'étais blessée, ni pourquoi je n'étais pas venue lui raconter ce que je savais à propos de Marta. Elle continua de soigner les coupures sur mon visage tout en essuyant les quelques larmes que je ne pouvais retenir, sans faire de remarque. Dans le silence qui régnait entre nous, j'avais l'impression que je pouvais lui révéler toutes sortes de choses, lui demander toute l'aide du monde, mais dès que je cherchais les bons mots, ma gorge se nouait à cause de la peur et de l'émotion et je restais sans voix. Finalement, je réussis à demander :

— Comment va Genevieve ?

Le docteur Reza mit un pansement sur ma joue, là où la coupure était la plus profonde.

— Elle est consciente.

— Et est-ce que… commençai-je, mais je n'eus pas le temps de finir ma phrase.

— Il est trop tôt pour déterminer si elle a subi des lésions cérébrales, répondit-elle avant de marquer une pause. En ralentissant le saignement de la blessure à sa tête le plus tôt possible, il est très probable que Sami et toi lui ayez sauvé la vie.

— Vraiment ? m'exclamai-je en la fixant du regard.

Le docteur Reza hocha la tête. Puis elle baissa les yeux vers mon bras que je tenais appuyé sur mon estomac pour essayer de faire taire la douleur.

— Ce matin, j'ai assisté à la réunion de la Patrouille des aînés pour leur donner des nouvelles de Genevieve. Je leur ai dit ce que je viens de te dire. Je pensais que ça t'aiderait à faire face aux difficultés que tu pourrais rencontrer. (Elle fit à nouveau une pause.) Je suis sincèrement désolée si j'ai mal évalué la situation.

Je ne trouvai pas de réponse. Le docteur Reza se leva et se dirigea vers le lavabo dans le coin de la pièce pour se laver les mains. Mon estomac se révulsa et pendant quelques secondes, j'eus envie de bondir et de lui hurler dessus pour lui rappeler qu'elle n'avait pas à se mêler de mes affaires. Puis, une image me revint en mémoire : Sylvia plaçant sa main chaude sur mon épaule en me regardant, l'air profondément inquiète.

Quelqu'un frappa à la porte.

— Entrez, dit le docteur Reza.

Un infirmier passa sa tête dans l'entrebâillement.

— Désolé de vous interrompre, s'excusa-t-il. La police est là. Ils voudraient parler à Rose dès maintenant.

Je sentis la nausée me nouer à nouveau l'estomac. Je déglutis et jetai un coup d'œil vers le docteur Reza. Elle me regarda en retour. Aujourd'hui, je me demande si elle vit la lueur de panique et de culpabilité dans mes yeux. Et si elle devina alors – si ce n'était pas déjà fait avant – que je savais où se trouvait Marta. Si ce fut le cas, elle ne le montra pas. Elle n'essaya pas non plus de me protéger de la police. Elle hocha simplement la tête, essuya ses mains avec un essuie-tout et me fit signe de la suivre en dehors de la pièce.

12

La police s'était installée dans l'école de musique qui se trouvait du côté opposé de l'Hexagone. Je redoutais sa proximité avec la tour de l'horloge, mais je n'avais pas le temps de m'attarder sur cette question. Un jeune officier me fit traverser l'Hexagone et entrer à l'intérieur du bâtiment où se trouvait un grand piano Steinway. Puis nous montâmes l'escalier jusqu'à une petite pièce au premier étage. La plupart des élèves étaient encore en train de déjeuner, mais depuis le couloir je pouvais entendre un léger son de clarinette ainsi qu'une autre personne qui faisait ses gammes sur un violon.

— Eh bien, s'exclama une voix enjouée dès que je franchis le seuil de la salle de répétition 1. Un autre soldat blessé !

Je souris faiblement. La remarque avait été faite par un homme, grand, d'une cinquantaine d'années, à l'air aimable. Il portait l'uniforme de la police du Devon et de Cornouailles. Il était accompagné d'une officière de police plus jeune dont le visage était charmant, mais qui semblait plus maligne.

— Assieds-toi, m'ordonna l'homme en désignant une chaise.

Il n'y avait que quelques meubles dans la pièce : un piano droit, quelques pupitres et deux chaises qui avaient probablement été ramenées du couloir.

— Je suis le sergent Barnes, se présenta-t-il en se balançant légèrement sur ses pieds. Voici ma collègue, l'agent Werrill.

— Bonjour, les saluai-je, pensant qu'il serait préférable de se montrer aimable.

Au-delà de ça, je n'avais aucun plan. Je m'assis en me forçant à sourire.

— Je suis Rose Lawson. Maison Hillary, dis-je machinalement.

— Très bien, répondit jovialement le sergent Barnes en s'asseyant sur le tabouret de piano avant de désigner ma tenue de hockey et mon visage égratigné d'un geste du menton. Je vois que tu as été bien occupée !

Je hochai la tête, essayant de comprendre s'il insinuait que je ne devrais pas continuer de vivre comme si de rien n'était au vu des circonstances. Puis, je me souvins que ces officiers de police n'essayaient probablement pas de me prendre en défaut et que je devrais être capable de garder un temps d'avance sur eux dans tous les cas.

— Oui, acquiesçai-je. On avait un match de hockey ce matin, mais je suis tombée.

— Mince alors, fit le sergent Barnes. Au moins, ça a dû te permettre de penser un peu à autre chose. J'imagine que cette situation doit être un peu perturbante pour toi, non ?

— Oui, affirmai-je avec sincérité.

— C'est pour ça qu'on est là, Rose, expliqua le sergent Barnes en me regardant d'un air bienveillant. On voudrait revenir sur ce qui s'est passé, pour essayer d'apaiser les esprits de tout le monde. Et pour ce faire, on aimerait parler à ton amie Marta, mais il semblerait qu'elle ait disparu. Elle est introuvable sur tout le campus !

— Euh… oui, dis-je.

— C'est pour ça qu'on s'est dit qu'on allait discuter avec toi et tes amis – Lloyd et Sami, c'est ça ? – de ce qui s'est passé vendredi et voir si vous avez une quelconque piste pouvant nous mener à l'endroit où Marta aurait pu se cacher. On est d'accord que tu ne sais pas où elle se trouve ?

— Non, aucune idée, répondis-je distinctement. On a essayé d'y réfléchir, mais on ne trouve rien.

Formuler le mensonge à voix haute était différent de l'entendre dans la bouche de Lloyd. Il semblait plus difficile à révoquer. L'agent Werrill sortit son carnet.

— C'est bien que vous ayez essayé de chercher, fit remarquer le sergent Barnes en croisant les bras. Donc Rose, ni toi ni tes amis n'avez une idée de l'endroit où Marta pourrait être partie ?

— Non.

— Il n'y a pas un lieu dont elle aurait parlé, par exemple, où elle aurait pu essayer de se rendre ? tenta de me persuader le sergent Barnes.

— Non, objectai-je plus fermement qu'avant.

L'agent Werrill nota quelque chose.

— Est-ce que tu as vu ce qui s'était passé vendredi, Rose ? demanda le sergent Barnes en me regardant, l'air pensif.

— J'étais là, répondis-je après un moment. Mais je n'ai pas vu ce qui s'était passé.

— Je vois.

Il me scruta un instant. Je remarquai alors une faible lueur de perspicacité derrière son air enjoué.

— Mais tu étais certainement déjà au courant du conflit qui opposait Marta et Genevieve Lock ?

Il partait du même principe que les mags de High Realms. Je restai sur mes gardes, décidant de minimiser les choses le plus possible.

— Pas vraiment, dis-je en essayant de me donner un air désinvolte.

— Ah bon ? s'étonna le sergent Barnes.

Il fronça les sourcils et son expression bienveillante et pleine de curiosité se durcit légèrement.

— Tu es certaine de ça, Rose ? Le chef de ta maison nous a dit que tu étais la meilleure amie de Marta.

— Eh bien, commençai-je, me sentant quelque peu perdue. Je le suis, je crois. Mais je ne... Ce n'est pas...

Je jetai un coup d'œil vers l'agent Werrill qui griffonnait à nouveau quelque chose dans son carnet. La peur me glaça le sang lorsque je me rendis compte qu'il m'avait prise sur le fait. En faisant preuve de complaisance, je m'étais montrée imprudente.

Avant même que le sergent Barnes ne reprenne la parole, je devinai ce qu'il allait dire.

— On a parlé avec ton ami Lloyd tout à l'heure. Il a l'air de penser que Marta serait peut-être partie à Oxford ou à Cambridge. Il a dit qu'elle vous avait parlé de sa fascination pour ces lieux. Est-ce que c'est vrai ?

« *Peut-être même faire diversion en mettant la police sur une fausse piste...* »

— Ah oui, répondis-je, essayant de donner l'impression que je venais tout juste de me le rappeler. Oui, c'est vrai. Elle a parlé de ça.

— Ah, dit le sergent Barnes. Très bien.

L'agent Werrill et lui me regardaient désormais, l'air sérieux, les bras croisés.

— Donc, ajouta le sergent Barnes en me fixant droit dans les yeux, tu penses que je devrais contacter mes collègues qui travaillent dans ces villes, n'est-ce pas, Rose ? Leur demander d'avoir l'œil sur ton amie ? Et d'envoyer des agents de police aux arrêts de bus et dans les gares au cas où elle arriverait là-bas ? Cela représente beaucoup de moyens, mais je suis certain que tu aimerais qu'on la retrouve, n'est-ce pas ? Je suis sûr que tu comprends qu'on a besoin de lui parler.

Mon corps était trempé de sueur. Je sus alors que j'avais sous-estimé la police. Ma suffisance insouciante, qui me poussait à croire que j'étais la plus intelligente, m'avait conduite à ouvrir un gouffre de contradictions entre les preuves de Lloyd et les miennes. Nous serions chanceux si nous n'étions pas démasqués avant la fin de la journée.

— Oui, affirmai-je en essayant de croiser le regard du sergent Barnes tandis que je m'apprêtais à conter un nouveau mensonge. Oui, je veux que vous la retrouviez.

Ils me libérèrent peu de temps après. Je lus dans leur regard qu'ils voyaient clair dans notre jeu. Je savais qu'il fallait que je prévienne Sami le plus tôt possible, car il serait certainement le prochain à être interrogé. S'il y avait de nouvelles incohérences entre sa déclaration et la mienne, nous serions encore plus en danger. Je me précipitai vers la maison principale, malgré la douleur qui irradiait de mon épaule et de mon estomac. Des élèves de tous les âges sortaient du réfectoire, joyeux et repus. Je grimpai l'Eiger et jetai un coup d'œil vers la galerie inférieure, mais je ne vis Sami nulle part. Je me rendis compte qu'il avait directement dû partir à la tour de l'horloge après son déjeuner pour apporter de la nourriture à Marta.

C'était risqué que je m'y rende également, mais si je voulais intercepter Sami, je ne voyais guère d'alternative. Je passai par l'arrière du bâtiment, au niveau du département des lettres, et franchis la porte Ivy. C'était le chemin que nous avions emprunté lors de la Nuit du pont. Je réussis à grimper sur le mur grâce aux poubelles. Ensuite, je longeais en courant le mur de l'Hexagone, qui se trouvait au-dessus de l'allée des Tilleuls, jusqu'à l'entrée arrière des écuries. Je me faufilai sous le porche de la tour de l'horloge et trouvai la cour bondée d'élèves vêtus de pantalons jodhpurs de couleur crème et de chapeaux rouges. Ils tenaient le licol de leurs chevaux, se réjouissant d'avance de la promenade du dimanche. Personne ne me remarqua. Je me faufilai dans le bloc C, traversai le box vide de George et montai les marches deux par deux jusqu'à la salle de la tour.

Mes amis étaient regroupés autour du matelas crasseux sur lequel Marta était assise, en tailleur. Lloyd se tenait sur le bord du matelas, les coudes sur les genoux. Sami était accroupi à côté de lui en face du réchaud que nous avions trouvé et cuisinait dans une petite casserole les restes d'un rôti accompagné de légumes. Malgré la gravité de la situation, je sentis une vague de chaleur et d'affection m'envahir à la vue de mes trois amis qui chassa la nausée et la rancune qui me tenaillaient.

— Salut, Rose, dit Marta qui tenait une assiette en aluminium sur ses cuisses.

Elle avait l'air en piteux état. Sa peau était grise et ses cheveux pendaient en touffes ternes et grasses.

— Qu'est-ce qui t'est arrivé au visage ?

— Au hockey. Bella.

Elle grimaça.

— Je suis désolée pour hier soir, s'excusa-t-elle rapidement. Je ne voulais pas…

— Il s'est passé quelque chose, la coupai-je.

— Je m'en doutais, commenta Lloyd avec une pointe d'agacement dans la voix. Je t'ai cherchée après avoir parlé à la police, mais je ne t'ai vue nulle part. J'ai trouvé Sami à temps, en revanche. On est venus ici pour chercher une solution.

— Et m'apporter le déjeuner, ajouta Marta, les yeux rivés sur le contenu de la casserole.

— Oui, affirma Lloyd avant de se tourner vers moi. Alors, qu'est-ce que tu as dit à la police ?

À nouveau, je me sentis en porte-à-faux. Le ton de sa voix m'agaçait, il semblait insinuer que je n'avais pas fait attention de mon côté. Cela me paraissait inapproprié vu le contexte et le rôle qu'il avait joué dans la succession d'événements qui nous avait amenés à cette tour froide et humide un dimanche après-midi ensoleillé.

— Ils m'ont dit ce que tu leur avais raconté : que Marta était sûrement partie à Oxford ou à Cambridge. Je n'en savais rien, car tu viens de l'inventer. J'avais déjà dit que nous n'avions aucune idée de l'endroit où se trouvait Mar et que nous n'avions pas la moindre piste.

— Et qu'est-ce qu'ils ont dit ?

— Rien de particulier, mais je crois qu'ils avaient des soupçons. Qu'est-ce qui t'a pris d'aller leur raconter ça avant de nous concerter ?

Lloyd observa Sami remplir l'assiette de Marta avec des bouts de rôti de bœuf, de pommes de terre, de carottes et de petits pois avant de verser un peu de sauce par-dessus. Momentanément distraite, je fixai la casserole du regard, me demandant comment il avait réussi à transporter la sauce. Marta commença à engloutir son repas.

— Lloyd ? insistai-je, vu que personne ne parlait.

— Parce que… ils m'ont mis la pression, répondit-il à contrecœur en levant les yeux vers moi. Ils ont dit qu'ils avaient l'intention de ramener des chiens policiers pour fouiller le domaine.

— Des *chiens* ? s'exclama Marta en tournant soudainement la tête.

— Oui, acquiesça Lloyd avant d'ajouter à la hâte : Ne t'inquiète pas, je ne pense pas qu'ils iront jusque-là. À mon avis, ils sont plutôt convaincus que tu t'es enfuie de l'école, Mar. Mais j'ai ressenti le besoin de… tu vois… les *conforter* dans leur idée.

— Merci, Lloyd, répondit Marta en fourrant une pomme de terre rôtie dans sa bouche avant d'ajouter, les joues pleines de nourriture. J'*aimerais* bien aller à Oxford, tu sais.

Je n'aimais pas le fait qu'elle ait l'air si peu préoccupée alors que nous venions de prendre encore plus de risques.

— Qu'est-ce qui leur fait penser que Marta serait toujours à High Realms ? demandai-je.

Lloyd se mordit la lèvre. Je pus voir qu'il connaissait la réponse et, à en croire le regard troublé de Sami, ce dernier savait également pourquoi. Lloyd se tourna vers Marta.

— Ton père leur a parlé. Il leur a dit qu'il était certain que tu ne t'enfuirais jamais et a insisté sur le fait que tu voulais venir ici à tout prix, expliqua-t-il en soupirant, et je décelai un profond regret dans son expression. Il leur met beaucoup de pression pour qu'ils te retrouvent, Marta. Il fait monter les enchères. Il leur a dit que tu étais vulnérable. Je pense… Je pense que ça va être compliqué pour toi de rester cachée ici plus longtemps.

Le visage de Marta perdit toutes ses couleurs. Elle regarda d'un air triste la pomme de terre qu'elle venait de prendre et la remit dans son assiette. Je vis le chagrin sur le visage de Sami et la tension sur celui de Lloyd tandis que nous attendions sa réponse.

— Eh bien… dit-elle finalement en esquissant un léger sourire. C'est bien de savoir que je ne l'avais pas sous-estimé.

— Mar, tenta Sami en jetant un coup d'œil à Lloyd. Ça fait combien de temps que ça dure ?

— Quoi précisément ? demanda calmement Marta.

Sami déglutit et répondit après un instant.

— Le truc avec High Realms.

Je me demandai s'il ne voulait pas poser une autre question et avait perdu son courage.

— Est-ce qu'il a toujours essayé de t'empêcher de venir ici ?

— Mon père pense que les internats sont des repaires du mal et que tous les péchés y sont commis, expliqua-t-elle en haussant les épaules. Qu'il y a trop de libertés. Clairement, il n'a jamais vu le major Gregory. (Aucun de nous ne sourit et elle soupira.) Alcool, drogues, sexe… Voilà l'image qu'il en a. Vos parents n'étaient pas inquiets ?

Sami et moi secouâmes la tête. Elle marqua une pause, comme si elle prenait le temps de choisir attentivement ses mots.

— Ma mère était différente. Elle avait commandé le prospectus il y a des années et nous l'avions lu ensemble. Elle pensait que ce serait bien pour moi de passer un peu de temps en dehors de la maison, avec des gens de mon âge. Elle a dit à mon père que c'était plus pour ça que pour le côté scolaire. Mais *il* a rétorqué qu'il essayait seulement de me protéger pour que je ne grandisse pas trop vite. Elle lui a répondu que je ne serais jamais capable de m'intégrer à l'université si je faisais toute ma scolarité à la maison. Il a toujours voulu que j'aille à l'université. Il est lui-même universitaire.

— Et donc elle l'a convaincue ? demanda Lloyd.

Nous regardions tous Marta dont le visage couvert de crasse était désormais illuminé par un rayon de soleil, qui était réfracté par le cadran de l'horloge.

— Oui, répondit-elle doucement. Oui, elle a réussi. Mais quand elle est partie en février, il… il a changé d'avis. Il est devenu un peu dépendant de moi, ajouta-t-elle d'une voix monotone.

Nous restâmes assis en silence. Je savais au fond de moi que Marta ne nous donnait qu'un résumé incomplet d'une terrible succession d'événements. Que malgré ce flux de nouvelles informations, il restait encore de nombreuses horreurs dont elle ne parlait pas, bien pires que l'autre secret qu'elle m'avait caché et dont je n'avais pas réussi à parler à Sami. Cette mince avancée vers la vraie douleur était suffisante pour le moment. Suffisante pour me dicter ce que je devais faire.

— Dis-nous comment on peut t'aider, dis-je à Marta.

Elle leva alors les yeux vers moi et arbora un sourire triste et fatigué qui me déchira le cœur. Elle parcourut la salle du regard, assimilant la pauvreté et la saleté qui en émanaient, puis baissa la tête vers ses mains qui étaient à nouveau aussi enflammées qu'après l'agression que Genevieve lui avait fait subir.

— Il n'y a qu'une seule chose que vous puissiez faire pour m'aider, reprit-elle doucement.

— Tout ce que tu voudras.

— Me cacher ici.

Sans jeter un coup d'œil aux garçons, elle me scruta de ses yeux brillants et clairs, l'air concentrée.

— Vous pouvez me cacher ici pendant six mois, jusqu'à mes dix-huit ans. Alors, je serai libre. Je n'aurai jamais besoin de retourner vivre chez lui. Je n'aurai jamais besoin de le revoir.

Nous la regardâmes bouche bée. Elle nous fixa du regard. Sa détermination était évidente. Des dizaines de pensées se bousculèrent dans mon esprit. L'idée de Marta me semblait à la fois extraordinaire et effrayante. J'essayai désespérément de trouver des alternatives, une manière de la convaincre que la cacher dans la tour de l'horloge si longtemps était à la fois fou, dangereux et impossible et qu'elle nous en demandait trop. Avant que je ne puisse trouver les mots, elle ajouta simplement :

— Sauvez-moi.

Il y eut un autre long silence. Puis Sami demanda d'une voix faible.

— Tu auras dix-huit ans dans six mois ?

— J'ai menti à High Realms concernant mon âge, expliqua Marta, le regard baissé vers ses mains. Je devrais être en terminale, mais… je voulais absolument cette bourse.

Elle esquissa un léger sourire. Nous restâmes tous les quatre sans parler.

— OK, finit par dire Sami.

— Qu'est-ce que tu viens de dire ? s'étonna Lloyd.

— On va le faire, affirma Sami. Ou tout du moins, je vais le faire. Je t'aiderai.

Il fit un sourire à Marta. Elle le lui rendit. Le mélange d'espoir et de soulagement qui se lisait sur son visage me tira de ma propre incertitude.

— Je t'aiderai aussi, lui dis-je.

Marta se tourna vers Lloyd.

— Qu'est-ce que tu en penses ? demanda-t-elle, comme si nous avions une conversation tout à fait banale.

Lloyd nous observa, l'air mi-incrédule, mi-admiratif. Son esprit était en ébullition : son cerveau agile élaborait et évaluait les possibilités, les risques, les récompenses. Pour finir, il regarda Marta droit dans les yeux. Elle l'observait calmement, sans que l'on puisse déceler dans son regard une once de désespoir ou de supplication. Elle avait la tête penchée légèrement sur le côté et une lueur de défi se dégageait de son regard.

— D'accord, affirma-t-il finalement. Je suis partant. Essayons ça.

13

Une semaine plus tard, la police ouvrit une enquête officielle à la suite de la disparition de Marta. Entre-temps, nous fûmes interrogés à trois reprises par le sergent Barnes, mais ses méthodes ne s'améliorèrent pas et nous ne révélâmes rien de plus. Nous en déduisîmes que Barnes subissait une énorme pression de la part de High Realms et des parents de Genevieve. Quelques jours après que nous eûmes accepté de cacher Marta, sir Jacob Lock vint à High Realms avec la mère de Genevieve pour rencontrer le docteur Wardlaw. Je l'avais déjà vu dans les journaux et à la télévision, mais même si ça n'avait pas été le cas, j'aurais immédiatement su qu'il s'agissait du père de Genevieve. Il avait le même visage anguleux et hautain et il remettait sa cravate bleue en place de la même manière agaçante que Genevieve rajustait sa toge. Bien que nous ne soyons qu'à la fin du mois d'octobre, un coquelicot ornait déjà son col de veste. La mère de Genevieve saisissait docilement sa main tandis qu'ils traversaient l'atrium. Ils levèrent les yeux vers le haut de l'Eiger comme s'ils évaluaient la distance que leur fille avait parcourue en chutant. Je me trouvai incapable de les prendre en pitié.

J'aurais dû voir comme un signe d'avertissement le fait de ne ressentir aucune compassion pour un couple qui avait déjà perdu un enfant et dont la deuxième fille était entre la vie et la mort. J'étais déjà en train de perdre ma capacité à éprouver des émotions. Ou plutôt, toute mon énergie était concentrée sur un seul objectif : Marta. Nous avions accepté de la cacher sans réfléchir, sans nous préparer aux difficultés que cela représenterait. Nous ne mesurions pas alors à quel point il serait constamment épuisant et difficile de cacher quelqu'un à la vue de tous. Après plusieurs jours, la police et la Patrouille des aînés abandonnèrent les recherches pour retrouver Marta sur le domaine, mais cela ne nous aida pas vraiment. Il y avait toujours beaucoup de suspicions à notre égard étant donné que nous étions ses amis les plus proches : on supposait que nous en savions plus que ce que nous disions. Nous étions donc surveillés de près par le major Gregory et d'autres professeurs ainsi que par Bella Ford, Jolyon Alstor et leurs amis. Le fait que Sami et moi ayons sauvé la vie de Genevieve semblait les contrarier plus que les apaiser.

Nous déployâmes toute notre ingéniosité à cacher Marta et à lui offrir le plus de confort possible. Nous ne parlions que très rarement de ce que nous faisions. Nous préférions agir mécaniquement. Deux facteurs jouèrent en notre faveur : d'une part, tout le monde nous détestait à High Realms et, d'autre part, nos emplois du temps étaient très chargés. Le premier élément nous permettait, au moment des repas, de facilement prendre de la nourriture dans nos assiettes pour Marta étant donné que nous ne mangions toujours que tous les trois. Par ailleurs, personne ne remarquait notre absence aux rassemblements du soir ou dans la salle commune puisque nous avions quasiment toujours été exclus de ces espaces, quoi qu'il en soit. Le deuxième élément nous permettait d'aller tous les jours à la tour de l'horloge pour y passer un peu de temps, car il y avait tant d'activités, de procédures, de formalités et de corvées qu'il était impossible de contrôler tous les élèves à High Realms. C'était très utile, car si on vous demandait où se trouvait quelqu'un ou bien l'endroit où vous alliez, il suffisait d'inventer quelque chose qui semblait approprié à la vie que l'on menait à High Realms et généralement on vous croyait. Au fil des jours, je réussis à mentir de plus en plus rapidement. Je trouvais ça réconfortant. Il fallait se montrer créatif, il y avait un but et le résultat était concluant. Moi-même, je croyais à mes meilleurs mensonges.

Ce n'était peut-être pas surprenant que notre plus gros problème apparaisse sous les traits du major Gregory. Il subissait la pression du docteur Wardlaw et des gouverneurs après avoir perdu deux enfants de la même famille. Je pense que j'aurais pu ressentir de la pitié pour lui s'il n'avait pas rendu nos vies si difficiles. Il venait dans nos chambres à des heures inattendues, il s'assurait que les autres mags lui signalent directement chacune de nos absences et, le plus pénible de tout, il nous donnait un nombre infini de retraits de privilèges, ce qui nous obligeait à passer des heures dans son bureau à réaliser des corvées aussi peu intéressantes les unes que les autres. Nous passâmes des soirées interminables à cirer les chaussures des objets perdus, à réciter les noms des membres de la Patrouille des aînés depuis 1910 et à apprendre dans les moindres détails la période obscure de l'histoire militaire à laquelle le major Gregory s'intéressait actuellement. Le pire n'était pas l'ennui, mais le fait que cela nous empêchait d'aller voir Marta, alors qu'elle dépendait désormais de nous pour survivre.

J'étais certaine que, si quelqu'un devait nous prendre sur le fait, ce serait parce que le major Gregory déjouerait nos plans – non pas grâce à sa finesse d'esprit, mais du fait de sa détermination sans limite. Son obsession pour les détails joua en notre faveur, car il était plus intéressé par la vérification de nos uniformes et l'inspection de nos chambres que par la santé des élèves de la maison Hillary, même s'il ne nous quittait jamais de ses yeux perçants. Je pense que nous nous serions fait prendre si Lloyd n'avait pas été là. Peut-être en raison du temps qu'il avait passé en foyer, il était de loin le plus débrouillard de nous trois. Ce fut Lloyd qui dévalisa les cuisines de l'école pour trouver des conserves de nourriture quand nous n'avions pas assez de restes ; Lloyd qui fit preuve d'ingéniosité en volant les affaires dont nous avions besoin dans différentes parties de l'école afin qu'on ne remarque pas leur absence ; et Lloyd qui élabora les itinéraires les plus discrets pour se rendre de Hillary à la tour de l'horloge sans que personne nous remarque. Quand Sami et moi commettions des erreurs, il se montrait patient, mais inflexible. Il nous expliquait ce que nous avions fait de mal et la manière d'éviter des maladresses similaires à l'avenir. Nous nous aperçûmes rapidement qu'il y avait une part de Lloyd qui appréciait le défi auquel nous faisions face. Il voyait cela comme un jeu de stratégie, une aventure avec un but noble et nécessaire. Ainsi, il n'était pas prêt à envisager la perspective que des personnes comme le major Gregory se montrent plus malignes que nous.

À ma connaissance, Max et Lloyd ne se virent pas beaucoup après l'incident de l'Eiger. Les cours d'orgue cessèrent. Max se fit beaucoup plus discret que d'habitude. Il ne se montrait plus à l'atrium ou aux repas comme avant. Les membres de la Patrouille des aînés semblaient l'éviter, à part Sylvia. Deux fois par semaine, ils allaient voir Genevieve ensemble à l'hôpital. Le docteur Reza les y conduisait à bord de l'une des Land Rover de l'école. Les rapports disaient que Genevieve était consciente, mais très confuse. Sa copine étant absente, Max n'avait aucune raison de venir à Hillary en catimini, aucune excuse pour venir jouer du piano dans la salle commune avec Lloyd le soir. Dans tous les cas, nous ne l'aurions pas vu. Quand nous n'étions pas retenus dans le bureau du major Gregory, soit nous essayions de nous rendre à la tour (l'un d'entre nous y montait tandis que les deux autres couvraient ses arrières), soit nous étions déjà couchés afin de nous lever à cinq heures et demie le lendemain matin, la dernière heure possible pour nous faufiler dans les écuries sans risquer de croiser qui que ce soit.

Ou, tout du moins, c'était ce que nous pensions. Un matin vers la mi-novembre, à peu près trois semaines après l'accident de l'Eiger, je fis le chemin jusqu'à la tour, juste avant l'aube. Mon réveil sonna à cinq heures dix. Je restai allongée dans la nuit noire à lutter contre l'envie de me rendormir en clignant des yeux. *De quoi a-t-elle besoin ?* me demandai-je, essayant de me rappeler ce que Marta avait mangé la veille. Je sortis de mon lit, enfilai ma combinaison de travail et mes bottes et fourrai dans ma poche un paquet contenant les restes du dîner. Je jetai un regard désespéré vers mon bureau, qui était couvert de devoirs non finis. Il y avait un essai que Mlle Kepple m'avait donné à faire en plus parce que je n'avais pas fini le devoir de la semaine passée. Si je ne le rendais pas, j'aurais un nouveau RP, mais je ne pouvais pas me permettre de ne pas aller voir Marta.

Je sortis de Hillary et descendis l'escalier de service jusqu'à la porte Ivy qui donnait sur la cour avec les poubelles. Je me hissai sur le mur en essayant de ne pas écraser la nourriture dans ma poche et traversai les terrains en courant jusqu'aux écuries. Une odeur de terre se dégageait, l'air était doux et frais. Il n'y avait aucun signe de vie ni dans les internats ni dans le San : aucun mag, membre de la Patrouille des aînés ou gardien de stade n'était présent pour nous espionner de leurs yeux perçants. Autrefois mon pire cauchemar, mon travail aux écuries était aujourd'hui essentiel à la survie de Marta – et ce, en partie grâce au major Gregory qui avait refusé de trouver un remplaçant pour m'aider. Je sentis la tension quitter peu à peu mon corps tandis que je faisais le tour des écuries, me faufilant sous le porche de la tour de l'horloge pour me diriger vers le bloc C.

J'étais en train de tirer sur la planche de contreplaqué lorsque j'entendis un bruit derrière moi. Je me tournai, cachée derrière Polly, et aperçus une mèche de cheveux roux. Gerald s'approchait des écuries en susurrant de légers bruits pour rassurer les chevaux. Je m'accroupis, en sueur. Mon instinct me disait de rester cachée, mais je savais que s'il venait dans le box, il me verrait immédiatement. Je fis un pas sur le côté.

— Bonjour, le saluai-je de la manière la plus nonchalante possible tout en essayant de repousser le contreplaqué à l'aide de mon pied.

— Qu'est-ce que tu fais là ? demanda-t-il en me regardant, une lueur de surprise perturbant son expression vide.

— Ma tâche du matin.

C'était vrai, mais il était bien trop tôt pour être aux écuries : les corvées ne commençaient pas avant six heures quarante-cinq. Je me dis que l'énerver serait la meilleure façon de faire diversion.

— Qu'est-ce que *tu* fais là ?

— Je suis chef des Chevaux. Je peux venir ici quand je veux, répondit Gerald d'un ton moins hostile que ce à quoi je m'attendais.

Il caressa le museau de Polly, son regard pâle s'arrêtant d'abord sur elle puis sur moi.

— Tu sors de là ? Je ne pense pas qu'elle te donnerait un coup, mais on n'est jamais trop prudent.

Si je bougeais, le mur de contreplaqué serait visible, mais je ne voyais pas d'autre solution. Je me faufilai vers la partie principale de l'écurie. À ma grande surprise, Gerald portait son uniforme d'école et sa toge de la Patrouille des aînés, ce qui était assez incongru vu la saleté du bloc C. Je ne l'avais jamais vu sans sa combinaison de travail et ses bottes, et ce, même les rares fois où je l'avais aperçu dans le réfectoire. Remarquant que je le regardais de haut en bas, il haussa les épaules, la mine renfrognée.

— Étude du matin, se justifia-t-il.

— Oh.

Les études du matin étaient des cours qui avaient lieu avant le petit déjeuner. Il s'agissait généralement soit de cours de soutien, soit d'une punition, soit des deux. Genevieve et Sylvia les appelaient les cours de maternelle.

— Je *surveille*, me balança-t-il. Je ne suis pas stupide.

— Je sais.

Il regarda derrière moi en fronçant les sourcils. Je continuai la conversation, cherchant désespérément à le distraire.

— Quelle classe ?

— J'aide des premières à finir leur portfolio d'arts plastiques. Je suis très doué en dessin, se vanta-t-il, son torse se gonflant sous sa toge. Tu es déjà allée dans la salle commune de Colombus ? (Je secouai la tête.) Deux de mes dessins y sont accrochés au mur. Briggs les a fait encadrer. Si je ne deviens pas jockey, je serai artiste.

— Je pensais que les jockeys devaient être petits. Tu es si grand – tu as de la chance.

Je savais que j'exagérais, mais cette technique semblait plus efficace qu'essayer de l'énerver. Il se pencha pour ramasser un seau de nourriture, les joues rouges, essayant de cacher sa satisfaction.

— Tu as pris quoi d'autre comme matière ? demandai-je.

— Économie et physique, dit-il en tendant le bras pour retirer de la paille sur la tête de Polly. Même classe que ton amie. (Il me regarda de travers.) C'était une vraie bûcheuse.

— Elle est intelligente.

— Peut-être. Mais c'est une lâche. Je ne me serais pas enfui à sa place, dit-il soudainement. Je serais resté pour faire face aux conséquences. Et surtout, je n'aurais pas fait le travail à moitié : j'aurais tué Genevieve Lock.

Il y eut un long silence. *Tu n'es pas sérieux*, pensai-je. Mais en voyant l'expression sévère sur son visage tandis qu'il versait de la nourriture à Polly, je me rendis compte que chacun de ses mots était sincère. Au début, je sentis une sorte de répugnance, mais elle me quitta plus rapidement que prévu. Je me souvenais du chagrin et de la colère que j'avais éprouvés à une époque. J'avais envie de dire à Gerald : *Raconte-moi ce qui t'est arrivé. Ça t'aidera.* Mais quelque chose m'en empêcha.

— Il faut que j'y aille, m'annonça ce dernier.

Il me regarda, l'air indécis, comme s'il s'apprêtait à ajouter quelque chose, mais il sembla prendre mon silence pour une critique plutôt qu'une hésitation. Avant que j'aie le temps de prononcer un mot, il tourna les talons et sortit dans la cour.

*

Je trouvai Marta recroquevillée sur son matelas en train de lire *Les Hauts de Hurlevent* éclairée à la lampe torche. Remarquant que la lumière était de plus en plus faible, j'ajoutai « piles » à la liste mentale des choses que je devais lui apporter à ma prochaine visite.

— Coucou, la saluai-je en sortant le paquet de nourriture de ma poche.

— Salut, bâilla-t-elle en s'asseyant. C'est quoi, les dernières nouvelles ?

— Gerald traînait dans les écuries en bas.

Je l'observai déchirer la serviette collante et fourrer une poignée de pâtes solidifiées dans sa bouche.

— On t'a apporté des couverts, lui rappelai-je.

Je lui tendis un couteau et une fourchette de la boîte qui se trouvait à côté du matelas. Puis je me penchai pour allumer le réchaud.

— Je vais récurer ce matelas plus tard, finit par déclarer Marta en se léchant les doigts. Il ne sent pas bon.

Je me tournai vers elle. Le matelas sale et affaissé était un mystère que Lloyd, Sami et moi avions eu du mal à percer, ainsi que la présence de petites toilettes et d'un lavabo juste en dessous de la salle de l'horloge. Ces éléments semblaient indiquer que la tour n'avait pas été toujours barricadée. Lloyd pensait que cet endroit était utilisé comme logement pour les garçons d'écurie de nombreuses années auparavant. Ce soir-là, Marta et moi avions décidé de faire bouillir de l'eau sur le réchaud pour lui laver les cheveux, ces derniers étant dans un état désastreux.

On aurait dit que Marta avait lu dans mon esprit lorsqu'elle dit nonchalamment :

— Je vais me couper tous les cheveux. Ce sera plus facile à laver. Est-ce que tu pourras m'apporter des ciseaux la prochaine fois que tu viendras ?

— C'est une mesure un peu drastique, fis-je remarquer en tendant le bras pour attraper la boîte de chocolat en poudre.

Je préférerais éviter de lui apporter des ciseaux si c'était possible.

— Non, ça ne l'est pas ! J'ai toujours voulu le faire, mais on ne me l'a jamais autorisé, insista-t-elle en secouant la tête, ce qui fit voler ses mèches grasses autour de son visage.

— Tu t'ennuies, c'est tout. Je t'apporterai plus de livres quand je pourrai.

— Merci, dit Marta en examinant ses mains qui étaient couvertes de sauce. C'est si bizarre d'être ici. Je n'ai jamais autant dormi. Jamais autant *pensé*. C'est difficile de ne rien avoir à faire. (Elle vit ma frustration et afficha un air coupable.) Pourquoi est-ce que je ne t'aiderais pas à faire tes devoirs ? suggéra-t-elle. Pour te faire gagner du temps.

— Tu n'as pas les livres.

— Je n'en ai pas besoin, affirma-t-elle en remuant la main. Donne-moi le sujet, je ferai ça ce matin.

— Eh bien… hésitai-je. Je dois rédiger un commentaire sur l'un des sonnets de Shakespeare. Ça commence par « Mon amour est comme une fièvre toujours altérée[1] »…

— Ah ah ! s'exclama Marta en se mettant à genoux tout en écartant son duvet, un grand sourire aux lèvres. Je le connais bien. Je peux rédiger ça pour toi, Rose, ça ne me dérange pas du tout. (Soudain, elle afficha un air abattu.) Mon père n'aime pas ce sonnet-là.

— Ça ne veut pas dire que *tu* n'as pas le droit de l'aimer, dis-je en la regardant avec hésitation.

— Est-ce qu'il est encore là ? À High Realms ?

— Ça fait plusieurs jours que je ne l'ai pas vu, répondis-je honnêtement.

Je choisis de ne pas mentionner le fait que nous avions observé de très près tous les faits et gestes du professeur De Luca. Et qu'il était très perturbant de le voir de temps à autre dans l'atrium, dans le réfectoire, et une fois – la plus troublante – sortir du bureau du major Gregory.

Nous passâmes ensemble une vingtaine de minutes de plus. Je préparai un chocolat chaud, la convainquis d'enfiler une chemise de l'école propre – le seul vêtement que j'avais réussi à apporter – et lui rappelai de se brosser les dents. Elle s'exécuta à contrecœur, ressassant un débat qu'elle avait eu avec Lloyd à propos des *Hauts de Hurlevent.*

— Le problème avec Lloyd, c'est qu'il applique sa propre logique aux personnages des livres, grommela-t-elle en

1. *Œuvres complètes de Shakespeare,* vol. XV, *Sonnets, poèmes, testaments*, trad. François-Victor Hugo, Paris, Pagnerre, 1872.

ouvrant son carnet. Ça ne marche pas comme ça. Comment est-ce qu'on peut savoir ce qu'on ferait dans certaines circonstances...

— Il est juste pragmatique, répliquai-je. Il ne laisse pas ses émotions prendre le dessus.

Je me rendis compte, en le disant, que ce n'était pas toujours vrai.

— J'imagine, approuva Marta qui afficha soudain un air dévasté. J'aimerais être plus comme lui, mais je ne le suis pas. J'ai craqué pour lui, Rose. Ça... ça me rend folle.

Elle prononça les mots très simplement, sans aucune honte. Elle releva vers moi un regard empreint de confiance et d'espoir. Je compris alors qu'elle voulait m'en parler depuis longtemps.

— Oh, je sais, poursuivit-elle en voyant ma surprise. J'aurais voulu te le dire avant, mais je ne trouvais pas les bons mots. C'est un peu toujours le cas visiblement. Il y a ce truc énorme là-dedans... (elle pointa sa poitrine du doigt) et je n'arrive pas à y donner un sens *là-dedans*. (Elle désigna sa tête.) C'est la seule chose que je n'arrive pas à comprendre, murmura-t-elle.

Je me mordis la lèvre, essayant de trouver quoi répondre. Je savais que Marta aimait Lloyd, mais je n'avais pas pris conscience de la véritable profondeur de ses sentiments. Debout dans la tour de l'horloge, j'éprouvais pour elle une pitié oppressante, qui dépassait presque tout ce que je savais d'elle. Puis, je me rendis compte que je l'enviais aussi : j'enviais sa capacité à être honnête, à la fois envers elle-même et envers moi. Elle avait exprimé une vérité difficile d'une façon imparfaite, mais je pouvais voir à la façon dont ses épaules s'étaient affaissées qu'elle se sentait désormais mieux de me l'avoir dit, et ce, même si je n'étais pas en mesure de l'aider.

J'entendis des voix dehors dans la cour.

— Il faut que j'y aille, dis-je machinalement.

— OK, répondit Marta en levant les yeux vers moi. Quand est-ce que tu reviens ?

— Dès que je le peux. On pourra se refaire un chocolat chaud, tentai-je de la rassurer.

— Ce serait chouette. Tu me manques, Rose. Ça me manque de traîner avec vous…

— Tu me manques aussi.

— Même mon bazar ?

— Même ton bazar, acquiesçai-je en souriant.

Je m'apprêtai à lui dire que je n'avais pas bougé une seule de ses affaires de la chambre 1A depuis qu'elle était partie, à part le strict minimum pour une inspection, mais j'entendis Gerald crier dans la cour et je sus qu'il fallait que je m'en aille.

— À plus tard, Mar.

Lloyd, Sami et moi n'avions pas les mêmes cours en première heure. Je dus donc attendre la pause du matin pour leur raconter ma rencontre avec Gerald. En descendant vers l'atrium, je balayai la foule du regard, d'abord depuis la galerie supérieure, puis de la galerie inférieure, mais je ne les vis nulle part. Je savais que je serais une cible facile si je me baladais seule. C'est pourquoi je me frayai un chemin jusqu'à la porte principale le plus vite possible. J'étais frustrée de sentir les battements de mon cœur s'accélérer et la paume de mes mains devenir moite dès que des gens me regardaient.

Dehors, dans la grande allée, je vis une dizaine d'élèves s'agiter sous la faible lumière du soleil. J'aperçus Max assis dans l'embrasure de la grande porte ouverte de la chapelle. Ses coudes étaient appuyés sur ses longues jambes, étendues devant lui. Une pile de livres de musique était posée à ses pieds. Il me fit un signe de la main.

— Eh, le saluai-je en montant les marches. Comment tu vas ?

— Oh, ça va, répondit-il, même si son expression témoignait du contraire.

Ses cheveux habituellement brillants n'avaient aucune tenue, il avait des poches noires sous les yeux et une mauvaise haleine. Il fouilla dans la poche de sa toge et sortit un paquet de cigarettes. Il le tendit vers moi.

— Je ne savais pas que tu fumais, dis-je en secouant la tête.

Il rit, mais son rire n'avait rien à voir avec son ricanement habituel et sûr de lui.

— Ça me fait me sentir plus proche de Gin, expliqua-t-il en craquant une allumette de manière malhabile.

— Comment elle va ?

— Mal, répondit-il en laissant échapper un nuage de fumée. Elle est réveillée, mais c'est comme si elle ne comprenait pas ce qui se passait. Elle ne me reconnaît pas.

Sa main trembla lorsqu'il porta la cigarette à ses lèvres.

Je ne savais pas quoi lui dire. Si Sami disait vrai, Max avait voulu quitter Gin avant l'incident de l'Eiger. Son comportement paraissait donc étrange. Mais il sortait avec Genevieve depuis longtemps, il devait forcément y avoir des sentiments en jeu.

— Je suis sûre qu'elle va aller mieux, répondis-je maladroitement.

— Peut-être, dit-il. Mais ses parents sont très en colère. Je le serais aussi à leur place. Ils ont déjà perdu un enfant et Gin est tout ce qu'il leur reste. Jacob m'a écrit hier. Il veut porter plainte contre Marta.

Je déglutis avec difficulté, la tension envahissant mon corps. *Jusqu'à quel point la situation peut-elle empirer ?*

pensai-je, au bord de la nausée. J'attendis que Max manifeste un quelconque signe de gêne ou de regret, mais il se contenta de fumer silencieusement, les yeux rivés vers la grande allée.

— Sylvia est tellement énervée contre moi, déclara-t-il soudain d'une voix tremblante. Elle a dit…

Il s'interrompit. Je suivis son regard et vis Lloyd et Sami tourner à l'angle de la maison principale. Ils parlaient au docteur Reza qui marchait entre eux deux.

Max inhala de la fumée de sa cigarette. Il affichait toujours la même expression tandis que le docteur Reza s'approchait de nous. Elle l'observa froidement avant de se tourner vers moi.

— Bonjour, Rose.

— Bonjour.

Je jetai un coup d'œil nerveux à Max puis à Lloyd et Sami. Je me rendis compte qu'ils avaient l'air bien trop tendus pour une simple cigarette.

— Qu'est-ce qui se passe ?

La cloche sonna dans la maison principale au moment où le docteur Reza fit un pas vers moi.

— La police est revenue. Ils voudraient vous parler.

Max se mit à tousser soudainement : il émit un bruit guttural, trahissant sa panique.

— À propos de quoi ?

— En dehors de ce qui est évident, je n'en sais malheureusement rien, répondit le docteur Reza en regardant la cigarette qui rougeoyait faiblement entre les maigres doigts de Max. Ils n'ont pas besoin de te voir toi, Max. Ça ne concerne que les autres pour le moment. Tu peux aller en cours.

Manifestement soulagé, ce dernier éteignit sa cigarette et se mit debout. Il jeta son mégot d'une pichenette et se pencha pour prendre ses livres de musique.

— Ramasse ça, ordonna le docteur Reza.

Je ne l'avais jamais entendue s'exprimer d'une voix aussi sévère auparavant. Max lui jeta un regard de mépris. Je sentis qu'il y avait une vieille rancune entre les deux. Puis, très lentement, il se pencha et ramassa sa cigarette écrasée avant de nous quitter pour traverser l'allée déserte jusqu'à la maison principale.

Le docteur Reza se tourna vers nous.

— Concernant la police... commença-t-elle en nous faisant avancer vers la chapelle.

Mais avant qu'elle ne puisse poursuivre, un cri retentit :

— Max !

Nous nous retournâmes et vîmes Jolyon et Rory sortir du passage de la chapelle et marcher vers lui à grands pas. Ils ne nous virent pas tandis que nous nous tenions immobiles sur le pas de la porte. En dehors de nous, la grande allée était vide.

Comme à son habitude, Rory tenait un ballon de rugby à la main. Il le lança à Max qui, plaçant ses livres de musique sous son bras, réussit à l'attraper. Quelques livres tombèrent sur le sol.

— Hé, les gars, les salua-t-il en affichant un sourire aimable.

— Mon pote ! s'exclama Rory en courant vers Max avant d'entourer son bras autour de son cou et de lui ébouriffer les cheveux.

Max avait la tête comprimée contre le torse de Rory. Puis l'étreinte se transforma en prise de catch. Max commença à se débattre, donnant des coups de pied contre le gravier tandis que Rory le traînait le long de l'allée tout en criant d'un air enjoué. Jolyon les suivit. Il n'y avait rien d'extraordinaire dans cette scène, mais quelque chose dans leur voix ce jour-là me fit descendre les marches de la chapelle en courant pour les suivre à l'angle de la maison principale. Ils étaient là sur la pelouse, à moitié cachés par un massif d'arbustes.

Rory et Jolyon s'étaient emparés de Max et l'avaient couché sur le dos. Rory tenait ses bras et Jolyon, ses jambes. Cloué au sol, Max gloussait légèrement, comme si, après tout, il ne s'agissait que d'une simple blague. Et jusqu'à cet instant, jusqu'à ce rire confiant, peut-être que c'en était une. Lloyd et le docteur Reza avaient déjà commencé à traverser l'allée en courant pour les rejoindre lorsque Rory sauta sur le bras droit de Max, lui écrasant le poignet et la main sous ses élégantes chaussures noires. Un ignoble craquement retentit.

Max laissa échapper un terrible hurlement. L'espace d'une fraction de seconde, Rory et Jolyon semblèrent étonnés, comme s'ils n'avaient pas eu l'intention de le blesser réellement. Puis ils prirent leurs jambes à leur cou, s'engouffrant dans la maison principale par une entrée latérale en émettant un unique cri de joie. Lloyd et le docteur Reza s'accroupirent de chaque côté de Max pour l'empêcher de s'asseoir. Les épaules de ce dernier se soulevèrent tandis qu'il tenait son bras droit de sa main gauche. Mais il se tourna pour éviter le contact de Lloyd, le visage blême et trempé de sueur, et s'écroula contre le docteur Reza. Je vis alors que son expression était dominée non pas par la douleur mais par une pure terreur.

Le docteur Reza conduisit Max à l'écart. Lloyd s'accroupit dans l'herbe et se prit la tête entre les mains. Sami l'appela et il se leva lentement.

— Aide-moi à la retrouver, dit Lloyd.

— Qui ça ?

— Sylvia Maudsley, déclara-t-il d'une voix tremblante.

Je me rendis compte qu'il était encore plus énervé que le docteur Reza.

— Elle a monté la Patrouille des aînés contre Max. C'est forcément elle qui a incité Rory et Jolyon à s'en prendre à lui. Je ne la laisserai pas s'en tirer comme ça.

Il s'éloigna en marchant à grands pas, tourna à l'angle de la maison avant de monter les marches qui menaient à l'atrium. Sami et moi lui courûmes après.

— Et la police ? Ils veulent nous parler…

— Je n'en ai rien à faire de la police.

Lloyd s'arrêta au pied de l'Eiger. Je jetai un coup d'œil autour de l'atrium désert, espérant de tout cœur que personne ne nous entendrait.

— Je n'aurais jamais pensé qu'ils s'en prendraient à Max, fit-il remarquer, la voix empreinte d'une profonde tristesse. Je pensais qu'il ne risquait rien.

Il se retourna et monta l'escalier en courant puis disparut presque aussitôt dans la pénombre de la galerie inférieure.

Il semblait n'y avoir aucune alternative au fait d'aller en cours. Je savais qu'il n'était pas prudent d'essayer d'éviter la police, mais je n'étais pas pressée de les revoir non plus. Lors de nos derniers interrogatoires cette semaine, nous avions embelli l'histoire d'Oxford et de Cambridge après nous être mis d'accord sur les détails durant une de nos visites nocturnes à la tour de l'horloge. Marta avait adoré faire ça. Elle avait apporté un grand nombre d'idées qui, selon elle, augmenteraient le caractère plausible de l'histoire si elle venait à être racontée à son père. Notre récit semblait avoir bien occupé la police, mais nous avions la sensation qu'une bombe pouvait exploser à tout moment, car il ne faudrait certainement pas longtemps avant que leur enquête prouve bel et bien que Marta n'avait voyagé ni à Oxford ni à Cambridge. En plus, étant donné que nous étions toujours interrogés séparément, il était très difficile de s'en tenir exactement à la même version. À plusieurs reprises, lorsque nous faisions un compte rendu de ce que nous avions dit, nous constations que quelqu'un avait révélé une information trop tôt ou s'était emporté et avait inventé un nouvel aspect à l'histoire. Une part de mon esprit était confuse au point de croire réellement que Marta s'était enfuie vers l'une de ces villes et qu'elle errait désormais gaiement au milieu des magnifiques clochers, se faufilant dans des bibliothèques poussiéreuses, attendant d'avoir l'âge pour étudier là-bas.

Mais comme je le savais bien, tout cela n'était que le fruit de mon imagination. Et cette occasion de rêver, même temporairement, allait vite m'être retirée. On me fit sortir de cours et on m'emmena jusqu'à la vieille bibliothèque, où le froid enveloppait toute la pièce. Le docteur Wardlaw, le sergent Barnes, l'agent Werrill ainsi qu'un homme à l'air maussade, vêtu d'un costume gris, m'y attendaient. Environ une minute plus tard, Sami arriva, suivi de près par Lloyd qui était accompagné du major Gregory. L'homme au costume gris se présenta. Il s'agissait de l'inspecteur de police Vane. Nous comprîmes tout de suite que ce serait une autre paire de manches, plus difficile à gérer que ses jeunes collègues. Il nous informa d'un ton froid qu'une enquête officielle avait été ouverte dans le cadre de la disparition de Marta ainsi qu'une autre pour l'accident de l'Eiger. Nous devions l'accompagner au commissariat de police le matin même pour répondre à d'autres questions.

C'était la première fois que nous quittions le domaine depuis notre arrivée à High Realms, environ deux mois plus tôt. Si je n'avais pas été à l'arrière d'une voiture de police, j'aurais adoré le trajet à travers la campagne sauvage qui étincelait de mille couleurs en cette matinée d'automne. Dans les villages pittoresques que nous traversâmes, nous vîmes des gens promener leurs chiens, faire les magasins et s'arrêter pour discuter sur le trottoir. Apercevoir ces personnes vivre leur vie en dehors de notre bulle fit naître en moi un doute qui me paralysa. Au sein des murs de High Realms, notre décision de cacher Marta nous semblait à la fois rationnelle et nécessaire, mais ici, dans le monde réel, c'était comme si je voyais la situation sous un autre angle.

Nous fûmes conduits à l'intérieur du commissariat. On nous plaça dans des salles d'interrogatoire différentes. Je fus laissée seule pendant dix minutes, mon anxiété grandissant au fur et à mesure que le temps passait. Puis l'inspecteur Vane entra, accompagné d'une femme, vêtue d'un costume noir, qui avait environ dix années de moins que lui.

— Bonjour, Rose, me salua-t-elle en me souriant tandis qu'ils s'asseyaient. Je suis le sergent détective Davies.

— Bonjour, répondis-je nerveusement.

Ils s'installèrent en face de moi, le sergent Davies prenant bien soin de sortir son crayon et son carnet de notes avant d'allumer un magnétophone. La mise en place me rappela le début d'un cours et me donna assez de temps pour me préparer à ne pas commettre la même erreur avec ces deux-là qu'avec le sergent Barnes.

Le détective Davies me sourit à nouveau.

— Donc, Rose, commença-t-elle, laissant deviner son léger accent du sud-ouest de l'Angleterre. Tu es bien loin de chez toi.

J'étais désormais habituée aux phrases d'ouverture déconcertantes. Je souris en retour.

— Je me sens pratiquement chez moi à High Realms, désormais.

— Vraiment ? s'étonna-t-elle doucement tandis que Vane traçait une longue ligne horizontale sur une feuille blanche de son carnet. Ça doit être différent de la vie à Londres. De Hackney.

Ils avaient donc effectué des recherches sur mon passé. Je me demandai brièvement ce que le major Gregory leur avait dit avant de me rendre compte que ça ne m'importait guère.

— Oui, c'est sûr. Mais j'aime bien High Realms, répondis-je platement.

— C'est certainement une école intéressante, affirma-t-elle en hochant la tête, l'air pensive. Nous y sommes allés plusieurs fois durant ces dernières années. Pour différents sujets.

J'attendis un instant avant de mordre à l'hameçon.

— Comme… quoi ?

— Eh bien, tu as sûrement entendu parler de l'incident qui s'est passé il y a deux ans, par exemple.

— Non, objectai-je, déterminée à ne pas lui simplifier la vie.

— Persephone Lock. Une affaire bien triste.

Je haussai les épaules. Mon insouciance sembla l'agacer.

— Suicide, ajouta-t-elle de manière abrupte.

Je dus prendre grandement sur moi pour ne pas gratifier Davies de la réaction qu'elle attendait et qui correspondait à ce que je ressentais réellement. J'avais naïvement supposé que la mort de la sœur de Genevieve avait été causée par une sorte d'accident. La révélation de Davies me choqua, ce qui était sans aucun doute son intention. Alors que je luttais pour ne pas laisser mes émotions prendre le dessus, Vane jeta un regard désapprobateur à Davies.

— Au moins, on sait déjà se repérer sur place, fit-elle remarquer, comme si elle se raccrochait à ce qu'elle pouvait. Et les chiens aussi.

— Les chiens ? demandai-je calmement.

— Oh, oui. On en a deux. Des chiens renifleurs, tu sais, ajouta-t-elle, bien que ce ne soit pas nécessaire.

Sa voix s'était légèrement adoucie en voyant que j'étais méfiante dans ma façon de réagir.

— On veut être *absolument* certains que ton amie Marta ne se trouve plus sur le campus.

Tout mon corps transpirait. *Reste calme*, pensai-je. *Elle essaye juste de te faire mordre à l'hameçon.* Mais alors que je cherchais une réponse, je me rendis compte que le fait qu'elle dise la vérité ou non m'importait peu. Ils voulaient uniquement me faire peur, car ils avaient compris que je ne révélais pas tout ce que je savais. Et ils avaient réussi. Mais alors que Vane écrivait quelque chose dans son carnet, je compris que je n'allais – ne *pourrais* – pas abandonner, au cas où ils useraient de différentes tactiques avec Lloyd et Sami. Notre seule stratégie à tous les trois était de prétendre que nous ne savions pas où se trouvait Marta. Je me penchai en avant.

— J'espère sincèrement que vous pourrez la retrouver. On est tellement inquiets.

— Vous êtes proche d'elle, commenta Davies en hochant lentement la tête – ce n'était pas une question.

— Oui.

— Vous avez beaucoup de points communs.

— D'une certaine façon. On a toutes les deux bénéficié de la Bourse du millénaire. Et on a toutes les deux perdu nos mamans, ajoutai-je avec opportunisme.

Davies et Vane levèrent tous les deux les sourcils. Vane écrivit à nouveau quelque chose. Je pus voir au mouvement de son crayon que le symbole final était un point d'interrogation.

— Et… euh… est-ce que tu as une idée de la raison qui a poussé Marta à s'enfuir ? demanda Davies.

Sa question me surprit un peu. Jusqu'à aujourd'hui, on nous avait seulement demandé *l'endroit où* Marta s'était enfuie.

— Je pense qu'elle avait très peur.

— De quoi ?

— De Genevieve Lock, répondis-je. Genevieve a harcelé Marta dès notre premier jour à High Realms.

Avec les garçons, je m'étais mise d'accord sur le fait qu'il était inutile d'essayer de cacher cette information à la police, même s'ils pouvaient considérer que cela conférait un motif de représailles à Marta. Nous savions que si nous la leur cachions, une autre version des faits serait inventée par les professeurs et les membres de la Patrouille des aînés. Nous avions également espéré qu'enquêter sur le sujet pourrait détourner l'attention de la police. Cette fois-là, ma réponse n'eut pas l'effet escompté : la question que le sergent Davies me posa ensuite fut encore plus surprenante.

— Est-ce qu'il y avait autre chose dont Marta avait peur ? demanda-t-elle.

— Non, objectai-je, légèrement trop vite.

Il y eut un long silence. Davies écrivit quelque chose, en prenant son temps. Le silence s'éternisa un peu plus. Finalement, Vane se racla la gorge.

— Tu es sûrement au courant que le père de Marta De Luca réside actuellement dans votre école.

Je hochai la tête, même si je pensais que le professeur De Luca avait quitté High Realms. Comme je l'avais dit à Marta le matin même, je ne l'avais pas vu depuis deux ou trois jours. La dernière fois que je l'avais aperçu, il descendait la grande allée en boitant pour se rendre près de l'entrée principale, jusqu'à la loge dans laquelle l'école l'avait installé : un geste qui se voulait accueillant d'une certaine façon, mais qui était accompagné du mépris typique de High Realms envers toute forme de fragilité ou d'infirmité. En effet, cela l'obligeait à faire une longue marche depuis sa loge pour se rendre à la maison principale. Plus le temps passait depuis la disparition de Marta, moins sa présence là-bas faisait sens. Je n'avais donc pas trouvé surprenant qu'il soit parti. L'information de la police me choqua, mais j'essayai de ne pas le montrer.

— Oui, je le savais, affirmai-je.

— Lui as-tu déjà parlé ? demanda Vane en me scrutant du regard.

— Seulement une fois. Le lendemain de la disparition de Marta.

— Qu'est-ce que tu as pensé de lui ?

— J'ai trouvé... hésitai-je, le cerveau en ébullition. J'ai trouvé qu'il avait l'air... très préoccupé pour Marta.

Je décidai d'être honnête, partant du principe que si l'on posait la même question aux garçons, cette réalité évidente serait la seule connaissance que nous aurions en commun.

Vane hocha la tête, l'air pensif.

— Est-ce que Marta s'entend bien avec son père ? demanda-t-il.

C'était une question à laquelle il était bien plus difficile de répondre. Les risques semblaient énormes, en particulier si les chiens policiers réussissaient à retrouver Marta. Si je disais à la police qu'elle avait une mauvaise relation avec son père, ils commenceraient peut-être à interroger le professeur De Luca, ce qui mettrait encore plus Marta en danger si ce dernier était innocenté des accusations portées contre lui. Par ailleurs, nous lui avions promis à plusieurs reprises que nous ne révélerions pas cette information à sa place.

— Je ne sais pas vraiment, dis-je. Marta ne parlait jamais de son père.

Cette dernière remarque était plus ou moins vraie.

Vane me fixa du regard, ses yeux bleus empreints de scepticisme. Je sentais qu'il voulait à tout prix obtenir un renseignement et qu'il pensait que je pouvais le leur fournir.

— Es-tu certaine de n'avoir rien remarqué d'inhabituel dans la relation que Marta entretenait avec son père ? insista-t-il.

Cette question était de loin la plus difficile à laquelle j'avais eu à répondre jusque-là. En regardant l'inspecteur Vane, j'étais de plus en plus certaine qu'il était assez intelligent pour avoir remarqué que le professeur De Luca adoptait un comportement étrange : un élément que les plus jeunes officiers n'avaient pas constaté ou sur lequel ils ne s'étaient pas attardés. Il avait déduit que quelque chose n'allait pas entre le professeur De Luca et Marta et que cela avait un rapport direct avec la disparition de cette dernière. Plus je restais silencieuse, plus il allait penser qu'il était sur la bonne voie, mais j'avais besoin de temps pour trouver quoi répondre.

Avec du recul, je ne sais pas ce que j'aurais dit si le sergent Davies n'avait pas pris la parole, détournant ainsi mon attention. Est-ce que cela aurait pu changer la façon dont les choses se sont déroulées ? Même à l'époque, je me rendais compte à quel point le moment était crucial pour l'avenir de Marta et qu'il aurait peut-être un impact sur sa vie entière.

— En parlant de pères, nous avons parlé avec le tien ce matin, intervint Davies.

— Quoi ? m'étonnai-je, complètement déconcertée.

— Oui, affirma-t-elle en jetant un regard décontenancé à Vane, qui avait l'air furieux.

Elle semblait prendre conscience du fait qu'elle était intervenue au mauvais moment, et de la mauvaise manière, mais elle persévéra.

— Nous devions lui dire que tu allais être amenée ici.

— Une très bonne personne, ajouta Vane qui avait toujours l'air agacé, mais était clairement déterminé à suivre la nouvelle tactique de Davies. Il nous a dit que tu avais travaillé avec acharnement pour intégrer High Realms. Il est très fier de toi.

— Et, naturellement, toute cette histoire l'inquiète, en particulier les conséquences que cela pourrait entraîner sur tes études, expliqua Davies.

Elle commençait à m'agacer. Ma conscience s'éveilla tandis que je scrutais Davies et Vane. À ce moment précis, quelqu'un frappa à la porte. Un jeune officier passa sa tête à l'intérieur de la pièce.

— Vous avez un appel, monsieur.

Vane se leva d'un bond, incapable de masquer son excitation. Je devinai immédiatement que l'appel concernait Marta. Je craignais fortement que les chiens ne l'aient sentie dans la tour de l'horloge.

Je restai assise une dizaine de minutes pendant que le sergent Davies m'observait. De la sueur dégoulinait le long de mon corps. Je n'osais pas enlever mon gilet, car il ne faisait pas si chaud dans la pièce et j'avais peur que ma culpabilité soit alors évidente. Et pourtant, je me demandais intérieurement pourquoi je me sentais coupable. En cachant Marta, nous n'avions que de bonnes intentions. Mais plus j'attendais le retour de l'inspecteur Vane, plus je me sentais stupide. Si on découvrait que Marta était dans la tour, on comprendrait immédiatement qu'elle n'aurait pas pu survivre seule. Et même si j'étais certaine qu'elle ne révélerait jamais de son plein gré qui l'avait aidée, il serait facile pour l'école et la police de le deviner. Nous serions renvoyés et je devrais rentrer chez moi et faire face à la déception de mon père.

Finalement, Vane revint. Il passa un papier à Davies qui le lut avant de hocher brièvement la tête.

— Bien, dit Vane avant de froncer les sourcils. On a quasiment fini.

Ma peur monta d'un cran : cela signifiait probablement qu'ils l'avaient trouvée.

— On va bientôt pouvoir te ramener à l'école. Je pense que tu seras de retour à temps pour les cours de l'après-midi.

— OK.

— J'imagine tu n'as pas envie de louper plus de cours. Une fille aussi bosseuse que toi.

— Non, dis-je, me demandant où il voulait en venir.

— C'était intéressant de parler à tes professeurs et à ton père, déclara Vane en croisant les bras tout en me fixant du regard, l'air songeur. Ils étaient tous d'accord sur un point : tu es intelligente. *Extrêmement* intelligente. Tu as l'esprit très vif, ils ont dit.

Je ne trouvai aucune réponse convenable, mais Vane continua presque immédiatement.

— C'est drôle, ajouta-t-il. Mes officiers les plus intelligents sont parfois ceux qui tirent des conclusions hâtives et commettent des erreurs. Ils ont tant d'idées qui bouillonnent dans leur esprit, et avant que tu ne t'en rendes compte, ils ont additionné deux plus deux et ont obtenu neuf.

Je le fixai du regard.

— Je ne leur en veux pas, continua Vane d'un ton monocorde. La précipitation peut être un effet secondaire de l'intelligence. Les meilleurs d'entre eux sont capables de voir quand ils se trompent et ceux qui sont encore meilleurs peuvent l'accepter. Ils viennent me voir pour admettre leur erreur. Puis, on travaille ensemble pour rectifier les choses.

Je restai immobile sur ma chaise. Je scrutai désormais le dessus de la table en Formica. Mes joues étaient brûlantes.

— Tu vois, conclut-il doucement. Ça arrive de faire des erreurs. On prend des décisions sans réfléchir, en particulier quand on est sous pression. Il n'y a pas à en avoir honte si on a de bonnes intentions. Parfois, les émotions altèrent notre jugement, mais on peut rapidement arranger la situation avant qu'un travail acharné ne soit réduit à néant.

Il sait, pensai-je, blasée. *Il me laisse une chance de l'avouer.* C'était si tentant de tout balancer à Vane, de confirmer ses soupçons et de voir s'il nous sauverait. Mais quelque chose dans son discours moralisateur m'empêcha de le faire. Il ressemblait trop aux mags, il était trop sûr de l'autorité qu'il exerçait sur moi. Et par-dessus tout, plus fort que n'importe lequel de mes doutes, plus fort que ma culpabilité et mon état de stress, j'entendais la voix de Marta résonner au fond de mon esprit. *C'est à moi que c'est arrivé et c'est moi qui dois décider de le dire ou non.*

L'inspecteur Vane fit glisser une petite carte rectangulaire sur la table, s'arrêtant sous la pression humide de mon pouce et de mon index. Je le regardai dans les yeux et m'approchai un peu plus du chemin de non-retour lorsque j'affirmai :

— Je n'ai aucune idée de l'endroit où se trouve Marta. J'espère que vous pourrez la retrouver.

14

Ce fut une agente Werrill peu souriante qui me raccompagna à l'école. Je lui demandai où se trouvaient Lloyd et Sami, mais soit elle ne le savait pas, soit elle ne voulait pas me le dire. Elle prit la route qui longeait le bord de mer. J'observai la grande étendue d'eau grise depuis mon siège à l'arrière. Tout mon corps était crispé par la tension.

Alors que nous franchissions le portail qui menait à la longue allée, une autre voiture de police passa à côté de nous. Le conducteur fit un signe de la main à Werrill. Je me tournai pour voir qui d'autre se trouvait dans la voiture, mais Werrill accéléra. Elle se gara à côté des marches de la maison principale. Je fus surprise d'y voir Sylvia qui se tenait tout en haut en train de surveiller l'allée déserte. Lorsque je sortis de la voiture, elle se dirigea vers l'atrium.

— Sylvia ! l'appelai-je d'un ton qui dut paraître autoritaire, ou peut-être désespéré, car elle se retourna en affichant un air sévère. Il y avait qui dans cette voiture ?

— Pourquoi ça t'intéresse ? demanda-t-elle en levant les sourcils.

Il était difficile de répondre à cette question. Sylvia me regarda réfléchir un moment avant de hausser les épaules.

— C'était Gerald.

— Pourquoi est-ce que…

— Tu sais, m'interrompit-elle brutalement. Personne ne vous en voudrait à toi et à tes amis si vous marchiez sur les traces de Marta De Luca.

— Quoi ?

— Enfuyez-vous. Comme elle. Quittez High Realms. Partez avant que les choses n'empirent. Pourquoi est-ce que vous ne faites pas ça tout simplement ? demanda-t-elle avant de marquer une pause, me scrutant de haut en bas de ses yeux plissés, son expression impassible. Ce serait clairement mieux pour nous. Mais, surtout, et on dirait que vous ne vous en rendez pas compte, ce serait infiniment mieux pour *vous* si…

— Salope.

— Qu'est-ce que tu viens de dire ?

— J'ai dit que tu étais une salope.

La panique monta en moi, m'oppressant la poitrine. Elle était accentuée par tous les moments de stress vécus cet après-midi-là, le fait d'avoir vu Gerald dans la voiture de police et le manque d'informations. Enfin, je trouvai un exutoire idéal.

— Comme si c'était *nous* qui nous comportions mal – après ce que tes amis ont fait à Max. Je te déteste, Sylvia.

Les mots me surprirent, même si je les pensais.

— Max ? répéta-t-elle, l'air interrogateur, ignorant l'accusation.

— Il ne va pas pouvoir jouer de l'orgue pendant des semaines. Je n'arrive pas à croire que tu as demandé à…

— Mais de quoi tu parles ?

Il y avait quelque chose dans sa voix – un tremblement infime lorsqu'elle prononça ces voyelles acerbes et hautaines – qui me fit hésiter avant de lui répondre.

— Rory a écrasé le poignet de Max avec son pied pendant que Jolyon le tenait au sol.

À ces mots, le visage de Sylvia pâlit. Je sus immédiatement qu'elle n'était certainement pas à l'origine de cette agression. Elle ne dit rien pendant quelques secondes.

— Est-ce qu'il est gravement blessé ? finit-elle par demander.

— Ç'avait l'air assez grave.

J'observai l'expression de son visage qui fut traversée de diverses émotions : le désarroi, la peur, le regret. L'espace d'un court instant, j'entraperçus ce qui se cachait derrière son air hostile. Et avant que je ne puisse m'en empêcher, j'ajoutai :

— Je suis désolée. Je pensais que tu…

— Je sais ce que tu pensais. Il y a beaucoup de choses que tu ne peux pas comprendre, mais laisse-moi clarifier deux choses, déclara-t-elle, ses yeux sombres redevenant sévères. D'une, jamais je ne ferais de mal à Max Masters.

— Mais…

— De deux, m'interrompit-elle. Rory et Jolyon font peut-être partie de la Patrouille des aînés, mais si tu penses que je laisserais ces bouffons faire le sale boulot à ma place, c'est très mal me connaître.

Elle passa devant moi, descendit les marches et se dirigea vers l'Hexagone, me laissant seule sur le seuil de la maison principale.

S'ensuivit l'un des pires et des plus longs après-midi que j'aie passés à High Realms. Je n'eus d'autre choix que d'aller en cours, mais, étant incapable de me concentrer, on me reprocha à de nombreuses reprises mon manque d'attention. Je m'inquiétais pour Lloyd et Sami, me demandant pourquoi ils n'étaient pas rentrés du commissariat, mais j'étais encore plus préoccupée par le fait que la police ait emmené Gerald.

Cette situation réveilla d'anciennes craintes. J'avais connu un répit les deux dernières semaines, car nous avions été trop occupés à régler les problèmes de Marta. Mais elles faisaient désormais un retour en force. Je séchai l'étude et me précipitai vers Hillary pour voir si le major Gregory s'y trouvait afin de lui demander où étaient Lloyd et Sami. Ne le voyant nulle part, je me rendis dans ma chambre. La pièce était sens dessus dessous – elle avait probablement été fouillée par la police. Quasiment toutes les affaires de Marta avaient été emportées. Je m'allongeai sur mon lit et enfouis mon visage entre mes mains.

Malgré le chaos qui occupait mes pensées et le fait qu'il n'était que dix-sept heures trente, je m'endormis. Les matinées sans fin durant lesquelles je me levais avant l'aube avaient laissé des traces. Allongée sur mes couvertures, je dormis d'un sommeil profond, entrecoupé de rêves. Dans mon premier rêve, nous n'avions pas caché Marta. Nous avions trouvé une autre façon de l'aider, mais le rêve ne voulait pas me la révéler. Le deuxième fut plus douloureux. Le cadran de l'horloge devenait transparent et Marta pouvait tout observer comme Raiponce du haut de sa tour. Elle pouvait voir à travers les fenêtres de l'école, et même à l'intérieur de nos âmes. Comprenant notre tourment, elle descendit calmement l'escalier de la tour de l'horloge, traversa les écuries et la cour. Là, elle fit un pas dans le bassin où s'élevait le cheval en pierre et s'enfonça lentement dans le sol, son corps disparaissant centimètre par centimètre. Je la regardai s'effacer tandis que, dans mon rêve, j'étais prise de sanglots que je ne pouvais maîtriser. Des sanglots qui rendaient tout mon corps douloureux. Je n'avais pas versé de telles larmes depuis quatre ans.

— Rose, chuchota une voix d'un ton pressé. Réveille-toi.

Je m'assis, le corps couvert de sueur. La pièce était sombre. Je jetai un coup d'œil vers le lit de Marta, me demandant ce qu'elle voulait.

— Ro.

Une main me secoua la cheville. Je vis Lloyd et Sami au pied de mon lit. Ils portaient leur veste en cuir par-dessus leurs uniformes.

— Réveille-toi, bon sang.

— Je suis réveillée, dis-je en essuyant sur ma manche mon visage trempé. Il est quelle heure ? Où étiez-vous passés ?

— Il est minuit et demie, répondit Lloyd avant de pousser ma jambe sur le côté et de s'asseoir tandis que Sami restait debout, ses mains gantées accrochées au cadre de lit. On est rentrés vers dix-neuf heures.

— Pourquoi est-ce que vous ne m'avez pas réveillée avant ? La police a emmené Gerald…

— On sait, dit Lloyd d'un ton maussade.

D'après ce que je voyais dans la pénombre, il avait l'air épuisé.

— On voulait te réveiller avant, mais le docteur Reza ne nous a pas laissés faire. On est allés au San pour voir Max et après, elle est venue ici avec nous pour s'assurer que le major G. ne te faisait pas vivre un enfer.

— Comment va Max ?

Il y avait tellement de choses à dire que je ne savais plus où donner de la tête. Je sentis la panique m'envahir. Avec difficulté, je déglutis pour essayer de la dissiper.

— Son poignet est cassé, répondit Sami. Et deux de ses doigts aussi. Il ne pourra pas utiliser sa main droite pendant plusieurs mois.

Nous restâmes silencieux. Alors que mes yeux s'habituaient à l'obscurité, je remarquai que la tension sur le visage de Lloyd était encore plus vive que ce que je croyais.

— Est-ce que tu sais pourquoi la police a emmené Gerald ? me demanda-t-il.

— Non, je…

— C'est à cause des chiens, expliqua-t-il, la voix enrouée par la fatigue. Je pensais que Vane avait tout inventé, mais le docteur Reza nous a dit qu'ils avaient amené trois bergers allemands cet après-midi. Ils leur ont donné des affaires de Marta à renifler et les ont laissés faire.

— Mince.

— Bon, ils ne l'ont pas *trouvée.* Peut-être que toutes les odeurs dans les écuries les ont perturbés. Mais apparemment, les chiens ont montré de l'intérêt pour Gerald. Ils ont commencé à aboyer comme des fous quand ils se sont approchés de lui.

— Qui t'a raconté ça ?

— Vane.

Lloyd jeta à nouveau un regard vers Sami. Je me rendis compte que la tension qui régnait entre eux n'était pas celle que je connaissais si bien, à savoir une pression atténuée par leur complicité, un fardeau partagé, mais plutôt un ressentiment mutuel.

— En tout cas, poursuivit Lloyd d'un ton amer. Il me l'a dit à *moi.* Il nous a interrogés séparément.

— Qu'est-ce qu'il t'a demandé ?

— Il a compris qu'on savait où elle était, affirma catégoriquement Sami avant que Lloyd ne puisse parler. C'est évident. *Notre plan* est évident. On se croyait les plus malins (il jeta un regard amer vers Lloyd), mais ce n'est plus qu'une question de temps avant qu'il n'assemble toutes les pièces du puzzle. Le major Gregory lui a dit à quel point nous étions – *sommes* – proches d'elle. Le père de Genevieve lui met la pression aussi. Vane voit clair dans notre jeu à tous les trois… Il a commis une erreur pour Gerald, mais cela ne fera que renforcer sa détermination. La prochaine fois qu'il viendra ici, il la trouvera, c'est sûr.

Je fixai Sami du regard. Ses mots, vu ce qu'ils impliquaient, recouvraient mon corps d'une couverture lourde, épaisse et écrasante.

— Tu penses qu'on devrait tout dire à Vane.

Sami hocha la tête, défit le bouton de sa poche et sortit la même carte que celle que Vane m'avait donnée, sur laquelle étaient inscrits son nom, son numéro de téléphone et le logo de la police du Devon et de Cornouailles.

— C'est une question de bon sens, se justifia-t-il doucement en posant la carte sur ma couverture, l'air peiné. On va perdre Marta dans tous les cas, ça ne saurait tarder. Et on s'en sortira mieux si on avoue maintenant.

— Il t'a vraiment mené par le bout du nez, non ?

— Quoi ? s'exclama Sami en écarquillant les yeux.

— Vane. Tu dis qu'il voit clair dans *notre* jeu. Comment peux-tu le savoir ? Il nous a parlé séparément, répliqua Lloyd d'une voix sévère avant d'ajouter d'un ton méprisant : Est-ce qu'il t'a donné quelque chose à manger ?

— Quoi ?

— Est-ce qu'il l'a fait ?

— Une tasse de thé et des gâteaux…

— Je le savais, s'emporta Loyd avant de se tourner vers moi. Est-ce que tu as eu quelque chose ?

Je secouai la tête. Lloyd rit jaune.

— Oh, mon pote. Est-ce que c'était un peu trop pour toi ? Est-ce que Vane t'a demandé ce que tes parents en penseraient si…

— Ta gueule, le coupa Sami qui était sincèrement en colère, et non vexé comme je m'y attendais. Mes parents n'ont rien à voir là-dedans. C'est gonflé de ta part, Lloyd, après ce que tu as fait pour provoquer ce cauchemar…

— Non, tu n'as pas le droit. Tu n'as pas le droit de revenir là-dessus, pas maintenant, objecta Lloyd, les poings serrés, ce qui me fit soudainement peur qu'il frappe Sami. Depuis l'incident de l'Eiger, j'ai été honnête avec vous deux. Je n'ai pas essayé de vous cacher la vérité, je vous ai avoué ma part de responsabilité. Et ensuite, c'est *ensemble* qu'on a décidé de faire ça. *Ensemble* qu'on s'est engagés à aider Marta. Et c'est qui le premier à lui avoir dit oui ? (Il jeta un regard noir à Sami.) Rose et moi, on a suivi, malgré les risques. Qui *sont toujours les mêmes* – hormis le fait que les conséquences seraient bien pires si la police découvrait la vérité maintenant.

— Vane dit que…

— Oh, est-ce qu'il t'a promis que tout irait bien si on se souvenait tout à coup de l'endroit où se trouvait Marta ? Est-ce qu'il t'a dit qu'ils *seraient très reconnaissants* si on les aidait ?

Sami commença à dire quelque chose d'une voix tremblante, mais Lloyd le contrecarra.

— Peut-être que c'est vrai, mon pote. *Peut-être* qu'on ne serait pas exclus, *peut-être* qu'on ne se ferait pas arrêter. Mais contrairement à toi, je ne suis pas prêt à prendre le risque de le découvrir. Je ne peux pas me payer le luxe de faire preuve de naïveté.

— Je suis *sensé*, répliqua Sami, la voix encore plus tremblante.

— C'est un autre luxe que je ne peux m'offrir. Tu ne comprends donc pas ? High Realms, c'est l'occasion pour moi, la seule et *unique* occasion, d'avancer dans la vie, de réussir, d'aller dans une université respectable. C'est ça, être sensé pour moi, OK, Sami ? Je n'ai pas de roue de secours comme toi. Tu t'en sortirais sans High Realms. Tes parents feraient en sorte que ce soit le cas. Ils font le métier que tu veux faire, bon sang, ils seront en mesure de t'aider. Ils sont plus riches que ce que tu veux nous faire croire, non ?

— Ils… Ce n'est pas… Mais quel est le rapport, Lloyd ?

— Le simple fait de poser la question montre à quel point ta vie a été facile, balança ce dernier qui, l'espace d'un instant, sembla plus triste qu'énervé. Vous aurez toujours un chez-vous où vous pourrez retourner, peu importe ce qui se passe. On vous aimera toujours, on vous pardonnera, on vous accueillera…

— Toi aussi, tu as un chez-toi, l'interrompit Sami.

— Oui, mais sous certaines conditions, renchérit Lloyd, l'air plus grave que jamais. Vous êtes vraiment naïfs. Je ne vous en veux pas. Vous n'avez aucun moyen de savoir ce que je sais… ou de ressentir ce que je ressens. Mais je vous le dis maintenant, si on est exclus d'ici – si on a un casier judiciaire –, cela m'affectera bien plus que vous deux.

Il se leva et se dirigea vers la fenêtre, scrutant le ciel noir tandis que Sami et moi nous regardions avec une certaine gêne. Je me rappelai alors ce que Sylvia m'avait dit dans l'après-midi. *Partez avant que les choses n'empirent.* Je me souvins de la Marta dans mon rêve qui grimpait dans la fontaine. Je pensai à l'appel que Vane avait passé à mon père, à l'inquiétude de Lloyd concernant Max alors que ce dernier ne semblait se préoccuper que de lui.

— On n'est pas naïfs, Lloyd, intervins-je brusquement. On essaye d'être prudents. De s'occuper de Marta, mais aussi de nous. On n'ira nulle part si on est méchants les uns envers les autres.

— Je suis désolé, s'excusa-t-il sans se retourner avant d'ajouter avec sincérité. C'est Vane, il… il m'a énervé à me poser des questions sur ma vie au foyer. (Il fit une pause.) Je ne peux m'empêcher de ressentir ce que je ressens. Je… je préférerais qu'ils trouvent Marta par leurs propres moyens. Au moins, on ne l'aurait pas trahie, ni elle ni nous-mêmes. On aurait fait tout notre possible et elle s'en souviendrait toute sa vie. *Nous* nous en souviendrions toute notre vie.

Pendant quelques instants, un silence implacable régna dans la pièce. Puis Sami prit la parole, sa voix adoucie par les excuses de Lloyd.

— Je ne vais trahir personne, le rassura-t-il. Mais il y a une chose que je voudrais dire, Lloyd.

— Vas-y.

— C'est possible que l'on… gagne. Que l'on réussisse à cacher Marta jusqu'à ses dix-huit ans. Mais d'un point de vue moral, on perd.

— *D'un point de vue moral*... ricana Lloyd, mais cette fois ce fut Sami qui l'interrompit.

— Je ne parle pas du fait de mentir à Vane ou aux autres. Ce que je veux dire, c'est que peut-être que la cacher n'est tout simplement pas la meilleure chose à faire pour elle. Qu'on ne l'aide pas, même si elle pense que c'est le cas. Je veux dire que… *d'un point de vue moral*, on abandonne Marta. On s'abandonne nous-mêmes.

Lloyd resta silencieux un long moment. Puis il se tourna pour faire face à Sami. Sa main gauche était appuyée sur le bord de mon bureau, son pouce allant et venant sur la tranche de mon cahier de maths.

— Il faut que je la voie, dit-il finalement. Il faut que je voie Marta, que je lui parle. Aujourd'hui, entre Max, Vane et Gerald… C'était trop intense. J'ai besoin de me remettre les idées en place.

— Alors, allons à la tour de l'horloge, déclara calmement Sami avant de ramasser les gants de Lloyd sur mon lit et de les lui tendre. Allons la voir maintenant.

Marta était réveillée, assise sur son matelas avec *Les Hauts de Hurlevent* ouvert sur ses genoux. Elle tenait sa lampe torche, qui n'émettait désormais quasiment plus de lumière. À côté du matelas, il y avait plusieurs feuilles de papier recouvertes de son écriture soignée. Nous nous figeâmes sur place. La tignasse brune de Marta avait entièrement disparu.

— Coucou, nous salua-t-elle. Ça vous plaît ?

— C'est… mon Dieu…

Je me tournai vers Sami. Il avait l'air affligé, les yeux rivés sur le crâne de Marta sur lequel ne se trouvaient plus que de tout petits cheveux déstructurés. Il la regardait comme si elle l'avait insulté.

— Qu'est-ce qu'il y a ? demanda-t-elle, les yeux plissés par le rayon lumineux de sa lampe torche.

— Tu ressembles à un garçon, lança Sami en se mordant la lèvre.

— Ne dis pas n'importe quoi, répliqua-t-elle. C'est juste moi avec des cheveux courts.

Nous restâmes silencieux un moment. Puis Lloyd s'approcha de Marta. Il s'agenouilla devant elle, écrasant les devoirs qu'elle avait rédigés pour moi.

— Marta, dit-il comme s'il essayait de garder son calme. Qu'est-ce que tu as utilisé pour te couper les cheveux ?

— Des ciseaux, répondit-elle, l'air soudain penaude.

— Est-ce que l'un de vous lui a apporté des ciseaux ? demanda Lloyd en se tournant vers Sami et moi.

Nous secouâmes la tête et il se retourna vers Marta, sans prendre la peine de poser de questions.

— Je… Je suis descendue, hésita-t-elle. Aux écuries. Il y a une paire qui sert à ouvrir les sacs de nourriture… Je les ai utilisés et je les ai remis à leur place après. Personne ne m'a vue, je vous le promets.

Lloyd s'assit sur ses talons, les yeux fixés sur Marta. Puis il tourna à nouveau la tête vers nous.

— Bon, voilà un premier mystère de résolu. Gerald traîne toujours dans le bloc C. Il a dû utiliser les ciseaux et l'odeur de Marta a imprégné ses vêtements. Peut-être même que des cheveux se sont mis sur lui… Et c'est pour ça que les chiens ont senti *ton odeur* en le reniflant.

— Les chiens ?

— Oui, Marta. La police est venue ici aujourd'hui. Ils ont essayé de te traquer avec une meute de chiens.

— Je n'ai rien entendu, s'étonna-t-elle en écarquillant les yeux.

— Pas très étonnant, s'exclama Lloyd, frustré, en élevant la voix. Tu es cachée ici, tout en haut, loin du danger pendant que *nous*, on prend tous les risques pour toi et…

Il s'interrompit, la respiration saccadée. Je vis à quel point il était énervé, humilié.

— Tu me donnes l'impression d'être stupide.

— Je suis désolée si c'est le cas, répondit-elle immédiatement en levant les yeux vers lui. Tu es loin d'être stupide.

— Chaque jour, on risque *tout* pour toi, poursuivit-il, ignorant sa remarque. Et c'est comme ça que tu nous remercies ? En étant un putain de boulet.

L'espace d'un instant, je crus que Marta allait se mettre à plat ventre. Puis, elle se redressa sur son matelas et mit son livre de côté.

— Je suis un boulet, moi ?

— Oui, affirma Lloyd en la fixant sévèrement du regard. Tu nous as dit que tu n'allais pas quitter cette pièce. Que tu ne le *pourrais* pas.

— Oui, et c'était vrai !

— Alors comment ça se fait que tu ailles te promener en bas comme si tu n'avais rien à craindre, tout ça pour satisfaire tes petits caprices égoïstes…

— *Égoïste,* Lloyd ? Tu es sûr que tu veux avoir cette conversation ?

Une part de moi avait envie de la soutenir, mais je savais que ce n'était pas du tout le bon moment pour défier Lloyd.

— J'en ai assez de tout ça, dit-il en se levant avant de regarder Sami. Tu sais quoi, mon pote ? Je suis désolé. Tu avais raison.

Il s'avança vers la porte.

— Raison à propos de quoi ? demanda Marta, paniquée. Lloyd, où est-ce que tu vas ?

— J'en ai assez, répéta-t-il, la main sur la poignée. J'en ai assez de prendre des risques insensés et stupides pour une personne qui ne m'explique même pas pourquoi je les prends.

Il y eut un long silence tendu.

— Quel genre de raison voudrais-tu que je te donne ? demanda calmement Marta.

L'espace d'un très court instant, Lloyd jeta un coup d'œil à Sami.

— Je veux que tu nous expliques pourquoi tu ne peux pas rentrer chez toi avec ton père.

Cette fois-ci, le silence était pesant et gênant.

— Est-ce qu'un témoignage à l'oral te conviendra ou est-ce que tu veux que je te l'écrive ?

Je n'avais jamais entendu Marta répondre avec sarcasme avant. Ça ne lui correspondait pas vraiment.

— Dis-nous simplement *quelque chose.* Est-ce que c'est si terrible que ça ?

Marta eut un violent sursaut.

— Je ne poserais pas cette question à ta place, affirma-t-elle, ce qui me rappela Genevieve lors de la Nuit du pont. Ou si tu le fais, tiens-toi prêt à entendre la réponse.

Le visage de Lloyd trahissait son scepticisme. Elle souleva sa jupe et nous montra l'intérieur de ses cuisses. Je sentis mon cœur se soulever tandis qu'elle éclairait sa peau brûlée à l'aide de sa lampe torche : les plaies à vif, les croûtes suintantes et les cicatrices les plus anciennes, saillantes, marbrées et violettes. Mais alors que Lloyd,

Sami et moi l'observions avec une fascination morbide, je remarquai qu'il y avait bien moins de nouvelles cicatrices que le premier jour où je l'avais vue appuyer une allumette contre sa peau. Marta était en voie de guérison.

Cette dernière replaça sa jupe sur ses genoux crasseux.

— Voilà, dit-elle mollement à Lloyd. Et avant que tu ne me le dises à nouveau, je *sais* que je ne suis pas normale. C'est l'une des rares choses dont je suis certaine.

— Marta, répondit Lloyd, l'air dégoûté, et je sus qu'il regrettait son attitude. Ne t'inquiète pas. Tu n'as pas à…

— *Non*, objecta-t-elle en secouant la tête. Tu as dit que tu voulais savoir. Et je comprends, Lloyd. Je comprends que si des gens anormaux te font des demandes anormales, tu ressentes le besoin de te protéger d'eux.

Elle le regarda droit dans les yeux. Il fit de même, le visage témoignant d'une curiosité stupéfaite.

— À une époque, j'étais parfaitement normale, commença calmement Marta. Et je voudrais retrouver cette normalité. Je pensais sincèrement que je le pourrais en restant suffisamment longtemps à High Realms avec vous trois. Je tuerais pour être aussi normale que vous. (Elle nous fixa d'un regard quasi aimant tandis que nous étions assis sur le sol en béton autour du matelas.) Je pense toujours que j'en suis capable si je n'ai pas à revoir mon père de ma vie. Alors, je vais t'expliquer, Lloyd, si en échange tu continues de me cacher de lui. Si je vous dis pourquoi, j'ai bien peur que vous ne pensiez plus qu'à ça en me voyant – je crains que rien ne soit plus jamais comme avant. Mais je vais prendre ce risque pour toi, Lloyd. J'ai déjà pris tant de risques. (Elle déglutit, les poings serrés sur ses genoux.) Le premier risque que j'ai pris a été d'envoyer ma candidature à High Realms, puis d'avoir d'assez bons résultats pour obtenir une bourse. Ma mère était partie et je savais que mon père n'approuvait pas l'idée. Il m'a répété que mon éducation était *sa* responsabilité, *son* honneur. Quand il m'enseignait la poésie, il me disait qu'il me montrait les facettes du monde, les secrets que la plupart des gens ne pouvaient que rêver de découvrir. Il omettait volontairement de nombreux éléments, continua-t-elle en nous regardant les uns après les autres. En maths, en sciences, en géographie. Ça ne l'intéressait pas… et ça lui convenait que l'on ne m'ait pas enseigné ces choses-là.

— Mais tu as réussi l'examen pour la bourse, fit remarquer Lloyd, les yeux rivés sur elle.

— Oui.

Aussi incroyable que cela puisse paraître, Marta sourit, n'affichant plus un air de défi.

— J'ai réussi à acquérir assez de connaissances en physique par moi-même pour répondre aux questions. Et j'ai *adoré* ça. J'ai aimé le fait qu'il n'y avait pas de débat. Aucun secret, juste de la science, expliqua-t-elle en baissant le regard vers ses mains. Puis, la lettre de High Realms est arrivée. J'ai tout de suite su que j'étais prise grâce au poids de l'enveloppe – vous vous souvenez, il y avait les listes des uniformes et tout un tas de papiers dedans. (Nous hochâmes la tête, captivés, malgré nous, par son histoire.) Je savais que je ne pouvais pas le lui cacher. Je pensais même qu'il serait fier. Alors, je le lui ai dit. C'était le troisième risque que je prenais.

Elle cligna des yeux. Et je vis que son esprit était ailleurs, s'apprêtant à ressasser toutes ces décisions qu'elles avaient prises à un moment donné de sa vie.

— Pendant quelques mois, il n'en a pas parlé. Et je pensais qu'il essayait peut-être de se faire à l'idée. Puis il s'est mis à insister pour que l'on étudie tous les jours et tous les soirs de la semaine, comme si on manquait de temps. La table était tellement remplie de livres qu'il y avait à peine assez de place pour écrire. Je m'en fichais, dit-elle en souriant à nouveau. Je pensais que ça me serait utile. Et de toute façon, aller dans son sens était la moindre des choses étant donné que j'allais l'abandonner. Puis, mon uniforme est arrivé.

Marta déglutit, marquant une pause. Je me rappelai le jour où mon propre uniforme avait été livré, environ un mois avant que je parte pour High Realms. Mon père avait eu les larmes aux yeux quand je le lui avais montré.

— Mon père est soudain entré dans ma chambre alors que je l'essayais. Il savait que j'allais partir – je n'avais même pas besoin de le dire. Et il m'a dit qu'il ne m'en empêcherait pas. Que j'avais sa bénédiction. Le dernier risque que j'ai pris fut d'accepter sa bénédiction. Quelques jours plus tard, mon père m'a annoncé que nous allions faire notre dernière matinée de révisions. J'étais tellement contente : je pensais qu'il avait fini par accepter mon départ, qu'il voulait que je sois le mieux préparée possible. Le lendemain matin, je suis descendue comme d'habitude. Il était assis en bout de table, mais tous les livres avaient disparu. Il a posé ses mains sur le dessus, expliqua Marta en étalant ses propres doigts sur ses genoux. Il a dit : « Je t'ai appris tout ce que tu as besoin de savoir à propos de la littérature. Tu n'as qu'à continuer de lire et tu t'en sortiras. Mais il y a une leçon que je ne peux confier à personne d'autre. Je peux accepter que d'autres personnes t'enseignent les choses sans importance. Mais ça, *je* dois te l'enseigner. Ce sera moi qui t'enseignerai l'amour. »

À ces mots, je sentis un nouveau malaise m'envahir, ce qui me fit frissonner, mais j'essayai de le contenir. Marta garda la tête penchée vers le sol un moment avant de lever les yeux, comme si nous voir allait lui donner du courage.

— Il l'a fait. Je n'ai pas pu l'en empêcher. Là, sur cette table, un mois avant mon arrivée ici, il m'a enseigné sa version de l'amour.

Je savais que le silence qui suivit était le pire cauchemar de Marta. Elle ne pouvait y voir que du dégoût, car il y avait eu si peu de silences entre nous. Mais j'étais incapable de parler. Je ne pouvais même pas bouger ma langue. J'avais l'impression que j'allais m'étouffer. Je regardai Lloyd et Sami, attendant désespérément qu'ils disent quelque chose, n'importe quoi, mais c'était trop tard. Marta appuya sur son bas-ventre et se pencha en avant sur le matelas. Elle avait perdu tout son calme.

— La douleur, gémit-elle. Il n'y a rien à y faire, je n'arrive pas à la faire partir. Ce n'est même pas un souvenir. C'est encore là, si profondément ancré en moi. *Il est* encore là.

— Marta. *Arrête. Arrête.* S'il te plaît, arrête, l'interrompit Sami qui grimaçait, les mains sur les oreilles. S'il te plaît, je ne peux pas entendre ça. C'est trop dur à supporter. N'en dis pas plus.

Marta éloigna les mains de son ventre. Elle regarda Sami d'un air légèrement dédaigneux. Ses yeux étaient remplis de larmes, mais ceux de Marta étaient secs lorsqu'elle les tourna vers Lloyd. Il était assis, les avant-bras posés sur ses genoux, en train de la regarder. Son expression était vide de toute émotion : ni dégoût, ni tristesse, ni pitié.

— Je ne m'attends pas à ce que tu comprennes, lui dit-elle doucement. Je préférerais que tu n'essayes même pas. Je préférerais que tu ne repenses plus jamais à ce que je viens de raconter. Je sais que tu prendras la bonne décision, Lloyd. Même si ce n'est pas celle que je souhaite.

À ces mots, le premier signe de confusion traversa le visage de Lloyd.

— Je te fais confiance, poursuivit-elle. Si tu ne veux plus m'aider à me cacher, alors j'accepte que ce soit la bonne chose à faire. Et je saurai comment agir.

Elle parcourut à nouveau la salle du regard : le cadran de l'horloge que traversait la lumière de la lune, les toiles d'araignées au plafond qui s'étendaient sous le toit. Elle renversa sa tête en arrière et je constatai l'effrayante maigreur de son cou et de son visage. Je remarquai alors à quel point elle nous ressemblait si peu.

— Partez, s'il vous plaît, nous ordonna-t-elle soudainement.

Il fut très facile de faire ce qu'elle nous demandait. Ça se passa exactement comme elle le craignait : nous ne voulions pas rester. Nous nous levâmes, nos corps raidis par le froid, le choc et la tension. Puis nous nous dirigeâmes vers la porte. Je me retournai pour la regarder. Elle était assise sur le matelas exactement dans la même position, mais elle avait l'air différente. Pendant tout ce temps où nous l'avions connue, elle avait été si présente, si vivante, si déterminée. Désormais, elle semblait changée à jamais. Comme si, au lieu de la soulager d'un poids, nous raconter ce qui s'était passé avait aggravé son traumatisme. Elle semblait désormais occuper un royaume totalement différent du nôtre. Peu importait ce que nous ferions pour elle, je craignais que nous ne puissions jamais réellement la retrouver.

15

Est-ce que les choses ont changé après que nous avons su ce qui était réellement arrivé à Marta ? Sans doute. Sans doute avons-nous trouvé plus utile le fait de la cacher, ce qui nous donna moins l'impression de participer à un jeu qui devenait de plus en plus ingérable. Sans doute avons-nous mieux saisi les enjeux et, par conséquent, nous fûmes plus déterminés à la protéger et plus impitoyables à l'égard de ceux qui – sciemment ou non – essayaient de se mettre en travers de notre chemin. Je dis « sans doute » parce que le choc de ce que nous entendîmes cette nuit-là affecta mes souvenirs des jours et des semaines qui suivirent. Je me souviens de ce qui s'est passé, mais il m'est beaucoup plus difficile de retranscrire tout ce que j'ai ressenti.

Des années plus tard, quelqu'un me posa une question que je n'appréciai pas du tout : aurais-tu continué à cacher Marta si elle ne vous avait pas raconté ce que son père lui avait fait ? Même à l'époque, je savais que Lloyd pensait sérieusement que Sami et moi étions sur le point de dénoncer Marta. Si cela n'avait pas été le cas, il ne l'aurait pas forcée à lui raconter ce qu'il n'avait pas besoin d'entendre. Je ne peux dire si Lloyd a eu raison ou non. Mais la question la plus importante est de savoir si nous avons réagi de la bonne manière après la confession de Marta. Après cette nuit-là, nous pensâmes tous les trois que nous devions réfléchir attentivement à tout ce que nous disions ou faisions en sa présence. Toute notion abstraite disparut de nos conversations. Il était difficile de parler avec ou devant elle de nos familles, de nos relations, de sexe et même de littérature, sans craindre de lui causer une souffrance indicible. Nous nous abstînmes de nous plaindre de quoi que ce soit, nous cessâmes de lui raconter nos luttes et nos soucis du quotidien, car ils étaient bien trop futiles comparés à ce qui lui était arrivé.

Marta ne voulait rien de tout cela. Depuis qu'elle était dans la tour de l'horloge, elle avait toujours adoré avoir des conversations profondes avec nous, nous entendre raconter les ragots de l'école et se délecter de nos moments de stress et de nos efforts insignifiants ainsi que nous donner des conseils en retour. Elle aimait débattre – une passion qui grandissait au fil du temps, à cause de l'excès d'énergie accumulée à rester assise sans réelle occupation. Elle aurait aimé être à la place de l'un d'entre nous et partager les mêmes émotions. Elle nous avait parlé de son père sous la contrainte et maintenant que c'était fait, elle nous avait clairement fait comprendre que c'était un sujet à ne plus aborder. Ce fut sa prérogative, mais cela impliqua que, durant une longue période, nous ne parlâmes jamais de lui – que ce soit entre nous ou avec elle. Si nous devions l'évoquer, nous n'en parlions qu'à demi-mot, par euphémisme.

Plus jamais je ne me sentais seule. Au contraire, je chérissais même la solitude, car c'était dans ces moments-là que je pouvais essayer d'accepter ce qui était arrivé à Marta. Certains jours, je trouvais ça plus facile : j'étais simplement confrontée à l'injustice, à la brutalité et à la perversion de l'acte. D'autres fois, je ne pouvais m'empêcher d'imaginer le viol en lui-même. Le visualiser semblait complètement inapproprié, car c'était une atteinte à la vie privée de Marta. Mais dès que je fermais les yeux pour dormir, que j'essayais de lire ou que j'avais une conversation avec quelqu'un, les visions revenaient, envahissant mon esprit et se solidifiant, avec des détails en Technicolor. La plupart du temps, j'étais témoin de la scène, telle une ombre impuissante qui observait ce que le père de Marta faisait, rôdant à côté des livres éparpillés. C'était déjà assez pénible, mais certaines nuits, les images étaient encore pires. Mon imagination morbide prenait le dessus, comme si elle voulait me punir. Dans ces moments-là, je devenais Marta : j'étais clouée sur la table, des mains étaient plaquées sur chacune de mes épaules et j'étais forcée à avoir un rapport sexuel. Tant de fois je m'étais imaginé faire l'amour. J'avais même parfois désiré le faire. Même s'il était impossible d'éprouver la véritable sensation physique, dans ces scénarios inventés, je me sentais prête, consentante, passionnée. Je n'avais jamais envisagé la version qui occupait désormais mon esprit en permanence, encombrant mon imagination de sa violence et de sa honte indélébile. J'avais l'impression que je ne voudrais plus jamais être proche de qui que ce soit dans ma vie.

Mais mes amis avaient encore besoin de moi et je ne pouvais les éviter. Parfois, très tard dans la nuit, Sami venait dans ma chambre, se glissait dans mon lit à côté de moi et poussait un léger soupir avant de s'endormir presque instantanément. Je restais éveillée à écouter sa respiration lente et profonde et à observer sa parfaite immobilité qui contrastait avec les reniflements et l'agitation caractéristiques du sommeil de Marta. Je me tournais sur le côté en prenant soin de ne pas le toucher et scrutais les contours de son visage et les poches noires sous ses yeux. Ces temps-ci, Sami laissait souvent des repas entiers sans y toucher. Lorsqu'il était étendu près de moi, je remarquais à quel point il avait perdu du poids : sa mâchoire était saillante et ses joues creuses. Il passait de plus en plus de nuits dans ma chambre, mais ne me parlait jamais de ce qu'il ressentait et je ne lui demandai rien.

Même lorsque nous n'étions pas avec Marta ou en train de planifier notre prochaine visite à la tour de l'horloge, il était difficile de ne pas penser à elle. L'enquête ouverte sur sa disparition fut de plus en plus médiatisée au fil des jours. Elle était alimentée par les fréquentes apparitions du professeur De Luca à la télévision et à la radio, durant lesquelles il suppliait de manière pitoyable qu'on lui ramène Marta. Il avait remis aux médias une photo d'elle âgée de dix ans : on y voyait une enfant minuscule et androgyne qui regardait l'appareil photo de ses yeux verts et brillants, à moitié dissimulés sous une frange mal entretenue. À ma grande surprise, la presse se rangea résolument du côté de Marta en proposant des gros titres tels que « La petite boursière pourchassée » ou « Ils l'ont abandonnée ». Il était assez jubilatoire de voir les journaux de gauche critiquer High Realms et cela le fut encore plus lorsqu'ils découvrirent que la disparition de Marta avait été précipitée par une dispute avec la fille du chef de l'opposition. Mais ils ne tardèrent pas à découvrir que Genevieve était toujours à l'hôpital, sérieusement blessée, et ils furent obligés d'adopter une approche différente. Je m'attendais à ce que les journaux mettent en avant le double traumatisme vécu par sir Jacob et Eliza Lock, mais les rapports ne mentionnèrent pas une seule fois la sœur de Genevieve.

Entre-temps, à plusieurs reprises, Lloyd, Sami et moi fûmes interrogés par l'inspecteur Vane et ses collègues. À chaque fois, Vane sous-entendait que Marta devrait faire face à de graves conséquences si jamais on la retrouvait. À notre grand soulagement, l'interrogatoire de Gerald ne donna rien. Il nia connaître l'endroit où se trouvait Marta et la police conclut à contrecœur que les chiens s'étaient trompés. L'école ne fit aucune déclaration à ce sujet, ce qui s'avéra être une grave erreur. Tout le monde savait que Gerald avait été arrêté par la police et, pendant plusieurs semaines, il fit l'objet de railleries incessantes et vicieuses l'accusant d'avoir kidnappé Marta et de la retenir prisonnière. Selon moi, il était fort probable que Max soit à l'origine de la rumeur, car c'était exactement son type d'humour. Mais c'était difficile à dire, car quasiment tout le monde la propageait. Dès que nous le voyions, Gerald affichait un air de plus en plus pitoyable.

Vers la fin du mois de novembre, Vane se montra de plus en plus frustré par le fait que l'enquête ne donne aucun résultat concluant, et ce, alors qu'il subissait la pression de l'école, des parents de Genevieve et du professeur De Luca. Il s'en prit à nous, mais nous tînmes bon. Maintenant que nous savions précisément pourquoi Marta fuyait, nous étions encore plus déterminés à ne rien laisser échapper. Nous nous étions également mis d'accord sur le fait qu'il était préférable de ne pas inventer de nouveaux mensonges. Par conséquent, nous passions la plupart des interrogatoires dans un silence presque complet tandis que Vane s'épuisait à nous harceler. Sa persistance nous fit rater des heures et des heures de cours, mais nous réussîmes à rester en tête du classement, Lloyd et Sylvia se disputant généralement la place pour la mention très bien en l'absence de Marta.

Cette dernière était très perturbée par le séjour prolongé de Genevieve à l'hôpital. C'était toujours la première chose qu'elle nous demandait lorsque nous entrions dans la salle de la tour de l'horloge. Plus le temps passait, plus il devenait évident que Genevieve ne se rétablirait probablement jamais complètement, ce qui ne faisait qu'accentuer l'angoisse de Marta.

— Comment en est-on arrivés là ? répétait-elle en boucle.

Elle avait également de plus en plus peur de ce qui l'attendait lorsqu'elle quitterait finalement la tour. Avoir dix-huit ans lui permettrait d'éviter tout contact avec son père, mais ça ne la protégerait pas de la police. Au contraire, le sort qu'on lui réserverait serait encore pire lorsqu'elle passerait à l'âge adulte.

Lloyd se joignait à nous pour essayer de consoler Marta, mais nous voyions bien qu'il était également inquiet pour Genevieve, même si ce n'était pas pour la même raison. Plus elle restait à l'hôpital, plus Jolyon et Rory persécutaient Max. Ils s'en prenaient également à nous : un soir, ils vinrent nous tirer du lit pour nous forcer à boire une pinte de lait périmé depuis trois semaines, ce qui nous rendit malades pendant plusieurs jours. Mais c'était Max qu'ils souhaitaient véritablement punir. C'était lui qui avait gravi les échelons de leur hiérarchie, gagné leur confiance et trahi l'un des leurs. Nous nous attendions à ce que Sylvia partage leur colère et peut-être que c'était le cas intérieurement. Mais, quels que soient ses sentiments, nous nous rendîmes vite compte qu'elle essayait de protéger Max. Une fois, nous la vîmes intervenir au milieu d'une terrible scène qui eut lieu sur la galerie supérieure. Rory et Jolyon essayaient de forcer Max à passer par-dessus la rambarde, portant des accusations en hurlant, mais juste au moment où Rory attrapa les jambes de Max pour accélérer les choses, Sylvia s'approcha, posa sa main sur son épaule et se pencha en avant pour lui chuchoter quelque chose à l'oreille. Le visage de Rory pâli immédiatement, il lâcha les jambes de Max et s'éloigna sans dire un mot.

— Je pense qu'elle veut que Genevieve puisse se faire sa propre opinion sur lui quand elle ira mieux, supposa Sami quand je lui demandai pourquoi Sylvia prenait la peine de protéger Max. Elle ne veut pas que la justice populaire s'occupe de lui avant.

Il avait probablement raison, mais je trouvais quand même le comportement de Sylvia étonnant. Pour quelqu'un qui tenait tant à son pouvoir, elle semblait indifférente au fait que défendre Max affaiblissait son autorité. Elle se montrait beaucoup moins à l'école et, dans les cours que je partageais avec elle, elle avait l'air taciturne, presque indifférente. Une ou deux fois, je m'autorisai à poser mon regard sur elle tandis qu'elle travaillait, mais elle ne leva jamais les yeux vers moi. Elle ne donna pas non plus l'impression qu'il s'était passé quelque chose d'inhabituel entre nous. Je retournai donc à mon travail qui était devenu un refuge face à la tension presque insupportable que j'endurais jour après jour : un havre de paix constitué de problèmes magnifiquement abstraits, d'énigmes possibles à résoudre et de réponses que je pouvais trouver dans les livres si je cherchais assez bien.

Alors que le mois de novembre s'écoulait, les températures dans la vallée commencèrent à chuter. Nous prîmes le risque de faire courir une rallonge de l'écurie jusqu'à la tour de l'horloge pour installer un petit chauffage électrique, mais nous ne pouvions l'utiliser que tard le soir, lorsque nous étions plus ou moins certains que personne ne viendrait au bloc C. Ainsi, il faisait quasiment toujours un froid de canard dans la tour. Nous fîmes tout notre possible pour garder Marta au chaud : nous rassemblâmes tous les vêtements et couvertures que nous pouvions trouver, nous fîmes chauffer des bouteilles d'eau et nous ramenâmes un réchaud supplémentaire. Mais tout cela n'augmentait pas vraiment la température de la pièce. À la fin du mois, elle se mit à développer une toux sèche. Même avant cela, l'eczéma sur ses mains s'était étendu bien plus rapidement à cause du froid et de son anxiété. Elle ne s'en plaignait jamais, mais nous savions que c'était douloureux.

Nous commençâmes à penser à Noël. Les vacances commençaient mi-décembre et duraient un mois. Nous n'avions aucun plan pour Marta durant cette période. La laisser dans la tour de l'horloge était un acte à la fois cruel et irréalisable. Le problème le plus évident était celui de la nourriture, mais il y avait également la question de la compagnie. Elle ne pouvait rester entièrement seule durant quatre semaines. Nous commençâmes même à nous demander si nous pouvions la déplacer temporairement quelque part, près de l'une de nos maisons, mais nous abandonnâmes vite cette idée. Elle était encore recherchée par la police et on risquait de la reconnaître si elle se rendait à un arrêt de bus ou à une gare. Marta n'en parla jamais, mais nous savions qu'elle s'inquiétait également. Et, alors que le mois de novembre était éclipsé par celui de décembre, les températures continuèrent de descendre et sa toux persista. Nous avions tous l'impression que son séjour dans la tour de l'horloge était interminable.

Au sein de High Realms, l'atmosphère était différente. Début décembre, le travail se fit moins fastidieux. La Patrouille des aînés organisa le bal de Noël des premières et des terminales : une tradition d'envergure vertigineuse qui avait lieu dans les grandes salles de la galerie inférieure. De la danse, à manger et à boire étaient au programme : nous étions restreints soit à une bière soit à une coupe de champagne ou de vin par personne, mais c'était compter sans toutes les bouteilles d'alcool introduites illégalement par les gardiens de stade ou que les élèves avaient eux-mêmes ramenées de chez eux. Lloyd fut réquisitionné pour jouer du piano et prendre des photos. Malgré les circonstances, j'avais hâte d'être à la soirée.

Puis, le deuxième samedi du mois de décembre, je me rendis soudain compte que cela faisait plus d'une semaine que Vane ne nous avait pas interrogés. J'osai penser que l'enquête s'essoufflait. Ce jour-là, je jouai au hockey sous un beau ciel bleu, le match était d'autant plus appréciable que Sylvia n'était pas présente, car elle rendait visite à Genevieve à l'hôpital. Je me sentais forte et heureuse comme cela ne m'était pas arrivé depuis longtemps. Après le match, je me rendis à Hillary pour finir les derniers devoirs que j'avais à rendre avant Noël. Depuis l'incident de l'Eiger, je m'étais habituée à travailler dans l'espace relativement sécurisé de la chambre 1A plutôt qu'à la bibliothèque Straker ou dans l'une des salles d'étude surveillées par la Patrouille des aînés.

J'étais plongée dans la rédaction d'un essai lorsque l'on frappa doucement à la porte. Je fronçai les sourcils, espérant qu'il ne s'agissait pas d'une inspection de la Patrouille des aînés. À ma grande surprise, je tombai nez à nez avec Sylvia, debout dans le couloir. J'eus un mouvement de recul involontaire.

— Salut.

— Bonjour.

Elle portait le manteau d'hiver de High Realms, une écharpe bleue de Raleigh et un chapeau en velours noir qui ne faisait pas partie de l'uniforme.

— Qu'est-ce qu'il y a ? demandai-je en me donnant un air nonchalant.

— Est-ce que je peux entrer ? suggéra-t-elle en levant un sourcil.

Contre mon gré, je reculai et la laissai passer devant moi. Il était environ seize heures et le crépuscule hivernal commençait à tomber. J'allumai les deux lampes de chevet pendant que Sylvia attendait calmement. Elle regardait le lit de Marta qui n'avait plus ni drap ni couverture ainsi que l'étagère vide au-dessus.

— Tu peux t'asseoir si tu veux, proposai-je en montrant une chaise vide du doigt, mais elle se percha sur le bord de mon lit, les joues légèrement rosées.

— Je suis allée voir Genevieve cet après-midi, annonça-t-elle au bout d'un instant.

Je hochai la tête. J'avais attendu ce moment. Tout mon corps était tendu, prêt à recevoir la punition qu'elle allait m'infliger.

— J'ai l'impression qu'elle commence à aller mieux.

— Oh, fis-je, incapable de cacher ma surprise. C'est… c'est super.

— Oui, acquiesça Sylvia qui essayait de ne pas montrer à quel point elle était heureuse. Elle m'a reconnue tout de suite, aujourd'hui. Ils pensent qu'elle sera de retour chez elle pour Noël.

— Génial.

Elle hocha à nouveau la tête et posa les mains sur ses genoux. Elle portait des collants en laine, et non des chaussettes, un privilège qui était réservé aux membres de la Patrouille des aînés.

— On a un peu discuté, poursuivit-elle. Genevieve se souvient désormais plus ou moins de ce qui s'est passé sur l'Eiger. Et elle voulait que je te fasse passer un message.

— D'accord, répondis-je, incapable de cacher mon étonnement. Et c'est quoi, le message ?

À ces mots, Sylvia se leva et traversa la pièce jusqu'à la fenêtre de gauche, observant les terrains qui s'assombrissaient. Je la regardai avec impatience tandis que ses yeux scrutaient l'endroit où se trouvait Marta. Puis elle se tourna vers moi.

— Shana m'a dit que ton ami venait ici la nuit.

— Ah bon ?

— Oui, dit-elle avant de me dévisager. Je ferais attention si j'étais à ta place.

— Bella passe bien quasiment toutes les nuits dans ta chambre, rétorquai-je, ne pouvant supporter son hypocrisie.

— Plus maintenant, en fait, répondit Sylvia en me jetant un coup d'œil avant de reprendre la conversation comme si elle n'avait jamais changé de sujet. Genevieve ne va pas porter plainte contre Marta pour ce qui s'est passé. Elle va le dire à la police dès qu'elle en aura l'occasion. Elle veut aussi parler au docteur Wardlaw et… euh… rétablir la vérité.

Je la fixai du regard, incapable d'assimiler ce qu'elle venait de dire.

— Qu'est-ce que tu entends par *rétablir la vérité* ?

— Elle va dire au docteur Wardlaw que ce qui s'est passé était une histoire privée concernant Marta et elle et qu'elle ne veut pas que Marta soit punie pour cela.

Je restai silencieuse.

— Est-ce que Genevieve sait que Marta est portée disparue ? demandai-je soudainement.

— Oui.

— Alors pourquoi est-ce qu'elle me fait passer ce message ?

— J'imagine que c'est pour que tu puisses le dire à Marta si elle essaye de rentrer en contact avec toi, expliqua Sylvia d'une voix neutre.

Je restai à nouveau silencieuse. Il y avait beaucoup de choses que je ne comprenais pas et j'avais du mal à faire confiance au messager qui se trouvait en face de moi. Je regardai Sylvia croiser ses jambes sur le bord de la fenêtre. Elle se tourna à nouveau dans ma direction, l'air inhabituellement patiente.

— Pourquoi est-ce que Genevieve fait ça ? l'interrogeai-je.

— Elle pense que certaines choses doivent être réparées.

— Réparées ?

— Oui. Genevieve et Marta ont déjà eu quelques différends par le passé. (Je regardai Sylvia, incrédule, mais elle continua sur le même ton.) Gin reconnaît que Marta s'est comportée décemment, car elle ne l'a pas balancée à propos d'un des incidents en particulier. Elle aimerait honorer cette attitude en faisant elle-même preuve de... discrétion.

— D'accord.

J'étais profondément sceptique et le fait que Sylvia ne se considère pas comme responsable du harcèlement que Marta avait subi n'aidait pas.

— Et je suis vraiment censée y croire ?

— Pourquoi est-ce que tu n'y croirais pas ? s'étonna Sylvia.

— Parce que Genevieve a *torturé* Marta. Elle a fait de sa vie un enfer. Tu le *sais*, ajoutai-je en voyant son expression de marbre. Et tu étais tout aussi cruelle qu'elle. Tu t'es servie de Marta comme appât, tu as forcé Gerald à lui demander de sortir avec elle...

— Oh, ça, répondit Sylvia d'un ton dédaigneux. Ça n'avait rien à voir avec Marta, vraiment. C'était juste une petite blague pour remonter le moral de Genevieve. Elle passait une très mauvaise journée.

— Tu as fait une chose aussi cruelle dans le seul but de remonter le moral de Genevieve ? C'est *complètement insensé*, Sylvia. Cet endroit... ajoutai-je en la fixant du regard, soudain exaspérée. Cet endroit est complètement insensé.

L'espace d'un instant, Sylvia parut choquée, même confuse. Je me rendis compte qu'il ne lui était probablement jamais venu à l'esprit de remettre en question les valeurs de High Realms ou le comportement adopté par les élèves qui y étudiaient. Elle avait subi un lavage de cerveau en raison de son propre prestige au sein de ce régime et de sa loyauté inflexible à l'égard de Genevieve. Je ressentis soudainement une étrange compassion pour elle. Elle avait une vision de la moralité totalement déformée. Cela soulignait à quel point elle ne connaissait que peu de choses du monde réel, à quel point elle avait été affectée par le fait d'être forcée à vivre dans un endroit où seuls les plus robustes pouvaient s'épanouir. Nous ne serions jamais capables de nous comprendre.

— Écoute, Rose.

C'était la première fois que j'entendais Sylvia m'appeler par mon prénom.

— Ça ne fait aucune différence pour moi que tu me crois ou non. J'ai promis à Gin que je te passerais le message concernant Marta et c'est ce que j'ai fait.

Elle se leva et remit sa jupe en place. Elle était élégante, même dans son uniforme démodé de High Realms. Elle s'arrêta. Je la regardai depuis l'endroit où j'étais assise, sur le lit de Marta.

— Dis à ton ami d'arrêter de venir la nuit, déclara-t-elle. Ils te surveillent.

*

Ils te surveillent. Nous savions déjà que nous devions faire très attention aux lieux dans lesquels nous nous rendions et aux heures auxquelles nous nous déplacions. Mais l'avertissement de Sylvia me troubla. Je me demandai si je devais reporter ma visite à Marta pour en parler d'abord aux garçons. Mais le sursis que Genevieve nous avait accordé me semblait bien trop important pour ne pas l'en informer, même si je savais qu'elle serait tout aussi cynique que moi à ce sujet. J'attendis dans la chambre 1A jusqu'à entendre le major Gregory crier sur des élèves alors qu'il quittait la maison pour se rendre au dîner des mags. Puis je quittai Hillary en passant par l'arrière du bâtiment. J'avais enfilé ma combinaison de travail pour donner l'impression que j'allais effectuer ma tâche du soir.

Alors que je descendais l'escalier, je me surpris à espérer que Sylvia dise la vérité. Si Genevieve décidait réellement de ne pas porter plainte, la police ne pourrait pas harceler Marta à propos des événements liés à l'Eiger. Quand elle quitterait la tour, elle aurait beaucoup moins de raisons de les craindre. Pour ce qui était du docteur Wardlaw, c'était une tout autre histoire, mais alors que je traversais les terrains de rugby en courant, j'osai espérer qu'elle n'expulserait pas Marta. Rien que le fait de penser qu'elle puisse un jour retourner à l'école, dormir dans notre chambre ou aller en cours avec nous me remplissait d'une joie que je n'avais pas éprouvée depuis le mois d'octobre.

Je traversai le labyrinthe et l'Hexagone à la hâte. La cour était remplie d'élèves qui rentraient de leurs matchs de sport, les joues rouges et les vêtements couverts de boue. Toutes les conversations tournaient autour du concert de l'Avent qui devait commencer d'ici une heure. Lloyd y était attendu pour faire sa première prestation à l'orgue, en remplacement de Max. Je passai entre les groupes d'élèves et, pour une fois, je ne me sentis pas exclue de leur bonheur. *Tout va bien se passer*, pensai-je. *On va la sauver. On n'aura pas fait tout ça pour rien. Elle va s'en sortir.* L'imposante et imperturbable tour de l'horloge s'élevait au-dessus de l'ensemble des bâtiments. Marta se trouvait là-haut, attendant son dîner. Je n'avais pas de nourriture pour elle, mais j'avais quelque chose de bien mieux : la perspective de la liberté.

Je marchai si rapidement, tellement emballée à l'idée d'annoncer la bonne nouvelle à Marta, que je ne remarquai pas tout de suite le professeur De Luca qui attendait sous le porche nord de l'Hexagone.

— Rose, m'appela-t-il depuis l'obscurité.

— Qu'est-ce que vous faites là ? m'étonnai-je, incapable de cacher ma surprise.

C'était la première fois que je le voyais depuis que Marta nous avait raconté ce qu'il avait fait. D'après les infos, il avait passé le pays au peigne fin pour la retrouver.

Le professeur De Luca s'approcha de moi en boitant, appuyé sur sa canne. J'avais envie de m'enfuir en courant, mais je me forçai à rester immobile. Alors qu'il s'avançait, je vis que ses yeux étaient rouges et humides et qu'il avait les traits encore plus tirés que d'habitude.

— Il faut qu'on parle, dit-il d'un ton si familier qu'il m'écœura encore plus.

— Vous n'avez rien à faire ici, rétorquai-je en faisant un pas en arrière.

— Il faut que je te parle, répéta-t-il. Est-ce que tu veux bien marcher avec moi ?

— *Marcher* avec vous ?

Je vis immédiatement qu'il ne comprenait pas mon étonnement.

— Je sais que je ne peux pas bondir, sautiller et sauter comme vous, répliqua-t-il d'une voix chagrinée et enrouée. Mais je peux quand même clopiner sur une bonne distance. J'imagine que tu ne sais pas à quel point c'est inhabituel après un AVC.

— D'accord, je vais marcher avec vous, cédai-je à contrecœur en haussant les épaules.

J'avais l'impression de n'avoir guère le choix, car refuser éveillerait des soupçons.

— Mais je n'ai pas beaucoup de temps.

Il hocha la tête et désigna les arbres d'un geste. Il faisait presque noir. Des élèves vêtus de combinaisons de travail et de pantalons jodhpurs passèrent à côté de nous en courant. Au loin, j'entendis les cloches du cloître commencer à sonner. Nous entrâmes dans la cour qui était faiblement éclairée par des lampes orangées accrochées au mur des écuries puis commençâmes à en faire lentement le tour.

Je sentis l'odeur du fumier que je détestais habituellement. Aujourd'hui, elle était presque réconfortante.

— Est-ce que tu savais que Marta savait lire et écrire à l'âge de trois ans ? demanda sans prévenir le professeur De Luca alors que nous passions devant le bloc de la Patrouille des aînés.

— Non.

— Elle apprenait très vite, ajouta-t-il en hochant la tête. Sa mère et moi avons à peine eu besoin de lui enseigner. Elle nous regardait travailler, tu vois, et voulait faire comme nous. On lui a acheté des livres d'images, mais elle n'en voulait pas. Je l'ai vue étudier de près mon exemplaire du *London Review of Books*[1] quand elle avait six ans.

— Pourquoi est-ce que vous me racontez ça ? l'interrogeai-je, peu surprise par ces informations.

— Dès qu'elle a été en mesure d'écrire des phrases complètes, elle a commencé à rédiger des histoires, poursuivit-il, ignorant ma question. Des petits récits d'aventures, des histoires d'animaux – des sortes de conte de fées, tu vois. Elle en a écrit des centaines. On ne l'a jamais arrêtée. C'étaient de belles histoires. Un peu tirées par les cheveux, mais c'est souvent le cas avec l'imagination des enfants. Elle s'asseyait sur mes genoux et me les racontait… c'était toujours mon moment préféré de la journée.

Je ne dis rien. Nous nous approchions de la tour de l'horloge et j'espérai que nous passerions sous le porche avant que Marta n'entende le son de sa voix. Je décidai de prendre le chemin en direction du ruisseau Donny puis de faire le tour des granges pour retourner à l'Hexagone, là où j'essayerais de me débarrasser de lui. Je me demandai si quelqu'un d'autre savait qu'il était là.

---

1. Magazine littéraire et politique britannique.

— Elle a toujours beaucoup écrit, continua le professeur De Luca en boitant un peu plus vite pour me suivre. Des histoires. Des journaux intimes. Des lettres.

J'essayai de tourner vers la gauche pour passer sous le porche de la tour de l'horloge, mais je me heurtai à lui. Il n'avait pas suivi mon changement de trajectoire.

— Je préfère rester à la lumière, expliqua-t-il en secouant la tête.

— OK, dis-je en m'arrêtant.

Nous continuâmes de longer le bloc C. La cloche de l'horloge retentissait au loin. Le haut de la porte de l'écurie était ouvert. J'aperçus Gerald en train de nourrir Polly, Margot et George avec des pommes. En entendant les bruits de nos pas, il releva la tête et me jeta un regard noir.

— Et, bien entendu, elle m'a écrit depuis High Realms, continua le professeur De Luca comme s'il n'y avait eu aucune pause dans la conversation.

Il était essoufflé. Je regardai sur le côté et vis que ses lèvres étaient bleues. *Il faisait froid*, pensai-je, *mais pas tant que ça.*

— De quoi vous parlait-elle dans ses lettres ? demandai-je, en partie pour se prêter à son jeu.

Nous étions quasiment au bout de la deuxième partie de la cour. Je voulais le forcer à retourner vers l'Hexagone avec moi après avoir fait le tour. Nous étions actuellement bien trop proches de Marta à mon goût.

— C'est marrant que tu me poses la question, répondit le professeur De Luca. Il y a une lettre en particulier que je voulais te montrer.

Il sortit une feuille de papier chiffonnée de la poche de son manteau dépenaillé. Je sursautai en reconnaissant l'écriture soignée de Marta et son encre rouge caractéristique. Je la revis penchée sur son bureau dans la 1A, à chercher méticuleusement des arguments pour convaincre son père de rester à High Realms.

— « Je me suis fait de bons amis ici, lut le professeur De Luca. Ma meilleure amie s'appelle Rose. On dort dans la même chambre. Tu m'avais dit qu'il y aurait des dortoirs, mais il n'y a que nous deux. Je lui ai raconté des choses. Je lui fais confiance. »

Il s'arrêta de lire et m'observa de ses yeux perçants. Je haussai les épaules. Il n'était pas question que je fasse le moindre commentaire. Voyant que je ne réagissais pas, le professeur De Luca secoua à nouveau la lettre et répéta :

— « Je lui ai raconté des choses. Je lui fais confiance. »

Nous avions atteint le dernier côté de la cour, mais je ne pensais désormais plus au fait de vouloir ramener le professeur De Luca à l'Hexagone. J'avais l'impression qu'il était préférable de le laisser dire ce qu'il avait sur le cœur et d'essayer de m'en occuper ici et dès à présent.

— Qu'est-ce que vous attendez de moi ? demandai-je franchement.

Il s'arrêta de marcher et se tourna pour me faire face. À ma grande stupeur, je vis que ses yeux étaient emplis de larmes alors qu'il s'appuyait lourdement sur sa canne, son corps penché sur le côté. Sa veste était ouverte et révélait sa fragile musculature sous son pull usé. Sa clavicule ressortait nettement sous la peau tachetée de son cou.

— Je veux retrouver ma fille.

— La police est à sa recherche…

— Ils sont en train d'abandonner. Elle n'a été aperçue nulle part… Ils n'ont aucune piste. Ils vont bientôt arrêter les recherches.

Je le fixai du regard, ne sachant quoi dire.

— Ce sera à moi de la trouver. Et je sais que tu peux m'aider.

Je secouai la tête et m'écartai de lui : il tendit sa main libre pour agripper mon poignet.

— Je ne peux pas vous aider. Je ne sais pas où elle est.

Il me fixa du regard et, sous ses larmes, je vis à travers ses yeux gris qu'il éprouvait un profond scepticisme et une aversion à mon égard.

— « Je lui fais confiance », répéta-t-il. Ma fille te faisait confiance. Tu sais des choses auxquelles tu n'aurais pas dû croire, Rose.

Il me provoquait, je le savais et je ne voulais pas mordre à l'hameçon. Je ne voulais pas lui répondre que oui, je savais des choses que je ne devrais pas connaître, des choses que je détestais savoir, des choses qui n'auraient jamais dû se produire. J'essayai de m'éloigner à nouveau, mais il me suivit avec une rapidité surprenante, raclant le gravier à l'aide de sa canne.

— Elle t'a raconté certaines de ses histoires, s'écria-t-il en faisant porter sa voix dans la cour désormais déserte. Tu t'en es délectée et maintenant tu m'empêches de la voir. (Il baissa la voix, sachant que j'écoutais.) Tu es stupide, Rose.

Je me retournai. Ma détermination à rester calme, à ne pas tomber dans son piège, avait été jetée aux orties par l'acte d'accusation du professeur de Luca. J'étais remplie d'une colère comme je n'en avais jamais éprouvé auparavant dans ma vie.

— Ne me traitez pas ainsi, m'emportai-je.

Il plissa les yeux lorsqu'il comprit qu'il avait touché dans le mille.

— Tu n'as pas de morale, renchérit-il. Tu me l'as prise. Tu as été naïve, tu as cru à des choses que tu ne devrais pas.

— Ne me parlez pas sur ce ton-là !

— C'est toi qui me parles sur ce ton-là, rétorqua-t-il froidement avant d'ajouter d'une voix tremblante en clopinant dans ma direction : Tu essayes de me duper, mais ça ne marchera pas. Est-ce que tu sais ce que ça fait de perdre quelqu'un qu'on aime ? Marta est tout ce que j'ai… ma seule force… ma seule joie…

— Vous avez une drôle de façon de le montrer !

Ma voix était proche du grognement. J'étais à deux doigts de fuir en courant. J'avais l'impression que ma colère était incontrôlable et j'avais peur de ce dont je serais capable si je restais près de lui.

— Tu ne comprends pas. Elle est tout ce que j'ai. Sans elle, je ne suis rien. Depuis que sa mère est partie de la maison…

— *Partie de la maison ?* Vous êtes fou ! Elle est morte ! criai-je.

L'espace d'un instant, il sembla complètement déconcerté.

— Qu'est-ce que tu entends par là ?

— La mère de Marta est *morte* !

— Non, objecta-t-il en secouant la tête.

Je le fixai du regard, la respiration saccadée. Un petit sourire se dessina sur sa bouche asymétrique.

— Oh, dit-il en affichant un air de plus en plus amusé. Oh, je vois.

Mon cœur se souleva soudainement. Involontairement, je jetai un coup d'œil vers la tour de l'horloge, espérant à tout prix que Marta intervienne et explique cet ignoble malentendu. J'étais sans voix.

Le professeur De Luca secoua lentement la tête, le sourire aux lèvres

— La mère de Marta n'est pas morte, expliqua-t-il avant de commencer à boiter vers moi. Elle nous a abandonnés. Ma femme a quitté la maison en plein milieu de la nuit au mois de février cette année. Nous ne l'avons jamais revue depuis. (Il s'arrêta à quelques pas de moi, me regarda attentivement, une lueur de triomphe brillait dans ses yeux froids et humides.) Je t'avais prévenue. Il faut que tu te méfies. C'est une pro pour raconter des histoires. Elle sait attirer les gens… mais elle peut aussi les repousser.

Nous restâmes debout, face à face dans la cour déserte. Le ciel était désormais d'un noir profond, agrémenté des étoiles les plus brillantes. Au loin, j'entendis l'orgue. *Viens, viens, Emmanuel.*

Je croisai le regard du professeur De Luca, me sentant étonnamment calme. Il me scruta et je vis en lui la détresse et la honte qui étaient à la fois la cause et le fruit de son acte malsain. Je fis un pas vers lui.

— Vous avez raison à propos d'une chose, déclarai-je.

— Quoi donc ?

— Ce n'est pas la seule histoire que Marta m'ait racontée.

Je levai les bras et poussai le professeur De Luca de toutes mes forces. Mes mains touchèrent ses épaules osseuses. Il fut projeté en arrière. Il garda l'équilibre un bref instant avant de s'écraser violemment sur le gravier poussiéreux. Je partis en marchant, ne ressentant rien d'autre que de la colère. Ses légers gémissements furent rapidement recouverts par le son de l'orgue.

16

— Haricots blancs, lut Sami en cochant un élément de sa liste. Pommes. Pêches en conserve. (Il posa son stylo avant de fouiller dans son sac à dos.) Et pourquoi pas des crumpets[1] ? Ça se conserve longtemps.

C'était le jour du bal de Noël et l'avant-dernier du trimestre. Sami, Lloyd et moi étions dans la chambre des garçons en train de remplir le sac de provisions pour Marta pour les vacances. Nous nous apprêtions à quitter High Realms le lendemain matin.

— Il lui faut soixante-trois repas, dit Sami en baissant les yeux vers son carnet. Heureusement qu'on revient plus tôt que prévu.

Le major Gregory souhaitait nous revoir à l'école une semaine avant tout le monde, afin que l'on commence à préparer nos candidatures pour l'université. Au début, nous avions pensé qu'il était un peu tôt pour le faire, mais nous nous étions vite rendu compte que les événements qui avaient eu lieu durant ce trimestre avaient poussé le major Gregory à ne rien laisser au hasard et à faire tout son possible pour que l'on intègre les meilleures universités.

Sami passa son doigt sur la liste de nourriture, l'air perturbé.

— J'ai peur qu'elle vienne à manquer.

---

1. Le crumpet est une variété de pain consommée au Royaume-Uni et dans tout le Commonwealth.

— Relax, le rassura Lloyd qui était assis en face de la porte et assemblait les composants d'un nouvel appareil photo onéreux qui appartenait à l'école, mais qu'il avait volé pour la soirée afin de photographier le bal. On pourra toujours piquer des trucs ce soir.

— Et *comment* ? Les vestes de soirée n'ont pas de grandes poches. Et dans tous les cas, il n'y aura que des petits fours, pas des soupes en conserve, rétorqua Sami, l'air agacé. Et comment elle va faire pour s'hydrater ? Elle ne devrait pas boire l'eau de cet évier, elle n'est peut-être pas très…

Lloyd s'arrêta, faisant tourner le cache de l'objectif entre ses mains.

— Max a plein de boissons non alcoolisées dans sa chambre.

— Donc, c'est là que tu as fui toutes ces nuits, s'agaça Sami. J'aurais dû m'en douter.

L'espace d'un instant, Lloyd sembla mal à l'aise. Puis, il répondit :

— Je veux m'assurer qu'il va bien. Il a été mis à rude épreuve. Sa main le fait toujours souffrir et il ne peut pas bouger ses doigts…

— Je ne préfère pas le savoir, Lloyd, rétorqua Sami d'un ton plat avant de fourrer un autre paquet de gâteaux dans son sac et de le fermer. Mes parents arrivent à neuf heures demain. Ne sois pas en retard.

— Ah oui, fit Lloyd, l'air penaud. J'ai oublié de te dire… Patrick et Sheila m'ont téléphoné l'autre jour. Ils ont dit… enfin, ils m'attendent chez eux pour Noël.

— Quoi ? Mais tu avais dit que…

— Je sais.

— OK, soupira Sami en levant un sourcil avant de se tourner vers moi. Est-ce que tu pourras aider Lloyd à amener les boissons à la tour de l'horloge demain matin ?

— Je t'aiderai, affirmai-je à l'intention de Lloyd. Mais je ne rentrerai pas dans la salle.

Sami et Lloyd échangèrent un regard, ils semblaient à la fois agacés et inquiets. Le lendemain de mon altercation avec le professeur De Luca, je leur avais raconté la conversation que j'avais eue avec lui. Ils avaient été déçus d'apprendre que Marta avait menti à propos du décès de sa mère. Comme moi, Lloyd était énervé contre elle, mais son air condescendant laissait sous-entendre que ce n'était pas étonnant venant de sa part. Sami soutenait que Marta devait avoir une bonne raison de nous mentir et, avec l'aide de Lloyd, il avait continué de lui apporter de la nourriture. Pour moi, c'était différent. Depuis que j'avais parlé à son père, j'avais continué à aider les garçons en coulisses, mais je n'étais pas allée la voir ni n'avais communiqué avec elle de quelque manière que ce soit.

— Tu lui manques beaucoup, tu sais, fit remarquer Sami à voix basse. Elle est si triste.

— Qu'est-ce que je peux y faire ? répliquai-je en jouant avec l'étiquette d'un paquet de biscuits sablés.

— Allons, Rose. Va la voir. Parle-lui.

— Je ne peux pas. Je n'ai pas envie de dire quelque chose que je regretterai par la suite et qui lui ferait encore plus de peine.

C'était une de mes véritables craintes. Il y avait une colère qui grondait en moi et même le fait d'avoir poussé le professeur De Luca n'avait pas réussi à l'apaiser. Par ailleurs, je ne voulais pas me disputer avec Marta juste avant de la laisser seule pendant trois semaines.

— Elle veut t'expliquer… soupira Sami.

— *Expliquer*, répétai-je. Elle ne nie pas ?

— Non, objecta Sami, frustré. Elle nous a dit que c'était vrai. Je suis sûr que c'est plus compliqué que ce que l'on croit, Rose. Mais elle ne veut pas nous en parler à nous. Elle veut te le dire en privé.

Il fit une pause et me dévisagea, l'air peiné.

J'observai son visage anxieux, espérant que la boule dans ma gorge se dissiperait. Ce n'était pas la première fois que je songeais à céder et à accompagner Sami aux écuries pour me réconcilier avec Marta avant les vacances. Mais Lloyd posa la question qui me préoccupait le plus.

— Ça ne te fait pas douter des autres choses qu'elle nous a racontées ? demanda-t-il à Sami.

Ce dernier secoua la tête avec une conviction que j'enviais profondément.

— Pas le moins du monde, affirma-t-il doucement avant de se lever et de balancer le sac par-dessus son épaule. À tout à l'heure, on se verra à la soirée, j'imagine.

Vers dix-huit heures, la chambre 1A était pratiquement vide. Le major Gregory avait décrété que nous devions ramener toutes nos affaires pour les vacances, même si nous allions reprendre les mêmes chambres après le Nouvel An. J'avais vidé les étagères et mon armoire, nettoyé mon bureau et tout entassé dans deux immenses malles que j'avais gardées sous mon lit pendant trois mois et demi. Tout en rangeant, je repensai à Marta. Elle avait toujours été un frein plus qu'une aide dans ce genre de tâche, mais elle avait le don de rendre les choses plus amusantes.

Je m'affalai sur le rebord de la fenêtre à meneau et observai les environs. La tour de l'horloge était tout juste visible à l'horizon. J'imaginai Marta à l'intérieur, seule avec ses livres et son réchaud tandis que nous nous préparions pour la soirée. Elle s'apprêtait à passer les trois prochaines semaines sans aucun contact humain, puis un mois supplémentaire dans une pièce avec pour seule compagnie l'un de nous qui venait la voir une heure par jour. C'était un risque et un sacrifice d'une telle ampleur que j'avais du mal à comprendre sa détermination. Au plus profond de moi, je savais que la raison pour laquelle elle s'était barricadée dans la tour devait être plus importante à mes yeux que le mensonge qu'elle nous avait dit. Mais la découverte de celui-ci m'avait fendu le cœur, comme cela ne m'était jamais arrivé auparavant. Cela s'ajoutait au secret que Marta n'avait déjà pas voulu me révéler. Pendant trois années, j'avais beaucoup travaillé sur moi pour supporter le poids de ma tristesse. Je l'avais rationalisée, je l'avais compartimentée et en avais même fait une alliée. Je connaissais ma peine mieux que moi-même.

Si seulement elle avait menti à propos d'un autre sujet.

Je me levai de mon siège et me dirigeai vers le lavabo pour me laver les cheveux. Avant une soirée, il était plus facile de le faire ici que de prendre le risque d'utiliser les douches communes. Je me penchai en avant et plongeai la tête sous l'eau chaude en fermant les yeux, mes oreilles dépassant tout juste de la surface de l'eau.

— Hey, Ro-Ro. (J'entendis la porte claquer et des bruits de pas dans ma chambre.) Ça ne va pas si mal, non ?

Je sortis ma tête de l'eau et balançai mes cheveux en arrière, essayant de garder un air digne. Max et Lloyd, tous deux vêtus de leurs vestes de soirée, étaient entrés dans la chambre, un pack de quatre bières à la main. Le bras droit de Max était encore soutenu par une écharpe qui était accrochée à son épaule gauche. Lloyd avait l'appareil photo de l'école autour de son cou. Il le leva pour me prendre en photo.

— *Arrête*, Lloyd. Ça ne vous viendrait pas à l'idée de frapper ?

— Pas quand j'essaye d'éviter deux types de problèmes à la fois, rétorqua-t-il alors que Max s'affalait sur mon lit.

On aurait dit que l'accident de l'Eiger ne s'était jamais passé.

— Le major Gregory est à l'affût, tout comme cette satanée Bella. Je crois qu'elle meurt d'envie de se battre.

— Pourquoi ?

— Va savoir ! Tu en veux une ? proposa Max en désignant les bières.

— Allez, vas-y, maugréai-je.

Max retira le plastique qui entourait les canettes et nous en lança une chacun.

— Où est Sami ?

— Alors, ça, c'est une très bonne question, fit remarquer Lloyd en ouvrant sa bière tandis que Max commençait à rire en se roulant sur ma couverture. Sami est un homme mystérieux. Il vient accompagné ce soir.

Je fixai Lloyd du regard tandis que Max continuait à rire de manière incontrôlée.

— Par qui ?

— Ingrid Crichton, gloussa Lloyd. La fille qu'il a embrassée à la Nuit du pont.

— Quoi ?

— C'est elle qui le lui a demandé hier ! C'est fou, ajouta Lloyd en poussant les jambes de Max pour s'asseoir sur mon lit. Pardon, je devrais l'appeler par son nom complet. L'Honorable Ingrid Crichton.

Il prit une gorgée de bière, un grand sourire aux lèvres.

— Mais je croyais que… hésitai-je, me rappelant que je ne pouvais pas parler de Marta au temps présent devant Max.

Lloyd cligna des yeux en sentant que son nom allait être mentionné.

— Je ne pensais pas qu'ils iraient bien ensemble, me corrigeai-je maladroitement.

— C'est clair. Ingrid vit dans une maison majestueuse. Son père possède la moitié du comté du Northumberland et échappe à l'impôt qui sert à financer les salaires des parents de Sami, affirma rapidement Lloyd avant de reprendre une gorgée de bière. Apparemment, elle apprécie beaucoup Sami et je pense qu'il est intéressé. Mais je crois qu'il ne veut pas que ça se sache.

— Pourquoi ?

— En ce qui te concerne, il a probablement peur que tu te sentes seule, répondit-il de but en blanc avant d'ajouter, ignorant ma consternation : Tu ferais mieux de te dépêcher, Ro. Ça commence dans vingt minutes.

Je continuai de me préparer, agacée par sa condescendance. D'après ce que j'avais remarqué, Lloyd avait raison. Sami avait pitié de moi, ce que je ne souhaitais pas du tout. J'enfilai la robe que j'avais portée au bal de promo l'année passée à Hackney. Elle était en soie rouge, fluide, avec un décolleté plongeant et un dos nu. Max siffla pendant que Lloyd m'aidait à l'attacher.

— Tu es ravissante, commenta Max. Tu as un rencard ?

L'espace d'un instant, je crus qu'il proposait qu'on y aille ensemble. Puis je me fis une raison.

— Non, répondis-je, gênée.

— Oh, fit-il en affichant un sourire malicieux. Tu n'es pas la seule. On dirait que tout le monde est célibataire ou en train de rompre en ce moment. Tout le monde à part Sami, du moins.

— Qui a rompu ? demanda Lloyd en ouvrant mon armoire pour se regarder dans le miroir à l'intérieur de la porte.

— Shana a foutu Jolyon à la porte. Apparemment, il s'est invité pour aller skier avec les cheiks à Noël. Elle s'est rendu compte qu'il n'en avait rien à faire d'*elle*, qu'il n'était intéressé que par son argent. Elle est un peu longue à la détente, si tu veux mon avis, se moqua Max en riant à sa propre blague, les doigts recroquevillés sur son écharpe. Et Sylv et Bella, bien entendu, RIP…

— Je ne savais pas qu'elles avaient rompu, remarqua Lloyd en se servant de ma laque.

— Non, elles n'ont pas voulu que ça se sache. Mais c'est à cause de ça que Bella est de mauvaise humeur.

— Je le savais, marmonnai-je sans réfléchir.

Max me jeta un coup d'œil.

— Ça fait une éternité qu'elles sont ensemble, mais elles n'ont jamais été réellement compatibles, déclara-t-il simplement. Bella est si… *grossière*, d'une certaine façon. Et complètement *obsédée* par les Jeux. Je pense que c'est seulement grâce à ça qu'elle supporte le fait que Sylv passe autant de temps avec Gin, tu vois. Bella avait son truc à elle à côté. Mais Sylvia est une incorrigible romantique…

— *Quoi ?* m'exclamai-je soudainement en m'asseyant sur le lit de Marta, les yeux rivés vers Max.

— Ah, mais oui, confirma ce dernier en hochant la tête avant de me dévisager comme s'il appréciait ma réaction. Sylvia est la personne la plus romantique que je connaisse.

Il y eut un court silence puis Lloyd parla à ma place.

— Max, mon pote, dit-il d'un ton profondément cynique. Juste pour être sûr, on parle bien de *Sylvia Maudsley* là ? Sylvia Maudsley, la vice-capitaine générale ?

Max fit oui de la tête et prit une gorgée de bière.

— Tu oublies que je connais Sylvia depuis plus de cinq ans, se vanta-t-il.

— Explique, alors.

— Eh bien, quand on est arrivés à High Realms, Sylvia était très différente. Elle était intelligente, c'est sûr, mais elle était bizarre. On l'était tous plus ou moins, on avait *onze ans*, bon sang. Mais Sylv était timide, elle avait une démarche un peu… étrange.

Voyant mon incrédulité, il se pencha en avant.

— Oh, je sais. Elle est magnifique maintenant. Ce qui la rend encore plus belle, c'est qu'elle n'en a pas conscience, ajouta Max en regardant Lloyd avec insistance. À cette époque-là, elle avait encore plus mauvais caractère qu'aujourd'hui. Elle s'emportait pour un rien… elle faisait des crises de nerfs, ce genre de chose. Je me rappelle que le docteur Reza la prenait à part pour essayer de comprendre ce qui se passait… mais moi, je voyais bien ce qui la mettait en colère à chaque fois.

— Et c'était quoi ?

— Le manque de loyauté, nous confia-t-il simplement. Ça la fait sortir de ses gonds, elle ne supporte pas ça. Elle le prend incroyablement à cœur.

— Pourquoi ? demanda Lloyd, les yeux braqués sur Max.

Ce dernier marqua un temps d'arrêt.

— Au début, l'internat… ça peut être… difficile, expliqua-t-il en émettant un rire gêné. Si tu ne restes pas assez occupé, tu peux te sentir seul. Jusqu'en quatrième, on dort dans ces immenses dortoirs… Vous les avez déjà vus ? Au deuxième étage ?

Nous secouâmes la tête.

— Ils sont un peu lugubres. Les gens pleuraient le soir. Je me souviens que le docteur Reza faisait un tour la nuit avec sa lampe torche pour vérifier que tout le monde allait bien. Mais il n'y a qu'une personne comme elle, vous voyez ? poursuivit-il avant de marquer une pause en fredonnant un air bref et incongru. Vous ne pouvez pas vraiment comprendre. Vous êtes arrivés ici à l'âge de seize ans. On est des adultes maintenant. À l'époque, on était encore des enfants. On avait l'impression qu'on nous avait abandonnés.

Je jetai un coup d'œil à Lloyd. Max semblait avoir complètement oublié le passé de ce dernier. Comme je m'y attendais, il affichait un air renfrogné, appuyé contre l'armoire, les bras croisés.

— Tu es en train de dire que la loyauté est devenue le mécanisme de défense de Sylvia, résuma-t-il froidement.

— Son mécanisme de *survie*, le corrigea Max. Elle détestait le fait que les gens passent d'une clique à l'autre : amis un jour, ennemis le lendemain. Sa grande sœur étudiait ici. Hermione Maudsley, elle était capitaine générale. Mais Hermione n'en avait rien à faire de Sylvia, même s'il était clair que Sylv n'était pas vraiment heureuse. Je me rappelle avoir essayé de lui en parler.

J'imaginais Max, âgé de douze ans, aussi seul que Sylvia, qui essayait de se rapprocher d'elle en échangeant sur leur solitude commune.

— Mais elle ne parlait pas de ce qu'elle ressentait, elle ne le faisait jamais. Elle était entièrement dévouée à Gin, à former cette amitié forte que rien ni personne ne pouvait ébranler. Jusqu'à ce que Bella et moi entrions dans leur vie, tout du moins.

Il esquissa un étrange sourire d'autosatisfaction qui s'estompa lorsqu'il vit que ni Lloyd ni moi n'étions impressionnés.

— La loyauté, c'est comme ça que Sylvia envisage l'amitié, fit remarquer Max d'une voix forte. Rester fidèle à ses amis, peu importe ce qui se passe, les protéger, se battre pour eux. C'est comme ça qu'elle montre qu'elle tient à eux. Et c'est comme ça qu'elle a témoigné son amour à Bella. Une loyauté à toute épreuve, même quand les choses n'allaient pas. C'est *ça* que j'entendais par romantique.

— Elle a dû être dévastée quand Bella a rompu avec elle, marmonna Lloyd.

— Oh, c'est dans l'autre sens que ça s'est fait. C'est *Sylvia* qui a quitté *Bella*, sourit Max, et je n'aimais pas le soupçon de joie que je pouvais lire sur son visage. Sylvia a été anéantie de devoir agir ainsi, ça se voit. En plus, Gin n'est pas là. Autant dire que ce n'est pas une période facile pour elle.

Je restai silencieuse. J'étais fascinée par ces nouvelles informations concernant Sylvia, mais j'avais aussi du mal à croire tout ce qui avait été dit. Certains de ces détails sur sa vie étaient assez invraisemblables. Je sentais qu'il y avait une part d'exagération. Par-dessus tout, les commentaires de Max quant à sa personnalité semblaient à la fois présomptueux et peu charitables. Après tout, durant les dernières semaines, Sylvia avait passé la plupart de son temps à essayer de le protéger. Sans son intervention, il aurait encore plus souffert, mais l'ego de Max semblait s'être rétabli à tel point qu'il en avait oublié ce qu'elle avait fait.

Max se rendit apparemment compte qu'il avait dépassé les bornes car il changea de sujet.

— Vous vous souvenez quand tout le monde rigolait du fait que Gerald avait kidnappé Marta ? nous demanda-t-il, ce à quoi nous hochâmes la tête en signe d'approbation, mal à l'aise. Eh bien, hier, Jolyon et Rory ont décidé de le suivre. Juste pour voir où il allait. Ils ont perdu sa trace un moment, puis ils l'ont trouvé en train de se masturber dans la grange. Il avait caché tous ses magazines porno de taré là-bas. Pas du tout le même genre que celui de Rory. C'étaient vraiment des trucs sales que seuls des gens dérangés regardent. Et il était en train de *pleurer.* De sangloter en même temps qu'il le faisait.

— *Quoi ?* s'étonna Lloyd, consterné. Qu'est-ce qui s'est passé après ?

— Rory et Jolyon s'en sont donné à cœur joie, expliqua Max en baissant le regard vers sa main blessée, une étrange expression sur le visage. Ils ont pris tous ses magazines porno et ont raconté à *tout le monde* ce qu'ils avaient vu.

— C'est un peu puéril, marmonna Lloyd qui était assis sur mon lit près de Max et jouait avec l'anneau de sa canette de bière. Tu ne peux pas leur dire quelque chose ?

— Qu'est-ce que tu veux que je leur dise ? demanda Max d'un ton enjoué et bien trop détaché. Hé, les gars, excusez-moi de vous déranger, mais ça vous dirait d'agir de manière un peu moins puérile ?

Il y avait une sorte de rigidité dans son sourire alors qu'il penchait la tête sur le côté pour observer Lloyd.

— Je pense que ça ne ferait de bien à personne.

— Peut-être pas de manière aussi directe, mais…

— Mais, à long terme, je devrais jouer le jeu de la supériorité morale ! chanta Max en se redressant sur mon lit, ce qui fit bouger son bras d'un mouvement brusque. Oui, c'est ça ! Je devrais mener une guerre contre la puérilité ! Je devrais être mature et avoir le cœur pur, comme toi, Lloyd.

Il entonnait une sorte de chant cérémonial, son index tapotant sur le cadre de mon lit en rythme. Malgré son sourire, j'entendis un tremblement dans sa voix lorsqu'il s'écria :

— À bas la puérilité !

— OK, OK, l'interrompit Lloyd en levant les mains de manière résignée. Calme-toi.

Mais Lloyd avait raison, pensai-je. High Realms prônait l'autonomie et l'indépendance, pourtant il y régnait une sorte de puérilité. Les rancunes, les agressions et les représailles incessantes empêchaient tout le monde de saisir l'intérêt de la bonté et de la gentillesse.

— Je suis calme, rétorqua Max en étirant son bras valide avant d'enrouler ses longs doigts autour de la rotule de Lloyd. Calme, sage et un putain de réaliste. (Il nous sourit à tous les deux.) Vous êtes prêts à y aller ?

*

Je m'étais tant habituée à High Realms et j'avais été tellement obnubilée par tout ce qui s'était passé que j'avais oublié à quel point notre école était grandiose. La nuit du bal de Noël me rappela que High Realms était un lieu imposant qui constituait un monde à part entière, régi par ses propres lois.

L'atrium, la galerie inférieure, la vieille bibliothèque et le salon furent transformés pour l'occasion ce soir-là. Du lierre avait été entouré autour des balustrades, entrelacé de minuscules ampoules qui émettaient une lumière tamisée. Tout le reste était éclairé à la bougie. Les salles au plafond haut et au parquet poli avaient été vidées de leurs meubles, à l'exception de quelques longues tables qui avaient été disposées contre les murs et sur lesquelles avaient été déposées de grandes quantités de nourriture et de boissons. Des tentures dorées et argentées recouvraient les murs de la vieille bibliothèque. Un quatuor à cordes jouait gaiement dans l'atrium. Dans chaque pièce, il y avait un immense sapin qui avait été déterré dans les bois du domaine. Je n'avais jamais vu un sapin aussi grand que celui de l'atrium. Son sommet – décoré par une seule étoile dorée – atteignait la rambarde de la galerie inférieure.

Je n'étais jamais allée dans le salon auparavant. Le plafond était encore plus haut que dans la vieille bibliothèque. Les murs n'étaient pas recouverts de portraits, mais de magnifiques fresques ternies représentant des scènes de chasse. Un feu avait été allumé dans l'immense cheminée et un grand piano trônait au milieu de la pièce. Dès que nous atteignîmes le rez-de-chaussée, Lloyd me laissa livrée à moi-même sous prétexte qu'il devait s'échauffer. Max le suivit.

J'errai dans les grandes pièces, seule. Plus tôt dans la soirée, une édition spéciale de la Nuit du pont avait été organisée, mais je n'y avais pas été invitée. (*Si je te vois là-bas*, m'avait sifflée Bella au déjeuner. *Ce sera la dernière soirée de ta vie.*) Les invités se dirigeaient désormais vers le premier étage, sentant le tabac et le cidre, leurs joues roses et leurs chaussures couvertes de boue. Ils saisissaient des coupes de champagne sur les plateaux en argent que le personnel de cuisine faisait circuler et buvaient leur contenu d'une traite. Le bruit dans la vieille bibliothèque était en train d'atteindre son apogée lorsque je remarquai Sami qui marchait aux côtés d'Ingrid Crichton.

Je me précipitai vers lui, déterminée à lui prouver que je me fichais de la personne avec laquelle il sortait.

— Sami !

— Hé ! me salua-t-il en esquissant un léger sourire. Ça se passe bien ?

— Ça va, répondis-je, remarquant la boue sur l'ourlet de son pantalon. Salut, Ingrid.

Je la connaissais un peu grâce au hockey et au seul cours que nous avions en commun, à savoir les maths, matière qui lui causait du tort. Elle avait un long nez aquilin et des narines légèrement dilatées. Ses cheveux roux tombaient en cascade jusqu'à sa taille.

— Lloyd va bientôt jouer, déclarai-je. Vous voulez venir regarder ?

— On viendra après, peut-être, dit Sami qui afficha un air nerveux au moment où Ingrid posa ses longs doigts sur son avant-bras. À plus tard, Rose.

Ils se dirigèrent vers les tables sur lesquelles se trouvaient les boissons, me laissant debout près de la porte. Je les fixai un moment du regard, me sentant plus seule que jamais. Puis je me tournai en direction du salon et me retrouvai nez à nez avec Sylvia.

Je ne l'avais pas vue depuis plusieurs jours et j'eus tout de suite l'impression qu'elle était différente. Vêtue d'une robe noire toute simple, elle était plus élégante que jamais, mais son visage était pâle et elle était encore plus fine qu'avant. Ses cheveux avaient été négligemment attachés au niveau de sa nuque. Je jetai un coup d'œil à ses pieds. Elle portait des chaussures qui coûtaient probablement très cher et qui étaient ornées de lanières dorées serrées. Il n'y avait pas une trace de boue.

— Salut, dit-elle.

— Salut, déglutis-je, ne voulant pas me disputer avec elle. Je m'apprêtai à…

— Si tu vas chercher un verre, j'en veux bien un aussi, m'interrompit-elle.

Elle avait des poches noires sous les yeux. Sa main trembla légèrement lorsqu'elle la leva pour retirer une mèche de cheveux de son visage.

— D'accord.

Je m'avançai vers les tables sur lesquelles les boissons avaient été disposées et pris deux verres de vin. *Qu'est-ce qui se passe ?* me demandai-je. Je me retournai vers Sylvia et lui tendis un verre.

— Merci, dit-elle avant de boire une gorgée tout en parcourant la pièce des yeux. Bon sang.

Je suivis son regard. Dans un coin de la pièce, Gerald rôdait là tout seul, une bouteille de bière à la main. Rory et Jolyon se tenaient à quelques mètres de lui. Je fus surprise de voir Max à leurs côtés. Ce dernier se servit de sa main valide pour imiter ce que Gerald avait fait dans l'atelier l'après-midi même. Rory et Jolyon ricanèrent. Max afficha un air satisfait.

— Au moins, ils ne le battent pas, fis-je remarquer à l'intention de Sylvia.

— Depuis quand ça te regarde ? répliqua-t-elle.

Je levai les sourcils, incapable de m'en empêcher. Je vis un très léger frémissement parcourir son visage puis sa colère se renforça. Je haussai les épaules et m'éloignai.

La fête était de plus en plus bruyante. Des adultes étaient chargés de nous surveiller, car nous étions censés avoir droit à deux verres chacun, mais ils n'étaient pas réellement dévoués à leur tâche. Même le major Gregory avait le visage rouge et marchait en titubant, sa cravate de travers tandis qu'il parlait à M. Briggs. Je traînai un moment dans un coin du salon, observant Lloyd jouer du Chopin tandis que les gens discutaient autour du piano. Max s'approcha et se jucha sur le tabouret, se penchant sur lui pour lui tourner les pages.

— Bonsoir, Rose.

Je me tournai pour faire face au docteur Reza qui se tenait debout à côté de moi, vêtue de sa tenue habituelle, à savoir un jean, un gilet et des baskets.

— Ça fait longtemps que je ne t'ai pas vue. Ça va ?

— Ça va.

Je sentis que si je développais ma réponse, j'ouvrirais une fissure émotionnelle que je n'étais pas en mesure d'affronter ce soir.

— Est-ce que Marta te manque ? demanda-t-elle avec perspicacité.

Je haussai les épaules.

— Docteur Reza, dis-je soudainement. Pourquoi avez-vous autorisé Marta à ne pas participer aux Jeux ? Quand on est arrivés ici, je veux dire.

Elle m'observa quelques instants avant de répondre.

— Je l'ai fait parce qu'elle était très maigre.

— Oui, mais il y avait autre chose.

Elle se tut à nouveau.

— Tu sais mieux que quiconque que les Jeux à High Realms sont tout sauf des jeux, dit-elle finalement. Quand je l'ai rencontrée pour la première fois, j'ai pensé que Marta ne serait pas capable de supporter ça, en plus de tout le reste. J'avais l'impression qu'elle avait traversé assez d'épreuves comme ça, ou tout du moins, c'était ce que je craignais.

Je fixai le docteur Reza du regard. Elle me scruta. J'eus le même sentiment qu'à la fin de mon entretien avec

Vane. J'avais l'impression qu'on lisait en moi, mais avec le docteur Reza, il n'y avait aucun soupçon d'accusation ou de déception. Pour cacher mon agacement, j'ajoutai sévèrement :

— Vous avez dit à Marta qu'elle devait commencer à participer aux Jeux. Le matin où elle a disparu.

— Je me suis dit que ce serait plus facile si c'était moi qui le lui annonçais, expliqua-t-elle gravement.

— Comment ça ?

— C'est le major Gregory qui l'a décrété, déclara-t-elle en me regardant avec un air étonné. J'ai essayé de l'en empêcher le plus longtemps possible, mais il avait remarqué que Marta s'habituait à sa vie ici, qu'elle semblait bien plus heureuse. J'étais d'accord, mais je ne voulais toujours pas la confronter aux Jeux. Le major Gregory m'a dit qu'il ne l'autoriserait pas à être dispensée plus longtemps, à moins que je ne lui fournisse une raison médicale. Je n'en avais pas. Mais je voulais être la personne qui annoncerait la nouvelle à Marta. Je lui ai dit qu'elle pouvait venir me voir si quoi que ce soit…

— Cette putain d'école.

Je savais que je ne devais pas jurer en face d'elle, mais les mots sortirent avant même que je ne puisse les en empêcher. Les larmes me piquèrent les yeux. Je m'éloignai du docteur Reza, zigzaguant à travers la foule pour me diriger vers le grand piano.

Alors que je m'en approchais, Lloyd arrivait à la fin de son morceau. Il joua les trois notes finales, des accords exubérants, avant de se mettre debout et de s'incliner sous les applaudissements, son bras autour des épaules de Max. Puis il prit un verre de vin posé sur le piano et le vida d'une traite.

— Une petite danse ? me proposa-t-il, un grand sourire aux lèvres.

Je fis non de la tête, encore bouleversée par la révélation du docteur Reza, mais il attrapa mon bras et me tira vers la piste de danse. Les enceintes diffusaient désormais un morceau de jazz rapide. J'agrippai la main ferme de Lloyd et essayai de bouger avec lui.

— Je ne vois Sami et Ingrid nulle part, fis-je remarquer en élevant la voix par-dessus la musique.

Lloyd se mit à rire.

— Si ce que Max dit à propos d'elle est vrai, Ingrid attend plus qu'une simple galoche sous le gui, gloussa-t-il en me rapprochant de lui, sa main placée dans le bas de mon dos avant de pencher la tête pour me parler dans l'oreille. C'est bien qu'il sorte avec quelqu'un. Il lui faut une distraction pour l'empêcher de ne penser qu'à Marta. Pareil pour toi, Ro.

— Tu ne sais pas ce dont j'ai besoin.

Il haussa les épaules et nous entraîna encore plus profondément dans la foule. On passa à une autre chanson et il me fit faire un tour sur moi-même.

— Vous avez besoin d'y croire tous les deux. Je suis sûr qu'on va y arriver.

— Arriver à quoi ?

— À sauver Marta. On a parcouru tant de chemin ! La police s'est désintéressée de l'affaire… Je pense que ça va marcher, Ro, sincèrement. Ça fait déjà six semaines, s'enthousiasma-t-il en se penchant en avant, un grand sourire aux lèvres avant d'entourer mon visage de ses mains chaudes. Imagine, Rose. Imagine le jour où elle sera libre.

Je fermai les yeux un instant, essayant de faire ce qu'il me disait. Mais l'image qui apparut dans mon esprit ne représentait pas Marta. Je me voyais moi : une Rose libérée qui marchait le long du ruisseau Donny et dont la conscience était aussi claire et paisible que l'eau qui s'écoulait à côté d'elle. La Rose que je voyais n'aurait plus jamais à mentir de toute sa vie.

Lloyd se rendit compte qu'il ne m'avait pas convaincue.

— Oh, Rose, dit-il, la tête penchée en arrière. Tu es magnifique, tu sais. Tout le monde le dit. (Il déposa un baiser sur mon front et me lâcha la main.) Je vais chercher Max.

Il partit en traversant la foule à grands pas.

La musique était désormais très forte. Je ne voulais pas m'éterniser là sans personne avec qui danser. Je me faufilai donc vers la galerie inférieure, qui était faiblement éclairée, et dont l'atmosphère était froide et calme comparée à l'ambiance frénétique du salon. Le quatuor à cordes était encore en train de jouer en bas. J'empruntai un passage latéral, en direction des toilettes. Dans l'obscurité, je me cognai à deux personnes collées l'une à l'autre contre le mur.

— Regarde où tu vas, putain, m'agressa une voix aristocratique.

Ingrid Crichton rajusta sa robe, l'air furieuse.

— Pardon, m'excusai-je.

Je regardai Sami. Il était appuyé contre le mur, le col défait et le regard dans le vague.

— Ça va ? lui demandai-je.

— Rosie, m'appela-t-il en tendant les bras vers moi. C'est toi ?

— Oui, c'est moi.

Sami était la seule personne à m'appeler Rosie.

Il agrippa le bout de mes cheveux et les tira délicatement.

— Tu m'as manqué, marmonna-t-il.

— Elle t'a *manqué* ? s'écria Ingrid qui le regardait avec un air de dégoût.

Sami lui jeta un regard noir, affalé contre le mur.

— Va-t'en, lui ordonna-t-il.

Elle écarquilla les yeux et lui tourna les talons avant de s'éloigner dans le couloir.

— Ce n'était pas une très bonne idée, dis-je à Sami.

— C'est vrai, affirma-t-il en hochant lentement la tête.

— Tu veux que je te ramène à Hillary ? lui proposai-je, mais il se pencha brusquement en avant et plaqua ses lèvres contre les miennes.

Elles étaient humides, douces, et avaient un goût de vodka.

— Hé, m'exclamai-je, surprise, en m'écartant de lui. Qu'est-ce que tu fais ?

Il haussa les épaules et mit sa main contre le mur.

— J'avais envie de t'embrasser, déclara-t-il. Tu es si jolie dans cette robe.

J'étais à la fois amusée et agacée.

— Tu devrais aller te coucher, suggérai-je.

Sa tête tomba légèrement.

— Marta me manque, annonça-t-il d'une voix soudain distincte. Je l'aime.

— Je sais, affirmai-je avant de regarder autour de nous pour m'assurer que le couloir était encore vide. Mais chut, Sami. On ne peut pas parler d'elle ici, tu te souviens ?

Son regard se perdit à nouveau dans le vague et je tendis la main vers son bras.

— Laisse-moi te ramener à Hillary…

— Je tiens à elle plus que *lui*, poursuivit distinctement Sami, essayant de se libérer de mon emprise.

— OK, mais…

— Il nous manipule, Rose. Il veut nous faire croire qu'il est seul au monde, mais ses parents d'adoption lui écrivent toutes les semaines, bon sang.

— Allez, viens, Sami. Il est temps d'aller se coucher.

— Je ne crois pas, rétorqua une voix d'un ton froid.

Nous nous tournâmes. Ingrid et Bella marchaient à grands pas dans le couloir. Ingrid me pointa du doigt.

Instantanément, Bella m'attrapa et me tira pour me faire entrer dans les toilettes.

La porte se ferma en claquant derrière nous.

— Sortez de là, ordonna Bella au couple qui s'embrassait à côté des lavabos.

Elle n'eut pas besoin de le dire deux fois. Mon cœur battait la chamade.

— Tu m'as vraiment bien baisée, me dit Bella.

Elle enfonça la bonde dans l'un des éviers et tourna le robinet d'eau chaude. Ingrid était adossée contre la porte, les bras croisés.

— Qu'est-ce que j'ai fait ? À part exister ?

— Exister serait suffisant, rétorqua Bella avant de remonter les manches de son costume en velours.

— Mais ?

La salle de bains se remplissait de buée.

— Mais quoi ?

— Tu as dit qu'exister *serait* suffisant. Ça suggère qu'il y a quelque chose d'autre.

Je voulais la faire parler le plus longtemps possible, espérant que Sami aurait encore assez de présence d'esprit pour aller trouver Lloyd et chercher de l'aide.

— Ne joue pas à ça avec moi, répliqua-t-elle.

Le lavabo était désormais rempli d'eau. Elle arrêta le robinet d'un coup sec.

— Je sais que tu aimes te laver les cheveux dans ta chambre, espèce de parasite. Mais ce soir, on va faire les choses différemment.

J'essayai de reculer, mais elle attrapa mon bras et fit signe à Ingrid de faire pareil. Toutes les deux, elles me forcèrent à m'approcher du lavabo. Des nuages de vapeur s'élevaient au-dessus de l'eau. La plomberie de la maison principale était très vieille et l'eau était réputée pour être particulièrement brûlante. Ingrid et Bella se placèrent de chaque côté de moi et mirent chacune une main derrière mon crâne pour me forcer à pencher la tête. Je luttai, tentant de leur donner un coup de pied. Mais elles étaient trop fortes. Je fixai du regard l'eau qui se rapprochait peu à peu de mon visage tandis que les muscles de mon dos faiblissaient.

Ce fut mon front qui toucha l'eau en premier. J'eus l'impression qu'un millier de couteaux s'enfonçaient dans ma peau, puis la souffrance que je ressentis fut atroce et fulgurante. Je redoublai d'efforts pour lutter, essayant d'empêcher mon visage d'entrer plus en contact avec l'eau, mais c'était inutile. J'avais l'impression que mon cou allait se casser. Je fermai les yeux très fort, me préparant à plonger.

Puis tout à coup, la pression diminua et je trébuchai sur le côté. Je tombai à genoux, vaguement consciente que Bella et Ingrid étaient en train de reculer en chancelant.

— Je vous ai dit de la *laisser* !

Avec difficulté, je réussis à me mettre debout. Je distinguai une troisième silhouette à travers la buée.

— Allez-vous-en, ordonna-t-elle, mais elle ne s'adressait pas à moi. Partez, tout de suite.

Ingrid décampa aussitôt, mais Bella resta. Sylvia baissa le ton.

— Bella. Ça suffit. Laisse-la tranquille.

— Oh, je vois, rétorqua cette dernière avec sa brutalité habituelle, mais je vis la tristesse dans son expression. Deux ans et demi, Sylv. *Deux ans et demi*, et tu me quittes comme ça…

— Bella, l'interrompit Sylvia. On en a déjà parlé. Ça va aller.

— C'est toi qui as pris la décision, rétorqua Bella d'une voix brisée. J'aimerais pouvoir te croire, Sylv. Mais je ne suis pas comme toi. Je m'autorise à *ressentir* des choses. Je m'autorise à pleurer…

Ses yeux se remplirent de larmes : la féroce, l'indomptable Bella était en train de pleurer, devant Sylvia et moi.

Cette dernière la fixa d'un regard froid.

— Ce n'est ni le moment ni l'endroit, dit-elle à Bella qui émit un gémissement étranglé avant de tourner les talons et de sortir de la salle de bains en courant.

Au bout de quelques instants, Sylvia se dirigea vers le lavabo et alluma le robinet d'eau froide.

— Mets ta tête là-dessous, suggéra-t-elle.

Ma peau me faisait tant souffrir que j'obéis sans poser de question. Je plongeai ma tête et laissai l'eau glacée couler sur mon front. Me sentant vulnérable dans cette position, je me redressai le plus vite possible. Sylvia était adossée contre le mur et me regardait en silence.

— Tu les as arrêtées, fis-je remarquer.

— Bella a toujours été mauvaise perdante, mais ce n'est pas une raison pour s'en prendre à toi, déclara-t-elle en haussant les épaules.

— Mais tu…

— Je quoi ? demanda-t-elle, les yeux brillants.

Fais attention, pensai-je. Je sentais mon front palpiter.

— Tu… tu ne m'aimes pas, rétorquai-je mollement.

— Je n'ai jamais été réellement fâchée contre toi, répondit-elle en haussant à nouveau les épaules. Ce n'est pas pareil.

— Tu me détestes.

Les mots sortirent de ma bouche avant que je ne puisse les retenir.

Elle tourna la tête et me regarda comme si elle ne me comprenait pas.

— Je te *déteste* ?

— Oui.

— Tu n'es pas habituée à la façon dont les choses fonctionnent ici, c'est tout, se justifia-t-elle, l'air impatiente.

On est loyaux envers nos amis. Il y a… des choses qui ne peuvent pas être tolérées. J'ai été loyale envers Gin.

— Eh bien, félicitations, déclarai-je, soudainement énervée de l'entendre parler de loyauté. C'est ta *loyauté* qui m'a rendue profondément malheureuse. J'espère au moins que tu y as pris du plaisir.

Je me déplaçai pour passer à côté d'elle et franchir la porte, mais elle tendit rapidement le bras et agrippa mon poignet. Sa peau était froide.

— Plus rien ne me procure de plaisir désormais.

Je la scrutai. Des larmes s'étaient formées dans ses yeux noirs et l'épuisement se lisait sur ses traits magnifiques. Je me rappelai à quel point j'admirais son dévouement pour ses amis au début de l'année. Je la revis à genoux à côté du corps inerte de Genevieve. Je me souvins des moments où elle avait défendu Max et du jour où elle était venue me trouver directement dans ma chambre pour me faire passer le message de Genevieve. Par-dessus tout, je me rappelai la manière dont Max l'avait décrite, que je n'avais pas réussi à croire : l'enfant maigre aux cheveux bruns qui était devenue la personne puissante en face de moi.

— Il y a des choses qui te procurent du plaisir, rétorquai-je d'un ton presque enjôleur. Le hockey, par exemple, non ?

Quelques larmes coulèrent sur ses joues. Elle hocha la tête en silence avant de les essuyer du dos de la main. À nouveau, je me tournai pour partir, sachant qu'elle ne voulait probablement pas que je la voie pleurer. Mais elle finit par répondre :

— Le hockey te rend heureuse, toi aussi. Je l'ai vu.

— Oui, affirmai-je en la regardant, incapable de cacher ma surprise.

— Est-ce qu'on peut… commença Sylvia avant de prendre une grande inspiration. J'ai envie de sortir de là. Est-ce que tu veux venir avec moi ?

Nous sortîmes de l'école par la porte principale, empruntant le même chemin que Marta après l'incident de l'Eiger. L'air extérieur était si froid que j'en avais presque le souffle coupé. Nous courûmes sur la grande allée puis sur l'avenue sombre bordée de platanes, en direction du pavillon.

Sylvia monta les marches en courant, sa robe noire volant derrière elle. Elle poussa la porte et s'engouffra à l'intérieur. J'entendis une série de cliquetis bruyants et métalliques puis les dizaines de lumières s'allumèrent, éclairant le gazon synthétique et transperçant l'obscurité.

— On va nous voir, m'inquiétai-je en claquant des dents.

Sylvia baissa les yeux vers moi, depuis le seuil de la porte du pavillon. Sa peau claire brillait à la lumière blanche.

— Je m'en fiche, rétorqua-t-elle. Je n'en ai plus rien à faire de quoi que ce soit.

Elle se précipita à l'intérieur, dans la pénombre, avant de revenir avec deux crosses de hockey à la main.

— Tiens, s'exclama-t-elle en m'en lançant une.

Nous nous faufilâmes entre les grilles du portillon et arrivâmes sur le gazon synthétique. Sylvia jeta ses chaussures. Je l'imitai. Puis, nous courûmes sur le terrain, pieds nus, nous passant la balle comme nous le faisions six matinées par semaine. Nous essayions de feinter l'autre, amusées par notre adresse et notre habileté. Nos souffles formaient des nuages de vapeur. L'air qui nous entourait était froid. La maison principale avec ses nombreuses lumières se détachait dans la noirceur de la nuit. Je pensai à la chaleur de la fête qui se déroulait à l'intérieur, mais je n'avais aucune envie d'y retourner.

Puis, Sylvia me fit une passe, plus rapide que ce à quoi je m'attendais. Je dus plonger en avant pour atteindre la balle. Mon pied se prit dans l'ourlet de ma robe et je trébuchai avant d'atterrir à quatre pattes au milieu du terrain.

La balle fila au loin, mais Sylvia ne courut pas après. Elle s'agenouilla devant moi, les yeux rivés sur les miens.

— Ça aussi, c'est pour le plaisir, dit-elle doucement.

Elle leva le bras vers ma joue, prit mon visage entre ses mains et m'embrassa. Ses lèvres étaient douces, plus douces que celles de Sami. C'était une douceur qui me faisait me sentir faible. Au début, je fus choquée. Je ne comprenais pas. Mais peut-être, pensai-je, peut-être n'y avait-il pas besoin de comprendre. Il me suffisait, pour le moment, de sentir : sentir les lèvres de Sylvia sur les miennes et ses bras autour de moi, puis me pencher pour lui rendre son baiser avec tous les sentiments que j'éprouvais. J'embrassai Sylvia sous le ciel noir éclairé par la vive lumière des projecteurs tout autour de nous. Et, alors que je l'embrassais, je ne ressentis aucune peur.

PARTIE III

17

Chère Rose,
J'écris cette lettre en espérant que Sami te la donnera. Peut-être ai-je tort de faire cela. Peut-être devrais-je attendre que tu viennes me voir. Mais, tu sais, j'ai peur que tu ne viennes jamais. Et alors ce qui se passe entre nous va continuer de grandir et je vais te perdre – toi, ma meilleure amie – à jamais.
Je ne dis pas ça pour te manipuler. Je ne dis pas que c'est pour ça que je t'ai menti ou que je l'ai fait parce que je voulais à tout prix devenir ton amie. Ce n'était pas le cas, pas du tout.
Je t'ai menti parce que c'était plus facile à accepter que la vérité. Je suis incapable d'en parler, mais peut-être que je serai capable de l'écrire ici – en partie – si je prétends que c'est une histoire. Je vais essayer.
Ma mère, Maria De Luca, est universitaire et écrivaine. C'est une personne très intelligente et créative. Quand j'étais petite, elle rédigeait des articles, des essais et des livres. Elle a publié des poèmes et une pièce de théâtre. Elle est devenue de plus en plus connue. Les gens voulaient l'entendre parler et lire son travail. Je me rappelle ramasser son courrier sur le tapis et le lui amener dans le bureau qu'elle partageait avec mon père. Parfois, je le lui lisais pendant qu'ils travaillaient tous les deux. Les gens, en particulier les femmes, l'adoraient. C'était une icône.

Au début, mon père tolérait son succès, il la soutenait même. Il se disait féministe : il a même pris le nom de ma mère quand ils se sont mariés. Mais, petit à petit, il est devenu très jaloux de sa réussite. C'était plus que de la jalousie, il était possessif, et pourtant il devait la partager avec ceux qu'il méprisait et appelait ses « acolytes ». Ses sentiments se sont peu à peu transformés et il est devenu terriblement cruel envers elle. Je n'étais pas censée le savoir, mais je le savais ; bien sûr que je le savais. Elle essayait de me protéger, mais ça se passait dans notre propre maison. Il était toujours gentil et doux avec moi, ce qui était encore pire.

L'année de mes quatorze ans, mon père a fait un AVC. Ça l'a affaibli, mais ça l'a aussi rendu plus sévère d'une certaine manière. Il a commencé à soupçonner ma mère de vouloir le quitter. Ça l'effrayait. Elle jouait le rôle d'aidant, mais ce n'était pas vraiment ça le problème. Il voulait la contrôler. Et il avait très peur qu'elle m'emmène. Un jour, alors qu'elle était sortie, il m'a dit qu'il pensait que ma mère allait s'en aller. Il m'a dit que si je partais avec elle, il nous retrouverait et il la tuerait. Il ne me tuerait pas moi, avait-il ajouté. Il m'aimait.

Je le croyais. Il avait failli la tuer à plusieurs reprises. C'est pour cela que l'année dernière, lorsque ma mère m'a confié secrètement qu'elle voulait s'enfuir et qu'elle m'a proposé de venir avec elle, je lui ai répondu non. Je ne lui ai pas expliqué pourquoi. J'ai juste dit que je voulais rester avec mon père. Elle a dû voir ça comme une trahison. Après tout, il avait toujours été si gentil avec moi alors qu'il lui faisait vivre des choses horribles. Mais je ne pouvais lui expliquer la véritable raison de mon refus. Je pensais que si je le faisais, elle ne voudrait peut-être plus partir et je voulais à tout prix qu'elle s'en aille. Elle perdait sa volonté de vivre, dans un sens très littéral. Elle ne mangeait plus. Ne dormait plus. Ne travaillait plus. N'écrivait plus. Elle parlait à peine – même avec moi.

Elle est partie en février, dans la nuit. Cet après-midi-là, alors que mon père était dans la salle de bains, elle m'a dit qu'elle reviendrait dans quelques semaines, au cas où je changerais d'avis. Je savais que si mon père la surprenait à son retour, il la tuerait. Alors je lui ai dit de ne pas revenir, que je ne voulais pas partir avec elle. Je n'ai pas eu le temps de lui expliquer pourquoi. Mon père est entré dans la pièce. Ç'a été la dernière fois que j'ai passé un moment seule avec ma mère.

Elle est partie. Je ne sais pas où. Elle a juste disparu. Pendant les trois premiers mois, je pensais qu'elle s'installerait quelque part, qu'elle était en train d'écrire un autre livre, une nouvelle pièce ou d'autres poèmes – qu'elle se rétablissait. Je pensais que je passerais devant une librairie un jour et que je verrais son nouveau livre dans la vitrine.

Mais elle n'est jamais revenue, Rose. C'était ce que je lui avais demandé, mais toutes les fibres de mon être étaient persuadées qu'elle désobéirait. J'imagine que j'étais partie du principe qu'elle allait refaire sa vie et qu'elle viendrait me chercher pour qu'on s'échappe ensemble. Mais elle n'est pas revenue. Alors, j'ai arrêté d'attendre et je suis allée à High Realms. Elle n'aurait jamais pu prédire ce qui s'est passé entre février et septembre. Elle n'avait connu que la gentillesse de mon père à mon égard et la cruauté dont il faisait preuve envers elle.

C'est pour ça que je préfère me dire que ma mère est morte. C'est plausible, mais c'est aussi plus facile à accepter que son choix de ne pas revenir, de m'aban-

donner et de me laisser avec mon père. Elle n'a pas vérifié une seule fois s'il ne s'en prenait pas à moi. Et c'est ce qu'il a fait. Tu le sais déjà.
Je sais que je t'ai blessée. Mais c'est le mensonge que je me suis raconté pour continuer à vivre. C'est le mensonge auquel je me raccroche. Et même en écrivant ces mots, en reconnaissant le fait qu'elle n'est peut-être pas morte, je sais que je vais continuer à imaginer le contraire. Je ne peux pas te le cacher. Mais je suis sincèrement désolée. Pour le mensonge que je t'ai raconté, qui était déplacé, et pour la douleur que je t'ai causée et pour laquelle je me méprise. Et pour tout le reste qui, je sais, gâche ton séjour à High Realms.

Amitiés,

M.

Après avoir fini de lire, je relevai les yeux vers Sami qui était assis au bout de mon lit en train de me regarder. Nos regards se croisèrent.

— Alors ? demanda-t-il doucement. Est-ce que ça explique des choses ?

— Oui, déglutis-je.

C'était un samedi après-midi vers la fin du mois de janvier. Lloyd s'entraînait à l'orgue avec Max. Sami était parti à la tour de l'horloge pour apporter le déjeuner à Marta avant de venir me trouver. Ça faisait deux semaines que les garçons et moi étions retournés à l'école. Les cours, les Jeux et les corvées avaient repris et c'était comme si nous n'étions jamais partis. Trois fois par semaine, nous avions désormais une heure pour nous préparer à l'entrée à l'université avec le docteur Lewis, la cheffe de la maison Drake. Elle avait passé les premières séances à essayer de nous faire choisir quelle matière nous voulions étudier et à quelles universités nous voulions envoyer nos candidatures. Sami avait choisi la médecine à Oxford. Il serait encadré par le docteur Reza. Quant à Lloyd et moi, nous étions très indécis.

J'étais heureuse d'être de retour. Avant de rentrer chez moi, je n'avais pas pris conscience d'à quel point je m'étais habituée à la vie en collectivité. J'avais perdu l'habitude d'aider à préparer les repas et de faire la vaisselle ensuite, de prendre des bains chauds plutôt que des douches stressantes, d'apprécier le calme et la paix du foyer plutôt que le brouhaha constant de la maison Hillary. J'avais passé des après-midi entiers, allongée sur mon lit dans l'appartement silencieux, les yeux rivés sur le plafond, essayant d'analyser les événements qui s'étaient déroulés durant le semestre. À l'approche de Noël, mon père prit quelques jours de congé et nous parcourûmes tout Londres à pied : Greenwich, Fulham, Kilburn, Ealing. Je me rendis compte que les couleurs, les textures et le ciel dégagé de la campagne me manquaient.

Je vis bien que mon père avait remarqué un changement chez moi, mais il ne fit aucun commentaire et ne posa aucune question. Il avait suivi de près l'affaire de Marta dans les journaux. À plusieurs reprises, il mentionna le fait que je devais être terriblement inquiète pour elle. Quand le professeur De Luca fit une dernière apparition à la télévision juste avant Noël, suppliant les téléspectateurs pour qu'elle revienne saine et sauve, j'entendis mon père marmonner dans sa barbe « pauvre gars ». Il se tourna vers moi et me demanda comment était Marta en tant que personne.

— Elle n'est pas morte, répliquai-je sans réfléchir.

Il me lança un regard étrange et interrogateur, qui, je le sentis, englobait tout ce que je ne voulais pas qu'il sache. À partir de ce moment-là, mon père changea d'attitude.

Il se mit à cuisiner mes plats préférés, à me proposer des films qu'il pensait que j'apprécierais et à m'aider à faire les devoirs que je devais rendre après les vacances. Il m'enveloppait de toute l'attention dont j'avais été privée durant quatorze semaines et je trouvais cela étouffant.

Sami m'écrivit plusieurs fois de Leeds. Nous nous étions mis d'accord pour ne rien dire d'explicite à propos de Marta dans nos lettres au cas où elles seraient interceptées. Mais je voyais bien qu'il était inquiet. C'était une période bien trop longue pour rester entièrement seule et nous nous préoccupions de sa santé physique et mentale. « J'ai l'impression d'avoir très faim tout le temps », m'écrivit Sami vers la fin du mois de décembre. Je savais qu'il faisait référence à Marta et au fait que nous avions seulement pu lui procurer le strict nécessaire de nourriture. « Est-ce qu'il fait froid là où tu es ? » ajoutait-il ensuite avec insistance et je ressentis un pic d'anxiété rien qu'en pensant à la température dans la tour de l'horloge.

Lloyd m'écrivit lui aussi. Il était rentré chez ses parents d'adoption pendant deux semaines avant d'aller chez Max à Chiswick, ce qui, je le savais, avait blessé Sami. Pour autant, Lloyd avait accès à des informations qui nous étaient utiles. Il nous écrivit pour nous dire que Genevieve était sortie de l'hôpital la veille de Noël, mais qu'elle avait refusé tout contact avec Max. Sylvia était allée la voir chez elle dans le Berkshire et pensait qu'elle reviendrait peut-être à High Realms avant Pâques. Puis, Lloyd nous écrivit à nouveau, nous expliquant que Sylvia organisait une soirée des millénaires chez ses parents, qui habitaient au nord de Londres. Max y allait, mais aucun de nous trois n'y avait été invité. Je n'étais pas réellement surprise étant donné que je n'avais eu aucune nouvelle de Sylvia depuis la nuit du bal de Noël. Malgré tout, je me surprenais à penser à elle bien plus que je ne l'aurais voulu. Je me demandais comment elle agirait avec moi à la rentrée.

À l'approche de Noël, mon inquiétude pour Marta prit le dessus sur mon ressentiment à l'égard de son mensonge, sentiment qui s'effaçait par moments, mais s'accentuait à d'autres. Le fait que je sois chez moi, dans l'appartement où j'avais vécu avec ma mère et qui contenait encore tant de souvenirs d'elle, n'aidait pas. Je repensais au dernier Noël que nous avions passé ensemble. J'étais appuyée contre son corps mou et épuisé alors que nous regardions la télévision. Elle avait embrassé le haut de mon oreille de ses lèvres craquelées. Je me surpris à penser que je ne connaîtrais plus jamais cette tendresse. J'aurais pu supporter n'importe quelle durée de séparation si seulement j'avais eu la certitude de la retrouver à la fin de celle-ci. Mais je savais que c'était impossible. Et, alors que les vacances avançaient, je me repliais de plus en plus sur moi-même. Ma tristesse s'intensifia et commença à occuper pratiquement tout l'espace dans mon esprit, au point de prendre le pas sur mes autres émotions, à savoir la compassion, l'empathie, l'espoir. Je me sentais figée. J'attendais avec impatience le retour à l'école, là où les distractions étaient nombreuses, et le temps que nous avions pour réfléchir limité.

Nous étions désormais de retour à High Realms pour le second trimestre, mais je n'étais toujours pas allée voir Marta. Lloyd et Sami avaient couru vers les écuries dès notre arrivée, les poches remplies de friandises rapportées de chez eux. Une heure après, ils étaient revenus à la salle commune d'Hillary, muets comme des tombes. Marta les avait salués, mais ne leur avait quasiment pas adressé la parole. Elle avait mangé moins de la moitié de la nourriture qu'on lui avait laissée. Sa toux avait empiré et sa peau était plus irritée que jamais.

— Elle veut juste te voir, Rosie, avait imploré Sami, mais je n'y étais pas allée.

Je levai désormais les yeux vers lui et vis la douleur qui imprégnait les traits de son visage. Je ne pouvais pas lui faire part du contenu de la lettre et je savais qu'il n'aurait pas eu l'idée de la lire avant de me la remettre. Je savais également qu'il avait encore le cœur brisé à cause de Marta, que son esprit ressassait les horreurs qu'elle avait subies. Je ne pouvais supporter ni de lui causer plus de tourment ni de continuer à en vouloir à Marta plus longtemps.

— Tu veux venir avec moi à la tour de l'horloge après le cours du docteur Lewis ? proposai-je.

— Quoi ? s'étonna-t-il en relevant rapidement la tête vers moi.

— Pour aller voir Marta, répondis-je.

Il me fit un grand sourire. Le soulagement et la joie effacèrent toute lueur d'anxiété de son visage.

— Oh, Rosie, souffla-t-il avant de m'enlacer.

Je posai brièvement mon front sur le tweed de son blazer avant de m'écarter. Sami se mit debout d'un bond.

— Allez ! s'exclama-t-il joyeusement. Allons en cours.

*

Trois heures plus tard, Lloyd, Sami et moi traversâmes les terrains à grandes enjambées pour nous diriger vers les écuries. Le froid ce jour-là se manifestait par une brise glacée qui emplissait l'air. À quatre heures et demie, il faisait déjà presque noir. Le docteur Lewis nous avait gardés dans son bureau plus longtemps que d'habitude, nous harcelant pour que l'on choisisse une université et une matière à étudier tout en s'inquiétant pour nos examens blancs qui auraient lieu la troisième semaine de février. Finalement, j'avais opté pour l'anglais à Oxford et Lloyd, pour la philosophie à Cambridge, uniquement pour qu'elle nous laisse tranquilles. Puis Sylvia, Jolyon et Rory étaient arrivés pour leur session et le docteur Lewis nous avait libérés. Comme à son habitude depuis Noël, Sylvia m'avait à peine jeté un regard. Puis, elle s'était affalée dans un fauteuil à côté de la fenêtre. J'étais tellement obnubilée par le fait d'aller voir Marta que cela me fit moins de peine que d'habitude.

Nous entrâmes dans la cour qui séparait la grange de la tour de l'horloge. Un petit feu de camp brûlait dans un coin et l'endroit, bien que lugubre, sentait bon le feu de bois. Alors que nous traversions la cour, essayant de rester discrets, nous entendîmes des sanglots.

— Rose, me prévint Sami, mais je marchai déjà sans bruit vers la porte qui était entrouverte.

Je me tins d'un côté et regardai à travers l'entrebâillement. Il faisait très sombre à l'intérieur de l'atelier, mais je décelai une large silhouette assise sur un tabouret dans un coin, dos à la porte. Gerald se tenait la tête entre les mains et ses épaules se soulevaient. Il essayait de retenir ses sanglots, mais il laissait échapper des gémissements gutturaux qui témoignaient d'une réelle tristesse.

Sachant pertinemment qu'il ne servirait à rien d'essayer de le réconforter, je retournai vers les garçons sur la pointe des pieds. Nous sortîmes de la cour le plus rapidement et silencieusement possible, tous les trois décontenancés. Nous nous faufilâmes à l'intérieur du bloc C. Ainsi préoccupée, parcourant ce chemin qui m'était si familier, j'en oubliai presque que je n'avais pas vu Marta depuis si longtemps. Ce fut seulement lorsque nous montâmes à la hâte les marches de béton de la tour que je me rappelai ce qui s'était passé entre nous. J'étais à la fois impatiente et inquiète à l'idée de notre réconciliation.

Ce fut Sami qui atteignit le haut de l'escalier en premier. Il frappa brusquement sur la porte avant de la pousser.

— Ça va, Mar ? Regarde qui est là !

Je fis un pas dans la pièce de la tour de l'horloge. Elle avait beaucoup changé depuis ma dernière visite. Elle était à nouveau en désordre, presque sordide, et une odeur acide en émanait. Une petite tente avait été érigée au milieu de la pièce, sous les poutres. Les garçons m'en avaient parlé, expliquant que c'était une de leurs idées pour garder Marta au chaud la nuit, mais je ne m'étais pas préparée à ce qu'elle soit si pitoyable. On aurait dit des vacances en camping qui avaient mal tourné. À l'intérieur, plusieurs duvets avaient été empilés ainsi que de nombreuses couvertures. Le chauffage électrique avait été placé juste en face.

Marta était accroupie au milieu de la tente. Il faisait sombre dans la pièce. La seule lumière provenait d'une petite lampe à pétrole que l'on avait accrochée à une poutre au plafond à la fin du mois d'octobre. Je fixai du regard mon amie à travers la lumière. Elle était plus maigre qu'à son arrivée à High Realms. Son visage était pâle et sale. Ses grands yeux sombres semblaient s'être enfoncés dans son crâne. Ses cheveux courts, gras et mal entretenus, se dressaient en épis au-dessus de sa tête. Elle portait un vieux survêtement de la maison Colombus que j'avais récupéré pour elle, en octobre, parmi les objets trouvés.

Elle sortit de sa tente en titubant et mit un pied sur le sol en béton. Lorsqu'elle plaça ses mains sur le sol pour s'aider à se relever, je remarquai qu'elles étaient rouge écarlate et couvertes d'eczéma. Elle se leva pour me faire face. Son cou était tout aussi irrité et sa peau, presque violette à certains endroits.

— Rose ? chuchota-t-elle d'une voix rauque en me regardant.

— Salut, répondis-je.

J'étais profondément choquée par son apparence, mais une bulle de joie se mit à grossir au fond de moi, dissolvant toute la rancœur qui s'y était installée. C'était Marta, ma meilleure amie. Comment avais-je pu l'abandonner ? J'eus soudainement honte.

— Est-ce que tu as lu ma lettre ? me demanda Marta en jetant un coup d'œil vers Sami qui se tenait sur le côté, avec Lloyd.

— Oui.

— Et… est-ce que tu me pardonnes ?

— Je… commençai-je avant qu'elle ne se précipite vers moi.

Lloyd fit un très bref mouvement vers l'avant, comme s'il pensait que Marta allait m'attaquer, mais elle passa ses bras osseux autour de mon cou et m'enlaça tendrement. Elle appuya ses joues froides contre les miennes, qui étaient chaudes. Je sentis ses larmes couler sous le col de ma chemise. J'enroulai mes bras autour d'elle comme si je n'allais plus jamais la lâcher.

Quand nous finîmes par nous séparer, Marta tremblait. Elle ramassa une serviette sale sur le sol, à côté de la tente, et essuya son visage couvert de larmes.

— Tu m'as tellement manqué, dit-elle.

— Toi aussi.

Ce ne fut que lorsque je prononçai ces mots que je me rendis compte à quel point j'avais été seule et perdue. Mais par-dessus tout, je pris conscience du mal que j'avais fait. En regardant Marta, je sus immédiatement que son état physique n'était qu'une partie des dommages que je lui avais causés en refusant de la voir. Elle sourit à Lloyd, Sami et moi en tremblant. Les garçons s'avancèrent vers nous, le sourire aux lèvres, et nous donnèrent à toutes les deux des petites tapes dans le dos.

Ce soir de janvier, alors que le froid emplissait l'air, nous restâmes plusieurs heures dans la tour de l'horloge avec Marta. Ces heures furent parmi les plus heureuses que nous connûmes ensemble, tous les quatre. Pour une fois, nous décidâmes de ne pas faire preuve de prudence et nous branchâmes la rallonge pour allumer le chauffage. Mais la véritable chaleur venait de notre complicité et de notre amitié. Nous préparâmes du chocolat chaud sur le réchaud et discutâmes, riant et nous chamaillant comme nous l'avions toujours fait auparavant. Nous nous sentions en sécurité : un sentiment étrange et inexplicable procuré par le fait d'être en groupe. Les joues creuses de Marta commencèrent à reprendre des couleurs. De temps à autre, elle me lançait un regard empreint d'un bonheur pur. Pour la première fois depuis la rentrée, j'oubliai que Sylvia m'ignorait. J'osai croire que nous allions tous les quatre nous remettre de la période d'éloignement que Marta et moi avions connue : que ce ne serait plus qu'un événement parmi tant d'autres, une mauvaise passe que nous avions réussi à surmonter grâce à notre résilience collective. La guérison, pensai-je, était une chose pour laquelle nous étions désormais doués.

18

Le lendemain était un dimanche. Portée par la soirée joyeuse de la veille, je passai la matinée emplie d'une sensation de légèreté et de chaleur qui semblait se répandre dans tout mon corps, faisant fondre toutes les parties de moi qui avaient été comme gelées jusqu'alors. Tout d'un coup, le fait d'avoir changé d'année – de millénaire – prit une toute nouvelle signification. L'an 2000 serait l'année de la libération de Marta. Elle fêterait ses dix-huit ans dans deux mois. Il y avait une fin en perspective, et qui plus est, nous savions déjà comment agir pour la garder en sécurité et en vie. Il y avait moins de secrets entre nous. Nous allions survivre.

Après la cérémonie à la chapelle, je me rendis au déjeuner du dimanche avec les garçons et Max. Je portais une nouvelle jupe et un pull en cachemire noir que mon père m'avait offerts à Noël. Pour la première fois, j'avais l'impression qu'on ne pouvait pas me différencier des autres élèves, vêtus de leurs vêtements classes. Je discutais avec Lloyd et Max en dévorant nos assiettes remplies de porc rôti, forcés d'élever la voix pour nous faire entendre par-dessus le vacarme ambiant. Mais Sami était muet, poussant sa pomme de terre écrasée du bout de sa fourchette. De temps à autre, il glissait un peu de nourriture dans une serviette. Il n'était pas particulièrement discret, sachant que Max était trop centré sur lui-même pour s'en apercevoir.

— Ça va ? demandai-je à Sami alors que nous quittions le réfectoire.

Nous traversâmes l'atrium et sortîmes sur la grande allée.

— Plus tard, répondit-il discrètement, mais Lloyd et Max étaient déjà en train de s'éloigner, jetant à peine un regard en arrière.

Les premiers jours qui avaient suivi la rentrée, ils avaient souvent flâné, seulement tous les deux, et semblaient parfois reprendre leurs vieilles habitudes.

— C'est Ingrid, m'expliqua Sami d'un air sombre.

— Oh, m'étonnai-je tandis que nous commencions à errer sans but au milieu de l'allée de platanes où un groupe de sixièmes jouait avec une balle de cricket. Qu'est-ce qui se passe ?

— J'ai l'impression qu'elle… *m'aime* bien, marmonna Sami. Elle m'a envoyé des lettres pendant les vacances. Elle m'a invité à venir dans le château de son père. Et maintenant, elle se pointe sans arrêt dans notre chambre pour… euh… passer du temps avec moi.

Ils couchaient donc ensemble.

— Est-ce que tu… l'aimes ?

— En quelque sorte. Je ne sais pas, hésita Sami en donnant un coup de pied dans le gravier, les mains enfoncées dans les poches. C'est bizarre. Je *veux* l'aimer, tu vois ? Parfois, je me dis qu'elle est cool, que ce n'est pas une mauvaise personne… mais je ne lui fais pas confiance, Rosie, pas une seule seconde.

Je hochai la tête en signe d'approbation. Je trouvais Ingrid détestable, mais ce n'était probablement pas le bon moment pour le lui dire. Nous continuâmes à marcher, puis Sami se mit à parler à toute vitesse, comme si chaque syllabe qu'il prononçait était dangereuse :

— J'ai l'impression qu'Ingrid *a besoin* de moi. Mais je ne peux répondre à son besoin, Rosie. Chaque petite attention que je lui apporte, c'est une seconde en moins pour prendre soin de… (il baissa la voix) de Marta. Je vois bien que Marta faiblit de jour en jour…

— Tu crois ? l'interrompis-je, inquiète.

— Oui, affirma Sami en me regardant, le visage plissé par l'inquiétude. Sa toux, son eczéma, le fait qu'elle ne mange pas… tout ça, c'est déjà grave, mais il n'y a pas que ça… elle ne va pas bien, Rose. Elle ne parle plus autant qu'avant. Elle ne se lave pas. Elle ne débat même plus avec nous.

Il déglutit et leva les yeux vers moi. J'eus l'impression qu'ils étaient sur le point de se remplir de larmes. Je me rendis alors compte de l'étendue de sa peine.

— J'ai demandé des conseils à mes parents. Ne t'inquiète pas, ajouta-t-il en voyant mon air inquiet. Je ne leur ai pas dit qu'il s'agissait de Marta. J'ai juste dit… que c'était pour une amie. Je ne pourrais jamais leur parler de ce que nous faisons… Ils seraient tellement déçus.

— Qu'est-ce qu'ils t'ont dit ? demandai-je en déglutissant, sans savoir si je voulais réellement connaître la réponse.

— Mon père pense qu'elle devrait se faire suivre par un professionnel, pour l'aider à gérer ce qu'elle a enduré. Je sais qu'il a raison, Rose. Elle est enfermée dans cette tour vingt-quatre heures sur quatre-vingt-quatre, sept jours sur sept. Elle vit trauma sur trauma. C'est terrible.

Ses yeux étaient désormais emplis de larmes. Il me tourna le dos pour essuyer son visage sur sa manche. Nous restâmes debout sous les arbres, en silence, pendant un court instant. J'étais agacée de savoir que Sami s'était confié à ses parents, mais je pris également conscience du fait que si cela n'avait pas été lui, il aurait pu m'accuser d'être responsable du déclin de Marta. C'était en partie ma faute, à cause de ma décision de m'éloigner d'elle, s'il était dans cet état.

— Sami, dis-je, ce qui le fit se retourner lentement vers moi. Ça va aller. On peut l'aider.

— Mais comment ? C'est au-delà de nos…

— Non, ça ne l'est pas, objectai-je, sincèrement convaincue de ce que je disais. Je vais aller la voir aujourd'hui. Je peux l'aider, je sais que je le peux.

Il me regarda d'un air sombre. Une larme roula sur sa joue.

— Tu le penses vraiment ?

— Oui, affirmai-je. J'irai dès que tout le monde sera rentré de la promenade à cheval, Sami. Je te le promets.

*

Quelques heures plus tard, je me retrouvai dans le bloc C en train de nettoyer le fumier à la hâte. J'étalai de la paille fraîche sur le sol et remplis les bacs de nourriture ainsi que les abreuvoirs. Puis, je me penchai sur la porte des écuries et donnai une pomme à Polly, Margot et George. Je m'étais mise à faire ça dernièrement, comme pour les remercier de la patience et de la complicité dont ils faisaient preuve quant à notre décision de cacher Marta.

Après notre conversation cet après-midi-là, nous avions traîné dans la bibliothèque Straker avec Sami. Je m'étais rendue au premier étage, au rayon poésie et théâtre. J'avais parcouru des doigts les tranches des livres plastifiés. Larkin. Lessing. Lowell. *De Luca.* J'avais senti un picotement à l'arrière de mon crâne en sortant le livre de son étagère. Il s'appelait *Un cœur honnête.*

Je m'étais agenouillée sur la moquette et avais commencé à parcourir les pages de la pièce de théâtre. Le livre était dédié à *Mon mari adoré et aimant, Nathaniel De Luca.* Le prologue – une rencontre fortuite entre Virginia Woolf, Emily Dickinson et Nora d'Ibsen – était étrange, mais il racontait une histoire magnifique et inattendue d'accomplissement de soi et de rédemption. Il se terminait dans un monde sous-marin quasiment hallucinogène dans lequel s'appliquaient des règles très différentes des nôtres.

Je n'avais pas eu besoin de finir la pièce pour savoir que Marta ne m'avait pas menti dans sa lettre. En lisant ses mots, j'avais eu l'impression qu'il s'agissait d'un commentaire portant sur un texte difficile. Sa lettre, couplée à ce qu'elle nous avait raconté en octobre, élucidait le mystère autour de Marta d'une manière que je trouvais presque déprimante tant elle faisait sens. J'étais contente de ne rien avoir su de tout cela durant les premiers mois de notre amitié. Ainsi, j'avais pu apprendre à la connaître selon ses propres conditions, comme, bien entendu, elle l'avait voulu et planifié.

— En tout cas, pour quelqu'un qui ne monte pas à cheval, tu passes beaucoup de temps dans les écuries, retentit une voix derrière moi depuis le seuil du bloc C.

Je me retournai. Sylvia était appuyée sur la porte et tenait un chapeau à la main. Ses cheveux étaient ébouriffés et ses joues rouges. Elle portait un vieux pull de Raleigh. Je l'avais vue à de nombreuses reprises les deux dernières semaines et nous avions passé plusieurs heures ensemble en cours et sur le terrain de hockey, mais c'étaient les premiers mots qu'elle m'adressait depuis que nous nous étions embrassées.

— C'est la tâche à laquelle on m'a affectée, répondis-je en essayant d'effacer toute trace de culpabilité dans ma voix.

Sylvia hocha la tête de manière désintéressée.

— Tu veux un coup de main ?

— J'ai presque fini.

J'eus à peine le temps de répondre qu'elle avait déjà ouvert la porte du bas et était entrée dans l'écurie avec ses grandes bottes et son pantalon jodhpur sale. Elle attrapa une brosse sur l'étagère et se dirigea vers le box de George. Sa proximité avec l'entrée de la tour de l'horloge m'inquiétait. J'avais également peur qu'elle remarque la petite pile d'affaires que j'avais amenées pour Marta et que j'avais laissées près du seau de nourriture : une serviette propre, le livre *L'Importance d'être Constant* et quelques barres de céréales.

— Je me demandais si tu voulais faire un tour à cheval avec moi mardi après-midi, me proposa abruptement Sylvia sans relever la tête de la crinière de George qu'elle était en train de brosser.

— Je ne sais pas monter à cheval.

— Ce n'est pas compliqué, répliqua-t-elle en caressant le dos de George avant de désigner d'un geste *L'Importance d'être Constant*. Toi aussi, tu aimes bien cette pièce ?

— Comment tu peux savoir s'il est difficile de monter à cheval ou non ? rétorquai-je, ignorant sa dernière remarque. J'imagine que tu fais ça depuis que tu es toute petite.

— Depuis que j'ai trois ans, acquiesça-t-elle, hochant la tête pensivement. Mais je te jure, c'est amusant. On peut aller dans la campagne, loin de l'école.

— D'accord, cédai-je, soudainement agacée.

Le fait de ne pas savoir comment faire n'était qu'une des objections que j'avais à l'idée de monter à cheval avec Sylvia.

— C'est plus pratique pour toi, en fait.

— Comment ça ? s'étonna-t-elle.

— Tu préfères qu'on ne nous voie pas ensemble.

— Tu te trompes. Ne viens pas si tu n'en as pas envie, mais ne balance pas des insultes, juste parce que tu n'arrives pas à mettre de l'ordre dans tes sentiments.

Au début, le fait que Sylvia se targue d'avoir la haute main sur la morale me rendit furieuse. J'avais envie de l'insulter, puis de me cacher sous ma carapace et de retrouver l'indépendance que j'avais mis tant de temps à acquérir, mais je me forçai à la regarder correctement. Vêtue de ses vêtements d'équitation abîmés, elle était différente de ce à quoi elle ressemblait avec sa toge de la Patrouille des aînés. J'*étais* confuse et ce n'était pas entièrement la faute de Sylvia. Ce n'était pas non plus sa faute si on lui avait appris à répondre par l'agressivité à tout type de rejet ou de douleur.

— Ce n'est pas que je ne veux pas venir avec toi, dis-je en m'efforçant de rester calme. Mais il faut que tu me laisses un peu de temps pour réfléchir. Tu me dois bien ça.

Elle avait toujours l'air énervée mais, me rappelant le traitement que j'avais subi les derniers mois, je poursuivis en la regardant droit dans les yeux.

— Je ne te demande pas des excuses, Sylvia. Mais tu m'as blessée. J'ai besoin de temps pour…

— Je t'ai *blessée* ? s'étonna-t-elle. Comment ça, je…

— Arrête, la coupai-je, plus sévèrement que je ne le voulais, ce qui lui fit écarquiller les yeux. Je comprends que nous sommes différentes, Sylvia. Je comprends que ça… (je désignai d'un geste les écuries et la maison principale), c'est ton monde et pas le mien. Je comprends que tu es vice-capitaine générale. Mais *tu* m'as embrassée. Tu m'as embrassée pendant une demi-heure sur le terrain de gazon synthétique, il y a plus d'un mois, et tu ne m'as pas adressé une seule fois la parole depuis. Quel que soit le monde ou la personne concernés, Sylvia, c'est une attitude blessante.

Je m'interrompis en déglutissant face à l'expression impassible de cette dernière.

— Tu es tellement intelligente, ajoutai-je faiblement. Pourquoi ne comprends-tu pas que tu m'as blessée ? J'ai l'impression d'être folle.

Il y eut un long silence. Sylvia me regarda. Je m'attendais à ce qu'elle tourne les talons et s'éloigne. Mais ses yeux étaient désormais empreints aussi bien de compréhension que de tristesse. Pour la première fois, je sentis que le rapport de force entre nous avait changé. Pourtant, je craignais que mes paroles la poussent à retourner à la maison principale et à déclencher une nouvelle guerre contre moi.

Je ne m'attendais absolument pas à ce qu'elle dise ensuite :

— Je crois que je comprends, en fait. Le fait que tu te sentes blessée, je veux dire. Ça peut prendre du temps. Ça *prend* du temps.

Elle baissa le regard vers ses mains qui étaient gercées et pleines de boue puis releva la tête vers moi.

— Tu me redis si tu veux venir, ajouta-t-elle sèchement avant de s'en aller et de traverser la cour en direction de l'Hexagone.

*

Se laver avait toujours été compliqué dans la tour. Il n'y avait pas d'eau chaude et, jusqu'à ce dimanche, aucun récipient plus grand qu'un seau. Il fallait faire quelque chose. Je me faufilai dans l'un des ateliers et trouvai de grands bacs en plastique remplis de couvertures de chevaux sales. Je les sortis du bout des doigts et les posai sur le sol puis je retournai au bloc C avec le bac.

Marta avait fait du rangement. Elle avait déplacé la tente dans un coin, ce qui lui donnait l'air un peu moins triste, et avait roulé les duvets et les couvertures. Dans un autre coin, elle avait placé le réchaud, les assiettes, les bols et les couverts que nous avions volés dans le réfectoire. Elle avait aligné ses livres – dont elle possédait une quantité surprenante – contre le mur sous l'horloge. Au moment où je revins avec le bac, je la trouvai en train d'ajouter *L'Importance d'être Constant* à sa collection. Elle me sourit, mais elle avait l'air épuisée, comme si ranger la pièce l'avait vidée de toutes ses forces. Ses joues étaient creusées et sa peau était de couleur jaunâtre. Elle plissa les yeux quand elle me vit mettre une casserole remplie d'eau sur le réchaud.

— Je me suis dit qu'un bain chaud serait bon pour ta peau, expliquai-je.

— Ça va être super long, fit-elle remarquer en regardant le bac en plastique.

— On a le temps. Les garçons ne vont pas revenir avant une heure.

En attendant que les trois casseroles d'eau chauffent, nous nous assîmes toutes les deux sur le matelas et fîmes des mots croisés qui se trouvaient dans un livre que Sami lui avait offert à Noël. Marta reprit un peu du poil de la bête, mais au bout d'un moment, elle soupira nerveusement et posa son crayon.

— Raconte-moi ce qui se passe à l'école. J'ai l'impression de manquer plein de trucs.

— C'est pas vrai, répondis-je machinalement avant de me rendre compte que je n'étais pas totalement honnête. Enfin si, il y a quelque chose de bizarre qui s'est passé à la fin du dernier trimestre.

— Ah bon ?

Je lui racontai mon baiser avec Sylvia. Marta écarquilla les yeux et un sourire commença à se former sur son visage.

— Bon sang, commenta-t-elle. Elle embrasse bien ?

— Oui, répondis-je d'un air sombre en jouant avec mon crayon.

— Quel retournement de situation, gloussa Marta avant de se mettre à tousser. Je pensais que c'était une personne horrible.

— Moi aussi.

— Selon moi, ajouta-t-elle, et je retrouvai là la confiance en elle qui la caractérisait auparavant. Même si c'était une mauvaise personne *avant*, tu lui as déjà un peu transmis de ta bonté, Rose. Elle va s'en imprégner.

— Je ne suis pas une bonne personne, rétorquai-je en lui jetant un regard gêné, incapable d'oser aborder le sujet de notre éloignement. Je me sens coupable tout le temps.

Subitement, je me rendis compte qu'elle était la seule personne à pouvoir m'aider à démêler ce paradoxe.

— Je me sens coupable de faire quelque chose que je crois être juste.

— Me cacher, tu veux dire ?

— Oui.

— Pourquoi tu penses ça ?

Je parcourus la pièce du regard. Elle était toujours inhospitalière malgré nos tentatives d'en faire un endroit agréable. Après un moment d'hésitation, je désignai d'un geste l'eczéma sur les mains de Marta, son jogging crasseux, son visage pâle. *Trauma sur trauma.*

— Parce que… tu ne vas pas très bien. Parce qu'on ne peut pas t'aider à aller mieux.

— Oh, Rose, répondit Marta, les yeux empreints d'empathie. Tu ne devrais pas te sentir coupable pour ça. Ma façon d'être… ce n'est pas ta faute. Il n'y a pas grand-chose que tu puisses faire pour moi, tu sais. (Elle sourit d'un air triste.) Et puis, tu m'aides. Chaque fois que l'on parle, ça m'aide. Tout est dans la matière grise, Rose.

— La matière grise ?

— Tous les petits moments entre les épreuves effrayantes et les décisions importantes, expliqua-t-elle en se penchant en avant. Les moments que l'on passe simplement à traîner ensemble. Tu me regardes et on rigole et à chaque fois, chaque petite fois, ça me rappelle que je ne te répugne pas.

— Mais bien sûr que tu ne me répugnes pas.

— En revanche, je comprends. Je comprends pourquoi tu te sens coupable, ajouta-t-elle soudain en haussant les épaules. *Moi-même*, je me sens coupable, tu sais, à cause de tout ce que vous faites pour moi avec les garçons. Je ne pensais qu'à ça, durant votre absence. J'ai eu beaucoup de temps pour réfléchir. (Elle émit un rire peu convaincant.) Et je n'ai fait que me demander comment vous arriviez à gérer tout ça. Mais après je me suis rendu compte… au moins pour toi, Rose, que c'était probablement la même raison qui me permet *moi-même* de faire face à la situation.

— C'est-à-dire ?

Je m'aperçus à quel point la perspicacité de Marta m'avait manqué : sa façon d'aller droit au but, qui était souvent désarmante.

— Toi et moi, on arrive à gérer tout ça parce que ce n'est pas la pire situation qu'on ait vécue, expliqua simplement Marta. On a toutes les deux déjà fait face au pire. Ta mère, mon père. Rien ne sera jamais aussi terrible que ça, non ?

Je ne savais que répondre. Je ne savais pas si je devais donner la priorité à la vague de chagrin inattendue que la remarque de Marta avait suscitée ou réagir au fait qu'elle avait mentionné son père pour la première fois depuis qu'elle nous avait raconté ce qu'il avait fait. J'avais le sentiment qu'elle voulait m'en parler et, même si je savais que j'aurais du mal à trouver les mots, je voulais à tout prix essayer, d'une part pour le bien de Marta et, d'autre part, pour me donner bonne conscience après avoir refusé de la voir. Bien trop rapidement, cependant, elle sembla prendre mon silence pour de la tristesse. Nous étions assises en tailleur sur le matelas. Elle tendit le bras et plaça sa main froide sur la mienne.

— Ce que je voulais dire, hésita-t-elle. C'est que je pense que le pire est derrière nous, pour toi comme pour moi. Je peux voir la lumière au bout du tunnel. Ce n'était pas le cas avant Noël, mais maintenant, ça l'est. Il y a moins de trois mois à tenir, Rose. Trois mois et ensuite je pourrai partir d'ici et tout recommencer de zéro. Quelque part où personne ne me connaîtra. On se verra encore avec les garçons, bien entendu. (Elle marqua une pause, sa main encore posée sur la mienne et je sentis la froideur de celle-ci diminuer au fur et à mesure qu'elle absorbait la chaleur de la mienne.) Ça ne veut pas dire que tu n'as pas besoin d'un peu d'aide pour traverser tout ça. C'est en partie la raison pour laquelle je pense que tu devrais sortir avec Sylvia, si tu en as envie. Je pense qu'elle pourrait t'aider. (Elle fit à nouveau une pause et sourit soudainement.) Peut-être même que tu pourrais devenir membre de la Patrouille des aînés.

Je me rendis compte que la troisième casserole d'eau était en train de bouillir. Je me levai pour aller la verser dans le bac et mettre une autre casserole sur le réchaud. Je me tournai vers Marta qui me regardait.

— Sylvia a été cruelle envers toi, me forçai-je à dire.

— J'imagine que oui, à plusieurs reprises, avoua-t-elle platement en haussant les épaules. Mais c'est parce qu'elle était loyale envers Genevieve, non ? Elle est loyale envers ses amis, elle n'est pas si différente de nous, en fait. Et tout ça, ajouta Marta en désignant la pièce qui nous entourait, c'est *ma* faute. C'est moi qui ai frappé Genevieve.

Nouveau silence.

— Est-ce que tu regrettes ? demandai-je finalement.

Marta avait les traits du visage tirés. Elle fixa du regard la vapeur qui s'échappait du bac puis ses mains tachetées.

— Oh, je ne pense pas, dit-elle doucement.

— Mais…

— Comment pourrais-je regretter d'avoir pris la défense de l'un de mes meilleurs amis ? répliqua-t-elle en levant les yeux vers moi avec cette obstination dont elle faisait preuve depuis nos premiers jours à High Realms. Je referais tout pareil, Rose. Sans l'ombre d'une hésitation.

Je baissai le regard vers la baignoire improvisée. Je me sentais déprimée et un peu plus qu'en colère. Jusque-là, j'avais pensé que Marta et moi étions sur la même longueur d'onde, mais il était désormais clair que ce n'était pas le cas. Sa déclaration me renvoya à la figure tout ce que nous avions fait pour elle ; me donnant l'impression que ce n'était pas si important, car elle pouvait, si nécessaire, tout recommencer de la même façon. Pour la première fois, je me surpris à penser que Marta était égoïste.

— Pourquoi est-ce qu'il t'intéresse tant que ça ? demandai-je à brûle-pourpoint. Il t'a trahie.

Il continue de traîner avec Max, avais-je envie de dire, mais je ne pus me résoudre à le faire.

— Tout le monde peut faire des erreurs, se justifia-t-elle, ses yeux verts brillant d'une lueur agressive. On vient tout juste de parler du fait que Sylvia…

— Ce n'est pas pareil, Marta.

— Peut-être pas, répondit-elle, son visage empreint d'un soupçon de méchanceté. Tu m'as demandé pourquoi Lloyd me plaisait. Eh bien, je vois que lui et moi, nous sommes tous les deux seuls. Nous n'avons personne à la maison qui tient réellement à nous. Mais aussi, Rose. J'ai *envie* de lui. J'ai envie *d'être* avec lui. Tu comprends ?

Je la dévisageai, observant la position de sa mâchoire qui témoignait de son avidité et la tension de son cou, comme pour me mettre au défi. Je pouvais comprendre et en même temps, je ne le pouvais pas. Je sentis que Marta savait que je n'avais jamais couché avec quelqu'un, qu'elle s'était emparée de l'information et s'en servait contre moi, telle une faiblesse, comme tout le monde le faisait à High Realms. Un sentiment d'hostilité surgit entre nous deux avant de s'évanouir aussitôt lorsque nous nous rendîmes compte que nous ne voulions pas – ou ne pouvions pas – nous disputer, et encore moins à ce sujet.

— Je ne voudrais jamais être loin de toi, Rose, déclara soudainement Marta.

Je marquai une pause avant de hocher la tête.

— Prête ? lui demandai-je en pointant le bac du doigt.

Marta acquiesça à contrecœur.

— Ne laisse pas Lloyd et Sami rentrer, dit-elle en faisant passer son haut de jogging par-dessus sa tête.

Elle enjamba le bac en plastique en tremblant. Je me tournai pour lui offrir un peu d'intimité, mais il était impossible de ne pas apercevoir son corps mutilé. Il y avait deux fois plus de cicatrices que lors de notre deuxième jour à High Realms. Elles s'étendaient de ses cuisses jusqu'à ses genoux. Ses bras, sa poitrine et son dos étaient couverts d'eczéma.

Marta claquait des dents. J'avais ajouté trop d'eau froide dans la baignoire de fortune et la température dans la pièce était trop basse pour qu'elle puisse être à son aise.

— Tu veux sortir, Mar ?

— Autant me laver les cheveux pendant que j'y suis, répondit-elle d'une voix tremblante. Est-ce que tu peux m'aider ?

Je me mis à genoux et versais lentement de l'eau tiède sur la tête de Marta. Ses cheveux courts s'aplatirent sur son cuir chevelu jusqu'à former un bonnet lisse et luisant. Puis, je frottai son crâne avec du shampoing. Elle se pencha en arrière, les yeux fermés. Malgré la chair de poule sur son corps, elle avait l'air plus détendue. J'appuyai le bout de mes doigts sur le haut de son crâne pour le lui masser.

— C'est agréable, murmura-t-elle.

Je versai délicatement le reste de l'eau sur sa tête, observant la mousse noirâtre s'écouler dans le bac.

Elle sortit peu de temps après et enfila les vêtements propres que je lui avais apportés. Puis elle s'assit en tailleur dans la tente et enveloppa ses cheveux dans une serviette jusqu'à ce qu'elle tienne en place et forme un halo propre et duveteux au-dessus de sa tête. Je lui passai un tube de crème émolliente et elle en étala sur ses mains et son cou.

— Il est temps de manger un bout, décrétai-je en sortant la nourriture que Sami avait volée au déjeuner.

Nous étions convenus que, désormais, nous devions essayer de partager le maximum de repas avec Marta, car elle mangeait généralement plus quand elle avait de la compagnie. Je versai une conserve de riz au lait dans une autre casserole avant de la mettre sur le réchaud. Je sentis soudain mon sentiment de satisfaction monter en flèche.

Nous nous assîmes dans la tente et mangeâmes les restes de porc, de légumes et de purée que Sami avait transférés dans un gobelet en plastique enveloppé dans une serviette. Je posai une question à Marta concernant un essai que je devais faire pour Mlle Kepple ce soir-là. Elle s'anima, me donnant son avis tout en agitant sa fourchette et en parlant la bouche pleine. Le riz au lait se mit à bouillir sur le réchaud.

Puis, nous entendîmes des bruits de pas dans l'escalier. Marta sourit et ses joues se colorèrent.

— Je suis sûre que Lloyd sera d'accord avec moi, s'exclama-t-elle.

Elle se pencha à l'extérieur de la tente pour regarder la porte avec impatience. Cette dernière s'ouvrit. Gerald se tenait sur le seuil.

L'espace d'un instant, nous nous fixâmes simplement du regard, en état de choc. Gerald affichait une expression d'incrédulité la plus totale. Je remarquai à quel point il était musclé : sa silhouette emplissait tout l'encadrement de la porte. Il portait sa combinaison et ses bottes coquées. Une corde entourait son épaule et son corps. Il parcourut la pièce du regard, observant comment nous l'avions transformée en un lieu de vie : la tente, le réchaud, les conserves de nourriture empilées contre un mur, le bac rempli d'eau crasseuse. Puis, il tourna les yeux vers Marta.

— Bien, bien, fit-il doucement.

— Gerald, intervins-je, la bouche sèche. Gerald, s'il te plaît…

— Tais-toi.

Il se passa la main sur la bouche. Il était choqué : quasiment autant que nous. Il déplaça légèrement la corde. J'essayai de croiser son regard. Lorsqu'il tourna les yeux vers moi, je vis que les siens étaient gonflés et injectés de sang.

— Assieds-toi, proposai-je précipitamment. On peut en parler, Gerald…

— Tu peux économiser ta salive, rétorqua-t-il en secouant la tête avant de regarder Marta. Tu es aussi folle que ce que tout le monde disait.

Elle lui jeta un regard implorant, sans rien dire. Son visage était blanc.

— J'y vais maintenant, nous dit Gerald. Bon appétit.

Puis il partit en fermant doucement la porte derrière lui.

Je regardai Marta. Elle tenait sa fourchette à la main, son visage était pâle comme la mort. Puis elle se pencha sur le côté et vomit violemment sur le sol en béton. Impuissante, je plaçai ma main sur son dos, sentant ses os sous ma paume tandis que son corps, sous l'effet de la peur, se tordait pour expulser toute la nourriture qu'elle avait consommée.

19

— Oh non, gémit Sami. Non, non, non, non, *non*...

— Tais-toi, rétorqua Lloyd.

Nous étions dans la chambre des garçons à Hillary. Lorsque j'étais arrivée, ils finissaient tranquillement leurs devoirs, leurs livres étalés autour d'eux. J'avais à peine été capable de formuler une phrase pour leur expliquer ce qui venait de se passer. En les voyant, je m'étais demandé s'il valait mieux ne pas le leur dire, prétendre que rien n'était arrivé. Notre plus grande peur s'était réalisée. C'était notre pire cauchemar : ce que nous redoutions le plus depuis le début.

Lloyd se leva de son bureau et se dirigea vers la fenêtre. Il regarda au loin en se mordant la lèvre. Sami avait enfoui sa tête entre ses mains. Il la releva brusquement.

— Il faut qu'on la fasse sortir de là.

— Quoi ? s'exclama Lloyd en se retournant.

— Il faut qu'on déplace Marta, répéta Sami en tendant le bras vers sa veste. Il faut qu'on la fasse sortir de cette putain d'école, qu'on l'éloigne de lui. (Il enfila ses chaussures.) Rosie, viens avec moi.

— Attends, intervint Lloyd en se plaçant entre Sami et la porte. Ce n'est pas une bonne idée.

— Tu en as une meilleure ?

— Oui, affirma-t-il en plaçant sa main sur l'épaule de son ami pour l'empêcher de passer. Je vais aller lui parler, Sami. Je suis sûr qu'on peut le raisonner. Juste, calme-toi et…

— *Me calmer ?* s'exclama Sami, les yeux rivés sur lui, le visage rouge d'incrédulité. Je vois à quel point tu tiens à elle, Lloyd, si tu arrives à être calme à l'heure actuelle…

— Il y a plusieurs façons de tenir à quelqu'un. Recule, ordonna-t-il d'une voix sévère, l'air dédaigneux, alors que Sami ouvrait la bouche pour parler. Je vais chercher Gerald. Je suis sûr qu'on peut arranger ça.

— Si ça se trouve, il est déjà…

— Je ne pense pas, l'interrompit Lloyd en secouant la tête, l'air grave et calculateur. Il a trop à perdre en faisant ça. Ou plutôt, trop à gagner. (L'espace d'un instant, il parut troublé, puis il se tourna vers moi.) Tu viens avec moi, Rose ?

— C'est ridicule, objecta Sami avec des sanglots dans la voix, avant de se mettre debout. Je vais la sortir de là. C'est ce que j'aurais dû faire depuis bien longtemps.

— Sami, intervins-je en essayant d'empêcher ma voix de trembler. Je pense qu'on ne devrait pas la faire sortir maintenant. Si Gerald pense qu'on essaye de lui échapper, il sera furieux. Je crois… je crois que Lloyd a raison. Il faut qu'on lui parle.

Il y eut un court silence durant lequel nous nous dévisageâmes. Puis Sami prit la parole.

— D'accord, allons-y, déclara-t-il d'un ton résigné avant de se lever et de fermer sa veste, mais Lloyd secoua la tête.

— Non. Je suis désolé, Sami, mais je pense qu'il vaut mieux que tu ne viennes pas. Tu es trop en colère. *Non*, répéta-t-il d'une voix plus forte, en réponse au cri de protestation de Sami. Je suis sérieux. Tu es trop proche d'elle. Ça te tient trop à cœur.

— Donc je suis juste censé rester ici ? s'exclama Sami en lui jetant un regard hostile.

— Fais ce que tu veux, mais ne va pas à la tour de l'horloge.

— Elle allait comment, Rose ? Quand tu es partie ? me demanda Sami, l'air désespéré.

Je repensai au moment où j'avais quitté Marta : elle était restée assise sur son matelas, sans dire un mot, le regard perdu dans le vide. Elle alternait entre des phases d'immobilité figée et de tremblements incontrôlables. Elle n'avait même pas réagi quand je lui avais dit que je devais y aller. Lloyd me jeta un regard en guise d'avertissement.

— Ça allait, affirmai-je finalement, détestant le fait de mentir. Je lui ai dit qu'on allait trouver une solution.

— Rose, viens avec moi, ordonna Lloyd en ouvrant la porte. On revient vite, ajouta-t-il à l'intention de Sami en me faisant signe de le suivre.

Nous nous rendîmes vite compte de la faille dans notre plan : nous n'avions aucune idée de l'endroit où trouver Gerald. Nous ne le vîmes ni aux écuries, ni à la grange, ni aux ateliers. En désespoir de cause, Lloyd courut à la salle de l'horloge pour vérifier qu'il n'y était pas retourné tandis que je montais la garde en bas.

Lorsque Lloyd redescendit, il avait les bras chargés d'affaires : un ouvre-boîte, une assiette cassée et même des crayons. Il les fourra dans mes bras, les mains tremblantes, avant de se tourner pour refermer l'entrée. Je déglutis, espérant qu'il avait seulement confisqué les objets au hasard, mais il secoua la tête.

— Elle s'est blessée au bras, expliqua-t-il simplement.

— On devrait rester avec elle…

— *Non*, Rose. C'est trop risqué. C'est pile le moment de la journée où on remarquerait notre absence. J'ai enlevé ce qu'elle avait utilisé et tout ce qui pouvait être dangereux, dit-il, et je vis à son expression écœurée qu'il avait vu quelque chose de terrible. Il faut qu'on règle ça au plus vite. On peut essayer de le chercher à Columbus. Peut-être qu'il est en train de faire l'appel.

Nous courûmes en direction de l'Hexagone, là où se trouvait l'internat des premières et des terminales de la maison Colombus. Alors que nous nous approchions des doubles portes vitrées, Max en sortit précipitamment avant de descendre les marches.

— Ouah ! *Salut*, vous deux, s'exclama-t-il, les cheveux en pagaille, les joues rouges et dégageant une forte odeur d'alcool. Qu'est-ce que vous faites ici ?

— On cherche Briggs, répondit Lloyd en me jetant un regard furtif. Ça va ?

Max était penché sur le côté.

— Je suis au top de ma forme, Lloyd, répondit-il en passant son bras autour de ses épaules. Mon petit Lloyd, tu vois le morceau de la *Passion selon saint Jean* que j'ai joué ce matin… tu te souviens ?

Il chanta quelques lignes, sa voix claire et mélodieuse retentissant dans l'Hexagone désert.

— Oui, je m'en souviens…

— J'ai joué ce morceau des *dizaines* de fois. Je le connais *comme ma poche*, le coupa Max en levant sa main droite vers le ciel sombre. Mais aujourd'hui, j'ai fait une erreur. Mesures six à neuf… j'ai merdé. Mes doigts ne sont toujours pas remis. (Son visage se crispa.) Tu as remarqué ?

— Non, mon pote, hésita Lloyd. C'était magnifique.

Il tendit le bras et caressa la mâchoire de Max d'une main. Mais en quelques secondes, ce dernier s'écarta et se mit à traverser l'Hexagone en titubant, pour se diriger vers la maison principale. Lloyd l'observa un moment.

— Allez, viens, l'encourageai-je avant de pousser la porte de la maison Colombus.

Il me suivit à l'intérieur, en direction du petit hall où se trouvaient les feuilles d'émargement. Nous entendîmes de la musique et des rires en provenance de la salle commune à notre gauche. Lloyd jeta un coup d'œil par la porte.

— Il n'est pas là.

— Allons voir à l'étage.

Nous regardâmes la liste des chambres en bas de l'escalier. En tant que membre de la Patrouille des aînés, le nom de Gerald figurait en haut et il avait une chambre individuelle.

Nous nous faufilâmes dans l'escalier, soulagés de ne croiser personne. Se rendre dans d'autres maisons sans raison valable était contraire à la politique ségrégationniste de High Realms et était généralement passible d'un RP. En arrivant à l'étage, Lloyd se dirigea vers la porte de Gerald et tendit le poing, prêt à frapper, mais j'attrapai son bras juste avant.

— Il faut qu'on y aille doucement. Qu'on ne… l'effraie pas.

— Il n'aura pas peur, répondit Lloyd avec mépris.

Avant que je puisse ajouter quoi que ce soit, il frappa violemment à la porte. Il ne se passa rien pendant quelques secondes, puis Gerald nous ouvrit. Son visage se crispa.

— On est venus te parler, dit Lloyd à voix basse en jetant des coups d'œil dans le couloir vide. On peut entrer ?

Gerald hésita. Il avait l'air encore plus fatigué que lorsque je l'avais vu quelques heures plus tôt, sur le seuil de la porte de la tour. Ses paupières étaient gonflées et maintenant que j'étais plus proche, je vis que son visage était creusé de rides précoces. À ma grande surprise, il haussa les épaules.

Je n'étais jamais entrée dans une chambre de la Patrouille des aînés auparavant. Ma première pensée fut que cela valait la peine de soutenir la tyrannie de High Realms rien que pour en avoir une. La chambre de Gerald était haute de plafond et des boiseries ornaient la pièce, comme dans la maison principale. Mais on retrouvait l'aspect plus moderne de l'Hexagone avec la grande fenêtre qui occupait la majeure partie du mur du fond. Lloyd et moi observâmes la vue sur les enclos, la chapelle ainsi que sur des kilomètres et des kilomètres de champs de verdure dans lesquels des moutons étaient éparpillés dans le crépuscule du mois de janvier. Le lit simple, qui était soigneusement fait, était similaire au nôtre, mais les autres meubles étaient plus grands : un bureau plus long et une magnifique armoire dont les portes étaient recouvertes de dessins et de cartes postales. En me rapprochant, je remarquai que les cartes postales étaient pour la plupart des reproductions de célèbres peintures de chevaux. Je reconnus *Whistlejacket* ainsi que certains dessins anatomiques que je pensais être de De Vinci. Gerald avait minutieusement copié chacun d'entre eux au crayon ou au stylo, créant ainsi une galerie qui avait dû lui demander des centaines d'heures de travail.

— De quoi voulez-vous me parler ?

La voix de Gerald me ramena à la réalité. Je me tournai vers lui : il était adossé à la fenêtre, les bras croisés. Les manches de sa combinaison étaient attachées autour de sa taille et il portait un t-shirt sale, comme à son habitude.

Lloyd s'assit sur la chaise du bureau de Gerald.

— Est-ce que tu as raconté à quelqu'un ce que tu as vu cet après-midi ?

— Non.

Je ressentis un soulagement prématuré qui fut entaché par la découverte d'une bouteille de vin de messe vide sur le bureau derrière Lloyd. Les lèvres tachées de Max me revinrent à l'esprit.

— Très bien, répondit Lloyd en croisant les jambes tout en se penchant légèrement en arrière. Tu veux t'asseoir ?

Il désigna le fauteuil d'un geste de la main.

— Va te faire voir.

— Comme tu voudras. Je vais aller droit au but, poursuivit Lloyd, les yeux rivés sur Gerald. Le truc, mon pote, c'est qu'on ne peut pas t'autoriser à parler de Marta à qui que ce soit.

— M'autoriser ?

— T'as intérêt à n'en parler à personne, OK ? le menaça Lloyd en haussant les épaules.

— Sinon quoi ?

— Sinon je vais faire de ta vie un enfer.

— Bien tenté. Ma vie ressemble déjà à un tas de merde.

Le ton de Gerald était amer, presque désespéré. Je regardai Lloyd. Il ne s'y prenait pas du tout de la bonne façon, mais je ne savais comment intervenir.

Il y eut un bref silence.

— OK, dit Lloyd. Nous ferons en sorte que ça en vaille la peine.

— Comment ? demanda Gerald en lui jetant un coup d'œil.

— Eh bien… tu veux combien ?

Il y eut à nouveau un long silence durant lequel Gerald et moi fixâmes Lloyd du regard. Après quelques instants, Gerald répondit poliment :

— Mes parents possèdent quarante mille hectares de terrains agricoles et trois maisons. Je suis fils unique. Je n'ai pas besoin d'argent, merci.

— D'accord, fit Lloyd en se mordant la lèvre. Bien.

Il y eut un autre silence gêné. Je m'apprêtais à parler lorsque Gerald traversa la pièce pour accéder à son lit. Il se pencha et tira quelque chose qui se trouvait en dessous.

— J'ai quelque chose à vous montrer, déclara-t-il en tenant un portfolio d'art à la main. Ce sont mes travaux.

J'ai bossé dessus durant tout le dernier trimestre et je les ai finis à Noël. Je dois les rendre demain.

— OK, hésita Lloyd qui me jeta un regard perplexe.

Il y eut une longue pause durant laquelle on aurait dit que Gerald attendait quelque chose. Son regard passait de Lloyd à moi, affichant un air presque implorant.

— On peut regarder ? finis-je par demander à contrecœur.

Gerald me passa l'épais portfolio. Je le posai sur le bureau et défis le ruban noir qui entourait le dossier. La première page contenait une grande photographie d'une femme nue allongée sur un lit recouvert de draps en satin. Ses jambes étaient écartées et son doigt placé sur ses lèvres, lui donnant un air faussement pudique.

— Mais qu'est-ce que… m'exclamai-je en relevant la tête vers Gerald.

— Regarde le reste.

Lentement, nous tournâmes les lourdes pages. Les travaux originaux de Gerald avaient été détruits et recouverts par des images pornographiques. Dans certains cas, les photos avaient été négligemment collées directement sur les dessins que Gerald avait réalisés, les bords de son travail méticuleux étant encore visibles. À d'autres endroits, les morceaux qu'il avait lui-même collés avaient été arrachés et remplacés par des feuilles brillantes de magazines. Au fur et à mesure que je tournais les pages, les images devenaient de plus en plus sordides et offensantes. Les poses des femmes étaient plus dégradantes que sensuelles. Elles étaient forcées à prendre des positions grotesques : on pouvait voir dans leurs yeux qu'elles étaient prises au piège et malheureuses tandis qu'elles accomplissaient des actes qui me donnaient la chair de poule tant j'étais gênée. Les trois dernières images représentaient la même femme, qui était très jeune. Sur la première photo, elle était recroquevillée contre un mur, les yeux écarquillés. Sur la deuxième, elle était allongée et menottée. La troisième la montrait en train de se faire pénétrer par un homme qui tournait le dos à l'appareil photo. Je passai à la page suivante, prise de nausées. Je vis un message griffonné sur la dernière feuille. *Voilà un peu de nouvelle matière pour toi. Le plus proche de ce que tu n'obtiendras jamais.*

Lloyd et moi relevâmes la tête vers Gerald. Il nous regardait attentivement, les yeux brillants. Lloyd baissa à nouveau le regard vers l'écriture manuscrite sur la dernière page.

— Voilà, dit Gerald en fouillant à nouveau sous son lit pour en sortir un sac en plastique de supermarché, noué sur le dessus.

Il défit le nœud et nous montra le tas de papier déchiqueté à l'intérieur.

— C'étaient mes dessins, expliqua-t-il, la voix légèrement tremblante. Je ne vois pas pourquoi je vous aiderais alors que tu es de mèche avec la personne qui a fait ça.

Lloyd déglutit. Je souhaitais à tout prix qu'il nie l'implication de Max, mais il n'en fit rien.

— Que veux-tu que je fasse ? demanda-t-il doucement.

— Qu'il me laisse tranquille.

— Et comment est-ce que je suis censé faire ça ?

— Si tu veux garder ta petite amie saine et sauve, à toi de trouver un moyen.

— Je ne suis pas de mèche avec lui, objecta soudainement Lloyd. Je ne ferai jamais rien…

— Ne joue pas à ça avec moi ! hurla Gerald dont le visage pâle devint rouge. Tu *couches* avec lui, non ? (Lloyd le scrutait.) Je connais Max Masters depuis plus longtemps que toi, *mon pote.* Je sais comment il est. On a été *amis* à une époque.

— Quoi ?

— En sixième, on était dans le même dortoir. Max était à Colombus avant. Je parie qu'il ne te l'a jamais dit, ça, supposa-t-il, ce à quoi Lloyd secoua la tête et Gerald ricana. Ah, oui. On était de bons amis jusqu'à ce qu'il décide d'intégrer le groupe des populaires. Il a commencé à répandre la rumeur selon laquelle j'étais intéressé par la sœur de Genevieve Lock.

— Et c'était le cas ?

— Non ! J'étais *ami* avec Persie, OK ? Elle adorait les chevaux, elle traînait dans les écuries tout le temps. C'est comme ça que je connais la salle de la tour de l'horloge – c'est elle qui l'a découverte, elle y montait souvent pour s'éloigner de tout ce qui se passait à High Realms. Un jour, je l'ai surprise en train de courir vers le bloc C en pleurant. Je l'ai suivie pour m'assurer qu'elle allait bien. Je l'ai vue prendre l'escalier alors que je suis monté pour la réconforter. Max nous a vus sortir de l'écurie ensuite. (Gerald affichait une expression de douleur.) Il ne voulait plus être ami avec moi, mais il ne voulait pas non plus me laisser avoir un autre ami. Il veut être *la* personne que les gens veulent fréquenter. *Il* veut être M. Populaire. À tout prix.

— Et qu'est-ce qui s'est passé après le décès de Persie ? demanda Lloyd en déglutissant.

— Max a redoublé d'efforts. Il a raconté à Jolyon et aux autres que je l'avais harcelé. Ce que je n'ai jamais fait de ma vie, soutint-il en nous regardant, les yeux emplis de larmes, et je ne doutais pas de ses propos. Le docteur Reza a appris ce qu'il faisait et l'a transféré à Raleigh, mais c'était trop tard. Depuis, on me traite comme de la merde.

Je jetai un coup d'œil à Lloyd qui avait l'air complètement découragé. Je voyais bien qu'il ne savait rien de tout cela. Je sentis un élan de pitié pour lui, mais je savais que je devais rester concentrée sur Marta. Lloyd déglutit.

— Je vais lui parler. Je ne sais pas si ça servira à grand-chose, mais si, en échange, tu ne parles de Marta à personne, alors j'essayerai.

— Tu as deux jours, ordonna Gerald d'une voix sévère. Deux jours pour qu'il vienne me voir et qu'il s'excuse pour toute la merde qu'il m'a fait endurer. *À genoux.* Sinon, je vais directement voir la police. Ce serait un véritable plaisir, après tout ce qu'ils m'ont fait subir. *Ne me dis pas* que tu n'as pas assez d'influence, ajouta-t-il en élevant la voix alors que Lloyd s'apprêtait à négocier. Car ça ne marchera pas. Je vous ai bien cernés tous les deux, OK ? Il n'a jamais voulu de Genevieve Lock, pas une seule seconde. C'est un bâtard manipulateur. C'est *toi* qu'il veut.

Il y eut un court silence puis Gerald se dirigea vers la porte et l'ouvrit.

— Allez-vous-en, ordonna-t-il, les yeux emplis de larmes, le sac plastique de ses dessins déchirés toujours à la main. Sortez de ma chambre.

Nous nous rendîmes jusqu'à la maison principale, dans l'obscurité la plus totale. Nous montâmes l'escalier jusqu'à Hillary, sans prononcer un mot. Il faisait froid dehors, mais mon soulagement de retrouver la chaleur de la salle commune fut de courte durée : nous étions en retard pour l'appel et le major Gregory nous octroya un retrait de privilège chacun.

— Où est M. Lynch ? demanda-t-il, ce qui nous fit immédiatement comprendre que Sami était allé à la tour de l'horloge.

— Il a peut-être un entraînement de rugby, monsieur, mentit faiblement Lloyd.

Mais il n'y avait pas de Jeux le dimanche soir et le major Gregory le savait.

— Vous passerez la soirée dans mon bureau jusqu'au retour de M. Lynch.

Lloyd et moi nous retrouvâmes assis sur les chaises inconfortables. Ne pouvoir entreprendre aucune action nous rendait fous, sachant le peu de temps qu'il nous restait. Au bout d'une demi-heure, le major Gregory commença à passer différents appels à la recherche de Sami. Nous l'écoutâmes téléphoner à l'accueil, à la bibliothèque Straker et même au concierge. Enfin, à contrecœur, il appela le San.

— Je vois, dit-il sèchement après une brève conversation avec le docteur Reza. Renvoyez-le dès que vous aurez fini avec lui.

Lloyd et moi nous dévisageâmes, surpris.

— Il se fait traiter pour une réaction allergique, déclara le major Gregory d'un air dédaigneux. Allez dîner. Vos RP auront lieu mardi après-midi.

Lloyd se rendit directement au réfectoire à la recherche de Max, mais, pour ma part, je n'avais pas faim. Je me dirigeai vers la 1A, qui était glaciale, et essayai de faire mes devoirs à rendre pour le lendemain. Toutefois, j'étais bien trop inquiète pour Marta et anxieuse quant à la suite des événements, en plus d'être dégoûtée par ce que Max et ses potes avaient fait à Gerald. Je détestais mon incapacité à faire quoi que ce soit de constructif. J'avais envie de demander à Lloyd comment il comptait approcher Max, mais j'entendis les bruits de pas du major Gregory dans le couloir des garçons qui se trouvait à l'étage au-dessus et n'osai pas monter pour aller le trouver.

Je finis par aller me coucher très tôt dans le but de dormir quelques heures et d'aller à la tour de l'horloge au milieu de la nuit. Je sortis tous mes vêtements chauds – certains pour moi et d'autres pour Marta, vu la baisse des températures – et mis mon réveil à deux heures. Je m'endormis quasiment aussitôt.

Je fus réveillée par la sensation d'un corps qui s'appuyait sur le lit à côté de moi. Je sursautai en m'éloignant.

— Rose, c'est moi.

Je reconnus la douce voix de Sami. Il s'assit à côté de moi sur les couvertures. Je remarquai seulement qu'il portait son manteau et son bonnet en laine.

— Est-ce que je peux allumer ?

Je hochai la tête et il appuya sur l'interrupteur de ma lampe de chevet. Son visage était pâle, presque blanc, et ses vêtements, humides.

— Il neige, expliqua-t-il doucement.

— Comment ça se fait que le docteur Reza te laisse rentrer au milieu de la nuit ?

— Le docteur Reza ?

— Tu étais au San…

— Non, objecta Sami en fronçant les sourcils. J'étais avec Marta. (Il serra les lèvres et je vis une nouvelle et terrible vague de tension parcourir son visage.) Rosie, il faut qu'on en parle à quelqu'un. Dès demain. C'est allé trop loin.

— Qu'est-ce qui s'est passé ? (Je me redressai, remettant mon pyjama en place. Le mystère du San pouvait attendre.) On a parlé à Gerald. Je pense que…

— Elle s'est coupé le bras, m'interrompit Sami.

— Mais Lloyd lui a enlevé…

— Elle a retiré un ressort du matelas, me coupa-t-il directement. Et elle a utilisé le bout tranchant pour entailler plusieurs fois la peau de son biceps et retirer un gros morceau de chair de cette taille-là.

Il écarta son pouce et son index de deux centimètres, sans me regarder.

L'espace d'un instant, je me trouvai incapable de prononcer un mot.

— Est-ce que tu… tu as fait quelque chose ?

Il détourna ses yeux du mur opposé pour croiser mon regard.

— Qu'est-ce que tu crois ? s'emporta-t-il, l'air vieux et plein de rancœur. Qu'est-ce que je sais faire d'autre, Rose ? Je vais être médecin. (Sa voix se brisa.) Je connais un peu les gestes de premiers secours. J'ai réussi à arrêter le saignement, j'ai pu nettoyer la plaie et faire un bandage avec une chemise de rechange. Et je me suis assis avec elle jusqu'à ce que le sang traverse le coton… et que je refasse une compresse, le nettoie à nouveau et l'entoure d'un nouveau bandage… (Il laissa échapper un petit sanglot.) Mais elle ne m'a pas dit un mot, Rose. Je n'ai pas réussi à la faire parler et elle ne m'a pas regardé une seule seconde. Je n'ai pas pu la convaincre de quitter cette horrible pièce avec moi…

— Sami, Sami.

Impuissante, je tendis le bras vers lui. Il était gelé. Une larme coula sur le dos de ma main.

— Sami, s'il te plaît. Ça va aller.

— Non, ça ne va pas, objecta-t-il en se tournant vers moi, ce qui m'obligea à retirer ma main. J'ai tellement peur, Rosie. Je crains qu'elle ne survive pas. Je n'ai jamais été aussi effrayé de toute ma vie. Je crois… je crois que c'est fini, Rose. On a besoin d'aide. C'est le moment d'abandonner.

Nous restâmes assis, en silence, un moment. Alors que j'assimilais ce qu'il venait de dire, je me rendis compte qu'il venait d'exprimer précisément ce qui m'effrayait depuis octobre, quand Marta nous avait raconté ce que son père avait fait.

— OK, dis-je. OK.

Je tendis le bras vers lui, convenablement cette fois, et

l'aidai à défaire les boutons de son manteau puis je le lui enlevai. Il ôta son bonnet et se glissa sous les couvertures à côté de moi. Il plaça sa tête sur l'oreiller et je reposai la mienne à côté de la sienne. Nous nous dévisageâmes à la lumière de la lampe et je sentis un étrange soulagement.

— Je vais retourner à la tour bientôt, dit-il à voix basse à cause de l'épuisement. Elle ne peut pas rester seule.

— Je vais venir avec toi, affirmai-je en replaçant ma main sur sa joue. Tu es encore froid.

— Tu es chaude.

Très délicatement, il déplaça sa main au niveau de ma taille, juste au-dessus de ma hanche. Je sentis le froid de sa peau à travers le tissu de mon pyjama, mais ça ne me dérangeait pas.

— J'aime ta chaleur, Rose.

— J'ai bien peur d'être une personne froide. C'est douloureux, mais je ne peux rien y faire.

La vérité éclata : elle était familière, mais restée inexprimée depuis si longtemps.

— Non, objecta-t-il en glissant sa main sous le haut de mon pyjama. Il n'y a rien de froid chez toi. Tu es chaude et courageuse et tu fais attention aux autres. (Il descendit légèrement sa main sur mon corps.) Je n'aurais rien pu faire de tout cela sans toi.

La sensation de sa paume contre ma peau était réconfortante : bien plus que réconfortante. J'observai Sami, la forme de son visage, de sa bouche, de son nez, de ses yeux. Ses traits que je connaissais si bien. Il était si bon, si généreux. Il n'avait jamais fait de mal à personne, il avait seulement aidé, aimé et continué d'aimer.

— J'ai envie de toi, déclarai-je.

Il ne détourna pas le regard. Son visage n'affichait aucune trace d'avidité ni de satisfaction. Il continua de me caresser, descendant sa main encore plus et demanda calmement :

— Tu es sûre ?

— Oui. Mais doucement.

Il était si facile de lui répondre honnêtement. J'avais pensé que ce serait la chose la plus difficile à demander au monde : que je serais paralysée par la honte. Mais mon corps me prouva le contraire lorsque Sami se rapprocha pour m'embrasser, longuement et tendrement tandis que sa main s'aventurait plus loin. Chacun de ses gestes était doux. Il garda les yeux ouverts, observant mes réactions : pour les comprendre et y répondre. Ses mouvements n'étaient ni experts ni maladroits, mais entièrement les siens. À la place de la tension, de la solitude et de la peur, la chaleur emplit mon corps et je me sentis vivante.

Même un peu plus tard, lorsqu'une douleur brève et aiguë m'assaillit – cette sensation à laquelle je pensais ne jamais être capable de faire face –, je me sentis forte. Je découvris une nouvelle forme de puissance tandis que je tenais Sami dans mes bras, son corps désormais aussi chaud que le mien. Nous nous balancions l'un contre l'autre, à la fois sauvages et libres. Je sentis les larmes de Sami glisser sur ma peau tandis qu'il retirait des mèches de cheveux de mon front.

— Ça va aller, affirmai-je, et à ce moment-là, je pensais sincèrement ce que je disais. On va s'en sortir.

20

Comme c'est souvent le cas, la situation sembla très différente dans la matinée. Sami et moi restâmes dans la tour de l'horloge jusqu'à six heures pour surveiller Marta, qui resta assise sur le matelas, sans dire un mot. Elle n'eut aucune réaction, même quand nous lui expliquâmes ce que Gerald avait demandé à Lloyd. Son bras n'arrêtait pas de saigner. Nous le soignâmes du mieux que nous pûmes, retirant le tissu trempé et le nettoyant avec de l'eau salée. Mais la plaie était plus profonde que ce que Sami avait pensé. Nous étions à court de chemises de rechange pour en faire des bandages. Sami finit par couper des bandes dans une serviette pour les serrer autour du bras de Marta.

Il neigeait encore lorsque nous nous précipitâmes vers Hillary pour ne pas rater l'appel du matin. Je me sentais épuisée, presque en proie au délire, mais je n'avais d'autre choix que d'enfiler mon uniforme, me laver le visage, me brosser les dents et me présenter à la salle commune. La situation n'avait jamais été aussi grave, mais j'essayais de me convaincre que le cauchemar touchait à sa fin. Nous nous apprêtions à y mettre un terme, pour le bien de Marta.

Lloyd nous jeta un regard froid tandis que le major Gregory faisait l'appel. Puis, alors que la foule commençait à se diriger vers le réfectoire pour le petit déjeuner, il nous fit signe de nous approcher. Je jetai un coup d'œil à Sami. Il haussa les épaules. *Bien*, semblait-il vouloir me dire. *Finissons-en maintenant.* Nous suivîmes Lloyd dans un couloir vide qui se trouvait deux étages plus bas que celui d'Hillary. Il s'arrêta à côté d'une fenêtre et s'appuya sur le radiateur. J'observai le ciel gris et lourd ainsi que les terrains désormais recouverts de blanc et je me rendis alors compte que j'avais complètement oublié mon entraînement de hockey.

— Tu t'es vite rétabli, déclara Lloyd en fixant Sami d'un regard hostile.

— Je n'étais pas au San.

— Oh quelle surprise ! s'exclama-t-il d'un air agacé. Je t'avais *dit* de ne pas aller à la tour de l'horloge. On a un plan à suivre, Sami.

— Ouais, d'accord. Vas-y, suis tes plans de merde pendant qu'elle manque de se couper le bras. Tu as parlé à Max ?

— J'ai essayé. Il était trop bourré. Mais j'avais enlevé tout ce que Marta pouvait utiliser pour…

— Lloyd, on va dire à quelqu'un où elle est, l'interrompit Sami. Rose et moi en avons décidé ainsi. On va le dire aujourd'hui.

Lloyd croisa les bras, les yeux rivés sur nous.

— Putain ! s'exclama-t-il après quelques instants. Vous choisissez le pire moment possible. C'est affligeant.

— Lloyd, intervins-je. Elle se fait du mal. On ne peut plus gérer ça. Elle est en danger…

— Et vous pensez que la dénoncer l'empêchera de le faire ? Que d'autres personnes s'occuperont mieux d'elle ? Qu'elles se soucieront plus d'elle que nous ?

— Ce dont elle a besoin, c'est d'une *aide médicale*, rétorqua Sami d'une voix tremblante. Il lui faut un *traitement*...

— Elle se ferait interner, répondit fermement Lloyd. Il l'examinerait une fois et il la ferait interner dans la foulée.

— Et ce ne serait pas grave ! Si c'est ça, l'aide dont elle a besoin, alors ce sera pour le mieux. Il ne faut pas cracher sur toutes les institutions publiques, Lloyd, malgré ce que tu veux nous laisser croire…

— Oh, arrête, le coupa-t-il d'un ton sévère avant de pointer Sami du doigt avec dédain. Tu te crois *raisonnable*, c'est ça ? Tu te prends pour un vrai *stratège* ? Je dois vraiment te rappeler que tu n'as aucune chance d'aller dans une école de médecine si tu te fais arrêter ? Est-ce que tu sais le nombre de mensonges que l'on a racontés à la police ? Est-ce que tu as réfléchi deux minutes à l'image que l'on renverrait si on la dénonçait *maintenant*, juste après que Gerald l'a vue ? Comme si on nous avait forcé la main ? (Sami et moi le fixions du regard, horrifiés.) Non, je ne pense pas. Mais rien de tout cela n'a vraiment d'importance comparé à ce qui m'énerve réellement : votre putain de lâcheté à tous les deux. C'est pas tant pour aider Marta que vous voulez la dénoncer, non ? C'est juste que vous avez trop peur, et ce, pile au moment où elle a le plus besoin de nous.

— Je n'ai pas peur pour moi, rétorqua Sami. Je voudrais prendre soin d'elle, mais elle a besoin d'une aide appropriée.

— Oui, et la dénoncer aux autorités sans sa permission, c'est lui ôter la chose qu'elle désire le plus au monde – sa liberté. La liberté de prendre ses propres décisions. Oh, et s'il te plaît, éclaire-moi sur un point. À qui tu pensais le dire ? À ta précieuse tutrice, j'imagine ?

— Elle nous aiderait. Je suis sûr qu'elle le ferait. Elle a le devoir de soigner tous ses patients avec la même conscience…

— Je suis d'accord, *peut-être* qu'elle nous aiderait. Mais tu sais ce que ce devoir de soigner signifie, Sami ? Ça veut dire qu'elle en *parlerait à d'autres gens*. Et d'*autres gens*, ça inclut le docteur Wardlaw et la police. *Et* tes parents. Et tu sais quoi ? Si le docteur Reza est aussi attentionnée que ce que tu sembles croire, si elle est aussi gentille et raisonnable que ce que tu dis, qu'est-ce qu'elle penserait de l'état actuel de Marta ? Je doute qu'elle considère que tu as bien pris soin d'elle si elle voyait son bras et le reste de... *Ne m'approche pas !*

Sami s'était avancé vers lui, la mâchoire crispée.

— Ne me touche pas, imbécile. Tu ne voudrais quand même avoir autre chose sur la conscience ?

À ce moment-là, la cloche sonna de manière stridente et impitoyable. Sami s'écarta de Lloyd, l'air dévasté. Ce dernier se tourna vers la fenêtre, jeta un coup d'œil à son reflet et remit sa cravate en place.

— On ne va pas perdre cette bataille. Pas sous ma surveillance. Je vais parler à Max aujourd'hui. Fais bien comprendre ça à Sami, d'accord ? ajouta-t-il à mon intention avant de s'éloigner dans le couloir.

Au fil de la journée, le ciel se dégagea et le soleil hivernal se mit à scintiller vivement sur la neige. En cours de maths, je m'assis près de la fenêtre, essayant de rester éveillée tandis que je sentais le froid de l'air extérieur passer à travers la vitre.

J'étais incapable de me concentrer sur mon travail, trop occupée à ressasser les dernières vingt-quatre heures. Les événements étaient devenus incontrôlables, et c'était encore plus effrayant qu'avant. J'essayai de réfléchir à ce qui était réellement la meilleure chose à faire pour Marta. Il avait toujours été difficile de ne pas se laisser influencer par tous les éléments qui entraient en jeu au moment de prendre des décisions, à savoir ce que Marta voulait, ce qui était réellement faisable, ce qui blesserait ou dérangerait le moins de personnes possible. Dans ce cas, étant donné que Marta ne nous avait pas adressé la parole une seule fois depuis que Gerald était venu, il était encore plus difficile de déterminer ce qui était juste. Une part de moi était d'accord avec Sami et pensait qu'on ne pouvait plus l'aider – plus que jamais, elle représentait un véritable danger pour elle-même – mais ce n'était pas la première fois que nous en arrivions à cette conclusion et cela ne nous avait pas empêchés auparavant de continuer. Même si je détestais admettre que Lloyd avait raison sur ce point, je pensais que Marta avait le droit de choisir.

Mon esprit était en telle ébullition et mon anxiété, si vive que ce ne fut qu'à l'heure du déjeuner, alors que je mangeais pour la première fois depuis treize heures la veille, que mon cerveau se désembruma légèrement et me fit repenser au fait que j'avais couché avec Sami. Alors que mon assiette se vidait et que je commençais à y voir plus clair, je pris peu à peu conscience de mon corps. Je me sentais plus ou moins comme la veille. Je pensais à Marta, à la grande disparité entre nos expériences. Je ressentais pour elle une tristesse qui n'avait rien à voir avec celle que j'avais connue auparavant. Je jetai un coup d'œil vers Sami qui déjeunait avec Ingrid, à quelques tables de là. La vue de cette dernière me fit réfléchir brièvement. J'éprouvai alors un élan d'affection pour Sami, pour ce qu'il avait fait, pour le plaisir qu'il m'avait procuré. Je ne sentis ni culpabilité ni honte. Je continuai de l'observer, me demandant si des doutes allaient surgir dans mon esprit, mais rien ne se produisit. À mes yeux, notre aventure s'était simplement passée et était désormais finie.

Je quittai le réfectoire à la recherche de Lloyd. Il m'avait profondément agacée, mais je voulais savoir s'il avait réussi à parler à Max. Je le retrouvai dans le salon, en train de jouer du Brahms sur le grand piano. Quand il m'avoua qu'il n'avait pas encore discuté avec Max, nous nous disputâmes à nouveau : violemment, vivement, sans faire attention ni aux sentiments de l'autre ni au fait de ne pas mentionner le prénom de Marta. En quittant le salon, alors que les larmes me piquaient les yeux, je vis Sylvia qui montait l'Eiger. Elle s'arrêta juste à l'endroit où, selon les dires de Lloyd, Genevieve était tombée.

Elle leva la tête vers moi, me scrutant de ses yeux noirs qui contrastaient avec la pâleur d'albâtre de son visage. Elle me jeta un regard à la fois doux et sévère. Lentement, elle monta les quelques marches qui me séparaient d'elle.

— Salut, dit-elle.

— Salut, répondis-je, ma vision encore brouillée par mon envie de pleurer.

— Tout va bien ?

Je commençais à mieux la distinguer. Elle affichait la même expression que le jour où j'étais tombée durant le match de hockey, à savoir un air profondément inquiet.

— Je vais bien, affirmai-je avant d'ajouter soudainement : Je viendrai faire un tour à cheval avec toi demain.

J'avais envie de l'amadouer au cas où elle avait entendu le nom de Marta, mais ce n'était pas la seule raison. En voyant Sylvia en face de moi sur la galerie inférieure déserte, l'anxiété et la tension que je ressentais s'étaient dissipées, laissant place à une sensation de chaleur qui envahissait tout mon estomac.

— J'ai eu un RP de la part du major Gregory, mais je viendrai après.

Sylvia sourit et, à ce moment-là, elle n'était plus la même personne.

— Je vais lui en parler. Je lui dirai que je te surveillerai. Comme ça, on profitera plus de la lumière du jour.

Je hochai la tête. Elle fit un pas vers moi, mais la cloche sonna pour annoncer la quatrième heure de cours. Elle se retourna et longea la galerie inférieure à grandes enjambées de manière aussi majestueuse qu'à son habitude.

Cette nuit-là, Lloyd retrouva finalement Max. L'un après l'autre, Sami et moi restâmes aux côtés de Marta dans la tour de l'horloge. Vers deux heures du matin, je vins prendre la relève de Sami pour passer la seconde moitié de la nuit avec Marta. Sans dire un mot, il pointa du doigt une nouvelle pile de bandages et quitta la pièce, les épaules affaissées à cause de l'épuisement. Je m'assis sur le sol en béton à côté du matelas, blottie dans mon manteau de High Realms.

Marta n'avait pas mangé ni même dit un mot depuis que Gerald l'avait trouvée. Elle dormait désormais à poings fermés, son visage grisâtre appuyé contre le duvet froissé. De temps à autre, elle toussait dans son sommeil, faisant un bruit rauque et inquiétant. Ses paupières tressautaient tandis qu'elle rêvait. Je la regardai pendant quelques minutes, incapable d'envier son repos troublé, malgré mon extrême fatigue. *Ça pourrait être la dernière nuit*, pensai-je, haïssant l'incertitude que j'éprouvais à cette idée. Je sortis mes devoirs.

Quelques heures plus tard, alors que je luttais contre le sommeil, m'assoupissant contre le mur blanc, j'entendis le matelas grincer. J'ouvris les yeux et vis Marta qui essayait de regarder à travers le cadran de l'horloge, les mains autour de son visage. Il faisait nuit noire dehors.

— Salut, Mar, dis-je doucement pour ne pas la faire sursauter.

Elle se retourna. La manche de son pull, au niveau de son bras, était tachée d'un rouge très foncé, à l'endroit où le sang avait traversé le pansement.

— Il est quelle heure ? demanda-t-elle doucement.

— Cinq heures et quart.

Nous nous dévisageâmes, conscientes du peu d'heures qu'il nous restait avant la date limite imposée par Gerald. Je me tournai, le corps raidi après tant de temps passé sur le sol.

— Je peux regarder ton bras ? Juste pour…

Elle baissa les yeux vers sa manche couverte de sang comme si cela ne la concernait pas du tout. Sans un mot, elle s'avança et s'assit devant moi. Elle fit passer son pull par-dessus sa tête et s'assit là, vêtue de son maillot de crosse à manches courtes, aux couleurs de la maison Raleigh. Elle ne trembla pas.

Alors que je retirais le pansement de fortune, je dus me retenir pour ne pas avoir de haut-le-cœur. Elle avait réussi d'une manière ou d'une autre à aggraver la plaie qui était désormais plus profonde et plus ouverte qu'avant. Sans savoir si c'était ce qu'il fallait faire, je nettoyai les bords avec un morceau de chemise propre. Marta resta assise en silence, regardant sur le côté. Puis elle se tourna vers moi.

— Qu'est-ce qui va se passer aujourd'hui ?

Je ne trouvai aucune réponse convenable. *Peu importe ce qui se passe, tu seras en sécurité*, avais-je envie de dire. *On sera toujours là pour toi.* Mais je ne pouvais garantir aucune de ces affirmations.

— Que voudrais-tu qu'il se passe ?

— Je veux que Lloyd me choisisse. Et je veux rester saine d'esprit, répondit-elle, ses yeux brillant à la lumière de ma lampe torche. Mais par-dessus tout, je veux vivre. J'ai vraiment très envie de vivre, Rose.

Nous restâmes assises toutes les deux, l'air froid de la pièce s'abattant sur nous. Je scrutai Marta, essayant de la voir différemment : de faire preuve de clarté, de justesse et d'objectivité. Il y avait beaucoup de choses que j'avais envie de dire, mais aucune d'entre elles n'était juste, aucune d'entre elles n'était appropriée à son état actuel. *Tu veux vivre, mais tu te détruis toi-même. Tu veux vivre, mais à quel prix ? Tu veux vivre, mais tu t'en fiches de ce qui va nous arriver.*

Puis, je me rendis compte qu'il n'y avait qu'une seule chose qui importait, une seule chose que je pouvais contrôler. Je tendis le bras pour lui prendre la main.

— Moi aussi, j'ai envie que tu vives, affirmai-je.

La lumière du jour apparut et, avec elle, la vie normale à laquelle je devais prendre part d'une manière ou d'une autre. Je nettoyai le fumier des chevaux et me rendis au hockey. Il était de plus en plus difficile de me sentir liée à mon environnement. Comme si des mains géantes m'écrasaient, je sentais peser sur mes épaules le sentiment que nous manquions de temps, qu'à la fin de la journée, nous pourrions nous faire arrêter, renvoyer, ou bien les deux – et que tous nos efforts pour aider Marta auraient alors été vains. Mes genoux étaient faibles. J'avais envie de m'allonger dans la neige et de passer les cent prochaines années à dormir.

Bella ne m'autorisa pas à jouer avec l'équipe. À la place, elle me fit courir cinquante tours de terrain pour me punir de ne pas être venue à l'entraînement de la veille. Je me mis à courir, manquant de trébucher à chaque pas, glissant sur les plaques de neige compacte. L'air froid me piquait le visage. *Réveille-toi*, semblait-il vouloir me dire. *Il faut que tu reprennes tes esprits.*

Puis ce fut l'heure d'aller en cours. J'écoutais les mags parler, écrivais les réponses et rendais les devoirs que j'avais mal préparés. Mais j'avais l'impression que quelqu'un d'autre avait pris possession de mon corps et vivait tous les événements à ma place. À la pause du matin, alors qu'il me restait six heures à tenir, j'allai vomir dans les toilettes du troisième étage et m'écroulai sur le sol en lino, reposant ma tête douloureuse contre les carreaux froids du mur.

Après ça, je partis à la recherche de Lloyd. Je répétai l'opération à midi, mais il était toujours introuvable. J'avais envie de savoir s'il y avait du nouveau avec Max, mais je ne vis les deux nulle part. Après le déjeuner, nous avions un cours d'anglais, mais Max et Lloyd étaient tous les deux absents. Sylvia était en retard. Lorsqu'elle arriva, Mlle Kepple l'envoya immédiatement rapporter l'absence de Lloyd au major Gregory. Nous nous dévisageâmes, Sami et moi, assis à l'un des bureaux qui étaient disposés en forme de fer à cheval. Nous étions incapables de nous concentrer sur nos dissertations. Je voyais bien que Sami était tout aussi terrifié que moi.

Après les cours, Sami et moi longeâmes le couloir en direction de l'Eiger en traînant des pieds. Nous étions épuisés. Mlle Kepple avait jugé que nos essais n'étaient pas à la hauteur. Je sentis une petite tape sur mon épaule. Je me retournai. Sylvia se tenait là, les joues légèrement rougies.

— On se voit aux écuries dans quinze minutes ?

— Quoi ?

— On va faire un tour à cheval, tu te souviens ?

— Tu vas faire *quoi* ? s'exclama Sami.

Il affichait un air scandalisé qui semblait vouloir dire *Comment peux-tu... à un moment pareil ?* Mais Sylvia l'ignora.

— Tu as dit que tu viendrais, affirma-t-elle d'une manière stricte. Je me suis arrangée avec le major. Allez, va te changer.

Vingt minutes plus tard, je retrouvai Sylvia devant l'écurie de la Patrouille des aînés. Elle tenait les licols de deux chevaux : celui du sien et d'un autre beaucoup plus petit. Il était gris pâle et semblait presque endormi alors qu'il attendait patiemment à côté de Cléopâtre. Cette dernière tapait nerveusement du pied et tirait sur son licol. Sylvia lui caressa le cou.

— Calme-toi, la rassura-t-elle.

Elle dirigea les chevaux vers le marchepied.

— Monte dessus, ajouta-t-elle à mon intention en plaçant le cheval gris devant moi. Belle est très calme.

Je me tenais à côté du marchepied, incertaine de la démarche à suivre. Sylvia me fit un geste d'encouragement, mais elle plissa les yeux lorsqu'elle vit que je ne bougeais pas.

— Tu t'es déjà assise sur un cheval ?

— Non.

— Mais tout le monde à High Realms a des cours d'équitation. Dès son arrivée. *Tout le monde* ici connaît les bases, rétorqua-t-elle en fronçant les sourcils, comme si j'essayais de lui faire une blague.

— Eh bien, pas moi, répliquai-je, agacée. Gerald ne nous a jamais proposé de suivre de cours.

À l'évocation du nom de Gerald, une émotion traversa son visage : bien plus vive qu'une simple contrariété.

— Il n'est jamais trop tard pour apprendre, dit-elle au bout d'un moment. Monte sur le marchepied, mets ton pied gauche dans cet étrier et hisse-toi dessus.

Je fixai Belle du regard qui cligna des yeux. *Rien à voir avec moi,* semblait-elle vouloir me dire.

— Mais…

— Oh ! Allez, Rose, s'impatienta Sylvia, comme si je m'apprêtais à gâcher ses plans.

Elle m'offrit sa main pour m'aider à grimper. Je montai d'un pas hésitant sur le marchepied et me hissai maladroitement sur le dos de Belle, sans esquisser un sourire. Ça me donna le tournis : c'était bien plus haut que ce à quoi je m'attendais. Instinctivement, j'eus envie de me pencher en avant pour m'accrocher au cou de Belle ou simplement de redescendre, mais Sylvia avait d'autres idées en tête.

— Mets ton pied dans l'autre étrier, m'ordonna-t-elle avant de monter agilement sur son propre cheval.

Elle me montra brièvement comment tenir les rênes puis comment serrer mes talons sur les flancs du cheval. Nous sortîmes lentement de la cour, nous passâmes sous le porche de la tour de l'horloge et nous engageâmes sur le sentier qui longeait le ruisseau Donny. Belle suivait Cléopâtre : je n'eus même pas besoin de la guider. Au bout d'une minute ou deux, Sylvia jeta un coup d'œil derrière elle.

— Pas la peine de faire cette tête, me taquina-t-elle.

J'esquissai un léger sourire, me concentrant pour rester droite sur le dos de Belle qui se déhanchait. Me rendant compte que je n'entendais pas l'habituel ruissellement de l'eau, je baissai les yeux et vis qu'elle était gelée.

Nous continuâmes le chemin sur environ un kilomètre, jusqu'à la limite du domaine. Sylvia descendit alors de Cléopâtre pour ouvrir un portail afin de me laisser passer. Elle sauta à nouveau sur son cheval en m'adressant un large sourire.

— Prête à trotter ? me lança-t-elle avant de faire claquer sa langue sans attendre ma réponse.

Cléopâtre s'élança à un pas plus rapide. Belle la suivit et mes rênes s'agitèrent. Nous allions soudainement beaucoup plus vite et les rebonds s'étaient transformés en secousses. Nous traversâmes un immense champ enneigé. J'étais éblouie par le soleil qui se reflétait sur le blanc immaculé du sol. Puis, Sylvia partit au petit galop, ses cheveux volant sous son casque. Elle se dirigea vers un bosquet, au bord d'une colline. Je la rattrapai finalement, sentant mes cuisses qui me faisaient souffrir. De la sueur froide coulait le long de ma nuque.

— Ce n'était pas drôle.

Elle haussa les épaules.

— Désolée, s'excusa-t-elle de manière peu convaincante.

Elle me guida à travers les arbres puis nous arrivâmes sur un chemin qui serpentait sur la colline jusqu'au sommet. Il n'y avait personne aux alentours. Tout était recouvert de neige : les branches des grands arbres, les clôtures et les hauts talus. L'air était froid et léger. Je pris une grande inspiration et agrippai les rênes de mes mains moites. Je sentis alors que la sensation de nausée qui me faisait souffrir depuis le début de la matinée commençait enfin à se dissiper. Mais rien n'était réglé. Nous étions confrontés à notre plus gros défi jusqu'alors : il ne restait probablement que quelques heures avant de nous faire renvoyer de l'école, arrêter par la police ou pire encore. Marta était seule et terrifiée. Et moi, j'étais là, dehors, à monter à cheval avec Sylvia comme si de rien n'était. J'avais honte.

— Sylvia, l'appelai-je alors que nous étions presque arrivées au sommet de la colline, ce qui la fit se retourner sur sa selle. Je veux faire demi-tour.

— On y est presque. La vue d'en haut est magnifique. On voit le ruisseau Donny, ajouta-t-elle en faisant un geste vers une rivière sinueuse et brillante au loin.

— Il faut que je retourne à l'école.

— Pourquoi ? demanda-t-elle en fronçant les sourcils.

— Il faut que je règle quelque chose… Avec Gerald.

Son nom m'échappa sans crier gare, comme si mon esprit voulait se libérer d'au moins un secret, atténuer mon tourment en le partageant avec quelqu'un. Peut-être aussi avais-je envie de punir Sylvia pour son refus de ralentir : mes cuisses étaient désormais irritées et une douleur irradiait dans mes jambes et le bas de mon dos. J'avais deviné que quelque chose n'allait pas entre eux. J'en fus certaine lorsque je prononçai à nouveau son prénom et que je vis le visage de Sylvia devenir aussi blanc que la neige qui nous entourait. Elle mit pied à terre, doucement.

— Descends, ordonna-t-elle en s'approchant de Belle.

Elle me tendit la main et je lui obéis, me laissant glisser de manière peu assurée sur le sol dur. Sylvia attacha les chevaux à un arbre avant de revenir vers moi et de montrer d'un geste une berge en contrebas d'un mur de pierres sèches. Des brins de bruyère dépassaient de la couche de neige.

— On peut s'asseoir sur mon manteau, proposa-t-elle.

Nous observâmes la vallée blanche qui étincelait. Je vis High Realms au loin, la flèche de la tour de l'horloge brillant sous le soleil hivernal. Mon estomac se retourna à nouveau. Sylvia me jeta un regard.

— Je ne sais pas ce que tu manigances avec Gerald, dit-elle doucement. Mais il faut que je te mette en garde contre lui.

— Me mettre en garde ?

— Oui.

Elle contempla la vallée qui formait un patchwork irrégulier de champs enneigés, séparés par le ruban scintillant de la rivière dans laquelle se jetait le ruisseau Donny.

— Il est dangereux, Rose. Il est complètement…

— C'est Max et tes potes qui le font souffrir, la coupai-je. Tu sais ce que Max a fait à son portfolio ?

— J'en ai entendu parler, répondit Sylvia en se mordant la lèvre. Max devient un peu problématique.

— *Problématique ?* Sylvia, tu le protèges depuis octobre. Et tu es vice-capitaine générale. Si tu voulais qu'il arrête de harceler Gerald, tu le pourrais. Et si Gerald est dangereux, c'est en partie ta faute.

— Ne dis pas ça, objecta-t-elle d'une voix légèrement tremblante en me regardant comme si je venais de la frapper. S'il te plaît, ne dis pas ça.

Je fus choquée de voir ses yeux se remplir de larmes.

— Tu as raison, j'ai essayé de protéger Max. Je m'en fiche de lui, mais je tiens à Gin. Je veux garder Max en sécurité jusqu'à ce que Gin sorte de l'hôpital et qu'elle puisse elle-même prendre une décision adéquate à son sujet. Je sais que ce n'est pas très concluant, mais…

— Il ne veut pas d'elle, Sylvia, rétorquai-je, repensant à ce que Max nous avait raconté concernant l'obsession de cette dernière pour la loyauté. Il a besoin de la laisser partir.

— Rose, s'il te plaît, implora-t-elle en me regardant d'un air à la fois triste et sérieux. Tu as peut-être raison. Je ne peux pas en être certaine. Personne ne le peut en dehors de Max, non ? Mais ce que je sais, c'est qu'*elle* l'a aimé et que c'est encore le cas. Il était sa bouée de sauvetage, Rose.

— Tu fais référence à la sœur de Genevieve, fis-je remarquer, ce à quoi Sylvia hocha la tête en silence. Tu la connaissais ?

— Oui, dit-elle, les yeux rivés sur les champs. Oui, bien sûr que je la connaissais.

— Tu l'aimais bien ?

— Je l'appréciais beaucoup, répondit-elle avant de marquer une pause, les poings serrés sur les genoux. Genevieve l'adorait. Quand Persie est morte, je pensais que Gin ne s'en remettrait jamais. Je pensais qu'elle allait devoir quitter High Realms. J'ai essayé de l'aider, mais c'est vraiment Max qui lui a permis de traverser cette épreuve.

— Gerald m'a dit que Max propageait des rumeurs à propos de lui et de la sœur de Genevieve.

— C'est vrai, hésita Sylvia. Il a fait ça.

— Et est-ce que tu…

— Je n'y ai pas participé, si c'est ce que tu penses. Je ne fais pas dans les commérages. Et puis, je savais que Persie et Gerald étaient simplement amis. C'étaient seulement deux personnes marginales et étranges qui traînaient ensemble – même si elle valait dix fois mieux que lui, ajouta Sylvia en clignant des yeux tout en me jetant un regard en biais. Je savais qu'il n'était pas intéressé par elle, car il n'a jamais cessé de me courir après. Il était *constamment* après moi. Je ne savais pas comment gérer ça.

— Comment ça ?

— Avant que je sois en couple avec Bella, il ne faisait que me demander si je voulais sortir avec lui, raconta-t-elle. Il n'arrivait pas à accepter mon refus. J'imagine que je n'étais pas très gentille, mais je ne savais pas comment me comporter autrement. J'essayais de découvrir qui j'étais – ce que je voulais – et le fait qu'il me harcèle constamment n'aidait pas. J'ai commencé à avoir un peu peur de lui. C'est encore le cas aujourd'hui.

J'observai Sylvia un moment, constatant à quel point il était difficile pour elle d'admettre une quelconque faiblesse, sans parler de peur.

— Qu'est-ce qu'il t'a fait ? demandai-je finalement.

Elle resta silencieuse un moment, ses mains entourant ses genoux. Puis elle pencha la tête, sans me regarder.

— Il m'a agressée sexuellement. Quelques jours avant le bal de Noël.

— Quoi ?

— Il m'avait demandé si je voulais être sa partenaire de bal, continua-t-elle, ignorant ma surprise. J'avais dit non, bien entendu. Je pense que c'était le refus de trop.

Elle haussa les épaules, l'air amère.

— Qu'est-ce qui s'est passé ?

— Tu as vraiment envie de savoir ? demanda-t-elle en me jetant un coup d'œil.

Je n'avais pas réellement envie, mais j'avais besoin de connaître la vérité.

— Si tu te sens capable de me le raconter, alors oui, je veux savoir.

— Je travaillais toute seule dans l'une des salles de lecture, commença-t-elle doucement. Il est venu me voir pour me demander si je voulais aller à la soirée avec lui et j'ai refusé. Je lui ai dit qu'il agissait comme une personne désespérée. Que nous en avions déjà parlé. Je suis allée trop loin dans mes propos, je ne peux m'en prendre qu'à moi-même. (Elle s'interrompit et se tourna vers moi.) Je ne sais pas si je suis capable de le dire.

— Dis-moi.

— J'ai peur de…

— Je suis là.

— Il m'a tenue sur la chaise, déclara-t-elle de but en blanc. Et il m'a forcée à écarter les jambes. Il… il a enfoncé son poing en moi. Il m'a dit : « C'est ça que tu aimes, non ? » Putain. (Les larmes coulaient le long de ses joues.) Putain, Rose, c'était si douloureux. Je n'ai pas les mots. Je n'ai jamais connu une telle douleur. Je n'ai pas arrêté de saigner pendant des jours. Je pensais que j'allais devoir aller à l'hôpital.

Elle fut soudain prise de haut-le-cœur, son corps se tordant de douleur. Elle me tourna le dos, la main sur la bouche.

Je la laissai un instant avant de tendre les bras pour qu'elle se tourne face à moi. Je la regardai droit dans les yeux : je voulais qu'elle voie que j'avais compris, que j'étais désolée et que j'avais toujours envie d'elle. Elle se pencha en avant et posa son front sur mon épaule. Son corps se souleva, laissant échapper un seul sanglot, puis elle resta immobile.

Au bout d'une minute, elle s'assit, enlaçant mes doigts frigorifiés aux siens.

— Donc, tu vois, Rose, c'est pour ça qu'il faut que tu fasses attention, déclara-t-elle d'une voix rauque. Je ne veux pas que tu sois blessée. J'ai eu ma vengeance, mais s'il venait à s'en prendre à toi…

— Quelle vengeance ?

Son visage s'était assombri au fur et à mesure qu'elle parlait.

— Je ne pouvais pas laisser passer ça, Rose. Ça m'a pris du temps pour trouver la punition qu'il méritait, mais aujourd'hui, j'ai enfin réglé le problème.

— Qu'est-ce que tu as fait ?

— Il a été rétrogradé, dit-elle en s'essuyant les yeux sur sa manche. Il ne fait plus partie de la Patrouille des aînés. Il n'est plus chef des Chevaux.

— Comment tu as fait ?

— Peu importe, rétorqua-t-elle en se tournant pour vérifier si les deux chevaux étaient toujours là avant d'ajouter d'un ton monotone : Ils doivent lui avoir retiré sa toge à l'heure actuelle. Hé, qu'est-ce que tu fais ?

Je m'étais levée à la hâte. Savoir ce que Gerald avait fait à Sylvia, ajouté à la punition qu'elle lui avait infligée, avait fait naître une nouvelle crainte en moi. Je devais retourner à l'école, intervenir avant que quoi que ce soit ne se passe entre Lloyd, Max et Gerald.

— Il faut que j'y aille, annonçai-je en baissant les yeux vers elle avant d'ajouter en voyant qu'elle s'apprêtait à protester : Tout de suite. Je ne peux pas t'expliquer, mais s'il te plaît, c'est important. *S'il te plaît*, Sylvia. Aide-moi à rentrer.

Elle me fixa du regard.

— OK, acquiesça-t-elle au bout d'un moment. Allons-y.

Nous montâmes toutes les deux sur Cléopâtre, laissant Belle attachée sur le flanc de la colline, et galopâmes jusqu'à High Realms.

— Je retournerai la chercher, avait dit Sylvia. Je les ramènerai toutes les deux à la maison.

La maison. Je n'avais jamais considéré High Realms comme une maison.

Nous arrivâmes au niveau des granges et des ateliers et traversâmes la cour au petit galop. Je vis Lloyd devant nous en train de courir vers le bloc C. Je tentai de descendre du cheval.

— Lloyd !

Il se retourna, l'air étonné. Puis il me vit et vint vers nous, un grand sourire aux lèvres.

— Ro, dit-il, ses yeux passant de Sylvia à moi. Ro, qu'est-ce que tu fais ?

— Il faut que je te parle.

Je me laissai tomber du dos de Cléopâtre et atterris lourdement sur le gravier. Lloyd tendit la main pour m'aider à retrouver mon équilibre.

— Ro, répéta-t-il. C'est bon. Je l'ai fait, je l'ai convaincu. Tout va bien. Tout va bien se passer. Sami est au courant.

— T'es sûr ? demandai-je en le dévisageant.

— Oui.

Je m'appuyai un moment sur lui, incapable de croire qu'il avait réussi.

— Max est en train de le chercher en ce moment même.

Je n'avais pas besoin d'en savoir plus. Max allait s'excuser auprès de Gerald. Marta était en sécurité pour le moment.

— Est-ce que tu le lui as dit ?

— J'étais justement en train d'y aller, déclara Lloyd en agrippant ma main. Tu veux venir avec moi ?

Sylvia fronça les sourcils et sauta de Cléopâtre, faisant crisser ses bottes sur le gravier.

— Qu'est-ce qui se passe ? demanda-t-elle, mais Lloyd et moi étions en train de nous sourire et aucun de nous ne répondit. OK, je vais aller chercher une bride de rechange et ensuite…

— Merci, la coupai-je en me retournant. Merci beaucoup de m'avoir ramenée.

Je fis un pas vers elle et l'embrassai longuement et fougueusement, ma main agrippée au dos de sa veste d'équitation.

— On se voit plus tard ?

— Oui, répondit-elle, abasourdie.

Nous étions déjà en train de traverser la cour en courant, nous dirigeant vers les écuries et le bloc C.

Après ce que Lloyd m'avait appris, je fus assez naïve – et même stupide – pour oublier ce que Gerald avait fait à Sylvia et la punition qu'elle lui avait infligée. Alors que nous nous précipitions vers les écuries, que nous tirions sur le contreplaqué et que nous montions les marches en béton, je ne pouvais penser à rien d'autre qu'au soulagement et à la joie que nous allions procurer à Marta, à la façon dont son sourire allait s'élargir sur son visage, à la reconnaissance qu'elle éprouverait… Nous l'avions fait. Nous l'avions sauvée.

Même lorsque nous ouvrîmes la porte de la salle de la tour et que nous vîmes Gerald à l'intérieur, une partie de mon cerveau refusa d'admettre que tout ne s'était pas si bien passé. *Max lui a déjà parlé*, pensai-je. *Il s'est déjà excusé et Gerald est venu nous dire qu'il garderait le secret.* C'était absurde, mais c'était plus facile à accepter que la réalité, que mes yeux et mon esprit avaient du mal à assimiler : les vêtements étalés sur le sol, les conserves éparpillées qui avaient roulé dans un coin, la marque brillante sur le sol vide, là où le matelas se trouvait avant d'avoir été déplacé.

À partir de ce jour-là, chaque fois qu'il m'arriva quelque chose de grave, je me souvins de la nostalgie immédiate et écœurante que j'éprouvai à ce moment précis. Je brûlai d'envie de redevenir la personne que j'avais été trente secondes plus tôt, montant l'escalier à la hâte sans savoir ce que Gerald avait fait. Je n'avais pas envie de remonter le temps, mais plutôt de changer complètement de fuseau horaire, de me téléporter dans un monde parallèle dans lequel Gerald aurait pris une autre décision – car c'*était* un choix – et n'aurait pas violé Marta. Je me souviens que Lloyd mit encore plus de temps à l'accepter, continuant de demander ce qui était en train de se passer, répétant qu'il ne comprenait pas, même après avoir vu la tache sur le duvet, même après que Gerald se fut levé du seau retourné sur lequel il était assis, la tête entre les mains, et que nous vîmes sa ceinture défaite ainsi que son torse et ses bras couverts du sang qui s'était écoulé de la blessure de Marta.

— Elle pue, nous dit-il.

Et puis, il y avait Marta. Elle était toujours assise, ou plutôt allongée, sur le matelas, affalée contre le mur, et portait le même maillot. Le pansement était tombé de son bras et du sang s'était écoulé jusqu'à son poignet et imprégnait désormais la serviette qu'elle avait placée sur elle pour recouvrir le bas de son corps. Elle releva les yeux, mais ne sembla pas me reconnaître tout de suite.

Gerald s'enfuit en courant. Lloyd et moi nous assîmes aux côtés de Marta, sans dire un mot. Je me rappelle que Lloyd alla remplir la bassine d'eau pour la placer à côté d'elle, comme si c'était un besoin de première nécessité. Je me souviens avoir pensé qu'elle voudrait sûrement que personne ne l'approche. Je gardai mes distances, lui demandant seulement si je pouvais faire quelque chose pour elle.

— Assieds-toi avec moi, me demanda-t-elle doucement.

Je m'installai alors sur le matelas, m'adossant au mur à environ un mètre d'elle. Elle se recroquevilla et posa sa tête sur mes cuisses. Au bout de quelques minutes, quand je fus certaine de ne pas l'effrayer, je posai ma main sur son crâne et caressai ses cheveux courts, essayant de lui transmettre un peu de tendresse à travers son cuir chevelu. Nous venions de lui laver les cheveux, seulement deux jours plus tôt.

Quelques heures plus tard, Marta nous demanda de partir. Nous étions réticents, mais il nous semblait cruel de nous disputer avec elle. Alors que nous traversions l'Hexagone d'un air hébété, nous entendîmes quelqu'un nous appeler. Sami sortit du San à toute allure et courut vers nous.

— Les gars, haleta-t-il, en sueur, le souffle coupé. Les gars, il vient de se passer quelque chose…

Nous le regardâmes en silence, le cœur brisé. Sami ne sembla pas remarquer notre détresse.

— C'est le professeur De Luca. Il a fait un autre AVC, assez grave. Il est à l'hôpital, inconscient. Le docteur Reza dit… elle pense qu'il est probable, très probable… qu'il meure.

Il nous fixa du regard, sans tenir compte de notre stupeur et de notre tristesse, et ajouta d'un ton pressé, à la limite du reproche :

— Vous ne *comprenez* pas ? S'il meurt, Marta sera libre ! Genevieve lui a déjà pardonné. Elle ne sera pas traduite en justice. Tout ça, ce sera fini, ajouta Sami, les yeux brillants. Toute cette histoire, ce cauchemar, ce sera fini, pour toujours.

Il tendit les mains vers nous et plaça chacun de ses bras autour de nos épaules avant de nous tirer vers lui.

— Je l'aime, déclara-t-il, la tête dans le manteau de Lloyd.

Sa voix était étouffée, mais je pouvais entendre son soulagement, son extase, alors même que quelque chose en moi se brisait.

— Je l'ai toujours aimée. Dès qu'elle sera libre, je lui dirai. Je lui dirai à quel point je l'aime.

PARTIE IV

21

S'il est possible d'imaginer quelque chose comme une bagarre pittoresque, elle se déroula à High Realms un soir glacial de janvier 2000.

Le combat commença sur la pelouse enneigée de l'Hexagone. Quelques secondes après avoir raconté à Sami ce que Gerald avait fait, nous aperçûmes ce dernier se faufiler dans la maison Colombus. Sami et Lloyd lui coururent après. Ils le rattrapèrent, le forcèrent à descendre les marches et le tirèrent jusqu'au milieu de la cour. Du sang jaillit sur la neige lorsque Lloyd cassa le nez de Gerald en assenant son premier coup de poing. Ce fut Gerald qui donna le deuxième coup : il frappa Sami, ce qui fit tomber celui-ci la tête la première dans la neige.

Puis Gerald courut tandis que du sang s'écoulait de son nez. Nous le pourchassâmes à travers le labyrinthe et le passage de la chapelle avant d'arriver sur la grande allée. La nuit était en train de tomber, le ciel était d'un bleu profond et la lune s'élevait au-dessus de la maison principale. Des plaques de verglas se formaient sur le sol. Je me rappelle m'être arrêtée après avoir dérapé tandis que Sami et Lloyd rattrapaient Gerald. Je regardai dans leur direction, là où se trouvait l'entrée principale. Au-delà, il y avait la route et, encore plus loin, on pouvait apercevoir les hautes et paisibles collines du nord du Devon, dont les contours m'étaient désormais si familiers. *Pars de cet endroit*, pensai-je. *Enfuis-toi.*

— Aide-nous, Rose, grogna Sami, et c'est ce que je fis.

Nous attrapâmes Gerald par les bras et le tirâmes avec force jusqu'aux marches de la chapelle. Personne ne nous arrêta car personne ne se trouvait là. Tout le monde était occupé à cette heure-là : à l'étude, sous la douche après avoir participé aux Jeux ou en réunion dans la salle commune. Mais il était également possible, car c'était High Realms après tout, que quelqu'un se cache quelque part, évitant d'avoir à intervenir. Je me souviens de tendre un bras derrière moi pour pousser la porte, mes doigts moites touchant le bois noueux. Puis, tous les trois, nous traînâmes Gerald jusqu'à la chapelle déserte et glaciale. Lloyd le cloua au sol, posant un genou sur chacune de ses épaules pour permettre à Sami de le frapper. Au bout d'un moment, je fus forcée de détourner le regard.

Je me rappelle avoir pensé *Gerald est plus fort que ça.* J'étais certaine qu'il pouvait se libérer de l'emprise de Lloyd et battre facilement Sami. Peut-être était-il affaibli par son nez cassé, mais je ne le pense pas. Il lutta à peine lorsque Sami le roua de coups, visant toutes les parties de son corps. Alors que la résistance de Gerald diminuait, Sami se montra de moins en moins agressif. On aurait dit que sa volonté de le punir faiblissait à mesure que les larmes se déversaient sur ses joues en sang. Il recula en titubant et s'accroupit en se prenant la tête entre les mains.

— Si tu t'approches à nouveau d'elle, je te tue, gémit-il.

En regardant Gerald qui était toujours pris au piège sous le corps de Lloyd, je sus que nous l'avions brisé.

Puis il finit par se libérer, mais il n'essaya pas de s'enfuir. À la place, il monta les marches étroites de l'escalier en colimaçon qui menait à l'orgue. Il les franchit rapidement, malgré ses blessures. Lloyd le pourchassa, nous ordonnant de le suivre en criant lorsqu'il comprit – ou devina – ce que Gerald prévoyait de faire. Nous nous précipitâmes pour rejoindre Lloyd et, ensemble, nous tirâmes Gerald pour l'éloigner de la balustrade sur laquelle il était en train d'essayer de grimper dans le but de se jeter, la tête la première, dans la nef de la chapelle.

*

Après que Gerald se fut enfui en trébuchant, nous nous assîmes sur le sol froid pendant une trentaine de minutes jusqu'à ce qu'il soit inévitable et urgent de se confronter à la suite des événements. Lloyd devait emmener Sami au San – sa lèvre était tellement fendue qu'elle aurait besoin de points de suture – et moi, je devais aller voir Marta.

— Ne lui parle pas de son père, m'implora Sami, ce à quoi je hochai la tête en signe d'approbation.

J'irais voir Marta. *Je vais y aller*, me répétai-je en boucle alors que je me dirigeais d'abord vers Hillary afin de changer mes vêtements couverts de sang. *Je vais aller la voir*, me fis-je la promesse au moment où j'entrais dans le réfectoire. C'était à mon tour d'apporter le dîner de Marta, après tout, même si j'étais assise là, à manger sans aucun appétit, même si je sentis la main de Sylvia me frôler l'épaule lorsqu'elle passa à côté de moi. Après le dîner, je sortis directement par la porte principale et traversai l'allée sans prendre la peine d'emprunter le chemin qui passait derrière le bâtiment, bien qu'il soit tard. J'avais envie que quelqu'un m'arrête, mais personne ne le fit. Les corvées du soir étaient finies et le calme régnait dans les écuries.

J'étais à peine entrée dans la tour de l'horloge que j'avais déjà envie de partir. J'espérais que Marta exige que je m'en aille. Elle était allongée sur le côté, sur des coussins qu'elle avait enveloppés dans des serviettes, et lisait *L'Importance d'être Constant*. Des bleus s'étaient formés sur ses joues et autour de sa bouche. Le petit réchaud était allumé à côté d'elle, dégageant une chaleur douce.

Je m'assis au bout de son lit de fortune et la regardai lire la pièce de théâtre. Elle était complètement absorbée, clignant des yeux de temps à autre, l'air amusée. Alors que je m'apprêtais à lui proposer de manger la nourriture que je lui avais apportée, à savoir du raisin, des crackers et des barres de céréales, elle s'assit en poussant un grognement soudain, les yeux baissés vers ses cuisses.

— Mince, m'exclamai-je sans pouvoir m'en empêcher. Marta…

— Je vais bien, me coupa-t-elle.

Elle reposa le livre et se recala contre les coussins.

— Je vais bien, répéta-t-elle d'une voix rauque, mais ferme. Tu peux me passer quelques bandages, s'il te plaît ?

Je ne bougeai pas.

— Rose.

Elle pointa du doigt les bandes de serviettes que nous avions découpées pour son bras. Je tendis la main pour en attraper quelques-unes, remarquant à quel point la pile avait diminué. Elle essuya le sang comme elle put puis me fit signe de lui en donner d'autres.

— Je peux aller te chercher… commençai-je, mais elle secoua la tête, d'un air presque impatient.

— Merci, mais ceux-là sont mieux, répondit-elle en mettant les bandages tachés de côté. Tu veux bien approcher la bassine ?

Son ton était à la fois poli et détaché.

Je fis ce qu'elle me demandait. Marta se lava les mains dans l'eau gelée et je lui donnai la seule serviette intacte restante pour les lui sécher.

— Il me faut plus de pantalons, me dit-elle.

J'acquiesçai et me levai immédiatement, mais elle secoua la tête.

— Ça peut attendre demain matin. Reste discuter avec moi.

Je me rassis et regardai Marta se repositionner soigneusement sur ses coussins. Elle s'allongea à nouveau sur le côté, grimaçant au moindre mouvement, et tira le livre vers elle.

— J'adore cette pièce, murmura-t-elle.

— Marta, commençai-je. Marta, tout va bien se passer.

Elle leva les yeux vers moi, avec un regard à la limite de la compassion.

— Parlons d'autre chose, suggéra-t-elle d'un ton affreusement poli.

Ce rejet, bien qu'exprimé avec délicatesse, eut un effet dévastateur sur moi, me montrant clairement que je ne lui étais d'aucune utilité en dehors de l'aspect pratique. Puis, je vis ses yeux se tourner vers le livre à côté du matelas, et alors je sus quoi faire. Je me mis à lui poser des questions sur la pièce – à propos des personnages, des thèmes, lui demandant quels étaient ses vers et ses scènes préférés. Elle répondit attentivement à toutes mes interrogations, prenant bien soin de feuilleter les pages pour trouver des citations.

Au bout d'une heure, elle commença à somnoler, mais alors que je m'apprêtais à partir, elle se redressa soudainement. Je tendis la main vers les bandages, mais elle secoua la tête.

— Rose, dis-moi. Est-ce que ça m'est vraiment arrivé ? Est-ce que Gerald était là ?

Je la fixai du regard. Ses yeux étaient brillants et pleins d'espoir, mais étrangement vitreux.

— Tu sais, ajouta-t-elle d'une voix légèrement tremblante. J'ai l'impression que… que peut-être que ce n'est *pas* arrivé. La douleur a disparu. Tu es là. Rien n'a vraiment changé. Je me demande si… si ça s'est vraiment passé. (Elle déglutit en me regardant d'un air suppliant.) Est-ce que c'est le cas ?

Il y eut un long silence. D'une certaine façon, je savais qu'elle me croirait, quelle que soit ma réponse. Marta s'en remettait à moi. Si je lui disais que Gerald n'était pas venu ici, qu'il ne l'avait pas violée, elle accepterait cette non-vérité comme un fait, comme un souvenir, comme un élément du passé plutôt que de fiction. Ça la réconforterait. Elle mangerait, elle dormirait. Lui mentir pourrait être un cadeau que je lui ferais : une manière de me racheter du fait de ne pas avoir réussi à la protéger.

J'avais raconté tant de mensonges, mais je fus incapable de formuler celui-ci.

— Je suis désolée, m'excusai-je. Je suis sincèrement désolée, Marta. Il est bel et bien venu ici.

Il t'a forcée à coucher avec lui. C'est pour ça que tu saignes.

— On va t'aider. Tu n'es pas seule, ajoutai-je.

— Tais-toi, m'ordonna-t-elle, sa voix trahissant sa déception.

Elle baissa les yeux vers ses poignets enflés et couverts de bleus, puis elle observa les taches sur ses cuisses. Elle n'avait plus les yeux vitreux : nous partagions à nouveau la même réalité.

— J'espérais que tu serais capable de comprendre, me lança-t-elle d'un ton vindicatif. Mais tu ne peux pas. Tu es trop innocente, Rose. Tu es heureuse. Ta vie sera magnifique. J'aurais aimé que ce soit la mienne.

*

J'avais envie de trouver Sylvia, mais je ne pouvais pas aller la voir. Je ne savais ni où était sa chambre, ni si elle la partageait avec quelqu'un. Mais je me sentais incapable de rester seule. Je me dirigeai vers le San, sachant que Sami s'y trouverait, car il serait directement venu à la tour si le docteur Reza l'avait laissé partir.

Il était tard et l'endroit était désert, mais un tableau blanc indiquait quel patient occupait quelle chambre. Celle de Sami était individuelle. Je m'y rendis et le trouvai allongé sur le dos, profondément endormi, les bras plaqués de chaque côté de son corps. La lampe de chevet était allumée et il était entièrement habillé, à l'exception de son blazer et de sa cravate. Je déplaçai l'un de ses bras et m'allongeai à côté de lui.

— Rose ? marmonna-t-il en ouvrant les yeux.

Sa lèvre fendue qui avait été nettoyée et recousue l'empêchait de parler correctement.

Je ne pouvais prononcer un mot. Il me posa des questions à voix basse : « Comment va-t-elle ? Est-ce que tu lui as dit pour son père ? Est-ce qu'elle dort ? » Mais je ne répondis à aucune d'entre elles. Je restai allongée à côté de lui, la tête sur son épaule, muette comme une tombe. Il finit par soupirer. Il se tourna sur le côté et me prit dans ses bras. Nous restâmes allongés ainsi une minute ou deux.

— Est-ce que je peux rester ici avec toi ? demandai-je, le visage collé contre la douce laine de son pull de High Realms.

Je le sentis hocher la tête. Je sentis également autre chose et je ne lui en voulais pas. Mais Sami s'écarta de moi, ses joues pâles désormais toutes rouges.

— Tu devrais y aller, murmura-t-il en se passant la main sur le visage.

— Ce n'est rien, le rassurai-je en secouant la tête tout en me rapprochant à nouveau de lui.

J'embrassai ses joues chaudes et passai mes bras autour de lui pour l'attirer vers moi. Je n'avais aucune idée de ce que je voulais, mais je savais précisément ce que je ne voulais *pas* : me trouver à nouveau seule, quel que soit l'endroit. J'aurais fait n'importe quoi pour ne pas vivre ça. Alors que je plaçais mes lèvres sur le cou de Sami, je savais que je ferais tout ce qu'il me demanderait si ça pouvait m'empêcher d'être seule cette nuit-là.

Il ne me demanda rien. Ce fut seulement plus tard, un jour après que la situation avait encore empiré, que je repensais à cette nuit dans le San, m'autorisant à me rappeler la manière dont, après une demi-heure passée dans ses bras, j'avais demandé à Sami qu'on fasse l'amour, d'abord avec dignité, puis d'un ton pressé et finalement en faisant preuve de lâcheté. Plus il se montrait réticent, plus j'avais envie de lui. J'avais l'impression que seul Sami pourrait me réconforter cette nuit-là, en me donnant ce que je voulais. Lorsqu'il y consentit finalement, je le désirais tout autant. Je voulais retrouver cette même sensation de puissance que j'avais éprouvée trois soirs plus tôt. Cette puissance que Marta avait perdue, elle qui détestait le fait que je la possédais toujours. Mais ce soir-là, alors que je couchais avec quelqu'un pour la deuxième fois, j'eus beau n'avoir aucune douleur, je ne ressentis aucun plaisir non plus, aucune forme de pouvoir. Je n'éprouvais rien du tout hormis un vide, un regret et un profond désarroi. Je regrettai que le véritable pouvoir que j'aurais pu exercer cette nuit-là, à savoir celui de faire croire à Marta que Gerald ne l'avait pas touchée, ait été au-dessus de mes forces. J'aurais pu la sauver, mais je l'avais ramenée à la réalité de ce monde. Cette nuit-là, je savais déjà que je serais à jamais hantée par la cruauté dont j'avais fait preuve.

22

— Rose, réveille-toi, chuchota une voix d'un ton pressé. Réveille-toi.

Je m'assis en plissant les yeux, éblouie par la lumière en provenance du couloir. Sami se tourna sur le côté, soupirant dans son sommeil. Le docteur Reza, vêtue d'une chemise de nuit, se tenait près du lit.

— Le major Gregory est ici, annonça-t-elle avant de placer sa main sur la joue de Sami. Réveille-toi, Sami. Le major Gregory veut vous parler à tous les deux.

Elle nous observa nous habiller en affichant un air impassible.

— Vous n'étiez pas là au dernier appel hier soir, nous expliqua-t-elle. Il est une heure du matin. Il a dit qu'il vous cherchait.

Je boutonnai mon gilet en essayant d'empêcher mes mains de trembler.

— Tu étais ici, me dit-elle.

— Je…

— Tu es venue au San car tu te sentais mal après le dîner. Tu avais de la fièvre donc je t'ai gardée ici en observation, me coupa-t-elle avant de froncer les sourcils en regardant Sami dont la lèvre fendue était gonflée et violette. Quant à toi, Sami, tu as glissé sur la glace.

Ce dernier était en train de jouer avec sa cravate. Il leva les yeux vers elle, la regardant avec un air aussi confiant que celui d'un enfant.

— Venez avec moi, nous dit-elle.

Nous enfilâmes nos chaussures et la suivîmes dans le couloir.

Elle n'avait pas fait entrer le major Gregory dans son bureau. Il se tenait debout dans l'obscurité de la salle d'attente du San. Les épaules de son manteau étaient couvertes de neige fraîche et, comme à son habitude, son expression était marquée par la colère. Celle-ci s'intensifia lorsqu'il nous vit, Sami et moi.

— Asseyez-vous, nous ordonna-t-il, ce à quoi nous obéîmes tandis que le docteur Reza, qui se tenait derrière nous, posait sa main sur le dossier de ma chaise en plastique. Vous rentrez chez vous ce soir.

Je m'étais attendue à entendre ces mots bien avant cette nuit-là. Lorsqu'il les prononça, ce fut comme une sorte de soulagement.

— Le manque de respect dont vous faites preuve à l'égard de cette école est aberrant.

— Monsieur, commença Sami, encore gêné par sa lèvre fendue. On...

— Silence, le coupa le major Gregory. J'ai quelque chose à vous dire.

Il marqua une pause en se mordant la lèvre. L'espace d'un instant, je me sentis complètement désintéressée par ses paroles.

— Vous n'êtes pas sans savoir que le père de Marta, le professeur De Luca, a fait un AVC hier après-midi, poursuivit-il avant de marquer un temps d'arrêt, attendant une réaction de notre part. Vous le saviez déjà, non ?

— Oui, monsieur.

— Le professeur De Luca était encore conscient lorsqu'il est arrivé à l'hôpital. Il a dit aux médecins quelque chose de très troublant. Il l'a répété plusieurs fois avant de perdre connaissance. Sachant qui était le professeur De Luca et ce qu'il a traversé avec sa fille, qui est votre amie, l'hôpital nous a transmis l'information.

Nous attendîmes, désormais plus attentifs que jamais. Je pouvais sentir la tension du docteur Reza à travers sa main qui effleurait mon épaule du bout des doigts.

— Il a dit…

Le major Gregory s'interrompit au moment où la porte du San s'ouvrit et que Lloyd en franchit le seuil.

— Je vous ai demandé d'attendre dans mon bureau, monsieur Williams.

— Je sais, répondit Lloyd d'un ton qui frôlait l'indifférence.

Il avait l'air épuisé, plus las et démoralisé que jamais. Il nous observa, Sami et moi, assis sur des chaises côte à côte, ainsi que le docteur Reza qui se tenait derrière nous. Je pris soudainement conscience de mes vêtements froissés, de mon col défait et de mes cheveux ébouriffés. Lloyd plissa les yeux un instant.

— Pourquoi m'avez-vous désobéi ? s'emporta le major Gregory.

— Parce que Rose et Sami sont mes amis.

Le major Gregory le regarda, bouche bée.

— C'est un comportement inacc…

— Nicholas, l'interrompit le docteur Reza au moment où Lloyd s'assit à côté de moi. On est en plein milieu de la nuit. S'il te plaît, dis à Rose et à Sami ce que tu voulais leur dire.

L'espace d'un instant, je pensai que le major Gregory allait hurler sur le docteur Reza ou même la frapper. Il y avait toujours eu une forme de psychopathologie chez lui : une absence troublante d'empathie ou d'attention. Mais je m'étais toujours dit que c'était en partie dû à sa façon de s'exprimer ou tout du moins une conséquence raisonnable de son exaspération face à ce qui se passait autour de lui.

J'avais envie de croire que, sous ses aspects snob et méticuleux, le major Gregory était malgré tout un être doté d'une conscience. En le regardant dans le San cette nuit-là, je sus que je m'étais trompée. Notre chef de Maison était profondément cruel et égocentrique. Il était uniquement obnubilé, avec une ferveur inexplicable, par l'idée d'obtenir les résultats qu'il souhaitait pour la maison Hillary. Nous, les Boursiers du millénaire, n'avions jamais été autre chose qu'un pari qui pouvait ou non s'avérer gagnant : nous pouvions le mener soit vers les accolades et la gloire, soit vers le ridicule et l'humiliation.

— De nouvelles informations ont été révélées, déclara finalement le major Gregory d'une voix froide et calme avant de me fixer droit dans les yeux. Avant de perdre connaissance, le professeur De Luca a répété plusieurs fois la même phrase, à savoir « Rose Lawson sait où se trouve Marta. Demandez-le-lui ».

Durant une longue minute, un silence complet s'installa dans la salle d'attente. Sami et Lloyd, qui se trouvaient de chaque côté de moi, étaient immobiles. Je me rendis à nouveau compte de la légère pression de la main du docteur Reza contre mon épaule. Je m'aperçus que je n'étais pas du tout effrayée et je regardai mon chef de Maison droit dans les yeux lorsqu'il ajouta :

— Je ne vous poserai pas la question. Car l'endroit où se trouve Marta ne me concerne plus. Nous l'avons déjà retirée de la liste des élèves avant Noël, elle ne fait donc plus partie de mes responsabilités. Je ne suis plus intéressée par elle : peu importe si vous savez, ou avez su à un moment donné, où elle se trouve. Peu importe qu'elle soit vivante ou morte. Ma seule préoccupation concerne l'honneur et la réputation de la maison Hillary ainsi que celui de High Realms. Est-ce que c'est clair ?

Nous hochâmes lentement la tête. Le major Gregory fit un pas vers nous.

— Vous comprendrez donc ma décision de vous assigner tous les trois à résidence. Vous n'aurez pas le droit de quitter vos chambres pendant les dix prochains jours.

Sami émit un léger grognement et Lloyd s'apprêta à contester, mais le major Gregory éleva la voix.

— Cela fait très longtemps que je n'ai pas appliqué cette sanction. Elle est justifiée aujourd'hui, car vous êtes tous les trois dissipés au point de ne pas respecter vos engagements en tant qu'élèves boursiers. Si on vous a permis de fréquenter cette école, tout à fait gratuitement alors que d'autres payent des dizaines de milliers de livres sterling par an, c'était pour que vous remplissiez un devoir et répondiez à certains critères. Vous ne faites actuellement ni l'un ni l'autre.

— On est toujours dans les premiers du classement, souffla Lloyd.

— Le classement ne représente qu'une infime partie des raisons pour lesquelles vous avez été admis dans cette école, rétorqua le major Gregory en secouant la tête d'un air dédaigneux. Au cas où ce ne serait pas clair pour vous, laissez-moi vous rappeler qu'avant toute chose, votre rôle ici est d'intégrer les meilleures universités du pays, voire du monde, et que cette réussite soit rendue possible grâce à High Realms. Le docteur Lewis m'a dit qu'aucun de vous deux, monsieur Williams et mademoiselle Lawson, n'a montré le moindre intérêt pour vos candidatures ou pour préparer vos examens blancs d'entrée. Elle n'a réussi à vous faire choisir une voie pour vos études qu'après vous avoir menacés d'un RP. Elle m'a également confié que, dans l'état actuel des choses, monsieur Lynch, vos chances d'être accepté en médecine sont effectivement très maigres.

— Ce n'est pas vrai, intervint le docteur Reza. Nicholas…

— Non, objecta le major Gregory en secouant la tête. Il n'y aura aucune discussion. Vous allez tous les trois m'accompagner à la maison Hillary ce soir et vous passerez les dix prochains jours dans vos chambres. Un mag ou un membre de la Patrouille des aînés restera devant votre porte et on vous apportera vos repas. Vos professeurs vous enverront le travail et vous consacrerez tout le temps libre qu'il vous restera à réviser pour les examens blancs. La moindre contestation, qu'elle soit faite maintenant ou durant toute la durée de votre punition, doublera le temps de votre assignation à résidence.

— *Nicholas*, intervint à nouveau le docteur Reza, mais il la coupa.

— Je ne veux pas en venir à t'humilier, docteur Reza, mais sois certaine que je n'hésiterai pas à le faire si tu essayes de t'opposer à cette sanction. Levez-vous, nous ordonna-t-il.

Lloyd, Sami et moi lui obéîmes, résignés, sachant que la moindre provocation le pousserait à mettre ses menaces à exécution.

Nous sortîmes dans la nuit épaisse et sombre, la plus froide que j'aie connue à High Realms. On aurait dit que des aiguilles gelées venaient s'enfoncer dans la peau de mon visage et de mes mains, provoquant une affreuse douleur. Je ne pouvais contrôler les tremblements qui agitaient mon corps alors que nous marchions en direction de la maison principale. Ni Lloyd ni Sami ne me jetèrent un coup d'œil. Le docteur Reza parlait doucement mais fermement au major Gregory en lui faisant part de différentes options concernant l'assignation à résidence. Nous entrâmes par la porte Ivy. La chaleur familière de l'institution m'écrasa. C'était la chaleur que Marta n'avait pas ressentie depuis des mois et qu'elle ne ressentirait probablement plus jamais.

*

Aussi surréaliste que cela puisse paraître, les deux premiers jours d'assignation furent un véritable soulagement, bien que je m'en sente coupable. J'étais si fatiguée que tout sommeil en plus était le bienvenu. Sans les visites à Marta et les corvées du matin, je pouvais dormir jusqu'à ce que la cloche du lever retentisse, à six heures et quart, et rester allongée jusqu'à huit heures et demie, lorsque le major Gregory venait à la 1A pour m'apporter le travail du jour. Le premier matin, je lui avais ouvert la porte en robe de chambre, une erreur que je ne commettrais pas deux fois. Il nous avait immédiatement ajouté deux jours aux dix initialement prévus.

Une fois mon énergie physique plus ou moins retrouvée, je pus entrevoir ma situation plus clairement et commençai à trouver les journées plus difficiles. Je ressassai en boucle les événements des derniers jours, leur horreur s'intensifiant à chaque fois. La plupart du temps, je repensais à la dernière conversation que j'avais eue avec Marta et à la façon dont je l'avais déçue. Il était déjà assez difficile d'avoir été forcée de l'abandonner sans explication, mais le fait que cela se produise après une telle rupture de confiance me donnait un sentiment de culpabilité si accablant que j'en avais la nausée et vomissais plusieurs fois par jour dans la poubelle à papier de la 1A. Ensuite, j'ouvrais la fenêtre et m'allongeais sur mon lit, me sentant faible et vide, et je m'autorisais à pleurer, laissant les larmes couler sur mes joues en m'apitoyant sur mon sort. La 1A se refroidissait et c'était ce que je désirais. Je voulais souffrir.

Au bout de trois jours, il me vint à l'esprit que Marta pourrait s'enfuir. En dehors de ses blessures, rien ne l'empêcherait de le faire. La salle de la tour de l'horloge n'était pas fermée à clé et elle savait qu'elle pouvait s'échapper sans être vue à plusieurs heures du jour et de la nuit. Il était presque trop douloureux d'imaginer ce qu'elle devait ressentir, ce qu'elle devait penser. Au début, nous avions été là pour elle, puis Gerald l'avait violée et nous, ses amis, sa bouée de sauvetage, avions disparu. Nous n'avions pas eu l'occasion de lui dire comment nous avions puni Gerald. Elle devait donc être terrifiée à l'idée qu'il revienne. Je me pelotonnai sur le rebord de la fenêtre et fixai la tour de l'horloge, espérant pouvoir m'y téléporter. J'essayais de me rappeler ce qu'il lui restait en nourriture et en eau. Au fond de moi, je savais que me préoccuper des provisions était une perte de temps, car Marta ne mangerait pas.

Il n'y avait aucune chance de s'enfuir de la 1A. Un mag ou un membre de la Patrouille des aînés était posté à l'extérieur vingt-quatre heures sur vingt-quatre, m'escortant même jusqu'aux toilettes au bout du couloir. Le seul autre moment de la journée où l'on m'autorisait à sortir de ma chambre était pour effectuer une brève promenade quotidienne : un tour de la maison principale accompagnée du major Gregory en personne, soit tôt le matin, soit tard le soir. Aux yeux de ce dernier, la marche était clairement ce qui empêchait l'assignation à résidence d'être une véritable atteinte à nos droits de l'homme. Mais pour moi, c'était de loin le pire moment de la journée. Je ne voyais pas beaucoup de gens, mais au bout du troisième jour, je ne pouvais supporter la liberté relative de ces derniers – le fait qu'ils puissent marcher à leur propre rythme, aller prendre le petit déjeuner quand ils le souhaitaient (sur un créneau horaire défini), parler à leurs amis. Au bout du troisième jour, je comptais toutes les heures où j'étais éveillée, mais les neuf jours d'assignation qu'il nous restait semblaient si interminables que j'abandonnais. Je me demandais comment Marta supportait ces heures de solitude et d'inactivité, quelles techniques elle utilisait pour repérer et accélérer le passage du temps. Nous n'en avions jamais parlé, car elle ne s'en était jamais plainte.

Peu à peu, l'absence de la plupart de mes mécanismes de survie commença à se faire sentir. Je n'avais pas mesuré à quel point j'avais été portée par l'emploi du temps interminable de High Realms. En m'empêchant de réfléchir correctement, le travail quotidien avait en fait été ma force et ma raison d'être. Sans les cours, le hockey et la compagnie de Lloyd et Sami – qui, au moins, passaient cette assignation tous les deux –, je commençais à sombrer dans la dépression. J'arrivais à faire les devoirs que les mags me préparaient, mais je travaillais sans réfléchir et sans prendre de plaisir. Le soir du troisième jour, c'était Bella qui surveillait ma chambre. À la fin de son tour de garde, elle entra pour me dire qu'elle me renvoyait de l'équipe Premier XI. Cette longue période d'absence aux entraînements était la goutte d'eau qui avait fait déborder le vase, avait-elle dit. Ma place dans l'équipe avait toujours été controversée. C'était un compromis entre le fait que ma présence divisait l'équipe, nuisant au moral des joueuses, et mes talents qui, selon Bella, étaient indéniables. Elle avait conclu sur ce point comme pour porter un dernier coup de poignard.

Le quatrième jour, qui était le premier du mois de février, je commençai à me demander pourquoi Sylvia ne faisait jamais partie des membres de la Patrouille des aînés qui gardaient ma chambre. Au début, j'osais espérer qu'elle avait été assignée à celle de Lloyd et Sami plutôt qu'à la mienne, mais au fil des jours, ne la voyant toujours pas, j'en étais arrivée à la conclusion qu'elle m'évitait. Elle avait dû se dire que je ne valais pas la peine d'être associée à elle. Cette prise de conscience me fit beaucoup de peine. J'étais agacée contre moi-même : je connaissais à peine Sylvia et pourtant je m'étais autorisée à m'attacher à elle. En repensant à sa personnalité et à ce qu'elle avait fait, à la façon dont elle m'avait blessée par le passé, je n'arrivais pas à croire à quel point j'avais été naïve. J'essayais de me convaincre que le fait qu'elle me manquait était dû à ma solitude plutôt qu'à autre chose. Quand je me rendis compte que je la désirais toujours, je m'efforçai de me rappeler que c'était parce qu'elle avait rétrogradé Gerald que ce dernier avait perdu les pédales, provoquant des conséquences dévastatrices. *C'est sa fierté qui a fait souffrir Marta*, tentai-je de me convaincre. Mais c'était comme essayer de résoudre le problème de la quadrature du cercle. Mon cœur avait pris son propre chemin et mon esprit n'arrivait pas à s'en séparer.

Finalement, lors de mon cinquième jour d'assignation, j'entendis un coup frappé à la porte en plein milieu de l'après-midi. Sylvia entra sans attendre de réponse. Elle parcourut la chambre du regard, puis me dévisagea alors que j'étais avachie sur le rebord de la fenêtre.

— Mon Dieu, dit-elle sèchement. Les normes ne sont plus ce qu'elles étaient.

Elle avait raison. Je n'avais pas pris la peine de faire mon lit et je n'avais pas mis mes vêtements à laver depuis des jours. Mon bureau était couvert d'essais peu qualitatifs et de travaux non finis. J'avais troqué mon uniforme contre un jogging dès que le major Gregory était parti ce matin-là. Et je n'avais pas lavé mes cheveux depuis le début de notre assignation. Sylvia était mon exact opposé : elle était parfaitement vêtue de son uniforme et de sa toge de vice-capitaine générale. Elle sortait des cours, active et pleine de bonne volonté. Je ne pouvais pas le supporter.

— Je ne peux pas rester longtemps, annonça-t-elle d'un ton brusque en s'avançant vers le milieu de la pièce. J'ai quelque chose à te dire.

Je n'étais pas vraiment d'humeur à entendre la nouvelle, qui serait sûrement mauvaise. Je me dirigeai vers mon lit et me recroquevillai sur le côté, face au mur. Ignorant ma réaction, Sylvia continua :

— Genevieve revient à l'école dans deux semaines. Le docteur Reza nous l'a annoncé ce matin. Je viens de parler à Gin au téléphone, elle a l'air très en forme. Elle a entièrement retrouvé l'usage de la parole.

— Pourquoi me dis-tu cela ? demandai-je sans prendre la peine d'ouvrir les yeux.

— Je pensais que ça t'intéresserait.

Je ne répondis pas. Il n'y avait aucune chance que le retour de Genevieve à High Realms puisse m'impacter autrement que négativement. Je n'arrivais pas à m'imaginer la revoir, c'était avec elle que le cauchemar que je vivais avait commencé. Comme si sa voix me parvenait de très loin, j'entendis Sylvia ajouter :

— Le retour de Gin est une bonne nouvelle, pour plusieurs raisons.

— Je suis contente pour toi, répondis-je machinalement, les yeux toujours rivés vers le mur. Tu vas retrouver ta meilleure amie.

— Eh bien oui.

La joie dans la voix de Sylvia était facilement perceptible. J'entendis un craquement lorsqu'elle s'assit sur la banquette du rebord de la fenêtre.

— Gin m'a beaucoup manqué. C'est pour ça que j'organise une fête pour célébrer l'annonce de son retour.

— D'accord.

— Elle aura lieu samedi soir prochain. C'est le premier samedi du mois, donc tous les mags seront au pub. Ça se passera dans la salle commune Raleigh, c'est la plus grande.

— Je penserai à toi.

— Ce n'était peut-être pas assez clair, rétorqua Sylvia d'une voix forte. J'organise une fête samedi soir à laquelle toutes les classes de première et de terminale participeront. Et tous les mags, y compris le major Gregory, seront au pub à Lynmouth jusqu'à minuit.

J'assimilai peu à peu les mots qu'elle venait de prononcer. Puis je me roulai sur le côté et la regardai. Elle avait retiré sa toge et était assise sur le rebord de la fenêtre, les jambes croisées, recouvertes du tissu noir. Derrière elle, le ciel était d'un bleu limpide et sans nuages. Elle me regarda fixement.

— Est-ce qu'il y a d'autres personnes à qui tu voudrais que j'en parle ?

Je déglutis. Ma bouche était très sèche.

— Lloyd et Sami.

Sylvia hocha la tête en signe d'approbation.

Je m'assis lentement. Lorsque je me rendis compte de l'importance de ce qu'elle venait de dire, j'eus l'impression d'avoir plongé dans un bain chaud, qui était seulement refroidi par l'incrédulité et la confusion qui me tenaillaient.

— Pourquoi est-ce que tu fais ça ? chuchotai-je.

En quelques secondes, elle se retrouva à côté de moi et m'embrassa langoureusement et tendrement pendant un long moment. Sa présence, son odeur après tant d'heures isolée me donnèrent le tournis tant la sensation était forte. C'était comme respirer de l'air frais après des jours de suffocation. Elle incarnait la douceur après la dureté de la solitude. Tandis qu'elle m'embrassait, son pouvoir semblait s'écouler en moi, me redonnant un peu de l'espoir que je pensais avoir perdu à jamais.

Quelque temps après, nous nous assîmes l'une à côté de l'autre sur mon lit, dos au mur, ma tête posée sur son épaule.

— Pourquoi est-ce que tu n'es pas venue avant ? demandai-je, haïssant mon ton plaintif.

— Je devais faire très attention, répondit-elle. Bella et les autres… Ils savent qu'il se passe un truc entre nous deux.

Il m'a fallu quelques jours pour avoir les bonnes conversations. Je devais m'assurer que nous serions en sécurité, aujourd'hui et les prochains jours. Une seule visite ne me suffit pas, Rose.

— Pour moi non plus, répondis-je en fermant les yeux, sentant les larmes monter.

— C'est très dur pour toi, fit-elle remarquer doucement.

Ses lèvres effleurèrent mon cuir chevelu. Puis elle souleva mon menton pour me regarder. Comme dans mes souvenirs, ses yeux étaient d'un marron à la fois chaud et sombre, mais pour la première fois, je remarquai qu'ils contenaient de petites taches vertes.

— Fais-moi confiance, me rassura-t-elle. Fais-moi confiance, je vais t'aider à surmonter ça, Rose, car je te promets que je le peux.

*

Après ça, elle vint me rendre visite tous les jours. Son influence au sein de la Patrouille des aînés était telle que ses membres nous protégeaient lorsque nous passions du temps ensemble en distrayant le major Gregory et les autres mags. Ils faisaient preuve d'une grande habileté et d'un dévouement total. Lorsque j'avais exprimé ma surprise quant à la volonté de ses collègues d'agir ainsi, Sylvia avait haussé les épaules.

— On s'est toujours aidés les uns les autres, avait-elle répondu, mais je savais que ce qu'ils faisaient allait au-delà des normes.

Elle ne me demanda pas pourquoi nous avions été assignés à résidence. En effet, elle ressentait un profond mépris pour le major Gregory, mais je me rendais également compte qu'elle n'était pas une personne indiscrète. Si les confidences ne venaient pas, elle n'était pas du genre à harceler ou à essayer d'amadouer la personne.

Elle me raconta qu'elle avait vécu en internat depuis ses sept ans et j'en vins à comprendre que sa manière de se soucier des autres était en majeure partie déterminée par ce fait. Des gens étaient payés pour s'occuper de Sylvia – pour la nourrir, pour laver ses vêtements, pour lui offrir une éducation que le monde entier lui enviait – mais ils n'étaient pas payés pour lui donner de l'affection ; pour s'intéresser à son bien-être émotionnel autrement que de manière superficielle. Ainsi, la façon dont Sylvia s'occupait de ses proches était entièrement basée sur l'aide concrète, les faveurs et la protection contre les dangers visibles et les difficultés évidentes. Elle ne semblait pas non plus familière des conversations décousues que l'on peut avoir pour se décharger d'un poids sans en avoir l'air. Son style de communication était si direct et sans équivoque que je ne fus pas étonnée lorsqu'elle me dit qu'elle voulait devenir avocate.

Malgré tout, cela ne signifiait pas que Sylvia ne m'aidait pas ou qu'elle ne souffrait pas elle-même, d'une certaine façon. J'étais trop centrée sur moi-même et sur le fait d'être séparée de mes amis pour y faire attention. J'aurais dû constater plus rapidement que quelque chose n'allait pas, car Sylvia était incroyablement tendre à tous les égards sauf un. Au début, j'avais du mal à comprendre comment quelqu'un d'aussi irascible pouvait agir comme elle le faisait avec moi en privé : elle était sans cesse gentille, respectueuse et admirative. Elle ne me cachait pas le fait qu'elle m'adorait et j'éprouvais le même sentiment à son égard. Peu à peu, notre fascination mutuelle, pleine de méfiance, laissa place à une tendre intimité. Parfois, Sylvia s'asseyait sur le sol tandis que je prenais un bain. Elle me regardait avec une absence totale d'inhibition. Dans ces moments-là, j'avais envie de m'exprimer à travers les nuages de vapeur qui s'élevaient de l'eau et de lui dire « S'il te plaît, va à la tour de l'horloge. Va chercher de l'aide ». Mais quelque chose m'en empêchait, comme si je n'arrivais toujours pas à croire que tout cela était réel et qu'elle était une bonne personne.

Avec hésitation, nous commençâmes à parler de ce qui s'était passé entre Genevieve, Max et Lloyd. Sylvia compléta des bouts de l'histoire que je ne connaissais pas ou n'avais pas compris : que Max était venu dans sa chambre la veille de l'incident de l'Eiger pour lui demander des conseils sur son projet de quitter Genevieve. Elle lui avait dit de reconsidérer la chose ou tout du moins de ne pas lui parler de ses sentiments envers Lloyd. Max et Genevieve avaient passé la nuit dans la tribune d'orgue. Lors de notre première heure de cours, qu'ils avaient tous les deux séchée, il lui avait annoncé qu'il la quittait.

— Je n'aurais pas dû aller en cours d'anglais ce jour-là, me confia Sylvia d'une voix tremblante. Je savais qu'il allait le faire, je savais à quel point Gin serait dévastée. J'aurais dû être là pour elle.

Son humilité me fit souffrir pour elle comme sa rudesse ne l'avait jamais fait.

Le plus prudemment possible, mais avec une certaine détermination de sa part et de la mienne, nous évoquâmes le moment où elle avait trahi Lloyd dans le bureau du major Gregory, après l'incident. L'orgueil de Sylvia fut à nouveau brisé lorsqu'elle m'expliqua à quel point elle regrettait son acte.

— J'étais tellement effrayée… je pensais que Gin allait mourir. Je pensais que je l'avais perdue pour toujours. Je n'avais jamais été lâche avant ça, et j'espère ne plus jamais avoir à l'être, avoua-t-elle avant de marquer une pause, les yeux emplis de larmes. Juste après l'avoir dit, je me suis rendu compte que tu ne savais pas que Genevieve avait vu Max et Lloyd ensemble. Et je savais que tu *devais* l'apprendre… que rien ne ferait sens sinon. Est-ce que tu te souviens quand tu m'as accusée d'être hypocrite le matin après l'incident de l'Eiger ?

Je fis oui de la tête.

— Personne ne m'avait tenu tête de la sorte auparavant. Ça m'a fait l'effet d'un électrochoc. J'ai beaucoup réfléchi après ça. Tu as toujours… attisé ma curiosité, mais c'est à ce moment précis que je me suis rendu compte que tu m'attirais, se livra-t-elle avant de marquer un nouveau temps d'arrêt et de continuer avec difficulté. Tu sais, j'ai essayé de convaincre Max de rester avec Genevieve parce que je pensais sincèrement que c'était la meilleure chose à faire. Je pensais qu'il fallait rester fidèle à son entourage, quoi qu'il se passe. Maintenant, je sais… que c'est peut-être vrai en amitié, mais pas pour les relations amoureuses. Si la relation échoue, tu ne peux pas rester avec la personne. J'avais l'esprit tout embrumé, Rose. C'est pour ça que je n'ai pas quitté Bella plus tôt pour toi.

Je me suis rendu compte que tu m'attirais. Ces mots me donnèrent des frissons de joie mais, peu de temps après, Sylvia dut partir. C'était la veille de la soirée et elle avait des choses à faire. Le lendemain matin, elle m'expliqua que tout était arrangé, que Lloyd et Sami avaient été mis au courant, qu'ils viendraient dans ma chambre à vingt-deux heures lorsque la fête battrait son plein.

— Vous aurez une heure et demie ensemble. Ils doivent tellement te manquer.

*

Mes retrouvailles avec Lloyd et Sami auraient pu être plus joyeuses et plus longues si nous n'avions pas été si impatients de voir Marta. Les garçons arrivèrent dans la 1A à l'heure prévue, vêtus de leurs manteaux épais et de leurs bottes. Après qu'ils m'eurent enlacée tous les deux

– de manière brusque pour Lloyd et plus chaleureusement en ce qui concernait Sami –, nous nous aventurâmes à travers l'école sombre et déserte, entendant le bruit sourd de la musique en provenance de la maison Raleigh.

Le fait de sortir par la porte Ivy était réconfortant, malgré ma peur de ce que nous allions trouver dans la tour de l'horloge. Lorsque nous traversâmes les terrains de rugby, je me mis à courir. Lloyd et Sami me suivirent, le vent balayant nos visages. Alors que nous nous rapprochions du porche de la tour, Lloyd m'attrapa le bras.

— Si elle n'est pas là, ne panique pas.

Les chevaux trépignèrent lorsque nous entrâmes dans le bloc C. Nous essuyâmes la pluie sur nos visages puis Sami et moi suivîmes Lloyd dans l'escalier. Plus nous nous rapprochions, plus j'étais certaine que la pièce serait vide, que Marta se serait enfuie. Puis, Lloyd ouvrit la porte et nous vîmes notre amie. Elle était recroquevillée dans un coin de la pièce, entourée de feuilles de papier froissées et écrivait quelque chose dans son carnet. Elle nous jeta à peine un regard lorsque nous entrâmes.

— Marta, l'appela Sami en se précipitant vers elle avant de s'accroupir à ses côtés. Mar, on est désolés. On peut tout t'expliquer.

Il s'interrompit et regarda le papier sur lequel elle écrivait.

— Qu'est-ce que tu fais ?

Elle ne répondit pas. À la place, elle se pencha en avant et continua d'écrire avec encore plus de ferveur. Elle se murmura quelque chose à elle-même et passa sa main libre dans ses cheveux. Lloyd pointa sa lampe torche sur elle. Elle releva la tête, alarmée. On aurait dit un petit animal éclairé par les phares d'une voiture. Son visage était très sale.

— Qu'est-ce que tu fais, Mar ? demanda Lloyd d'une voix forte et distincte.

À ma grande surprise, elle lui sourit.

— J'écris une lettre. Est-ce que tu pourras me la poster quand j'aurai fini ?

Lloyd me jeta un coup d'œil. Marta agissait comme si nous l'avions vue dix minutes plus tôt et non dix jours auparavant.

— Tu pourras le faire ? insista-t-elle.

— Peut-être, mais tu es portée disparue, tu te souviens, répondit-il en clignant des yeux, semblant se ressaisir avant de marquer une pause. À qui souhaites-tu envoyer la lettre ?

— À mon père, dit Marta, les yeux levés vers lui, le sourire aux lèvres. Je ne vais bientôt plus être portée disparue, Lloyd. Je vais sortir de là.

Elle se pencha à nouveau sur la feuille.

Lloyd, Sami et moi nous dévisageâmes, gênés. Sa déclaration nous avait fait l'effet d'une douche froide. Sami faisait le tour de la pièce en se rongeant les ongles tout en regardant les affaires de Marta, comme si elles représentaient un danger. Lloyd se racla la gorge.

— Alors, Mar, qu'est-ce que tu dis à ton père ? Je croyais que tu ne voulais plus avoir aucun contact avec lui.

J'admirais le fait qu'il arrive à garder son calme, car je ressentais tout le contraire en observant Marta griffonner sa lettre. Elle ne nous avait toujours pas regardés, Sami et moi.

— Je vais lui proposer un marché. C'est ce que j'aurais dû faire depuis le début. Je ne raconterai pas à la police ce qu'il m'a fait s'il me promet de me laisser tranquille.

— D'accord, acquiesça Lloyd en se mordant la lèvre. Et comment… comment tu penses qu'il va le prendre ?

— Eh bien, je ne sais pas, réfléchit Marta en arrêtant d'écrire, l'air pensive. Mais j'essaye d'être bien claire, Lloyd. Je lui explique précisément ce qu'il m'a fait ressentir et pourquoi c'était mal. J'ai eu beaucoup de temps pour y penser, après tout. (Elle rit.) J'avais écrit une lettre à mon amie Rose aussi quand nous étions fâchées. Ça m'avait aidée à ce moment-là, alors je me suis dit que je pouvais réessayer.

Il y eut un bref silence. Sami arrêta de faire les cent pas et jeta un coup d'œil à Marta puis à moi, visiblement confus.

— Marta ! s'exclama-t-il en me pointant du doigt. Rose est là ! Tu ne l'as pas vue entrer ?

Elle se pencha à nouveau sur sa lettre et continua d'écrire frénétiquement.

— *Marta*, insista Sami d'un ton plus pressé cette fois.

Du coin de l'œil, elle me fusilla du regard et secoua la tête.

— Ce n'est pas Rose, affirma-t-elle.

Lloyd se tenait debout devant Marta, les bras croisés. Sami s'accroupit à côté d'elle. Il me fit signe de m'approcher. Je me penchai à côté de Lloyd et Sami.

— Marta, répéta Sami. Rose est là.

— C'est moi, Mar, confirmai-je en essayant de croiser son regard.

— C'est gentil d'être venue me voir, dit-elle poliment en me dévisageant de ses yeux vides. Mais ne dis à personne que je suis ici, d'accord ?

L'espace d'un instant, Sami parut soulagé, mais Lloyd fronça les sourcils et s'accroupit.

— Qui est-ce, Marta ? demanda-t-il en pointant Sami du doigt. Est-ce que tu peux me dire son nom ?

— Mais… s'apprêta à protester Sami.

— Je ne le connais pas, répondit Marta en secouant la tête tout en souriant tranquillement à Lloyd.

Ce dernier déglutit.

— Et… est-ce que tu sais qui je suis ? demanda-t-il d'une voix enrouée.

— Bien sûr. Tu es Lloyd, répondit immédiatement Marta en continuant de lui sourire. Tu es Lloyd et je t'aime.

Elle mit le bouchon sur son stylo et le posa sur le sol avant de se faire glisser sur le béton jusqu'à l'endroit où Lloyd était agenouillé. Elle monta sur ses cuisses et enroula ses bras autour de son cou, enfouissant sa tête dans son épaule.

Il y eut un autre long et terrible silence durant lequel Sami et moi nous dévisageâmes, abasourdis, tandis que les yeux de Lloyd passaient de Sami à moi, par-dessus la tête de Marta. Elle était complètement immobile, recroquevillée sur ses genoux, comme une enfant. Le corps de Lloyd paraissait gigantesque en comparaison. Ses bras pendaient mollement de chaque côté tandis qu'il nous regardait, vidé de toute son assurance habituelle. Puis, je vis que Sami articulait quelque chose silencieusement, le visage crispé par la tristesse. *Fais-lui un câlin.*

Lentement, Lloyd obéit et leva ses bras pour les placer autour de Marta, faisant se rejoindre ses mains dans son dos. Elle se tortilla un peu, se pelotonnant pour se rapprocher encore plus de son torse. Elle soupira profondément et nous restâmes tous les quatre assis en silence. J'entendis le souffle du vent dehors, la pluie qui tambourinait contre le cadran de l'horloge et les chevaux qui s'ébrouaient en bas. Sami était assis en tailleur, la tête entre les mains, évitant notre regard. Les bras de Lloyd entouraient Marta. Il avait posé sa tête sur la sienne, ses grands yeux solennels brillaient sous la lumière de la lampe torche. Je ne voyais pas le visage de Marta. Elle tourna légèrement la tête pour toucher le cou de Lloyd. Son bras droit descendit le long de son corps.

— Non, non. Marta, *non.*

Lloyd la repoussa et leva les mains en l'air comme s'il voulait prouver son innocence. Marta était sur le sol et affichait un air encore plus abasourdi que celui de Lloyd.

Elle le regarda bizarrement. Puis, elle tendit la main et le chercha à tâtons sur le sol en béton.

— Lloyd, l'appela-t-elle. Lloyd, tu as dit que tu avais envie de moi, dans la forêt, tu ne te souviens pas ? Je suis désolée de ne pas avoir pu être avec toi à ce moment-là, mais je suis prête maintenant.

— *Non !* hurla Lloyd, ce qui sembla la réveiller, avant de se relever précipitamment et de s'écarter d'elle. C'était il y a des mois, Marta. C'est du passé. C'est fini. Ce n'est plus d'actualité, Marta. Ne m'approche pas.

Il recula jusqu'à se retrouver quasiment à la porte tandis qu'elle marchait vers lui à quatre pattes.

— Marta, murmurai-je doucement, ce qui la fit se retourner. Marta, laisse-le. Viens là.

Je tendis le bras vers elle, sachant pertinemment qu'elle ne viendrait pas.

— Je ne sais pas qui tu es, me dit-elle d'une voix tremblante. Tu me fais peur.

— Je ne veux pas te faire peur, répondis-je en me remettant difficilement debout. Je ne vais pas te faire de mal, Mar. C'est moi… Rose.

Elle releva la tête et, l'espace d'un instant, je pensai qu'elle savait qui j'étais. Puis, elle commença à tenir des propos inintelligibles :

— Il me voulait. Je te promets que c'était le cas. Il a dit que l'on irait bien ensemble. Il m'a embrassée dans les bois ! Tu ne me crois pas, c'est ça ? Rose me croirait, je sais qu'elle…

— Si, je te crois.

Je me mis à genoux devant elle et plaçai mes mains sur ses épaules, mais elle s'agita pour me repousser, l'air pétrifiée.

— Je crois tout ce que tu m'as raconté, Marta. Je te promets que je suis Rose. Je peux te le prouver. Tu te souviens… hésitai-je en déglutissant. Tu te souviens quand tu m'as raconté ce que ton père avait…

— *Non !* s'écria Marta en ramenant ses genoux contre sa poitrine, basculant sa tête en arrière comme elle l'avait fait cette nuit-là. Comment *oses*-tu parler de ça en face de lui ? (Elle brandit son bras vers Lloyd.) C'est *toi*, n'est-ce pas ? Espèce de garce, c'est à cause de toi qu'il est dégoûté de moi, tu lui as dit que j'étais sale, que j'étais abîmée, c'est pour ça qu'il ne veut plus de moi.

Elle cria à nouveau, encore plus fort. Nous nous regardâmes, horrifiés.

— Oh, mon Dieu, ajouta-t-elle d'une voix soudainement calme.

— Qu'est-ce qu'il y a ?

— Je viens de comprendre, déclara-t-elle en me regardant droit dans les yeux. Tu veux me tuer, c'est ça ?

— Bien sûr que non, je ne…

— Si. Tu veux ma mort. Et *lui* aussi. Mon père. Pourquoi, sinon, aurait-il fait… commença-t-elle avant de s'interrompre et d'avaler sa salive. Je veux le tuer. (Elle laissa son front tomber sur ses genoux, les poings serrés.) Je vais le tuer.

Puis, Sami se déplaça vers elle. Je me souviens que je m'attendais à voir son visage couvert de larmes, mais ce n'était pas le cas. Ses yeux étaient complètement secs lorsqu'il prononça son nom. Elle l'observa d'un regard vide, indifférent. Mais il reprit la parole d'une voix douce :

— Il est en train de mourir. Ton père est en train de mourir, Marta.

— Ah bon ? chuchota-t-elle.

— Il a fait un nouvel AVC il y a deux semaines, expliqua Sami. Il est à l'hôpital. On ne sait pas s'il est toujours…

Sa voix faiblit alors que Marta fixait Sami. Nous la scrutâmes, formant un triangle autour de notre amie.

— Je ne comprends pas, finit-elle par dire doucement, une soudaine lueur de lucidité dans les yeux. Tu as dit que ça s'était passé il y a deux semaines.

— Oui, quasiment… déglutit Sami.

— Mais vous… vous n'êtes pas venus. Pendant des jours et des jours… se lamenta Marta avant d'essuyer sa bouche sur la manche de son jogging et de parcourir la pièce du regard. Ça fait combien de temps que vous n'êtes pas venus ?

— Dix jours, répondit calmement Sami. Le major Gregory nous a assignés à résidence. On n'a pas eu le droit de quitter Hillary. Nos chambres étaient sous surveillance…

— Tous les trois ?

— Oui.

— Je ne te crois pas, objecta-t-elle immédiatement. Tu mens, vous ne vouliez pas venir… Vous vous êtes retournés contre moi…

— Comment tu peux dire ça après tout ce qu'on a fait pour toi ? s'emporta Sami d'une voix tremblante.

Il n'aurait rien pu dire de plus dévastateur. Marta cria pour la troisième fois et se jeta sur lui. Elle le cloua au sol, lui mordant et lui griffant le visage tout en hurlant. Sami resta étendu là, sans rien faire, sans même lever les mains pour se défendre. J'essayai de la tirer pour l'éloigner de lui, mais elle avait étrangement beaucoup de force. Elle se débattait tandis que je m'agrippais à elle. Finalement, Lloyd intervint et la saisit. Il la souleva avec une telle facilité qu'on aurait dit qu'elle était faite de coton. Il bloqua sa tête sous son bras.

— Sors de là, ordonna-t-il à Sami qui saignait du nez. Sors de là et va chercher quelque chose pour bloquer cette porte. *Va.*

Il serra Marta plus fermement puis, alors qu'elle ouvrait la bouche pour crier à nouveau, il plaça sa main sur ses lèvres, presque à l'intérieur, pour étouffer le son.

— Rose, passe-moi un de ces bandages, demanda-t-il en faisant un geste de la tête vers la pile de bandelettes propres que nous avions découpées pour son bras plusieurs semaines auparavant.

Sami sortit de la pièce en courant.

Lloyd faisait du mal à Marta. Elle commença à cesser de lutter lorsqu'il la bâillonna avec le bandage. Ses jambes lui donnaient des coups de plus en plus faibles. Elle s'étouffa contre le tissu. Lloyd la tira jusqu'au matelas et la força à s'asseoir dessus. Il s'accroupit devant elle en la tenant dans cette position.

— Rose, dit-il par-dessus son épaule. Rose, viens ici. Sois témoin de ça.

Je m'approchai d'eux, m'agenouillant à côté de la silhouette flasque de Marta qui reposait sur le matelas.

— Je sais que je n'ai pas toujours été juste, lui dit doucement Lloyd.

Ses yeux s'écarquillèrent alors qu'elle gémissait, les bruits étouffés par le tissu. Il éleva légèrement la voix.

— Mais je ne te permettrai pas de dire que je ne veux pas de toi à cause de ton père, Marta. Ce n'est pas vrai et ce n'est juste pour aucun d'entre nous, lui dit-il en caressant ses cheveux une fois avant de se lever et de se tourner vers moi. Retourne à Hillary. Emmène Sami.

— Mais…

Il secoua la tête.

— S'il te plaît, Rose.

Cette voix suppliante, qui était si peu habituelle chez lui, me fit obéir. Je me mis debout et, sans regarder Marta, je descendis vers les écuries en trébuchant. Je tombai sur Sami qui tenait deux gros morceaux de bois à la main. Son pull était couvert de sang. Lorsqu'il me vit, il laissa tomber les planches sur le sol.

— On l'a laissée tomber, fut la seule chose qu'il fut capable de dire d'une voix tremblante. On a laissé tomber Marta.

Il pleurait à chaudes larmes. Je le tirai pour le faire sortir du bloc C. Nous fîmes face à une violente tempête. Le vent froid nous balayait le visage tandis que nous descendions l'allée des Tilleuls tant bien que mal. J'avais enfoui mon bras sous celui de Sami pour essayer de le faire avancer. Mais quand nous passâmes devant le cottage de Drake, mes émotions prirent le dessus, se mélangeant aux siennes. Je ne pouvais plus le soutenir. Je lâchai son bras et commençai à courir, la tête baissée pour me protéger de la violence du vent et de la pluie. Au début, je sentis que Sami me suivait, mais bien que je sois restée inactive pendant dix jours d'assignation, mes jambes restaient puissantes et rapides et il me fallut peu de temps avant de le distancer.

23

Tout le reste de la nuit, la tempête fit rage autour de High Realms, faisant trembler le verre fin de la fenêtre de la 1A. Lorsque je réussis enfin à m'endormir, peu après l'aube, le sifflement du vent s'immisça dans mon sommeil jusqu'à devenir le bruit blanc de la radio que j'écoutais la nuit après le décès de ma mère. Dans mes rêves, j'étais une parodie de Rose Lawson, âgée de treize ans, qui vivait une vie exagérément parfaite malgré son deuil.

Peu après neuf heures, je fus réveillée par Sylvia qui arriva dans la 1A vêtue de sa tenue d'équitation. Elle portait deux tasses de café qu'elle avait prises au réfectoire. Ses cheveux étaient ébouriffés, mais en dehors de cela, elle était aussi élégante qu'à l'accoutumée. Je pouvais tout juste entendre le son de la cloche du cloître par-dessus le bruit du vent.

— Pourquoi est-ce que tu n'es pas à la chapelle ? demandai-je, à moitié endormie.

— Bonjour à toi aussi.

Elle s'assit sur le bord de mon lit tandis que je me redressais sur mes oreillers, les horreurs de la nuit me revenant à l'esprit.

— J'ai été dispensée, expliqua-t-elle. Beaucoup d'arbres se sont effondrés sur le domaine. Le major nous a chargés (par « nous », elle entendait la Patrouille des aînés) de faire un tour à cheval avec lui dès le début de la matinée pour constater les dégâts… repérer les chemins bloqués, etc. Ils y sont encore. (Elle bâilla.) Tu veux bien me laisser une place ?

Je me déplaçai vers le mur. Elle s'allongea à côté de moi, par-dessus les couvertures.

— Comment s'est passée la soirée ? demandai-je, essayant de paraître normale.

— Un grand succès, répondit Sylvia en s'étirant, les yeux fermés. Même si Max ne nous a pas vraiment fait honneur. Il s'inquiète du retour de Gin… il sait que ça ne va pas être facile. Il était tellement bourré à vingt-deux heures trente que je l'ai envoyé se coucher. Il agissait toujours aussi bizarrement au petit déjeuner.

Je hochai la tête. Je me sentais extrêmement fatiguée, j'étais presque incapable d'assimiler ce qu'elle disait.

— Comment allaient Lloyd et Sami, alors ?

— Ils allaient bien.

— Plus que deux jours à tenir, m'encouragea Sylvia en se tournant sur le côté. Rendormons-nous un peu.

Elle ajouta cela de manière inattendue puis elle ferma les yeux. Rapidement, sa respiration ralentit et devint régulière. Elle affichait un air serein qui semblait la rendre vulnérable. Je l'observai durant une minute ou deux, consciente du fait que c'était la première fois que je la voyais endormie. Je posai ma tête sur l'oreiller, à côté d'elle.

Au bout de ce que je pensais être quelques minutes, je sentis quelqu'un me secouer.

— Rose. *Rose.*

Sylvia était agenouillée sur le lit et me regardait.

— Réveille-toi. Réveille-toi, Rose.

J'essayai de lui répondre, mais j'étais incapable de parler. Ma bouche était remplie de salive, mais les muscles de ma gorge étaient figés : je ne pouvais plus déglutir. J'étais bâillonnée, exactement comme Marta. L'image me fit crier intérieurement. Je voulus frapper avec ma main, de toutes mes forces, pour essayer de sentir quelque chose – peu importe quoi. Elle rencontra le mur. Sylvia m'attrapa le bras.

— Rose. Ne frappe pas le mur. Tu peux me frapper, moi, si tu en as besoin, suggéra-t-elle en plaçant ses mains de chaque côté de mon visage, l'immobilisant pour que je la regarde. Frappe-moi.

Mais en la regardant, je ne reconnus pas ma Sylvia. Je ne voyais que celle qui se tenait près de Genevieve lorsque cette dernière avait agressé Marta en l'aspergeant avec le tuyau d'arrosage. Je frappai à nouveau, involontairement cette fois, et ma main atterrit sur le nez de Sylvia.

— Mon Dieu, s'exclama-t-elle en portant sa main à son visage.

Elle se pencha en avant, du sang s'écoulant entre ses doigts avant de venir tacher l'oreiller. La vue du liquide rouge vif imprégnant le drap blanc réveilla mes sens. Ma mâchoire se décontracta.

— Désolée, m'excusai-je. Je suis vraiment désolée, Sylvia.

— Qu'est-ce qui t'est arrivé ? Tu gémissais.

Une coulée de sang faisait le tour du poignet de Sylvia. Elle semblait hésitante, ce qui n'était pas habituel chez elle.

Ne pouvant lui révéler la vérité, je décidai de lui parler d'une autre chose dont j'avais peur.

— Parfois, je rêve que tu t'en prends à moi. Je rêve qu'on est en septembre et…

Je déglutis. *Et j'avais Marta, mais je ne t'avais pas toi.*

— Je ne te connais toujours pas très bien. On se connaît à peine.

— Qu'est-ce que tu voudrais savoir ? demanda Sylvia en tendant le bras pour attraper un mouchoir et étancher le sang qui dégoulinait de son nez. Qu'est-ce que tu aimerais savoir à propos de moi ?

Elle plaça son autre main sur ma joue.

Je me tournai sur le côté, recroquevillée en boule. Je n'avais pas été honnête quant à la cause de mon cauchemar, mais Sylvia semblait désormais confuse, voire suspicieuse. Je n'avais guère d'autre possibilité que de continuer.

— Où est-ce que tu habites ? demandai-je bêtement.

— Londres. Tu le sais déjà, ça.

— Oui, mais où ?

Sylvia soupira, essuyant son nez. Puis elle mit deux mouchoirs l'un par-dessus l'autre sur l'oreiller et reposa sa tête à côté de la mienne.

— La maison de mes parents se trouve à Hampstead.

— Est-ce que tu vas au parc d'Heath ?

— Parfois. Pendant les vacances. Et quand on était plus jeunes.

— Qui ça, « on » ?

— Ma sœur et moi. Tu *sais* que j'ai une sœur, Rose.

— Je ne connais que son prénom. Parle-moi d'elle, dis-je en rapprochant mon visage du sien.

— Elle s'appelle Hermione. Elle a vingt-deux ans.

— Elle est comment ?

— Arrogante, répondit Sylvia sans une once d'ironie. Mais pas aussi intelligente que ce qu'elle pense. Elle a le don d'énerver les gens. (Elle marqua une pause.) Elle est à Oxford. Elle étudie la philosophie, la politique et l'économie.

— Elle est allée à High Realms, c'est ça ?

— Oui, acquiesça Sylvia en penchant la tête pour essuyer une nouvelle goutte de sang. Elle sort avec le grand frère de Rory. Tout le monde dit qu'elle est très belle.

— C'est *toi* qui es belle, rétorquai-je en écartant une mèche de ses cheveux pour qu'elle ne s'imprègne pas de sang. Et ton père ?

— Oh, il est inoffensif. C'est un historien. Il endure beaucoup de choses.

— De ta part ?

— Non ! s'exclama Sylvia, l'air renfrognée. Je ne suis presque jamais là. Non, à cause de ma mère.

— Tu as dit que c'était elle qui soutenait ta famille financièrement.

— C'est aussi une alcoolique, expliqua Sylvia d'un air dédaigneux. Aux yeux de ma mère, Hermione est douce comme un agneau. Je sais que je peux être un peu brusque, mais quand tu passes tes soirées avec une avocate conseillère de la reine, qui plus est alcoolique, il faut savoir se défendre. Honnêtement, cet endroit est tellement *relaxant* comparé à chez moi.

Je restai silencieuse un moment.

— Tu seras une meilleure avocate qu'elle, dis-je.

— C'est l'idée, répondit Sylvia en haussant les épaules.

— Est-ce que tu penses que Max est alcoolique ? demandai-je subitement.

— Non, objecta Sylvia en secouant la tête. Non, je ne pense pas. Enfin… je suis sûre que l'alcoolisme se manifeste de différentes manières, mais Max ne ressemble en rien à ma mère. Il est très perturbé en ce moment. Je ne sais pas ce qui se passe dans sa tête, mais il faut qu'il règle ça. Il… m'inquiète. (Elle fit une pause.) Toi aussi, tu m'inquiètes, Rose.

— Moi ?

— Oui, affirma-t-elle en plaçant sa main sur sa joue. Il y a quelque chose qui ne va pas.

Nous restâmes allongées en silence. Je savais que je n'avais pas réussi à la distraire ni à la tromper, mais j'avais trop peur d'éclater en sanglots et de tout lui raconter. Je ne pouvais pas aborder le sujet de Marta. Je n'étais pas non plus prête à lui parler de ce qui me détruisait intérieurement. Il y avait des parties de moi qui, je le savais, seraient brisées à jamais après avoir vu Marta agir de la sorte la veille, après avoir su ce qui lui était arrivé, et à cause du fait que nous n'avions absolument pas réussi à l'aider. Les larmes montèrent alors, rapidement et silencieusement. Je tournai mon visage et l'enfonçai dans l'oreiller. Sylvia resta immobile un long moment, sans rien dire.

— Rose, finit-elle par intervenir. Je vais te suggérer quelque chose. Je pense que ça va te surprendre un peu. (Je levai ma tête pour la regarder. Elle se pencha en avant et embrassa mes joues couvertes de larmes.) Je pense que tu devrais parler au docteur Reza.

— Au docteur *Reza* ?

— Je pense qu'elle serait en mesure de t'aider. Elle m'a aidée, moi.

— Mais Sylvia, tu ne fais confiance à personne.

— Ce n'est pas vrai. Je te fais confiance à toi, Rose, affirma-t-elle en clignant des yeux, comme si elle était elle-même surprise de sa déclaration. Tu as raison, je ne fais pas *entièrement* confiance au docteur Reza, mais je la connais depuis longtemps. Et c'était ma seule option.

Juste à temps, je me rendis compte qu'elle essayait de me dire quelque chose.

— Quand ça ?

— Après m'être fait agresser par Gerald, dit-elle doucement. Je suis allée la voir. Je… je *devais* aller la voir. Mon corps ne guérissait pas. Et la douleur empirait chaque jour. J'ai essayé d'obtenir un jour de congé pour trouver un médecin à Barnstaple ou Exeter, mais Keps n'a pas voulu me l'accorder. Je n'avais pas le choix.

— Tu ne lui as pas *raconté* quand même ?

— Non, pas à ce moment-là. Je n'en étais pas capable. J'étais… je n'ai jamais eu aussi honte de ma vie, se confia Sylvia en se pinçant les lèvres, les yeux baissés vers le mouchoir taché de sang. Mais Rose, elle ne m'a pas demandé ce qui s'était passé. Elle m'a seulement posé des questions sur mes symptômes. Je lui ai expliqué et elle m'a prescrit des antibiotiques. Elle m'a donné son numéro de téléphone et m'a dit de l'appeler pendant les vacances si je n'allais pas mieux. Au moment de partir, elle m'a demandé de venir la voir dès la rentrée du deuxième trimestre.

— Et c'est ce que tu as fait ?

— J'avais rendez-vous, je n'avais pas le choix, répondit Sylvia en me regardant comme si ma question était étrange. Je me sentais mieux à ce moment-là, mais j'y suis allée, car je voulais principalement m'assurer qu'elle garderait tout ça pour elle. Je m'étais renseignée. Lorsqu'un patient a plus de seize ans, elle n'est pas autorisée à partager des informations médicales sans son consentement.

— Je vois.

— Je lui ai donc dit que j'allais mieux. Elle m'a observée un moment et elle a simplement demandé : « À tous points de vue ? » Et je… je ne savais pas quoi dire. J'avais préparé tout un discours sur le fait qu'elle doive se taire et me laisser tranquille. Mais alors elle m'a posé cette question et je me suis soudain rendu compte que j'avais atteint la limite de ce que je pouvais endurer. Je ne l'avais dit à personne, Rose. Mais je me suis retrouvée à lui raconter ce que Gerald m'avait fait.

Je la fixai du regard. Je n'arrivais pas à croire que Sylvia, parmi toutes les personnes que je connaissais, se soit confiée au docteur Reza. Et que rien ni personne ne l'avait forcée à le faire. Je vis que ses yeux étaient secs et qu'elle était calme.

— Qu'est-ce que le docteur Reza a dit ?

Sylvia déglutit.

— Elle n'a rien dit pendant un très long moment. Elle m'écoutait juste. Et après, eh bien… au début, je n'ai pas remarqué qu'elle ne disait rien, parce que j'étais… hésita-t-elle avant de prendre une grande inspiration. J'étais énervée. Puis, j'ai réussi à relever les yeux vers elle et j'ai cru qu'elle était à nouveau en colère contre moi. On a eu des hauts et des bas au fil des années. Elle sait que je n'ai jamais été très gentille avec Gerald. Elle s'en prenait souvent à moi à cause de ça. (Sylvia s'arrêta et je vis un profond regret dans son expression.) Je me souviens mot pour mot de ce qu'elle m'a dit alors : « Je veux que tu saches que tu n'as pas perdu de ton pouvoir. Il t'appartient encore et je t'apporterai toute l'aide dont tu auras besoin. Tu n'as qu'à me le demander. »

La pluie avait cessé. Il faisait chaud dans la chambre et le silence y régnait.

— C'est elle qui t'a aidée pour rétrograder Gerald, dis-je finalement.

— Oui, acquiesça Sylvia en hochant lentement la tête. Je pensais que le punir me sauverait, mais c'est le fait de le dire au docteur Reza puis à toi qui m'a vraiment aidée. Je ne pars pas du principe que ce sera pareil pour toi. Mais si tu en ressens le besoin, va la voir. (Sylvia fit une pause.) Ce n'est pas la seule raison pour laquelle je te dis ça, Rose.

— Pourquoi alors ?

— Je… commença-t-elle avant de s'interrompre. J'avais envie de te le dire parce que… eh bien tu dois te demander pourquoi je ne peux pas… pourquoi je n'ai fait que t'embrasser et rien de plus. Il faut que je te dise… (Les larmes lui montèrent soudainement aux yeux.) Ce n'est pas parce que je n'ai pas envie ou que je ne t'aime pas, Rose. C'est parce que je ne *peux pas*. Mon corps ne… ne fonctionne plus comme ça. Je ne peux pas avoir de relations sexuelles et je pense que je n'en serai plus jamais capable. Il m'a enlevé ça.

— Sylvia, oh non.

Je tendis finalement les bras vers elle. Elle enfouit son visage dans mon cou, son corps tremblant entre mes bras. Je ressentis une colère incontrôlable.

— Sylvia, je ne pense pas que ce sera toute ta vie comme ça. Mais si c'est le cas, on va s'en sortir. Je ne te quitterai pas.

— C'est vrai ?

— Oui.

Je n'avais jamais été aussi certaine de quoi que ce soit. Soudain, malgré la situation, je me mis à sourire.

— Je pensais que tu étais partie du principe que je ne savais pas comment faire, expliquai-je. Je pensais que c'était ça, la raison.

Elle marqua une pause avant de me sourire à travers ses larmes.

— Et c'est le cas ?

— Je n'ai jamais essayé.

— Avec *personne* ?

— Eh bien… si avec quelqu'un. Avec Sami. Deux fois.

— Je vois, répondit Sylvia en se tournant sur le dos puis en tirant sur ses manches pour s'essuyer les yeux. Eh bien, c'est un peu différent.

— Tu es énervée ? demandai-je en la regardant attentivement.

— Non ! s'exclama Sylvia en reniflant. Non, je ne le suis pas. On est tous passés par là.

— Toi aussi ?

— Oh oui, affirma-t-elle en me regardant, perdue dans ses pensées. C'était bien avant Bella. Je crois que j'étais en quatrième.

— Tu avais *treize* ans ? m'étonnai-je.

— On ne juge pas, rétorqua-t-elle en me donnant une petite tape sur le nez. Pendant une période et pour une raison que j'ignore, j'étais complètement obnubilée par Max. J'allais le voir jouer à l'orgue à toutes les cérémonies à la chapelle...

— Attends, l'interrompis-je.

J'avais du mal à assimiler cette nouvelle information qu'elle m'annonçait comme si c'était de l'histoire ancienne.

— Tu as couché avec *Max* ?

— Comme je te le disais, j'en avais très envie, répondit-elle en haussant les épaules avant de me sourire, l'air étrangement penaude. J'avais envie de savoir si cela nous permettrait d'établir une véritable connexion.

— Et alors ?

— Eh bien, pas vraiment, grimaça Sylvia. C'était juste très inconfortable pour être honnête. Mais je pense... que le fait de nous retrouver tous les deux vulnérables, de découvrir comment ça marchait... ça nous a rapprochés en quelque sorte. Ce n'était pas agréable sur le moment, mais après coup, je me souviens avoir eu l'impression d'acquérir un nouveau pouvoir. On avait parlé toute la nuit, Max et moi. On s'était raconté nos secrets. C'était le meilleur moment de la soirée.

— Est-ce que vous l'avez refait ?

— Une ou deux fois. Puis, Max est sorti avec Gin et ça s'est arrêté là. On n'en a jamais parlé à personne, déclara-t-elle en me jetant un regard malicieux. Max peut être très charismatique, n'est-ce pas ?

— Oh, arrête.

Sylvia hocha la tête sans donner l'impression de se repentir.

— Et ensuite, tu as eu des sentiments pour quelqu'un de plutôt différent. *Sami Lynch.* Oh là là. C'était comment ?

Je ne répondis pas tout de suite. Les souvenirs étaient intimes, mais Sylvia avait été honnête avec moi cet après-midi et, par conséquent, je me sentais plus proche d'elle.

— C'était spécial, décrétai-je finalement.

J'avais décidé de me concentrer sur la première fois, mais je regrettai immédiatement le mot employé lorsque Sylvia fit semblant de vomir par-dessus le bord du lit.

— Non, sérieusement. Sami est très… *attentionné.* C'était… j'avais l'impression que c'était moi qui comptais plus que lui.

— Il a eu Ingrid pour s'entraîner, se moqua Sylvia. Tu devrais la remercier pour ta superbe nuit de…

— Arrête Sylvia. Je n'aurais jamais dû te le dire.

— Je suis très contente que tu l'aies fait, répondit-elle sérieusement. Sincèrement, Rose. Même si cela me rend encore plus triste de ne pas pouvoir vivre ça avec toi… ou tout du moins pour le moment. (Elle se pinça les lèvres, les yeux baissés vers ses mains.) Je suis très contente que tu m'en aies parlé. Tu as raison. C'est bien que l'on apprenne à mieux se connaître.

Un silence s'installa entre nous.

— Sylvia, l'appelai-je avant de pouvoir m'en empêcher. Pourquoi est-ce que tu ne m'as jamais posé de questions à propos de Marta ?

— Comment ça ? demanda-t-elle en me regardant attentivement.

— On a abordé plein d'autres sujets. L'Eiger… Genevieve, Max, Lloyd… mais tu ne m'as jamais rien demandé concernant Marta.

Sylvia baissa à nouveau les yeux vers le mouchoir ensanglanté. Elle tira sur les bords jusqu'à ce qu'il se déchire en deux.

— Qu'est-ce que tu voudrais que je te demande ?

Silence à nouveau. Je décelai une nouvelle forme de tristesse dans le regard de Sylvia, accompagnée d'une honte persistante. Elle avait été honnête avec moi en me racontant une chose horrible qui lui était arrivée, sans rien attendre en retour. Et désormais, j'avais mis le doigt sur ce non-dit qui persistait entre nous. À quel point ce non-dit faisait-il partie de l'inconnu ? Je n'aurais su le dire. Sylvia et moi n'étions proches que depuis peu de temps, mais elle avait déjà déduit que quelque chose n'allait pas et que cela n'avait rien à voir avec le stress causé par l'assignation à résidence. Elle ne m'avait peut-être pas demandé directement ce que j'avais, mais elle y avait fait plusieurs allusions. Elle savait ce que j'étais capable de faire pour mes amis, car elle ferait pareil pour les siens. Avant que je puisse répondre, Sylvia reprit la parole d'une voix douce :

— Si j'en crois mon expérience, les gens se confient lorsqu'ils sont prêts.

Je levai les yeux vers elle. Elle me regarda. Je ressentis comme une brûlure dans le fond de ma gorge, derrière mes yeux et sur le bout de mes doigts tant le moment était crucial.

— Il y a une pièce dans la tour de l'horloge. Marta se trouve là-bas. Elle ne pouvait pas rentrer chez son père. Donc elle nous a demandé de la cacher jusqu'à ses dix-huit ans.

En la voyant hocher calmement la tête, son regard fixe, je ressentis une sorte de soulagement.

— Combien de temps ? demanda-t-elle.

— Depuis le jour où Genevieve…

— Non, je veux dire il reste combien de temps avant qu'elle ait dix-huit ans ?

— Quatre semaines.

— C'est faisable, alors, affirma Sylvia en hochant la tête.

Nous étions allongées sur le ventre, très proches l'une de l'autre. Nous levâmes les yeux vers la fenêtre qui était tachetée de gouttes de pluie épaisses et brillantes. Le soleil commençait à poindre. J'observai la crête d'une montagne lointaine et, durant un bref instant de gloire, j'envisageai ma vie sous un autre angle, la considérant enfin comme un pâturage plutôt que comme un tunnel. *C'est faisable.*

— Quand est-ce que tu l'as vue pour la dernière fois ? demanda Sylvia de manière plus abrupte.

— Hier soir, répondis-je tandis que des images de Marta me traversaient l'esprit, vives et douloureuses. Hier soir, pendant la soirée…

Il me sembla soudain extraordinaire qu'elle ne sache rien de tout cela.

— Est-ce que vous y êtes tous allés ? Lloyd, Sami et toi ?

— Oui.

Sylvia s'assit et tendit le bras pour attraper son blazer et sa toge.

— Il faut que j'y aille.

— Mais Sylvia…

— Bon sang… marmonna-t-elle en enfilant sa veste. Bon sang… *Bon sang.*

— Qu'est-ce qui se passe ?

— Il faut que je règle quelque chose.

— Tu es en colère ?

— Je suis furieuse, déclara-t-elle en me regardant.

La panique monta en moi, me donnant l'impression que de la bile me tapissait le fond de la gorge. Elle était en colère, elle allait me punir.

— C'est indigne. *Il* n'a pas d'honneur…

— *Qui* ?

— Max, répondit Sylvia en revêtant sa toge avant d'ôter les cheveux pris dans son col. Il vous a vus hier soir. J'en suis sûre. Je suis désolée, Rose. Tout est ma faute. J'espère seulement qu'il n'est pas trop tard pour régler…

— Pourquoi… qu'est-ce qui te fait penser qu'il nous a vus ? la coupai-je en me précipitant hors du lit, des gouttes de sueur commençant à apparaître sur ma peau.

— Je n'ai pas le temps de t'expliquer, répondit-elle en enfilant ses chaussures.

— Je viens avec toi.

Je n'étais pas autorisée à sortir, je n'étais même pas habillée, mais je savais que je ne supporterais pas le stress et l'attente. J'attrapai mon uniforme. À ma grande surprise, Sylvia ne discuta pas. À la place, elle se dirigea vers mon armoire pour attraper les vêtements qui me manquaient.

— Allez, viens, me pressa-t-elle dès que je fus prête. On n'a pas beaucoup de temps.

Nous courûmes à travers la maison principale, descendîmes l'escalier en colimaçon et traversâmes la salle commune. Quelques élèves étaient déjà de retour de la chapelle. Ils me dévisagèrent, les yeux empreints d'une curiosité hostile. Lorsque certains commencèrent à s'indigner, Sylvia se dressa devant eux et les fusilla du regard. Ils s'éloignèrent aussitôt. Je la suivis tandis que nous entreprenions la longue descente jusqu'au rez-de-chaussée, essayant d'emprunter les passages les moins fréquentés. Je me rappelle avoir aperçu le domaine dévasté par la tempête à travers les fenêtres devant lesquelles nous passions. Des nuages parcouraient le ciel, obscurcissant puis libérant le soleil en quelques secondes. Lorsqu'il n'était pas caché, ce dernier mettait en évidence les nombreux arbres tombés et les terrains de la crosse inondés. Au loin, on pouvait apercevoir les moutons qui se blottissaient sur les collines. Par deux fois, j'aperçus la tour de l'horloge. Ses aiguilles brunies devinrent notre phare, telle une étoile pour nous repérer.

Alors que nous marchions à grands pas, Sylvia m'expliqua en marmonnant :

— Je pense que Max est allé à Hillary pour voir Lloyd quand je lui ai ordonné de quitter la soirée. Lloyd ne se trouvant ni dans sa chambre ni dans la tienne, Max a dû partir vous chercher… et il vous a vus.

— Je ne vois pas comment il aurait réussi à…

— Quand Max est bourré, il lui vient toutes sortes d'idées. Il peut se montrer si… *déterminé.* Est-ce que vous êtes tous repartis de la tour ensemble ?

— Non, Sami et moi sommes partis en premier, répondis-je, le cœur serré.

— Il a dû voir Lloyd, alors.

— Mais même si c'était le cas, il ne trahirait pas Lloyd…

— Rose, tu ne connais pas Max aussi bien que moi, rétorqua Sylvia d'un ton pressé. Quand il n'est pas sûr de lui, on ne sait pas ce dont il est capable. Il devient vindicatif. Il s'inquiète du retour de Genevieve. Ils n'ont pas eu une vraie conversation depuis l'Eiger. Il croit qu'elle va lui faire payer. Il va essayer de récupérer un peu d'influence et de gloire, je le sais. Et il pense qu'il peut y arriver en révélant l'endroit où se trouve Marta…

— Il ne trahirait pas Lloyd.

— Rose, s'il te plaît. Arrête, tu es trop naïve.

Quand nous arrivâmes au rez-de-chaussée, Sylvia secoua la poignée d'une porte qui ne voulait pas céder.

— Si je peux le trouver avant qu'il ne fasse quoi que ce soit de stupide, alors il ne restera plus que quatre semaines, déclara-t-elle avant d'appuyer son épaule contre la porte. Aide-moi.

J'ajoutai ma force à la sienne et, ensemble, nous fûmes projetées à l'extérieur sous un soleil radieux et une brise froide.

Nous nous mîmes à courir le long de la maison principale.

— Il y a une porte sur le côté de la chapelle, murmura Sylvia. Il sera sûrement encore là après la cérémonie.

Nous tournâmes au coin de l'aile est à toute allure et tombâmes nez à nez avec l'inspecteur de police Vane en train d'examiner la porte Ivy. Il nous adressa à toutes les deux un regard froid, son écharpe grise ondulant au gré du vent.

— Bonjour.

— Bonjour, inspecteur, salua Sylvia d'un ton calme.

Elle serra brièvement ma main, dissimulée sous les plis de sa toge. Je ne comprenais pas comment elle savait qui était Vane.

— Bonjour, Sylvia, répondit ce dernier dont les yeux brillaient tandis qu'il l'observait pensivement. Ça fait longtemps.

— Trois ans, affirma-t-elle en replaçant sa toge autour d'elle. Qu'est-ce que vous faites ici un dimanche ?

Vane plissa les yeux. Sylvia dut lui paraître hautaine, voire impolie, même si son ton était beaucoup moins autoritaire que d'habitude. Elle était aussi, objectivement, belle, ce qui pouvait être désarmant. Je voyais bien que ce point n'avait pas échappé à Vane et que cela le mettait mal à l'aise.

— Quand elle reçoit des informations qui semblent sérieuses, la police les vérifie immédiatement, quel que soit le jour de la semaine, dit-il doucement.

— Je vois, fit-elle en effleurant à nouveau mon poignet de sa main. Est-ce que je peux vous être utile d'une quelconque manière, inspecteur ?

— Il se trouve que oui, affirma Vane en nous regardant toutes les deux. Je cherche Maximilian Masters. (Mon stress s'intensifia. Sylvia avait raison.) Le concierge m'a dit que je le trouverais à la chapelle, mais il n'y est pas. J'aimerais aussi parler au major Gregory.

— Je vois, répéta Sylvia qui semblait réfléchir intensément.

— Le major Gregory fait le tour du domaine à cheval pour estimer les dégâts causés par la tempête, vous savez…

— Et Maximilian ?

— Je suis sûre que l'on peut le retrouver ensemble, suggéra soudain Sylvia. À cette heure de la journée, il ne doit pas être bien loin. Rose, tu pourrais vérifier les écuries ? (Je la fixai du regard.) Il est peut-être en train de se mettre en selle pour rejoindre les autres, mais je *pense* qu'on a plus de chances de le trouver à l'école de musique. Je vais vous y amener, inspecteur.

Vane hocha la tête sèchement en signe d'approbation.

— À plus tard, ajouta Sylvia à mon intention avant de s'éloigner avec lui en direction de l'Hexagone.

Je restai un moment sur place, complètement déconcertée. Il n'y avait aucune raison qui m'empêchait d'accompagner Vane et Sylvia étant donné que l'école de musique se trouvait sur le chemin des écuries. Il n'y avait aucun doute : Sylvia voulait que je prenne une autre direction. En plus, j'étais certaine que Max ne se trouverait ni aux écuries ni à l'école de musique, car d'une part, il ne montait pas à cheval et, d'autre part, il n'avait aucune raison de s'entraîner juste après la cérémonie à la chapelle. Je réfléchis longuement à ma prochaine action avant d'arriver à la conclusion que ma seule option était de suivre l'étrange plan de Sylvia. Je traversai les terrains de sport en courant et descendis l'allée des Tilleuls jusqu'aux granges, me demandant pourquoi Lloyd n'avait pas trouvé un moyen de me prévenir pour Max et pour la police. *Peut-être qu'il a abandonné*, spéculai-je lamentablement, me rappelant son air dégoûté lorsque Marta avait essayé de l'enlacer. *Peut-être qu'il veut partir.* Mon cœur se révulsa lorsque je me rendis compte que d'autres choses avaient pu se passer entre eux après que Lloyd nous avait demandé de partir.

Hormis quelques élèves de cinquième qui nettoyaient le fumier des blocs B et C, balayés par le vent, les écuries étaient désertes. À en croire leurs regards noirs, on leur avait ordonné de me remplacer pour effectuer ma tâche du matin pendant mon assignation. Je ne pouvais pas monter dans la tour tant qu'ils étaient là. Mal à l'aise, je commençai donc à les aider pour accélérer le travail. Au bout d'une quarantaine de minutes, qui furent à ce jour les plus longues de ma vie, Sylvia fit irruption dans le bloc B.

— Vous êtes dispensés. Retournez à la maison principale, leur ordonna-t-elle avant de m'annoncer dès qu'ils furent partis : C'est un beau bazar. Je pensais que l'on ne trouverait Max ni ici ni à l'école de musique et j'avais raison. Mais Vane a insisté pour que l'on vérifie à nouveau la chapelle et il y était. Il s'était caché dans la tribune d'orgue et venait d'en sortir en pensant que la voie était libre.

— Pourquoi est-ce que Max se cacherait de Vane s'il est entré en contact avec lui ?

— Va savoir, mais je pense qu'il a perdu son sang-froid. Il avait l'air complètement terrifié. Bon, Rose, déclara-t-elle, le visage crispé par le stress. Max n'a pas pu dire à Vane où se trouvait Marta sinon ce dernier serait venu ici directement.

— Vane va lui faire cracher le morceau maintenant.

Je m'assis sur un seau retourné et me pris la tête entre les mains. Sylvia s'approcha et s'accroupit devant moi.

— On a un peu de temps, me rassura-t-elle. J'ai croisé le regard de Max quand il m'a vue avec Vane. Il regrette d'avoir téléphoné à la police, je le sais. Je n'ai rien dit, je ne pouvais pas, mais je me tenais derrière Vane et je le *regardais* en essayant de lui faire comprendre que ce serait une grave erreur de vouloir…

Elle fut interrompue par un cri à glacer le sang qui provenait de la tour.

Pour la première fois, je montais les marches en courant accompagnée de Sylvia. Lorsque nous tournâmes à l'angle, Marta cria à nouveau, encore plus fort. Je vis alors une barricade de fortune : des planches clouées en travers de la porte avec à peine un espace entre chacune d'elles. Lloyd avait coincé la plus grosse sous la poignée.

— Rose, me dit Sylvia, choquée. Tu ne m'avais pas dit qu'elle était enfermée à clé.

— Elle ne l'*était* pas avant.

Je fixai la barricade du regard. Non seulement Lloyd ne m'avait pas prévenue pour la police, mais en plus il voulait m'empêcher de voir Marta. J'entendis les pieds de Sylvia descendre les marches puis revenir quelques minutes plus tard, une scie à la main. Toutes les deux, nous coupâmes les planches par le milieu.

— Je suis là ! m'exclamai-je à l'intention de Marta.

J'entendis le faible gémissement de ma voix résonner dans l'escalier.

Au bout de cinq minutes, ou peut-être quinze, durant lesquelles Marta cria à trois reprises, nous réussîmes à ouvrir la porte. Sylvia et moi fîmes irruption dans la pièce. Je portai immédiatement mon regard vers le matelas, mais Marta n'était pas dessus. Elle était recroquevillée en boule sous le cadran de l'horloge, entourée de sang et de vomi.

— Mon Dieu, s'exclama Sylvia qui avait perdu toutes ses couleurs. Rose, elle s'est ouvert la tête…

Avant que je puisse l'en empêcher, Sylvia s'était précipitée vers Marta et s'était agenouillée devant elle. Elle tendit la main et toucha son bras.

À ce moment-là, j'aurais aimé que Marta pousse un nouveau cri. De bien des façons, ç'aurait été moins terrible que ce qui se passa, même si – et peut-être *à cause* de ce fait – nous découvrîmes plus tard que Vane était en route vers le cottage de Drake avec Max et aurait pu l'entendre. Mais au lieu de hurler, ma meilleure amie leva la tête et fixa Sylvia de ses yeux vitreux qui semblaient stupéfaits. Elle ne dit rien. Puis son regard s'arrêta sur moi. Je compris qu'elle ne se rappelait pas ce que je lui avais raconté à propos de ma relation avec Sylvia. Elle n'avait aucun souvenir de notre dernière conversation avant que Gerald ne nous trouve. Dans l'esprit malade de Marta, c'était une nouvelle trahison – et peut-être la dernière. Elle pensait que j'avais amené Sylvia pour la punir. Pendant un instant très court et réconfortant, je crus apercevoir une lueur de lucidité dans les yeux verts de Marta. J'attrapai ses poignets, prête à lui fournir des explications. Mais elle poussa un grand soupir et, avec une force soudaine et inexplicable, elle nous repoussa Sylvia et moi et courut vers le mur en béton contre lequel elle se heurta dans un craquement d'os écœurant.

24

Trois heures plus tard, Sylvia me raccompagna à la 1A. Elle entra dans la maison Hillary avant moi pour vérifier si la voie était libre. Elle ne resta pas très longtemps. Nous nous assîmes sur le rebord de la fenêtre pendant quelques minutes. Finalement, le silence troublé de Sylvia, qui ne laissait transparaître aucune rancune, m'encouragea à prendre une décision. Je me tournai vers elle.

— Je sais qu'on ne peut pas garder Marta là-bas quatre semaines de plus. Est-ce que tu peux me donner trois jours ?

Sylvia fixa le sol du regard. Son expression me rappela le jour de l'incident de l'Eiger, lorsqu'elle avait les yeux rivés sur les blessures de Genevieve. C'était bien plus qu'un simple choc : elle éprouvait une peur profonde, pas pour elle, mais pour quelqu'un qu'elle aimait. Je tendis le bras et posai ma main sur son poignet, essayant de lui transmettre une assurance que je n'avais pas. Après un certain temps, Sylvia acquiesça d'un signe de tête.

— OK, je vais essayer de m'occuper de Max et de maintenir Vane à distance, soupira-t-elle nerveusement avant de se lever et de rajuster sa toge. Je vais faire en sorte que tu puisses sortir la nuit. Il y aura quelqu'un devant ta porte, mais on ne t'empêchera pas de passer. Et ils porteront des messages à Lloyd et à Sami si tu veux. Bon courage.

Elle effleura ma joue de sa main puis elle partit. La porte se ferma dans un claquement sec, comme pour marquer la fin de quelque chose.

Au cours de ce dimanche après-midi, le vent cessa et un calme absolu s'installa sur le domaine. Les arbres étaient dépourvus de feuilles, mais lorsque j'ouvris la fenêtre, il y avait une certaine douceur dans l'air, comme si le printemps saisissait sa chance après la tempête. J'entendis à nouveau le doux bêlement des moutons ainsi que le carillon de la cloche du cloître qui sonnait toutes les heures. Ce soir glacial de février, la nuit tomba rapidement, mais je ne fermai pas la fenêtre.

Je n'essayai ni de contacter Lloyd et Sami, ni de mettre au point un plan. Je ne pensais à rien d'autre qu'à Marta, que nous avions laissée après qu'elle se fut endormie. Nous étions restées assises avec elle pendant presque trois heures, essayant de l'empêcher de hurler et de se jeter contre le mur. Le premier choc avait aggravé la coupure sur son front, mais étrangement ça ne l'avait pas assommée. À six reprises, Sylvia et moi dûmes combiner nos forces pour l'empêcher de recommencer. Finalement, à la dernière tentative, Marta s'était affalée sur le sol en béton, le visage grisâtre et épuisé. Elle avait marmonné quelque chose à elle-même, recroquevillée en position fœtale. Lorsque sa respiration gutturale était devenue régulière et que nous avions été certaines qu'elle était endormie, nous l'avions soulevée sur le matelas et l'avions attachée avec des cordes que Sylvia avait ramenées de la grange. Elle avait également trouvé un kit de premiers secours. Je l'avais regardée d'un air hébété nettoyer le sang sur le front et les joues de Marta. Avant de partir, je m'étais penchée sur cette dernière pour l'embrasser sur la joue, lui chuchotant que je reviendrais bientôt. Elle avait ouvert les yeux et esquissé un léger sourire.

Pour la toute première fois, j'étais contente que Lloyd et Sami ne soient pas là. Ils n'auraient rien pu faire pour m'aider. Lloyd avait abandonné Marta en faveur de Max, ou tout du moins avait conclu un accord avec lui pour se protéger. Et Sami, je le savais, était trop émotif pour agir de manière rationnelle. Tout l'après-midi, j'avais profité du pragmatisme et de la compassion de mon autre alliée, Sylvia, mais elle était désormais repartie. Je ne lui en voulais pas. J'étais à nouveau seule et j'étais heureuse.

Vers une heure du matin, après avoir dormi quelques heures, je me rendis à la tour de l'horloge, mes bottes crissant sur l'herbe gelée. En montant l'escalier, je sentis l'effroi m'envahir, tel un manteau de ciment recouvrant mes épaules. *S'il vous plaît, faites qu'elle aille bien*, pensai-je, la gorge serrée et les paumes moites. Je poussai la porte de la salle de l'horloge que nous n'avions pas barricadée.

À l'intérieur, tout était calme. Marta était profondément endormie sur le matelas, sa respiration lente et régulière. J'éclairai la pièce à l'aide de ma lampe torche pour vérifier que rien n'avait bougé depuis que nous l'avions quittée. Il faisait froid, mais tout était impeccablement propre. La pièce empestait l'eau de Javel que Sylvia avait utilisée pour nettoyer le vomi et le sang.

Il y avait toujours du vomi dans l'un des seaux. Je le descendis et le lavai à l'aide du jet d'eau. Lorsque je me faufilai à nouveau dans la pièce, Marta s'étira.

— C'est moi, Rose, la rassurai-je en lui touchant la joue avant de commencer à défaire les cordes qui la retenaient au matelas. Tu es en sécurité. Il n'y a que moi ici.

Elle battit des paupières, mais n'ouvrit pas les yeux. Puis, elle poussa un gémissement, à moitié endormie. Je l'aidai à s'asseoir. Elle s'affala contre moi, le visage pâle et en sueur. Avant même que je n'aie le temps de tirer le seau vers elle, elle commença à avoir des haut-le-cœur. Elle se tortilla dans mes bras et du vomi dégoulina sur elle. Ne pouvant rien atteindre d'autre, j'essuyai sa bouche avec la manche de ma chemise.

— Désolée, marmonna-t-elle.

— Ne t'excuse pas.

Ce n'est pas ta faute, avais-je envie de dire. Je l'aidai à se recoucher et attrapai de l'eau.

— Tiens, bois un peu.

— Tu es venue tout à l'heure, fit-elle remarquer d'une voix rauque, entrelaçant ses maigres doigts avec les miens. Tu étais avec Sylvia.

— Oui, répondis-je, incapable de savoir si elle était réellement lucide ou non. Oui, j'étais avec elle.

— Vous sortez ensemble, affirma Marta en hochant la tête de manière léthargique.

— Peut-être, hésitai-je.

Elle opina à nouveau de la tête et s'appuya contre moi. Je me déplaçai légèrement pour qu'elle puisse s'allonger en posant sa tête sur mes cuisses.

— Parle-moi de l'école, suggéra-t-elle doucement alors que ses paupières se fermaient.

J'hésitai à nouveau, mais je voyais bien qu'elle était presque endormie et qu'elle ne m'écouterait probablement pas. Je lui parlai rapidement de l'assignation à résidence puis je lui narrai plusieurs histoires, certaines réelles et d'autres inventées : un cours de littérature anglaise sur « Les Cygnes sauvages à Coole[1] », la gelée qui étincelait sur le gazon synthétique, nos examens blancs en préparation et une augmentation de la capacité d'emprunt à la bibliothèque Straker, grâce à Sylvia. Soudain, Marta prit la parole, les yeux toujours fermés.

— Est-ce que tu l'aimes ?

1. Poème de William Butler Yeats, « *The Wild Swans at Coole* ».

— Oui, répondis-je en plaçant ma main sur le front de Marta, sous sa cicatrice boursoufflée.

— Et tu m'aimes aussi ? ajouta-t-elle à moitié endormie.

— Oui, très fort.

— Et Lloyd, il m'aime ?

— Oui, affirmai-je après une hésitation.

Elle relâcha alors mes doigts et je fus certaine qu'elle dormait vraiment. Je soulevai sa tête de ma jambe et m'allongeai à côté d'elle en tirant sur le sac de couchage pour nous couvrir toutes les deux. *Dors*, pensai-je. *Dors jusqu'à ce que Sami vienne...*

Je me réveillai et trouvai Marta en train de remuer dans tous les sens. Je me tournai et allumai ma lampe torche pour regarder ma montre. Il était six heures dix.

— Rose ? chuchota Marta.

Elle était accroupie au bord du matelas, les genoux repliés contre sa poitrine. Elle avait les yeux grands ouverts et affichait un air effrayé.

— Je n'arrive pas à respirer. J'étouffe, haleta-t-elle, son poing appuyé contre sa gorge. Je n'ai pas envie de mourir.

— Tu n'es pas en train de mourir. Je te le promets.

Marta était désormais aussi essoufflée que si elle venait de courir un marathon. Ses fines épaules se soulevaient et s'abaissaient de manière irrégulière.

— L'air ici… il m'empêche de respirer. Il m'emprisonne, se lamenta-t-elle en essayant de prendre une nouvelle inspiration avant d'émettre une sorte de gémissement. Rose…

— Chut. Tout va bien.

Je m'agenouillai devant elle. En tenant son poignet, je sentis son pouls battre à toute vitesse. Son corps était trempé de sueur. Ses cheveux étaient collés à son front et à ses joues.

— Je vais aller chercher Sami, déclarai-je machinalement. Je n'en ai pas pour longtemps…

— S'il te plaît, reste. Je ne veux pas être seule, implora-t-elle en haletant à nouveau, presque prise de haut-le-cœur. Je ne peux pas respirer. Il n'y a pas d'air ici. Il faut que je sorte, Rose. J'ai besoin d'air.

Je jetai un coup d'œil vers le cadran de l'horloge. Les premiers signes de lumière s'infiltraient discrètement au travers. Puis, je baissai les yeux vers Marta qui tremblait toujours comme une feuille.

— Ne me laisse pas, réussit-elle à répéter.

— Je reste avec toi.

Je pris ma décision rapidement. J'avais envie de rendre Marta heureuse, de me racheter pour ce que j'avais fait. Il était encore assez tôt pour que ce ne soit pas risqué, cela ne prendrait que quelques minutes.

— Je vais t'emmener dehors.

— Vraiment ? s'étonna-t-elle en me regardant me lever, l'air incrédule.

— Oui.

Je me dirigeai vers l'une des piles de vêtements et attrapai une veste chaude et des chaussettes en laine.

— Mets ça. Il fait froid dehors.

Respirant toujours avec difficulté, elle baissa les yeux vers ses vêtements. Son t-shirt avait des taches de vomi frais et de sang séché. Dessous, elle portait mon pantalon de pyjama, qu'elle avait replié plusieurs fois au niveau de la taille.

— Est-ce que je peux m'habiller ?

Je l'aidai à enfiler des vêtements propres, à se laver le visage et à coiffer ses cheveux ternes. Puis nous descendîmes l'escalier. Marta agrippait ma main. Je l'aidai à franchir l'espace entre le contreplaqué et le ciment. Puis, je passai devant elle pour vérifier que la voie était libre.

Nous nous retrouvâmes toutes les deux en dehors du bloc C. C'était l'aube, au beau milieu du mois de février. L'air était si froid qu'il donnait l'impression d'être solide. Le ciel était d'un bleu sombre et profond, la lune et les étoiles venaient de disparaître. Nous étions entourées par les bruits sourds des chevaux imperturbables qui traînaient des pieds et s'ébrouaient de temps à autre ainsi que du gazouillis timide des oiseaux. La fontaine s'élevait au milieu de la cour. J'observai les sabots du cheval cabré et me rendis compte pour la première fois que la statue incarnait la joie et non le désespoir. Marta expira profondément, son souffle formant un nuage translucide qui s'éleva autour de nous. Elle me lâcha la main.

— Rose, m'appela-t-elle. Rose.

Elle semblait si bouleversée que je pensais qu'elle allait s'évanouir, mais elle resta debout, les yeux écarquillés, sur le qui-vive.

— Merci.

— Allons au ruisseau Donny, suggérai-je.

Je savais que je m'emballais, mais je ne pouvais me résoudre à la ramener dans la tour. Dehors, elle ressemblait plus à la Marta d'avant, la Marta que je pouvais aider.

Elle me regarda, étonnée. Je vis à quel point elle était pâle. La lumière naturelle, même si elle était faible, lui donnait l'air de venir d'un autre monde.

— On peut y aller, vraiment ? demanda-t-elle.

— Oui.

Je la guidai sous le porche de la tour. Nous passâmes devant les granges et les ateliers. Elle avançait prudemment et je me forçai à ralentir, me rappelant à quel point j'étais en bonne santé et en forme comparée à elle. Elle agrippa mon bras.

— Est-ce que c'est le chemin que vous prenez pour venir me voir ?

— Parfois. On en a plusieurs, dis-je fièrement. Généralement, on entre et on sort de la maison principale de la même manière : par la porte Ivy, en sautant par-dessus les poubelles. Mais après, ça dépend.

Marta acquiesça d'un signe de tête. Elle respirait à nouveau rapidement, ce qui faisait soulever sa poitrine, mais cette fois c'était visiblement dû aux efforts qu'elle devait fournir pour marcher. Nous étions presque arrivées au ruisseau Donny. Marta baissa les yeux vers la rive gelée, là où l'eau se précipitait sur son lit rocheux.

— Tu as fait tellement de choses pour moi, Rose, intervint-elle doucement, de manière totalement cohérente. Comme pourrais-je te rendre la pareille ?

Je l'observai. À certains moments, j'avais été incapable de croire qu'un jour Marta serait assez rétablie pour se rendre compte de ce que nous avions fait pour elle. Ce jour-là, elle semblait différente. Je la regardai inspirer, les yeux brillants.

— Tu n'as pas à nous rendre la pareille, Mar. On fait ça parce que tu le mérites, déclarai-je en sentant ma gorge se serrer à l'idée que je n'avais pas peur d'elle ce matin-là. Et parce qu'on t'aime.

— Je t'aimerai toute ma vie, répondit Marta qui, voyant mes yeux humides, me serra la main et m'adressa un sourire timide. C'est pour ça que je veux te rendre la pareille, Ro. Avant nos trente ans.

— Pourquoi trente ?

— Trente, ça semble faisable, dit-elle au bout d'un moment, l'air pensive. Treize ans, ça laisse assez de temps pour aller mieux, suivre des cours à l'université et trouver un travail. Je me demande ce que je ferai.

Elle fronça les sourcils.

— Tu penses… tu penses que tu es en train de guérir ? lui demandai-je.

— Oui, affirma-t-elle. Oui, sincèrement, Rose. C'est vrai que je me sens… eh bien, comme si j'étais tout le temps malade, et je ne suis plus comme mon moi d'avant.

Mais parfois, maintenant, je vois la Marta d'avant. Je l'entends. Elle m'appelle. Elle m'appelle par mon prénom.

— Mais elle s'appelle Marta, elle aussi ?

— Oui, acquiesça-t-elle en se mettant à marcher sur la rive d'un pas hésitant, et je la suivis. Je la reconnais. C'est moi quand j'avais dix ans. Elle ne fait pas grand-chose à part lire, écrire des histoires et faire ses devoirs avec ses parents. Mais elle est heureuse. Si je ne l'avais pas, je n'arriverais pas à me dire que je peux guérir. Mais je la vois si distinctement parfois, Rose. Ce que je préfère ce sont les jours où j'arrive à m'immiscer dans sa tête. C'est génial là-bas.

— Qu'est-ce qui est génial ?

Nous n'avions que quelques minutes, mais j'avais envie qu'elle continue de parler.

— Elle croit que les gens sont bons et gentils.

Marta s'arrêta au bord du ruisseau, les yeux rivés sur l'eau. Là où elle était peu profonde, quelques oiseaux étaient déjà en train de se laver délicatement.

— Plus jamais je ne pourrai penser ça. Seuls toi et les garçons êtes bons. « Tout m'a quittée, mais non la certitude de ta bonté[1]. » Tu sais qui a écrit ça ? (Je secouai la tête.) Virginia Woolf.

À ce moment-là, elle était redevenue la Marta que j'avais connue en septembre et au début du mois d'octobre.

— Je sais que tu fais tout ce que tu peux pour moi. Bien au-delà de ton devoir, poursuivit-elle en se penchant avec difficulté pour passer les doigts de sa main valide dans le cours d'eau. C'est si froid !

Je m'agenouillai à ses côtés et plaçai ma main sur son épaule au cas où elle perdrait l'équilibre.

— C'est différent pour les meilleures amies, dis-je. Tu aurais fait la même chose pour moi.

1. Extrait de la lettre de suicide de Virginia Woolf, version récitée par Ann Brien.

— C'est vrai. Mais tu n'aurais jamais fini comme moi.

— Ça pourrait arriver à n'importe qui, Marta.

Nous commençâmes à avancer le long de la rivière.

— Tu sais, ajouta-t-elle en riant à moitié. J'ai toujours détesté la chapelle. Mais je n'arrête pas de penser à cet hymne… On l'a chanté plusieurs fois. (Elle marqua une pause.) « Il me fait reposer dans de verts pâturages, Il me dirige près des eaux paisibles. Il restaure mon âme[1]. » C'est une belle idée, tu ne trouves pas ? De croire que ton âme peut être restaurée ?

Elle tourna les yeux vers le ruisseau agité et les champs qui s'étendaient devant nous, puis vers le ciel, qui était désormais teinté d'un rose timide. Elle frissonna et tira sur les manches de son manteau pour recouvrir ses mains.

— J'imagine que ça arrive à certaines personnes.

— Je pense que ça t'arrivera à toi aussi, la rassurai-je, me rappelant ce que le docteur Reza avait dit à Sylvia. Tu as encore du pouvoir.

— Je sais, assura-t-elle avant de s'arrêter à nouveau et de se tourner vers moi. Il faut que je te demande un service, Rose. Avant que je perde à nouveau le contrôle. Ça pourrait arriver à tout moment, je le sais. (Elle eut un nouveau frisson.) Je veux que tu demandes de l'aide.

— Comment ça ?

— De l'aide pour moi, expliqua-t-elle, la mâchoire crispée et l'air déterminée, ce qui me fit penser à l'ancienne Marta. Ce qui signifie de l'aide pour toi, j'imagine. Quand je suis éveillée… Quand j'ai les idées claires, je sais que ça ne marche pas, Rose. Vous faites tous votre maximum pour m'aider à aller mieux. Et je *vais* aller mieux… Je pense sincèrement que ce sera le cas, mais j'ai peur, Ro. C'est comme un jeu auquel je n'ai pas envie de jouer. (Elle cligna

1. Psaume 23, trad. Louis Segond.

rapidement des yeux.) Derrière une porte, il y a Marta qui me dit que je vais survivre. Mais derrière une autre, il y a deux mains géantes qui m'attrapent et me disent que c'est fini. Elles affirment que des gens comme moi… ça ne survit tout simplement pas. (Elle déglutit.) Le pire, c'est qu'elles me disent que je fais du mal à d'autres personnes en restant en vie.

— Ne les écoute pas, commençai-je, mais Marta secoua la tête.

— Elles ont raison, soutint-elle en me fixant du regard. C'est logique, Rose. On m'a fait subir tant de méchanceté… j'en suis remplie. Je déborde de méchanceté. Maintenant, elle s'échappe de moi et s'introduit chez Sami, Lloyd et toi. Même moi, je peux le voir, conclut-elle, la voix tremblante.

— Non, objectai-je, ne pouvant la laisser croire cela une seconde de plus, même si je savais qu'elle disait vrai et que j'en étais arrivée à la même conclusion. Marta, on va bien. On veut s'occuper de toi…

— Rose.

Marta toucha mon poignet. Ses doigts étaient très froids. Elle me regarda dans les yeux et je vis à quel point elle semblait lasse.

— S'il te plaît… ne discute pas. Je ne peux pas me permettre de perdre du temps, quand j'ai les idées claires et que je peux expliquer des choses. Tu fais tout ce que tu peux pour que j'aille bien, mais je me suis rendu compte que je pouvais être *plus* que bien. Je peux être heureuse à nouveau, Rose, je sais que je le peux. Il doit y avoir un moyen. J'ai besoin que tu cherches de l'aide, Rose.

Il y eut un long silence. Marta et moi restâmes toutes les deux dans les hautes herbes, entourées par le chœur dissonant de l'aube et le paisible gargouillis du ruisseau Donny. Le ciel rose était désormais parsemé de bandes orange vif.

— Quand ? demandai-je finalement.

— Aujourd'hui, affirma Marta en tendant le bras vers ma main.

— C'est trop tôt… songeai-je en sentant les larmes me monter aux yeux.

— Non, Rose, m'interrompit-elle. Je sais qui je suis aujourd'hui. Demain, ce sera peut-être différent. Sauve-moi. (Elle me regarda droit dans les yeux.) Sauve-toi. Sauve les autres. Vos examens approchent. Dis-le à quelqu'un aujourd'hui, Rose.

Je ne savais pas quoi faire. Je sentis une peur froide et intense m'envahir.

— Je n'ai pas envie de te perdre, lui confiai-je.

— Tu ne vas pas me perdre, me rassura Marta d'une voix douce. Même s'ils m'emmènent, on se reverra. On se reverra et je serai *entièrement* moi. Je pourrai être avec Lloyd, sans lui faire de mal. Je pourrai retrouver ma mère et ne pas la faire souffrir.

Je la regardai alors d'un œil différent et je compris à nouveau à quel point elle était malade. Nos réalités étaient si différentes. Et pourtant, Marta soutenait qu'elle se connaissait, qu'elle savait ce qu'elle voulait.

— OK, cédai-je. Je le ferai aujourd'hui.

Marta sourit. Puis elle regarda derrière moi.

— Je viens de voir une biche dans les bois, dit-elle.

Je me retournai. Elle pointait du doigt la rive opposée. La lumière naissante du jour n'éclairait pas encore cette partie de la forêt.

— Tu es sûre ?

— Absolument certaine.

Elle parcourut les environs du regard. Le soleil se levait tout juste au-dessus de l'horizon, illuminant l'herbe trempée par la rosée. Nous avions marché plus loin que ce que je pensais. Nous étions presque arrivées là où nous avions pique-niqué en octobre.

— Cet endroit, ajouta-t-elle. Il est si beau. J'avais oublié à quel point c'était beau. Ou bien, est-ce que je suis folle, Rose ? Est-ce que j'ai été enfermée trop longtemps ?

— Ça fait longtemps que tu es enfermée, mais tu n'es pas folle, répondis-je avant de marquer une pause, réticente à l'idée de mettre un terme à sa joie. Il faut qu'on y retourne, Mar. Il est sept heures moins le quart.

— OK.

Elle mit son bras gauche sous le mien et nous commençâmes à marcher le long du ruisseau.

— Est-ce que tu te souviens de la fois où Lloyd nous avait raconté qu'il avait vu une biche, il y a longtemps ? demanda-t-elle.

— Oui, on était dans la 1A.

— Je n'ai jamais été aussi heureuse de ma vie qu'à ce moment-là, déclara-t-elle en me faisant un sourire. J'étais si… optimiste. *Tout* était possible. Je repense toujours à cette époque, tu sais, quand mon cerveau me le permet.

Nous montions la pente quand Marta s'arrêta, à bout de souffle.

— Je suis tellement faible.

Nous fîmes une pause. Marta était appuyée sur mon bras. Son poids n'était rien pour moi. Autour de nous, les chants des oiseaux se firent de plus en plus bruyants et insistants, comme s'ils nous incitaient à rentrer à la tour de l'horloge. Je levai les yeux vers la pente, me demandant si je devrais essayer de la porter sur mon dos. Je vis Lloyd et Max marcher en haut de la rive, main dans la main.

Marta dut sentir mon corps se raidir car elle leva les yeux elle aussi. Elle les vit immédiatement. Elle les regarda marcher quelques instants. Max balança sa tête en arrière et émit un rire qui se répercuta tout autour de nous. À ce moment précis, il ressemblait au Max dont je m'étais éprise en septembre : beau, confiant, joyeux.

Ils nous virent, eux aussi. Ils étaient absorbés l'un par l'autre, mais je ne pense pas qu'il y ait eu un moment à High Realms durant lequel Lloyd, Sami et moi n'avions pas surveillé nos arrières. Lloyd était le plus méfiant de nous trois. Ce matin-là, il jetait des coups d'œil autour et derrière lui puis, inévitablement, en direction du ruisseau, là où nous nous tenions, Marta et moi. Il avait continué d'avancer, mais Max avait dû sentir son désarroi, tout comme Marta avait senti le mien. Ils s'arrêtèrent et nous nous dévisageâmes tous les quatre.

Nous ne prononçâmes pas un mot. Je compris immédiatement que Max n'était pas au courant pour Marta avant ce moment-là. Je ne savais pas comment c'était possible, mais il affichait un air si profondément choqué – ses yeux écarquillés et sa bouche légèrement ouverte lui donnant un air presque enfantin – que je sus que toute l'hypothèse sur laquelle Sylvia et moi nous étions basées était fausse. Je me souviens parfaitement que Max n'eut pas de réaction démesurée, ou pour ainsi dire qu'il n'en eut quasiment aucune. Il pensa certainement que ce ne serait pas utile de nous confronter ou d'alarmer Marta d'une quelconque façon. Il se pencha pour dire quelque chose à l'oreille de Lloyd et ils continuèrent leur chemin.

Je ramenai Marta à la tour de l'horloge. Le soleil était désormais monté au-dessus de l'horizon. Marta avait l'air moins troublée d'avoir vu Max et Lloyd que ce que je craignais. Elle fit plusieurs remarques – à propos d'une colonie de lapins qui jouaient dans l'herbe, d'un martin-pêcheur qui plongeait depuis une branche recouverte de mousse – mais j'étais trop préoccupée pour en tenir compte. Elle parla également de son retour à l'école en septembre.

— J'ai trop hâte de revoir cet endroit sous la neige, dit-elle.

Je repensai à ce que le major Gregory nous avait dit concernant sa radiation de la liste des élèves. Ma gorge se serra sous l'effet de la colère et de la tristesse.

Sami, vêtu de sa combinaison, nous attendait au bloc C. Il avait les cheveux ébouriffés et les traits du visage tirés.

— Mais qu'est-ce que… commença-t-il avant de s'interrompre en voyant Marta. Oh, mon Dieu ! Est-ce que ça va ?

— Ça va. Je suis juste fatiguée, répondit-elle en lui souriant. Je vais monter maintenant. Rose t'expliquera.

Sami me regarda d'abord puis il tourna les yeux vers Marta.

— Qu'est-ce qui se passe ?

— Que de bonnes choses, affirma cette dernière avant de s'avancer vers Sami pour lui faire un câlin d'un seul bras. Ne t'inquiète pas. Grâce à toi, je vais bien. À tout à l'heure, Sami.

Puis elle se tourna vers moi.

— Merci de m'avoir emmenée dehors, ajouta-t-elle simplement.

— Aucun souci, répondis-je. À très bientôt, Mar.

J'avais envie de l'enlacer, de m'accrocher à elle, mais elle avait l'air épuisée et je savais que ce ne serait pas juste.

— Je t'attendrai, acquiesça-t-elle d'un signe de tête.

Elle se retourna et se faufila dans le box de George, passa à côté de son corps imposant puis disparut derrière le mur en contreplaqué. Nous entendîmes les bruits de ses pas lents dans l'escalier.

Sami et moi restâmes là et nous regardâmes dans les yeux. Il s'apprêta à dire quelque chose, mais je secouai la tête et me rapprochai de lui pour poser mon front sur son épaule.

— Elle est prête à partir, annonçai-je tandis qu'il plaçait sa main, fraîche et douce, sur ma nuque. Allons chercher le docteur Reza.

25

Il y avait plusieurs détails concernant le bureau du docteur Reza que je n'avais pas remarqués la première fois que j'étais venue, juste après que Marta se fut cachée dans la tour de l'horloge. La pièce se divisait en deux parties : un côté salon et un côté cabinet. Elle donnait sur un petit jardin rempli de roses de carême. Lorsque l'infirmière nous fit entrer, je vis Max assis sur le canapé devant la fenêtre en baie tandis que le docteur Reza se trouvait sur un fauteuil en face de lui. Elle releva les yeux vers nous. Sami était vêtu de sa combinaison de travail. Quant à moi, je portais mon pantalon de pyjama qui était trempé jusqu'aux genoux à cause de la gelée. Je sus immédiatement que Max lui avait dit pour Marta, et ce, avant même qu'elle ne prenne la parole.

— Est-ce qu'elle va bien ?

Je regardai Max. Je n'avais pas envie de parler de Marta devant lui, même si je savais que Lloyd avait eu le temps de lui raconter des choses.

— Où est Lloyd ? demanda Sami à Max.

— Il est parti lui dire au revoir, répondit ce dernier, comme si c'était évident.

Je compris que nous avions déjà un peu perdu le contrôle pour lequel nous nous étions battus si fort. Je jetai un coup d'œil à Sami.

— J'y retourne, me dit-il.

Je savais qu'il était inutile d'essayer de le dissuader. Je hochai donc la tête en signe d'approbation. Sami quitta la pièce, suivi de près par Max.

Je m'assis lentement sur le canapé, les mains sur les cuisses, et relevai la tête vers le docteur Reza, la peur au ventre. Elle me regarda tout simplement. Il y eut un long silence entre nous durant lequel je ressassai les erreurs que j'avais faites, les illusions auxquelles je m'étais accrochée et l'incertitude que je ressentais encore. Il était si difficile de lui faire face, seule, sans Sami ou Lloyd à mes côtés.

— Est-ce que ça t'aiderait si je te posais des questions ? suggéra doucement le docteur Reza.

Je fis non de la tête. Je sentais le récit m'échapper, comme de l'eau entre des mains jointes. Je savais que les questions, aussi bien intentionnées soient-elles, pouvaient m'éloigner de la vérité.

— Je ne sais pas par où commencer, hésitai-je.

— Commence par le début.

C'est ce que je fis. Je lui racontai les premiers jours, les brûlures, le harcèlement, la Nuit du pont et la détermination dont Marta faisait preuve quant à sa volonté de rester à High Realms. Au fur et à mesure que l'histoire sortait de ma bouche, notre aveuglement et notre complaisance m'apparurent si clairement que je sentis une haine envers moi-même m'envahir. Une fois révélées, les raisons pour lesquelles nous avions fait cela semblaient aussi superficielles et absurdes que ce que je craignais.

— Nous devions la protéger, me justifiai-je.

Mais l'image de Marta dans son état actuel se glissa dans mon esprit et je n'eus plus la force de continuer. Je ne pouvais en dire plus au docteur Reza, même si je n'étais pas arrivée au cœur du problème, à savoir la véritable raison qui nous avait poussés à cacher Marta.

Elle alla fermer la porte à clé puis elle vint s'asseoir à côté de moi.

— Où se trouve Marta maintenant, Rose ?

— Elle est dans la tour de l'horloge. Elle y est depuis octobre.

— Tu es en train de me dire que Sami, Lloyd et toi avez caché Marta dans les écuries depuis que Genevieve est tombée de l'escalier ? résuma lentement le docteur Reza.

— Oui.

La panique m'envahit face à son étonnement. Je ne pouvais plus faire marche arrière. Je le lui avais dit, c'était trop tard. Tout ce que je pouvais faire désormais, c'était essayer de replacer l'information dans son contexte.

— Mais elle…

— Attends, m'interrompit-elle en levant la main, l'air sérieuse, ses yeux marron rivés sur les miens. Je… je pense que les explications peuvent attendre. Je suis sûre que vous pensiez que c'était la bonne chose à faire.

Le docteur Reza marqua une pause. Les mots « vous pensiez » résonnèrent dans mon esprit. Elle jeta un coup d'œil à sa montre.

— Max a dit… il avait l'air de penser que Marta n'était pas très en forme. Il a dit qu'elle avait une blessure à la tête. Il pensait qu'elle avait besoin de soins médicaux – peut-être assez urgents.

Je sentis un frisson me parcourir. J'étais agacée et je ne pouvais m'en vouloir qu'à moi-même, mais c'était précisément le type d'intervention que j'espérais éviter. Le docteur Reza regarda à nouveau sa montre.

— Rose ?

— Je m'en vais, déclarai-je soudainement en me levant.

J'étais si paniquée à l'idée de ne plus avoir le contrôle sur la situation que je n'avais plus peur de ce que le docteur

Reza pourrait faire ou de savoir si elle allait en parler à des gens. Marta était plus importante. Elle avait besoin de moi.

— Rose, attends une seconde, intervint le docteur Reza en se déplaçant rapidement devant la porte. S'il te plaît, n'aie pas peur. Max essayait seulement d'aider.

— Je n'ai pas peur, rétorquai-je en essayant de passer à côté d'elle, mais elle se déplaça à nouveau, bloquant la poignée. Laissez-moi passer.

— Je pense que tu es terrifiée, dit-elle doucement en essayant de croiser mon regard. Je pense que c'est pour ça que tu es là, maintenant, Rose. Et c'est pour ça que tu es agressive…

— Allez vous faire foutre.

Je ne savais pas à quoi je m'attendais en lui racontant toute l'histoire, mais je ne ressentais aucune once de soulagement, seule une frustration épuisante, une lassitude à l'idée de toujours essayer d'agir rationnellement, de réconforter, de protéger. Je voulais m'en prendre au docteur Reza, pour enfin me délivrer de ma souffrance.

— Rose. Calme-toi. Laisse-moi te poser une question et je t'autoriserai à retourner voir Marta.

Je fis un pas en arrière, la respiration saccadée.

— Allez vous faire foutre, répétai-je sans réfléchir.

— Est-ce que je peux te poser une question ?

— Posez-la tout de suite, alors.

Je fis un tour sur moi-même et me penchai en avant pour planter mes mains sur l'accoudoir du canapé. J'avais la tête qui tournait. Un bruit étrange vrombissait dans mes oreilles. J'entendais à peine ce que le docteur Reza disait.

— Pourquoi es-tu venue là ce matin, Rose ?

Je relevai la tête pour essayer de capter l'expression de son visage, mais ma vision était floue. Je voyais double, comme à travers un épais brouillard. Mon corps était trempé de sueur sous mon pyjama. Même si mon poids était en majeure partie soutenu par le canapé, je pouvais à peine tenir debout.

— Parce que Marta me l'a demandé, répondis-je avant de tomber à genoux, ma tête heurtant le cuir lisse.

Je repris connaissance sur le tapis. Le docteur Reza était agenouillée à côté de moi. Elle plaça sa main sur mon front. Sa fraîcheur me soulagea malgré ma colère.

— Depuis quand tu n'as pas mangé ?

Je m'assis avec difficulté, mais je fus à nouveau prise de vertiges. Le docteur Reza se leva et se dirigea vers un placard. Elle revint avec une brique de jus de fruits. Elle enfonça la paille dedans et me la tendit en m'aidant à me relever. En le buvant, je me sentis impuissante et stupide. Le docteur Reza attendit à nouveau. Lorsque ma vision devint plus claire, je me rendis compte qu'elle regardait ma manche qui était couverte du vomi séché de Marta.

— Tu as été malade ?

— Non, je… hésitai-je en basculant ma tête en arrière, les yeux fermés. Marta l'était. Elle est très malade.

— Pourquoi est-elle malade, Rose ?

— Je ne sais pas, je…

Je pouvais à nouveau distinguer le visage du docteur Reza qui était désormais marqué par l'inquiétude.

— Marta s'est perdue, dis-je mollement.

Il y eut un bref silence. Derrière les portes fermées du bureau, je pouvais entendre le San s'animer : les murmures des infirmières, le cliquetis des équipements, des quintes de toux. Je sentis l'odeur des tartines, mais malgré mon étourdissement, je n'avais pas faim. Je me sentais fatiguée, stupide et déçue.

Le docteur Reza m'observait. Soudain, elle tendit le bras vers ma main.

— Rose, si je pensais que ça aiderait Marta – et toi – je prendrais le relais immédiatement. Je prendrais toutes les décisions pour vous deux. Mais ce ne serait pas la solution. Je sais certaines choses et j'en ai deviné d'autres, mais j'ignore la moitié de ce que vous avez traversé, je le vois bien.

— C'est Marta. Tant de malheurs lui sont arrivés.

— J'espérais que ce n'était pas le cas. J'espérais me tromper à son sujet, mais… réfléchit-elle en levant les yeux vers la fenêtre pour observer le soleil qui brillait dehors. Dès que je l'ai rencontrée, j'ai su qu'elle avait vécu quelque chose de très grave. J'ai essayé de gagner sa confiance, mais je lui ai posé trop de questions, bien trop tôt. Je voulais aider et je croyais que le temps était compté… Je regrette de ne pas avoir géré les choses différemment et de l'avoir fait fuir. (Elle fit une pause.) Quant à Lloyd, Sami et toi, j'ai vu à quel point vous étiez sur la réserve quand on parlait de Marta. Il y avait quelque chose que vous vouliez me dire, mais vous ne pouviez pas. J'ai décidé d'attendre, d'arrêter de poser des questions – d'éviter de commettre la même erreur que celle que j'avais faite avec elle. Je vous ai tenus à l'œil, j'ai essayé de rendre vos vies plus faciles quand je le pouvais. J'espérais que vous en parleriez à vos parents à Noël…

— On ne pouvait pas. Marta avait besoin de nous.

Au moment où je prononçai ces mots, je fus submergée par leur vérité et par le poids implacable de se sentir nécessaire, de tant de façons insatisfaisantes, aux yeux de quelqu'un que j'aimais vraiment. Je retirai ma main.

— On a fait tout ce qu'il ne fallait pas faire, on a transgressé les règles.

— Les règles n'ont pas été faites pour quelqu'un comme Marta, me réconforta le docteur Reza en me regardant attentivement. C'est pour ça que l'on doit faire attention. On doit faire en sorte que vos efforts ne soient pas gâchés. Vous avez réussi à protéger Marta pendant un long moment...

— Vous ne comprenez pas, objectai-je, les larmes aux yeux, repensant aux choses horribles qu'elle ne savait pas encore. On n'a *pas* réussi, on a échoué. Elle est tellement malade, elle ne guérira jamais...

— Les gens finissent par guérir. Je te le promets, il y a différentes manières d'aider une personne à aller mieux, me rassura le docteur Reza en regardant sa montre pour la troisième fois. Maintenant, Rose, il faut qu'on établisse un plan. Il faut que...

Elle fut interrompue par un coup sec frappé à la porte. Nous sursautâmes toutes les deux.

— Assieds-toi là, dit-elle en m'aidant à me mettre sur le canapé. Ne dis rien tant que tu n'y es pas obligée. (Un autre coup sec retentit.) Fais-moi confiance.

Elle me serra la main puis elle traversa la pièce pour ouvrir la porte.

— Il a vu Sami, retentit la voix de Sylvia, sa présence emplissant la pièce d'une manière profonde et puissante.

Elle était vêtue de sa tenue de hockey, ses cheveux étaient parfaitement tressés comme à son habitude pour faire du sport. Elle tenait sa crosse comme s'il s'agissait d'une matraque. En quelques secondes, elle se retrouva assise à côté de moi sur le canapé.

— C'est *Sami* que Max a vu il y a deux jours, pas Lloyd. Sami a raconté à Max que quelque chose s'était passé avec Gerald. Il n'a rien révélé du tout concernant Marta. C'est Max qui vient de me le dire, annonça-t-elle avant de me regarder sévèrement. Qu'est-ce qui se passe, Rose ?

— Max... déglutis-je. Max n'a pas vu Lloyd ?

— Non, Max a dit que Sami lui avait seulement raconté qu'il s'était passé quelque chose avec Gerald, répéta-t-elle en secouant la tête. Il a téléphoné à la police pour leur parler de *Gerald*, pas de Marta. Vane ne sait rien du tout à ce sujet. Et Max ne savait rien non plus trente minutes plus tôt. Vane a emmené Gerald pour l'interroger.

Il y eut un long silence durant lequel je fus rongée par la culpabilité d'avoir cru que Lloyd avait trahi Marta. Sylvia tourna les yeux vers le docteur Reza.

— J'ai peur, docteur Reza, se confia-t-elle de manière abrupte. J'ai peur que Rose perde Marta de la même manière que Gin a perdu Persie.

— Qu'est-ce qui s'est passé pour Persie ? demandai-je en avalant ma salive.

— Elle s'est suicidée.

— Je le savais déjà, mais…

— High Realms n'était pas la bonne école pour elle, expliqua Sylvia de but en blanc.

— Comment ça ?

— Persie était… différente, hésita Sylvia avant de s'interrompre un bref instant. Quand elle est arrivée ici pour la première fois, je pensais qu'elle allait être comme Gin. Elle était douée à la crosse et en équitation. Elle était toujours en tête du classement. Les mags l'aimaient bien, elle était très talentueuse en musique… elle aurait pu trouver sa place si elle l'avait voulu. Mais ce n'était pas le cas. Elle tenait tout le temps des propos étranges… elle *agissait* bizarrement. (Elle déglutit.) Au début, on a essayé de l'aider. De l'encourager à se conformer, à se concentrer sur les choses pour lesquelles elle était douée, comme nous avions nous-mêmes dû le faire. Mais elle… elle ne voulait tout simplement pas. Ça ne l'intéressait pas d'être comme tout le monde. (Sylvia marqua une pause.) Gin adorait Persie, mais elle avait du mal à accepter sa différence… qu'elle soit amie avec des gens comme Gerald. Elle voulait que Persie soit comme elle, elle essayait de l'aider à se conformer. Elle lui disait qu'elle serait trop triste si elle ne le faisait pas. Au bout d'un moment, on… on a abandonné tout simplement. On ne la protégeait plus. Et bien entendu, elle a commencé à se faire harceler. Mais Gin était inflexible, et moi aussi : nous ne devions pas intervenir. Elle avait semé le vent, elle devait récolter la tempête. (Sylvia baissa les yeux vers ses mains.) Les choses ont empiré. Nous n'avons su que plus tard à quel point c'était terrible… (Elle déglutit à nouveau, la voix tremblante.) Persie souffrait.

— *Pourquoi* est-ce que vous ne l'avez pas aidée ? m'étonnai-je en la fixant du regard. Quand est-ce que vous vous êtes rendu compte de ce qu'il se passait ?

— C'est ce qu'on a *fait*, Rose. Au bout de quelques mois, j'ai dit à Gin que nous ne pouvions pas continuer ainsi plus longtemps. Nous avions entendu parler de ce que Persie avait subi. Quelque chose de particulièrement… humiliant, ajouta Sylvia, l'air écœurée. Elle a dû se faire soigner au San. On est venues ici, on est allées dans sa chambre, mais elle était morte. L'infirmière l'avait laissée dormir et elle avait pris une trop forte dose de paracétamol.

Je la fixai du regard avant de tourner les yeux vers le docteur Reza, incapable de comprendre comment elle avait pu faire preuve d'une telle négligence. Elle secoua tristement la tête.

— L'ancien médecin a été renvoyé. J'ai obtenu ce poste juste après l'enterrement de Persie.

— Je n'en ai pas fait assez, se lamenta Sylvia, la voix marquée par le chagrin avant de se tourner vers moi. Quand Gin voyait Marta, elle lui faisait penser à Persie. Sa vulnérabilité… à quel point elle était lunatique… Persie était comme ça. Je l'ai vu dès le début… c'est pour ça que Gin ne supportait pas Marta. Elle lui *ressemble* même un peu physiquement. Chaque fois que Gin la voyait, elle se rappelait ce qu'elle avait perdu.

Je restai muette. Malgré moi, mon instinct me poussait toujours à cacher la vérité, me paralysant au point de m'empêcher de parler. Puis je me rendis compte que je n'avais plus aucune raison de ne pas leur dire. Marta avait demandé de l'aide et c'était ma propre peur, mon propre dégoût qui m'empêchait de tout révéler à Sylvia et au docteur Reza.

— Peut-être que Marta *est* comme Persie. Mais il y a autre chose.

— C'est-à-dire ?

— Son père… il lui a fait quelque chose, expliquai-je, encore incapable de prononcer les mots, même après tout ce temps. Marta avait peur que ça se reproduise si elle rentrait chez elle. C'est pour ça qu'on l'a cachée dans la tour de l'horloge, mais il y a deux semaines, Gerald l'a trouvée et il l'a violée.

Cette deuxième information était plus facile à révéler.

Il y eut un long silence, puis Sylvia reprit la parole, à voix très basse.

— Quand est-ce que c'est arrivé ?

— Le jour où il a été rétrogradé, répondis-je sans la regarder.

Elle se laissa glisser sur le canapé pour s'éloigner de moi, tandis qu'elle tremblait de tout son corps. Au loin, j'entendis la cloche du petit déjeuner sonner depuis la maison principale.

— J'aurais dû venir vous voir il y a des mois, dis-je au docteur Reza.

Cet aveu, plus que tous les autres, provoqua en moi un mélange angoissant de tristesse et de soulagement.

— J'ai attendu trop longtemps.

Le docteur Reza se leva du fauteuil sur lequel elle était assise et vint se placer entre nous deux sur le canapé. Elle prit la main de Sylvia.

— Je comprends pourquoi tu n'es pas venue, me rassura-t-elle. Marta a vécu des choses terribles, mais il n'est pas trop tard pour lui fournir une aide – *médicale* – appropriée. (Elle marqua un temps d'arrêt.) Vous pensiez tous que c'était la bonne chose à faire. Et vous ne méritez pas d'en souffrir davantage. À dix-sept ans, vous êtes encore très jeunes, mais je crains que vous ne soyez assez âgés aux yeux de la loi.

— Comment ça ?

— Comment va Marta aujourd'hui, Rose ? demanda-t-elle, ignorant ma question.

— Elle a peur…

— De quoi a-t-elle le plus peur ?

— D'être seule. Qu'on l'abandonne.

Il était si facile de parler, maintenant qu'elle avait entendu le pire.

— Elle ne sera pas seule, déclara fermement le docteur Reza. Mais elle a besoin d'être examinée correctement, par des gens qui ont de l'expérience dans le type de traumatisme qu'elle a vécu.

— Où ça ? Comment ?

— Il y a un endroit, à environ une heure d'ici. C'est une clinique, pas un hôpital. Une de mes anciennes collègues y travaille, je lui fais entièrement confiance. Je pense que l'on devrait lui amener Marta. On peut l'accompagner, toi et moi, ajouta-t-elle rapidement en voyant mon désarroi. Elle ne restera pas seule une seconde, je te le promets.

— Elle va être terrifiée…

— Rose, s'il te plaît. Écoute-moi, m'interrompit le docteur Reza, d'un ton pressé. Ces psychiatres, les gens à qui on va amener Marta, je sais que c'est dur à croire, mais ils ont déjà vu des cas comme le sien. Peut-être pas exactement le même profil que Marta, mais ça n'a pas d'importance. Ils sont entraînés, il y a une procédure, ils sauront comment la protéger et pourront commencer à la soigner. Elle *peut* se faire soigner, Rose. Ce ne sera pas facile. Mais vu ce que tu me dis, je pense qu'elle aura besoin des meilleurs soins, et ce, le plus tôt possible.

— Elle ne leur fera pas confiance…

— Ils sont habitués à ça aussi, me rassura le docteur Reza avant de se lever, les yeux baissés vers Sylvia et moi. Je vais aller voir Marta maintenant. Je vais faire très attention. Je te promets que je vais prendre soin d'elle.

— Je viens avec vous.

— Non, Rose, objecta-t-elle en s'accroupissant devant moi. Peut-être que venir avec moi semble être la meilleure chose à faire à l'heure actuelle, mais il faut que tu penses à ton avenir. Marta doit sortir d'ici sans que personne la voie, sans qu'on puisse faire un lien direct avec toi. Sinon, il risque d'y avoir beaucoup d'explications à fournir, à des gens qui ne voudraient peut-être pas comprendre. (Le docteur Reza regarda Sylvia.) Qu'est-ce que tu en penses, Sylvia ?

— Je pense que vous avez raison, acquiesça cette dernière en levant la tête tout en s'essuyant les yeux. Rose, je veux que Marta se sente bien, mais s'ils découvrent que vous l'avez cachée ici si longtemps…

Nous nous dévisageâmes toutes les trois. Il n'y avait plus de hiérarchie entre nous : nous étions seulement trois femmes en train d'élaborer un plan.

Le docteur Reza se leva à nouveau et regarda par la fenêtre en direction du jardin de roses.

— Si tout se passe bien, Marta sera transférée à la clinique dès ce soir. Je vais leur demander d'envoyer une voiture – pas une ambulance – pendant la nuit pour la faire sortir de High Realms discrètement. Je vais lui dire que nous l'accompagnerons, Rose. Je vais rester avec elle toute la journée.

Elle se dirigea vers un placard près de la table d'examen et commença à sortir des bandages, du matériel pour faire une écharpe et des gants médicaux – toutes sortes de choses dont elle n'aurait pas besoin, car elles étaient déjà dans la tour de l'horloge.

— Qu'est-ce que je suis censée faire maintenant ? demandai-je au docteur Reza. Si vous restez avec Marta, qu'est-ce que je dois faire aujourd'hui ?

Elle se tourna vers moi, les bras chargés de matériel.

— Va t'habiller. Va manger. Va en cours. Assieds-toi au soleil. Joue au hockey, fais tes devoirs, suggéra-t-elle avant de tourner les yeux vers Sylvia puis vers moi. Aimez-vous. Ne vous disputez pas à cause de ça. (Elle m'adressa un sourire rapide en se dirigeant vers la porte.) Sois courageuse, encore une journée de plus. C'est presque fini.

On aurait dit que c'était le premier jour du printemps : durant huit heures, un soleil éblouissant et une chaleur invraisemblable emplirent l'atmosphère. Lorsque je repense à cette journée, mes souvenirs sont teintés d'une lueur dorée.

Suivant les instructions du docteur Reza, je me rendis compte que j'étais capable de manger un bon petit déjeuner avant d'aller en cours. C'était notre premier jour de liberté après l'assignation à résidence. Je trouvai alors oppressant le bruit des mille élèves de High Realms s'activant tranquillement autour de moi. À la fin du cours de latin, Bella vint me voir, toute penaude, et me confia qu'il lui manquait une joueuse. Est-ce que je pourrais venir aider les Premiers XI à battre l'équipe de Stowe ?

— Bien sûr, répondis-je avant de m'éloigner en ignorant son expression étonnée.

Lloyd et Sami étaient également en cours. Ils affichaient un visage de marbre, mais nous nous étions tellement habitués à lire nos expressions que je décelai une forme de soulagement mêlé à de l'appréhension dans le regard de Lloyd et quelque chose de plus complexe chez Sami. J'avais envie de leur parler à tous les deux, en particulier à Sami, mais nous n'avions pas le temps. À la pause du matin, Lloyd me chuchota que Marta avait bien réagi quand le docteur Reza s'était présentée à la tour de l'horloge, se montrant bien plus sereine qu'il ne l'avait imaginé. En cours d'anglais, Mlle Kepple ouvrit la fenêtre de sa salle de classe, nous laissant apercevoir le ciel sans nuages et respirer la douce odeur de l'extérieur.

Est-ce que nous avions toujours l'impression de former une équipe, les garçons et moi ? La réponse était non. Malgré tout, j'avais une telle confiance en eux que j'aurais pu placer ma vie entre leurs mains.

— Vraiment ? m'avait demandé Sylvia plus tard.

— Toujours, avais-je répondu.

Je pensais à Marta toute la journée tandis que le soleil hivernal s'élevait au-dessus de la maison principale, que les terrains grouillaient de joueurs de crosse et que les gardiens de stade transportaient des tables jusqu'à la vieille bibliothèque pour les examens blancs. Pendant si longtemps, les visites à la tour de l'horloge avaient ponctué mes journées, mes pensées, mes émotions. Sans la perspective d'y retourner, je me sentais superflue, délaissée. On m'avait assuré que Marta était en sécurité et qu'elle le serait même encore plus à l'avenir. « Les gens guérissent », avait soutenu le docteur Reza. Mais Marta n'était pas comme *les gens*. Elle était Marta, ma Marta. Personne ne la comprenait aussi bien que moi.

À quinze heures, Sami hurla mon nom alors que je descendais les marches du pavillon en courant pour me rendre aux terrains de gazon synthétique. Je me précipitai vers lui, sachant que quelque chose n'allait pas.

— Viens avec moi, Rosie.

Ignorant les cris de Bella et le désarroi de Sylvia, je traversai en courant la grande allée entourée de platanes aux côtés de Sami. Nous descendîmes le passage de la chapelle et arrivâmes au San. Nous entrâmes dans le bureau du docteur Reza. Là, allongée sur le canapé, enveloppée dans des couvertures, la tête posée sur les cuisses du docteur Reza, se trouvait Marta. Elle était profondément endormie, sa poitrine se soulevant et s'abaissant au rythme de sa respiration. Ses cheveux touffus étaient éparpillés autour de son visage et sa tête était recouverte d'un bandage. Son bras pendait du canapé et ses doigts doucement recroquevillés vers l'intérieur touchaient le sol.

— Comment… commençai-je en regardant le docteur Reza, mais elle secoua la tête et posa un doigt sur ses lèvres.

Elle me regarda et je décelai une nouvelle vague de tristesse dans son expression.

— Une heure du matin, articula-t-elle silencieusement. Retrouve-moi ici à une heure du matin.

J'avais envie de rester avec Marta, mais j'étais attendue pour le match. J'arrivai en glissant sur le gazon juste au moment où le coup d'envoi retentit. Tout en jouant, alors que je courais, passais la balle, taclais et marquais trois buts, je me rendis compte que j'étais libre. Que cette liberté soit voulue ou non, *j'étais* désormais libre : je pouvais prendre des décisions en considérant ce qui était juste plutôt que ce qui devait arriver. Je pouvais aider des gens qui n'étaient pas Marta, des gens qui avaient besoin de moi, des gens qui avaient été patients et altruistes alors que j'étais obnubilée par les soins que je lui apportais. Le coup de sifflet final retentit : nous avions gagné. Les éclairages s'allumèrent. Je tombai à genoux sur le gazon synthétique, appuyant mon front contre la surface rugueuse. Des larmes de soulagement, bien qu'égoïstes, coulèrent le long de mes joues. J'entendis une voix parler.

— Aide-moi à la porter.

Puis deux bras musclés me mirent debout. C'était Bella. Elle passa son bras autour de mes épaules tandis que Sylvia plaçait les siens autour de ma taille. Elles me firent sortir du terrain et m'emmenèrent à la maison principale tandis que de chaudes larmes continuaient de couler sur mes joues, sans que je puisse les retenir.

Il n'y avait personne dans les douches de Raleigh. Je m'assis sur le sol carrelé en pleurant tandis que Sylvia cherchait du savon et des serviettes. Elle laissa l'eau couler jusqu'à ce qu'elle soit chaude. J'ôtai ma tenue de hockey et me plaçai sous la douche, mais mes larmes ne cessèrent pas. Je m'assis, sentant l'eau marteler ma tête et mes épaules.

— Viens là.

Je pensais que Sylvia allait me faire sortir de la douche, mais elle s'agenouilla et frotta mes cheveux avec du shampoing puis elle me passa du savon sur le cou et dans le dos. De l'eau coula sur ses bras, mouillant sa chemise et ses cuisses, mais elle n'y prêta pas attention. Elle me rinça les cheveux et me passa une serviette.

— Va dans ma chambre, dit-elle. Je dirais au major Gregory que tu ne te sentais pas bien.

C'était la première fois que je m'allongeais dans le lit de Sylvia. Je sentis les draps froids contre ma peau. Je fermai les yeux, mais je n'étais pas prête à dormir. J'avais toujours l'impression qu'il fallait que je sois ailleurs, avec quelqu'un d'autre. Je repensai au visage paisible de Marta endormie et au regard attentionné et plein de compassion du docteur Reza qui la surveillait. Songeant au traitement dont Marta allait bénéficier, je m'aperçus à quel point je ne savais rien des médecins qui s'occuperaient d'elle.

Puis Sylvia vint me rejoindre dans le lit à côté de moi, laissant ses vêtements trempés éparpillés sur le sol. Je posai ma tête contre son épaule et elle me caressa les cheveux, sans rien dire. Des portes commencèrent à s'ouvrir et à se fermer autour de nous tandis que les élèves de Raleigh se préparaient pour le dîner. Tout semblait si lointain. Sylvia ne bougea pas. Elle me serra contre elle et je savais que nous n'étions pas pressées par le temps, qu'aucun événement imminent ne m'obligerait à me ressaisir.

Petit à petit, je finis par ressentir une forme de soulagement, non sans douleur. Ce sentiment fut accompagné de nouvelles larmes et d'une sensation différente, à laquelle je ne m'attendais pas. Je sentis que quelque chose en moi lâchait prise. Alors que Sylvia me tenait dans ses bras, je pris conscience du fait que je n'avais plus peur d'elle, laissant mes derniers soupçons d'inquiétude s'évanouir. Nous nous regardâmes droit dans les yeux et soudain, j'eus l'impression que rien ni personne d'autre n'existait : il n'y avait plus que nous deux et l'amour qui nous avait liées par surprise. Je pris son visage entre mes mains. Certaines personnes auraient demandé : « Pourquoi tu ne me l'as pas dit plus tôt ? » Je savais que Sylvia ne poserait jamais cette question. Je fermai les yeux, sentant sa bouche sur mon cou.

Puis, elle me tint différemment et les derniers secrets qui subsistaient entre nous se dérobèrent, rapidement et simplement. Et ce, avec une tendresse plus grande que je ne l'aurais imaginée. Les choses que nous fîmes ce soir-là m'émerveillèrent tellement que je me retrouvai démunie, bien que je me sente totalement en sécurité malgré ma vulnérabilité. J'avais envie que Sylvia possède tout mon être, à ce moment-là et pour le reste de ma vie. Et même si je savais qu'elle n'avait pas entièrement guéri – comment le pourrait-elle, comment quelqu'un le pourrait-il ? –, ça n'avait pas d'importance, car elle savait qu'elle était en sécurité elle aussi. J'étais en elle et elle était en moi. Nous partageâmes de longs moments de délivrance empreints d'une parfaite sérénité.

Je dormis d'un sommeil profond et dépourvu de rêve. Je me réveillai à une heure moins vingt. Sylvia avait mis une alarme, mais elle ne bougea pas lorsque je pris quelques vêtements et sortis de la maison Raleigh pour me diriger vers l'escalier de service.

Je m'arrêtai devant la porte Ivy, prenant conscience de ma tenue négligée : je portais mon short et mes chaussettes de hockey avec la chemise et le gilet de Sylvia. « Il faut faire très attention », avait dit le docteur Reza. Je savais que si le major Gregory me voyait vêtue de la sorte lorsque je reviendrais à High Realms dans la matinée, il me convoquerait dans son bureau pour m'interroger. J'avais tout juste assez de temps pour aller me changer à Hillary. Dans le silence pesant de la maison principale, je remontai le nombre interminable de marches en courant. Je me rappelle apercevoir un croissant de lune discret à travers les fenêtres. J'étais reconnaissante que les environs soient aussi sombres cette nuit-là.

La fenêtre à guillotine était encore ouverte dans la 1A et il faisait très froid dans la pièce. Je me faufilai entre les deux lits jusqu'à l'armoire et trouvai une chemise propre – raidie par l'amidon qu'ils mettaient dans la lessive –, une jupe, une cravate de Hillary, un gilet et des chaussettes hautes. Mon blazer se trouvant encore dans les vestiaires, je fouillai dans l'armoire et finis par trouver la vieille veste de Marta qu'elle avait abandonnée quand le docteur Reza lui en avait trouvé une de plus petite taille. Je l'enfilai.

Peut-on pressentir une tragédie avant qu'elle ne se produise ? Peut-on entendre un murmure obscur, voir une lumière vacillante, ressentir un tremblement dans les murs du plus vieux et du plus robuste des bâtiments ? Cette nuit sans nuages, je me rappelle qu'une brise fraîche et douce s'infiltrait dans la chambre 1A à travers la fenêtre, comme pour me rappeler que je devais me dépêcher d'aller retrouver Marta. Je me dirigeai donc à grands pas vers la porte. Lorsque je l'ouvris, j'entendis un hurlement. Ce cri qui retentit derrière moi provenait de l'extérieur, sous la fenêtre.

De quoi est-ce que je me souviens précisément ? J'ai raconté cette histoire aussi clairement que je l'ai pu – j'ai essayé d'être le plus rationnelle possible, au vu des circonstances – mais écrire la mort de Marta revient à rendre les choses concrètes, à souffrir à nouveau à l'idée que toute forme d'espoir, de sens et de joie se soit envolée. Après cette nuit, je vis la notion de justice sous un autre angle. Aujourd'hui, je ne me fie plus à un système basé sur le mérite, les récompenses ou l'égalité. Bien trop souvent, il n'y a ni logique ni raison à ce que nous subissons.

Marta, ma Marta. La nuit était si sombre que je pouvais à peine la voir depuis la fenêtre de la 1A. Je baissai la tête en direction du sol, ma vision s'obscurcissant d'abord à cause de la peur puis du déni et enfin des premiers signes qui présagent un chagrin indélébile. Peu à peu, la pelouse commença à s'illuminer. À tous les étages en dessous du mien, toutes les lumières s'allumèrent. Plusieurs têtes émergèrent des fenêtres ouvertes. Le silence de la nuit fut remplacé par les cris, les hurlements et les gémissements de dizaines, de centaines d'adolescents.

Marta, notre Marta. Lloyd, Sami et moi courûmes vers elle. Ils essayèrent de nous en empêcher. Même le docteur Reza ne voulait pas que nous nous approchions de son corps brisé, mais nous devions être avec notre amie. Nous nous agenouillâmes autour d'elle comme nous l'avions fait de si nombreuses fois auparavant, la caressant, passant nos doigts dans ses cheveux, lui tenant la main. L'humidité de l'herbe, la température glacée de l'air, la chaleur de son sang quittant son corps. L'instinct, le besoin de s'allonger à côté d'elle, de la bercer dans mes bras l'emportèrent sur le fait de comprendre que c'était la dernière fois que nous serions ensemble tous les quatre. Et qu'elle n'était pas seulement à moi.

Marta, Marta. Bien trop tôt, ils l'emmenèrent : non pas discrètement vers un nouveau départ, mais dans le bruit, accompagné de lumières bleues, vers une pièce froide, très froide. Ils me prirent ma meilleure amie, l'amour le plus pur que j'aie connu. Marta : qui aimait les livres, la poésie, la physique, l'école et qui était aimante et aimée. Elle possédait un esprit vif, une mémoire remarquable, un sourire inattendu et brillant. Persécutée, mais pleine d'empathie. Prise pour cible, mais jamais victime. Une survivante, à tous les égards, sauf un. Marta, si je le pouvais, je recommencerais tout à zéro et cette fois, tu survivrais.

26

Avril 2012

Nous nous retrouvons à la gare de Paddington. Sami est en avance et inquiet. Sylvia est en retard, trop occupée par un nouveau dossier. Lloyd est pile à l'heure. En arrivant au niveau des guichets, il congédie sa garde rapprochée et s'arrête pour prendre quelques photos avec plusieurs personnes. Elles lui demandent où il se rend.

— Dans le Devon, pour des raisons personnelles, répond-il sans donner plus de détails.

C'est la première année que nous le voyons se faire accoster de la sorte.

Nous nous asseyons autour d'une table en seconde classe et mangeons nos sandwichs.

— Pourquoi est-ce qu'on n'aurait pas pu aller en première classe ? grommelle Sylvia.

Lloyd secoue la tête. On ne peut pas le voir voyager dans le luxe.

— On n'est pas là pour le travail, argumente-t-elle.

— Pourtant, ça en a tout l'air, rétorque Lloyd en désignant les dossiers de Sylvia entourés de rubans roses, éparpillés sur la table au milieu des miettes. Tu pourrais être mon assistante, Sylv.

— Peut-être quand ton parti sera vraiment au gouvernement, réplique-t-elle d'un ton sec.

Elle baisse le regard vers ses papiers sur lesquels est tamponné le logo de notre cabinet d'avocats. Je lis la plainte à l'envers. Une poursuite en justice instruite par Sylvia, comme d'habitude.

Sami est en face de moi, la tête appuyée contre la fenêtre. À plusieurs reprises, il ferme les yeux pendant quelques secondes. Il sort probablement d'une garde de nuit à l'hôpital King durant laquelle il a fait de son mieux dans un service surchargé et en manque de moyens. Je le vois plus souvent que le reste du groupe. Je sais qu'il se débrouille bien : ses collègues et ses patients l'admirent. Mais il affirme qu'il est difficile d'évaluer le degré de réussite en psychiatrie. Les résultats d'un patient peuvent sembler bons, mais il peut soudainement rechuter. Je sais qu'il ne parlera pas beaucoup aujourd'hui. C'est pour lui que ces excursions à High Realms sont les plus difficiles.

Depuis 2008, nous avons fait le trajet une fois par an. Cette année-là, pour la première fois, nous avions tous les quatre fini nos études, nos stages, nos dépôts de candidatures et nous avions un vrai travail : des métiers pour lesquels nous avions la chance d'être passionnés, qui nous rapportaient suffisamment pour nous permettre de financer une bourse. C'était également la première année que le régime à High Realms s'était véritablement amélioré. Nous pensons que c'est un endroit plus sûr désormais.

Par-dessus tout, ce fut en 2008 que nous fûmes invités à y retourner pour la première fois. Une nouvelle directrice d'études y avait été nommée. Elle avait fait bien plus que ce que son devoir lui imposait quant aux événements ayant eu lieu en février 2000. J'imagine qu'elle voulait se tenir prête pour le moment où des gens – de futurs parents et quelques journalistes en manque d'inspiration – lui poseraient des questions à ce sujet. Elle avait parlé à l'inspecteur Vane qui s'était un peu adouci depuis nos dernières entrevues.

Puis elle nous avait invités, Lloyd, Sami et moi, à revenir à l'école pour discuter avec elle.

Au début, nous avions refusé d'y aller. Après le décès de Marta, nous avions été renvoyés de High Realms sans ménagement. On ne nous avait même pas autorisés à remonter chercher nos affaires : nos malles attendaient dans l'atrium à notre retour du commissariat. L'école avait voulu mettre le plus de distance possible entre elle et nous. On nous qualifia d'*expérience ratée* dans une lettre qui avait fuité. Ils ne dirent rien concernant Marta. Le docteur Reza fut renvoyée. Le matin où nous dûmes rentrer chez nous, Gerald fut libéré sans être inculpé et retourna à l'école pour terminer son cursus. Cinq jours plus tard, Sylvia m'écrivit pour m'annoncer que Genevieve était de retour à High Realms. Ce même jour, nous apprîmes que le professeur De Luca était décédé dans son sommeil.

Comme on pouvait s'y attendre, il nous fallut beaucoup de temps avant d'être disculpés de toute implication directe dans le décès de Marta. Le docteur Reza déclara qu'elle avait laissé Marta endormie dans son bureau le temps d'aller retrouver les psychiatres au niveau de l'allée principale et de leur indiquer le chemin vers le San. Elle n'avait pas fermé la porte à clé, pensant que j'allais arriver pendant son absence. Il est difficile de savoir précisément ce qui s'est passé entre le moment où le docteur Reza a quitté la pièce et le moment où elle a trouvé Marta sur la pelouse quinze minutes plus tard. Lloyd, Sami et moi avons rassemblé les pièces du puzzle pour établir une version des faits, mais aux yeux de la police, qui ne connaissait pas Marta, elle n'avait guère de sens.

Nous pensons que Marta s'est réveillée, paniquée à l'idée de se retrouver seule. Elle s'est dirigée vers la maison principale en passant par la porte coupe-feu. Si elle l'avait fait quelques minutes plus tard, elle serait tombée sur moi, mais elle avait dû monter l'escalier de service jusqu'à Hillary et se rendre directement à la 1A où elle pensait me trouver. Sami soutient que Marta est d'abord passée par la chambre qu'il partageait avec Lloyd. Lloyd était dans celle de Max, mais Sami était dans son lit avec Ingrid. Ils dormaient tous les deux, mais Ingrid pense s'être à moitié réveillée en entendant la porte se refermer. Elle ne voulait pas le dire à la police au cas où elle serait impliquée. Elle ne fit que fournir un alibi à Sami à contrecœur, car dormir dans une autre chambre que la sienne était une transgression des règles. Ils s'étaient séparés après cela, mais chaque fois que l'on reparle de cette nuit-là, Sami fait référence à ce qu'Ingrid pense avoir entendu.

Dans mon cas, je n'ai aucun alibi entre le moment où j'ai quitté la chambre de Sylvia et celui où je me suis agenouillée à côté du corps de Marta. Je n'ai que la parole de Sylvia pour attester que j'étais bien dans sa chambre. Je suppose que ce fut cette brèche dans l'histoire, en plus de la découverte des anciennes blessures de Marta par le médecin légiste et des mois durant lesquels nous avions menti à la police – ce que nous avons librement avoué – qui poussa Vane à penser que j'avais accidentellement tué Marta. Peut-être était-il simplement vexé de s'être fait duper. Quoi qu'il en soit, il pensa que la situation avait dégénéré, que j'avais paniqué, qu'il y avait eu une sorte de confrontation entre Marta et moi dans la 1A et que, à la suite de celle-ci, Marta était tombée dans le vide, ce qui avait causé sa mort. Selon lui, Lloyd et Sami me couvraient. Il n'y avait aucune preuve, mais sa déclaration était si absurde que je n'avais aucune envie de me battre contre lui ou contre qui que ce soit d'autre – aucun désir ardent de rétablir la vérité, parce que Marta était partie, que High Realms nous avait tourné le dos et que cela ne servait à rien. Nous n'avions même pas raconté à Vane ce que Gerald avait fait à Marta, car nous n'avions pas de preuves non plus. La date du procès fut fixée au mois de janvier 2001. En novembre 2000, après que j'eus passé neuf mois chez moi à Hackney, rongée par le chagrin, mon père reçut une lettre d'un cabinet d'avocats du centre de Londres.

Je ne pense pas que l'inspecteur Vane ou que la cour de Barnstaple aient déjà fait face à une femme comme Araminta Mausdley, conseillère de la reine. Elle était – et est toujours – l'avocate la plus redoutable que j'aie jamais rencontrée : au mieux acerbe, au pire féroce, méprisante et d'une grossièreté dévastatrice. Dès le départ, Araminta se comporta comme si l'affaire me concernant n'aurait jamais dû être engagée.

— Vos stupides théories sont en train de gâcher des vies, reprocha-t-elle à Vane. Ces jeunes gens ont vécu assez de choses comme ça. Ils devraient être en *cours*, en train de jouer au hockey, de faire la fête toute la nuit et de *se rouler des pelles*.

Elle me convoqua au Gray's Inn[1], dans une pièce couverte de contreplaqué, et me demanda de lui raconter toute l'histoire. Elle me posa quelques questions en m'aboyant dessus tout en regardant par-dessus mon épaule, les yeux plissés sous l'effet de la concentration. Quand mes pleurs m'empêchèrent de poursuivre mon récit, elle me versa un verre de whisky.

— Bois un coup, m'ordonna-t-elle sèchement. Et continue. Tu n'as pas les moyens de me payer, même en évitant ces putains de *longueurs*.

Je ne pouvais pas boire le whisky, mais je réussis à raconter à Araminta ce que le père de Marta ainsi que Gerald lui avaient fait.

— Contexte ! hurla-t-elle sur le même ton.

1. Institution de formation professionnelle destinée aux avocats-plaideurs et juristes à Londres.

Lassée de laisser des zones d'ombre, je lui fournis une réponse en incluant, après hésitation, ce que Gerald avait fait à Sylvia. J'étais presque certaine que cette dernière ne s'était pas confiée à sa mère et, en voyant les couleurs disparaître du visage d'Araminta, je sus que je ne m'étais pas trompée. Elle tendit le bras par-dessus la table pour attraper mon verre, la main tremblante.

— Est-ce que vous l'avez dit à la police ?

J'expliquai la déposition que Max avait faite et le fait que Gerald avait rapidement été disculpé étant donné que Max avait été incapable de dire qui il avait agressé. Le visage d'Araminta se crispa jusqu'à afficher un air confus et moqueur.

— Pourquoi Max prendrait-il la peine de signaler un crime sans plaignant ?

J'expliquai que ce dernier n'avait pas téléphoné à la police pour rétablir la justice ni par altruisme, mais parce qu'il pensait que s'il pouvait se débarrasser de Gerald à High Realms, il remonterait dans l'estime de Genevieve quand elle reviendrait à l'école.

Araminta écouta et hocha lentement la tête.

— Une bénédiction déguisée, murmura-t-elle, ce qui me surprit. Même si Max leur avait donné un nom, je doute que Gerald aurait été poursuivi en justice. La loi est très laxiste dans ce genre de cas. (Elle vida son verre, le visage crispé par la douleur.) Il nous est plus utile de cette façon, le bâtard.

La semaine suivante, elle interrogea Gerald dans le but de s'en servir comme témoin.

*

Le procès commença mal. Nous fûmes accusés d'avoir caché Marta dans la tour de l'horloge pour des raisons présentées comme imprudentes, arrogantes et aux conséquences fatales. Il était encore pire de constater que nous étions plus ou moins d'accord avec eux. Cela faisait presque un an que Marta était décédée et elle nous manquait plus que jamais. Chaque question que l'on nous posait ne faisait que remettre un peu plus en cause nos décisions.

Sami n'était pas en forme lorsqu'il se présenta à la barre au cours du troisième jour de procès. L'homologue d'Araminta représentant la partie adverse – lui-même ancien élève de High Realms – était irritable après avoir passé une matinée peu productive.

— Même en admettant que vous ayez dupé la police pour des raisons apparemment nobles, à savoir dans le but de protéger Marta De Luca de son père, qui, selon vous, abusait d'elle, mes collègues et moi n'arrivons pas à comprendre pourquoi, en tant que jeunes personnes intelligentes, à l'avenir prometteur, vous n'avez pas considéré comme nécessaire et sage de chercher de l'aide auprès de l'un des nombreux adultes dignes de confiance présents autour de vous dans l'une des meilleures écoles du monde ?

L'avocat reprit son souffle. Un silence retentit dans la salle d'audience.

Puis Sami prit la parole d'un ton plat.

— Marta ne pouvait pas rentrer chez elle, avec son père, expliqua-t-il lentement. Mais ce n'est pas la seule raison pour laquelle elle nous a demandé de la cacher dans la tour de l'horloge. (Il parcourut la pièce du regard.) Elle voulait rester avec nous. Avec l'un d'entre nous, en particulier.

L'avocat afficha un air incrédule. Sami haussa les épaules.

— Sa mère s'était enfuie. Vous pouvez croire ce que vous voulez à son sujet, mais je peux vous assurer que son père était le diable en personne. Toute sa vie, elle a suivi des cours à la maison, elle n'avait donc aucun ami. Elle savait que nous l'aimions. Nous étions tout ce qu'il lui restait.

Il baissa les yeux vers ses mains qui étaient agrippées à la barre devant lui. Puis il releva la tête vers l'avocat.

— Qu'est-ce que vous auriez fait à notre place ?

Il ne posa pas la question sur un ton de défi, mais plutôt comme s'il s'agissait d'une véritable requête.

*

Je ne saurai jamais quelle discussion Araminta eut avec Gerald avant le procès, mais les preuves qu'il fournit lors du contre-interrogatoire furent cruciales. Araminta commença par planter le décor, insistant sur les conditions extrêmes dans lesquelles nous nous trouvions lorsque nous avions accepté d'aider Marta. Puis Gerald témoigna qu'il l'avait vue dans la tour de l'horloge en janvier 2000. Il expliqua qu'elle n'était pas enfermée et qu'elle semblait raisonnablement en forme, qu'étant donné qu'il était souvent présent aux écuries, il nous avait vus faire des allers et retours pour prendre soin de Marta jusqu'au jour de son décès. Il avait vu le docteur Reza l'emmener au San, l'avait entendue dire à Marta ce qui allait se passer cette nuit-là. Il avait eu conscience du déclin de l'état mental de cette dernière et bien entendu de notre inquiétude pour sa santé qui s'était manifestée par une augmentation de la fréquence de nos visites et du nombre d'affaires que nous lui apportions.

— Ils étaient obsédés par le fait de la protéger, déclara-t-il en jetant un regard nerveux à Araminta qui remettait ses papiers en place.

— Est-ce que vous étiez au courant que Marta De Luca était enceinte le jour de son décès ? demanda-t-elle calmement.

L'horreur qui se peignit sur le visage de Gerald était sans équivoque. Je regardai en direction de Lloyd qui affichait un air choqué puis vers Sami qui semblait dévasté. Le soir même, Araminta demanda à Sylvia de signaler les abus qu'elle avait subis de la part de Gerald. Trois jours plus tard, Lloyd, Sami et lui furent convoqués pour réaliser des tests ADN. Ils démontrèrent la seule chose qu'ils pouvaient démontrer. Puis nous suivîmes les indications d'Araminta et racontâmes ce que Gerald avait fait à Marta.

À ce stade-là, nous osâmes espérer être en mesure de gagner. L'atmosphère dans la salle d'audience avait changé : les jurés affichaient des expressions moins sévères. Mais une question restait toujours en suspens, à savoir ce que le professeur De Luca avait fait à Marta. Personne ne nous croyait réellement à ce sujet. Après en avoir longuement discuté avec Lloyd et Sami, nous avions décidé de présenter trois nouvelles pièces à conviction : des preuves que nous avions espéré ne jamais révéler, car cela signifiait trahir la confiance que Marta avait en nous. Mais cette dernière était décédée. Le professeur Nathaniel De Luca aussi et il ne pourrait pas être poursuivi en justice pour ce qu'il avait fait subir à sa fille et, avant ça, à sa femme. Nous ne savions pas si le docteur Maria De Luca était en vie, mais il semblait crucial de rétablir la vérité. Je mentirais si je n'avouais pas qu'il y avait aussi une part de nous qui voulait que le docteur Wardlaw et le major Gregory soient punis pour la négligence dont ils avaient fait preuve envers Marta. Nous montrâmes le mot qu'elle avait griffonné pour moi le jour de l'Eiger, la lettre qu'elle m'avait écrite après Noël et celle qu'elle avait écrite à son père dans la tour de l'horloge peu avant sa mort. Cette dernière fut la plus difficile à lire.

Les preuves furent plus que satisfaisantes pour le juge et les jurés. Lloyd, Sami et moi fûmes blanchis de presque tous les chefs d'accusation. Nous reçûmes tous les trois un avertissement pour avoir fait perdre du temps à la police. Tout ce que nous voulions était rentrer chez nous, mais

Araminta insista pour nous emmener boire un verre. Elle avait déjà presque fini une bouteille de vin lorsqu'elle nous fixa tous les trois d'un regard qui ressemblait de façon troublante à celui de Sylvia.

— Je n'ai pas pu vous le dire avant. À propos de Gerald. Il fallait que je nous laisse l'effet de surprise. Je voulais que le juge voie la différence entre vos réactions et la sienne. J'ai semé la graine pour faire tomber Gerald.

— Vous pensez que c'est ce qui va se passer ? demanda doucement Sami.

— Ses parents pourront se payer un avocat qui sera quasiment aussi bon que moi, dit-elle en se pinçant les lèvres. Mais au moins, j'aurai traîné son nom dans la boue. Personne ne voudra plus *jamais* avoir affaire à lui.

*

De temps à autre, nous reparlons de ce que nous avons fait tous les trois. Nous n'en avons jamais réellement l'intention. La conversation arrive sans prévenir, lancée par celui qui ressent le besoin de ressasser le passé. Ça arrive dans toutes sortes de circonstances. Une balade en forêt en automne, en terrasse dans un bar bondé au milieu de l'été, par SMS tard le soir. Quand le besoin de parler se manifeste chez l'un de nous, les autres n'y résistent pas. Nous nous devons bien cela.

Nous savons que nous avons pris de nombreuses mauvaises décisions. Nous savons que si nous avions agi différemment, Marta aurait peut-être survécu. Nous sommes certains que nous porterons le poids de notre culpabilité et de notre chagrin toute notre vie. Mais parfois – et je pense que c'est la naïveté ou peut-être l'arrogance qui nous a permis de faire ce que nous avons fait – nous nous forçons à nous rappeler que nous étions guidés par la conviction et par l'amour. Encore aujourd'hui, Sami insiste sur le fait que *nous faisions ce que Marta voulait.* Je trouve cela difficile à affirmer. Je pense que la limite entre altruisme et égoïsme est très floue. Et je sais que, par-dessus tout, Marta voulait vivre.

Nous ne nous reprochons jamais mutuellement nos erreurs, nos faux pas. Nous sommes conscients que ce fut au moment où nous avons arrêté de travailler en équipe que la tragédie a frappé. C'est pourquoi nous avons enterré toutes les haches de guerre et oublié tous les sentiments de rancœur, comme, selon moi, Marta l'aurait voulu. Par ailleurs, nous ne pouvons en aucun cas être certains que l'issue aurait été différente si nous avions agi d'une autre façon.

Plus jamais nous ne pourrons être les adolescents qui traversaient les terrains de rugby en courant pour nous rendre à la tour de l'horloge, les poches pleines de nourriture et nos cœurs battant la chamade, par peur du danger. Pourtant, nous sommes les mêmes personnes. Nous sommes toujours intelligents, loyaux, ambitieux, bornés, névrosés et solitaires : des gens rongés par un orgueil tristement mal placé. C'est ce même orgueil qui nous a amenés à High Realms en premier lieu. Ce même orgueil qui nous a conduits à l'université, même après nous être fait renvoyer d'une des meilleures écoles du pays sans diplôme. Ce même orgueil qui nous pousse toujours à faire de notre mieux, non plus pour être en tête du classement, mais désormais pour exceller dans nos métiers respectifs. Et c'est ce même orgueil qui nous a empêchés de voir la bonté évidente et indéniable de la seule personne à High Realms qui aurait pu aider Marta. Et ça, je le sais, c'est ce que Mlle Kepple aurait appelé une *hubris.*

*

Isobel Reza vient nous chercher à la gare et nous conduit à High Realms. Elle est médecin généraliste dans un village à environ huit cents mètres de l'école. Nous allons toujours manger avec elle après la réunion au sujet de la bourse. La vie a été très difficile pour Isobel après le décès de Marta, mais nous avons toujours gardé contact. Elle m'a écrit régulièrement pendant trois ans.

Elle dit avoir entendu que High Realms continue de renforcer l'accompagnement des élèves. Jusqu'à récemment, chaque trimestre, elle recevait une dizaine d'entre eux dans son cabinet qui étaient terrifiés à l'idée qu'on découvre qu'ils étaient sortis de l'école et qui lui demandaient de l'aide pour toutes sortes de choses. Maintenant, il y a apparemment un nouveau médecin à High Realms, plusieurs infirmières – dont l'une spécialisée dans la sexualité – et un psychologue. Les élèves ont désormais le droit d'être externes, ce qui est une bonne chose selon Isobel.

— Ils sont moins sous pression, dit-elle.

Sylvia veut savoir si elle viendra à Londres pour la soirée de mes trente ans en septembre. Isobel la regarde de travers, l'air étonnée.

— C'est toi qui l'organises ?

— Oui, étant donné que ce sera chez moi.

Isobel ne peut s'empêcher de lever les sourcils, ce qui n'échappe pas à Lloyd.

— On est tout aussi confus que toi, confirme-t-il gaiement.

Il me donne un coup de coude, mais je ne dis rien. Isobel hoche prudemment la tête.

— Comment va Genevieve ? demande-t-elle à Sylvia.

— Oh très bien. Avec les jumeaux c'est... un vrai bonheur, répond Sylvia en bâillant ostensiblement. Le baptême a lieu dans un mois.

Isobel ne s'aventure pas jusqu'à la maison principale. Elle se gare devant le portail. Elle sort de sa voiture et nous enlace tous un par un, même si nous allons la revoir plus tard. Elle me prend dans ses bras plus longuement que les autres, tandis que je ressens une vieille douleur monter dans ma poitrine.

— Vous pensiez que c'était la bonne chose à faire, me susurre-t-elle à l'oreille.

Elle me répète cette même phrase depuis des années, depuis le jour du décès de Marta.

— Toi aussi, je réponds.

Elle m'embrasse sur la joue, les yeux emplis de larmes.

Je respire l'odeur de l'atrium, tandis que nous attendons la professeure Ling, la nouvelle directrice d'études. Il fait froid à l'intérieur. Les bruits qui nous entourent nous sont familiers : la vaisselle après le déjeuner, les portes de classe qui claquent, un millier d'élèves qui s'installent pour les deux heures de cours précédant les Jeux, l'étude et les corvées du soir. Un membre de la Patrouille des aînés nous fait monter l'Eiger jusqu'à la vieille bibliothèque. Il est calme et charmant, pas une once d'arrogance n'émane de lui.

Revenir ici est douloureux, mais désormais nous avons l'impression que ça en vaut la peine. La bourse est une manière d'honorer la mémoire de Marta, de faire perdurer une partie de son existence ici, le lieu où elle voulait rester. Lorsque la professeure Ling nous en a parlé pour la première fois, nous avons pensé qu'elle était folle. Mais elle nous a ensuite présenté des excuses sincères et complètes pour les erreurs commises par High Realms et s'est engagée à changer les choses. Nous avons alors décidé d'y réfléchir. Étant de loin toujours la plus riche d'entre nous, Sylvia s'était portée volontaire pour se tailler la part du lion.

Nous nous asseyons autour d'une table dans la vieille bibliothèque aux côtés de la professeure Ling et de Mlle Kepple. Les profils des candidats présélectionnés sont éparpillés devant nous, accompagnés de leurs dissertations. Chaque année, nous choisissons un poème à analyser. Nous essayons toujours d'en trouver un qui avait une signification pour Marta. Elle en aimait tellement que nous pensons ne jamais être à court d'idées. Quelques mois auparavant, Sylvia s'était souvenue d'un cours durant lequel Marta et elles avaient débattu vigoureusement à propos du poème « Snow » de Louis MacNeice.

— Elle adorait ce poème, nous rappela-t-elle. Je pensais que le poète faisait référence au chaos et à la confusion, mais Marta disait qu'il parlait du nombre infini de possibilités.

Les interprétations de « Snow » faites par les candidats sont variées, comme on pouvait s'y attendre. Après une heure de débat, nous décernons la bourse des premières et des terminales de High Realms à une jeune fille qui étudie dans une école publique du Norfolk. Dans ses lettres de recommandation, ses professeurs la décrivent comme *débordante de vie, déterminée, la curiosité en éveil.*

Nous marchons le long du ruisseau Donny. C'est un jour ensoleillé. Nous sommes à la fin du printemps, époque de l'année que nous n'avons jamais connue à High Realms en tant qu'élèves. La brise souffle sur les nouvelles feuilles des arbres. Nous nous délectons de tout. Les écuries sont désertes : il n'y a plus de chevaux à High Realms désormais.

Avec prudence, nous commençons à parler de Marta. Nous ne l'avons pas fait depuis des années. Nous étions tous éparpillés aux quatre coins du pays, nous rétablissant chacun à notre rythme et à notre manière. Quand je l'avais finalement rejointe à Oxford, Sylvia avait été étonnée de l'intensité de mon chagrin.

— Est-ce que tu étais amoureuse d'elle ? m'avait-elle demandé une fois à la fin d'un long dîner.

J'avais directement pensé à Sami : à quel point il avait aimé Marta, à sa détermination et à son dévouement.

— Non, avais-je objecté sincèrement, ce qui avait semblé la soulager.

J'avais raconté à Sylvia qu'un jour, juste avant l'incident de l'Eiger, j'étais dans la 1A avec Marta et qu'elle m'avait posé des questions à propos de l'amour. Elle s'interrogeait sur ce que l'on ressentait lorsque l'on éprouvait un amour réel, réciproque et romantique.

— Est-ce que tu penses que ce sera génial, Rose ? m'avait-elle demandé. Est-ce que tu penses que ce sera la meilleure chose au monde ?

J'avais mis du temps à trouver une réponse et Marta avait hoché la tête d'un air grave.

— Si je trouve quelqu'un qui m'aime et que je l'aime en retour, je ne le laisserai jamais partir.

Lloyd, Sami et moi marchons sur la rive couverte d'herbe en direction du bord de l'eau tandis que Sylvia traîne près des granges.

— Elle était extraordinaire, déclare brusquement Lloyd. La personne la plus incroyable que j'ai jamais rencontrée.

— Je l'aimerai toute ma vie, affirme Sami en hochant la tête.

— Moi aussi.

Lloyd et moi répondons en même temps, ce qui nous fait rire. Puis nous marquons une pause.

— Est-ce que Sophie est au courant de ce que tu ressens ? demande Lloyd à Sami.

— Je le lui ai dit avant nos fiançailles. Je crois qu'elle comprend.

Sami nous adresse un sourire et jette un regard vers la rive, là où Sylvia nous attend.

— En parlant de ça, Rose, je voulais te dire… c'est vraiment stupide que tu ne sois pas avec Sylvia. Elle a fait une erreur, mais elle est sincèrement désolée. Elle t'aime. Elle veut se *marier* avec toi.

Lloyd le regarde en fronçant les sourcils, mais Sami hausse les épaules.

— La vie est trop courte pour les secrets. Même pour ceux qui sont agréables.

J'y réfléchis. Les mots de Marta résonnent dans mon esprit. « *Je ne le laisserai jamais partir.* » Je lève les yeux vers l'endroit où se trouve Sylvia, dos tourné à nous, les bras croisés, fixant la tour de l'horloge. Le souvenir de sa trahison – une aventure avec un avocat de notre cabinet, plus âgé et au succès extravagant – me blesse toujours. Puis, je me rappelle à quel point elle m'a aidée durant les jours qui ont précédé le décès de Marta et son soutien pendant les longs mois et les années qui ont suivi. Je pense aux moments durant lesquels je croyais ne pas pouvoir continuer et à toutes les raisons que Sylvia me donnait pour me prouver le contraire.

Nous remontons la rive jusqu'aux écuries.

— Sylvia, appelle Lloyd.

Elle se retourne. L'espace d'un instant, je pense qu'elle va s'en aller, retourner à la maison principale et rentrer à Londres sans moi. Mais elle avance vers nous. Alors qu'elle se rapproche, je vois l'amour qui émane de Sylvia, qui la motive dans tout ce qu'elle entreprend. Je vois sa compassion, que même sept ans passés à High Realms n'ont pas pu effacer. Elle marche à mes côtés et je lui prends la main. Lloyd, Sami, Sylvia et moi retournons à l'école ensemble, en silence. Nous sommes tous les quatre liés par l'amour, le deuil et l'espoir. Nous rêvons de l'avenir.

Remerciements

L'écriture des *Quatre* s'est faite en plusieurs étapes. J'ai commencé en septembre 2000 et achevé la version définitive en mars 2023. Au vu de la durée du processus ainsi que des événements qui se sont déroulés dans ma vie personnelle et dans le monde entier durant cette période, j'ai beaucoup de personnes à remercier. Pour ce faire, je vais essayer de citer dans l'ordre chronologique tous ceux qui ont contribué au processus ardu, joyeux, exaspérant, exaltant et insupportable que constitue l'écriture d'un roman.

Merci tout d'abord à Hannah Medlicott, l'oreille la plus attentive que je connaisse. Tu as été captivée par mon synopsis improvisé à Haworth en août 2020 et tu m'as encouragée à me lancer. Et ensuite, à continuer. Puis à recommencer. Et à finir. Hannie, tu es mon héroïne.

Merci à ma merveilleuse amie Felicity Bano pour ton soutien et ta gentillesse à Chichester Road et au-delà. Tu as toujours réussi à me faire sentir que j'en étais capable.

Merci à Jessica Lazar d'avoir lu ces premiers chapitres à la Summer House en octobre 2020 sans m'avoir dit qu'ils étaient très mauvais. Si tu l'avais fait, j'aurais peut-être abandonné. Merci de m'avoir fait part de ton avis et de ce que te dictait ton instinct infaillible après avoir lu d'autres brouillons. En tant qu'artiste et amie, je t'admire énormément et je te suis extrêmement reconnaissante.

Du plus profond de mon cœur, je voudrais remercier Tim Bano pour ce voyage mémorable au Carne Cottage/Stepper View en décembre 2020 durant lequel j'ai écrit ces chapitres compliqués qui constituent le milieu du roman. Et ce, tandis que la tempête faisait rage et que le monde s'écroulait autour de nous. Merci d'être resté calme et de m'avoir offert ton amitié affectueuse. Cela représente beaucoup pour moi.

Merci à Gail McManus, le meilleur mentor que j'aurais pu avoir. Tu m'as conseillée, encouragée et donné le pouvoir d'agir, au-delà du raisonnable. Merci de m'avoir dit « Fais-le tout simplement ». Merci pour ta fiabilité et ta sagesse, et de m'avoir prouvé qu'il y a très peu de problèmes qu'un bon tableur ne peut pas résoudre.

Merci à l'érudite, le docteur Sophie Duncan, pour ses commentaires avisés sur une des premières versions et pour toute l'aide qu'elle m'a apportée plus tard lorsque j'ai présenté mon livre à des agents.

Merci, Arifa Akbar, d'avoir lu la deuxième version durant l'été de l'année 2021 et de m'avoir fait part de tes commentaires chaleureux et constructifs lors d'une étape difficile du processus.

Merci, Kate Mosse, pour les nombreuses heures passées à me donner de précieux conseils. Tu m'as inspirée de bien des façons. Je t'en suis sincèrement reconnaissante. Merci à Greg et Felix Mosse pour leurs encouragements chaleureux.

Merci à mes très chers amis, Thomas Bailey et Emma D'Arcy, pour votre soutien au fil des années, pour ce roman et bien plus encore. Merci pour votre créativité et votre ouverture d'esprit. Merci, Tom, pour cet appel dont tu ne te souviens probablement pas, qui m'a aidé à trouver un moyen de repartir de zéro. Merci, Emma, de m'avoir toujours aidée à prendre du recul. Merci à tous les deux pour les pièces de théâtre, les aventures et l'amour.

En voilà un important : mille mercis, Katy Guest, d'être l'éditrice légendaire que tu es. Merci pour tes commentaires perspicaces, tes analyses ingénieuses et ta capacité à te concentrer sur des détails sans jamais perdre de vue l'ensemble. Merci de ne jamais avoir proposé de solutions : ça m'a permis d'écrire un meilleur livre. Merci pour cette amitié inattendue. Tu es sincèrement brillante.

Merci, Diane Pengelly, d'avoir lu les premiers chapitres et d'avoir suggéré qu'il y avait un peu trop de mots dedans.

Merci à mes incroyables amies, Isabel Marr et Lara McIvor, pour toutes vos très bonnes blagues et de m'avoir aidée à croire en moi (et m'avoir aidée à ne pas me prendre trop au sérieux).

Merci à ma chère amie, Monica Dolan, pour ton aide et ton soutien quand je me suis mise à la recherche d'un agent littéraire et de m'avoir fait part de tes avis sensés à de nombreuses reprises.

Merci au professeur Tom Kuhn d'avoir lu une des dernières versions et de m'avoir fait des commentaires perspicaces.

Merci à Rosie Kellet d'avoir fait de même ainsi que pour ta cuisine et pour l'amour partagé au fil des années.

Merci, Jackie Ashley, de m'avoir présenté Gillian Stern. Je doute sérieusement que *Les Quatre* aurait connu ce parcours magique sans son expertise. Gillian, merci pour ta perspicacité et tes bons conseils et de m'avoir guidée avec tant d'habileté au cours de ces semaines enivrantes à la recherche d'un agent. Je n'oublierai jamais l'aide que tu m'as apportée.

Je vais maintenant rejoindre le rang des adorateurs qui remercient Cathryn Summerhayes pour son travail en tant qu'agente.

Personne ne peut rivaliser avec ton style inimitable et ton efficacité. Cath, merci d'être une légende vivante en salopette, aux idées géniales, une travailleuse infatigable et un soutien indéfectible pour autrice névrosée. Je ne sais pas comment tu arrives à être amusée (et amusante) et à faire passer le camping pour une activité glamour, mais tu y parviens. Tu as changé ma vie et je t'en suis très reconnaissante.

Merci, Lisa Babalis, pour tes notes absolument indispensables. Tu avais raison sur toute la ligne.

Merci aux membres de Curtis Brown : Jess Molloy, Annabel White, Katie McGowan et Georgie Mellor. Merci à mon équipe incroyable de UTA : Jason Richman, Addisan Duffy et Meredith Miller.

Un grand merci à l'exceptionnelle Daisy Goodwin pour sa générosité sans limite, son intelligence et sa compassion. Ton soutien a fait toute la différence.

Merci à ma merveilleuse équipe de HQ, en particulier à ma talentueuse et infatigable éditrice, Cicely Aspinall. Cicely, merci d'avoir cru si fermement en *Les Quatre*. Merci pour tes compétences incomparables en matière d'édition, tant au niveau global que dans les moindres détails, pour ta patience et ta compréhension, pour ta capacité à plonger profondément dans les considérations émotionnelles tout en traitant simultanément les aspects techniques de l'intrigue. Je t'en suis très reconnaissante, ainsi qu'à Lisa Milton et Kate Mills, d'avoir rendu mon expérience d'autrice débutante aussi positive. Merci à Seema Mitra pour son souci du détail, à Kate Oakley pour la magnifique couverture et les pages de garde, et à Sian Baldwin, Emily Burns et Becci Mansell pour tout ce qui reste (au moment où j'écris ces lignes) encore à venir !

Merci à Georgina Moore pour son introduction chaleureuse et généreuse au monde de la publicité des livres, ainsi que pour tous ses conseils et son soutien.

Merci à Joe Keel pour son pragmatisme et son soutien indéfectible. Je ne pouvais pas rêver d'un meilleur frère.

Merci, Maow, d'être mon roc. (Et pour le titre provisoire.)

Et enfin, merci, merci, merci à Gillian Keel, de m'avoir lu tous ces livres. C'est grâce à toutes ces histoires que ce voyage a commencé.